KB083740

근대문학의 역학들

번역 주체 · 동아시아 · 식민지 제도

저자

손성준(孫成俊, Son, Sung-Jun)

성균관대학교 동아시아학술원 연구교수. 성균관대학교 동아시아학과에서 「영웅서사의 동아시아 수용과 중역(重譯)의 원본성－서구 텍스트의 한국적 재맥락화를 중심으로」(2012)로 박사학위를 취득하였다. 근대 동아시아의 번역과 지식의 변용에 대해 연구해왔으며, 최근에는 한국 근대문학사와 번역·창작·제도의 상호 역학에 주목하고 있다. 주요 논저로는 『국부 만들기－중국의 워싱턴 수용과 변용』(공역, 2013), 『저수하의 시간, 염상섭을 읽다』(공저, 2014), 『대한자강회월보 편역집』(공역, 2015), 『검열의 제국－문화의 통제와 재생산』(공저, 2016), 『투르게네프, 동아시아를 횡단하다』(공저, 2017), 『번역과 횡단－한국 번역문학의 형성과 주체』(공저, 2017), 『완역 조양보』(공역, 2019) 등이 있다. sungjuni97@naver.com.

근대문학의 역학들

번역 주체·동아시아·식민지 제도

초판 인쇄 2019년 10월 14일 **초판 발행** 2019년 10월 31일
지은이 손성준 **펴낸이** 박성모 **펴낸곳** 소명출판
출판등록 제13-522호 **주소** 서울시 서초구 서초중앙로6길 15, 1층
전화 02-585-7840 **팩스** 02-585-7848
전자우편 somyungbooks@daum.net **홈페이지** www.somyong.co.kr

값 35,000원
ISBN 979-11-5905-435-8 93810
ⓒ 손성준, 2019

잘못된 책은 바꾸어드립니다.
이 책은 저작권법의 보호를 받는 저작물이므로 무단전재와 복제를 금하며, 이 책의 전부 또는 일부를 이용하려면 반드시 사전에 소명출판의 동의를 받아야 합니다.

이 저서는 2015년 정부(교육부)의 재원으로 한국연구재단의 지원을 받아 수행된 연구임 (NRF-2015S1A6A4A01014818)

한국연구원
동 아 시 아
심 포 지 아
4
EAS 004

근대문학의 역학들

번역 주체 · 동아시아 · 식민지 제도

손성준

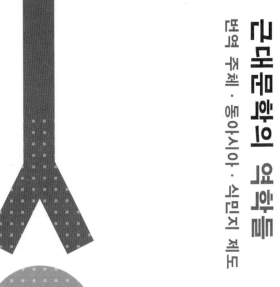

The Dynamics of Modern Literature

책머리에

　이 책을 통해 내가 하고 싶었던 이야기는 간단하다. 한국 근대문학사가 전면적으로 다시 작성되어야 한다는 것이다. 이제 나는 '동아시아'적 구도와 '번역'의 문제가 생략되거나 은폐된 문학사가 얼마나 진상眞相과 괴리된 것인지를 단호히 말할 수 있다. 『근대문학의 역학들—번역 주체·동아시아·식민지 제도』는 그 단호함을 지탱하는 근거들로 구성된 책이다. 그런즉, 이 책은 '동아시아'와 '번역'을 다루기는 해도 결국 한국 근대문학에 대한 것이다.

　익히 알고 있듯 '번역'이 한국문학 연구자들의 영토가 된 지는 오래다. 쏟아져 나온 다양한 관련 연구 속에서 내가 가진 약간의 차별점이 있다면, 번역에 '대해'서 말하고자 한 것이 아니라 번역을 '통해' 말하고자 했다는 것이다. 이 책의 기조는 번역이야말로 창작을 이해하는 열쇠이며, 창작을 경유할 때에야 번역의 이유도 명확해진다는 데 있다. 그러므로 책의 제목인 '근대문학의 역학들'에서 첫 키워드인 '번역 주체'는 곧 창작의 주체이기도 하다. 그들은 한 사람의 문인이되 번역과 창작이라는 복합적 실천 속에서 살아가던 존재였다. 그들의 '그들됨'은 두 영역에서 고루 관찰되는 것이 당연하다.

　다만, 그들의 문학적 실천을 입체적으로 살피기 위해서는 나머지 키워드로 제시한 '동아시아'와 '식민지 제도'라는 배경의 상호작용까지 함께 다루어야 한다. 이 요소들의 추가로 인해 한국 근대문학을 주조한 '역학'은 복수의 형태인 '역학들'로 표현되어야 했다. 한편, 이때의 '역학'은 물론 기본적으로 '역학力學'이지만, 결국 번역의 문제가 핵심에 놓인다는 점에서 '역학譯學'이기도 하다. '역학들'이 된 또 하나의 이유다. 이상이 제목에 대한 주석이다.

큰 틀에서 이 책은 동아시아 근대문학사의 태동기를 시야에 넣되, 보다 구체적으로는 한국 근대소설과 번역의 상관관계에 주목하였다. 제1부에서는 근대소설의 상像이 어떠한 과정 속에서 주조되었는가를 고찰하였고, 제2부에서는 개별 주체들의 문학적 실천을 번역·창작의 양면에서 동시에 조명했으며, 제3부에서는 식민지 검열이 번역문학에 미친 영향과 번역 주체들의 대응 양상을 중점적으로 다루었다.

박사논문 이후에 나온 비교적 최근의 연구 성과들이 이 책의 출발점이 되었다. 최근의 문제의식이어서인지 전에는 경험해 보지 못한 몰입도 속에서 공부했던 것 같다. 허나 지금 돌아보면 이 책은 완제품이 되긴 힘든 운명이다. 못다 한 말이 너무나 많기 때문이다. 충분히 압축하고 추상화할 수 있을 정도로 이 문제를 장악하지 못한 능력의 한계를 고백할 수밖에 없다. 더욱 진력하여 다음 단계로 진입할 수 있기를 기대해본다. 동력으로 삼을 수 있도록 질정을 부탁드린다.

책의 간략한 소개와 더불어 감사의 마음을 전하고자 한다. 연구자로서의 내가 존재하는 이유는 전적으로 성균관대학교 동아시아학과에서 공부할 수 있었기 때문이다. 천품이 둔한 나는, 연구자로서의 삶을 그곳에서 준비했던 것이 얼마나 큰 특권이었는지를 최근에야 깨닫고 있다. 이 삶을 택하도록 이끌어주신 한기형 선생님은 17년의 세월을 알고 지냈지만 여전히 놀라운 분이시다. 모든 방면에서 그렇다. 어떤 말로도 부족할 수밖에 없어서, 감사의 말 첫 자리라도 꼭 선생님께 드리고 싶었다.

박헌호, 천정환, 이혜령, 황호덕 선생님의 강의 및 세미나에 동참했던 것은 행운이었다. 학계 전체의 자산인 이분들의 학문을 상찬하는 것은 불필요하다. 특히 박헌호 선생님과의 협업 경험은 늘 나의 자랑거리였다. 직접 배울 기회는 놓쳤지만 늘 아껴주시는 정우택, 진재교, 이봉범, 전상기, 박현수, 이경돈, 박지영, 이승희, 류준필 선생님께도 이 자리를 빌려 감사드리고 싶다. 내게 여러 모범이 되어주신 분들인데, 후학들에게 한결같으시니 정작 당신들께선 모르실 터이다.

부산대학교 점필재연구소에서 일한 시간은 3년 반이었지만, 그곳에서 얻은 동지들은 평생을 갈 기세다. 정출헌 선생님은 내가 겪은 조직의 수장 중 가장 열정적이고 따뜻한 분이셨다. 각기 다른 매력의 소유자 이태희, 임상석, 이상현 세 형님들은 인생의 선물과도 같다. 공저를 낸 한지형 선생님과의 인연도 각별하다. 이 분들과 함께 지샌 많은 밤들이 늘 그리울 것이다.

현 소속 기관인 동아시아학술원 HK＋연구소에는 새로운 자극을 주시는 분들로 가득하다. 작년까지 연구기획위원회의 주축이셨던 배항섭, 김경호, 오시택 선생님으로부터는 이미 많은 것을 배웠다. 새 기획위원장이 되신 정승진 선생님을 비롯하여 동아시아학술원의 새로운 비상을 꿈꾸는 이들 사이에서 누가 되지 않을 것을 다짐해본다.

이미 언급한 몇 분을 포함하여 조재룡, 김준현, 박진영, 구인모, 이철호, 강용훈 선생님 등과 진행 중인 야심찬 프로젝트는 그 목표 지점이 이 책의 장기적 지향과도 일치한다. 좋은 분들과 제대로 된 공부를 할 수 있어 즐거울 뿐이다. 자신의 영역을 뚝심 있게 개척 중인 친구 유석환, 장영은, 류진희의 앞날을 축복한다. 그리고 상허학회에서 처음 만난 소중한 동료들이 있다. 이종호, 오태영, 장영진, 정재석, 임유경, 정기인, 오자은, 권두현, 박수빈 선생님이다. 별다른 목적도 없이 8년째 꾸준히 모이며 웃음꽃을 피우고 있으니 참으로 신통한 일이다.

어머니와 아버지에게는 애초부터 불효자였던 것 같다. 이제라도 앞의 '불'자를 제거하기 위해 노력해 보려 한다. 장모님의 존함 이미영 석 자를 불러본다. 두 딸을 건사하신 것으로 모자라 지금은 두 손녀를 전담하실 때가 부지기수다. 은혜를 다 갚기 위해선 내가 다시 태어날 필요가 있다. 세 분 모두 내내 건강하시길 간절히 기도한다.

한비와 지유에게는 늘 미안하다. 무엇보다 함께 보낸 시간의 절대량이 턱없이 모자랐다. 이대로는 나부터 한이 될 것이 뻔하다. 얼마 전 읽기에 눈 뜬 지유 앞에서 다짐해본다. 더 좋은 아빠가 될게.

떨리는 마음으로 처음 사랑했고, 영원히 사랑할 동반자 이재인에게 이 책을 바친다.

2019년 10월
명륜동에서
저자

차례

서장
번역과 문학사의 해후

1. 신문학의 공급자들

'동아시아'와 '번역'이 한국학 연구에서 주요 화두가 된 지도 20여 년이 경과했다. 두 키워드는 각기 독자적 영역을 구축하며 발전해오기도 했지만, 결합하여 새로운 영역을 만들기도 했다. '동아시아'와 '번역'의 결합은 '근대문학'을 논구하는 자리라면 여전히 새로운 가능성을 열어줄 수 있다.

19세기 말에서 20세기 초 한국·중국·일본은 서구를 대타항으로 삼은 거대한 번역장翻譯場을 형성하고 있었고, '문학' 역시 거기에 포함된 낯선 지식 가운데 하나였다. 동아시아에서 '文學-분가쿠 / 원쉐 / 문

서장 | 번역과 문학사의 해후   11

학'이라는 기존의 어휘는 서양의 'Literature'를 뜻하는 위치로 포섭되어갔으며, 이는 '시', '소설' 등의 세부 장르 역시 마찬가지였다. 근대기 이후의 '문학', '시', '소설' 등의 개념은 점차 종래의 것들과의 근본적 단절을 당연시했다. 한국의 경우 그 개념의 재편은 1920년대에 진입한 후 누구나 큰 거부감 없이 받아들일 수 있는 수준으로 마무리된다. 그때까지 **서양을 전범典範으로 한 문학 콘텐츠의 공급자들**은 자신들이 소개하는 것이 '완전히 새로운 것'임을 의식적으로 선전하거나 구별짓고자 했고, '신新'이라는 수사를 빈번하게 첨가했다. 그런즉 '신문학', '신시', '신소설', '신극' 등은 바로 '문학'의 의미가 아직 다층적이던 과도기의 명명법이다.

저자는 '서양을 전범으로 한 문학 콘텐츠의 공급자들'이라는 표현을 사용했다. 사실 근대문학사의 첫 페이지를 장식해야 하는 것은 당연히 그들 및 그들의 작업이 되어야 할 터이다. 계량화된 정전正典 위주의 문학사 서술은 보통 이 지점에 관심을 두지 않았다. 하지만 문학이 인간의 정서를 심도 있게 묘파할 수 있는 특별한 글쓰기라는 이광수의 '각성'은 『무정』(1917)의 연재보다 선행된 것이었다. 실제로 발발했던 청일전쟁이나 실존 인물인 캉유웨이 등을 소설 안에 소환해도 좋다는 이인직의 '인식'이 형성된 이후에야 『혈의 루』(1906)의 실험적 시도들은 세상과 만날 수 있었다. 중요한 것은 이러한 '각성'이나 '인식'이 한국의 문학적 전통 속에서 자연스럽게 체득된 것이 아니라는 사실이다. 그들이 쓴 새로운 소설 이전에 '새로운 문제의식'이 먼저 있었고, 그 문제의식은 '새로운 대상'을 학습한 결과였다.

그들은 새로운 대상을 '발견'하고 또한 '공급'했다. 여기서 '발견'은 서구문학을 접하고 이해하는 단계이다. '공급'은 다시 두 가지 층위, 곧 '번역'을 통한 직접적 공급과 전범의 계승이자 변주인 '창작'으로 나뉜다. 역사를 다룬 정치서사를 예로 들자면 1907년, 량치차오의 텍스트를 저본 삼아『이태리건국삼걸전』을 번역한 신채호는 다음 해인 1908년에『을지문덕』을 단행본으로 간행한다. 여기서 우리는『을지문덕』의 출현 계기가 전년도에 있었던『이태리건국삼걸전』의 번역 체험이라는 가설을 세워볼 수 있다. 실제로 두 전기물은 체제나 구성, 언어 사용 등의 면에서 여러 유사점을 보인다.[1] 신채호에게 있어서『이태리건국삼걸전』이 번역을 통한 직접적 공급이라면『을지문덕』은 창작을 통한 2차적 공급에 해당된다. 번역이 창작으로 연계되는 이러한 사례는 당연히 정치서사의 번역 시대에만 국한된 것이 아니다. 서구문학을 사숙하기 시작한 직후, 작가와 번역가의 경계는 무의미했다.

물론 오직 번역 체험만이 창작을 촉발하는 기제일 리는 없으며, 만약 그러한 방향으로 작용했다 하더라도 개별적 검토는 필수불가결하다. 번역보다 폭넓게 인정할 수 있는 창작의 원천 혹은 자극제가 있다면, 그것은 '발견' 단계로서의 '독서'였을 것이다. 번역 체험에서 논외가 될 수 있는 작가들은 존재했겠지만, 독서 없이 작가가 된 이는 없었다. 근대문학을 주조하던 시기의 모델은 대개 외부에 있었고, 신문학 운동의 주역이 된 신진들의 탄생 배경에는 독서를 통한 '개안開眼'의 시기가 있었다. 조선인의 경우, 다수가 일본 유학기간을 통해 그 계기를 맞았다. 그들이 자국 문단 개조에 열망을 갖게 된 것은 영어가 되었든, 일본어

---

1   한무희, 「단재와 임공의 문학과 사상」,『우리문학연구』2, 우리문학회, 1977 참조.

가 되었든 모국어가 아닌 책들의 독서를 통해 흡수한 깨달음에서 비롯되었다. 창작은 그 다음 단계로 나타나는 현상이었다.

언급했듯 '발견' 이후의 공급, 환언하면 '독서'의 생산력은 번역과 창작이라는 두 가지 형태로 구현되었다. 많은 문인들이 이 두 가지 루트를 동시에 가동했으며, 그 결과물들은 작가 겸 번역가라는 '동일 주체'의 문제의식을 각각의 형태로 대변했다. 독서와 함께 쌓인 자극은 보다 창조적 변주 과정을 거친 후 새로운 이름의 작품으로 탄생하거나, 번역을 통해 독서 대상 그대로를 공유하는 것으로 이어졌다. 물론 순서는 바뀔 수도 있었다. 즉, 번역 그 자체를 목적으로 한 기획이 먼저 수립된 경우에도 번역의 담당자들은 자신의 독서 경험에 기대어 번역 대상을 낙점했던 것이다. 가령 『개벽』의 2주년 기념 부록이었던 「세계걸작명편世界傑作名篇」을 소개하는 자리에서, 현철은 "이에 번재飜載한 글은 세계의 명편일 뿐만 아니라 우리문단의 일류를 망라하야 평생에 애독하는 명편 중에 가장 자신 있는 명역名譯이라고 자천自薦합니다"[2]라며 번역진의 독서 경험을 승인된 권위로서 내세웠다. 조선 문단의 질적 고양을 위한 번역에는 전범典範이 될 만한 텍스트의 엄선이 관건이었는데, 이 문제에 있어서 현역 작가만큼 예민한 감각을 지닌 부류를 찾기는 어려웠다. 그리고 그들은 실제로 누차 '엄선'부터 '명역'까지의 역할을 충실히 해냈다.

기실 번역과 창작은 하나의 영혼을 공유하는 두 개의 신체였다. 그러나 두 신체 중 하나를 '우리'의 범주에 넣는 것은 여전히 쉽지 않다. 그

---

2   「世界傑作名篇 開闢二周年記念號附錄」, 『개벽』 25, 1922.7, 부록 첫 면.

것이 '우리'와 상관이 없어서가 아니다. 나란히 놓이게 될 경우, 하나가 다른 하나를 위협하는 상황이 펼쳐질 수도 있기 때문이다. 알고 보면 번역을 통해 외국에서 온 하나는 '보편'의 지위와 상통하는 셈이었으니, 곧 '우리'의 태생적 한계를 묵직하게 증언하는 대타항이기도 했던 것이다.

'보편'과 '특수'의 구도 자체를 마뜩찮게 여기는 이들도 많을 것이다. 이미 서구중심적 관점에서의 '근대성' 개념을 해체하는 시도가 널리 이루어지고 있으며, 애초에 서구문학이 절대적 기준일 수도 없다. 다만 주요한이 노출한바, "만일 우리 중에 지도적 작가가 없다하면(사실 없거니와) 우리가 먼저 할 것은 외국 작품의 번역이외다. 메이지시대 후타바테이 시메이 등의 러시아소설 번역이 얼마나 자극을 일본 문단에 주었습니까"와 같이, 번역의 동기는 보통 롤모델까지 장착한 '보편'에의 욕망과 맞닿아 있었다. 그런데 정작 동아시아의 번역문학사가 흥미로운 것은 보편과 특수의 위계가 유동적이라는 데 있다. 『을지문덕』은 『이태리건국삼걸전』의 자극 속에서 태어났지만, 결국 한국에서 보편의 지위를 획득했다. 동아시아의 서구 근대문학 번역 또한 주어져 있던 원본의 의미망에서 멀찍이 이탈할 때가 많았다.

이 책이 포착하여 집중적으로 조명하고자 하는 것도 바로 이 지점에 있다. 지금까지의 번역문학 연구는 대개 전자인 '번역'의 문제에만 천착하는 경향이 있었다. 번역의 문제가 중요하다는 인식이 편만해지면서, 오랜 시간 음지에 있던 각종 번역 텍스트와 번역가들이 집중적으로 재발견되었던 까닭이다. 이는 당연히 그 자체로 뚜렷한 의의를 지닌다. 하지만 번역과 창작이 기실 하나의 프로세스라면 번역 연구의 지평은 창작의 영역으로도 확장되어야만 한다. 종래의 문학사는 번역과 창작의 단절을 전제한 상태에서 후자에만 왕관을 씌운 채로 서술되어 왔다. 반면 전자의 자리는 '번역문학사'라는 별도의 공간에 긴박되어 있었다. 하지만 전술한 바와 같이, 번역과 창작은 동일한 문제의식의 지층 위에서 펼쳐진 실천이었다. 그렇기에 온전히 타자의 것이 아니었던 '번역'과, 온전히 새로운 것일 수 없는 '창작'을 따로 떼어내어 분석하는 것은 제한된 재료만으로 온전한 주체를 구성해내려 하는 무리한 작업에 다름 아니다.

주체는 쌓아올린 시간 속에서 구성된다. 한국 근대문학사의 초기를 장식했던 많은 이들의 시간은 때로는 번역 속에서, 때로는 창작 속에서 채워지고 있었다. 그 모든 경험이 그들의 의식과 사고를 형성했던 요소이다. 그런즉 이 책에서 종종 사용할 용어인 '복합 주체'란 바로 '번역가'와 '작가'의 정체성이 통합된 주체를 의미한다. 대부분의 연구에서 시야에 넣지 못했던 전자의 정체성과, 같은 맥락에서 과잉 해석될 때가 많았던 후자의 정체성은 모두 하나의 주체로부터 파생된 것이었다.

해법은 번역과 창작, 혹은 창작과 번역을 일련의 연속적 실천으로 주시하는 데 있다. 문학 텍스트의 생산 주체들은 자신의 이름을 걸고 번역과 창작을 병행했다. 그렇기에 그 상호텍스트성을 분석해낼 때에야 그들의 실천이 갖는 의미를 정당하게 평가할 수 있을 것이다. 이러한 문맥에서 이 책은 번역문학에 대한 연구서가 아니다. 그들이 남긴 번역을 실마리로 삼는 방법론을 사용할 뿐, 창작을 비롯한 그들 자체를 정조준한 작업에 가깝다.

2. 동아시아, 복합 주체들의 배경

한국의 경우, 서구문학의 '발견'과 '공급'은 대부분 '동아시아 번역장' 속에서 구현되었다. 그러므로 한국 근대문학사의 형성과 전개를 제대로 이해하기 위해 동아시아적 구도를 끌어들이는 것은 필수적이다. 동아시아 번역장은 근대기 한국·중국·일본의 번역과 관련된 모든 요소를 통합적으로 사고하기 위한 개념이다. 한국의 번역 텍스트, 번역 주체, 번역 의도, 번역 경로, 번역 매체, 번역 문체 등을 분석한다고 하더라도 오로지 한국적 맥락만을 염두에 두어서는 문제의 진원眞源에 도달하기 어렵다. 그것 자체가 동아시아 번역장의 일부분이기 때문이다.

주지하듯 '근대전환기'의 역동적 변화는 새로운 지식의 수용을 전제로 했으며 속도와 효율을 강력히 요청했다. '한자' 중심의 어문체계를 공유하고 있던 동아시아 3국 중 물적 기반이 가장 취약했던 한국은 이미 대량으로 축적되어 있던 일본과 중국의 번역 성과를 매개로 속도와 효율을 보충하고자 했다. 이른바 '중역重譯'의 방식이다. 대상을 불문하고 근대기 한국의 번역 대개가 이러한 방식에 의존했다는 사실을 모르는 연구자는 거의 없다. 그런데 이 사실을 연구에 적극 활용하는 이는 여전히 희소하다.

동아시아의 각국 문단에서 근대문학이 형성되던 시기에는 작가와 번역가의 일원화가 공통적으로 확인된다. 다시 말해 자국 문단의 건설자들과 서구 근대문학을 처음 소개한 번역가들의 면면은 문자 그대로 일치했다. 한국을 먼저 예로 들자. 그들의 이름은, 최남선, 이광수, 진학문, 현철, 김동인, 김억, 염상섭, 변영로, 현진건, 나도향, 조명희, 양건식, 주요한, 방정환, 박태원 등과 같이 문학사의 적자들, 즉 '정전'의 생산자들로 가득하다. 동아시아 차원으로 확대해 보아도 사정은 다르지 않다. 일본의 쓰보우치 쇼요坪內逍遙, 후타바테이 시메이二葉亭四迷, 모리 오가이森鷗外, 우치다 로안內田魯庵, 도쿠토미 로카德富蘆花, 오자키 고요尾崎紅葉, 나가이 가후永井荷風, 중국의 린수林紓, 량치차오梁啓超, 후스胡適, 루쉰魯迅, 저우쭤런周作人, 천두슈陳獨秀, 궈모뤄郭沫若, 마오둔茅盾, 바진巴金 등, 지금도 핵심 작가로 인식되는 그들은 대개 주요 번역가이기도 했다. 자국 근대문학의 형성기와 첫 융성기를 선도·선점했던 이들이 번역과 창작을 병행했다는 것은, 문학의 패러다임 전환 속에서 그 두 가지 실천이 동질의 운동성을 띠고 있었음을 의미한다. 이 때문에 창작과 번역은 각자의 지분을 지니면서도 중첩되는 복합적 역학 관계 속에 놓여 있었으며, 그것은 시간의 추이와 문단의 조건 변동에 따라 다른 양상을 보일 수밖에 없었다.

작가의 번역 체험은 결국 이후의 창작 속에 그 흔적을 아로새기게 된다. 물론 이 사실이 앞서 거명한 모든 인물들의 번역과 창작 속에서 기계적 인과관계가 드러나리라 간주해도 좋다는 의미는 아니다. 중국의 루쉰, 일본의 아쿠타가와 류노스케芥川龍之介, 한국의 현진건처럼 창작소설보다 번역소설을 먼저 발표한 문인들도 존재하지만, 이 범주에 속하는 경우조차 번역 체험이 창작에 미친 영향을 탐색할 때에는 각양각색의 접근 방식이 필요할 것이다. 때에 따라서는 창작과 그 이후의 경험이 주체의 내면을 감발하여 특정 작품의 번역으로 연계되기도 했다. 최소한의 공통 지반은 이들 활동에서 번역과 창작의 의미를 유기적이고 통합적으로 사유하는 데 있다.

중요한 것은 그 유기성과 통합성을 고찰할 때 동아시아 번역장의 연속성도 고려되어야 한다는 점이다. 서구문학의 수용은 단순히 동아시아 3국의 공통된 현상만이 아니라 연쇄적 흐름이기도 했다. 동아시아라는 단위가 보다 특별한 것은 번역의 계보가 중첩된다는 데 있다. 저자는 한국어를 '종착역終着譯'으로 하고 일본어와 중국어를 경유지로 삼는 텍스트의 연쇄 및 굴절, 재맥락화 등의 문제에 비교적 오랜 시간 관심을 기울여왔다. 그 과정에서 한국어 역본譯本을 제대로 이해하기 위해서는 대개 일본과 중국의 맥락을 함께 파악해야만 한다는 교훈을 거듭 확인할 수 있었다. 이때 이를 하나로 엮는 통합적 사유, 곧 동아시아를 하나의 거대한 번역장으로 바라보는 접근은 실로 유용하다.[3] 서구 근대문학의 발견과 공급은 이 동아시아 번역장과 불가분의 관계에 있었다. 한국은 영미문학, 프랑스문학, 러시아문학 등의 전혀 다른 문학세계에 처음 접속함에 있어서, 지극히 예외적인 사례를 제외하고는 일본어나 중국어로 된 번역에 의존했다. 단적으로 말해, 동아시아 번역장의 구도에서 서구문학의 수용 경위를 검토하지 않는다면, 문학사의 주요 인물들이 갖게 된 문제의식의 태동胎動 역시 제대로 이해할 수 없다. 특히 한국의 경우, 1920년대 중반까지는 거의 전적으로 일본이 먼저 수용하고 번역한 '일본어로 된 서구문학'을 만났다. 중국 역시 일본어를 경유한 이중번역의 비중은 상당했다. '중역'이라는 현상만 놓고 보면 일본조차

---

3 주로 연동된 번역의 계보를 다루는 이 연구의 성격상, 본서의 동아시아 범주는 한국·중국·일본의 3국으로 한정된다. 이는 그간의 동아시아 담론에 비추어볼 때 '협의'의 범주라 할 수 있다. 동아시아의 개념 및 범주와 관련된 논의의 전개 양상은 쑨거, 김민정 역, 「동아시아 시각의 인식론적 의의」, 『왜 동아시아인가』, 글항아리, 2018, 57~125면 참조.

입장은 비슷하다. 1920년대를 전후한 시기까지도 소수를 제외한 일본의 문인들은 비영어권 서구문학의 수입에 있어서 영역본英譯本을 통한 중역에 의존했기 때문이다. 일본・중국・한국에 시간차를 두고 나타나는 일련의 텍스트들이 각국 문학사에서 어떠한 방식으로 변용되는지를 추적하는 것은 동아시아 근대문학사의 실질적 내용이 될 수 있다. 주체들의 실천은 그 자체가 동아시아 차원에서 얽혀 있었던바, 자국의 현상 내부로만 침잠해서는 제대로 된 역사성을 해명할 수 없을 것이다.

3. 번역과 검열의 역학

문학사를 복합 주체들의 실천 속에서 재구성하는 작업은 단순히 그들의 번역과 창작을 일련의 흐름 속에서 분석하는 것만으로는 불충분하다. 외적 요인의 개입으로 인해 본래의 의도가 왜곡될 가능성이 상존했기 때문이다. 특히 한국의 경우, 발표를 위해서는 번역이든 창작이든 식민지체제와 불화할 수 없었다. 이 조건은 텍스트에 많은 변화를 강제하였고 주체의 복합성을 심화시켰다.

식민지 조선의 출판은 어떠한 형태로든 총독부의 검열을 통과해야만 했다. '내지' 역시 검열제도는 존재했지만 식민지에 적용되던 형태와는 근본적인 차이가 있었고, 이로 인해 표현력의 임계 자체가 달랐다.[4] 표현의 임계는 번역의 임계와 일맥상통한다. 식민지 조선의 지식인들에게는 체제의 부조리를 환기하거나 그 자체를 전복시킬 수 있는 사상이 담긴 텍스트야말로 번역의 욕구를 강력히 추동했을 것이다. 그러나 아이러니하게도, 그러한 욕구를 충족시키기에 적합할수록 합법역合法域으로 포섭될 가능성은 희박했다.

검열은 가시적이고 실질적인 문학장의 형태, 즉 번역 및 창작의 탄생 조건과 직결되어 있는 제도적 조건이었다. 이는 동아시아 3국의 문학사가 달리 전개될 수밖에 없었던 유력한 배경이다. 중국은 기조가 달랐고, 일본과 한국은 검열의 기조 자체는 중첩되어 있었으나 강도가 상이했다. 특히 사회주의에 대한 극단적인 온도차는 각 공간에서 문학 텍스트의 성격을 날카롭게 구획하게 된다. 물론 동일한 공간 내에서도 개별 주체의 선택은 다종다양한 형태로 구현될 수 있었다. 그러나 검열제도가 특정 공간의 문인들에게 점차 공통된 감각을 형성시켰다는 사실은 변하지 않는다. 그것은 곧 문학으로써 발화 가능한 수준에 대한 감각이었다.

문제는 근래 급속도로 축적되어온 다방면의 검열 연구에도 불구하고, 번역의 문제를 적극적으로 포섭한 경우는 극소수에 불과하다는 것이다. 1920년대에 이르러 조선 문단에 일어난 다기한 변화는 여러 연구들이 지적해온 바다. 이 문제의 공통적인 배경은 소위 '문화정치기'의 민간 미디어 허용에 따른 문학 텍스트의 '양적 팽창'과 전대까지 비축되어 있던 신문학에의 열망이 일으킨 '질적 고양'일 것이다. 이는 창작뿐만이 아니라, 번역의 영역에서도 마찬가지였다. 기존에 서술되어

---

4 이 문제에 대해 본격적으로 규명한 연구로 한기형, 『식민지 문역 검열·이중출판시장·피식민자의 문장』, 성균관대 출판부, 2019 참조.

온 문학사를 창작과 번역으로 나눌 때, 두 진영 모두에게 1920년대가 각별한 모멘텀으로 인식된다는 것은 주지의 사실이다. 하지만 여기까지는 1920년대를 조선 문단의 시각으로 본 진단일 뿐이다. 동시대를 살아가면서 전혀 다른 방식으로 조선 문단에 개입할 수 있었던 또 하나의 주체가 있었으니, 바로 식민지 당국이다. 총독부는 검열제도를 통해 인쇄 매체와 콘텐츠를 직접적으로 통제하였다. 검열 담당자의 입장에서도 1920년대는 특별할 수밖에 없었다. 바로 검열의 대상이 격증한 시기였기 때문이다. 검열의 방식 자체도 전변했다. '허가하되 관리'하는 새로운 방식은 검열 주체에게 기존의 '금지 일변도' 방식보다 훨씬 많은 업무량과 고민의 순간들을 제공했을 것이다. 이렇듯 양의 증가와 함께 온 검열방식의 변화는, 적어도 1920년대 전반기까지는 검열기관을 혼란에 빠트렸을 가능성이 크다. 그들에게는 검열을 효율적으로 수행할 수 있는 제도적 장치도, 검열을 담당할 인적 자원도, 무엇보다 검열 주체로서의 경험도 모두 부족한 상황이었다.[5] 이는 곧 검열 결과의 유동성을 낳게 되고, 이 유동성은 다시 식민지인들로 하여금 비합법적 발화를 합법의 영역으로 소환하려는 욕망을 부추길 수밖에 없었다. 때문에 1920년대 전반기는 다양한 '불온한' 목소리들이 허술한 검열망을 뚫고 올라온 특수한 시기로 남아 있다.

이상의 논의를 요약하면 1920년대는 세 가지 영역에서 획기적 의미를 획득할 수 있다. 창작, 번역, 그리고 검열이 그것이다. 출판물을 검

---

5   이러한 상황에서 등장할 수밖에 없는 검열의 무원칙성은 식민지인이 다양한 반검열의 논리를 전개하게 되는 빌미로 작용했다. 상세한 논의는 박헌호, 「'문화정치'기 신문의 위상과 반검열의 내적 논리―1920년대 민간지를 중심으로」, 『대동문화연구』 50, 성균관대 대동문화연구원, 2005 참조.

열하는 당사자의 입장에서 보자면 대량으로 쏟아지기 시작한 텍스트 중 창작된 것과 번역된 것은 매한가지의 관리대상이었다. 아니, 오히려 그들은 진정으로 '불온한' 것들은 외부에서 온다는 감각을 지니고 있었을지 모른다. 1910년 11월에 총독부가 포고한 금서 51종은 대부분 번역서였고,[6] 1920년대 말부터 10여 년간에 걸친 검열의 통계 기록에서도 이수입물이 압도적 비중을 차지했다.[7] 군이 이러한 예를 들지 않더라도, 특정 사상과 메시지를 '차단'하는 검열과 자국 언어장에 새 것을 '소개'하는 번역은 태생적으로 대척점에 있다. 검열 주체의 입장에서 번역 텍스트들은 언제나 수위 높은 잠재적 위법성을 내포하고 있었다. 사정이 이러하다면, 검열 연구의 영역에서 번역 텍스트에 보다 주목해야 할 이유는 충분하다.

하지만 전술한 바처럼, 번역 텍스트를 통해 검열의 성격을 탐색하려는 학계의 노력은 미미한 편이다. 21세기에 들어와 본격화된 식민지 검열 연구는 끊임없이 진전을 보여 왔으며, 문학 텍스트는 그중에서도 주요한 연구 대상이었다. 다만 연구자의 시선은 대부분 '창작'에 몰려 있었고, 앞으로도 그럴 가능성이 크다. 이에 이 책에서는 텍스트의 생산 주체와 번역·창작에 개입한 식민지 제도 사이의 길항을 분석하는 것을 주요 과제 중 하나로 삼았다.

한·중·일의 근대문학은 공통적으로 '번역문학'과 함께 성장했다.

---

6   51종의 검열 처분과 관련한 법적 분석과 관련해서는 다음이 상세하다. 장신, 「한국강점 전후 일제의 출판통제와 '51종 20만권 분서(焚書)사건'의 진상」, 『역사와 현실』 80, 한국역사연구회, 2011.

7   박헌호·손성준, 「한국 근대문학 검열연구의 통계적 접근을 위한 시론―『조선출판경 찰월보』와 식민지 조선의 구텐베르크 은하계」, 『외국문학연구』 38, 한국외대 외국문학 연구소, 2010 참조.

문인들은 자국 문단과 출판시장을 대상으로 번역문학과 창작문학을 교차적으로 공급하는 복합적 실천을 보여주었다. 이 과정에서 일어난 번역-창작 간의 상호작용은 결국 문학사의 내실을 채워나간 주요한 동력이었다. 우리가 알고 있는 근대문학의 정전正典들은 많은 경우 누군가가 번뜩이는 영감을 얻어 내어놓은 우연의 산물이 아니다. 그들에게는 새로운 문제의식을 형성시킨 계기들이 있었다. 그 계기는 보통 어떠한 문학적 '모델'을 접하고서 종래의 관점이 완전히 달라진 데서 비롯되었다. 문인들 중 상당수는 그 '모델'을 번역하여 자기 '개안'의 계기 자체를 문단에 제공하고자 했다. 그들의 '창작' 또한 그 연장선에서 파악될 필요가 있다. 이에 더하여 동아시아적 배경에서 중역이라는 번역 방식이 빚어내는 차이, 그리고 '검열'이 강제하는 번역 공간의 편차가 고려될 수 있다면, 한국 근대문학 연구는 완전히 새로운 입체성을 획득하게 될 것이다.

원래 함께 하던 이들이 헤어졌다가 세월을 건너 다시 만날 때, 우리는 '해후邂逅'라는 표현을 사용한다. 이 연구가 근대문학사의 초창기를 선도했던 이들에게 번역 주체로서의 정체성을 되찾아주길, 그럼으로써 번역이 마침내 문학사와 제대로 해후할 수 있길 기대해 본다.

소설개량론의 한국적 변주

---

1. 이원화 구도의 한계

한국의 1900년대는 인쇄매체를 통해 기존 소설에 대한 신랄한 비판을 표출한 최초의 시기다. 동시에 소설의 지위가 격상을 이룬 때이기도 하다. 소설을 둘러싼 주장들이 논설 속에서 증폭하였고 신문·잡지에는 '소설'란이 빈출했다. 단행본 소설의 발간도 본격화되었다. 이러한 현상은 물론 소설관 변화의 산물이었다. 바꾸어 말하자면, 이 시기에 소설을 이해하는 사회의 토대가 전변했다.[1] 기존 소설에 관한 비판적인

---

1   차태근은 문학의 근대성에 접근하기 위해서는 문학작품 자체가 아니라 "문학을 무엇이 어떻게 담론화하는가"에 주목할 필요가 있다고 역설했다. 근대문학의 위기 담론은 사

목소리가 쏟아졌지만, 그 안에 소설을 향한 새로운 기대가 함축되어 있었다는 것은 두말할 필요도 없다. 소설은 거듭 호출되기 시작했고 그 이전과는 다른 무엇으로 거듭나고 있었다.

이 변화의 동력에 대해서는 다양한 논의들이 있었다. 정치적 조건을 중심으로 한 시대적 배경과 인쇄매체라는 물적 토대는, 대개의 선행 연구가 전제로 받아들이는 바다. 다음은 강조점을 어디에 두느냐일 텐데, 우선 소설로 명명되기 이전의 원형적 서사물들이 근대소설로서 내·외양을 갖추어 가는 과정에 초점을 맞추는 연구들이 있는가 하면, 다른 한편에서는 번역이라는 외래적 계기에 주목해왔다. 본 장은 후자의 견지에서 논의를 전개하나 번역의 영향 자체가 아닌 '변용의 역동성'에 초점을 맞출 것이다.

번역이라는 동력에 착안한 연구들은 공통적으로 중국이나 일본의 영향에 주목해왔다. 박은식, 신채호 등이 개진한 소설론이 중국 측의 맥에 닿아 있고 그 실천의 결과가 이른바 '역사전기소설'이라면, 이인직 등은 일본문학의 영향을 원천삼아 '신소설' 저작으로 나아갔다는 익숙한 구도를 떠올릴 수 있을 것이다. 전술한 두 부류가 동시대에 있었던 것은 사실이다. 그러나 연재, 출판, 유통 등의 기준으로 볼 때 신소설의 실질적인 전성기는 1910년대였다.[2] 1900년대의 주류 서사물(번역과 창작을 포괄하여)은 역사물과 전기물이라 할 수 있다. 소설론을 주도했던

실상 문학과 사회의 관계 변화에 대한 "징후적 언설"이기 때문이다. 차태근, 「문학의 근대성, 매체 그리고 비평정신」, 『문예공론장의 형성과 동아시아』, 성균관대 출판부, 2008, 80면.

2　구체적으로는 1912년부터 1914년까지에 가장 집중되어 있다. 한기형, 「1910년대 신소설에 미친 출판·유통 환경의 영향」, 『한국 근대소설사의 시각』, 소명출판, 1999, 223~225면 참조.

이들 역시 역사전기물의 생산자 진영이었다. 그러나 임화의 문학사 서술에서 단적으로 나타나듯 이광수로 가는 근대 소설사의 연결고리 자체가 이인직에게 주어져왔으며, 역사전기물 진영에 대해서는 과도기적 성격이나 계몽운동의 가치만이 궁구된 경향이 있다.[3] 계몽을 위한 문학의 도구화는 근대문학의 미적 자율성과 배치되는 것으로 여겨졌는데, 이로 인해 그들의 작업에서는 대중과의 괴리를 유발한 경직된 소설관 및 문체의 문제 등이 자주 지적되어 왔다.

특히 박은식 류의 실천을 가볍게 만든 결정적 요인은 '량치차오粱啓超의 절대적 영향력'이라는 규정에서 찾을 수 있다. 1900년대의 공리주의적 소설관에 대해서는 일찍부터 량치차오의 영향력이 논급되어 왔다. 이후로 박은식, 신채호 등의 소설론은 량치차오와의 상동성이라는 틀 속에서 다뤄지는 경우가 많았다. 그러나 이로 인해 박은식 등의 문제의식 자체에 내장된 오리지널리티가 충분히 논의될 수 없었다. 반면, 외래적 영향력을 괄호치고 소설에 대한 이들의 '실천'(소설론, 번역, 창작)을 자생적인 것으로 전제하는 경우도 한계를 지닌다. 번역을 통과한 1900년대의 다양한 텍스트들을 다루며 중국 및 일본의 영향을 가늠해보지 않을 수 없고, 창작이라 할지라도 그 배경에 번역이 놓여 있다면 그 연관성을 따져볼 이유는 충분하다. 결국 번역의 영향이 작용한 지점과 그렇지 않은 지점을 제대로 파악한 이후에야 진정한 한국적 현상을 도출할 수 있다는 것이다.

---

3 적극적으로 평가될 경우, 1920년대 이후 역사소설의 예비 단계(강영주, 『한국 역사소설의 재인식』, 창작과비평, 1991; 김찬기, 『한국 근대소설의 형성과 전(傳)』, 소명출판, 2004; 이승윤, 『근대 역사담론의 생산과 역사소설』, 소명출판, 2009)로 파악되거나, 이와 성격은 다르지만 최근의 번역 연구를 통한 재평가를 들 수 있다.

본 장은 소설을 개량하고자 한 주체들의 실천에서 나타나는 한국적 특질을 고찰한다. 이를 위해 저자는 번역의 역할과 관련된 기본적인 질문들을 다시 던질 것이다. 예를 들면 '받아들인 것과 변형한 것은 무엇이었나', '받아들일 수 있었던 조건은 무엇이었으며, 변형했다면 왜 그럴 수밖에 없었나', '한국의 경우 궁극적으로 무엇이 달랐나'와 같은 것들이다.

량치차오의 소설 인식과 그 영향력을 크게 받은 것으로 알려진 박은식 및 신채호의 소설 관련 작업 사이에는 근본적 차이가 있다. 단적으로 말해, 그것은 '전기'와 '소설' 사이의 경계境界 설정에서 나타난다. 본디 '전기傳記'는 한문 전통 양식인 '전傳'과 '기記'의 합성어로서, 주관적 요소가 개입되기는 하나 전자는 인물 중심, 후자는 사건 중심의 역사서술이다. 그러나 현재 주로 사용되는 합성어 '전기'는 전자인 '전'의 일반화된 표현에 가깝다. 이에 본 장에서 사용하는 '전'/'전기'/'전기물'이라는 용어는 기본적으로 모두 역사서술로서의 '傳'을 지칭한다. 한편 지식인들의 전통적 '전' 인식과는 달리 순국문 전용자 층에게 있어 '전'은 조선 후기 영웅소설을 강하게 환기하곤 했다. 따라서 조선 후기의 '전'류 소설을 다룰 때는 부분적으로 소설로서의 '전'을 언급하게 될 것이다.[4] 그렇다면, 전술한 중국과 한국이 구별되는 '전기'와 '소설' 사이의 경계란 무엇인가? 이를 검토하기 위해 우선 량치차오의 경우를 개괄할 필요가 있다.

---

4 조선 후기 '전'과 소설의 연관성에 대해서는 박희병, 『조선 후기 전의 소설적 성향 연구』, 성균관대 출판부, 1993을 참조. 중국에서 시작된 '전기'의 기원 및 용례, 소설적 성향을 띠게 되는 역사적 변화 과정에 대해서는 윤하병, 「중국에 있어서 전기에서 소설에의 발전 과정」, 『중국인문과학』 14, 중국인문학회, 1995를 참조.

2. 량치차오의 소설론과 '전기'·'소설'란의 병립

  량치차오의 소설론 역시 시대의 산물이었다. 1902년 11월 중국 최초의 문학 전문잡지『신소설新小說』의 창간이 있었고, 이와 함께 발표된 「소설과 군치의 관계를 논함論小說與群治之關係」에서 제창된 '소설계혁명'이라는 구호는 당시 중국 지식인 사회에서 큰 파장을 일으켰다. 무술변법 이후 사실상 이 파장의 에너지는 축적되어 가고 있었지만,[5] 량치차오는 매체를 통한 영향력과 스스로의 실천을 통해 중국 근대소설사에서 핵심적인 존재로 자리매김했다. 흥미로운 것은 그가 '사전전통史傳統'을 소설 속에 적극 포섭한 '신소설가'이면서도,[6] '전'과 '소설'에 대한 명확한 경계 의식을 보여준다는 것이다.

  량치차오는 변법시기 최고의 잡지『시무보時務報』의 주필이었는데, 이때부터 그는『수호전』,『삼국지』,『홍루몽』등의 독자가 육경六經보다 많다는 것을 들며, 속어俚語를 통한 민중 계몽의 가능성을 설파한 바 있다.[7] 해당 글의 경우 주지가 민중 / 민중어에 있어서, 소설의 가치 및 쇄신이 직접적으로 천명되지는 않았다. 주목하고 싶은 것은『시무보』의 전기물이다. 량치차오의 본인의 글은 아니었지만『시무보』에는 조지 워

5　陳平原, 이의강 역, 「중국소설의 근대적 전환」, 『동아시아 서사학의 전통과 근대』, 성균관대 출판부, 2005, 267면.

6　陳平原, 이종민 역, 『중국소설 서사학』, 살림, 1994, 제7장 참조. 오히려 '사전전통'이 그 경계 의식을 더 날카롭게 했을 수도 있다.

7　「論學校五(變法通義三之五 幼學)」(제18호, 1897.2.22)에서이다. 齊藤希史, 「近代文學観念形成期における梁啓超」, 狹間直樹 編, 『共同硏究 梁啓超-西洋近代思想受容と明治日本』, みすず書房, 1999, 300~301면.

싱턴의 전기인 「화성돈전華盛頓傳」이 잡지 창간일인 1896년 8월 9일부터 11월 15일(제11호)까지 연재되었다. 고정된 '전기'란을 통해서 나오지는 않았다 해도, 「화성돈전」의 존재로 미루어볼 때 이 시기부터 량치차오가 번역 전기물의 효용을 인지했던 것은 분명하다. 「화성돈전」의 저본은 영문 전기였으며, 연재 이전에 이미 단행본 전기가 먼저 있었다. 『시무보』의 「화성돈전」은 본래 이 여여겸黎汝謙과 채국소蔡國昭가 공동 집필한 단행본 『화성돈전』(1886)을 『시무보』에 연재한 것이었다. 여여겸은 1882년 청의 일본 고베 이사관理事官을 역임할 때 당시 번역관이었던 채국소에게 부탁하여 어빙 워싱턴Washington Irving(1783~1859)이 저술한 *The life of George Washington*(1855~1859년 사이 시리즈 출간)을 구입, 번역까지 맡겼다. 이후 3년에 걸친 채국소의 번역과 여여겸의 감수를 거쳐 『화성돈전』은 간행되었지만, 그다지 인기는 얻지 못하다가 『시무보』 연재에 이르게 된 것이다.[8]

이후 량치차오는 도일 직후인 1898년에서 1901년 사이 『청의보淸議報』를 통해 일본의 정치소설을 선택하여 번역한다.[9] 『청의보』 제1기에 연재된 첫 소설은 「정치소설 가인기우政治小說 佳人奇遇」(이하 「가인기우」)였고, 이 첫 회에 부쳐 량치차오는 유명한 「역인정치소설서譯印政治小說序」를 발표했다. 다음은 이 글의 마지막 부분이다.

---

8 潘光哲, 『華盛頓在中國—製作 「國父」』, 三民書局, 2005, 90~92면. 이 『화성돈전』을 복제하여 유통되고 있던 『華盛頓泰西史略』(1897) 역시 역사물의 외피를 두른 전기물이었다. 복제서나 독후감 등 해당 서적이 미친 영향력에 대해서는 이어지는 94면까지를 참조.

9 「佳人奇遇」, 『淸議報』 제1~35기, 1898.12.23~1900.2.10; 「經國美談」, 『淸議報』 제36~69기, 1900.2.20~1901.1.11.

예전에 유럽 각국의 변혁이 시작되자 훌륭한 학자와 뛰어난 인물이 때때로 자신의 경력과 가슴 속에 쌓아왔던 정치적 논지를 오로지 소설에 표현했다. 그랬더니 학교에서 배우는 제자들이 그것을 입수하고 입으로 퍼뜨려, 아래로는 병사·상인·농민·장인·마부와 병졸·부녀자와 아이들에 이르기까지 입수하고 입으로 퍼드리지 않는 자 없었고, 가끔 한 권의 책이 출판될 때마다 전국의 논지는 그로 인해 확 바뀌었다. **미국·영국·독일·프랑스·오스트리아·일본의 정계가 날로 진보하고 있는 것은 정치소설의 공적이 가장 크다.** 영국의 명사인 모씨는 말한다. '소설은 국민의 혼이다'라고. 그 말 대로다. 그 말 그대로다. **현재 외국의 유명한 학자의 저술과 관련하여 오로지 현금의 중국의 시국과 관련이 있는 것만을 선별하여 순서대로 번역하여** 잡지의 마지막에 첨부한다. 애국 지사들이여 원컨대 읽어주기 바라노라.[10]

여기서 량치차오는 주요 국가들의 쇄신을 주도해 온 정치소설의 역사적 순기능을 설파한 후 자신이 "중국의 시국과 관련이 있는 것만을 선별하여" 번역했음을 선전하고 있다. 그가 선별하여 『청의보』 발행 기간 내내 연재한 「가인기우」와 「경국미담經國美談」은 모두 메이지 일본의 대표적 정치소설을 저본으로 한 것이었다. 즉, 그는 '정치소설'을 '정치소설'로 옮긴 것이다. 이들 정치소설에 실제 역사적 인물들이 등장했다고 해서 량치차오가 『시무보』 시기의 「화성돈전」과 『청의보』의 「가인기우」를 동류로 여겼을 가능성은 없다. 번역의 계통 자체가 달랐을 뿐 아니라

---

10 한국어 번역은 인용자. 이하 별도의 언급이 없을 시, 이 책에서 인용하는 외국어 원문의 번역, 옛 한국어의 현대어 윤문(의미 전달만으로 충분한 문맥에서는 가독성을 위해 현대어로 윤문함), 강조 표기 등은 인용자에 의한 것이다.

『시무보』 시기에는 '소설'에 대한 문제의식 자체도 여물어 있지 못했다. 『청의보』에서의 '정치소설'이라는 용어는 명확하게 동시기 메이지 문학계의 그것으로부터 이식된 것이다.[11] 량치차오 자신의 정치소설 「신중국미래기新中國未來記」(1902) 역시 본 맥락의 연장선에서 확인 가능하다. 「신중국미래기」의 탄생에 미친 「가인기우」의 영향도 뚜렷하거니와, 이 작품의 특징인 초반부의 도치서술의 시도는 스에히로 텟쵸末広鉄腸의 정치소설 『설중매雪中梅』를 모태로 한 것이었다.[12] 한편 전반적 형태로 볼 때 「신중국미래기」는 『이십삼년미래기二十三年未來記』(1886)를 비롯, 여러 자유민권운동기의 정치소설을 참조한 바 크다.[13] 량치차오는 번역뿐 아니라 창작에 있어서도 일본의 '정치소설'을 참조하여 자신의 '정치소설'에 적용한 셈이다. 량치차오가 도일한 1898년, 일본문학계에서는 『소설신수』의 사실주의 소설론에 찬동하지 않는 이들을 중심으로 '정치소설'의 재조명이 한창이었다. 당시 일본의 '정치소설'은 자유민권운동 쇠퇴와 함께 사장된 과거의 유산이 아니라, 여러 문학 논쟁의 공통분모였던 '연軟문학(인정 소재, 섬세한 묘사 중시)'과 '경硬문학(웅대한 구상, 경세의 뜻을 펼침)'의 대립에서 한 축이 되어 새로이 근대문학의 규범적 지위를 넘보고 있었다.[14] 량치차오가 「역인정치소설서」를 발표하고 "'국민소설로서의' 정치소설을 드높이 세운 것은 오히려 시류에 편승한 것이라고조차 볼 수 있을

---

11 이는 후술할 박은식의 '정치소설'이 정관공의 '정치소설'을 그대로 가져온 것과 마찬가지다.
12 陳平原, 이종민 역, 앞의 책, 69~71면.
13 『二十三年未來記』 역시 스에히로 원작이었다. 스에히로와 량치차오는 정치적 입장까지 유사했다. 山田敬三, 「『新中國未來記』をめぐって―梁啓超における革命と変革の論理」, 狹間直樹 編, 앞의 책, 350~353면.
14 齊藤希史, 앞의 책, 309~312면 참조.

정도"[15]였다. 이러한 풍조 속에서 량치차오는 일본의 대표적인 정치소설들을 번역하였고, 연이어 나름의 창작으로 나아간 것이다.

'전기'와 '소설'의 경계 구분은 후자를 '역사소설'로 한정한다 해도 마찬가지였다. 『청의보』 시기 꾸준히 정치소설을 번역 연재하던 량치차오는, 1902년 2월 8일 『신민총보新民叢報』를 창간하며 매체적 영향력의 정점을 향해 가고, 동년 11월 14일에는 『신소설』을 창간한다. 이 잡지의 발간에 앞서, 1902년 8월 『신민총보』에는 해당 잡지의 광고문이 출현했다.[16] 특대면 2페이지에 이르는 본 글에는 량치차오의 소설론과 더불어 차후 『신소설』의 내용 구성이 함께 예고되고 있다. 아울러 이 광고에는 각 항목에 대한 부연 설명 및 게재 예정 작품명까지 부분적으로 공개되었다. 우선 항목만을 추려보면 다음과 같다.

도화(圖畵) / 논설 / **역사소설** / 정치소설 / **철학[哲理] 및 과학소설** / 군사소설 / 모험소설 / 탐정소설 / 애정[寫情]소설 / 괴기[語怪]소설 / **차기체(箚記體)소설** / **전기체(傳奇體)소설** / 세계명인일화 / 신악부(新樂府) / 광둥노래[粤謳] 및 광둥희본(廣東戲本)

---

15 齊藤希史, 앞의 책, 310면. 한편, 이런 측면에서 저자는, 량치차오의 정치소설론이 "일본 정치소설과의 개념상 낙차"가 있다거나, 『청의보』 시기와 『신소설』 시기의 '정치소설' 개념 사이에 모순이 있다는 판단(윤영실, 「근대계몽기 '역사적 서사(역사/소설)'의 사실, 허구, 진리」, 『한국현대문학연구』 34, 한국현대문학회, 2011, 82~84면)과는 다른 관점을 갖고 있다.

16 「中國唯一之文學報 新小說」(『新民叢報』 제14기, 1902.8.18) 본래 『신소설』의 제1호 간행 예정일은 9월 15일이었으므로(광고문 하단 참조), 예정대로라면 이른 시기의 광고는 아니었다.

확인할 수 있듯, 중간에 핵심이 되는 각종 '○○소설(강조 부분)'을 두고, 앞부분과 뒷부분에는 비소설 항목이 있다. 10종에 이르는 소설 분류에 대한 부연 설명을 보면, 나머지는 들러리의 느낌이 들 정도로 '역사소설'과 '정치소설'에 대한 지면 할애가 많다. 그러나 '정치소설' 범주는 물론이고 '역사소설'에도 역시 '전기'는 포함되지 않는다.[17] 비록 『알렉산더 외전亞歷産大外傳』, 『워싱턴 외전華盛頓外傳』, 『나폴레옹 외전拿破侖外傳』, 『비스마르크 외전俾斯麥外傳』, 『사이고 다카모리 외전西鄉隆盛外傳』이 목록에 제시되어 있지만 이것을 단순히 '소설'로 수렴된 '전기'의 양상으로 판단하는 것은 섣부르다. '전傳'이 아니라 '외전外傳'이라는 용어를 사용하기 때문이다. 둘의 차이를 '역사'와 '역사소설'의 차이로 이해해도 좋을 것이다. 중국적 '전傳'의 전통에서 '외전外傳'은 정사正史 외부에 있으며, '본전本傳', '정전正傳'의 상대 개념이다.[18] 따라서 이 '외전'의 개념은 그가 이미 여러 차례 영웅을 다루며 사용했던(또한 사용하게 될) '전기'란의 '전'과는 다르다.[19] 량치차오는 역사소설의 정의를 "역사

---

17 저술과 역술이 계획된 것으로 소개되는 '역사소설'들은 크게 '연의'와 '외전'으로 구성되어 있었다. 여기에 속하는 것으로 예고된 작품명과 관련 정보를 이하에 제시하도록 한다. 『羅馬史演義(로마사연의)』, 『十九世紀演義』(문명국을 중심으로 세계의 역사적 사건을 소재로 한 연의 예로는 빈 회의 및 의화단 사건이 언급됨. 유명 역사가의 사서 수십 종으로 구성할 계획이었음), 『自由鐘(미국독립사연의)』, 『洪水禍(프랑스대혁명연의)』(프랑스 혁명의 폭력성을 드러낼 의도를 보임), 『東歐女豪傑』(러시아 여호걸 3인을 주인공으로 삼는다고 소개, 주인공은 무정부주의자 소피아 페롭스카야 등임. 전제정권과 맞서 싸우는 여성 애국자의 구도로 예정됨), 『亞歷産大外傳(알렉산더 외전)』, 『華盛頓外傳(워싱턴 외전)』, 『拿破侖外傳(나폴레옹 외전)』, 『俾斯麥外傳(비스마르크 외전)』, 『西鄉隆盛外傳(사이고 다카모리 외전)』.

18 중국 소설의 발아와 '外傳'을 연결 짓는 논의로 윤하병, 앞의 글, 426~428면 참조.

19 량치차오는 '전기'를 5가지로 분류한 바 있는데, 곧 '列傳', '年譜', '專傳', '合傳', '人表' 였다. 「中國歷史研究法補編」, 『飮氷室專集』九十九, 中華書局, 1994, 38면(최형욱, 「梁啓超의 傳記觀 研究」, 『중어중문학』 42, 한국중어중문학회, 2008, 86면에서 재인용). 량치차오가 '외전'을 '전기'의 영역으로 생각하지 않는다는 것은 여기서도 나타난다.

상의 사실을 재료로 삼아, 연의체를 사용하여 서술한 것"이라 하며, 『삼국지』와 『삼국연의』를 각각 정사와 연의체 소설(역사소설)의 사례로 꼽고 있다. '연의演義'란 역사적 소재를 취하되 내용을 발전시키고 부연하며 풀어쓰는 것으로, 결국 허구적 요소의 개입을 전제하는 글이다. 그러나 '전기'란의 텍스트들은 달랐다. 량치차오의 전기물을 검토해 보면, 번역상의 첨삭이나 독자적 발화, 심지어 사실을 미묘하게 전유하는 시도까지 발견되지만, 역사 자체에서 이탈한 연의적 요소는 찾아보기 힘들다.

『신소설』창간 이전부터 『신민총보』에는 '소설'과 '전기'란이 공존했고, 이 체제는 『신소설』창간 이후에도 변함없이 이어져 각자의 정체성을 유지해나갔다.[20] 만약 량치차오가 전기물을 역사소설의 일분야로 인식했다면, 『신민총보』의 '전기' 텍스트는 모두 『신소설』에 실리거나 『신민총보』의 '소설'란에 발표할 수도 있었을 것이다. 그러나 오히려 량치차오는 『신민총보』의 '전기'란을 위해 특별한 주의를 기울였다. 1903년 2월의 미국행 이후 1904년 4월에 다시 『신민총보』 주필을 맡을 때까지를 제외하면 '전기'란은 모두 그에 의해 직접 집필되었다.[21] 그의 창작 소설이 한 편에 불과한 것과는 대조적이다. 이렇게 '전기'와 '소설'은 지면을 분할한 채 서로의 공간에서 병존했다.

사실 『신민총보』 '전기'란의 태동 자체는 량치차오의 '소설' 체험과 무관하지 않다. 「가인기우」 제7회, 제8회, 제9회의 이야기가 바로 형가

---

20 '전기'란의 경우 제69호(1905.5.18)까지 확인되며 『신민총보』 자체의 6개월의 공백 이후인 제70호(1905.12.11)부터는 사라진다. '소설'란은 제72호(1906.1.9)까지 유지된 후 73호(1906.1.25)부터 '소설'과 '문범'이 통합된 '문예'란으로 바뀐다.
21 夏晓虹,「近代传记之新变」,『阅读梁启超』, 三联书店, 2006, 287면.

리 영웅 코슈트를 중심으로 하고 있었기 때문이다.[22] 소설에서 발견된 코슈트는 량치차오가 1902년『신민총보』제4호에 '전기'란을 개설하고 선택한 첫 번째 인물이 된다. 또한 량치차오는 '전기'를 통해 획득한 소재인 '마찌니'와 '롤랑부인'을 자신의 소설「신중국미래기」(『신소설』 3, 1902.12)의 소재로 활용하기도 했다. 이렇듯, 소재를 활용하는 측면에서는 량치차오 역시 소설과 전기의 경계를 넘나들고 있었다. 나아가 량치차오는「소설과 군치의 관계를 논함」에서도 역사적 인물의 소설화 필요성을 논한 바 있다. 하지만 이 경우에 그가 염두에 둔 것은 '외전'일 것이며, '소설 주인공'으로서 대별되는 그룹 자체도『홍루몽』이나『수호지』의 주인공이었다.[23] 량치차오에게 전기란 인물 자체의 역사여야만 했고, '신사新史'[24]의 한 갈래로서 존재했다. 비록 그의 전기 속에서 극적 장치나 일말의 문학성이 발견된다 해도 소설에 비할 바는 아니었다. 덧붙이자면 예고된 '외전'조차도『신소설』에 출현하지는 않았다. 예정 대상 중 비스마르크 정도만이 '외싸' 자를 버린 채『신민총보』에 실릴 수 있었는데, 이는 물론 '소설'란이 아닌 '전기'란에서였다.[25]

'소설'과 '전기'란의 병존에서 나타나듯,『청의보』의 소설 번역과『신

---

22 松尾洋二,「梁啓超と史伝―東アジアにおける近代精神史の奔流」, 狹間直樹 編, 앞의 책, 261면.

23 량치차오는 만약 소설의 주인공이 워싱턴이면 독자들은 워싱턴으로 화할 것이고, 주인공이 나폴레옹이면 나폴레옹으로 화할 것이라 했다. 이 대목은『홍루몽』주인공에게 감정을 이입하는 사람들에 대한 비판 이후에 위치한다. 梁启超,「论小说与群治之关系」, 洪治纲 主编,『梁启超 经典文存』, 上海大学出版社, 2003, 79면.

24 량치차오에게 '전기'가 '신사학(新史學)'의 범주에 속하다는 논의로는, 최형욱, 앞의 글, 87~93면을 참조.

25 蜕庵,「鐵血宰相俾斯麥傳」,『新民叢報』34・36, 1903. 이 전기물의 연재는 량치차오가 미국 방문으로 부재중일 때 이루어졌다.

민총보』의 전기 번역은 엄연히 독립된 영역이었다. 량치차오가 '소설'에서 '소설'을 불러낸 것처럼, '전기'를 번역할 때 사용한 일본어 저본 자체도 '전기'였다. 코슈트뿐 아니라, 이탈리아 건국 삼걸, 마담 롤랑, 올리버 크롬웰 등 이후 량치차오의 전기물 역시 일본에서 '전'으로 발간된 저서를 옮겨내는 과정에서 나왔다. 그리고 이들의 저본이 된 일본어 전기의 기원에는 언제나 영어권의 'biography'가 위치하고 있었다.[26] '전기(영·미)'가 '전기(일본)'로, 이어서 '전기(일본)'가 '전기(중국)'로 옮겨진 셈이다.[27] 량치차오는 전기 외에도 소설『십오소호걸十五小豪傑』(1902.2.22~1903.1.13,『신민총보』제2~24기)에 대한 번역을 동시에 진행했는데 이 경우는 '소설'란으로 옮겼다는 사실도 이 구도를 뒷받침한다.

어떤 사정에 기인했든, 량치차오의 '전기'에 '소설'이라는 정체성이 부여된 것은 한국에 소개되면서부터였다. 일종의 양식적 변주가 이루어진 것이다. 예컨대 량치차오의『근세제일여걸 라란부인전近世第一女傑 羅蘭夫人傳』은『대한매일신보』국문판 '소설'란에『근세데일녀중영웅 라란부인젼』(1907.5.23~7.6)이라는 이름으로 연재되었다.『대한매일신보』국문판의 첫 번째 '소설'란이었다. 소설에서 멀어 보일 수도 있었지만,『라

---

26 여기서는 번역 경로와 관련, 량치차오의 첫 번역 전기였던 「코슈트전(傳)」만을 예로 들어 본다. 량치차오는 「匈加利愛國者噶蘇士傳」의 집필에 있어서 이시카와 야스지로(石川安次郎, 1872~1925)의 「ルイ, コッスート(루이 코슈트)」를 저본으로 하였다. 「루이 코슈트」는 잡지『太陽』제5권 22호와 제24호(1899.10~11)에 게재된 후 이듬해 출간된 전기물 모음집『近世世界十偉人』에 재수록되며, 이시카와가 참조한 것은 영문판 P. C. Headley, *The Life of Louis Kossuth, Governor of Hungary*, Derby and Miller, 1852이었다.
27 차이가 있다면 일본어 전기의 경우 인명 뒤에서 발견할 수 없는 '전'이라는 표제가 량치오의 번역 과정에서 삽입된다는 것이다. 당시 일본의 출판물에서도 '傳'이 붙는 경우는 많아서 이를 공간적 특수성으로 보기는 어렵겠지만, '전'이라는 표기가 부재했던 텍스트들 위에 의도적으로 추가한다는 행위 자체는 '전기'라는 독자적 영역에 대해 량치차오의 '경계 의식'이 발현된 또 하나의 예일 것이다.

란부인젼』에 대한 편집진의 태도는 견지되어 연재 마지막에 내보낸 '사고社告'나 직후에 나온 단행본 광고에서도 거듭 '소설'로 호명되고 있다.[28]

텍스트의 횡단 과정에서 줄곧 나눠져 있던 '전기'와 '소설'이 왜 하필 한국에 이르러 결합되고 있는가? 이 현상을 어떻게 설명해야 할 것인가? 이 문제는 좀더 상세히 궁구되어야 한다. 일본과 중국의 '연속'적 지점이 한국에게는 '불연속'일 때, 한국적 특수성은 비로소 고개를 들기 때문이다. '소설'과 '전기'에 대한 동시적 고찰은 1900년대의 소설 장場을 입체적으로 조망할 수 있게 해주며, 1900년대의 소설 개량 담론을 재해석하는 작업이기도 하다.

3. 박은식의 '구소설' 비판과 '전傳'의 전략적 (불)연속성

현재까지 알려진바 박은식의 『정치소설 서사건국지政治小說 瑞士建國誌』(1907.7, 이하『서사건국지』) 역간譯刊 시점은 1900년대 전기물 단행본 중 두 번째에 해당한다. 첫 번째인 『오위인소역사五偉人小歷史』[29]가 역사서술형 전기물의 정체성을 간직했던 데 반해, 『서사건국지』는 아예 표지에서부터 '소설'로서 스스로를 현시하는 사례였다.

---

28 **쇼셜 라란부인젼**은 임의 끗치낫스매……"(「社告」, 『대한매일신보』, 1907.7.7) / "**이 쇼셜**은 순국문으로 매우 주미잇게 믄들어……"(『대한매일신보』 국문판, 1907.8.31).
29 첫 번째는 사토 슈키치(佐藤小吉)가 저술하고 이능우가 번역한 『五偉人小歷史』(보성관, 1907.5)이다.

여기서 박은식의 『서사건국지』를 둘러싼 사실 중 다음의 두 가지를 강조할 필요가 있다.[30] 첫째, '정치소설'이라는 표제는 박은식이 붙인 것이 아니다. 이는 저본이 된 정관공鄭貫公(본명 정철鄭哲, 1880~1906)의 『정치소설 서사건국지政治小說 瑞士建國誌』(中國華洋書局, 1902)로부터 유래했다.[31] 따라서 『서사건국지』의 '정치소설'은 비슷한 시기에 나온 『정치소설 애국정신』, 『정치소설 설중매』 등 여타의 '정치소설' 용례와는 편차가 있을 수밖에 없다. 이처럼 당시 '정치소설' 범주의 유동성은 일차적으로는 번역 경로의 복수성에서 연원한다.[32] 한편, 정관공은 직접 일본어 서적을 참조했다고 밝혔으나 그가 참조했을 법한 관련 일본서의 표제에는 '정치소설'이 발견되지 않는다.[33] 따라서 이 용어의 기점 자체를 정관공의 『서사건국지』로 보는 것이 타당할 것이다.

---

30 이 두 가지는 쉽게 오인되어 온 부분이기도 하다. 저자는 쉬리밍(徐黎明)의 연구(「중국을 매개로 한 애국계몽서사 연구-1905~1910년의 번역작품을 중심으로」, 인하대 박사논문, 2010, 82~110면)를 참조하여 두 가지 오해를 바로 잡을 수 있었다.

31 중국어본 내부의 구성 명칭에서도 '정치소설'은 반복하여 환기된다. 이 서적은 「政治小說瑞士建國誌序」(趙必振), 「校印瑞士建國誌小引」(李繼耀), 「自序」, 「例言」, 「政治小說瑞士建國誌目錄」, 「瑞士國計表」, 「瑞士圖」, 그리고 본문으로 구성되어 있다.

32 예컨대 스에히로 텟초(末広鉄腸)의 『雪中梅』를 구연학이 번역한 경우가 있다. 이때 구연학은 '정치소설'이라는 표제를 그대로 가져오기는 했으나, 오자키 유키오(尾崎行雄)가 소설 이론을 개진한 「서문」은 누락시켜 "공백의 기표"로만 옮겨졌다.(노연숙, 「20세기 초 한국문학에서의 정치서사 연구-한·중·일에 유통된 텍스트를 중심으로」, 서울대 박사논문, 2012, 218면)

33 윤영실은 정관공이 참조했을 법한 일본어 텍스트로 이하의 7종을 제시한 바 있다. ① 斎藤鉄太郎, 『瑞正独立自由之弓弦 1』, 三余堂蔵版, 1880, ② 山田郁治, 『哲爾自由譚前編一名自由之魁』, 泰山堂, 1882, ③ 盧田束雄, 『字血句涙回天之弦聲』, 一光堂, 1887, ④ 谷口政德, 『血涙萬行 國民之元氣』, 金泉堂, 1887, ⑤ 霞城山人(中川霞城), 『維廉得自由之一箭』(『少年文武』, 1890~1891년 연재), ⑥ 嚴谷小波, 「脚本瑞西義民伝-ウイルヘルムテルの一節」, 『文藝倶樂部』 9권 15호, 1903.11, ⑦ 佐藤芝峰, 『うゐるへるむ てる』, 秀文書院, 1905(윤영실, 「동아시아 정치소설의 한 양상-『서사건국지』 번역을 중심으로」, 『상허학보』 31, 상허학보, 2011, 20~26면). 확인 가능하듯, 어떤 일본서에서도 '정치소설'이라는 표제는 발견되지 않는다.

정관공은『청의보』기자를 지내는 등 유신파의 일원으로 활동하다가 혁명파로 전향한 인물이다. 전술했듯『청의보』는 거의 발행 전기간(1898~1901)에 걸쳐 정치소설「가인기우」와「경국미담」을 연재하고 있었으므로, 정관공의 '정치소설' 인식 또한 이『청의보』의 '정치소설'에서 출발했을 가능성이 크다. 하지만 량치차오와 정관공의 소설관은 엇갈리게 된다. 량치차오의 번역 대상이었던 두 일본어 텍스트는 본래 잘 알려진 일본의 '정치소설'이었다. 즉 당시 량치차오의 정치소설 개념은 번역을 매개로 한 일본과의 공유 지점을 갖고 있었다. 반면 정관공은 한때 량치차오의 영향 하에 있었음에도 불구하고, 정치 진영을 달리한 후에 오히려 '전'의 속성을 지닌 텍스트와 '소설'을 결합시켰다. 물론 이 결합조차 정관공의 참조한 일본어 원전 자체가 일반 '전기'와는 격차가 있었기에 가능했을 것이다. 그러나 '정치소설'『서사건국지』가 량치차오의 손에 번역된 '정치소설'「가인기우」나「경국미담」내지는 그가 직접 저술한「신중국미래기」와 본질적으로 다르다는 것은 분명하다. 결국 '정치소설'이라는 표제를 둘러싼 개인 대 개인의 연관 관계를 짚을 때는 '량치차오와 박은식'의 차이가 아니라 '량치차오와 정관공'의 차이가 우선되어야 한다. 정관공에 의해 굴절 혹은 창안된 것이 박은식에 의해 포착되었기 때문이다.[34]

그렇다면 박은식만의 특징적 문제의식은 무엇이었을까? 이에 답하

---

34 이는 물론『서사건국지』에서 '정치소설'이라는 용어의 발안자가 정관공이라는 것을 전제로 한 말이다. 만약 그 용어 자체가 '정치소설'에 대한 문제의식을 개진한 자오비전(趙必振)으로부터 제안된 것이라면 여기서 주체는 '량치차오와 자오비전'으로 바뀌어야 할 것이다. 정관공과 마찬가지로 자오비전의 이력에서도 혁명파와 유신파 양측의 접점을 찾을 수 있다.

기 위해서『서사건국지』관련 두 번째 사실에 주목해야 한다. 일반적
이해와 달리「서사건국지 서瑞士建國誌 序」(이하「서」)는 온전히 박은식에
의해 정초된 문장이 아니다.[35]『서사건국지』의 본문뿐만 아니라「서」
의 소설론 자체도 엄연히 저본이 존재하기 때문이다. 중국어본『서사
건국지』에서 자오비전趙必振이 따로 쓴「정치소설 서사건국지 서」와 정
관공의「자서自序」, 리지야오李繼耀의「교인서사건국지소인校印瑞士建國誌
小引」이 그것이다. 박은식은 자오비전의 글을 위주로 하되, 나머지 자료
를 부분적으로 활용하고 자신의 의견을 덧붙여 국한문판「서」를 완성
했다.[36] 이 때문에 자오비전 등의 글을 거의 그대로 옮겨온 대목에 대해
서까지 한국적 상황과 박은식의 사상적 특성을 추인하는 해석 방식은
적절치 않을 것이다. 해석의 무게를 두어야 할 부분은 단연 박은식이
의식적으로 만들어 낸 저본과의 '차이'에 있다. 분량으로 계산을 해보
면「서」의 약 50%는 박은식의 손에 의해 창작된 부분이다. 직접 첨가
분을 제외하고 박은식이 가장 적극적으로 개입한 대목은 다음과 같다.

　　자오비전, 政治小說 瑞士建國誌 序 : 중국에 예부터 전해오는 소설은 선본(善
　　本)이 전혀 없고, 모두가 끊임없이 노래하고 칭송하는 것은『서유(西遊 : 서유
　　기)』나『봉신(封神 : 봉신연의)』같은 황당한 것 아니면『홍루(紅樓 : 홍루
　　몽)』이나『품화(品花 : 품화보감)』처럼 화려한 것에 그친다. 또한『칠협오의(七

35　이 텍스트와 관련하여 임화는 "저간의 사정과 당시 조선 사람의 문학관을 알기에 절호
　　(絶好)한 문서"(임화,「개설신문학사」, 임규찬 편,『임화문학예술전집』2－문학사, 소
　　명출판, 2009, 143면)라 평하며 전문을 원용한 바 있고, 이해조의 소설론에는 없는 "지
　　사풍의 기개와 품위"(앞의 책, 170면)가 있음을 언급하기도 했다. 이후로도 한국 근대
　　문학 연구에서「서사건국지 서」는 당대 소설론의 정전처럼 취급되어 왔다.
36　쉬리밍, 앞의 글, 102~104면.

俠五義)』류는 문장이 저속하고 천하며 사건 또한 기괴할 뿐이다. 혹은 말하길, 『수호(水滸 : 수호지)』 한 권은 약간의 국가사상이 있어 진귀하다고 한다.[37]

박은식, 瑞士建國誌 序 : 우리 대한은 예로부터 소설의 선본(善本)이 없어서 ① 우리나라 사람이 지은 것으로는 『구운몽(九雲夢)』과 『남정기(南征記 : 사씨남정기)』 등 수종에 불과하고, ② 중국으로부터 들어온 것으로는 『서상기(西廂記)』와 『옥린몽(玉麟夢)』과 『전등신화(剪燈新話)』와 『수호지(水滸誌)』 등이요, ③ **국문소설은 이른바 『소대성전(蕭大成傳)』이니, 『소학사전(蘇學士傳)』이니, 『장풍운전(張風雲傳)』이니, 『숙영낭자전(淑英娘子傳)』이니 하는 따위가** 여항(閭巷)의 사이에 성행하여, 필부필부(匹夫匹婦)의 일상에 읽을 거리가 되고 있으니, 이것은 모두 황탄무계하고 음란불경하여 족히 인심을 방탕하게 하고 풍속을 무너뜨려 정교(正敎)와 세도(世道)에 관하여 해됨이 얕지 않다. 만약 세상에 다른 나라를 엿보는 자로 하여금 우리나라에서 현재 유행하는 소설 종류를 알아보게 한다면 그 풍속과 정교(正敎)가 어떻다고 말하겠는가?[38]

---

37 한국어 번역 및 괄호 주석은 인용자. 원문은 "中國之有小說, 由來已久. 絶無善本. 而家弦戶頌者, 非西遊封神之荒唐, 則紅樓品花之淫豔. 而所謂七俠五義之類, 詞既鄙俚, 事亦荒謬. 或謂水滸一書稍有國家思想, 亦鳳毛麟角矣".

38 숫자 삽입 및 강조는 인용자. 현대어는 민족문학사연구소 편, 『근대계몽기의 학술 문예 사상』, 소명출판, 2000, 95~96면에 따름. 강조 부분은 원문에 의거하여 "이니" 3회를 추가함. 원문은 "我韓은 由來小說의 善本이 無ᄒ야 國人所著ᄂᆞᆫ 九雲夢과 南征記 數種에 不過ᄒ고, 自支那而來者ᄂᆞᆫ 西廂記와 玉麟夢과 剪燈新話와 水滸誌 등이오. 國文小說은 所謂 蕭大成傳이니 蘇學士傳이니 張風雲傳이니 淑英娘子傳이니 ᄒᆞᄂᆞᆫ 種類가 閭巷之間에 盛行ᄒ야 匹夫匹婦의 菽粟茶飯을 供ᄒ니 是ᄂᆞᆫ 皆荒誕無稽ᄒ고 遙靡不經ᄒ야 適足히 人心을 蕩了ᄒ고 風俗을 壞了ᄒ야 政敎와 世道에 關ᄒ야 爲害不淺ᄒ니라. 若使世之覘國者로 我邦의 現行ᄒᄂᆞᆫ 小說種類를 問ᄒ면 其風俗과 政敎가 何如타 謂ᄒᄂᆞᆫ가?"(실제 원문에는 문장부호, 띄어쓰기, 단락구분이 없음)

위 인용문들에는 중국과 한국의 유명 소설들이 각각 제시되어 있다. 중국어본에 6편, 한국어본에 10편이 거론된다. 두 텍스트에서 중첩되는 경우는『수호지』하나밖에 없는데, 그조차 맥락은 다르다. 박은식이 제시한 10편은 다시 3종으로 구분된다. ① 우리나라 사람이 지은 것 2편, ② 중국으로부터 들어온 것 4편, ③ 국문소설 4편이다. 자오비전이든 중국소설의 사례를 접했으면서도, ②의 범주가 다른 것은 이 내용 전체에 박은식이 파악하는 한국적 현실이 투영되어 있다는 것을 방증한다. 더 눈길을 끄는 것은 박은식의 ①과 ③이다. ①에는 둘 다 김만중의 소설이 올라가 있으며, ③의 경우는 모두 '전傳'이라 명명된 작품이기 때문이다.

먼저 언급해두어야 할 것은, 기존의 '전'들을 박은식이 명확히 '소설'로 규정한다는 점이다. 이 사유에 대해서는 조선 후기 '전'의 전통과 연관 지어 생각해 보지 않을 수 없다. '전'과 '소설'은 전통적 서사 체계 내에서 분리되어 있었지만, 17~19세기 사이 '전'의 소설적 경사가 두드러져 '전계소설'[39]이 다수 등장했다. 경사의 정도와 상관없이 소설로 창작된 '전'류 작품의 경우 태생적으로 '소설'로서의 정체성을 갖고 있었는데,[40] ③의 작품들은 이와 연관성이 크다. 특히『소대성전』이나『장풍운전』은 조선 후기의 대표적인 대중 취향 영웅소설이었다.[41] 박은

---

39 박희병은 전의 소설적 경사가 심한 경우는 아예 '전' 자체를 '전계소설'로 볼 것을 제안했다. 박희병, 앞의 책, 387~404면.

40 박희병, 앞의 책, 391면.

41 예컨대『소대성전』의 대중성과 상업성 관련 논의는 고전문학 연구자들의 주요 화두 중 하나였다.(엄태웅, 「「소대성전」・「용문전」의 京板本에서 完板本으로의 변모 양상─촉한정통론과 대명의리론의 강화를 중심으로」,『우리어문연구』41, 우리어문학회, 2011, 40~43면 참조)

식이 그 사실을 명확히 파악하고 있었는지의 여부를 떠나, 「서」의 언급대로 당시 흥미 위주의 '전'류 소설이 국문소설의 주류를 형성하고 있었다면 '전'과 '소설'에 대한 그의 인식은 다분히 조선 후기 소설사의 흐름 속에서 배태된 것으로 볼 수 있을 것이다.

하지만 문제는 이들을 바라보는 그의 시각이 다분히 부정적이라는 것이다. ①에 해당되는 김만중의 소설 두 편 역시 '국문소설'에 대한 의지 속에서 나온 것임을 감안할 때,[42] ③에 대해서만 "국문소설"이라는 범주를 따로 작동시킨 것은 흥미롭다. 판단컨대, 박은식의 의도는 구소설류 중에서도 ③의 부류, 즉 '전'류 소설의 부정성을 따로 강조하기 위한 것에 있었다. 이 과정에서 ①은 "국문소설"로 명한 범주에서 분리된 것이다.[43] 박은식은 작금에 유행하는 '국문소설'과 '전'을 동격인 양 배치하였고, 이들은 강렬한 부정성이 깃든 대상으로 규정되었다.[44] ③이 그 직후 등장하는 구소설 개탄의 발화에서 가장 가까이 위치한 사례라는 점, ①과 ②의 나열 방식과는 달리 ③의 소설 네 편에만 주로 부정적 서술부와 호응하는 접속 조사 "이니"를 붙여둔 점 등도 이러한 생각을

---

[42] "그리고 그는(김만중 ― 인용자) 조선사람이 漢文漢詩를 숭내이는 것은 鸚鵡之言과같으니 왜朝鮮人은 朝鮮말로쓴 文學을갖지못하느냐고 同漫筆에論하여있다. 이듸까지든지 國民文學家이엿다." 김태준, 『증보 조선소설사』, 학예사, 1939, 113면.

[43] 물론 여기에는 ③에 해당하는 작품이 모두 저자 미상이기에 "우리나라 사람이 지은 것"이 확실한 ①과 구분하고자 한 의도도 반영되어 있을 것이다. 실제 4편 중에는 외래 서사가 포함되어 있었다. 『소학사전(蘇學士傳)』이 그것이다. 이는 명대(明代) 소설 『소지현나삼재합(蘇知縣羅衫再合)』을 번안한 『소운전』을 다시 개작한 작품이었다.(한국학중앙연구원, 『한국민족문화대백과』 웹자료, 항목 : '소운전')

[44] 김태준 역시 『조선소설사』의 '신소설' 관련 논의에서 구소설 작품의 예로 '傳'류 4편을 들었다. 곧 "『소대성전(蘇大成傳)』, 『양주봉전(梁朱鳳傳)』, 『권용선전(權龍仙傳)』, 『팔장사전(八蔣士傳)』"으로 박은식이 지적한 ③의 부류와 같거나 동궤에 있다. 김태준은 이들을 "새로운 지식을 받은 청년들에게 환영될 수 없"던 "천편일률한 군담류"라고 설명했다.

뒷받침한다.

이 배치는 지극히 전략적이었다. 박은식은 '구소설'의 '전'들이 차지해온 자리를 '신소설'[45]의 '전'들에 양도하는 구도를 만들고자 했다. 다시 말해 '국문소설'과 '전'에 긍정적 기의記意를 채우기 위한 전단계의 작업이 필요했다. 이런 면에서 '소설'과 '전'은 '텅 빈 그릇'이었다. 그러나 그렇기에 만약 신·구의 파격적 이행이 제대로 이루어진다면, '전'은 곧장 '신소설'의 모범으로 거듭나게 될 터였다.

박은식은 새로운 유형의 소설이 필요하다고 생각했고, 그 모델을 『서사건국지』에서 찾았다. 좀더 고민해 보아야 할 문제는, 그가 실제로도 『서사건국지』를 소설로 인식했을까이다. 저본으로 한 정관공의 서적 자체가 '정치소설'이라는 표제를 사용하고 있었기에, 박은식의 입장에서는 이 저작이 '전기'와 대단히 흡사하다는 인상을 받았을지라도 큰 갈등 없이 '소설'로 선전할 수 있었을지 모른다. 하지만 이하에 제시할 「서」에서의 발언을 볼 때, 박은식 스스로가 정의의 문제를 고민했다는 것을 확인할 수 있다. 사실 박은식의 「서」는 두 가지 종류가 있다. 먼저 등장한 것은 1907년 2월 8일자 『대한매일신보』 '기서奇書'란에 '겸곡생謙谷生'이라는 필명으로 게재한 「서사건국지역술서瑞士建國誌譯述序」이고, 그 다음이 7월의 단행본 버전이다.[46] 이들 「서」는 내용적 편차가 거의 없음에도 다음과 같이 최종 단락의 두 군데가 다르다. 해당 부분이

---

45 여기서 신소설이라 함은 김태준 이후의 문학사적 용어가 아니라 당대의 용례처럼 "새소설"에 근사한 개념이다. 김영민, 『한국의 근대신문과 근대소설』1-대한매일신보, 소명출판, 2006, 109~111면.

46 그러므로 비록 단행본 「序」의 마지막에는 "大韓 光武 十一年 七月 日 謙谷散人序"이라 되어 있어도, 실제 번역이 완료되고 「序」가 집필된 시점은 5개월 이전이었던 것이다.

포함된 문장만을 옮겨본다.

> 惟我國民은 **傳來小說**의 諸種은 盡行束閣ᄒ고 此等 **文字**가 代行于世ᄒ면 牖
> 智進化에 裨益이 甚多홀지라(『대한매일신보』, 1907.2.8, 1면)

> 惟我國民은 **舊來小說**의 諸種은 盡行束閣ᄒ고 此等 **傳奇**가 代行于世ᄒ면 牖
> 智進化에 裨益이 甚多홀지라(단행본 「瑞士建國誌 序」: 오직 우리 국민은 **구**
> **래(舊來)소설**들은 모두 다 문설주에 묶어두고, 이 같은 **전기(傳奇)**가 대신 세상
> 에 유행하게 한다면 지혜를 얻어 진보하는 데 유익이 심히 많을 것이다)

이중 '전래傳來' 대신 '구래舊來'가 등장한 것에서는 '구소설舊小說'과의
대립각을 보다 날카롭게 하려는 의중을 짐작할 수 있다. 문제는 '문자文
字'에서 '전기傳奇'로의 수정이다. 박은식은 '문자'라는 중의적 표현을
바꿔 쓰며, 보다 적절해 보이는 '傳記'가 아닌 '傳奇'를 선택했다. 문학
사의 관점은 물론, 그 내용 자체로도 『서사건국지』를 규정하는 용어로
'傳奇'는 어울리지 않는다. 그러나 박은식은 '傳奇'가 구소설과 거리를
두면서 동시에 신개념 소설의 모델을 천명하는 용어라고 판단한 듯하
다. 그가 군이 '傳記'를 사용하지 않은 이유는 무엇일까? 이 질문은
「서」의 독자층이 한문 소양을 지닌 지식인층이라는 것을 염두에 둘 때
풀린다. 한문 지식인층에게 '傳記'와 '소설'은 동급이 아니었다. 박은식
스스로가 『서사건국지』를 '傳記'와 동질의 것으로 판단했다 하더라도
이미 표제에서부터 '소설'임을 표방한 이상, 재차 그것을 '전기'로 명명
하기는 어려웠다. 무엇보다도, 지식인층에게 소설의 중요성을 설파하

는 이 글에서 '傳記'가 소설을 대신해야 한다고 주장한다면 소설이 중요하다는 전제 자체가 무너질 수 있다. '傳奇'는 당대唐代 소설 자체를 대변하는 용어이기도 했지만, 설화처럼 소설로 수렴될 수 없는 대상까지 아우르는 다양한 스펙트럼을 갖고 있기도 했다.[47] 이 용어를 사용할 경우, 일차적으로 '傳記'와는 구분되는 소설적 속성을 강조할 수 있었다. 나아가 박은식은 '傳奇'에서 '傳'이라는 글자가 함의하는 '傳記'적 속성까지 담아낼 수 있다고 판단한 듯하다. 요컨대 '傳奇'는 소설의 허구성과 전기의 사실성을 모두 암시할 수 있는 용어로 채택된 것이다.

이러한 점들을 고려하면 이때까지는 '전기傳記' 자체를 '소설'로 변용한다는 경계 파괴의 전략이 확립되지 않았거나, 그 전략을 '국한문' 사용자층에게는 은폐하고 있었다고 볼 수 있다. 그러나 '국문' 독자층을 대상으로 할 때, 그 경계는 거침없이 지워져 간다. 『대한매일신보』 진영에서 기존의 '전기'를 '소설'로 처음 배치한 것은 앞서 언급한 『라란부인전』으로, 시기는 박은식이 국한문판 신문에 「서」를 게재한 2월보다 약 3개월 이후인 1907년 5월 23일부터였다. 박은식의 소설론이 『대한매일신보』의 소설 편집 방향에 영향을 주었을 가능성은 상당히 높다. 그는 『서사건국지』의 번역이 이루어지던 때를 포함, 최소 1907년 말까지 『대한매일신보』의 필진으로 활동했고 『서사건국지』의 발행처도 대한매일신보사였다.

한편, 「서」의 집필 시점에도 '영웅의 전기와 대단히 흡사한 소설'을 번역하여 새로운 소설, 즉 '신소설'의 전범을 만든다는 방향성은 이미

---

47 김종철, 「전기소설(傳奇小說)의 전개양상과 그 특성」, 『민족문학사연구』 28, 민족문학사연구소, 1995, 31~32면.

선명했다. 1907년 10월에는 장지연이 『신쇼셜 이국부인젼』을 역간했다. 박은식의 「서」에 내재되어 있던 소설 전략의 방향성은, 장지연에 의해 다음과 같이 더욱 구체적으로 구현되었다. 첫째, 박은식은 국문소설의 쇄신을 논하면서도 국한문으로 번역했지만, 장지연은 순국문 번역을 직접 실천했다. 둘째, 장지연은 '전'류 구소설들에 익숙한 국문 독자층을 의식하여 제목에서부터 '전'을 내세웠다. 장지연의 주저본은 펑쯔유馮自由의 『위인소설 여자구국미담偉人小說 女子救國美談』[48]이었다. '담談'을 '전'으로 바꾼 것이다. 셋째, "위인소설" 대신 의도적으로 "신쇼셜"이라는 표제를 붙였다.[49] 박은식은 구소설 타파까지를 천명했었다. 그러나 이미 부상하고 있던 이인직 류 소설을 견제하기 위해서라도 '신소설'이라는 용어를 점하는 것은 중요했다. '신소설'은 '새 소설'을 뜻하는 가치중립적 표제였던 동시에 소설의 '새 전형'을 만들고자 하는 욕망이 투사된 기표였다. 이는 이후 신채호가 소설 환골탈태의 필요성을 역설하며 긍정의 맥락에서 "신소설"을 구사한 것에서 재확인된다.[50] 이러한 과정을 거쳐 '전'은 새 시대의 새 '국문소설'로 발견되어 갔다.

---

48 쉬리밍, 앞의 글, 115~118면 참조.

49 '신소설' 용어와 관련하여, 해당 서적의 출판사 광학서포 자체의 일괄적 출판 전략으로 보는 시각도 있지만(쉬리밍, 앞의 글, 138면), 광학서포 간행 서적 광고에는 '신소설'뿐만 아니라 『목단화』와 같이 '가정소설'이라는 표제가 붙는 경우도 있었다. 『귀의 성』 역시 신문 광고에 가정소설의 표제를 단 적이 있다.(『대한매일신보』, 1907.6.29)

50 대표적 예로, "韓國에 傳來ㅎ는 小說이 本來 桑間박 上의 淫談과 崇佛乞福의 怪話라 此亦 人心風俗을 敗壞케ㅎ는 壹端이니 各種 新小說을 著出하야 此를 壹 홈이 亦及ㅆ하다 云홀지로다".(신채호, 「近今 國文小說著者의 注意」, 『대한매일신보』 국한문판, 1908.7.8)

4. 신채호의 '신소설' 비판과 '소설 저술'

'전(구소설)'을 '전(신소설)'으로 대체할 때 필요한 것은 새로운 '전' 속에 담길 새로운 '내용'이었다. 다음은 박은식의 「서」에서 중반부에 해당하는 대목으로, 전문 모두가 번역이 아닌 그의 문장들이다.

그럼에도 학사(學士)·대부(大夫)가 이 같은 긴요한 일에 태만하여 뜻을 두지 않고, 학문가에서 받드는 성리(性理) 문제의 토론의 호락(湖洛)의 다툼이라거나, 의례(儀禮)상의 문제에 있어서 명주실·쇠털처럼 번쇄하게 따질 뿐이요, 공령가(功令家)들이 외우는 것은 ① **소동파의 「적벽부(赤壁賦)」와** 신광수(申光洙)의 『관산융마(關山戎馬)』에 지나지 않는다. 시험 삼아 묻건대 이 같은 공부가 ㉮ **국성(國性)에, 민지(民智)에 필경 무슨 보탬이 있겠는가?** 도리어 이것을 가지고 예속(禮俗)을 스스로 높다 여기며 문치(文治)로 스스로 과시하여, ㉯ **세계 각국의 실제 학문과 실제 사업**은 비루하게 여겨 배척하니 또한 어리석지 아니한가? ㉰ **오늘날 경쟁 시대를 당하여 국력이 위축되고 국권이 추락하여 필경 타인의 노예가 되게 된 원인은 곧 우리 국민의 애국사상이 천박한 연고이라.** 한 가지로 둥근 머리, 모난 발꿈치에 의관을 갖춘 족속으로 유독 애국사상이 천박한 것은 첫째도 학사대부의 죄요, 둘째도 학사대부의 죄다. Ⓐ **내가 그간 동지들을 대하여 소설 저작을 의논해 보았으나**, 그동안은 신문사 일에 매여 시간의 틈이 없었을 뿐더러, Ⓑ **또한 이같은 저술에 재주가 미치지 못하는 터이라**, 뜻은 품었으나 실행에 옮기지 못하니 한갓 깊이 탄식하고만 있었다. 마침 가벼운 병으로 자리에 누워 있은 지 십여일이라. 정신이 심히 혼미하지 않을 때에는 낡은 상자에 남아있는 책들을 뽑아서 눈에 부쳐 보니, 마침 ② **중국학자의 정치소설**인 『서사건국지』한 책을 얻어, 펼쳐 본 지 며칠만에 거의 병을 잊게 되었다.[51]

비판의 대상이 된 중국발 소설에 이어 박은식은 또 한번 중국 작품을 거론하지만(①), 문제를 종식시켜 줄 대안 또한 ② "중국학자"의 소설에서 찾아냈다. 문제의 근원은 중국에서 흘러들어 온 소설이나 시문 자체보다는 과거科擧로 대변된 국가 제도와 그것을 받드는 지식인들에게 있었다. 오히려 ㉮ '국성國性'과 '민지民智'에 보탬이 된다면 당연히 그것은 중국 서적을 통해서라도 널리 전파되어야만 했다. 여기서 민지를 밝힌다는 의미는 곧 ㉯ 세계 각국의 실제 학문과 실제 사업에 눈 뜨게하며, ㉰ 애국사상을 고무시키는 것으로 이해할 수 있다. 결국은 이를 가능케하는 콘텐츠가 관건이었다.

그렇기에 새 소설로서의 '전'으로 거듭나기 위해 필요한 것은 '올바른' 콘텐츠의 '번역'이었다. 하지만 이 결론에 이르기 전의 경위에 먼저 주목할 필요가 있다. 전통적 지식인으로서의 '사인의식士人意識'이 깔려

---

51 강조 표시를 제외하고 현대어는 『근대계몽기의 학술사상』, 앞의 책, 96면. 원문은 "乃學士大夫가 此等緊要의 事에 慢不致意ᄒ고 學問家에 所宗은 性理討論의 湖洛競爭과 儀禮文蕣의 蠶絲牛毛而已오. 功令家의所誦은 蘇子瞻의 赤壁賦와 申光洙의 關山戎馬而已니 試問ᄒ건딕 這般工夫가 於國性과 於民智에 究有何盆가? 反히 此를 將ᄒ야 禮俗으로 自高ᄒ며 文治로 自誇ᄒ야 世界各國의 實地學問과 實地事業은 鄙夷ᄒ고 排斥ᄒ니 不亦愚乎아. 現今 競爭時局을 當ᄒ야 國力이 萎敗ᄒ고 國權이 墮落ᄒ야 究竟 他人의 奴隷가 된 原因은 即 我國民의 愛國思想이 淺薄혼 것은 一則 學士大夫之罪오, 二則學士大夫之罪라. 余가 間嘗 同志를 對ᄒ야 小說著作을 擬議ᄒ나 現方報館에 執役홈으로 暇隙이 苦無홀쌴더러 쏘 此等 著作에 技能이 不及혼지라. 報志莫逡에 徒深慨嘆터니 適以微疾로 委頓牀第ᅵ 十餘日이라. 精神이 不甚昏曠홀 時에는 敗箱의 殘書를 抽ᄒ야셔 寓目ᄒ싀 맛참 支那學家政治小說의 瑞士建國誌一冊을 得ᄒ니 披閱數日에 殆乎忘病이라".

있는 위 글에서, 박은식은 경쟁 시대에 국가와 국민이 위망危亡에 이르게 한 책임은 철저히 학사대부가 져야 한다고 역설한다. 하지만 더 의미심장한 것은 그 직후에 이어지는 문장이다. "Ⓐ내가 그간 동지들을 대하여 **소설 저술**小說著作[52]을 의논해 보았으나……."

박은식이 지식인으로서 책임과 사명을 거론한 후에 등장하는 이 내용은, 사실 몇몇 동지들과 함께 궁극적으로는 '소설판을 재편할 계획이 있다'는 공개선언으로도 독해된다. 그런데 여기서 강조해야 할 것은 박은식과 동지들이 '역술'이 아닌 '저술'을 의논했다는 사실이다. 「서」의 마지막 부분에는 "내가 이에 병을 이기고 바쁨을 떨쳐버리고 국한문을 섞어서 **역술**譯述을 마치고, 간행·배포하여……"와 같이 작업의 성격, 즉 '역술'이 기재되어 있다. 이렇게 **역술**과 **저술**은 박은식의 언술에서 구분되어 있었다. 박은식은 번역이 그 자체로 최선책이 될 수 없다는 것을 알고 있었다. '저술'에 이르지 못한 이유도 진솔하게 밝혀져 있는데, 바로 신문사 업무라는 외부 요인과 더불어 "Ⓑ또한 이 같은 저술에 재주가 미치지 못"했다는 것이다. 그가 애초에는 창작 소설을 지향했음이 여기서 재차 확인된다. 하지만 아무리 시급하다 하더라도 능력이 미치지 못한다면 방법이 없었다. 이 막다른 길에서 만난 것이 바로『정치소설 서사건국지』다. 이렇게 번역은 차선의 대안이었지만, 인용문 마지막 문장이 상징적으로 대변하듯 당시 상황에 '즉효약'이기도 했다.

박은식이 말한 'Ⓐ동지'에는 신채호와 장지연이 포함되어 있다고 봐

---

52 신채호의 논설 「近今 國文小說著者의 注意」에서 "小說著者"는 국문판에서 "소설저술하는 자"(제목) 혹은 "소설짓는 자"(본문)로 번역된다. 따라서 여기서 "소설저작"은 "소설저술"이나 "소설짓는 일"로 번역할 수 있다. 여기서는 "역술"과의 대비를 위해 "저술"을 택했다.

도 무방하다.[53] 신문사 동료로서의 관계, 가치관 및 세계관의 공유 등 기본적 동질성을 차치하더라도, 지금까지 살펴본바 박은식의 문제의식은 장지연이나 신채호의 소설 관련 활동에서 구체적으로 발견된다. '소설 저술'에 대한 '의논'은 박은식이 그러했듯이 이들 모두의 실천으로 이어졌다. 공히 번역의 방식을 선택한 그들은 『서사건국지』(박은식), 『이국부인견』(장지연), 『이태리건국삼걸전』(신채호)을 동시다발적으로 간행하였으며, 한결같이 애국사상 고취를 위한 서문을 내거는 등, '전략적 결집'의 모양새를 보여준다. 게다가 이들 3인방은 서로의 번역 활동 자체에도 직접 관여하고 있었다.[54] 이 모든 것은 '소설 저술의 의논'으로부터 일보 후퇴한 '역술'의 실천에서 시작되었다. 신채호의 소설론을 두고 량치차오와의 영향 관계를 논하기에 앞서 '동지' 박은식의 것과 먼저 견주어 보아야 하는 이유가 여기에 있다.

물론 일부 선행 연구의 지적들처럼 신채호가 량치차오의 소설론을 참조한 것은 사실이다. 하지만 면밀히 살펴보면 신채호의 번역 부분은 「역인정치소설서譯印政治小說序」(1898)에 있던 "소설은 국민의 혼"이라는 표현 정도에 그친다. 그런데 이 문구의 일치성 이면에 있는 다음의 사실도 고려해야 한다.

미국·영국·독일·프랑스·오스트리아·일본의 정계가 날로 진보하고

---

53 기존 연구에서도 이는 인정되고 있다. 구장률, 『지식과 소설의 연대』, 소명출판, 2012, 220면.
54 예컨대 박은식은 장지연의 번역서 『埃及近世史』(1905)에 서문을 달았으며, 장지연은 신채호의 『伊太利建國三傑傳』(1907)에 서문을 쓴 바 있다. 박은식과 장지연은 최재학이 엮은 한문독본 『文章指南』(1908)의 교열을 함께 맡기도 했다.

있는 것은 정치소설의 공적이 가장 크다. **영국의 명사인 모씨는 말한다. 소설은 국민의 혼이다** 라고. 그 말 대로다. 그 말 그대로다.(譯印政治小說序)

라약ᄒ고 음탕ᄒ 쇼셜이 만흐면 그 국민도 이로써 감화를 밧을 것시오 호협ᄒ고 강개ᄒ 쇼셜이 만흐면 그 국민이 ᄯ흔 이로써 감화를 밧을지니 **셔양션**비**의 닐은바 쇼셜은 국민의 혼이라** 흠이 진실노 그러ᄒ도다.(근일 국문쇼셜을 져슐ᄒᄂᆫ 쟈의 주의ᄒᆯ 일)

신채호는 "영국인 명사인 모씨"의 말이라며 량치차오가 인용한 문구를 재인용했다. 즉, 신채호는 이 대목이 량치차오의 독자적 발화가 아니라는 것을 알고 있었다. 단지 그는 필요에 의해 인상적인 표현을 골라서 활용했던 것이다. 이러한 량치차오 활용법은 신채호에게 있어서 처음이 아니었다. 1908년 1월에 발표한 논설 「영웅과 세계」에서 그는, "그런고로 영국에 글ᄒᄂᆫ 사름 긔려이씨가 글ᄋᄃᆡ 세계ᄂᆫ 영웅을 슝비ᄒᄂᆫ 제단이라 ᄒ니라"[55]라며 칼라일의 말을 인용했는데, 이 역시 량치차오의 글에서 발췌한 것이었다. 당시 신채호가 참조한 량치차오의 해당 부분은 "蘇國詩人卡黎爾之言也. 卡黎爾曰, "英雄者上帝之天使使率其民以下於人世者也. 凡一切之人不可不跪於其前, 爲之解其靴紐. 質而言之, 宇宙者崇拜英雄之祭壇耳. 治亂與廢者壇前燔祭之烟耳""[56]였다. 적절한 수정과 축약을 가했음이 대번에 드러나는데, "국민의 혼"도 그렇지만, 칼라일

---

55 신채호, 「영웅과 세계」, 『대한매일신보』 국문판, 1908.1.5.
56 「新英國巨人克林威爾傳」, 『新民叢報』 25, 1903, 40면. 참고로, 량치차오의 본 대목은 다케코시 요사부로(竹越与三郎)의 『格朗宅』, 民友社, 1890, 3면에 기초하고 있다.

의 발언 역시 신채호는 량치차오와는 다른 맥락으로 끌어들인 것이다. 이렇듯 신채호에게 있어서 량치차오의 방대한 저작은 일종의 '지식 저장고'가 되어주었다. 거기에서 무엇을 꺼내 쓸지는 전적으로 사용자의 몫이었다. 한편, 소설관이 드러난다고는 해도 「역인정치소설서」 자체의 내용은 소략하며 애초에 소설론의 정립을 목표로 했던 글도 아니었다. 정작 량치차오의 본격적인 소설론은 「소설과 군치의 관계를 논함」(1902)이라 할 수 있는데 이 글의 직접적 흔적을 신채호의 소설론에서 찾아보기는 힘들다.

신채호의 소설론과 저술의 실천은 박은식이 먼저 개진한 소설론의 연속선상에서 파악될 때 그 의의가 더 살아난다. 연구자들에 의해 가장 많이 회자된 「근금 국문소설저자의 주의近今 國文小說著者의 注意」는 그 전체적 논조가 박은식의 「서」와 중첩되며, 세부 사항 역시 닮아 있다.[57] 우선 소설 위기론의 대타항 설정이 그것으로, 박은식이 나열한 구소설 작품군이 신채호의 논설에서도 다시 나타난다. 신채호는 "① 丈夫는 蘇大成의 春睡나 試ᄒ야 永日을 消ᄒ며 ② 女子ᄂ 釋迦尊前에 叩願ᄒ고 他生極樂이나 願ᄒ야"라며 국문 독자층이 처해있는 문화적 악영향을 거론하는데, 이때 ①은 엄연히 박은식의 「서」에 나온 『소대성전』을, 여성 독자를 의식한 ②의 경우는 『숙영낭자전』을 염두에 둔 발언으로 볼 수 있다.[58] 또한 "韓國에 傳來ᄒᄂ 小說이 本來 桑間박 上의 淫談과 崇佛乞福

---

57 이미 살펴보았듯이 박은식의 「서」는 량치차오와는 불연속성을 갖고 있던 정관공으로부터 가져온 것과 한국적 상황을 고려한 자신의 문제의식으로 구성되어 있었다. 중국 측 영향을 흡수하긴 했지만 기존의 인식처럼 량치차오와 직접 맞닿아 있지는 않다는 것이다.
58 훗날 영웅이 되기 이전에 주인공 '소대성'은 게으름 속에서 세월을 낭비한 바 있으며,

의 怪話라"에서 강조한 대목 역시 「서」의 『장풍운전』에 맞닿아 있을 가능성이 크다.[59] 즉, 구체적인 작품명 언급은 피했지만 극복해야 할 구소설 인식 자체가 박은식과 중첩되어 있었다. 다만 구소설의 폐단을 작품 내용과 연계시켜 풀이했다는 차이가 관찰된다.

신채호가 보여준 소설론의 진정한 진전은, 그 다음 대목에 이어지는 '신소설 작가'에 대한 비판일 것이다.[60] 신채호의 시각에서 구소설과 이인직 류 신소설은, 둘 다 지양되고 정화되어야 할 '국문소설'이라는 점에서 동궤에 있었다. 그러나 신채호의 방점은 처음부터 후자에 대한 비판에 있었는데, 이는 '지금 국문소설을 짓고 있는 자'를 겨냥하는 본 논설의 제목에서부터 명백히 나타나 있다. 신채호가 "소설가의 추세"를 논하며 『대한신문』의 소설을 직접 끌어와 비판하는 것 역시 그 연장선상에 있을 것이다.[61] 본디 동지들과 공유한 '소설 전략'의 성공적 완수는, 신채호의 기대처럼 당시 국문소설 판을 전변시키는 데 있었다. 그러나 다양한 선택지가 있다면 대중은 더 익숙하고 자극적인 쪽을 선택할 터였다. 전기 중심의 소설 개량을 원했던 이들이 계속하여 이인직의 이름을 거론하며 외부의 국문소설 진영을 공격한 것은, 결국 그 소설들에 내장된 대중동원력에 대한 경계였다.

"他生極樂이나 願ㅎ야"는 주인공이 죽었다가 다시 살아나는 『숙영낭자전』의 내용과 상통한다.

59 『장풍운전』과 불교사상의 상관 관계에 대해서는, 신현순, 「『장풍운전』의 불교 사상적 성격」, 부산대 석사논문, 2000 참조.

60 然而近今新小說이라 云ㅎ는 者 ─ 刊出이 稀薄홀 쑨더러 又其刊出者를 觀ㅎ즉 只是壹時 牟利의으로 艸々提出ㅎ야 舊小說에 比ㅎ미 便是百步五拾步의 이라 足히 新思想을 輸入홀 者 ─ 無ㅎ니라 余가 此를 慨ㅎ야 見을 陳ㅎ야 小說著者에게 警ㅎ노라.

61 「劍心」, 『대한매일신보』 국한문, 1909.12.2.

‘동지’들 사이에서 신채호를 특별하게 만드는 다른 하나는, 그가 「리
순신젼」과 「최도통젼」을 통해 독자적 콘텐츠의 ‘소설’란 연재를 실천
했다는 점이다.[62] 박은식은 "소설 저술"의 당위성에도 불구하고 능력의
미진함을 아쉬워했는데 이것이 신채호에 의해 어느 정도 해소된 셈이
다. 물론 엄밀히 말하면 「리순신젼」과 「최도통젼」은 ‘전기 저술’의 ‘소
설 배치’였지만, 그것이 결과적으로 당대 ‘국문소설’의 지경을 넓힌 것
은 사실이다. 또한 『대한매일신보』 연재소설 「디구셩미리몽」의 저자를
신채호로 확정한 최근 연구[63]를 고려할 때, 신채호는 ‘전’의 기표에 기
대지 않은 소설의 실험도 병행하였다. 그는 소설의 가능성을 국한할 수
밖에 없는 전기와의 전략적 제휴 이후를 이미 타진하고 있었던 것이다.

5. 소설의 위상 변화에 담긴 역설

1900년대 한국의 소설개량론은 곧 ‘기존 소설(구소설과 이인직 류 신소
설)’을 겨냥하여 고안된 전략적 담론이었다. 더구나 그것은 담론 생산자
들에 의해 직접 제시된 극복의 모델을 포석으로 깐 채 진행되었다. 작업
을 주도한 박은식, 신채호 등의 실천 전략이자 동력의 축은 ‘전기’와 ‘번

---

62 이 책의 제1부 제2장 참조.
63 김주현, 「「디구셩미리몽」의 저자와 그 의미」, 『현대소설연구』 47, 한국현대소설학회,
2011 참조.

역'이었다. 전자는 '전'류 구소설을 부정한 후 새로운 소설로서의 '전'을 제시했다는 의미에서 시간의 '종축縱軸'이고, 후자는 새로운 소설의 내포를 외부로부터 끌어들였다는 의미에서 공간의 '횡축橫軸'이다.

박은식과 신채호는 새 시대의 소설로 전기물을 제시하였다. 이는 명백히 중국이나 일본의 경우와는 차별화된 기획이었다. 『서사건국지』, 『이국부인젼』 등의 저본은 한국에서 소개되기 전부터 소설로서의 정체성을 갖고 있었지만, 직접적으로 전기라 명명되지는 않았다. 특히 『대한매일신보』는 소설과 명백히 다른 공간에 있던 량치차오의 전기를 번역하며 '소설'란에 이식하는 전략적 비약을 보여주었다. 뿐만 아니라 신채호의 창작 전기물도 '국문소설'이 되어 등장하기 시작했다.

본 장에서 살펴본 소설 이론과 그 실천은 비록 주요 담론 생산자들의 논의이기는 하지만 결코 1900년대의 전체상은 아니다. 이에 더 근접하기 위해서는 반대 진영, 즉 소설개량론의 공격 대상까지 동시에 살펴봐야 할 것이다. 기존 연구를 참조해 보면, 그들의 경우 확실히 『대한매일신보』 진영과는 간극이 크다는 것을 알 수 있다.[64] 그럼에도 불구하고 본 장에서 다룬 인물들이 동시기의 소설계를 적극적으로 문제 삼았기에, 그것을 실마리로 전체상의 일말에 다가갈 수 있었다.

이상의 논지들은 기존 문학사 및 소설론 연구에서 취하고 있는 몇 가지 전제에 관한 문제제기로 연계될 수 있다.

---

64 김재영, 「근대계몽기 '소설' 인식의 한 양상―『대한민보』의 경우」, 문학과사상연구회 편, 『근대계몽기 문학의 재인식』, 소명출판, 2007; 김영민, 「근대계몽기 신문의 문체와 한글소설의 정착 과정―『만세보』를 중심으로」, 근대문학100년 연구총서 편찬위원회, 『논문으로 읽는 문학사』 1―해방전, 소명출판, 2008; 김영민, 「근대 매체의 탄생과 잡보 및 소설의 등장」, 『문학제도 및 민족어의 형성과 한국 근대문학』, 소명출판, 2012 등을 참조.

첫째, 한문소양을 갖춘 이들은 '전기'를 선호한 반면 국문 독자들은 '소설'을 선호했다는 도식이다. 환언하자면, 전자는 지식인 독자를 염두에 두고 집필되었고 이인직 류의 신소설은 처음부터 일반 대중을 타깃으로 삼았다는 것이다. 따라서 종래의 이해가 나아간 지점은, 계몽의 주체들이 새 시대의 소설로 '전'을 기획했는데, 국문 독자층을 포섭하기 위해 그것을 '소설'로 제시했다는 것까지였다. 그러나 본 장에서는 기실 '전' 자체가 강력한 국문 독자층을 흡수할 수단이 될 수 있었다는 것을 확인했다. '전'이야말로 하층민, 부녀자의 독서물로 선택될 가능성이 가장 높은 외피였다. 따라서 '전'의 전면화는 전통적 양식의 답습이 아니라 이미 '전'이 소설화되어 있던 판도를 계승하되 새로운 콘텐츠를 통해 국문소설의 전형을 내부로부터 전복시키고자 한 기획이었다. 1900년대 전기물 탄생시의 비전vision은, 애초부터 지식인층과 일반 대중 모두를 아우르는 데 있었다. 이 지점에서 '전'은 지식인들의 독물이고 '소설'은 필부필부匹夫匹婦의 독물이었다는 구도는 사실상 와해된다.

둘째, 1900년대의 계몽지식인(더 축소하자면 『대한매일신보』의 인적 네트워크를 중심으로 하는 이른바 '개신유학자')들이 소설의 효용론에만 천착, 그 심미적 가치를 간파하지 못하고 끝내 독자들과 괴리되었다는 시각이다. 그러나 사실 그들은 국문 독자층을 끝까지 의식하고 포섭하려 노력했다. 물론 그들이 '소설'을 신지식의 회로로, 국민 자질 함양의 무기로 활용하려 한 것은 사실이지만, 동시에 '소설'은 일방향적 계몽 수단으로서 배치된 것이 아니라 독자를 대상으로 한 '밀고 당기기'의 공간이었다. 대중의 요구에 응답하기 위한 지식인들의 노력이 계몽의 의지와 어떻게 혼류되어 나타나는지 본 장에서 일정 부분 확인할 수 있었다.

셋째, 소설 언어의 경합에서 국한문체가 도태되었다는 인식이다. 하지만 원래부터 소설은 국문에 긴박되어 있었으며 개량론자들은 국문이 소설의 언어라는 것을 상당부분 전제로 하고 있었다. 소설개량론 자체도 '국문소설'의 폐해를 대타항으로 삼으며 시작된 국한문체 사용자들의 기획이었고, 이들의 실천으로 말미암아 '국문소설'은 더욱 활성화될 수 있었다. 국한문체 사용자들에게 있어서 역사전기물은 '소설'로 선전되지도 않았다. 환영받지 못하는 기표였기 때문이다. 같은 전기물 내에서도 국한문체가 '전傳'을 내세울 때, 국문체는 '전'과 함께 '소설'의 정체성을 환기했다. '소설'인 것을 천명한 일부 전기물이 국한문체로는 아예 발행되지도 않았던 것 역시 같은 맥락이다. 국한문의 사용자이자 새 국문소설의 기획자들은 '국한문체'에 '소설어'의 옷을 입히려 하지 않았다. 국한문체는 신지식의 수용과 유통에서 번역어 내지 문명어로서의 역할로 소임을 다하고 있었다. 다만, 신채호 등이 '새로운 국문소설'로 '기존 국문소설'을 대체하고자 했던 것은 사실이다. 이런 측면에서, 결국 '기획'으로서의 '국문소설'과 '기획자'로서의 '국한문체 사용자'는 공존 상태에서 서로의 지분을 나눠 갖고 있었다.

박은식과 동지들의 '소설 실천'은 우선적으로 국문 독자층 흡수를 목표로 하여, 그 대상들이 향유하던 소설 장場의 특수성을 활용하고 시의성 있는 메시지를 결합시켜 수행된 '맞춤 전략'이었다. 이 '전략'이란 곧 '전傳'의 의도적 재배치다. 조선 후기를 관통하며 널리 읽힌 국문소설은 대부분 '전'이라는 표제를 취하고 있었으나, 소설개량론의 주체들은 본래부터 역사적 기록 위주의 '전기'와 허구 본위의 '소설'이 구별된다는 것을 인지하고 있었다. 그러므로 그들이 번역 '전기'와 기존의

'전'류 소설 사이의 경계를 무너뜨린 것은 국문 독자층을 겨냥한 '차이의 의도적 은폐'였다.

문제는 '대중성' 획득의 노력이, 거칠게 말해 '전기'를 소설로 포장하는 '눈속임' 차원에서 진행되었다는 데 있다. 소설 개량 담론의 주체는 사실 국한문 사용자들이었다. 실천의 단계에서는 실제 새 소설의 국문 독자층 포섭이 필요했는데, 아무리 '소설'란을 마련하고 '전'이라는 명칭을 강조한다 해도 이는 임시 방편에 불과했다. 그렇지만 사회적 효용의 측면에서 소설을 호출한 이상, 내용 면의 타협은 한계가 있었다. 대중성 획득의 노력이 실제 대중 취향과는 괴리되어 있다는 이 전략의 명징한 한계는 그 제안자들 역시 인지했을 것이다. 따라서 그들이 기대할 수 있는 최선의 전개는 비록 눈속임으로 다가갈지언정 콘텐츠가 위력을 발휘하여 독자층의 자발적 변화를 야기하는 데 있었다. 국문 독자층의 이목을 끄는 것으로부터 출발하는 이 전략은 기존의 취향 자체를 해체시키지 않고서는 성공으로 귀결될 수 없었다. 이런 점들을 차치하더라도 최소한 일정한 '시간'과 더불어, 콘텐츠를 지속적으로 소개할 수 있는 '지면'이 확보되어야 시도라도 이어나갈 수 있었다. 하지만 초기의 식민지 검열이 각종 간행물을 통제하고 역사전기물 상당수를 금서로 지정, 조선으로부터 축출하면서 이 전략은 표류할 수밖에 없었다.

소설 개량의 후속 논의 및 '국문소설'의 재편이 불가능해진 1910년대 이후, 박은식과 신채호는 새로운 행보를 보여준다. 둘 다 망명지에서 국한문체로 된 새 전기물을 저술한 것이다.[65] 그러나 그 텍스트들은 1900

---

65 박은식의 경우, 「왕양명실기(王陽明實記)」(1910), 「동명성왕실기(東明聖王實記)」(1911), 「발해태조건국지(渤海太祖建國誌)」(1911), 「명림답부전(明臨答夫傳)」(1911), 「천개소문전

년대와 달리 소설로 선전되거나 순국문으로 재발간되지 않았다. 신채호는 새 전기물의 서문에서 아예 역사 / 전기 / 소설의 차이점을 서술하기도 했으며,[66] '전傳'이라는 명명과 무관한 새로운 소설을 발표하기도 했다.[67] 이렇게 '전기와 국문소설의 결합'의 유효기간이 다하자 '전기'와 '소설'은 제 자리를 찾아갔다. 이후 한국문학사의 전개를 보면 전기는 소설의 장에서, 그리고 사람들의 직관적 소설 인식에서 자취를 감추어 간다. 김태준이나 임화 등은 비록 이들을 '역사소설'이나 '정치소설'로 서술하기도 했지만, 그것은 '절대적 분류'가 아니라 그 전략적 배치로부터 형성된 시대적 정체성을 반영한 '상대적 분류'에 가깝다. 이미 '전기'는 '소설'이 아니라 상위 범주인 '문학'의 이름으로도 포섭하기 어려운 존재가 되어 있었다. 가령 임화는 『조선일보』에 발표한 한 문학평론에서 "문학 예술 이외의 광대한 지적 재산이 문학과 예술의 영역으로 들어와야 한다"며, "위인의 전기"를 역사학, 철학, 윤리 등과 함께 지금은 문학 외부에 있는 "수없이 많은 추상과학의 논리적 산물"로 보았다.[68]

(泉蓋蘇文傳)」(1911), 「이준전(李儁傳)」(1918), 「안의사중근전(安義士重根傳)」 등이 이에 해당하고, 신채호의 경우, 「高句麗三傑傳」이 있었다.

66 「高句麗三傑傳 序」 "歷史는 當代 事實을 事實대로 直寫하여 國家興亡과 政治治亂과 戰爭 勝敗와 人物長短과 文化消長과 人民生活과 國際利害를 主觀的으로 總括하여 系統的으로 順序를 밟아 編成하는 者오. 傳記는 當代의 一切 事實을 不系統的으로 收拾하여 利害得失을 客觀에 付하고 作者의 취미대로 혹은 事實을 부여하며 혹은 隱弊를 搜覓하여 前人 未發의 參考를 作하게 하며 또한 文理에 連鎖를 脫하여 東에서 取하고 西에서 拾하여 傳記의 定한 宗旨만을 單編으로 作成하는 者이며, 小說은 當代의 一件事實을 目的物로 定하고 此를 穿鑿附演하며 搜羅澄明하여 事件의 主人을 主角으로 定하고 角本을 새로 만들어 무대의 演出함이니 傳說·神話·俚諺·童謠·風俗 등 雜調를 마음대로 統用하며 山川景槪·人物善惡·是非·苦難·富貴 등 市景袞濱을 作者의 취미대로 文藝學術의 微妙를 極히 하여 讀者의 관심을 얻게 하는 者이라."

67 「꿈하늘(夢天)」(1916), 「용(龍)과 용(龍)의 대격전」(1928).

68 임희, 「문학에 있어서의 형상의 성질 문제」, 『조선일보』, 1933.11.25~12.2; 임화, 신두원 편, 『임화문학예술전집』 4-평론 1, 소명출판, 2009, 304면.

소설 개량의 명맥이 이어지지 않은 것에 대하여, 논자에 따라서는 외부적 요인이 아니더라도 신채호 등의 소설론 및 창작에서 나타나는 내재적 한계로 인해 결국은 근대문학의 흐름에서 도태되었으리라는 점을 지적하기도 한다. 물론 여러 모로 일리가 있다. 무엇보다 당시까지의 실천에서 나타나는바, 개량론자들에게 소설이란 '전략적 활용 대상'을 넘어 그들의 글쓰기를 대표할 만한 무언가로 자리매김하지는 못했다. 따라서 여건이 허락되었어도 소설을 본령으로 하는 이들과의 경쟁은 쉽지 않았을 것이다. 그러나 이와 상반되는 전개도 가정해 봄직하다. 만약 물적 토대와 일정한 시간이 허락되었다면 그들 스스로가 소설개량론의 패러다임을 뛰어 넘는 인식의 진전을 이루었을 수도 있으며, 국문 독자층 흡수를 위한 새로운 돌파구를 마련했을지도 모른다. 이를테면 량치차오가 중국 최초의 문학 전문잡지 『신소설』을 창간하여 이후 문학사 전개에서 필수불가결한 위치를 점한 것처럼 말이다. 적어도 박은식, 신채호 등이 지닌 공론장에서의 영향력을 토대로 '신소설'을 둘러싼 헤게모니 쟁투가 심화될 여지는 충분히 남아 있었다.

가설이 아닌 실제 소설사에서도 박은식, 신채호 등의 노력이 남긴 파장은 분명히 존재한다. 그것은 바로 소설개량론의 원천적 주장과 관련되어 있다. 곧 소설의 사회적 효용 및 파급력의 거듭된 선전으로 소설의 가치 자체를 제고한 것이다. 이는 의문부호가 붙을 수밖에 없었던 '지식인 독자층'의 형성 가능성을 수면 위로 끌어올리는 효과로 이어졌다. 예컨대 『대한매일신보』의 '소설'란에 「미국독립亽」나 「세계역사世界歷史」와 같은 '역사물'까지 실리는 것은 '전기물'의 소설화에서 전략적 유효성을 검증한 편집진의 또 다른 시도라 하겠다. 여기서 『대한매일신보』의 마지막 소설 「세계역사」(1910.6.3~9.30)가 국문판이 아닌 국한문판의 '소설'란 재개와 함께 등장한 것, 더구나 전례 없는 국한문체 연재물이었다는 것이 중요하다.[69] 이는 일견 대중성의 방기로 독해될 수도 있다. 그러나 국한문판 '소설'란의 명맥이 끊어진 후 4년 이상이 경과하는 동안, 지식인들의 '소설 인식'이 실제로 바뀐 것이 더 근본적인 원인일 것이다. 즉, 국한문 독자층의 소설 인식 변화에 기대어 '국한문체 소설'의 실험을 타진하게 되고 내용도 지식인 취향의 역사물을 택했다는 해석이 가능하다.

문학시장의 판도로 볼 때, 시대는 곧 신채호 등이 그토록 비판했던 신소설의 전성기로 진입하지만 동시에 이들 신소설 진영은 새로운 '저격수'를 맞이해야 했다. 바로 최남선, 이광수를 위시한 『청춘』 그룹이다. 주지하듯 그들이 새로운 근대문학의 규준을 제시하고 신소설에 의해 선점된 소설계를 재편하기 위해 활용한 주요 전략은 독자 참여를 유도하는 '현상 모집'이었다. 소설은 더 이상 '국한문체 독자층'에게 환영받지 못하는 기표가 아니었으며, '국문 독자층'의 흡수만이 소설의 지상과제도 아니었다. 『청춘』 그룹의 소설 인식, 소설장 재편의 이유와 전략 등은 당연히 소설 개량론자들과는 근본적으로 다르다. 그러나 그들이 공유하는 지점이 있다. 바로 소설이 중요하다는 인식이다. 이렇듯 소설개량론의 문학사적 의의 중 하나는, 국문소설 쇄신을 위해 주력한 기획이 결과적으로는 국한문 지식인층의 소설 인식을 바꾸는 데 기여했다는 역설 속에서 찾을 수 있다.

---

69 『대한매일신보』 국한문판의 세 번째 소설이자, 이 신문의 마지막 소설이며 유일한 국한문체 소설이기도 한 「世界歷史」의 개략적 설명은 박진영, 『번역과 번안의 시대』, 소명출판, 2011, 159~160면 참조.

번역과 근대소설 상像의 형성

1. 역로譯路로서의 근대매체

동아시아 근대 번역소설의 탄생 배경을 논할 때 쉽게 취할 수 있는 방식은 서구문학을 전범으로 삼고자 했던, 달리 표현하자면 거기서 자국문학의 미래를 발견한 인물들이 지닌 의지나 태도 문제에 초점을 맞추는 것이다. 번역의 동기가 그 결과물보다 선행될 것이기 때문이다.

그러나 엄밀히 말하자면 '물질적 토대'가 번역의 의지나 결심보다 앞설 수도 있다. 번역자가 특정 모델을 자발적으로 선택하기까지는 일련의 시간이 필요했다. 그것은 동아시아에서 번역에 가장 발 빨랐던 일본조차 마찬가지였다. 여기서 말하는 물질적 토대는 크게 두 가지다.

하나는 번역의 대상이 되는 '저본 텍스트' 그 자체이다. 번역의 영역에서 텍스트의 물질성은 '이언어異言語'의 그것을 누군가가 발견하고 자국어로 옮겨넬 수 있을 때 비로소 성립된다. 선택 가능해야 하고, 번역 가능해야 한다. 번역은 필연적으로 텍스트와 텍스트의 관계를 전제로 한다. 당연히도, 잠재적 번역 대상이 없다면 애초에 번역이 이루어질 여지조차 없다.

나머지 하나는 번역의 결과가 발표된 실제 지면, 즉 인쇄매체이다. 단행본의 경우는 다소 이질적이긴 하지만, 근대적 인쇄매체가 '번역의 의지' 때문에 탄생한 것은 아니다. 번역을 '내용'으로, 매체를 '형식'으로 표현하자면 내용보다 형식이 먼저였으며 형식이 내용을 규정하는 경우가 나타나기도 했다. 예를 들어 1910년대의 한국잡지 『청춘』은 『청춘』의 성격에 맞는 번역문학을 담고 있었고, 동시기에 나왔던 중국의 『신청년』은 『신청년』의 기조에 어울리는 문학을 선별하여 역재譯載하였다.

요컨대 번역의 실질적인 내용은 단순히 국경과 언어로 구획된 번역 공간의 차이만이 아니라 매체의 성격에 따라 좌우되기도 했다. 근대문학은 근대매체와의 관계 속에서 '육신'을 얻고 성장해나갔다.[1] 그러나 '문학'과 '매체'와의 상관성에 주목한 이들 역시 '번역문학'이라는 의제를 적극적으로 포섭하지는 않았다. 정작 번역문학이야말로 '근대문학'

---

[1] 많은 연구 사례가 있지만 일부를 꼽아보면, 연세대 근대한국학연구소 기초학문연구팀, 『한국 근대 서사양식의 발생 및 전개와 매체의 역할』, 소명출판, 2005; 한기형 외, 『근대어 · 근대매체 · 근대문학』, 성균관대 대동문화연구원, 2006; 김영민, 『한국의 근대 신문과 근대소설』 1 - 대한매일신보, 소명출판, 2006 등에서 근대문학과 매체의 상관성을 적극적으로 논구한 바 있다.

의 표상이자 이미 타공간에서 검증된 '완제품'이었지만, 연구자의 시선은 결국 문학사의 적자嫡子인 '창작문학'에 매몰될 때가 많았다. '근대문학'과 '근대매체'에 대한 그간의 밀도 높은 논의들을, 이제는 '근대번역문학'과 '근대매체'의 구도로 확장할 필요성이 여기에 있다. 이 지점이 규명될 때 비로소 기획된 '근대문학'에 대한 현장의 목소리들도 발굴될 수 있을 것이다.

번역은 매체를 거처로 삼았고, '현신現身'한 번역의 결과물 역시 매체를 통해 독자들에게 전달되었다. 보통 근대매체란 신문이나 잡지와 같이 근대적 인쇄기술에 기반하고 있는 정기간행물을 지칭한다. 그것은 새로운 지식과 담론을 생산하고 전달하는 장場이자 동아시아 3국에서 보편적으로 나타나는 서구적 근대화의 신호탄이었다. 특히 초기의 근대매체는 단순한 시장경제의 논리를 뛰어넘어 나름의 '정치성'과 '운동성'을 장착하여 출현하는 경우가 많았다. 가령 19세기 말 변법운동의 실패 직후 일본으로 망명한 량치차오梁啓超는 『청의보淸議報』, 『신민총보新民叢報』, 『신소설新小說』 등의 잡지를 연속적으로 간행하며 본인이 속한 진영의 정치적 입장, 곧 청나라를 개혁하여 신중국을 만들기 위한 실천의 일환으로 삼았다. 을사늑약 직후 봇물처럼 터져 나온 각종 학회지들은 한국 최초로 근대매체의 융성기를 만들었는데, 이들은 많은 경우 '문명개화주의', '애국주의' 등을 이념으로 삼았다. 시기상 유학생들이나 개인의 차원에서는 이미 문학의 자율성과 예술성을 추구하며 '정情'에 근간한 근대적 'Literature'[2]의 지향에 동참하고자 하던 이들도 존재

---

2   서양문학 개념 및 근대문학 이론의 한국적 수용에 대해서는 황종연, 「문학이라는 역어(譯語)―「문학이란 何오」 혹은 한국 근대문학론의 성립에 관한 고찰」, 『동악어문논집』

했을 때였다. 그러나 『신민총보』나 『대한자강회월보』 등이 담론을 선도하던 시기라면 그러한 문학관에 상응하는 작품을 발표함으로써 그 의지를 구현하는 일은 지난할 수밖에 없다. 이러한 경우 잡지나 단행본을 자체적으로 간행하여 싣는 것이 가장 손쉬운 방편이었을 터, 실제로 1914년이 되면 다양한 서양문학들을 번역한 유학생 잡지 『학지광學之光』이 출현하고, 다시 몇 년 후에는 『창조』, 『백조』, 『폐허』 등이 등장하며 소위 동인지의 시대를 열게 된다.[3]

어쨌건 20세기 초의 중국이나 한국적 상황에 한정하자면, 서구를 전범으로 한 근대문학의 내용과 형식이 전면적인 지지를 받을 가능성은 미약했다. 흥미로운 것은 이러한 조건 속에서도 오늘날까지 우리가 서양 고전으로 일컫고 있는 중요한 작품들이 번역되기 시작했다는 사실이다. 메이지 초기부터 꾸준히 서양의 근대문학을 번역해온 일본의 경우는 논외가 되겠지만, 나라가 절체절명의 위기로 내몰려 '신문학'에는 눈 돌릴 여력이 없었을 청말의 중국에도 『춘희』(1899), 『톰 아저씨의 오두막』(1901), 『대위의 딸』(1903), 『보물섬』(1904), 『걸리버 여행기』(1906) 등이 번역되었고,[4] 국가 권력의 대부분을 빼앗긴 상태였던 구한말의 한국에도 『해저 2만 리』(1906), 『로빈슨 크루소』(1908), 『사랑의 학교』(1908) 등이 출현했다. 물론 이러한 사례들이 근대문학의 모델을 궁구한 결과로서 제시된 것은 아니었다. 형태 역시도 발췌역 내지 초역에 머무는 경우가 일반적이

32, 동악어문학회, 1997 참조.

3 중국의 『신청년』과 명칭이 같은 한국의 『신청년』(1919.1~1921.7) 역시 이 범주에서
   이해할 수 있다.

4 오순방, 『중국 근대의 소설 번역과 중한소설의 쌍방향 번역 연구』, 숭실대 출판부, 2008,
   32~34면.

다. 즉, 온전하지 않은 상태로 나타난 실험적 소개 혹은 '비주류'에 가까운 글쓰기였다는 뜻이다.

다시 말해 이 사례들은, 비록 그 각각은 의미가 있다 하더라도 실상 수많은 서양소설 중 극히 일부였으며, '예외'적 존재에 불과했다. 주류 지식인들의 번역 활동 가운데 '소설'로 소개된 것들을 일별하면 그 차이는 뚜렷하다. 예컨대 20세기 초까지 중국 언론계에서 가장 영향력 있던 전천후 문인 량치차오의 경우, 『청의보』 시절 일본의 정치소설 『가인지기우佳人之奇遇』(東海散士, 1886)와 『경국미담經國美談』(矢野龍溪, 1883~1884)을 「가인기우」(1898.12~1900.2, 『청의보』 제1~35기)와 「경국미담」(1900.2~1901.1, 『청의보』 제36~69기)으로 번역하여 실었으며, 『신민총보』에는 쥘 베른 원작 『십오소년 표류기』를 『십오소호걸十五小豪傑』(1902.2~1903.1, 『신민총보』 제2~24기)이라는 제목으로 장기간 연재한 바 있다. 이때의 '소설'은 정치적 주장을 펼치는 도구이거나 그렇지 않으면 적어도 모험을 통한 교훈의 제시에 방점이 있었다. 량치차오 본인이 잡지 『신소설』에 발표한 소설 「신중국미래기」(1902) 역시 같은 맥락이다. 그러나 약 십수 년이 경과한 후 번역소설의 양상은 그야말로 천양지차로 전변한다. 신문화 운동의 진원지였던 『신청년』의 번역 대상이 투르게네프, 톨스토이, 솔로구프, 안데르센, 체홉, 모파상 등 대부분 현재적 기준에서도 통용되는 서양의 정전 작가들로 채워지게 된 것이다.

『신민총보』가 중국의 1900년대를, 『신청년』이 1910년대를 대표하는 잡지였던 것은 분명하다. 그러나 이 짧은 시간 동안 일어난 변화, 즉 소설의 선정 속에 내재된 스펙트럼의 차이는 어떻게 설명할 수 있을 것인가. 이 시간 동안 중국의 문학관이 송두리째 뒤바뀌었다고 보는 것만으로는 납득이 어렵다. 이에 더하여, 『신민총보』와 『신청년』의 존재 이유가 애초에 달랐던 데에서 근원을 찾는 것이 합리적 접근일 것이다. 매체는 시대를 반영하는 역할도 하지만, 매체의 지향 자체가 시대의 변화를 이끌어내는 동력이 되기도 한다. 『신청년』보다 훨씬 적극적으로 문학과 소설을 끌어들였던 잡지 『소설월보小說月報』(1910~1932)가 중국 근대소설의 발전에 지대한 영향을 미쳤다는 통설 이면에도 '번역'이 놓여 있었다.

　문학사가들은 근대적 소설의 발전이라는 측면에서 『소설월보』의 중요성을 강조하려는 경향이 있으며 ― 이는 중국현대문학의 시원에 관한 공식적 서사의 일부를 이룬다 ―, 종종 그 과정에서 외국문학의 번역에 대한 이 잡지의 공헌을 언급한다. 사실, 이 증거는 다른 식의 해석을 요구한다. 1921년에 文學研究會에 의해 추진된 원앙호접파 소설·잡지에서 '진지한' 근대문학 잡지로의 개조(제12권, 제1호)부터 1932년의 정간에 이르기까지, 이 월간지는 외국문학, 이론 그리고 비평을 소개하는 것을 목표로 각종 코너와 수많은 계획을 수립했다. 이에 비해, 우리가 지금 '근대적' 문학이라고 선보인 고정란 가운데에는 '번역 시리즈[飜譯系列]', '외국문학[域外文學]' 특집이 있었고 '批評' 코너도 있었다. 비평란에 실린 반 수 이상의 글은 외국문학에 관한 논의에 바쳐진 것들이었다. 그밖에 외국문학에 관한 연재 연구도 실렸는데, 여기에는 러시아문학(1921년도 증보권)과 프랑스문학(1924년도 증보권)이 포함되어 있었으며, 유럽의 주변 국가들인 폴란드, 핀란드, 그리스 등의 문학의 번역이 실린 '피압박 민족의 문학' 특집호(1921)도 있었다.[5]

한국으로 눈을 돌려, 1900년대 잡지 『조양보』의 경우를 살펴보자. 1905년 이후 동시다발적으로 출현한 많은 학회의 기관지들과는 달리, 『조양보』는 전국구 종합잡지를 표방한 거의 최초의 사례였다. 내용으로는 정론보다는 분과학문·시사정보·각종 서사물에 대한 번역 기사가 큰 비중을 차지한다. 이 잡지의 창간 취지서에는 '알기 쉬운 국한문체를 써서 동문同文 권역의 선비들과 소통한다'는 조목이 등장하는데, 여기서 동문은 지금의 한자권내지 한자문화권과도 통하는 개념이다. 식민지 전락의 위기 앞에서 한자·한문에 근거한 지식 네트워크의 가능성을 타진했던 『조양보』는, 중국과 일본의 다양한 문헌을 번역하면서 사무엘 스마일즈, 고토쿠 슈스이幸德秋水, 량치차오 등의 다양한 사상을 소개하였다. 번역을 통해 채워진 많은 『조양보』의 콘텐츠 중에서도 눈에 띄는 것은 '소설'란이다.

분명 '소설'이라는 정체성을 내세운 글들임에도 오늘날의 소설이 지닌 일반적 의미와는 판이하게 다르다. 창작된 이야기가 한 편도 없는 것은 차치하더라도, 가장 비중 있게 연재된 「비스마르크 청화」, 「애국정신담」은 모두 역사적 기록 내지는 전기물에 근간한 저서의 번역이고, '소설'란의 다른 일회성 기사들 역시 흥미를 유발하는 일화나 단편적인 정세 풍자 글이었다.

이들을 '소설'로서 소개한 가장 직접적인 이유는 『조양보』의 기본 방향성, 그리고 편집진 혹은 주필의 의지에서 찾아야 할 것이다. 이를 그저 소설 개념의 당대적 인식 문제로 치부할 수 없는 이유는 『조양보』의 간행[6]

---

5   리디아 리우, 『언어횡단적 실천-문학, 민족문화 그리고 번역된 근대성-중국, 1900~1937』, 소명출판, 2005, 59~60면.

수	발행일	제목	연재	원저자	내용
2	1906.07.10	폴란드 혁명당의 기이한 궤계			식민지 폴란드의 지하 혁명당원들의 기발한 탈옥술
		비스마르크 청화(淸話)	1/9	찰스 로우 (Charles Lowe)	독일제국 초대 재상 비스마르크의 다양한 일화
3	1906.07.25	비스마르크 청화	2/9	찰스 로우	상동
4	1906.08.10	비스마르크 청화	3/9	찰스 로우	상동
5	1906.08.25	비스마르크 청화	4/9	찰스 로우	상동
		야만인의 마술[奇術]			문명국의 박사도 기이하게 여기는 원주민의 마술에 관한 이야기
6	1906.09.10	비스마르크 청화	5/9	찰스 로우	상동
		세계의 기이한 소문[世界奇聞]			'비스마르크 공과 사냥친구', '천당과 지옥', '일사일언' 등 일화 6개 모음
7	1906.09.25	비스마르크 청화	6/9	찰스 로우	상동
8	1906.10.25	비스마르크 청화	7/9	찰스 로우	상동
		동물담(動物談)		량치차오	거대 고래, 눈 먼 물고기, 양의 도축, 잠자는 사자 등을 통한 현실 풍자
9	1906.11.10	비스마르크 청화	8/9	찰스 로우	상동
		애국정신담(愛國精神談)	1/4	에밀 라비스 (Émile Lavisse)	보불전쟁기의 고난과 그 고난을 극복하는 프랑스인 이야기
10	1906.11.25	애국정신담	2/4	에밀 라비스	상동
11	1906.12.10	비스마르크 청화	9/9	찰스 로우	상동
		애국정신담	3/4	에밀 라비스	상동
12	1907.01.25	애국정신담	4/4	에밀 라비스	상동
		세계의 저명한 암살 기술			알렉산더 대왕의 아버지 필리포스 2세가 암살당한 이야기
		외교시담(外交時談)			허황된 체면만 중시하는 외교가를 비판함으로써 청나라의 현실 상황을 풍자

---

6 〈표 1〉에서 '역자' 항목이 따로 없는 이유는 모든 콘텐츠의 역자가 미상(未詳)이기 때문이다.

과 거의 같은 시기에 『만세보』의 '소설'란에서는 이인직의 『혈의 루』가 연재되고 있었기 때문이다. 주지하듯 전통적인 한국문학사에서 한국 최초의 신소설로 그 지위가 굳건한 『혈의 루』는 연재 당시에도 스스로 '소설'을 표방했다. 한쪽에서는 '비스마르크'의 역사적 일화가, 한쪽에서는 작가적 상상력에 토대를 둔 '옥련'의 이야기가 각기 '소설'로서 연재되고 있었다. 이러한 경우, 소설의 성격을 좌우하는 데 있어서 확실한 변수라 할 만한 것은 결국 '매체'이다.

비슷한 현상은 1910년대의 매체 사이에서도 관찰된다. 미디어 환경이 정치에 폐색되어 있던 1910년대의 경우, 문학과 친연성을 맺고 있던 잡지는 극히 드물었다. 그간 이 시기의 문학 연구들이 『청춘』에 매달릴 수밖에 없었던 것도 이러한 매체 자체의 희소성이 크게 작용했다. 주목하고자 하는 것은 바로 『청춘』의 문학관이다. 『청춘』은 창간호부터 수차례 걸쳐 '세계문학개관'이라는 시리즈를 통해 현 시점에서도 공인된 서양고전의 배경과 줄거리를 소개했다. 이 기획 지면에 연재된 작품들은 『레미제라블』(「너 참 불쌍타」, 『청춘』 창간호, 1914.9), 『부활』(「갱생」, 『청춘』 2, 1914.10), 『실낙원』(「실낙원」, 『청춘』 3, 1914.11), 『돈키호테』(「돈기호전기」, 『청춘』 4, 1914.12), 『캔터베리 이야기』(「캔터베리 기(記)」, 『청춘』 5, 1915.2) 등이었다. 근대문학을 이론적으로 정초한 비평 분야의 업적은 이광수의 「문학이란 하何오」(『매일신보』 1916. 11.10~23)가 선편을 쥐게 되지만, 그 이전에 이미 '문학'은 각종 서양 정전들의 소개와 함께 형체를 드러내고 있었던 것이다.

하지만 근대문학의 규준을 확립하고자 한 『청춘』의 이러한 '번역적 작업'은 『청춘』 바깥의 지면에서도 유효한 것은 아니었다. '문학'은, 그리고 '소설'은 합의된 무언가가 아니라 여전히 산포된 개념에 근사했으

구분	연재 시기	번역·번안소설	번역·번안자	원작 제목	원작자
1	1912.7.17~ 1913.2.4	쌍옥루	조중환	己が罪	菊池幽芳
2	1913.5.13~ 1913.10.1	장한몽	조중환	金色夜叉	尾崎紅葉
3	1913.7.16~ 1914.1.21	눈물	이상협	吉丁字	渡辺霞亭
4	1913.9.6~ 1914.6.7	만고기담	이상협	아라비안나이트	미상
5	1913.10.2~ 1913.12.28	국(菊)의 향(香)	조중환	미상	미상
6	1914.1.1~ 1914.6.9	단장록(斷腸錄)	조중환	生きぬ仲	柳川春葉
7	1914.6.11~ 1914.7.19	형제	심우섭	지나간 죄	미상
8	1914.7.21~ 1914.10.28	비봉담(飛鳳潭)	조중환	妾の罪	黑岩淚香
9	1914.10.29~ 1915.5.19	정부원	이상협	Run to Earth	엘리자베스 브래든
				捨小舟	黑岩淚香
10	1915.5.20~ 1915.12.26	속편 장한몽	조중환	渦巻	渡辺霞亭
11	1916.2.10~ 1917.3.31	해왕성	이상협	몽테크리스토 백작	알렉상드르 뒤마 피스
12	1917.4.3~ 1917.9.19	산중화	심우섭	미상	미상
13	1917.9.21~ 1918.1.16	홍루(紅淚)	진학문	동백꽃을 든 여인	알렉상드르 뒤마 피스
14	1918.3.24~ 1918.10.4	홍루몽	양건식	紅樓夢	曹雪芹
15	1918.7.28~ 1919.2.8	애사(哀史)	민태원	레미제라블	빅토르 위고
16	1919.1.15~ 1919.3.1	기옥(奇獄)	양건식	春阿氏	冷佛
17	1919.2.15~ 1919.5.5	옥리혼(玉梨魂)	육정수	玉梨魂	徐枕亞

며 이는 매체의 다양성만큼이나 분절되어 있기 십상이었다. 〈표 2〉는 『청춘』의 간행 기간과 중첩된 1910년대 『매일신보』의 번역 및 번안소설을 목록화한 것이다.

『매일신보』의 번역 및 번안소설은 『청춘』과 크게 다르다. 우선 일본 작가의 가정소설들을 적극적으로 유치한 점이 두드러지고, 애정소설·탐정소설 등 대중의 취향을 겨냥한 부류가 대부분이었다. 그 외에 전통적으로 인기가 높았던 『홍루몽』이나 그 변주에 해당하는 『옥리혼』 등 중국발 작품이 많은 지면을 확보할 수 있었다. 일정한 문학적 주지主旨를 밀고 나갈 여지가 큰 월간 잡지와 독자층 확대라는 취지가 보다 선명한 일간지 간의 간극도 감안해야 하겠지만, 결국 차이의 본질은 『청춘』과 『매일신보』라는 매체 자체의 성격이다. 당대의 모든 잡지가 『청춘』과 같은 세계문학의 소개를 감당한 것도 아니고, 『매일신보』(이 신문의 지위는 보다 독점적이었기에 평행 비교는 어렵다) 이전과 이후의 일간지들이 보여주는 번역소설의 양상 또한 이질적이기 때문이다. 이 정도의 편차가 확인되는 만큼, 차라리 『청춘』과 『매일신보』 모두 빅토르 위고의 『레미제라블』을 선보였다는 점이 이채로울 정도다.

1920년대의 매체들은 또 다른 번역소설들을 출현시켰다. 〈표 3〉은 식민지시기의 문제적 잡지 『개벽』의 번역소설을 정리한 것이다. 『개

---

7 〈표 2〉를 작성하는 데 참조한 연구는 다음과 같다. 박진영, 「일재(一齋) 조중환(趙重桓)과 번안소설의 시대」, 『민족문학사연구』 26, 민족문학사학회, 2004; 박진영, 「한국의 번역 및 번안 소설과 근대 소설어의 성립—근대 소설의 양식과 매체 그리고 언어」, 『대동문화연구』 59, 성균관대 대동문화연구원, 2007; 최태원, 「일재 조중환 번안소설 연구」, 서울대 박사논문, 2010; 양은정, 「『옥리혼』의 국내 번역본 비교 연구—홍루몽 관련 위주」, 『중국문학』 88, 한국중국어문학회, 2016; 양은정, 「『奇獄』에 나타난 번역 동기, 목적, 방법 연구」, 『중국현대문학』 84, 한국중국현대문학학회, 2018 등.

호수	년월	제목	번역자	원저자	국가
3	1920.8	행복	현진건	아르치바셰프	러시아
4	1920.9	석죽화	현진건	쿠르트 뮌첼	독일
11	1921.5	혁명의 제2년	제월생(霽月生)	아나톨 프랑스	프랑스
25	1922.7	고향	현진건	치리코프	러시아
25	1922.7	가을의 하룻밤	현진건	고리키	러시아
25	1922.7	사일간	염상섭	가르신	러시아
25·27	1922.7·9	호수의 여왕	방정환	아나톨 프랑스	프랑스
26~27	1922.8~9	사막 안에 정열	변영로	발자크	프랑스
29	1922.11	털보장사	방정환	오스카 와일드	영국
29	1922.11	상봉	김명순	에드가 엘런 포	미국
63	1925.11	사막 한가운데서	백봉	레프 룬스	미상
65	1926.1	동무	김철산	고리키	러시아
71	1926.7	마이다스의 애자(愛子) 조합	박영희	잭 런던	미국
71	1926.7	악마	박용대	고리키	러시아
71	1926.7	죄수	미상	존 칼스워디	영국
71	1926.7	아버지	이기영	레온하르트 프랑크	독일
71	1926.7	사형 받는 여자	이상화	브라스코 이바네스	스페인
71	1926.7	매음부	최승일	하야마 요시키 (葉山嘉樹)	일본

8 〈표 3〉은 한기형, 「중역되는 사상, 직역되는 문학—『개벽』의 번역관에 나타난 식민지 검열과 이중출판시장의 간극」, 『아세아연구』 54, 고려대 아세아문제연구소, 2011, 「부록—『개벽』의 번역문학 목록(비평과 작품)」(83~84면)에서 '소설'만을 따로 추리고 '국가' 항목 등 일부 사항을 보완한 결과물이다.

벽』이라는 매체가 소개한 세계 각국의 소설들은 대개 하층민의 생활상이나 여러 비극적 화소를 사실적 필채로 그려낸 단편소설로서, 비중의 1/3 이상은 러시아소설이었다. 앞서 살펴본 1910년대의 번역소설들과는 거의 접점을 찾을 수 없다. 그러나 『개벽』이 1920년대를 대표하는 잡지였다고 해서, 이들이 당대 문학의 규범을 대변하는 것은 아니었다. 이는 동시기 『동아일보』나 『조선일보』, 또 타 잡지의 이질적 번역소설들을 통해 즉각 확인 가능하다.

2. 『대한매일신보』의 사례와 그 외연

이상 1900년대부터 1920년대의 일부 매체를 중심으로 '소설'의 매체별 층위가 얼마나 달랐는지를 확인하였다. 그러나 목록을 중심으로 한 앞의 논의만으로는 표면적 차이를 확인하는 데 그칠 수밖에 없다. 이에 특정한 방향성을 갖고서 '소설'을 자의적으로 배치하는 사례를 살펴보고자 한다. 바로 『대한매일신보』의 '소설'란이다.

이 책의 제1장에서 다룬 소설개량론의 한국적 변주를 상기해 보자. 박은식을 포함한 『대한매일신보』 편집진은 대중의 '전' 지향적 국문소설 기호를 일찍부터 인지하고 있었다. 그 증거가 바로 1906년, 『대한매일신보』 국한문판 '소설'란에 연재된 「靑樓義女傳(쳥루의녀젼)」(1906.2.6~2.18)이다. 『라란부인젼』이 국문판 신문의 첫 연재소설이었다면 이는 국한문판 신문의 첫 연재소설이었다. 둘 다 국문체이고 여성을 주인공으로 하며 '전'을 제목으로 내세웠다. 하지만 『라란부인젼』과는 달리 「청루의녀젼」에 가해진 문학사적 평가는 대체로 부정적이다. 말하자면 20세기 초반의 창작물이면서도 전대 소설의 틀을 답습했다는 것인데,[9] 평자에 따라서는 소설사의 퇴행으로까지 비판한다.[10] 그러나 「청루의녀젼」 역시 중국어 작품에 기반했다는 연구가 제출된 바 있거니와,[11] 창작과 번역의 문제를 떠나 애초부터 구소설과의 차별화는 주안점이 아니었을 수도 있다. 오히려 구소설적 속성으로의 '회귀'를 의도했을 가능성이 더 크다.[12]

매체와 소설의 만남은 서로에게 상승 작용을 일으킬 수 있는 전략 차원에서 이루어져왔다.[13] 『대한매일신보』의 경우도 마찬가지였다. 편집진은 잠재적 신문 독자층이 될 대다수의 소설 기호를 알고 있었기에 구소설과 다름없는 '전'류 소설을 전략적으로 활용했다. "社會의 大趨向은 國文小說의 正호는 비"[14]라고 할 정도의 파급 효과가 인정된다면 지면에 국문소설을 싣지 않는 것이 모순이었다. 1900년대 여러 매체의 소설 광고에서 '흥미' 요소를 강조하는 경우는 얼마든지 찾을 수 있다. 『라란부인젼』의 광고처럼 내용은 '새 것'이면서도 '흥미'를 강조하는 경우도 있었다.[15] 하지만 『대한매일신보』의 국한문판 '소설'은 내실까

9　조연현, 『韓國新文學考』, 문화당, 1966, 55면; 김영민, 앞의 책, 91면.

10　이재선, 『韓國開化期小說研究』, 일조각, 1991, 58면.

11　이재춘, 「「靑樓義女傳」 연구 – 중국소설 「杜十娘怒沈百寶箱」과의 관계를 중심으로」, 『어문학』 50, 한국어문학회, 1989 참조.

12　이재춘이 제시한 중국어 저본은 「杜十娘怒沈百寶箱」이다. 이 작품이 수록된 『今古奇觀』은 명말의 소설집으로, 당대의 시각에서도 명백히 구소설의 범주에 속한다.

13　한기형, 「매체의 언어분할과 근대문학」, 성균관대 대동문화연구원, 『흔들리는 언어들』, 성균관대 출판부, 2008, 264면.

14　신채호, 앞의 글.

지 기존의 소설 코드를 활용한 「청루의녀전」에서 출발했다.[16] 대중에게 친숙한 '전'이되, 내용도 '옛 것'이었던 것이다.

'소설'란 외부에도 서사양식이 존재한다는 것을 역으로 따져보면, 『대한매일신보』 '소설'란의 사명은 좀더 명료해진다. '소설'이라는 섹션 자체가 '소설'에 대한 사람들의 기대를 반영하거나, 적어도 의식해야만 했던 공간이었던 것이다. 같은 '소설'란이라도 한 가지 성격만 고집할 수 없었던 이유가 여기에 있을 것이다. 가령 구소설에 가깝다는 평가를 받는 「보응」[17](1909.8.11~9.7)은 심지어 '신소설'이라는 표제를 달고서 몽유형 대화체 「디구셩미리몽」(1907.7.15~8.10)과 서양 역사물 「미국독립ᄉ」(1909.9.11~1910.3.5) 연재 기간 사이의 '소설'란에 실렸다.

중요한 것은 이러한 비균질성 가운데서도 나타나는 '전傳'이라는 기표의 현저한 중심성이다. 『대한매일신보』의 '소설'란을 보면, 국한문판(3편)과 국문판(9편)의 12편 중 6편의 제목에 '전'이 노출되어 있다. 그 경우는 「청루의녀전」(국한문판 / 국문)과 『라란부인전』, 「국치전」, 「리순신전」, 「최도통전」, 「옥랑전」(국문판 / 국문)이고, 나머지에 해당하는 소설은 「거부오ᄒᆞᆯ」(국한문판 / 국문), 「매국노(나라ᄑᆞᄂᆞᆫ놈)」, 「디구셩미리몽」, 「보응」, 「미국독립ᄉ」(이상 국문판 / 국문), 「세계역사世界歷史」(국한문판 / 국한문)이다. 편집진은 국문소설의 독자들을 의식하여 일부러 '전'이라는

---

15 『대한매일신보』, 1908.1.18, 4면.

16 이것은 일종의 불가항력적 선택이었을 것이다. 국문 연재소설 중 작자나 역자명이 표기되지 않거나 있더라도 필명에 그치는 것은 이와 결부시킬 생각해 볼 일이다. 한편, 기존 연구를 참조하면 '전'류 외의 『대한매일신보』 소설들 역시 대중성에 주안점을 두고 있었다는 것을 알 수 있다. 그 예로, 전은경, 「『대한매일신보』의 '국문' 정책과 번안소설의 대중성연구─「국치전」과 「매국노」를 중심으로」, 『어문연구』 54, 어문연구학회, 2007.

17 김영민, 앞의 책, 109면.

표현을 전면화했다. 전술한 「청루의녀젼」은 저본인 「두십랑노심백보상杜十娘怒沈百寶箱」과는 다르게 외형부터 '젼'류 소설로 비춰지길 바랐다. 「국치젼」(국문판, 1907.7.9~1908.6.9)의 경우도 번역대본인 중국어본의 원제는 『정해파란政海波瀾』이었다.[18] '젼'을 제목에 포함시키기 위해 주인공 '국치國治'의 이름까지 가져와 기어코 「국치젼」이라 한 것이다. 게다가 신채호의 「수군제일위인 이순신水軍第一偉人李舜臣」(1908.5.2~8.18)과 「동국거걸 최도통東國巨傑 崔都統」(1909.12.5~1910.5.27)은 각각 '소설'란으로 들어오면서 「슈군의 데일 거록한 인물 리슌신젼」(1908.6.11~10.24)과 「동국에 데일 영걸 최도통젼」(1910.3.6~5.26)이 되었다. 편집진은 국문 독자층에게 친숙하게 다가가는 데 '젼'의 전면 배치가 주효하다는 인식을 뚜렷이 갖고 있었다. 즉, 『대한매일신보』 진영의 소설 전략에는 '민심'을 헤아리고자 하는 노력이 있었다. 신채호는 구소설 발매를 금지하여 폐해를 막자는 일부 의견에 대해 "민심을 거슬녀셔 힝ᄒ기 어려운 일"로 단언하며, 올바른 "새쇼셜新小說"을 통한 구소설의 자연도태를 주장하기도 했다.[19] 이는 결국 구소설과 신소설의 과도기적 공존 상태를 용인한 발언이다.

'젼'이 붙은 『대한매일신보』 소설 6편은 량치차오의 전기부터 구소설의 전형까지 그 내용이 각양각색이었지만, 이는 '소설'란의 개방성과 더불어, 이미 '종縱'(구소설 '젼'에서 새로운 '젼'으로)과 '횡橫'(외부의 '젼'에서

---

18 중국어본의 저본이 되는 일본 정치소설 역시 제목에서의 큰 차이는 없다. 번역 관계와 내용 변화의 의미는, 다지마 데쓰오, 「「국치젼」 원본 연구─「일본정해(日本政海) 신파란(新波瀾)」, 『정해파란(政海波瀾)』, 그리고 「국치젼」 간의 비교를 중심으로」, 『현대문학의 연구』 40, 한국문학연구학회, 2010 참조.
19 신채호, 「近今 國文小說著者의 注意」, 앞의 글.

한국 내부의 '전'으로)을 거듭 관통하며 연단된 '전'이라는 '그릇'이 그것들을 수용할 수 있을 정도로 커져 있었기 때문이라 할 수 있다. 이에 그 내용물이 허구든 사실이든, 흥미 위주든 교훈 위주든, 창작이든 번역이든 모두 망라될 수 있었다.

매체에 의한 '소설'의 자의적 배치는 일정 수준 이상의 운동성을 갖추는 순간 해당 매체의 범주를 넘어서게 된다. 즉 국문 독자층을 겨냥하여 "전"이라는 시그널을 발신하는 양상은 『대한매일신보』 지면 밖의 단행본에서도 관찰된다. 『신쇼셜 이국부인젼』의 사례는 이미 전술한 바 있고, 그 연장선상에 신채호의 『을지문덕乙支文德』(광학서포, 1908.5)을 올려놓을 수 있다. 1908년에 저술한 국한문판 『을지문덕』은 두 달 후 순국문으로 나올 때는 『을지문덕傳』이 되어 있었다. 이 외에, 박은식의 국한문판 발간 거의 직후에 기다렸다는 듯이 나온 김병현의 순국문 『정치쇼셜 서사건국지』의 표지에는 제목이 우측에 중복 기재되어 있는데, 바로 "정치쇼셜 셔스건국지 젼"이었다.[20] 이 경우의 '젼'은 '傳'이 아니라 '全'일 가능성이 더 크지만 국문 표기로는 애초에 '傳'과 '全'을 구분할 수 없다.[21]

한편, 이러한 1900년대의 '소설 전략'은 기존의 국문 독자층을 염두에 둔 것이었지만, 소설의 대중성이나 '의사소통양식'[22]으로서의 기능

---

20 김병현, 『정치쇼셜 셔스건국지』, 대한황성 박문서관, 1907.11.

21 이 문제와는 별개로, 김병현의 국문판 『정치쇼셜 셔스건국지』의 의의를 짚고 넘어갈 필요가 있다. 박은식이 쓴 「序」에서의 논의들은 당연히 기존 국문소설의 대타항으로서의 정체성 표명과 연관되어 있었다. 물론 박은식은 박은식대로 소설 및 소설계 쇄신의 중요성을 '국한문체 독자들'에게 설파할 수 있었지만, 정작 자신의 번역서가 '국한문체'라는 것은 다소 이율배반적이었다. 결국 김병현의 순국문본 역간은 박은식이 실제로는 실천하지 못한 '국문소설'로서의 『서사건국지』 소개를 대신 완수한 셈이었다.

을 '국한문'의 세계라고 해서 철저히 외면하고만 있을 수는 없었다. 소수에 불과하다고는 해도 소설 개량의 논의가 본격적으로 출현하기 이전의 국한문 매체에 '소설'란이 출현할 수 있었던 것도 이러한 맥락에서 파악된다.[23] 그러나 전통 지식인들에게 있어서 '소설' 자체에 대한 부정적 인식은 장기간 구축되어 온 것이었다. 이에 소설의 지위 상승을 도모하는 이들의 실천 방향은, '국문' 독자층을 대상으로 할 때는 '소설'의 기표와 '소설'란이라는 공간 자체를 십분 활용하는 것이었지만, '국한문' 독자층을 대상으로 할 때는 무엇보다도 소설에 대한 기존 인식 자체를 바꾸는 것에 집중되었다. 결과적으로 이러한 사정이 뒤얽혀, 국한문 매체 내에서도 '소설'에 대한 흥미성 강조와 계몽적 실천은 혼류되어 나타난다.

국한문체 잡지에서도 '소설'과 '전기'의 결합 양상은 관찰된다. 그러나 이는 국문 전용 매체의 경우와는 궤를 달리 한다. 예를 들어 1906년 『조양보』의 발행기간 대부분에 걸쳐 '소설'란에 실린 「비스마룩구 청화淸話」가 있다. 내용상 분명 '전기'이며 지식인층 상당수가 알고 있던 인물을 내세웠지만 '전傳'이라는 표제는 넣지 않았다.[24] 『조양보』의 서사물 12편은 '소설'과 '담총'란으로 나뉘어 게재되었는데, '전'이라는

---

22 김동식, 「한국의 근대적 문학 개념 형성과정 연구」, 서울대 박사논문, 1999 참조.
23 오락성 환기의 예를 들면, 1906년부터 이미 '소설'란을 꾸준히 활용하던 『조양보』의 경우 "소설이나 총담은 재미가 무궁"하다고 선전하며(제2호, 「특별광고」), "혹 소설같은 것도 흥미있게 지어서 寄送하시면 기재하겠나이다"(제2호, 「注意」)라며 '소설'란의 공간 자체를 아예 독자층에게 개방하겠다는 태도까지 밝힌 바 있다.
24 「비스마룩구 淸話」와 관련한 상세한 논의는 손성준, 「번역 서사의 정치성과 탈정치성 −『조양보』 연재소설, 「비스마룩구 淸話」를 중심으로」, 『상허학보』 37, 상허학회, 2013 참조.

명칭이 붙은 「갈소사전嘎蘇士傳」이 실린 곳은 '담총'란이었다. '전'을 붙인 국한문체 소설의 경우로는 『대한자강회월보』의 '소설'란에 실린 「허생전許生傳」(1907.2~4)을 들 수 있다.[25] 이는 『열하일기熱河日記』 소재 「옥갑야화玉匣夜話」에 실린 허생 관련 한문단편에 '전傳'을 더하여 새 매체의 '소설'로 발표한 경우다.[26] 하지만 「허생전」은 국한문 독자층이 역사서술용 '전'으로 인식할 가능성이 거의 없는 경우였다. 사실 「허생전」 자체도 『대한자강회월보』의 '소설'에서는 예외적 존재였다. 왜냐하면 이 잡지의 '소설'란에는 주로 국문체 작품이 실렸고, 한문이나 국한문체 텍스트는 거의 '문원'이라는 고정란에서 수용했기 때문이다. 한문이나 국한문체 텍스트의 경우는 거의 '문원文苑'이라는 고정란에서 수용했다. 이와 같이 『대한자강회월보』에는 문체에 입각한 지면의 이원화가 작동하고 있었다.[27] 다만 이 정도의 파편적 양상에 그칠 뿐, 국문소설과 비견하자면 국한문체 소설에서의 '전'의 전면 배치는 거의 없다고 해도 과언이 아니다.

국한문의 세계에 여전히 만연해 있던 부정적 '소설' 인식을 감안한다면, '소설'이라는 표제의 적극적 활용이나 '소설'란의 고정은 실험에 가까웠다. 신채호의 창작 전기물 두 편의 문체별 공간 구획('위인유적(국한문)'과 '소설(국문)')이 단적으로 보여주듯 국한문 독자층을 대상으로 할

---

25 『대한자강회월보』의 「허생전」은 연암의 원문에 현토만을 단 수준의 국한문체였다. 한편 연암의 허생 이야기를 처음 「許生傳」이라 명명한 것은 김택영(金澤榮)으로, 이 명칭은 1900년도에 공식화되었다.(김진균, 「허생(許生) 실재 인물설의 전개와 「허생전(許生傳)」의 근대적 재인식」, 『대동문화연구』 62, 성균관대 대동문화연구원, 2008, 281면)
26 거의 비슷한 기간 『제국신문』 '소설'란(1907.3.20~4.19)에 국문으로도 등장한 바 있다.
27 보다 상세한 논의는 유석환, 「근대 문학시장의 형성과 신문·잡지의 역할」, 성균관대 박사논문, 2013, 38~39면 참조.

때는 '전'의 '소설' 배치 자체가 꺼려졌다. 각종 국한문체 전기 광고에서 '소설'로서의 선전이 없었던 것[28]은 이런 측면에서 당연할 수도 있었다. 일본 종합잡지의 영향을 많이 받았을 유학생 학회지조차 대부분 '소설'란이 부재했다. 결국 '소설'의 기획은 높은 수준에서 '국문'에 긴박되어 있었던 것이다.

1907년에서 1909년 사이, 국한문체 전기물은 단행본 출판뿐 아니라, 잡지에서도 빈번히 게재되었다. '소설'란과는 대조적으로 '전기'란의 고정적 운영은 유학생 학회지가 활발한 편이었다. 1900년대 일본 유학생들의 학회지에 실린 전기물의 전체적 양상을 살펴보면 국한문체에 익숙한 독자를 대상으로 한 '전'의 전면 배치는 저본 자체가 전기일 때 시도되었다.[29] 『태극학보』에는 쥘 베른 원작소설을 중역重譯한 「해저여행기담海底旅行奇譚」이 연재되기도 했는데, 이처럼 저본이 소설일 경우에도 '소설'이라는 명명 자체는 배제되기도 했다.[30] 그럼에도 『태극학보』의 번역전기와 번역소설을 모두 박용희 한 사람이 전담하다시피 한 점은 특기할 만하다. '전'과 '소설'의 배치가 전략적으로 결합되지 않았을 뿐, 두 부류를 동류로 의식한 편집진의 판단이 엿보이기 때문이다.

이를 단초로 시야를 확장해 보면, 1900년대 한국의 단일 잡지에서 '전기'와 '소설'란이 동시에 나타나는 경우가 거의 없다는 것을 알 수 있다. 이례적으로 『대한흥학보』가 '전기'란과 함께 「요죠오한」 및 『무

---

28 권보드래, 『한국 근대소설의 기원』, 소명출판, 2000, 110~112면.

29 손성준, 「영웅서사의 동아시아 수용과 중역(重譯)의 원본성─서구 텍스트의 한국적 재맥락화를 중심으로」, 성균관대 박사논문, 2012, 73~74면 참조.

30 『태극학보』의 경우, 예외적으로 '講壇學園'란에 실린 「多情多恨」이 제목과 함께 '寫實小說'이라는 표현을 붙여둔 바 있다.

정無情』 등을 실었던 '소설'란을 구비하고 있었지만, 이 '소설'란 역시 '사전史傳'(혹은 '전기傳記')란이 실린 호에서는 찾아볼 수 없다. '소설'과 '전기'는 단일 호의 같은 공간 속에서 병립하지 않았던 것이다.[31] 이 또한 전술한『태극학보』의 사례와 마찬가지로 당시 한국에서 두 양식에 부여되어 있던 교집합적 속성을 암시한다. 국한문의 세계에서 '소설'이 보장받은 공간은 협소했는데, 이는 '전기'란의 존재와 직결되어 있었다. 그런데 바꿔 말하면, 전기가 소설의 대체재 역할을 일정 부분 수행했다는 것은 '전기'와 '소설'을 분리하던 한문 지식인들의 통념에 이미 균열이 커져 있었음을 의미하기도 한다.

'전기'와 '소설'란이 동시에 출현하지 않는다는 것은 근대잡지에서 나타나는 한국만의 현상일 가능성이 높다.『신민총보』에는 '전기'란과 '소설'란이 꾸준히 공존했고,『국민지우』나『태양』같은 일본잡지들도 사정은 다르지 않았다. 한국에 있어서 새로운 기점은『소년』이 마련했다. 유학생 학회지에 '전기'를 투고한 적 있는 최남선과,[32] 유학시절을 거치며 소설가로서의 소양을 쌓아나간 이광수의 만남은『소년』에서 '전기'와 '소설'의 지면 분할을 이끌어냈다.[33]『소년』이 한국 근대잡지

---

31 '전기' 혹은 '사전'이 실린 호 : 제1호, 제3호, 제4호, 제5호, 제8호, 제9호 / '소설'이 실린 호 : 제8호, 제11호, 제12호. 흡사 '전기'의 자리를 '소설'이 대체한 양상이다. 예외적으로 제8호에 '전기'와 '소설'란이 함께 있지만, 사실 제8호의 '전기'란에 실린 두 기사는「日淸戰爭의 原因에 關한 韓日淸外交史」와「本會에 寄贈한 書籍及 新聞月報」로, 인물전을 게재한 다른 호와는 엄연히 달랐다.

32 최남선은 최생(崔生)이라는 필명으로 워싱턴의 전기물「華盛頓傳」을『대한유학생회학보』제1호(1907. 3)에 실은 바 있다.

33『소년』에는 표트르 1세, 나폴레옹, 민충무공, 가리발디 등의 전기가 꾸준히 실렸다. 또한 이광수는 소설「어린희생」(1910.2~5),「헌신자」(1910.8) 등을 발표했는데「어린희생」의 연재는「나폴레온대제전」(1909.12~1910.6)과 동시에 이루어졌다. 한편 창작소설 외에『소년』에 실린 여러 번역소설들까지 포함한다면 전기와 소설의 공존 양상

의 세대교체를 의미하는 것은 이러한 문맥에서도 적용된다.

과정은 복잡다단했지만 하나의 거시적 흐름은 또 다른 흐름으로 넘어가고 있었다. 그 사이, 다양한 매체들이 존재했기에 다양한 작품들이 번역될 수 있었다는 것은 분명하다. 근대매체가 역로譯路로서 기능했다는 의미는 이 지점에서도 찾을 수 있다. 이렇게 보자면, 오히려 상像이 통일되어 있지 않았던 시기의 소실 인식, 그리고 각종 매체가 담아내고자 했던 각기 다른 문학의 활용 전략은 역설적으로 문학의 저변을 넓히는 데는 기여한 바가 있었다. '번역의 길'은 매체의 차이만큼이나 다원화되어 있었던 것이다.

3. 소설 패러다임의 새로운 대세

앞서 살펴보았듯이 량치차오가 "영국인 모씨"의 발언이라며 자국인들에게 "소설은 국민의 혼"이라는 명제를 소개한 것은 1898년의 일이고, 신채호가 그 부분을 『대한매일신보』의 「근금 국문소설저자의 주의」라는 논설 속에서 인용한 것은 1908년이었다. 주지하듯 이 발언은 소설을 통한 민중 교화를 겨냥하고 있다. 중국과 한국 사이에 존재하는 이 10년이라는 시간차는 담론의 활성화가 가능해진 환경이 그만큼의

─────────
은 더욱 확연해진다.

차이를 두고 도래했다는 사실을 의미한다. 역으로 보자면, 메이지 일본의 정치소설 번역에서부터 연원한 소설의 사회적 효용론이 일정한 시차를 두고 인접 공간에 전이되었을 때, 한국은 그 유효기간이 가장 늦게까지 유지된 셈이었다.

일본에서 정치소설의 중심성이 희미해진 원인은 여러 가지가 있겠으나, 그중 하나의 계기는 1888년에 나온 번역소설 한 편이 마련했다. 량치차오가 여전히 구舊 패러다임에 공명하고 있던 1898년보다 10년이나 이른 시기에 이미 신新 패러다임이 등장한 것이다. 해당 번역소설은 이반 투르게네프Ivan Sergeevich Turgenev(1818~1883)의 연작 단편집『사냥꾼의 수기』중 하나인「Свидание(밀회)」를 후타바테이 시메이가『국민지우國民之友』에 번역한 것으로서, 당시의 제목은「あひびき(아히비키)」였다.

「아히비키」의 출현은 일본 근대문학사를 뒤흔든 일대 사건이었다. 이는 훗날 번역자 후타바테이 시메이가 일본뿐 아니라 한국과 중국의 문인들에게도 가장 권위 있는 러시아문학의 중계자로 자리매김한 이유이기도 하다. 야나기다 이즈미柳田泉는 이 번역소설에 대해 더 이상의 형용이 어려울 정도로 큰 의의를 부여한 바 있다. 일부만 살펴보자.

사실 메이지 번역문학의 정조(正調)는 이「아히비키」라는 한 편이 공개됨에 이르러 정해졌다고 말할 수 있다. 나의 이른바 번역문학의 제3전기는, 이「아히비키」에 의해 생겼다(즉 이후는 제4기로 들어간다). 게다가 순서는 제3이지만, 사실은 획기적인 중대함으로는, 이것 이전의 시기건 변화건 전부 이것의 출현에 이르기 위한 준비라고 볼 정도로 놀라운 것이었다. 금일「아히비키」가 유명한 것은, 번역문학의 정조를 정했다는 것보다도, 오히려 그 형식적 내용이 후래의 메이지 문단에 다대한 영향을 미쳤다는 점에 있다. 과연 이 점에서는 초기 『화류춘화(花柳春話)』같이 얕고 넓은 영향에 비해, 심원한 것을 줄 수 있었다. 하지만 그러한 점을 차치하고 한 편의 번역문학으로서 본다 해도 형식, 내용, 동시에 청신(淸新)함의 혁명성에 있어서, 이와 대조할 때 본 작품 이전의 모든 시기를 통틀어 번역 이전 시기라고 불러도 충분히 좋을 만큼의 가치적 비중이 있는 것이었다.[34]

번역된 단편소설 한 편에 이 정도의 평가를 내릴 수 있는 주된 이유는, 투르게네프의 「밀회密會」 자체보다 후타바테이 시메이가 「아히비키」를 통해 선보인 문체에 있었다. 인용문 다음의 내용에서 야나기다는 다시 긴 지면을 할애하여 모리타 시켄森田思軒이 정초한 주밀체周密文(주도면밀한 번역 문체)을 발전적으로 계승한 시메이의 혁신성과 그것이 가져다 준 충격을 서술한다. 모리타 시켄과 시메이의 번역문은 한문투를 벗어난 직역체라는 점에서 동궤에 있는데, 이른바 '언문일치체'라는 이름을 획득한 것은 결국 후타바테이 시메이에 이르러서였다. 후타바테이 시메이가 메이지 최초의 언문일치체 소설로 회자되는 『부운浮雲』의 작가라는 점은 잘 알려져 있다. 이 작품은 1887년 제1편이 발표되었고, 1889년까지 총 3편이 나왔다. 언문일치체에 더 가까운 것은 제2편부터인데,[35] 이를 미루어 2편의 작업과 거의 동시에 이루어진 「아히비키」의 번역 체

---

34 柳田泉, 『明治初期飜訳文學の研究』, 春秋社, 1966, 138면.
35 나카무라 미쓰오, 고재석·김환기 역, 『일본 메이지 문학사』, 동국대 출판부, 2001, 102면.

험이 『부운』의 문체 변화와 연관되어 있을 것이라는 추정이 가능하다.[36] 물론 애초에 근대 일본의 언문일치란 '소리'를 옮기는 '속기'용 문체를 지식인의 언어로 번역하는 과정에서 구축된 환상이며, 후타바테이 시메이의 『부운』에 이르러 언문일치체가 성립한다는 것은 '근대 일본문학사'의 신화에 불과하다는 입장도 존재한다.[37] 하지만 문체의 변화란 가시성의 영역이며 『부운』의 문체가 새로운 표준이 된 현상 자체는 무위로 돌리기 어렵다. 기억해야 할 것은 이 새로움의 배경에 번역이 놓여 있었다는 사실이다.

후타바테이 시메이의 번역에 관한 야나기다의 주장은 다소 과할 정도로 확신에 차 있다. 예컨대 "나는 시메이의 번역문체가, 이 주밀문체와 언문일치의 정신을 결합하여 일신체를 생성했다고 단언하기를 망설이지 않는다. (…중략…) 이 주밀문체와 언문일치체를 결합시킨 점으로부터, 나는 「아히비키」가 메이지 번역문학의 획기적 전기에 해당하며, 이른바 정조正調를 정했다고 하는 것이다"[38]와 같다. 후타바테이의 번역문이 "구문학舊文學에 의한 문학·문장의 세례를 받은 메이지 20년대 일반독자"의 입장에서는 지나치게 획기적이었다는 부정적 견해도 있지만,[39] 이러한 시각 자체도 시메이의 문체가 전한 충격의 방증이다.

---

36 『부운』과 러시아소설의 영향 관계는 선명한 편이어서, 다야마 가타이는 『부운』의 묘사 방식이 곤챠로프 소설의 모방이라는 점을 명언하기도 했다. 田山花袋, 『長篇小說の硏究』, 新詩壇社, 1925, 13면.

37 코모리 요이치는 '문학자들의 노력이 근대 일본어를 낳았다'는 통설 자체가 기획된 것이라고 주장하였다. 코모리 요이치, 정선태 역, 『일본어의 근대』, 소명출판, 2003, 146~169면 참조.

38 柳田泉, 앞의 책, 139면. 이러한 단언적 언술을 제외한다면, 야나기다의 시메이 논의는 나카무라 미쓰오의 『일본 메이지 문학사』에서도 거의 그대로 요약된다.(나카무라 미쓰오, 고재석·김환기 역, 앞의 책, 103면)

그렇기에 그 첫 대면의 이질감은 항상 복합적으로 다가왔을 것이다. 간바라 아리아케蒲原有明의 다음 회고를 참조할 수 있다. "러시아 소설가 투르게네프의 번역이란 말조차 신기하게 여기며, 무심코 읽어보니 속어를 능숙하게 사용한 언문일치체 — 그 보기 드문 문체가 귓전에서 친근하게 맴돌고 있는 듯한 느낌이 들어, 일종의 형언할 수 없는 쾌감과, 그리고 어딘가 마음 밑바닥에서부터 그것에 반발하려는 기운이 싹터왔다. 너무나도 친밀하게 이야기하는 투가 괜시리 언짢았던 것이다."[40]

마에다 아이前田愛의 평가도 야나기다 이즈미에 못지않다. 그는 「아히비키」를 '근대 독자'의 탄생으로 가는 소설사적 흐름의 정점에 위치시킨다. 시메이가 투르게네프의 시상 및 문조에 동화되고자 노력하는 과정에서 새로운 문체를 탄생시켰으며, 이는 다시 「밀회」 특유의 1인칭 시점과 결합하여 '묵독하는 독자'를 위한 소설이 출현할 수 있었다는 것이다.[41] 실제 1888년 당시 『국민지우』에서 「아히비키」를 접한 독자들의 '증언'에 의하면 「아히비키」의 충격은 — 특히 문인의 길을 지망하던 이들에게 — 강하고도 지속성이 있었다. 예컨대 다음은 시마자키 도손島崎藤村의 회고다.

> 「아히비키」 및 「메구리아히」의 번역이 『국민지우』에 나타났을 때, 나는 바킨의 학교에 있었다. 시메이 씨라는 사람은 그 시대부터 나의 가슴에 각인되어

---

39 川戸道昭, 「初期翻訳文学における思軒と二葉亭の位置」, 『続明治翻訳文学全集 《新聞雑誌編》 5 森田思軒集』 I, 大空社, 2002; 齊藤希史, 『漢文脈の近代—清末＝明治の文学圏』, 名古屋大学出版会, 2005, 205면에서 재인용.

40 蒲原有明, 「『密會』에 대해서」, 『후타바테이 시메이』; 마에다 아이, 유은경·이원희 역, 「음독에서 묵독으로」, 『일본 근대독자의 성립』, 이룸, 2003, 197면에서 재인용.

41 위의 책, 195~200면.

있었다. 나뿐만이 아니었다. 나의 친구는 모두 마찬가지였다. 야나기다 쿠니
오(柳田國男) 군이 어렸을 때 나는 군과 함께 있던 잡목림 가운데서, 해질녘을
보낸 적이 있다. '아, 가을이다'라며 그 때 야나기다 군은 「아히비키」의 중의
문장을 나에게 암송하여 들려주었다. 그 문장은 나도 잘 암기했던 것이다. 구
니키다 군이 그 번역을 애송했던 것은, 『무사시노』의 가운데에도 쓰여 있다.[42]

위 인용문에는 세 명의 '증인'이 등장한다. 먼저 '나'인 시마자키 도
손과 야나기다 쿠니오가 있다. 그들은 시메이의 문장을 암송하고 있었
고, 소설의 한 장면이 연상되는 순간이 오자 함께 그 구절을 향유했다.
나머지 한 명은 구니키다 돗포國木田獨步다. 인용문 말미에 언급된 「무사
시노」는 구니키다 돗포가 1898년에 발표한 소설로, 이 소설에는 「아히
비키」의 문장이 대량으로 인용되어 있을 뿐 아니라 원저자 투르게네프
및 번역자 후타바테이 시메이의 실명까지 등장한다. 예컨대 구니키다
돗포는 「무사시노」의 챕터3에서 「아히비키」의 도입부 전체를 옮겨 쓴
다음 이렇게 말한다. "이것은 투르게네프가 쓴 것을 후타바테이가 번역
하여 「밀회」라고 제목 붙인 단편의 모두 부분에 나온 문장으로, 내가
이러한 낙엽림의 정취를 이해하기에 이른 것은 미묘한 풍경 묘사의 힘
덕분이다."[43] 가메이 히데오亀井秀雄는 상세한 분석을 통해 「무사시노」
의 자연 묘사 자체가 「아히비키」를 매개로 만들어진 것이라고 주장하
기도 했다.[44] 풍경 묘사에 탁월했던 투르게네프의 미문美文이 없었다면

---

42 島崎藤村, 「二葉亭四迷氏を悼む」; 柳田泉, 앞의 책, 139~140면에서 재인용.
43 구니키다 돗포, 김영식 역, 『무사시노 외』, 을유문화사, 2011, 44면.
44 가메이 히데오, 김춘미 역, 『메이지문학사』, 고려대 출판부, 2006, 201~209면.

「아히비키」도 없었겠지만, 시메이의 번역은 「아히비키」를 또 하나의 원본으로서 기억되게 했다. 시마자키 도손의 위 고백이 시메이를 애도하는 지면에 등장한다는 사실로 알 수 있듯, 시메이의 번역문은 그들의 정서를 지배했던 원천 중 하나였다.

아울러 이 '증인' 그룹에는 다야마 가타이田山花袋도 추가되어야 한다. 일찍부터 자신에게 미친 시메이의 영향을 인정한 바 있는 그는,[45] 자전적 저술인 『도쿄의 삼십년東京の三十年』에서 「아히비키」를 접한 당시를 이렇게 서술하고 있다.

거기에, 한층 더, 나를 놀래킨 것은, 그(『국민지우』를 뜻함—인용자) 한 두 개 호 앞에 나와 있던 후타바테이 번역의 「아히비키」였다. 거친 경서(經書), 한문, 국문에 길들여져 있던 나의 두뇌 및 수양은, 이 세밀하고 이상한 서술 방식으로 된 문장에 의해 적잖이 동요했다. 이것이 문장일까 라는 의혹도 가져보았다. 그러나 그러한 세밀한 서술법은 외국 문장의 특장(特長)이었다. 따라서 일본의 문장은 이제부터 반드시 그런 것이 되지 않으면 안 된다고 생각한 나는, 그로부터 주의하여 잡지 및 신문을 보게 되었다.[46]

여기서 다야마는 시메이의 「아히비키」를 접한 것이 기존의 문장관을 뒤집고 자국어 글쓰기가 나아가야 할 바를 깨닫게 된 결정적 계기였다

---

45 "나는 후타바테이 씨의 이름이 있는 작품은, 무엇이라도 읽지 않은 것이 없었다." 田山花袋, 「二葉亭四迷君を思ふ」, 『文章世界』, 1909.8; 小堀洋平, 「田山花袋「一兵卒」とガルシン「四日間」ー「死」, 「戦争」, そして「自然」をめぐる考察」, 『早稲田大学大学院文学研究科紀要』第3分冊 57, 早稲田大学大学院文学研究科, 2011, 114면에서 재인용.

46 田山花袋, 『東京の三十年』, 博文館, 1917, 50면. 덧붙여 『東京の三十年』에는 다야마 가타이와 전술한 야나기다, 시마자키, 구니키다 등의 교유관계가 그려져 있기도 하다.

고 말한다. 이처럼 "소수의 순수한 마음을 가진 이"에게 있어서 「아히비키」와의 대면은 확실히, "예술적 천지의 개안開眼"[47]이었을 것이다.[48]

그런데 위 '증인'들의 인적 구성은 김동인, 염상섭, 현진건 등 메이지 문단의 사조에서 영향을 받았던 이들의 "개안"과도 직결된다. 훗날 민속학자가 된 야나기다 쿠니오를 제외한 상기 구니키다, 시마자키, 다야마 등은 모두 일본 자연주의 작가의 거목으로 자리매김했다.[49] 이 대목에서 염상섭의 회고를 빌려오기로 한다.

남이 나를 가리켜 자연주의 문학을 하였다라고 일컫고, 자기 역시 그런가 보다고 여겨오기는 하였지마는, 무어 큰 소리 치고 나설 일은 못된다. 하기는 내가 15, 6세의 구상유취로서 당시의 구학(求學)의 길이자 유행이기도 하였었고 자랑거리나 되는 듯하던 일본 유학을 한답시고 그 나라로 건너가던 맡에 신대륙이나 발견한 듯이 눈에 번쩍 띄우던 것이 태서문학의 세계였는데, 때마침 일본 문단에서는 자연주의 문학이 풍비하던 무렵이었다. 정작 자연주의 문학의 발상지인 구주문단으로 말하면 이미 한풀 꺾인 때였지마는 일본에는 한물 닿았던 시절이라 문학에 맛을 들이기 시작하였던 내가 그 영향을 받

---

47 柳田泉, 앞의 책, 139면.

48 여기서 상론한 사례 외에, 간바라 아리아케(蒲原有明), 오노 스에케치(靑野季吉) 등도 「あひびき」를 통해 깨달음을 얻은 것이 확인된다.(마에다 아이, 유은경・이원희 역, 앞의 책, 197~200면 참조)

49 야나기다 이즈미나 나카무라 미쓰오의 경우 시마자키 도손 등이 보여주는 자연주의로서의 일본적 특수성을 언급하기도 했으나(柳田泉, 앞의 책, 141면; 나카무라 미쓰오, 고재석・김환기 역, 앞의 책, 183~203면), 이들을 자연주의 작가로 본다는 시각 자체는 전제되어 있는 반면, 가라타니 고진은 "낭만파와 사실주의를 기능적으로 대립시키는 일은 무의미하다"고까지 말한 바 있다. 그는 이러한 "대립 자체가 역사적"으로 구성된 것이기에 그것을 파생시킨 사태를 보는 눈을 강조한다. 가라타니 고진, 박유하 역, 『일본근대문학의 기원』, 민음사, 2007, 42~43면.

은 것은 사실이기는 하였다. 따라서 그 후의 나의 문학적 경향이란다든지, 변변치 못한 작품들이, 동호자끼리나 평자 간에 자연주의적 색채를 띠웠다 하고 나 스스로도 그런 듯 여겨왔던 터이기는 하지마는……[50]

염상섭은 유학 당시 일본의 자연주의 문학에서 받은 영향을 자인하고 있다. 이어지는 내용에서는 '그럼에도 내발적 요소의 작용이 더 크다'고 말하지만 인용문의 고백에서 이미 많은 것이 드러난 셈이다. 염상섭은 유학 기간에 구니키다 돗포, 시마자키 도손, 다야마 카타이 등의 작품 및 문학론을 접하는 과정에서 「아히비키」와 관련된 '간증'을 직접적으로 맞닥뜨렸을 것이다. 설령 그게 아니더라도 당시의 일본 문단 자체가 그들의 명성이 횡행하던 공간이었던 만큼,[51] 그들에 의해 구축된 후타바테이 시메이의 위상을 접하는 것은 시간 문제였다.

한국에서 그 이름은 1920년 『창조』 7월 호를 통해 다음과 같이 등장하고 있다.

만일 우리 중에 지도적 작가가 없다하면(사실 없거니와) 우리가 먼저 할 것은 외국 작품의 번역이외다. 메이지시대 후타바테이 시메이 등의 러시아소설 번역이 얼마나 자극을 일본 문단에 주었습니까. 금일 우리나라에 배출하는 소년문학가의 삶아도 못 먹을 작품을 가지고 사회에 대하여 이것이 문예요

---

50 염상섭, 「횡보문단회상기」, 『사상계』 10(11)~11(12), 1962.11~12; 염상섭, 『염상섭 전집』 12, 민음사, 1987, 235면.
51 "자연주의는 메이지 문학의 한 귀결이자 다이쇼 시대 이후의 문학의 토대이며, 일본 근대소설사의 가장 중요한 축이라고 할 수 있다." 나카무라 미쓰오, 고재석·김환기 역, 앞의 책, 183면.

하고 큰 소리할 염치도 없으려니와 이것을 이해 못한다고 사회를 욕할 비위도 가지지 못하겠다 합니다. 먼저 필요한 것은 지도적 작품이오. 이것에 가장 적당한 것은 외국작품의 번역이외다. 번역을 하되 모모 신문지상에 게재되는 것 같은 속류의 갈채를 박하는 저급한 것은 말고 이를 감상하는 이의 수효가 십에 못 차더라도 진정한 의미의 예술적 작품을 소개함이 가하다 합니다. 이를 할 사명을 가진 자는 곧 이 『창조』밖에 없다 합니다. 그리하고 그런 의미에 있어서 먼저 착수할 것으로 러시아문학을 택하려 합니다. 또 한 가지 이를 하는데 필요한 것은 번역이라는 일을 너무 경솔히 생각지 않는 것이외다. 번역이라면 일반이 멸시하지마는 번역이란 것도 아무나 할 수 있는 것이 아니겠습니다. 어떤 때는 창작보다도 더 어려울른지도 모르겠습니다. 좌우간 번역의 성행이 오기 전에 우리 문예의 발달을 기대치 못할 것이외다.[52]

주요한은 번역에 의해 활로를 연 메이지 일본 문단을 사례로 들어 '지도적 작가 / 작품'이 없는 '우리 문단'에 번역을 통한 외래 모델의 소개가 시급하다고 말한다. 때문에 그는 『매일신보』로 짐작되는 기존 신문연재용 번역물을 "속류"라며 정면으로 비판하고 제대로 된 예술 작품의 번역을 강조한다. 이때 긍정적 모델로 거론하는 것이 바로 후타바테이 시메이의 러시아소설 번역이다. 주요한은 직접적으로 시메이의 번역과 일본 문단의 발전 관계를 예로 들며, 같은 방식의 문단 활성화를 촉구한다. '후타바테이 시메이'라는 모범 사례를 제시하는 방식이 당연한 사실을 환기한다는 듯 이루어졌다는 점도 중요하다. "메이지시

---

52 주요한, 「장강어구에서」, 『창조』 7, 1920.7, 55면.

대 후타바테이 시메이 등의 러시아소설 번역이 얼마나 자극을 일본 문단에 주었습니까." 주요한은 『창조』의 독자라면 이 정도는 상식적으로 알고 있을 것이라 전제한 뒤, 번역을 통한 조선 문단의 혁신을 주장하며 그 우선순위로 러시아문학의 번역을 제언하고 있다. 이 일본형 모델이 설득력을 가질 수 있었던 이유는 명료하다. 번역을 통한 창작의 활성화는 주요한뿐만 아니라 새로운 시대의 새로운 문학을 원하던 이들이라면 상식적으로 수용 가능한 전략이었기 때문이다.

이렇듯 문학의 번역이 조선 문단의 발전과 문학시장의 개척에 크게 기여할 것이라는 전망은, 바로 번역이 촉발한 일본 문단의 활성화 사례에 그 근거를 두고 있었다. 그중에서도 「아히비키」는 일종의 모범 답안이었다. 이에 '아히비키'는 한국에서 '밀회'들이 된다. 한국의 걸출한 번역가 김억은 1919년에는 『태서문예신보』, 1920년에는 『창조』에 「밀회」를 거듭 번역하였다. 염상섭은 1923년 『동명』에서 「밀회」의 새로운 번역을 선보였다. 북극성이라는 필명의 인물 역시 1925년 『생장』에 「밀회」를 역재한 바 있다. 1920년대 중반까지 한국에 「밀회」가 최소 네 차례나 반복 등장한 것은 절대 우연이 아니다. 러시아소설은 1920년대 한국에서 프랑스소설과 더불어 가장 집중적인 번역대상이 되기도 했는데, 이 역시 큰 틀에서는 1888년 「밀회」의 번역이 촉발한 나비효과일 수 있다. 이와 같이 한국 번역문학의 흐름은 일본과 연동되어 있었으며 그 배후에는 번역 주체들의 선택과 집중이 존재했다. 새로운 소설 패러다임의 이식은 지극히 전략적인 차원에서 이루어졌다. 이는 공간을 초월하여 문학사의 발전 모델을 계승하고자 했다는 측면에서 동아시아 근대문학사의 핵심적 장면이 되기에 손색이 없다.

제1장
나도향의 낭만

---

1. '전환론'의 허상

주지하듯 나도향(1902~1926)은 1920년대 초중반의 활동 직후 요절한 근대문학사 초기의 주역이다. 약관의 나이에 장편소설 『환희』(『동아일보』, 1922.11.21~1923.3.21)를 일간지에 발표한 전도유망한 문사였고, 문학사의 한 획을 그은 『백조』의 동인이었으며, 낭만주의 문학의 한국적 계보를 거론할 때 늘 첫 자리를 장식하는 인물이기도 하다.

삶이 짧았던 만큼 기억되는 장면 또한 단출한 편이라, 위와 같은 기본적 소개만으로 나도향의 굵직한 행보는 대부분 정리될 정도이다. 그에 대한 연구자들의 진단 역시 복잡하지 않다. 특히 거의 강박처럼 따라다니는 평가, 곧 1924년을 즈음하여 나타나 1925년에 만개한다는

'낭만주의에서 사실주의로의 전환'은 나도향을 설명하는 필수 항목 중 하나였다.[1] 이와 관련된 한국 근대문학 연구자들의 집단적 편견에 대해서는 박헌호의 다음 일침을 참고할 필요가 있다.

> 낭만주의로부터 리얼리즘으로의 전환은 '유치한 작품'으로부터 '작품다운 작품'으로의 전환과 궤를 같이 하는 것이다. 이러한 평가의 근저에는 '낭만주의'에 대한 우리 소설사의 뿌리 깊은 냉대와 리얼리즘 위주로 문학사를 바라보는 관점이 도사리고 있다. 거기에는 작가도 나라를 잃은 식민지 백성의 한 사람으로서, 식민지 현실을 발견하고 그러한 현실을 타개하는 데 복무해야 한다는 강력한 역사적 전제가 깔려 있다. 그러한 현실에 도달했을 때에만이 작가와 작품 모두 의미를 부여받을 수 있었던 것이다. (…중략…) 이는 그 취지의 정당성에도 불구하고 문학사의 진폭을 협소하게 만들며 작품의 풍성함을 차단할 가능성이 높다.[2]

---

[1] 사전화된 일반적 서술을 인용해본다. "초기에는 작가의 처지와 비슷한 예술가 지망생들로서 주관적 감정을 토로하는 데 그쳐, 객관화된 '나'로 형상화되지 못한 인물들이 주류를 이루는 일종의 습작기 작품들을 발표하였다. 그러나 「행랑자식」·「자기를 찾기 전」 등을 고비로 빈곤의 문제 등 차츰 냉혹한 현실과 정면으로 대결하여 극복의지를 드러내는 주인공들을 내세움으로써, 초기의 낭만주의적 경향을 극복하고 사실주의로 변모한 모습을 보여준다."(『한국민족문화대백과』, 한국학중앙연구원, 1995. 채훈 집필 '나도향' 항목), "「녯날의 꿈은 창백하더이다」(1922), 「17원 50전」(1923), 「은화」(1923), 「춘성(春星)」(1923) 등 감상적인 작품을 발표하다가, 「여이발사」, 「행랑자식」 등을 발표하면서 사실주의적 경향으로 전환한다."(권영민 편, 『한국 현대문학 대사전』, 서울대 출판부, 2004 '나도향' 항목)

[2] 박헌호, 「'나도향'이라는 이름의 가벼움과 무거움」, 나도향, 박헌호 편, 『어머니(외)』, 범우, 2004, 347~348면. 인용문의 주지를 한국문학사의 전개 속에서 보다 심도 깊게 고구한 연구로는 박헌호, 「'낭만', 한국 근대문학사의 은폐된 주체」, 『한국학연구』 25, 인하대 한국학연구소, 2011 참조.

박헌호는 시기에 따른 편견을 덜어내고 나도향을 두루 주목해야 할 필요성을 역설하고 있다. 이 경우 재발견이 되는 것은 주로 '유치한 낭만주의'로 치부되어 온 초기작들이다. 그렇다면 문맥이 다르기는 할지언정 박헌호 역시 후기 작품의 이질성 자체는 시야에 넣고 있는 셈이 된다.

그런데 나도향이 '끝내 도달했다'는 리얼리즘의 산물이자 그의 대표작으로서 공공연히 회자되는 「벙어리 삼룡」(1925.7)·「물레방아」(1925.9)·「뽕」(1925.12)에 대한 동시대인의 평가는 애초에 나도향의 '전환' 자체를 인정하지 않는 것에 가깝다. 예컨대 현진건은 나도향의 「물레방아」를 두고, "로맨틱한 서사시가 생각난다. 참혹한 현실이 있는 듯하지마는 그것은 '현실의 옷을 입은 낭만'일 따름"이며 "「벙어리 삼룡이」와 함께 흥미 중심으로 기울어지는 싹이 보이는 듯싶다"[3]라며 '리얼리즘'은커녕 오히려 '로맨티시즘'의 범주 속에서 두 작품을 비판하였다. 김기진은 『현대평론』이 마련한 일주기 추모 지면에서 다음과 같이 나도향의 작품세계를 평가하기도 했다.

생각건대 그는 엔간히 명민한 두뇌의 소유자이었다. 그의 놀라울 만한 조성 (早成)은 그의 재질을 말하던 것이었다. 그는 항상 - 내 본 바에 틀림이 없다면 - 자기가 믿는 완전한 길을 찾고자 해매였다. 그의 작가적 본질은 낭만주의를 다분히 가지고 있었다. 그러나 때로 그는 자기의 낭만주의를 버리고 사실주의로 들어가려고 한 흔적이 보였다. 그가 사회문예로 눈을 옮길 때가 그때이었다. 그리하여 그는 변동되어가는 시대에 될 수 있는 대로 민감하려고

3　빙허, 「신추문단소설평」(『조선문단』, 1925.10), 이강언 외편, 『현진건 문학 전집』 6, 국학자료원, 2004, 55면.

하였다. 그러나 그는 죽을 때까지(「피 묻은 편지 몇 쪽」이 그의 최후 발표작이었다) 자기의 낭만주의를 버리지 못하고 만 것이 사실이다.[4]

관대하기 마련인 추모의 변에서조차 김기진은 나도향을 "죽을 때까지 자기의 낭만주의를 버리지 못"했다고 묘사한다. 만약 연구자들의 평가처럼 후기의 나도향 소설에서 '전환'이라는 것이 이루어졌다면 팔봉의 이 같은 시선은 가혹한 것일지도 모른다. 그러나 이은상 역시 도향의 작품세계를 종합하며 김기진과 대동소이한 논평을 덧붙였으며,[5] 주요한은 '이미 도달했어야 할' 후기 소설 중에서도 가장 끝에 있는 「화염에 쌓인 원한」(1926.7~8)을 두고 "역시 군의 낭만주의의 일편같이 보았다"[6]라고 말하기도 하였다. '전환'은 과연 존재했던 것인가? 사실상 현진건, 김기진, 이은상, 주요한 등의 평가는 나도향의 전·후기를 나누는 후대의 설명 방식 자체에 '허상'이 덧씌워져 있음을 반증하는 것에 가깝다.

이런 측면에서, 나도향에 대한 '전환론'적 관점은 애초부터 그의 작품세계를 관통하던 낭만성과 사실성의 양가적 측면을 제대로 포착하지 못한 데서 비롯되었다는 주장이 보다 설득력을 갖는다.[7] 나도향의 작품세계에는 여러 가지 실험 내지 복합적 요소가 관찰된다. 이 요소들을

---

4 김기진, 「稻香을 생각한다」, 『현대평론』 1927.8, 37면. "「피 묻은 편지 몇 쪽」이 그의 최후 발표작이었다"라는 대목은 사실과 다르다. 해당 작품 이후로도 「지형근」(1926. 3~5)과 「화염에 쌓인 원한」(1926.7~8, 미완)이 이어졌기 때문이다.
5 이은상, 「도향의 문학적 윤곽」(상·하), 『동아일보』, 1927.8.17~8.18, 3면.
6 주요한, 「7월의 문단」, 『동아일보』, 1926.7.25, 3면.
7 박상민, 「나도향 소설에 나타난 요부형 여인의 의미」, 『현대문학의 연구』 20, 한국문학연구학회, 2003, 335면.

어떤 방식으로 강조하느냐에 따라 낭만주의 혹은 사실주의의 꼬리표는 바뀔 수 있었다. 시간의 흐름에 따라 후자의 무게가 강화된 것을 부인하긴 쉽지 않다. 다만, 박헌호의 말마따나 '현실강박증'을 벗지 못한 연구자들은 바로 그 무게감의 변화에 과도한 의미를 부여해왔다. 결국 김기진의 평가대로, "그의 작가적 본질은 낭만주의"였으며 "죽을 때까지 자기의 낭만주의를 버리지 못하고 만 것"이 사실에 가까울 것이기 때문이다.

기존의 나도향 연구는 많은 경우 낭만주의에서 사실주의로의 낙차에 주목해왔지만, 전술했듯 나도향에게 두 경향은 동등한 무게를 갖는 것이 아니었다. 이 사실만으로, 도향의 본류이면서도 오히려 적극적으로 조명되지 못한 낭만성을 재조명할 의의는 충분하다. 물론 그 작업을 '새로운 방식'으로 수행하는 것이 전제되어야 할 것이다.

이를 위해 저자는 두 편의 소설, 『카르멘Carmen』(1845)과 『춘희La Dame aux camélias』(1848)로부터 논의를 시작한다. 다음에서 다루겠지만, 이 두 편의 프랑스소설은 나도향이 직접 번역하여 단행본으로 남긴 작품이었다. 대다수의 선행 연구들은 나도향의 번역 활동을 배제한 채 그의 문학적 특질을 규정해왔다. 그러나 창작이 문제의식의 발현이라면, 그 문제의식 자체는 이미 외부로부터 받은 모종의 자극 속에서 형성되어 있었을 것이다. 나도향은 그에게 영감을 준 레퍼런스 중에서도 가장 중요한 일부를 번역을 통해 문단 전체와 공유하고자 했다. 그중 핵심이 바로 『카르멘』과 『춘희』였다.

2. 나도향이라는 복합 주체

나도향은 1925년 3월의 첫 번째 『조선문단』 합평회에서, 현진건의 「불」(1925.1)을 두고 다음과 같이 말했다.

그것 꽤 음침하던데! 빙허의 작품은 얼핏 보면 체홉의 단편 같아. 『개벽』 정월호의 「불」로 말할지라도 체홉 작(作)에 어떤 계집애가 종일 괴롭게 일하다가 나중 어린애를 죽이는 데가 있는데, 「불」도 그렇게 체홉의 냄새가 나면서도 체홉은 아니에요. 모파상에는 비길 수 없으나 어떤 독특한 기분이 있습니다.[8]

나도향은 현진건의 「불」이 체홉의 한 소설을 참고했을 가능성을 지적한다. 실제로 최근의 한 연구는 나도향이 남긴 단서에 주목하여 그가 언급한 소설이 바로 체홉의 「자고 싶다」(원제 : Спать хочется)라는 단편이며 실제 이 소설과 「불」 사이의 친연성이 다분하다는 논의를 펼친 바 있다.[9] 이는 일차적으로 타인의 창작에서 그 원류까지 분별해내는 도향의 안목과 독서량을 방증하는 사례이다. 한 가지 더 주목해 볼 것은 나도향 본인 역시 자신이 암시한 현진건의 창작방법을 사용했다는 사실이다. 이 합평회로부터 몇 개월 후 도향은 체홉의 「자고 싶다」뿐 아니라 현진건의 「불」이 지닌 요소까지 두루 활용한 창작 단편을 세상에 내

---

8 「조선문단 합평회(제1회)−2월 창작소설 총평」, 『조선문단』, 1925.3, 123면.

9 Heekyoung Cho, *Translation's Forgotten History : Russian Literature, Japanese Mediation and the Formation of Modern Korean Literature*, Cambridge : Harvard University Asia Center, 2016, Chapter II 참조.

어놓는다. 바로 「벙어리 삼룡」(『여명(黎明)』 창간호, 1925.7)이다. 세 편의 소설은 공통적으로 극한에 내몰린 노동자가 살인에 이르는 과정을 담아내고 있으며, 그중에서도 「불」과 「벙어리 삼룡」은 방화를 통해 착취의 공간 자체를 소멸시킨다는 점에서 일치를 보인다. 물론 「벙어리 삼룡」은 그 자체로 독자적 영역을 구축하고 있는 수작임에 틀림없지만, 그럼에도 정황상 도향이 「자고 싶다」나 「불」로부터 일정한 영감을 얻었으리라는 점을 부인하기는 힘들다.

1920년대는 한국 근대문학사의 거대한 실험장이었고, 위와 같이 사숙하던 대상을 창작의 동력으로 전환시키는 경우는 비일비재했다. 신문학의 당위성은 천명되었으나 실제 순수한 창작만으로는 작가 본인조차 그 수준에 확신을 가지기 어려운 시기였다. 도향의 말대로 "체홉의 냄새가 나면서도 체홉은 아니"고 "모파상에는 비길 수 없으나 어떤 독특한 기분" 정도를 구현하며 활로를 찾는 경우가 많았던 이유이다.

물론 사숙의 대상이 체홉이나 모파상에 그칠 리는 없었다. 그런즉 앞서의 합평회 같은 본인의 발화 및 회고 등의 뒷받침 없이, 그들의 광범한 독서 대상 중 무엇이 창작을 추동했는지 추적하는 것은 비현실적이다. 단, 일일이 열거하기 힘들 정도로 많은 당대의 문인들이 번역과 창작을 겸한 '복합 주체'였다는 사실을 감안하면 사정은 바뀐다. 외부로부터 청탁받은 경우가 아니라면 그들의 번역은 곧 그들이 과거에 읽었던 작품 중에서도 다시 한번의 선택 과정을 거쳐 세상에 나온 것이다. 신문학의 개척자라는 자부심으로 가득했던 문청들이, 자신의 이름을 걸고 선보이는 번역 대상을 어설프게 고를 리는 만무했다.

나도향의 경우는 특히 번역 활동의 비중이 컸다. 〈표 4〉는 나도향의

<표 4> 나도향의 번역과 창작

연도	제목	매체·출판사	발표 시기
1921	나의 과거(其一) (이하 현대어 윤문)	『신청년』 4	1921.1.1
	나의 과거(其二)	『신청년』 5	미상
	달팽이	『신청년』 5	미상
	출학(黜學)	『배재학보』	1921.4
	계영의 울음	『조선일보』	1921.5.20
	나는 참으로 몰랐다	『청년』	1921.6
	박명한 청년	『신청년』 6	1921.7.15
	카르멘(프로스페르 메리메 원작, 연재 제목 '칼멘')	『조선일보』	1921.미상~12.5
1922	젊은이의 시절	『백조』 1	1922.1
	투르게네프 산문시(8편-시골 / 회화(會話) / 노파(老婆) / 개(犬) / 나의 경쟁자 / 거지(乞食者) / 만족한 것 / 처세법)	『백조』 1	1922.1
	별을 안거든 울지나 말걸	『백조』 2	1922.5
	투르게네프 산문시(4편-세상의 끝 꿈 / 마샤 / 우물(愚物) / 동방(東方)의 전설)	『백조』 2	1922.5
	환희(장편 연재)	『동아일보』	1922.11.21~1923.3.21
	옛날 꿈은 창백하더이다	『개벽』 30	1922.12
1923	추억(모파상 원작)	『신민공론』 4	1923.1
	은화·백동화	『동명』 18	1923.1
	17원 50전	『개벽』 31	1923.1
	당착(撞着)	『배재』 2	1923.3
	춘성(春星)	『개벽』 37	1923.7
	속 모르는 만년필 장사	『배재』 3	1923.7
	환희	조선도서주식회사	1923.8
	여이발사	『백조』 3	1923.9
	행랑 자식	『개벽』 40	1923.10
	진정(眞情)(단편모음집)	한흥서림	1923
1924	자기를 찾기 전	『개벽』 45	1924.3
	내기(체홉 원작)	『신천지』 속간2	1924.4
	전차 차장의 일기 몇 절	『개벽』 54	1924.12

연도	제목	매체·출판사	발표 시기
1925	어머니(장편 연재)	『시대일보』	1925.1.5~5.10
	카르멘(프로스페르 메리메 원작)	『박문서관』	1925.1
	J의사의 고백	『조선문단』 6~7	1925.3~1925.4
	계집 하인	『조선문단』 8	1925.5
	사람은 무엇으로 사느냐(톨스토이 원작) 단편 7편 : 사람은 무엇으로 사느냐/사랑 있는 곳에 하나님이 계시다/두 노인/초/사람은 땅을 얼마나 쓰느냐/독개비와 빵떡조각/닭의알처럼 커다란 곡식알갱이	박문서관	1925.7
	방어리 삼룡	『여명』 1	1925.7
	물레방아	『조선문단』 11	1925.9
	꿈	『조선문단』 13	1925.11
	뽕	『개벽』 64	1925.12
1926	피문은 편지 몇 쪽	『신민』 11	1926.3
	지형근(池亨根)	『조선문단』 14~16	1926.3~1926.5
	화염에 쌓인 원한(연재 중이던 8월 26일, 작가의 사망으로 미완)	『신민』 15~16	1926.7~1926.8
1927	**청춘**(중편 분량, 집필은 1920년경으로 추정)	조선도서주식회사	1927.7
	동백꽃(알렉상드르 뒤마 피스 원작)	조선도서주식회사	1927.7
1939	**어머니**(현대걸작장편소설전집 8권)	박문서관	1939
1940	미정고 장편(미완성 유고)	『문장』 21	1940.12

발표작을 발표 시간 순서대로 정리한 것이다. 음영을 넣은 칸은 번역을, 굵은 활자는 단행본을 의미한다.

도향은 창작을 했고 번역을 했으며, 번역을 했고 창작을 했다. 짧은 활동기를 감안하면 번역 이력은 더욱 이채를 띤다. 그의 번역은 꾸준했으며, 신문이나 잡지에 게재한 것을 제외하고도 단행본으로만 세 권의 번역서를 남길 정도로 분량 역시 상당했다. 이는 그보다 오랜 시간 번역을 겸했던 다른 이들과 비교해 보아도 결코 뒤지지 않는 양이다.

현재까지 밝혀진비, 도향의 번역 대상은 메리메의 『카르멘』, 투르게

네프 산문시, 모파상·체홉·톨스토이의 단편들, 그리고 뒤마 피스의
『춘희』까지 여섯 종류이다. 이 중에서 서사 및 캐릭터 측면의 낭만성을
뚜렷하게 확인할 수 있는 대상은『카르멘』과『춘희』(번역 제목『동백꽃』)
두 편이다. 이하에서는 나도향의 번역을 둘러싼 특이점과, 창작에서 나
타나는 전유 양상을 차례로 살펴보고자 한다.

3.『카르멘』의 번역과 나도향 소설

1) 두 가지 번역 판본의 의미

그동안 나도향이 프로스페르 메리메Prosper Mérimé(1803~1870) 원작
『카르멘』의 번역자라는 사실은 거의 알려져 있지 않았다. 한국 번역문
학의 역사를 집대성한 김병철의 저술은 물론,[10] 비교적 최근에 나온 박
문서관의 문학서적 출판을 정리한 연구나,[11]『한국 근대소설 사전－신
소설／번역·번안소설』(고려대 출판부, 2015)에도 누락된 형편이었다.[12]
    하지만 사실『카르멘』의 번역이야말로 나도향 번역의 본령이라 해

---

10 김병철,『한국 근대 번역문학사 연구』, 을유문화사, 1975.
11 김종수,「일제 식민지 문학서적의 근대적 위상－박문서관의 활동을 중심으로」,『우리
    어문연구』41, 우리어문학회, 2011.
12 1925년 박문서관을 통해 나온『카르멘』의 서지사항이 처음 언급된 것은 번역 및 번안
    을 테마로 장기간 연구를 수행해온 박진영의 2011년도 논문으로 보인다. 박진영,「한
    국에 온 톨스토이」,『한국근대문학연구』23, 한국근대문학회, 2011, 216면.

도 과언이 아니다. 우선 그가 번역한 여타의 대상, 곧 투르게네프·모파상·톨스토이·뒤마 피스 작품의 경우 도향은 후발주자에 속했다. 이를테면 투르게네프 산문시는 홍명희·진학문·김억 등에 의해, 톨스토이의 소개에 대해서는 최남선과 이광수를 위시한 여러 손길이 1910년대부터 이어지고 있었다. 나도향의 사후에 간행된 『춘희』의 번역 역시 마찬가지다. 한국 최초의 『춘희』 번역은 1917년 진학문에 의해 『홍루紅淚』[13]라는 제목으로 나왔으니, 도향보다 약 10년이 빨랐다. 결국 번역가로서의 나도향을 조명할 때 가장 차별화되는 텍스트가 바로 『카르멘』인 것이다.

이목을 끄는 것은 나도향의 번역 중 『카르멘』만이 두 가지 판본으로 전해지고 있다는 점이다. 나도향은 1921년 11월부터 12월 사이 『조선일보』 연재를 통해 한 차례, 그리고 1925년 1월 박문서관의 단행본으로 한 차례 『카르멘』을 번역하였다. 그 두 차례의 번역물이 바로 한국의 첫 번째와 두 번째 『카르멘』 번역에 해당한다. 『조선일보』에 역재譯載된 『칼멘』은 도향의 첫 발표작으로 보이는 「나의 과거」(『신청년』 제4호)가 나온 1921년 말에 발표된 것이었고, 박문서관을 통해 나온 단행본 『카르멘』은 「벙어리 삼룡」, 「물레방아」, 「뽕」 등 그의 대표작들이 나온 1925년 초에 나왔다. 이와 같이, 『카르멘』의 번역은 도향의 짧은 활동기 중에서도 두 번의 주요 분기점에 위치하고 있었다.

『카르멘』이 나도향에게 특별했다고 볼 수 있는 또 다른 이유는 나도향이 저본으로 삼았던 일역본日譯本의 위치와 비교해볼 때 드러난다. 해

---

13 『매일신보』, 1917.9.21~1918.1.16 총 89회. 등장인물의 이름을 한국식으로 번안한 것이 특징이다.

당 텍스트는 1914년 일본의 청년학예사靑年學藝社에 의해 '세계문예 에센스 시리즈世界文藝エッセンスセリーズ' 제10권으로 나온 『カルメン』(카르멘)으로서, 역자는 문예평론가·번역가·작가로서 왕성한 활동을 펼치며 다양한 집필을 남긴 이쿠다 초코生田長江(1882~1936)였다.[14] 동시기 한국의 많은 번역자들이 그러했듯 나도향 역시 번역저본을 밝혀 두지는 않았다. 그러나 어휘 및 표현의 유사성 자체가 결정적 증거가 된다.

①

『私はあなたが, 天國から二步手前, 耶蘇の國の方だと思ひます.

(私はアンダルシアを表示する此比喩を, 私の友人で有名なる鬪牛士のフランシスコ・セビイヤから敎はつた.)

『まあ! 天國ですと――此邊の人達に言はせると, それは私共の爲めに作られたものではないさうです.』

『では, 貴方はきつムウル婦人か, それとも――』[15]

②

"나는 당신을 천국에서 두 발자국 안에 잇는 예수의 나라에서 오신 사람으로 압니다."(나는 안달샤를 의미하는[16] 이 비유를 유명한 투우사(鬪牛士)인 친구에게 들엇다)

---

14 生田長江, 『カルメン』(世界文藝エッセンスセリーズ10), 靑年學藝社, 1914. 이쿠다 초코는 번역서 마지막에 자신이 저본으로 삼은 영역(英譯) 텍스트 두 가지를 언급함으로써, 본인의 번역이 중역(重譯)임을 밝혀두었다.

15 生田長江, 『カルメン』, 靑年學藝社, 1914, 26면.

16 원문은 '의마하는'이라고 오기되어 있다.

"무엇요? 천국요? 이 근처 사람들은 그 말이 우리 째문에 생긴 것이 안이라고 해요."

"그러면 당신은 무엇하는 사람이거나 그러치 안흐면——."[17]

인용한 ①은 이쿠다 초코의 일역본이고 ②는 나도향의 번역에서 뽑은 같은 대목이다. 문장의 구조, 어휘 및 표현이 대부분 일치를 보인다. 하지만 이것만으로는 두 텍스트의 관계를 단정하기에 이르다. 또 다른 일역본이 ①과 ② 이상의 일치를 보여줄 수도 있기 때문이다. 마침 적절한 비교항을 발견할 수 있었다. 아래에 제시할 ③은 1915년에 간행된 『メリメエ傑作集』 중 「カルメン CARMEN」의 같은 대목을 발췌한 것이다.

③

『ぢや耶蘇の國に違ない, 天國に一番ちかい——』

(これはアンダルシヤの事を言ふのた, 此譽は私の友人, 鬪牛の騎士では名の知られたフランシスコ, セヴィリャから教へられたのである)

『ほゝ天國ですつて? 妾達は天國に縁か無いと此邊の人は申しますよ』

『ではマウルの方ですか, でなきや……』[18]

①과 ③을 비교해 보면 거의 모든 부분에서 차이를 발견할 수 있다. 예컨대 ①의 "有名なる鬪牛士"(유명한 투우사)와 ③"鬪牛の騎士では名の知られた"(투우의 기사로 이름이 알려진)는 의미만이 상통할 뿐 명백히 다른

17 羅彬, 『카르멘』, 博文書館, 1925, 23면.
18 廚川白村, 一宮榮 譯, 『メリメエ傑作集』, 大日本圖書, 1915, 202면.

표현이다. 둘 중 나도향의 ②에 가까운 대상은 두말할 것도 없이 전자다. 두 일역본인 ①과 ③은 같은 번역 대상일지라도 누가 번역하느냐에 따라 얼마나 결과물이 달라질 수 있는지를 잘 입증하고 있다. 그리고 이는 곧 ①과 ②의 높은 일치율이 저본과 역본의 관계가 아닌 이상 애초부터 나오기 어렵다는 사실의 방증이기도 하다.

도향이 저본으로 삼은 이쿠다의 『カルメン』[19]은 어떤 조건에서 나왔을까? 이 텍스트의 모태가 된 청년학예사의 '세계문예 에센스 시리즈'는 문학 전집의 기획으로서는 상당한 규모였다. '에센스' 시리즈인 만큼 부분적으로 편집하여 출판되기도 했지만 원전의 분량 자체가 많지 않은 경우는 전역全譯으로 나왔다. 이에 따라 시리즈 각권의 서지에는 '편編'과 '역譯'이 구분되어 있었고, 중편 분량인 『カルメン』의 경우는 '역譯'에 해당하였다.

'세계문예 에센스 시리즈'는 『カルメン』의 출판 시점에 이미 35권까지가 간행되어 있었으며, 여기에 향후 추가될 60여 편이 번역 중인 상황이었다.[20] 이러한 거질의 세계문학전집 중 일부였던 『カルメン』과 나도향의 『카르멘』이 위치하는 맥락은 동일할 수 없다. 각 번역 주체의 개별적 맥락을 비교해 보아도 마찬가지다. 이미 간행된 '세계문예 에센스 시리즈' 가운데 『카르멘』 외에 이쿠다 초코가 담당한 것만 해도 괴테의 『파우스트』(시리즈 제1·2편), 단눈치오의 『죽음의 승리』(3편), 호머의 『일리어드』(4편), 루소의 『에밀』(16편), 니체의 『짜라투스트라』(18편), 그리고 『아리스토텔레스 시학詩學』(35편)까지 6종이 더 있었다. 이렇듯 이쿠다

---

19 이하 『カルメン』은 곧 이쿠다 초코의 일역판을 의미한다.
20 生田長江, 『カルメン』, 靑年學藝社, 1914, 광고면.

에게『カルメン』은 자신이 번역한 많은 해외문학 중 한 편일 따름이었다. 이는 이쿠다가 직접 쓴『カルメン』의「해제」가 메리메의 문학적 유산을 사전적으로 기술한 것 그 이상도 이하도 아니었다는 점에서도 간접적으로 표출된다.[21] 이쿠다의 이후 행보는 주로 사회 문제를 향한다. 오스기 사카에大杉栄와 함께 루소의『참회록懺悔錄』(新潮社, 1915)을 공역共譯하였고, 투르게네프의 소설 중 가장 반체제적 메시지가 뚜렷했던『사냥꾼의 수기』를『엽인일기獵人日記』(新潮社, 1918)로 번역하기도 하였다.『자본론(제1분책)』(綠葉社, 1919)을 번역하고「반자본주의」(1921),「부르주아는 행복인가」(1923)와 같은 평론도 발표하는 등 이 시기를 즈음한 그에게는 견고한 사회주의적 성향이 보이며, 한편으로는 장기간에 걸쳐 니체 전집을 역간하기도 한 니체 철학 전문가로서의 입지도 갖고 있었다. 이러한 이쿠다의 지적 편력에 비할 때『カルメン』번역의 독자적 의미를 적극적으로 고구하는 일은 쉽지 않아 보인다. 반면, 전술했듯『카르멘』은 나도향의 번역 활동 중에서도 핵심적 지위를 갖고 있었다. 비록 이쿠다 초코의 작업을 경유해야 했던 나도향이었지만, 오히려『카르멘』은 나도향을 만나 더 특별한 존재가 된 것이다.

나도향이『조선일보』에 역재했을 당시의 공식 제목은『연애소설戀愛 小說 칼멘』(이하『칼멘』)이었다. 확인 가능한『조선일보』자료상의 한계로『칼멘』의 연재가 언제부터 시작된 것인지는 알 수 없다. 1921년 11월 16일에 게재된 연재분(11회)부터는 실물을 볼 수 있는데,[22] 이를 감

---

21 生田長江, 앞의 책, 「解題」.
22 그마저도 온전하지는 않다. 11회 이후 확인 가능한 연재분은 14~16회(11.19~11.22)・19회(11.27)・21~24회(11.29~12.2)・26~27회(12.4~12.5)이다. 공식적으로는 총 27회로 완결되었지만, 11월 21일과 22일 연재분에 이틀 연속 '15회'라

안하면『칼멘』의 첫 회가 실린 것은 11월 초일 가능성이 높다. 11월 16일 이후로 마지막 회가 실린 12월 5일까지, 연재가 누락된 경우는 단두 차례에 불과한 것이 그 근거다.

『칼멘』이 연재된『조선일보』4면의 추이를 보면,『칼멘』의 이전에는 청황생靑黃生이 번역한『백발』(1921.5.14~10.미상)이 연재되었고,『칼멘』이후로는 포영생泡影生의『처녀의 자랑』(1921.12.6~?)이 놓여 있었다.『백발』은 자극적 소재의 복수극이고,『처녀의 자랑』도 대중성을 무기로 삼았다는 점에서 이러한 4면과 같은 층위에 있었다.『칼멘』역시 '연애소설'이라는 표제가 말해주듯 4면의 속성을 의식했다고 볼 수 있다. 살인과 약탈, '요부'의 유혹 등 자극적 화소가 즐비한『카르멘』의 내용을 감안하면 되려 4면에 최적화된 소설로 비춰질 수도 있었을 것이다.

하지만 나도향의 경우 '세계문예' 전집의 일부였던 저본을 입수한 시점에 이미『카르멘』이 서양 고전의 반열에 올라 있다는 점 또한 인지하고 있었다. 그래서인지, 도향은『칼멘』을 연재할 때 일회성 필명이 아니라 '나도향羅稻香 역譯'이라 명시했고, 단행본 번역 때에도 당연히 자신을 드러냈다. 사실 도향은 이 소설의 번역자가 되는 것을 부담스러워하긴 했다. 그러나 이는『카르멘』이 자기 문학관과 배치되는 통속물이라서가 아니었다. 단행본『카르멘』의 역자 서문을 살펴보자.

이 번역을 내어놓는 나로서는 부끄러운 일이 한두 가지가 아니다. 남의 작품에 붓을 감히 댈 만한 자신과 포부가 없는 나로서 이것을 번역한 허물은 양

고 표기되어 있는 것을 감안하면 사실상 총 28회로 연재되었다는 것을 알 수 있다.

심으로 얼마나 괴로움을 받았는지 같은 양심을 가진 사람으로 똑같은 경우에 처한 사람은 짐작하여줄 줄 아는 바이다.

어떻든 이 조그마한 노력이 나중 큰 노력의 척후가 될 수 있다 하면 만족하다. 이 뒤에 적임자를 얻어 완전히 대가의 필치를 우리에게 옮겨올 수 있기를 바라고 부끄러운 붓을 놓는다. 제목을 고친 것을 원작자에게 죄를 사하는 바이다.

단행본 『카르멘』 표지

보아 알 수 있듯 서문은 원작에 대한 설명은 조금도 제시하지 않고 거의가 번역자로서의 자격미달을 고백하는 내용으로 채워져 있다. 형식적인 겸사라고 하기에는 분명 과하다. 자신의 부끄러운 번역이 "이 뒤에 적임자를 얻어 완전히 대가의 필치를 우리에게 옮겨"오는 데 초석이 되기를 바란다는 언급을 보면, 도향의 한탄은 메리메라는 '대가'의 작품을 제대로 살려내지 못했다는 자책에서 기인하고 있었다. 나도향이 『카르멘』을 얼마나 중요하게 여겼는지가 드러나는 대목이다.[23]

23　'카르멘'이라는 제목은 원제로부터 이어진 것인데 "제목을 고친 것"에 대한 미안함을 표출하는 이유는 무엇일까? 이는 『조선일보』 연재본과 단행본의 제목이 달라진 것(칼멘→카르멘) 염두에 둔 것이거나, 혹은 컬러로 뒤 겉표지에 '카르면'이라고 잘못 표기된 것을 의식한 발언일 것이다. 본문 및 판권장 등에는 모두 '카르멘'으로 표기되어 있는

『조선일보』의 『칼멘』과 박문서관의 『카르멘』 사이에는 '엄청난'이라는 수식어가 어울릴 법한 변화가 나타난다. 사실상 나도향이 거의 '재번역'을 수행한 것으로 보아도 무방할 수준이다. 상식적으로는 『칼멘』 당시의 결과물을 최대한 활용하는 편이 효율적이었을 것이기에 이런 태도는 분명 이례적이다. 예를 통해 살펴보자.

두어서너간뒤에도 나는여전히그녀자를 생각ᄒ고 잇엇음니다 그런즉파슈병(把守兵)이 하나 달녀와서 숨을헐덕이며두려운것을보앗ᄃ는얼골로말ᄒ엿음니다 녀ᄌ하나이 담빗를마는곳에서 죽음을당힛다는 것 누구든지 호위병(護衛兵)을보ᄂ지 안으면 안되겟다는것을. 뒤장(隊長)이나에게부하두사람을데리고 조사를ᄒ려가라고 명령ᄒ엿음니다 나는부하를 데리고이층으로올녀갓음니다 싱각히 보십시요 방안으로드러갓을ᄯ 나는우선속옷만입엇다 하여도가(可)흔분장을 三百名의녀자가 부르지즈며 불느며 몸짓들일ᄒ여 하늘의 우레쇼릭가 나도들니지안을만큼 지옥밋과갓치 쩌ᄃ는것을보앗습니다 한엽헤는 여자ᄒ나이 잔칼(小刀)로써 얼골을 삽자가로썻기여 피투성이를 ᄒ고 잡버저잇서 그것을그견동모들이 간호(看護)ᄒ고잇는 반디되는구석에는 칼멘이 오륙명의녀자에게 붓잡혀 잇섯습니다

"중(僧) 중을불너와 나는죽는다" 상흠을 당한녀ᄌ부르지졋습니다

'칼메'은 ᄋ모말도안이ᄒ엿습니다 그는이를 앙물고 '카메리온'과갓치 눈알을굴니고잇섯습니다

"뒤톄왼일이야?" 나는물엇습니다 나는이일의 전말(顚末)을올기에 퍽곤난

────────────

만큼 '카르먼'은 표지 삽화가의 실수로 보인다.

ᄒᆞ엿슴니다 여자들이한싀번에 써든싀닭이엿슴니다 엇더튼지 상ᄒᆞᆷ을당한녀
자편이 '드리ᄋᆞ니' 市에서 노젓(로馬)를ᄒᆞᆫ마리살만큼돈을가새다고 거만을
부린 것이 쳐음인듯ᄒᆞ엿슴니다[24]

두서너시간 뒤에도 나는 그녀자를 생각하고잇섯슴니다. 그러자 파수병정
하나가 파수막으로 달려와서 숨을헐덕어리면서 무서운일을 보앗다는얼골로
말을하얏슴니다 여자하나가 담베마는방안에서 살해를 당햇다는것과 누구든
지호위군사하나를 보내야겟다는말을하얏슴니다. 대장이 날더러 부하두명을
데리고 취조를 하러가라고명령을하얏슴니다. 나는 부하를 데리고 공장이층
으로 쮜어올라갓슴니다. 내말을좀들읍쇼. 방으로 들어가보닛가 밝아벗것다
고해도조흘만한 삼백명가량이나 되는녀자가 몸을 썰고잇는사람도잇고 소리
를질르기도하며 벼락을처도 들리지안흘만치 지옥속가튼소동이 닐어난 것을
보앗슴니다. 한쪽에는 여자하나가 잔칼로서 얼골을 십자가로 긁히어피투성
이를하고들어누어잇섯슴니다. 그것을평상시에 의조케지내든동모들이 간호
를하는대신에 저쪽에는 카르멘이 오류인에게 붓잡히어잇섯슴니다.
"목사! 목사를 불러와요 나는 죽는다"
하고 상처를 당한사람이부르지젓슴니다.
카르멘은 아모말도업섯슴니다. 그는 니를악물고서카메리온처럼 눈동자만
말둥말둥하고잇섯슴니다.
"대체 이게원일이냐"
하고 들엇스나 여자들이 한거번에 짓걸이기쌔문에 사실의선후를 알기어려윗

습니다. 그것은 칼을마즌사람이 자긔는 도리아나장에서 로새한마리를 살만
한돈이잇다고 자랑을 한까닭이라합니다.[25]

　같은 인물이 번역한 결과라는 사실이 믿기 힘들 정도로 두 인용문의
편차는 크다. 문장부호나 한자어의 활용 면에서도 확연한 차이가 있지
만, 무엇보다 번역된 문장이나 어휘 자체가 판이하기 때문이다. 1921
년에 "싱각히 보십시오"라고 했던 것을 1925년에는 "내말을좀들읍쇼"
라고 하며, "즁僧 즁을불너와"는 "목사! 목사를 불너와요"로 바뀌었을
정도이니, 사실상 나도향이 이전 작업에 아예 기대지 않기로 작정했다
고 보는 편이 타당하다. 미루어 생각할 수 있는 한 가지는, 번역서『카
르멘』 출판의 목적이 단지 경제적 필요에 머물지는 않았으리라는 점이
다. 만약 그러했다면,『칼멘』의 내용을 그대로 옮기되 약간의 어휘나
비문 정도만 수정하는 방식이 훨씬 합리적이었다. 하지만 그는 다소 먼
길이 되더라도 조선에 새로운『카르멘』을 데려오고자 했다.
　왜 그랬을까?『칼멘』(1921.12) 이후『카르멘』(1925.1)의 간행 사이에
는 만 3년의 시간이 놓여 있었다. 이 시기 나도향은 소설가로서 가파른
성장을 거듭했다.『백조』의 동인으로서 활약했고,『동아일보』에 장편
소설『환희』를 연재하며 '천재' 소리를 듣는 문단의 신진이자 전국구
소설가로 발돋움하기도 했다. 당대 미디어계의 중심에 있던 잡지『개
벽』에도 단편을 꾸준히 게재하던 참이었으며,[26] 1923년에는『환희』의

25　나빈(羅彬),『카르멘』, 박문서관, 1925, 38~39면.
26　나도향의 소설을 미디어와의 관련성 속에서 본 논의로는 박현수,「1920년대 전반기
　　미디어에서 나도향 소설의 위치─『동아일보』,『개벽』 등을 중심으로」,『상허학보』 42,
　　상허학회, 2014를 참조.

단행본과 자신의 첫 단편집 『진정眞情』이 동시에 간행되기도 했다. 요컨대 『조선일보』 4면에 『칼멘』을 연재하던 당시의 도향과 박문서관을 통해 『카르멘』의 역간譯刊을 준비하던 도향의 위상은 확실히 다른 것이었다.

그러나 같은 기간 일어난 더 본질적인 변화는 그의 글 솜씨 자체였을 것이다. 앞서 『카르멘』의 번역이 전적으로 다시 이루어졌음을 지적했다. 곱씹어보면 동기는 단순명료하다. 그는 한동안 작가로서 진력하며 소설에 대한 식견이나 조선어의 감각이 한껏 고조된 '현재의 나도향'을 새로운 번역자로 등판시키기로 한 것이다. 상기한 두 예문을 찬찬히 비교해 보면, 누구라도 후자에 이르러 진전된 가독성을 감지할 수 있다. 즉, 그의 의도는 충분히 실효를 본 셈이었다.

2) 『카르멘』과 나도향 소설의 중첩

앞서의 논의는 모두 하나로 수렴된다. 바로 나도향에게 『카르멘』이 특별한 의미를 갖고 있었다는 것이다. 그는 아무도 『카르멘』을 소개한 적 없던 시기에 홀로 두 차례나 완역을 감행했으며, 이 중 두 번째 번역의 경우 훨씬 높은 수준을 보여줄 만큼 콘텐츠 자체에 대한 애착도 갖고 있었다. 아울러, 1925년 1월에 『카르멘』이 간행되기 직전 시기에, 도향의 상당한 시간과 공력이 재번역 작업에 투입되었으리라는 점도 기정사실화할 수 있다. 주로 1924년 하반기에 이루어졌을 이 '재번역'의 시간을 관통한 이후 나도향은 『카르멘』의 서사 및 캐릭터 활용에 더 적극적으로 나서게 된다.

1925년에 발표된 「물레방아」(9월)나 「뽕」(12월)은 오랜 시간 나도향 문학의 걸작으로 인식되었으며, 그에 따라 이방원의 처와 안협집 역시 성공적으로 형상화된 '요부' 캐릭터로 고평되어 왔다. 하지만 '그녀들' 은 사실 카르멘의 한국적 변주일 가능성이 크다. 「물레방아」의 이방원 처는 이방원을 만나기 전에도 다른 남편이 있었지만 이방원을 선택하 여 함께 도주한 과거를 갖고 있다. 그리고 곧 신치규라는 새로운 남자 를 선택하여 이방원을 떠나려 한다. 전통적 관점으로 본 「물레방아」의 해석은 '돈의 노예로 타락한 인간군상'이지만, 사실상 이방원의 처는 이 구도만으로 설명되지 않는다. 본인의 필요 — 그것은 돈일 수도 아 닐 수도 있다 — 에 의해 남성을 택하기 때문이다. 이러한 캐릭터의 개 성은 이미 카르멘이 보여주던 것들이다. 더구나 소설의 끝부분에서 호 세의 갖은 회유와 협박에도 불구하고 호세를 따르지 않았던 카르멘과, 그러한 카르멘을 죽이고 자신도 죽음을 선택하는 호세의 모습은 「물레 방아」의 두 주인공에 의해 거의 정확하게 재현되기도 한다.

「뽕」의 안협집 역시 이방원의 처와 마찬가지로 전남편이 있었지만 현재는 김삼보와 살고 있는 것으로 설정되어 있다. 하지만 「뽕」의 경우 「물레방아」와는 다른 지점에서 『카르멘』의 요소를 활용한다. 범죄 현 장에서 잡힌 여주인공이 미인계를 써서 위기를 벗어난다는 설정이 그 것이다. 말하자면 「물레방아」는 결말의 서사가, 「뽕」은 중심부의 핵심 서사가 『카르멘』의 특정 장면을 강하게 연상시킨다. 또한 안협집은 시 종 뭇 남성과 쉽게 관계를 맺는 식으로 묘사되지만, 정작 가장 '남성적' 인 캐릭터 삼돌이의 온갖 궤계와 강압 앞에서는 끝내 굴복하지 않는 의

외성을 지니고 있기도 하다. 이러한 예측불가의 면모야말로 카르멘의
특성이었다.

도향이 사망 전에 완성한 마지막 작품인 「지형근池亨根」(『조선문단』,
1926.3~4)에도 『카르멘』의 그늘은 드리워져 있다. 주인공 지형근은
『카르멘』의 호세처럼 여주인공을 향한 집착 때문에 스스로 망가져간
다. 질투로 살의殺意를 느낀다는 점도 동일한 설정이다.[27] 한편 여주인
공 이화는 어떠한가. 때로는 형근의 고향 친구로서 눈물을 쏟고, 때로
는 전형적인 창부의 모습을 보인다. 마지막에 이화는 난동을 피우는 지
형근을 직접 순사에게 넘겨 버린다. 인물 이화는 예측과 통제가 불가능
한 카르멘의 면모를 연상시키기에 충분하다.

우선 『카르멘』의 두 번째 번역 시점 이후의 나도향 소설을 살펴보았
다. 언급했듯이 번역의 체험 자체가 영향을 미치는 지점이 있다고 판단
하였기 때문이다. 그러나 나도향이 『카르멘』을 처음 발견한 시점은 최
소한 1921년의 첫 번째 번역이나 그 이전으로 소급될 수밖에 없다. 즉,
사실상 나도향의 전기 · 후기를 막론하고 그의 모든 소설이 『카르멘』의
영향권에 놓여 있었다고 보아도 무방하다. 실제 카르멘의 편영片影은
1925년 이후의 소설뿐 아니라 나도향의 초기작부터 꾸준히 나타나고
있었다.

첫 작품이라 할 수 있는 「출학」에서 주인공 영숙은 서울로 올라가기 위해

---

[27] "그 사람은 다시 말할 것 없는 조 주사였다. 형근의 얼굴에는 갑자기 질투의 뜨거운 피가
올라오더니 두 눈에서 번개 같은 불이 솟는 것 같았다. 만일 자기 손에 날카로운 칼이
있다 하면 당장에 조 주사를 죽여 버리거나 그렇지 않으면 자기가 죽어 버릴 것 같았다."
주종연 · 김상태 · 유남옥 편, 「지형근」, 『나도향 전집』 상, 집문당, 1988, 333~334면.

약혼자 이병철을 버린다. 그리고 서울에 와서는 다시 해외 유학을 가야한다는 명분으로 정윤모에게 정조를 바친다. 「젊은이의 시절」에서 누이 경애는 동생 철하에게 근친애를 느낀다. 「춘성」에서 영숙은 아버지의 부고를 받고 울다가 춘성을 보고는 '눈물 나는 얼굴에 견디지 못하는 웃음을 웃더니 눈물을 고치고서 냉정한 얼굴'을 짓는 종잡을 수 없는 여인이다. 「여이발사」, 「전차 차장의 일기 몇 절」 등 후기로 넘어오면서 작중 여인들은 더욱 노골적으로 남성을 유혹하고 성적으로 타락하는 모습을 보인다. 이렇듯 도향의 작품에 등장하는 여인들은 대부분 에로틱한 정조와 적극적인 성격을 갖고 있다. 따라서 초기작에서는 천사의 이미지를 가졌다가, 후기작에서 요부의 이미지로 돌변한다는 지금까지의 이해는 수정되어야 한다.[28]

박상민은 나도향 소설의 요부 캐릭터가 통념처럼 후기 작품에 집중된 것이 아니라는 점을 강조하였다. 저자 또한 이러한 분석에 전적으로 공감하는 바이다. 그러나 해당 논의는 그러한 캐릭터들의 탄생 배경이 된 카르멘의 존재에는 다다르지 못했다.

『카르멘』의 영향과 마지막으로 살펴볼 작품은 바로 단행본으로 나온 중편소설 『청춘』이다. 발표 시기는 도향의 사후인 1927년이지만,[29] 이미 알려진 대로 1920년경에 집필되었다면 도향의 초기작 중에서도 앞자리에 속한다.[30] 따라서 『청춘』역시 위 인용문에서 언급된 초기 작품들과 같은 맥락에서 『카르멘』과 비교해볼 수 있겠다. 여러 세부 요소

---

28 박상민, 「나도향 소설에 나타난 요부형 여인의 의미」, 『현대문학의 연구』20, 한국문학연구학회, 2003, 331~332면.
29 나도향, 『청춘』, 조선도서주식회사, 1927.7.
30 윤홍로, 『나도향―낭만과 현실의 변증』, 건국대 출판부, 1997, 19면.

의 차이에도 불구하고, 기본적으로 두 소설은 사랑의 열병에 걸려 폭주하는 남주인공 위주로 전개된다는 점에서 닮아 있다. 무엇보다 도향이 『청춘』의 집필 과정에서 『카르멘』에 크게 빚진 부분은 살인과 파국으로 점철되는 마지막 대목이다.

"나의 카르멘, 드디어 나와 함께 가기로 결심한 것인가?"

조금 가다 나는 이렇게 물었습니다.

"나는 내가 죽을 장소까지 당신을 따라갈 거예요. 하지만 당신하고 함께 살 수는 없어요."

(…중략…) 나는 화가 벌컥 나서 단도를 뽑았습니다. 그래도 속으로는 그 여자가 갑자기 겁을 집어먹고 잘못했다고 용서를 빌어 주기를 바랐습니다. 그러나 그 여자는 악마였습니다.

"자 이번이 마지막이다. 정말로 나와 함께 살 수 없겠나?"

나는 윽박지르듯이 말했습니다.

"싫어요! 싫어요! 싫어!"

그 여자는 발을 동동 구르며 소리쳤습니다. 그리고 내가 주었던 반지를 손가락에서 빼더니 풀숲 속으로 집어던졌습니다.

나는 그 계집을 두 번 찔렀습니다. 그 칼을 애꾸눈 가르시아가 가지고 있던 단도였습니다. 내 단도가 부러졌을 때 대신 집어두었던 것입니다. 그 여자는 두 번째 칼을 맞자 소리도 없이 쓰러져 버렸습니다. 내 얼굴을 뚫겨져 노려보던 그 검고 큰 눈이 지금도 눈앞에 보이는 것 같습니다. 그 눈은 점점 흐리멍덩해지더니 마침내 감겨 버렸습니다.[31]

"저는 당신을 따라갈 수는 없어요"

할 때 피묻은 허리를 한 손으로 쥔 일복은,

"무어야? 갈 수가 없어?"

"네! 저를 이 자리에서 저 우리 오라버니처럼 쳐 죽여 주세요."

"안 될 말! 안 될 말이다!"

그는 미친 사람같이 소리를 지르더니,

"어서 가자! 어서 가!"

할 제 양순은 그 옆에서 떨어진 일복의 피묻은 칼을 집어 일복을 주며,

"여보세요, 제가 당신을 생각지 않는 것이 아니며 또는 같이 가기 싫어서 그
런 것이 아닙니다. 저는 당신을 따라감보다도 당신의 칼에 죽기를 바랍니다."

(…중략…) 일복은 무의식하게 그 칼을 받아들을 때 그에게 모든 것이 절망
인 것을 알았다. 그러고서는 그래도 맨 마지막 희망, 즉 양순을 데리고 사랑의
나라로 도망을 갈 줄 알았다가, 오늘에 그 사랑인 양순이가 가기를 거절할 때
그는 이를 악물었다.

(…중략…) 그리고는 눈물이 어린 눈으로 자기의 손에 든 칼을 볼 때 멀리
서 사람의 기척이 들렸다. 그는 황급한 마음이 다시 나서, 다시 눈을 감고 칼
을 들어 양순의 심장을 향하여 힘껏 칼날이 쑥 들어갔을 정도로 찔렀을 때 자
기 팔에 안긴 양순은 팔딱 하더니 두 팔 두 다리에 힘을 잃었다.[32]

두 소설이 보여주는 쌍생아 같은 파국, 즉 사랑의 광기에 휩싸인 남
주인공의 칼을 맞아 죽는 여주인공의 모습은 결코 우연한 배치일 리 없

31 프로스페르 메리메, 박철화 역, 『카르멘/콜롱바』, 동서문화사, 2013, 74~76면.
32 나도향, 『청춘』, 조선도서주식회사, 1927, 171~174면.

다. 사실『청춘』의 경우 부수적인 설정 및 캐릭터에서『카르멘』과는 많은 차이가 있기에, 나도향이 택한 이러한 결말은 오히려 큰 이물감으로 다가온다. 범죄와 죽음이 일상화된 집시 무리 속에 있던 호세와 카르멘에게, 죽음이라는 서사의 귀결은 납득 가능한 범위 내에 있다. 그러나『청춘』의 일복은 엘리트 은행원으로서 소설 내에서 대체로 이성적 사고를 보여주는 인물이다. 사랑의 열병에 빠졌다고는 하나 그 대상인 양순의 캐릭터 역시 카르멘과 같은 팜므 파탈과는 거리가 멀고 둘 사이의 실질적 교류 자체도 희소하여, 위와 같은 극단적 전개는 개연성을 약화시킨다. 그럼에도 나도향의 최종 선택은 이와 같았다. 즉,『청춘』의 무리한 결착은 그 자체로 도향이『카르멘』의 자장 안에 얼마나 깊게 침윤해 있었는가를 역설하고 있다.

4.『춘희』의 번역과 나도향 소설

1) 도향이 남긴 마지막 번역

또 하나의 낭만적 원천은 알렉상드르 뒤마 피스Alexandre Dumas fils(1824~1895) 원작『춘희』이다. '춘희椿姬'는 원제인 '동백꽃을 든 아가씨La Dame aux camélias'의 한자식 표현으로서, 일본의 역본들이 대개 '춘희'를 제목으로 내세운 것과는 달리 나도향은 원제의 '동백꽃'만을 가져와 본인의 역서 제목으로 삼았다.

오랜 시간 알려지지 않았던『카르멘』과는 달리『동백꽃』은 김병철의 연구에서부터 다뤄진 바 있다. 김병철이 제시한『동백꽃』의 저본은 모리타 쇼헤이森田草平와 세키구치 츠기오関口存男가 공역한『椿姬』[33]이다.『한국 근대 번역문학사 연구』에 판본 대조까지 제시되어 있기에 저본의 정체에 의문을 품는 연구자는 아직 없었다.[34] 그런데 엄밀하게 따져보면 김병철이 제시한 판본 비교 자체는 결정적 근거가 되기 어렵다. 두 판본의 일치율은 앞서 확인한 이쿠다 초코의『カルメン』과 나도향의『카르멘』의 그것과는 큰 간극을 보이기 때문이다.[35] 김병철 역시 "우리말 譯本은 上記 일역본을 축자역으로 옮긴 것 같지는 않고, 어투·낱말·어순·부연어 등에 다소의 차이점이 보"[36]인다고 언급해두긴 했다. 하지만 충실한 축자역을 시도한『카르멘』의 번역 양상을 고려하건대, 이 정도의 차이라면 애초에 모리타·세키구치의 일역본은『동백꽃』의 저본이 아닐 가능성이 크다.[37]

33　デューマ 著, 森田草平·関口存男 共譯,『椿姬』, 國民文庫刊行會, 1927.

34　김병철,『한국 근대 번역문학사 연구』, 을유문화사, 1975, 671~672면. 송하춘의『동백꽃』관련 설명에서도 같은 저본을 제시하고 있다. 송하춘 편,『한국 근대소설 사전－신소설 / 번역·번안소설』, 고려대 출판부, 2015, 125면.

35　다음은 김병철이 제시한 샘플의 일부이다. 기본적인 의미만 상통할 뿐, 텍스트 자체의 차이는 상당하다.
　　私の考へでは, 作中の人物といふものは, 人間を充分に硏究した上でなければ容易につくりだせるものでない, 恰度外國語を自由に操らうとするには, すっかりそれを習得した後でなければならぬのと同樣である. / 敢てまだこれを創造するといふ程の年配に達してゐない私はただそれを物語るだけで滿足しやう."(森田草平·関口存男 共譯,『椿姬』, 1면). "나는 언제든지 말을 하려면 그 말을 주의하야 배울필요가 잇고 또는 그와 마찬가지로 상상하는인물을 만드러내랴하면은 깁히인정을 연구할필요가잇다고 생각한다. / 창작할만한 년령에달하지못하나로서는 나는 다만 단순한 이야기를 쓰는 것으로 만족히여인다." (알렉산더 뒤마, 나빈 역,『동백꽃』, 조선도서주식회사, 1927, 1면)

36　김병철, 앞의 글, 672면.

그런데 저자가 이 일역본이 나도향의 저본이 아니라고 확신하게 된 이유는 따로 있다. 김병철이 저본이라고 제시한 모리타·세키구치의 일역본이 나도향의 사후에 출판된 것이기 때문이다. 도향의 사망일은 1926년 8월 26일이고, 모리타·세키구치 판본의 출판일은 1927년 5월 15일이었다. 도향의 사망 시점이 잘못되었을 수는 없다. 추가 조사를 통해 모리타·세키구치 판본의 해당 출판일 표기에 오류가 있을 가능성도 없다는 결론에 이르렀다.[38] 모리타·세키구치의 일역본이 상대적으로 나도향의 판본에 근사한 것은 사실이다. 그러나 이는 '전역全譯'을 선택한 순간 나타날 수밖에 없는 콘텐츠 자체의 유사성일 가능성이 크다.[39]

이상을 종합하건대, 나도향은 모리타·세키구치 판본이 아닌 별도의 전역 『춘희』 판본을 사용했을 것이다. 나도향의 생전에 일본에서 나온 전역 『춘희』의 경우로는 가토 시호우加藤紫芳가 번역한 『椿の花把』(1888),

---

37 물론 나도향의 손에서 나온 『카르멘』 두 판본의 편차처럼, 그의 스타일 자체도 고정된 것은 아니었다. 그러나 1925년에 접어든 후 나도향의 두 번째 『카르멘』이 나왔고, 동년에 톨스토이 단편집까지 역서로 간행된 점을 볼 때, 『동백꽃』은 책으로 엮어내기 위한 번역이라는 일련의 흐름 속에서 준비되었을 공산이 크다. 즉, 『칼멘』에서 『카르멘』까지의 시간적 격차는 더 이상 없었고, 도향의 번역 스타일은 두 번째 『카르멘』을 분기점으로 확립되어 있었을 것으로 판단된다.

38 저자가 확인한 것은 일본국회도서관 홈페이지 데이터베이스, 日本国会図書館 編, 『明治·大正·昭和飜譯文学目録』, 風間書房, 1989, '뒤마 피스' 항목, 그리고 모리타 쇼헤이가 발표한 모든 글이 정리된 상세 연표(http://p.booklog.jp/book/86595/read 최종 검색일 : 2019.1.5) 등이다.

39 예컨대 가토 아사도리(加藤朝鳥)의 역본은 다음과 같이 시작하여 모리타·세키구치 판본이나 나도향 판본과는 현격한 차이를 보인다는 것을 알 수 있다. "私は不圖アンタン街九號で或る死んだ女の所有物を十六日に競賣に附し, 十三十四日の兩日縱覽を許すと云ふ廣告を見たので, 性來骨薫好きな私は是非其の日に行つて見やうと思つた."(デューマ, 加藤朝鳥 譯, 『椿姬』, 生方書店, 1926, 1면) 이러한 편차는 가토가 『춘희』의 전반부를 초역(抄譯)한 데서 비롯되었다.

오사다 쇼토우長田秋濤가 번역한 『椿姬』(1903), 후쿠나가 혼키福永挽歌의 『椿姬－全譯』(1915)의 3종이 있었다.[40] 이 중 가토와 오사다의 역본은 나도향의 것과 20년 이상의 격차가 있어 저본일 가능성이 떨어진다. 결국 후쿠나와 혼카의 번역 텍스트가 남는 셈이다. 1915년이라는 후쿠나와 판본의 출판년도는 도향이 이미 저본으로 삼은 바 있던 이쿠다 초코의 번역서가 출간된 시기(1914)에 가깝기도 하다.

다음으로, 『동백꽃』이 나도향에게 갖는 의미에 대해서 곱씹어볼 필요가 있다. 앞서 언급한 바와 같이 『동백꽃』은 한국 최초의 『춘희』 번역은 아니다. 진학문의 『홍루』가 있었기 때문이다. 『홍루』는 신문 연재 당시 여러 독자들의 감상문 투고가 잇따랐을 만큼 화제를 끌었다.[41] 도향 역시 그 한국어 번역을 접했을 가능성이 높다. 그러나 진학문의 10여 년 전 번역은 역자 스스로도 고백하듯 『춘희』를 온전히 담아내는 데 한계가 있었다.[42] 한편, 『칼멘』에서 『카르멘』으로의 쇄신에서 볼 수 있듯, 도향은 애착이 있는 작품에 대해서는 철저한 재번역도 불사했다. 『카르멘』의 서문에서 "어떻든 이 조그마한 노력이 나중 큰 노력의 척후가 될 수 있다 하면 만족"한다고 말한 바와 같이, 그는 본인의 번역 이

---

40 『춘희』의 일역 판본들의 개괄적 특징은 中里見敬, 「日本と中國における『椿姬』の翻訳ー同時代東アジアの文脈から見た林訳小説」, 『九州中國学会報』 51, 九州中國学会, 2013을 참조.

41 전은경, 「『춘희』의 번역과 식민지 조선의 '연애'－진학문의 『홍루』를 중심으로」, 『한국언어문화』 39, 한국언어문화학회, 2009, 70～74면.

42 "그러나 지금 나의 실력과 기능과 노력을 생각건대 제일 어학이 부족한 것이 역자의 중요한 자격을 잃은 것이요 제이는 도저히 원저를 이해하여 자국어로 옮겨 써도 망발되지 않게 할 만한 실력과 기능이 없음을 자각하는 바라. 그러함을 불구하고 감히 외국의 대작에 손을 대었으매 그 결과로 원저의 진수와 묘미를 상케 한 점이 일이 개소가 아니요 역문의 불통일과 생경함은 정한 일이라." 진학문, 「홍루(87)」, 『매일신보』, 1918.1.16, 4면.

후에 올 더 좋은 번역에 대한 기대감을 표방하기도 했다. 번역의 주체는 바뀌더라도 번역의 수준이 계속 발전해나가는 데 의의를 두었던 셈이다. 이러한 입장을 가진 도향은, 『홍루』라는 "척후"를 계승하되 『동백꽃』으로의 한 단계 진전을 꾀함으로써 『춘희』의 한국어 번역이 완성형으로 나아가는 데 기여하고자 했다. 이 "큰 노력"의 시도 자체가 『춘희』에 대한 그의 태도를 가늠하게 해준다.

따지고 보면, 도향의 번역 대상이 된 5인의 서양 작가들은 하나같이 이름난 문호들이었다. 그러나 그중에서도 도향이 시간과 노력을 가장 많이 투입했을 단일 작품은 바로 『동백꽃』이었다. 투르게네프의 산문시나 모파상의 단편을 제외한 그 외 번역 결과물은 모두 책으로 나왔다. 각각의 면수는 출간 순서대로 『카르멘』은 98면, 『사람은 무엇으로 사느냐』는 161면, 『동백꽃』은 무려 354면이었다. 지난했을 『동백꽃』의 번역은 필경 그의 건강이 크게 악화된 시점에 진행되었을 터이다. 결과적으로 『동백꽃』은 도향의 생애에서 마지막 번역물로 남게 되었다. 그가 한때 일했던 조선도서주식회사는 『동백꽃』과 『청춘』을 동시에 출간했다. 그의 사후 1년 정도가 경과된 1927년 7월 15일의 일이었다.

2) 『춘희』와 나도향 소설의 중첩

원작 『춘희』는 상류층 지식인 아르망 뒤발과 화류계 여인 마르그리트의 신분을 초월한 순애보를 다룬다. 마르그리트의 사랑은 더없이 헌신적이며 철저히 희생을 감수하는 색채를 띤다. 그것은 카르멘처럼 상대를 조종하여 자기 욕망의 도구로 삼는 것과는 대조적인, 상대의 장래를 위해 철저히 본인의 행복을 포기하는 방식이다. 아르망을 그리워하다 홀로 죽어간 마르그리트의 순수한 사랑과, 떠난 그녀를 그리워하는 아르망의 회한이 어우러져 분출되는 슬픔과 감동이 이 소설의 핵심 정서라 하겠다.

앞서 주로 '요부형' 여주인공이 등장하는 소설을 비롯하여 여러 소설들의 원류를 『카르멘』에게서 찾았거니와, 이와 대조적으로 도향의 작품에는 『춘희』의 기법이나 플롯을 차용하거나 마르그리트처럼 '사랑하기에 이별을 선택하는' 이야기 역시 적지 않다.

그중 1921년에 발표된 「나는 참으로 몰랐다」와 「박명한 청년」은 도향이 활동 초기부터 『춘희』를 창작의 동력으로 삼고 있었음을 단적으로 예증한다. 이들 두 편은 『춘희』와 달리 단편이었지만, 오히려 그 때문에 주요 설정의 유사성이 더 쉽게 발견된다. 우선 「나는 참으로 몰랐다」는 일인칭 화자가 18세의 학생이던 3년 전에 경험한 일을 누군가에게 들려주는 방식으로 서술되어 있다. 내용의 대강은 이러하다. 우연히 선녀와도 같은 여인을 보고 홀로 정념에 사로잡힌 '나'는, 얼마 후 그녀가 기생 '백매'라는 사실을 알게 된다. 우연한 계기로 둘은 서로 진심을 다해 사랑하는 사이가 되지만, '나'는 차츰 공부와 멀어져간다. 이후 학교의 C선생으로부터 진심 어린 충고를 받은 '나'는 다시 백매를 찾지 않는다. '나'와 만나던 와중에 이미 중병을 얻었던 백매는, 각혈을 하며 침상 위에서 '나'의 이름을 부르다 죽어간다.

화류계 여자라는 백매의 신분, 사랑의 달콤함과 이별의 쓰라림, 병으로 인한 고통 속에서 애타게 '나'를 부르는 백매의 최후 등, 남자 주인공의 변심이 C선생의 영향으로 시작되었다는 요소만 제외하면 가히 『춘희』의 압축판이라 할 만하다. 그런데 선의善意로 둘 사이에 개입하는 C선생의 포지션도 낯선 것은 아니다. 그는 일종의 변형된 아르망의 아버지 역할이기 때문이다. 차이가 있다면, 그 호소의 대상이 『춘희』의 경우 마르그리트이고 「나는 참으로 몰랐다」의 경우 '나'라는 점일 뿐이다. 기생 백매의 사랑 역시 마르그리트를 닮아 있다. "내가 웃으면 자기도 웃고 내가 울면 자기도 울어주었다. 그는 나를 위하여 생명과 무엇이라도 다―희생하겠다고 하였다."[43]

「나는 참으로 몰랐다」의 차기작인 「박명한 청년」 역시 일인칭 화자의 기록이다. 내용은 이러하다. '나'는 우연히 한 여자를 발견하게 되고 홀로 사랑에 빠진다. 그 여자의 이름은 다름 아닌 '춘희'이다. '椿姬'와는 다른 한자인 '春嬉'를 사용하긴 했지만 일종의 오마쥬로 이해해도 무방할 것이다. 또한 다시 한번 폐병과 그로 인한 주인공의 죽음이 등장한다. 다만 이번에는 그 대상이 남주인공인 '나'로 바뀔 따름이다. 소설의 마지막은 춘희의 일기로 끝나는데, 이를 통해 그녀 역시 남주인공을 연모하고 있었다는 사실이 밝혀진다. 아마 도향은 「박명한 청년」을 통해 서로를 절실히 사랑하면서도 끝내 이어지지 못했던 『춘희』의 먹먹한 애련함을 재현하고 싶었던 것일지 모른다.

「박명한 청년」에서 한 가지 더 주목해야 할 것은 일인칭 서술 기법상의 변화이다. 이 또한 『춘희』를 참고했을 가능성이 크기 때문이다. 여기서 나도향은 날짜가 따로 기입되어 있는 일련의 편지들을 통해 친구

---

43 나도향, 박헌호 편, 『어머니(외)』, 범우, 2004, 314면.

에게 자신의 이야기를 들려주는 방식을 택하였다. 며칠 간격의 시간차를 두고 여러 통의 편지글로 이야기가 전개되기에 「나는 참으로 몰랐다」의 압축적 전달과는 달리 사건의 점진적 진행을 확인할 수 있다. 이 방식은 『춘희』의 마지막 부분을 장식하는 마르그리트의 편지 및 일기를 연상케 한다. 아르망에게 남긴 마르그리트의 편지에는 그녀가 이별을 선언하고 떠난 이유가 실은 아르망의 아버지와의 만남에서 비롯되었다는 사실이 밝혀져 있다. 별도로 배치된 마르크리트의 일기 역시 발화 대상이 아르망인 만큼 편지의 성격을 띤다. 여기에는 스스로 아르망을 떠나 죽어가는 과정 속에서도 변치 않았던 마르그리트의 애절한 마음이 빼곡히 담겨있다. 「박명한 청년」의 편지들 역시 거의 같은 패턴을 보인다. 각 편지 앞에 날짜가 달려 있고, 사랑하는 이를 간절히 그리워하는 가운데 병세가 악화되는 과정이 묘사되며, 결국 상태가 위중해져 특정 시점 이후로는 주변인이 그 편지를 써나간다는 세부 설정까지도 일치한다. 차이가 있다면 『춘희』는 아르망이, 「박명한 청년」은 친구가 수신자라는 점 정도이다.

나도향 소설의 특이점 중 하나는 편지나 일기 등을 활용한 일인칭 서술 방식의 비중이 크다는 데 있다. 위의 두 편을 포함하여, 「나의 과거」, 「계영의 울음」, 「별을 안거든 울지나 말걸」, 「17원 50전」, 「전차 차장의 일기 몇 절」, 「J의사의 고백」, 「피 묻은 편지 몇 쪽」 등이 이에 해당한다. 편지나 일기를 통해 상대에게 본심을 전하는 방식에 『춘희』가 일정한 영향을 미쳤으리라는 것은 자명하다.[44]

---

44 장편소설 속에 일기를 삽입하여 작중 인물의 심리를 자연스럽게 전달하는 시도는 투르게네프 소설 『그 전날 밤』에서도 등장한 바 있다. 나도향은 「별을 안거든 울지나 말걸」

한편, 『춘희』의 영향은 도향의 단편뿐 아니라 장편에서도 포착된다. 우선, 그의 출세작 『환희』(『동아일보』, 1922.11.21~1923.3.21)의 설정들이 그러하다. 여러 청춘들의 애환을 풀어낸 『환희』의 다층적 서사에서, 실제로 열정적 사랑에 빠져든 커플은 지식인 영철과 기생 설화에 국한된다. 이 『환희』의 두 연인에게서 『춘희』의 아르망과 마르그리트의 흔적을 발견하는 것은 어렵지 않다. 지식인과 화류계 여성 사이의 사랑 이야기라는 점 외에도 두 소설 간에는 다음의 몇 가지 공통점이 존재한다. 첫째, 남자 주인공이 늘 돈 문제로 고뇌하는 캐릭터라는 점, 둘째, 여자 주인공이 모든 것을 초월하여 남자에게 헌신하면서도 그들의 불안한 미래를 걱정한다는 점, 셋째, 완성을 향해 나아가던 그들의 사랑이 남자 측 가족의 개입으로 결국 와해된다는 점, 넷째, 여주인공이 의도적으로 다른 남자와 함께 있는 모습을 남주인공에게 보이고 남주인공은 이를 같은 방식으로 되갚으려 한다는 점, 다섯째, 남주인공과 이별한 여주인공이 사경을 헤매며 남주인공을 애타게 찾다가 최후를 맞는다는 점 등이다. 이와 관련하여, 두 번째 공통점에 해당하는 『춘희』와 『환희』의 일부 내용을 제시한다. 두 소설의 기본 정서가 비슷하다는 점을 발견할 수 있을 것이다.

우리들 사랑은 보통의 사랑이 아녜요, 뒤발 씨. 당신은 마치 내가 지금까지 어떤 남자하고도 관계가 없었던 것처럼 사랑해주지만, 결국에 가서는 자기의 사랑을 후회하고 나의 과거를 나무라고, 당신이 나를 끄집어 내준 그 옛날 생

의 화자를 통해 이 소설을 수차례 언급하는바, 그의 일기 형식에는 투르게네프의 해당 소설 또한 영향을 미쳤을 공산이 크다.

활로 다시 몰아넣지나 않을까 두려워요. 새로운 생활을 맛보고 난 이제 와서 옛날 생활로 다시 되돌아가야 한다면, 저는 꼭 죽을 것만 같아요. 저를 언제까지나 버리지 않겠다고 말해 줘요, 네? (…중략…) 제가 얼마나 당신을 사랑하고 있는지 당신은 모를 거예요.[45]

영철 씨! 영철 씨는 참으로 길이길이 이와 같은 더러운 여자를 사랑하여 주시겠어요? 저는 아무리 생각하여도 영철 씨가 나를 영원히 사랑하여주실 것 같지가 않아요. 저는 영철 씨를 의심하는 것보다도 제가 영철 씨의 사랑을 받기가 너무 부끄러워요. (…중략…) 저를 영원히 사랑하여 주시겠어요?[46]

『춘희』의 영향과 관련하여 마지막으로 다룰 도향의 소설은 바로 또 하나의 장편『어머니』이다. 이 소설은 1925년『시대일보』에 연재된 바 있으며, 단행본으로는 1939년이 되어서야 나왔다.『어머니』와『춘희』역시 여러 가지 측면에서 흥미로운 비교가 가능하다.『어머니』의 줄거리는 이렇게 압축된다. 춘우는 가정형편 때문에 부호 철수의 첩으로 들어간 소싯적 친구 영숙과 우연히 재회한다. 철수와의 사이에 딸까지 두었음에도 첩이라는 위치로 인해 불행해 하던 영숙은 춘우를 통해 처음으로 사랑의 감정에 눈 뜨게 되고 결국 가출까지 단행하여 춘우와 함께 한다. 춘우 역시 진심으로 영숙을 사랑했지만, 결국 사랑과 자식 사이에서 갈등하던 영숙을 위해 스스로 그녀에게서 멀어진다.

'사랑과 자식' 간의 선택이라는 윤리적 화두를 끌어들인다는 점에서

---

45 알렉산드르 뒤마 피스, 공세영 역, 『춘희』, 하늘정원, 2006, 210~211면.
46 도향, 「환희(53)」, 『동아일보』, 1923.1.15, 4면.

『어머니』는 분명 『춘희』와 근본적으로 다른 성격을 갖고 있다. 그러나 핵심적인 서사 구도와 캐릭터 설정 등에서 상당한 일치를 보이는 것도 사실이다. 우선 첩의 위치인 영숙은 화류계에 있던 마르그리트와 연결된다. 첩과 창녀는 차이점도 있지만 경제적으로 남성에게 예속되어 있다는 뚜렷한 공통점이 있다. 마르그리트 또한 기본적으로는 거부에게 딸린 첩의 위치와 다를 바 없었다. 화류계에서도 상류층 남성만 상대했으며 N백작처럼 고정된 대상이 있어 막대한 경제적 지원을 얻고 있었기 때문이다. 아르망과 아버지의 대화 속에서도 그녀는 "첩살이하던 여자"[47]로 묘사된 바 있다. 따라서 영숙이 춘우를 만나 첩살이를 벗어버리는 것은 아르망을 만나 화류계를 떠나는 마르그리트를 연상시키며, 영숙이 다시 철수에게로 돌아가는 상황 역시 N백작에게로 돌아가는 마르그리트와 겹쳐 있다.

한편 두 소설의 공통점은 주인공이 서로를 통해 일생 경험해 보지 못한 낭만적 사랑을 체험하는 데 있을 뿐만 아니라, 그 상대방을 위해 사랑을 포기하는 데서도 발견된다. 『춘희』에서는 마르그리트가 아르망의 장래를 위해서, 『어머니』에서는 춘우가 어머니로서의 영숙을 위해서 자발적인 포기의 주체가 된다. 이렇게 놓고 보면, 『어머니』의 핵심은 그간의 일반적 독법이었던 '사랑이냐 자식이냐'의 선택 문제가 아니라 '사랑하기에 이별을 택한다'는 전형적인 낭만성의 귀결이 되어야 할 것이다. 선택의 주체가 영숙이 아닌 춘우인 이유는 이 때문일 것이다. 다음은 춘우가 영숙에게 남긴 마지막 편지이다.

---

47 알렉산드르 뒤마 피스, 공세영 역, 앞의 책, 230면.

사랑하는 영숙! 영숙의 편지는 몇 번이나 읽고 또 읽었는지 알 수가 없소. 나는 그 편지를 읽고 감사한 마음과 또는 사죄하는 마음으로 울었소. 마음으로 다시 사죄하는 바이오. 그러나, 우리의 운명은 여기에 두 사람을 서로 떠나게 하지 않으면 안 되는지, 우리는 그 운명에 복종하지 않을 수가 없는 것이오.

영숙! 영숙은 지나간 짧은 세월에 일평생 잊지 못할 사랑을 내게 부어주었지요. 그러나, 그것이 오늘에 꿈같이 사라질 것을 알았다면, 오히려 그 행복을 처음부터 취하지 않았을 것을 이것도 신이 아닌 사람의 하는 일이니까 그러할는지!

영숙은 영숙의 직분이 있는 것을 알아주시오. 나의 사랑보다도 더 큰 사랑이 있는 것을 알아주시오. 나는 지금에 모든 것을 잊어버리고 정처없이 갑니다.

영숙은 남의 어머니로서의 직분을 지켜주기를 바라오.[48]

결국 포기의 주체인 춘우와 마르그리트는 무엇이 상대를 위한 길인가를 고민하고 실천했다는 점에서 일치한다. 다른 한편으로 이것은 그들이 결국 자발적으로 사회적 편견과 터부의 희생양이 된 것을 의미하기도 한다. 화류계의 여성이 앞날이 창창한 청년을, 한 남성이 자식 있는 유부녀를 사랑하는 행위는 그 자체로 금기에 대한 도전이었다. 하지만 끝내 그 도전이 상대방의 행복을 위협할 수도 있음을 알게 된 그들은, 사랑을 지켜내고자 다시 그 금기를 운명으로 받아들이게 된 것이다.

---

48 나도향, 박헌호 편, 앞의 책, 286면.

5. 또다시 나도향의 낭만성에 대하여

본 장은 도향의 번역을 통해 그의 작품세계 전반을 재인식할 필요가 있다는 문제의식에서 출발했다. 나도향 소설의 낭만성에 가장 큰 영향력을 행사한 문학적 원천은 그가 번역한 작품 중에서도 『카르멘』과 『춘희』였다. 전자는 그의 첫 번역이었고 후자는 그의 마지막 번역이었지만 번역 시점과 상관없이 두 소설은 나도향의 문학세계 전체를 관류하고 있었다. 저자는 나도향이 택한 일본어 저본을 규명하고 번역의 조건 및 태도를 분석하는 방식을 통해 그에게 두 소설이 갖는 의미가 각별했음을 주장했다. 그의 번역은 원문의 권위와 번역 자체의 기술적 진전을 의식하며 이루어졌다. 이러한 번역에는 해당 소설의 가치를 문단 전체와 공유하고자 한 주체의 의지가 포함되어 있기 마련이다.

나아가 본 장에서는 『카르멘』과 『춘희』의 서사, 기법, 캐릭터 등이 나도향의 여러 소설 속에서 다양하게 변용되는 양상을 분석하였다. 특히 우리는 다수의 나도향 소설을 통해 '카르멘'형 인물과 '마르그리트' 형 인물의 등장을 확인할 수 있었다. 각각 팜므 파탈의 전형과 지고지순의 상징으로서 극명한 대조를 이루는 두 인물은, 나도향의 소설 속에서도 그 속성을 유지한 채 재현되었다. 전자를 통해서는 사랑에서 발현되는 광기가, 후자를 통해서는 사랑의 순수함이나 희생이 그려진다. 이는 나도향 소설 전반과 맞닿아 있는 두 개의 화두였다. 그 두 가지 색채의 사랑, 그리고 그것을 대표하는 서사 및 캐릭터는, 작가 나도향이 낭만성을 길러 올리는 원천에 다름 아니었다.

본 장의 분석은 뚜렷한 한계 또한 노정하고 있다. 나도향 소설의 낭만성을 문학적 레퍼런스 속에서만 탐색한 것이 그 첫 번째이다. 시대적 특수성까지 감안하면, 도향이 그토록 특별하게 취급한 『카르멘』과 『춘희』의 흔적이 그의 창작 곳곳에 스며들어있다는 것은 오히려 자연스러운 현상일 수 있다. 그러니 어쩌면 더 중요한 것은 그의 일관성 그 자체일 것이다. 서두에서 보았듯, 그의 낭만적 성향은 동시대의 작가들 사이에서도 유별난 것이었다. 이는 당연히 나도향이라는 존재 자체에 대한 궁금증을 자아낸다. 『카르멘』과 『춘희』의 영향이 그의 낭만적 특질을 더 견고하게 만든 지점도 분명 있을 터이다. 그러나 여전히 '왜 하필 이토록 두 소설에 몰두했는가?'라는 물음은 해소되지 않는다. 결국 '이미 형성되어 있던' 그의 성향이 두 소설과 만나 극대화되었다고 보는 편이 타당하다. 그렇다면 그러한 나도향을 만든 '또 다른 계기'에도 관심을 기울일 필요가 있다.

또한 저자는 낭만성의 범주를 최소한의 통념으로만 한정하였다. 말하자면 낭만성을 현실과 동떨어진 캐릭터나 극단적으로 치닫는 감성적 이야기에서 파생되는 제 요소로만 상정했을 뿐, 나도향 소설 혹은 당대의 낭만주의가 궁극적으로 추구한 것이 무엇이었나를 규명하는 데는 이르지 못했다. 이 작업을 위해서는 낭만성이 담지한 의미론적 층위를 당대의 현실 및 문학사적 흐름 속에서 보다 적극적으로 성찰할 필요가 있다.

마지막으로, 여기서는 두 문학적 원천과 나도향 소설 사이의 상동성에 천착하느라 '차이'의 의미는 제대로 조명하지 못했다. 물론 입론 자체의 방향성으로 인해 불가피한 측면도 있었다. 하지만 나도향이 의식적으로 차별화한 지점을 궁구해야만 의도 또한 보다 명징해질 것이다.
그의 낭만성이 간직한 심연에 이르기 위해서는 아직 별도의 탐색이 요
청된다고 하겠다.

현진건의 기교

1. 현진건 단편의 시기별 의미

본 장에서 주목하는 대상은 현진건, 그리고 그의 '걸작'이자 한국문학의 '정전'으로 간주되는 「운수 좋은 날」이다. 백철의 언급이 예시하듯 현진건은 일반적인 한국 근대문학사 서술에서 이광수 다음 단계에 위치하며 주로 김동인, 나도향, 염상섭 등과 함께 다루어진다.[1] 그리고 일반적으로 우리는, 따로 지적하지 않아도 그의 대표 단편을 「운수 좋은 날」로 기억한다. 나아가 현진건 자체가 '「운수 좋은 날」의 작가'로

---

1   문예사조적 관점은 다소 엇갈리고 있다. 임화, 백철은 현진건을 조선의 자연주의 문학 계보에서 염상섭과 아우르며 평가했고, 윤병로, 김우종 등은 철저히 일관된 사실주의 문학가로 보았다. 김동인과 더불어 현진건을 한국 단편소설 양식의 개척자로 인정하는 것은 보편적 견해이다.

서 회자되는 것이 자연스러울 정도다. 하지만 이상의 판단은 현재의 정전 감각에서 기인한 것일 뿐, 역사적 견지에서는 진실과 거리가 멀다. 사실 「운수 좋은 날」이야말로 시대가 추동하는 정전화의 역사성과 유동성을 명징하게 보여주는 사례다.[2]

이하에서는 「운수 좋은 날」의 창작 경위를 작가의 '번역 체험'에 접목하여 근본적으로 재검토하게 될 것이다. 현진건의 번역소설에 대해서는 이미 몇 편의 논고가 제출되어 있고 일부는 창작과의 관련성을 살피기도 했다.[3] 그러나 「운수 좋은 날」만큼은 이러한 분석 대상과 거리가 멀었다.[4] 오히려 그 정전적 위상으로 인해 비교문학적 연구에서 이 공간의 작품과 함께 나란히 놓이는 경우가 우세했다.[5] 하지만 「운수 좋

---

2 손성준, 「한국 근대문학사와 「운수 좋은 날」 정전화의 아이러니」, 『한국현대문학연구』 50, 한국현대문학회, 2016 참조.

3 김현실, 「현진건 번역소설에 관한 소고」, 『이화어문논집』 5, 이화어문학회, 1982; 조진기, 「현진건 소설의 원천탐색-번역작품과 체홉을 중심으로」, 『가라문화』 3, 가라문화연구소, 1985; 조진기, 「현진건의 번역소설 연구-초기 습작과정과 관련하여」, 『인문논총』 12, 인문과학연구소, 1999; 이영성, 「현진건의 단편 「고향」 소고」, 『한국근대작가론고』, 도리, 2006; 전형준, 「세 개의 「고향」-치리코프, 노신, 현진건」, 『중국문학』 34, 한국중국어문학회, 2000; 최성윤, 「『조선일보』 초창기 연재 번역, 번안소설과 현진건」, 『어문논집』 65, 민족어문학회, 2012 등.

4 예외적으로 조진기가 「운수 좋은 날」의 원천으로서 체홉의 「우수(憂愁)」를 제시한 바 있다(조진기, 「현진건 소설의 원천탐색-번역작품과 체홉을 중심으로」, 『가라문화』 3, 가라문화연구소, 1985). 이에 대해서는 다시 언급하기로 한다.

5 이경돈, 「현진건의 「운수 좋은날」과 老舍의 「駱駝祥子」 비교 연구-근대성의 인식 태도와 소설 양식의 변화를 중심으로」, 성균관대 석사논문, 1997; 임은정, 「현진건의 「운수 좋은 날」과 김한수의 「양철지붕위에 사는 새」 비교」, 충북대 석사논문, 2007; 방각, 「1920~1930年代 韓·中 人力車꾼 모티프 比較 硏究-「운수 좋은 날」과 「薄奠」, 「駱駝祥子」를 中心으로」, 부산대 석사논문, 2009; 채뢰, 「한·중 근대 단편소설의 서사기법 비교연구-현진건과 노신의 소설을 중심으로」, 전남대 석사논문, 2012; 매영, 「한국어교육에서의 문학교육의 현황과 교육 방안 연구-「운수 좋은 날」과 「낙타상자」의 비교를 중심으로」, 수원대 석사논문, 2014; 장려군, 「현진건의 「운수 좋은 날」과 노사(老舍)의 「낙타샹즈」 비교 연구-서사구조의 비교 분석을 중심으로」, 부산외대 석사논문, 2016 등.

은 날」의 진면목은 그 발표 시기에 즈음한 현진건의 번역 행위와 결합하여 사유할 때 비로소 드러난다.

「운수 좋은 날」의 출현은 당시 조선 문단의 흐름, 그리고 이에 조응하여 진행되던 현진건 개인의 시기별 창작 활동이 빚어내던 복합적 배경 속에서 이해되어야 한다. 이를 위해 우선 현진건의 단편소설을 3기로 구분하여 정리해 보았다. 1956년에 나온 윤병로의 「빙허 현진건론」(『현대문학』 15, 1956) 이래 현진건의 소설을 3기로 구분하는 방식을 많은 연구자들이 차용해왔다.[6] 하지만 이 구분은 장편까지 망라한 것으로서 제3기를 1930년대 후반부터의 역사소설로 설정하는 것이 보통이다. 여기서는 현진건의 단편소설만을 대상으로 저자의 선행 연구 성과를 반영하여 새로운 '3기' 분류를 적용하였다.

처녀작 「희생화」를 습작으로 간주할 때,[7] 제1기는 체험에 입각한 「빈처」부터 「타락자」[8]까지의 시기다. 제2기는 보다 다양한 계층과 소재로 눈을 돌린 단편 창작의 외연 확장기라 할 수 있다. 마지막으로 제3기는 투르게네프의 『사냥꾼의 수기』를 주요 모티브로 삼고 제국-식민지의 억압구조를 메타포로 이야기 한 1926년부터의 단편들이다.[9]

제1기에서 자신의 내면과 생활을 창작의 근간으로 삼았던 현진건

---

6   예컨대 조연현, 「현진건 문학의 특성과 문학사적 위치」, 신동욱 편, 『현진건의 소설과 그 시대인식』, 새문사, 1981, 92면.

7   이론이 있을 수 있지만, 「희생화」를 습작으로 치부한 것은 현진건의 본인의 태도에 가깝다. 현진건, 「처녀작 발표 당시의 감상-「희생화(犧牲花)」」, 『조선문단』, 1925.3, 이강언 외편, 『현진건 문학 전집』 6, 국학자료원, 2004, 43면.

8   엄밀히 말해 「타락자」는 중편소설의 분량이나, 성격상 연속적 흐름에 함께 놓았다.

9   상세한 논의는 손성준, 「투르게네프의 식민지적 변용-『사냥꾼의 수기』와 현진건 후기 단편소설을 중심으로」, 『민족문학사연구』 54, 민족문학사학회, 2014 참조.

<표 5> 현진건 단편소설의 시기별 구분

연도	구분	제목	매체	발표 시기
1920	습작기	희생화	『개벽』 5	1920.8
1921	제1기	빈처	『개벽』 7	1921.1
		술 권하는 사회	『개벽』 17	1921.11
		타락자	『개벽』 19~22	1922.1~4
1922	제2기	유린	『백조』 2	1922.5
		피아노	『개벽』 29	1922.11
1923		우편국에서	『동아일보』	1923.1.1
		할머니의 죽음	『백조』 3	1923.9
1924		까막잡기	『개벽』 43	1924.1
		그리운 흘긴 눈	『폐허이후』 1	1924.1
		발(簾)	『시대일보』	1924.4.2~4.5
		운수 좋은 날	『개벽』 48	1924.6
1925		불	『개벽』 55	1925.1
		B사감과 러브레터	『조선문단』 5	1925.2
		새빨간 웃음	『개벽』 63	1925.11
1926	제3기	그의 얼굴(「고향」)	『조선일보』	1926.1.3
		사립정신병원장	『개벽』 65	1926.1
		동정(단행본 『조선의 얼굴』에 첫수록)	『글벗집』	1926
1929		신문지와 철창	『문예공론』 3	1929.7
		정조와 약가	『신소설』 1	1929.12
1931		서투른 도적	『삼천리』 20	1931.10

은,[10] 제2기로 접어들며 정반대의 전략을 취했다. 외국문학을 참조한 갖가지 실험이 그것이다. 현진건을 향한 동시대인의 평가나 회고는 대개 균일성을 띠고 있는데, 요약하자면 다음과 같다. '최신의 수입문학

---

10 체험에 기반을 두긴 했지만 이러한 1기 소설 자체도 일본 사소설의 형식적 영향을 크게 받은 것이라는 주장이 제출된 바 있다. 정인문, 「현진건 초기소설과 일본문학과의 관련 양상」, 『국어국문학』 10, 동국대 국어국문학과, 1990 참조.

을 하는 탁월한 기교파 작가.'[11] 이러한 평은 기본적으로는 칭찬에 가까우나 동시에 모두가 그의 소설에 드리워진 서양문학의 짙은 그림자를 인식하고 있었다는 뜻이기도 하다. 어쨌든 현진건의 전략은 주효했다. 제2기의 시간인 1922년부터 1925년까지가 현진건에게는 작가적 전성기에 가까웠던 까닭이다. 가장 활발한 창작 활동을 펼쳤음은 물론, 현재까지 기념되는 그의 대표작 상당수가 이 시기에 집중되어 있다.

단편소설 제2기가 무르익어 가던 1924년 2월, 현진건은 한 편의 문예잡감을 『개벽』에 게재한다. 「이러쿵 저러쿵」이라는 제목의 이 글에는 소설의 집필과 관련된 현진건의 당시 문제의식이 잘 나타나 있다.

露西亞 단편작가 체홉의 자료는 무한하다 일렀다. 아무렇지 않은 日恒茶飯 사이에도 미묘한 자료를 잡아내었기 때문이다. 그러나 나는 그렇게 생각지 안는다. 金을 모래 속에서 찾아내었다고, 모래가 모조리 金이 되는 것은 아니다. 기구만 있고 기술만 있고 보면 深山窮谷에 바위를 뚫고 金을 캐냄도 어렵지 않을 것이다. 沙金도 무수하거니와 石金도 무수하다. 체홉의 자료가 무한하다면 앨런 포의 자료도 무한할 것이다.

쉬운 듯 하고도 어려운 것은 작품이 될 자료의 선택이다. 銀을 가지고도 잘만 다루면 훌륭한 미술품이 되겠지만 同價紅裳이면 金으로 만들고 싶다. 다 같은 솜씨로 다 같은 힘을 들인다면 미술품이 미술품 된 그것에는 아무 우열이 없겠지만, 바탕이 다르고 俗되게 말하면 時價가 다르지 않느냐.[12]

---

11 익히 알려진 바이므로 상론은 생략하나 김동인, 박종화, 임화, 백철, 김태준 등이 같은 방식의 공식화된 관점을 취한다.
12 빙허, 「이러쿵 저러쿵」, 『개벽』 44, 1924.2, 121면.

이왕이면 좋은 재료로 다양한 작품을 쓰고 싶다는 그의 입장, 그리고 갖가지 인물상과 이질적 공간들을 재료로 한 제2기의 단편소설들은 명백한 인과관계에 놓여 있다. 1920년대 중반 현진건 소설에서 제재의 지평이 확장되어 가던 것은 김기진 역시 감지한 바다.[13] 그런데 위 인용문에서 저자가 보다 강조하고 싶은 지점은 이 속에 담겨 있는 현진건의 레퍼런스 그 자체다. 인용문에는 체홉과 앨런 포만이 거명되었지만 「이러쿵 저러쿵」 전체로 볼 때는 버나드 쇼, 호머, 셰익스피어, 아나톨 프랑스, 기쿠치 간, 로맹 롤랑, 입센, 톨스토이 등의 이름이 추가로 거론된다. 정식 비평문도 아닌 잡감이 담아내긴 다소 버거운 양이다.[14] 게다가 이름만이 아니라 때로는 그들이 남긴 말을, 때로는 그들의 작품을 요약하여 인용하기도 했으며, 정확한 출처를 밝히지 않은 유명 문구의 인용들 또한 여러 군데였다.[15] 이상은 현진건의 인문 지식 관련 습득이 전방위적으로 이루어졌다는 방증이다. 그도 그럴 것이 독서는 현진건의 일과에서 집무 다음으로 큰 비중을 차지했다.[16]

---

13 "何如튼 作者는 技巧에 잇서서 缺点업는 圓熟을 보혓다. 題材를 取함에도 그는 어지간한 注意를 한 것 갓다. 그리고 이러한 作者의 傾向은 ─『한머니의 죽음』『까막잡기』를 지나 서서 『운수조흔 날』로부터 또는 지금의 『불』까지에 이르른 作者의 그 取材上 傾向은 이 作者의 意識限界가 擴大된 것이라고 밋고 나는 깃버한다." 김기진, 「一月創作界總評」, 『개벽』 56, 1925.2, 2면.

14 『개벽』 지면으로는 6면 분량이다.

15 "獨逸의 俚諺이라든가"(116면), "露西亞 어느 작가의 단편 ─ 작자의 이름은 벌서 니젓고, 차저보니 책이 업는걸 보면 어느 결엔지 헌책전의 신세를 젓나부다 ─ 가운데 이런 것이 잇다."(117면), "「人生은 짜르고 예술은 길다」 이 말은 예술가, 또는 예술가되라는 이에게 그 얼마나 만흔 감흥을 주엇스랴 매력을 기첫스랴."(118면)

16 1928년 12월의 한 인터뷰에서 그는 새벽 5시에 기상해서 두 시간가량 독서를 하고, 집무를 마치고 귀가하면 식사 후 다시 독서를 하는데 "불면증으로 어떤 때에는 새벽 3시까지 독서"(현길언, 『문학과 사랑의 이데올로기』, 태학사, 2000, 351면)하기도 한다고 답하였다.

이 잡감문은 단순히 현진건의 독서량을 입증하는 것에 머물지 않는다. 주목해야 할 것은, 과거에 읽은 것을 자신의 언어 속으로 끌어들여 재배치하는 대목이다. 그는 소설 창작에서도 기존의 작품을 적극 참조하는 전략을 취한다. 본인에 의해 알려진 사례로는 「까막잡기」가 있다. 이 소설은 「이러쿵 저러쿵」을 쓰기 한 달 전 『개벽』에 발표한 것으로, 현진건은 아래와 같이 덧붙이며 작품을 맺었다.

> 이것은 '체홉'의 「키스」에 힌트를 얻은 것인데, 공부 겸해 써본 것을 버리기 아까워서 여기 발표하였을 뿐. 作者附記[17]

이 구절에 착안한 조진기는 「까막잡기」와 「키스」를 단락 단위로 비교하여 "「까막잡기」는 표제를 비롯하여 인물의 설정, 사건의 전개, 분위기 및 주제에 이르기까지 「키스」의 모방작품"[18]이라는 결론을 내린 바 있다. 다만 이 결론은 현진건 스스로 모본의 제목까지 언급하며 미리 모작임을 알렸다는 점에서 동어반복에 해당된다. 어찌되었든 「까막잡기」는 그의 독서 행위가 창작으로 연계되는 단적인 사례이다. 유사성의 편차는 있을지언정 「까막잡기」가 그 같은 창작방법으로 탄생한 유일한 소설은 아닐 것이다. 대개 그러한 정황을 가장 먼저 간취한 이들은 동료 문인들이었다. '표절'이나 '모작'의 범주까지는 아니더라도, 그들은 현진건의 작품을 접할 때 빈번하게 외국의 어떤 작품을 연상했다. 나도향은 「불」의 고

---

17 빙허(憑虛), 「까막잡기」, 『개벽』 43, 1924.1, 222면.
18 조진기, 「현진건 소설의 원천탐색─번역작품과 체홉을 중심으로」, 『가라문화』 3, 가라문화연구소, 1985, 67면.

유성을 인정하는 순간에도 모파상이나 체홉의 흔적을 지적하였고,[19] 염상섭은 「B사감과 러브레터」에 대해 막심 고리키 작을 연상시킨다는 의견을 덧붙였다.[20] 한편 3기 단편소설들의 경우 전반적으로 투르게네프로부터 받은 '힌트'의 흔적들이 크고 작은 모습으로 관찰된다.[21] 투르게네프 외에도 현진건론을 개진하는 자리에서 자주 비교항으로 거론되는 인물들로는 체홉, 모파상이 있었다.[22] 상기 외국 작가들의 글을 애독했다는 것은 현진건 본인에 의해서도 인정된 바다. 예컨대 1934년 『삼천리』에서 주최한 「문학문제평론회」에서 "어느 작가 것을 애독하였는가"라는 질문에 현진건은 "나는 많은데 체홉은 조금 보았고 투르게네프, 톨스토이, 도스토옙스키, 모파상, 아나톨 프랑스, 앨런 포, 로맹 롤랑, 앙드레 지드, 작품으로는 『장 크리스토프』, 『쿼바디스』, 다니자키 준이치로谷崎潤一郎, 사토 하루오佐藤春夫의 것 등"[23]이라고 대답했다. 안톤 체홉을 "조금 보았"다는 현진건의 대답은 박종화의 증언에 의해 한층 증폭된다. 각종

---

19 나도향, 「조선문단 합평회(제1회)–2월 창작소설 총평」, 『조선문단』, 1925.3, 123면.
20 "사십 이상 된 여자의 변태심리는 잘 모르니 거기까지는 알 수 없고, 또 그것은 여자의 체질 여하의 문제겠으나 마치 고리키 작(作)에서 본 것 같은, 즉 밀매음녀가 곁에 방에 있는 대학생에게 편지 부탁을 하던 것 같아. 어찌 보면 좀 부자연스럽고 과장 같기도 합니다."(「조선문단 합평회(제1회)–2월 창작소설 총평」, 『조선문단』, 1925.3, 124면)
21 손정준, 「투르게네프의 식민지적 변용–『사냥꾼의 수기』와 현진건 후기 단편소설을 중심으로」, 『민족문학사연구』 54, 민족문학사학회, 2014, 46~63면.
22 간혹 다른 작가들이 거명되기도 한다. 예로 아르치바셰프가 있다. "어느 시기에는 모파상 혹은 투르게네프나 아르치바셰프 제자라고 일컫는 이도 있었으며 혹 어떤 이는 조선의 모파상이라고까지 별명을 지어준 실없는 친구도 있었다 한다." ASC, 「漫畫子가 본 문인(一) 애주가 빙허 현진건」, 『조선일보』, 1927.10.29, 석간3면. 참고로 '漫畫子'는 안석주(安碩柱)다. 그는 1933년에도 『조선일보』에 현진건론을 개진한 바 있는데, 이때 역시 빙허와의 옛 대화를 복기하며 아르치바셰프와 투르게네프를 언급한다. 安碩柱, 「만문만서–금발백안옥수의 빙허 현진건 씨」, 『동아일보』, 1933.2.10, 4면.
23 「三千里社主催 文學問題評論會」, 『삼천리』 6(7), 1934, 213면. 당시 합평회 참석자는 주요한, 양건식, 이광수, 김동인, 현진건, 김억 등이었다.

회고와 비평문을 통해 현진건을 문학사의 정전 계보에 올리는 데 가장 크게 기여한 인물인 박종화는 "현진건은 처음부터 안톤 체홉의 수법을 받아들여서 이 땅에 처음으로 리얼리즘의 소설을 확립시켜 놓았"다는 내용의 회고를 한 바 있다. 흥미롭게도 이 글에서 박종화는 이광수 다음 단계의 근대소설사를 구성하는 대표적 4인으로 김동인, 염상섭, 현진건, 나도향을 거론하면서 그중 3인의 작풍을 외국작가와 연결시켜 논하였다. 전술했듯 현진건은 체홉이었고, 나도향은 모파상, 염상섭은 도스토옙스키였다. 한편, 해방 이후로도 "빙허는 이 시기에 와서 프로벨이나 모파상의 사실법을 체득한 유일한 작가",[24] "현진건 씨의 소설에 나타나 있는 모파상의 기교"[25] 등 둘 사이의 영향관계가 확고하게 전제되어 있는 것을 보면 '조선의 모파상'이라는 별호 역시 일회성을 충분히 넘어서는 것이었다.

동시기에 나온 현진건에 대한 여러 평가가 '기교'라는 키워드로 요약된다고 할 때, 이제 우리는 이 표현의 실체에 보다 가까워질 수 있다. 이는 단순히 묘사에 능하다거나 풍부한 어휘 등의 문제에 그치는 것이 아니다. 현진건은 방대한 독서량에 기초하여 자신에게 창작적 영감을 주는 작품을 발견한 뒤 원천 텍스트와 일정한 거리를 유지하며 기술적으로 '자기화'하는 데 능했다. 단편소설 양식에서 볼 때, 모본들이 지닌 기교를 학습한 뒤 그대로 재연할 수도 있었겠지만, 결국 원천 텍스트와의 차별화를 일정 수준 이상으로 만들어내는 것 역시 '기교'의 문제로 수렴될 수 있다. 현진건뿐 아니라 동시기의 많은 작가들이 일본어를 경

---

24 윤병로, 「빙허 현진건론」, 『현대문학』 15, 현대문학연구회, 1956, 192면.
25 전규태, 「비교문학 연구의 새 과제」, 『동아일보』, 1961.8.5, 4면.

유한 서구문학을 적극적으로 사숙하며 그들의 '문법'을 이식하려 했다. 현진건의 경우는 이 같은 흐름에 있어서 가장 앞서 있던 인물로 공인되어 있던 셈이었다.

2. 「나들이」의 연장선에 선 「운수 좋은 날」

한편, 현진건 소설의 '외래적 원천'은 '독서'에서만 온 것이 아니다. 보다 문제적 지점은 그의 '번역'과 창작의 상관관계에 있다.

〈표 6〉은 현진건의 번역과 창작을 시간순으로 펼쳐낸 것이다. 현진건은 등단작인 「희생화」보다 앞서 아르바치셰프 원작 「행복」을 먼저 번역, 발표한 이력을 갖고 있다. 그 후로도 그는 쿠르트 뮌첼(독일), 투르게네프(러시아), 치리코프(러시아), 고리키(러시아) 등 다수의 번역소설을 『조선일보』와 『개벽』 등에 실었다. 이들 작품 한 편 한 편이 현진건에게 각별했음은 자명하다. '독서와 창작'의 상관성은 결국 정황과 가설에 상당 부분 기댈 수밖에 없다. 하지만 '번역과 창작'은 다르다. 번역 그 자체가 과거의 독서 사실을 확증해줄 뿐 아니라, '특별한 독서 대상'이었음을 전제하기 때문이다. 번역이란 결국 외국어를 통한 '개인의 독서행위'를 '자국 언어공동체의 독서행위'로 확대하는 작업이다. 게다가 별도의 노동력과 시간까지 투입되며 이루어진다. 결국 번역은 한 텍스트가 일반적인 독서 대상 이상의 의미를 획득할 때 비로소 이루어지

<표 6> 현진건의 번역과 창작(1920~1933)

연도	제목	매체	발표 시기
1920	행복(아르치바셰프, 러시아)	『개벽』 3	1920.8
	석죽화(쿠르트 민체르, 독일)	『개벽』 4	1920.9
	희생화	『개벽』 5	1920.11
	초련(투르게네프, 러시아)	『조선일보』	1920.12.2~1921.1.23(44회)
1921	빈처	『개벽』 7	1921.1
	부운(투르게네프, 러시아)	『조선일보』	1921.1.24~4.30 (86회)
	효무(미완)	『조선일보』	1921.5.1~5.30(28회)
	백발(마리 코렐리, 영국, '청황생'이라는 필명으로 연재)	『조선일보』	1921.5.14~10.? (9.30 125회까지 확인)
	술 권하는 사회	『개벽』 17	1921.11
1922	타락자(동명의 단편집 단행본도 간행(박문서관))	『개벽』 19~22	1922.1~4
	영춘류(치리코프, 러시아)	『백조』 1	1922.1
	유린(미완)	『백조』 2	1922.5
	고향(치리코프, 러시아)	『개벽』 25	1922.7
	가을의 하룻밤(고리키, 러시아)	『개벽』 25	1922.7
	피아노	『개벽』 29	1922.11
1923	우편국에서	『동아일보』	1923.1.1
	지새는 안개(전편(미완))	『개벽』 32~40	1923.2~10(9회)
	나들이(뤼시앙 데카브, 프랑스)	『동명』 2(3)	1923.4.1
	할머니의 죽음	『백조』 3	1923.9
1924	**악마와 가티**(마리 코렐리, 영국, 「백발」의 개제 단행본)	박문서관	1924.1
	까막잡기	『개벽』 43	1924.1
	그림은 홀긴 눈	『폐허이후』 1	1924.1
	발(簾)	『시대일보』	1924.4.2~4.5
	운수 좋은 날	『개벽』 48	1924.6

연도	제목	매체	발표 시기
1925	**지새는 안개**(1923년의 전편과 가필한 후편의 통합 단행본)	박문서관	1925.1
	불	『개벽』 55	1925.1
	B사감과 러브레터	『조선문단』 5	1925.2
	첫날밤(원작자 미상, 필명 '눌메')	『시대일보』	1925.5.12~6.30
	첫날밤(신문연재했던 동명의 소설을 단행본으로 간행. '저작자 현진건'으로 되어있음)	박문서관	1925.10
	새빨간 웃음	『개벽』 63	1925.11
1926	그의 얼굴(「고향」)	『조선일보』	1926.1.3
	사립정신병원장	『개벽』 65	1926.1
	조선의 얼골(단편 모음집, 단편 「동정」 첫수록)	『글벗집』	1926
1927	해뜨는 지평선(미완)	『조선문단』 18~20	1927.1~3
1928	**재활**(마리 코렐리, 영국, 『악마와 가티』의 개제 단행본, '현진건 저'로 간행)	광한서림	
1929	신문지와 철창	『문예공론』 3	1929.7
	정조와 약가	『신소설』 1	1929.12
1931	서투른 도적	『삼천리』 20	1931.10
	연애의 청산(독자공동 제작소설의 첫 회)	『신동아』	1931.11
1932	**조국**(스테판 제롬스키, 폴란드)	『신동아』 2(3~7)	1932.3~7
1933	**적도**	『동아일보』	1933.12.20~ 1934.6.17

는 것이다. 이에 그것은 번역 주체의 창작세계에도 흔적을 남기는 경우가 많았다.

현진건이 번역하면서 내세운 필명 또한 전술한 번역들이 그에게 각별했음을 입증한다. 그의 번역 대상에는 번역작의 선택과 자신의 의도가 일치하던 경우와 그렇지 않은 경우가 있었다. 전자의 경우 현진건은 본명 내지 '빙허憑虛'라는 호를 잊지 않았다. 『조선일보』 연재 초창기의 투르게네프 소설 번역이나 『개벽』 등의 잡지 매체에 발표한 번역소설이 여기 속한다. 하지만 어쩔 수 없이 번역 연재를 떠맡은 경우는 일회성 별칭을 따로 만들어 사용했다.[26] 이는 역으로 말해 '빙허' 혹은 '빙허생'으로 발표한 번역소설의 경우, 적어도 자신의 존재를 드러낼 만큼 작품에 대한 확신을 가졌다는 의미다.

「운수 좋은 날」과 연동되는 현진건의 번역소설은 프랑스 작가 뤼시앙 데카브Lucien Descave(1861~1949) 원작 「나들이」다. 번역소설 「나들이」가 발표된 지면은 현진건이 기자로 몸담고 있던 『동명』(1923.4.1)인데, 「운수 좋은 날」은 그로부터 1년 여가 지난 1924년 6월 『개벽』 제48호를 통해 나왔다.

현진건에게는 때때로 제목을 통해 자기 소설에 영향을 준 작품을 암시하려는 의도가 엿보인다. 이를테면 장편소설 『지새는 안개』와, 이 소설의 작중 인물들이 비중 있게 언급하는 소설로서 투르게네프의 『그 전날 밤』이 있다. 『지새는 안개』의 원제는 '효무曉霧'였고, 『그 전날 밤』을 언급할 때 현진건은 '격야隔夜'라는 표현을 썼다. '격야'(『그 전날 밤』)를 지나 '효무'(『새벽안개』)를 맞이한다는 시간의 연속적 배치를 상상할 수 있는 대목이다.[27] 또한 현진건이 스스로 밝혔듯이 「까막잡기」는 체홉의 「키스」에서 힌트를 얻은 작품이다. 두 제목은 모두 스킨십의 일종이다. 한편, 번역과 창작의 연관성을 보여주는 제목으로는 우선 「희생화」와 그 직전의 번역소설인 「석죽화」가 있다. 『조선의 얼굴』을 간행할 때 제목을

---

26 최성윤, 「『조선일보』 초창기 연재 번역, 번안소설과 현진건」, 『어문논집』 65, 민족어문학회, 2012 참조.

27 두 소설은 공히 젊은이의 사랑, 그리고 정치 및 사회 문제가 갈등의 중심축으로 설정되어 있고 종국에는 외국으로 떠나 새로운 도전에 투신한다는 거시적 서사구조를 갖고 있다.

바꾼 「고향」 이전에는 치리코프 원작의 「고향」을 먼저 역재하기도 했다. 이는 아예 제목이 일치하는 경우다.[28] 「나들이」와 「운수 좋은 날」도 마찬 가지다. 전자는 이벤트 자체를, 후자는 특정한 시간의 성격을 지시하긴 해도 둘 다 긍정적 표현으로 이루어져 있다는 공통점을 지닌다.[29] 무엇보 다 두 제목은 서사의 결착과 연동되어 그 자체로 아이러니 기법의 극대화 를 꾀한다는 점에서 일치한다.

「나들이」가 실린 『동명』 제2권 14호는 번역소설 특집호에 가까운 구성을 갖고 있었다. 변영로, 현진건, 최남선, 양건식, 염상섭, 이유근, 이광수, 홍명희, 진학문 등 총 9명이 '문예文藝'라는 타이틀 아래 번역소 설 한 편씩을 실었는데, 번역자의 면면도 그렇거니와 번역 대상이 된 작품들 역시 문제적이다. 예를 들어 최남선이 번역한 「만세萬歲」는 알 퐁스 도데의 「마지막 수업」을 개제改題한 것이고, 염상섭이 번역한 「밀 회」는 투르게네프의 『사냥꾼의 수기』에 수록된 문제작이며, 이광수의 「인조인人造人」은 차페크 원작의 『롯섬의 인조인간』을 요약 소개한 것 이다. 공통적으로 이들은 문학의 사회성을 대변하는 주요한 사례에 속 한다. 그 외에도 이 특집에 포진되어 있는 소설은 클라이스트의 단편

---

28 이 중 「석죽화」나 「고향」의 사례에서 나타나는 번역작과의 유사성은 정한숙이 이미 지 적한 바 있다. 정한숙, 『현대 한국문학사』, 고려대 출판부, 1982, 46~48면.

29 '나들이'는 사전적으로 "집을 떠나 잠시 가까운 곳을 다녀옴" 혹은 "출입"을 뜻하는 가 치중립적 표현이지만, 현대인의 사용 방식이 아닌 1920년대의 용례를 보아도 주로 '즐 거운 외출'을 전제하고 있다는 것을 알 수 있다. "새 옷 꼬내입고 오래간만에 나들이 가는 우리들은 정말 몸도 갑의엽고 발도 갑의여우며 그중에서도 깃흔 옥색 저고리에 꼿송이 부친 맥고모자를 쓰고"(閔牛步, 「浮萍草(67)」, 『동아일보』, 1920.6.30, 4면), "그리하면 모처럼 모양내고 나드리 갓든 고흔 치마에 얼녹이 저서 다시는 입지 못하게 됨니다"(나혜석, 「婦人 衣服 改良問題(4)—金元周 兄의 意見에 對하야」, 『동아일보』, 1921.10.1, 3면) 등을 예로 들 수 있다.

「로칼노 거지 노파」처럼 가진 자의 횡포와 그에 대한 단죄의 서사나, 적어도 모파상의 「월야月夜」, 체홉의 「정처正妻」와 같이 인간의 이중성을 묘파한 작품들이었다.[30]

박헌호는 단편 양식의 속성 중 하나로서 '주관적 완결성과 아이러니'를 들며, 이 지점이 단편소설이 한국 근대문학사의 주류 양식으로 자리매김할 수 있었던 주요 원인으로 분석한다. '사회적 작용 가능성'이 차단된 식민지 상황에서 단편의 주관적 완결성과 아이러니적 특성이 현실인식의 표출 가능성과 사회의 부정성에 저항할 근거를 확보해주었다는 것이다.[31] 이 주장에 기대자면, 단적으로 말해 상기 『동명』의 번역 기획은 의도의 여부와 상관없이 각종 사회적 작용 가능성을 한껏 제고한 형태였다. 이는 단편이라는 양식의 본질 중 식민지 현실에 밀착된 특성이었으며, 그렇기에 이 기획에 참여한 번역자들은 해당 메시지를 조선에 수입, 유통하는 역할을 담당했던 셈이다.

현진건이 선택한 뤼시앙 데카브의 「나들이」 역시 사회를 바라보는 특유의 시선과 메시지를 내장하고 있으며, 이것이 현진건의 마음을 움직였던 핵심 요소일 것이다. 우선 강조해둘 것은, 현진건이 같은 번역 특집에 동참한 그 누구보다 작가의 이름값을 배제하고 대상을 선별했다는 사실이다. 현재 뤼시앙 데카브는 비불어권 독자가 거의 인지하기도 어려운 작가군에 속한다. 1861년 파리의 저명한 조각가의 아들로

---

30 실린 작품을 순서대로 나열하면 다음과 같다. ① 체홉, 변영로 역, 「正妻」 ② 뤼시앙 데카브, 현진건 역, 「나들이」 ③ 알퐁스 도데, 최남선 역, 「萬歲」 ④ 파존, 양건식 역, 「懺悔」 ⑤ 투르게네프, 염상섭 역, 「密會」 ⑥ 모파상, 이유근 역, 「負債」 ⑦ 차페크, 이광수 역, 「人造人」 ⑧ 클라이스트, 홍명희 역, 「로칼노 거지 노파」 ⑨ 모파상, 진학문 역, 「月夜」. 이유근이 번역한 「부채」 정도만이 순수한 사랑 이야기에 가깝다.
31 박헌호, 『식민지 근대성과 소설의 양식』, 소명출판, 2004, 85~91면.

태어난 그는, 군복무 중 체험한 일을 바탕으로 군의 치부를 폭로하는 작품을 발표하게 된다. 그런데 국가 권력이 이에 대해 법적 처분을 가하자 문단의 인사들이 뤼시앙 데카브를 옹호하기 위해 힘을 모으게 되었고, 이로 인해 그는 전국적 사건의 중심에 놓인 바 있었다.[32] 한편, 그의 비판의식은 프랑스 문단 내부를 향하기도 했다. 에밀 졸라가 1887년 『대지』를 발표하자 "스승은 오물 속에 빠져버렸다. 그렇게 되면 마지막이다. 우리들은 진실을 과시하고 있는 속임수와, 인기를 얻고자 한 나머지 더러운 것을 그리려고 하는 노력은 비난한다"라는 내용을 담은 '5인의 선언'을 발표한 제자 중 일인으로도 알려져 있다.[33] 그럼에도 기존의 현진건 연구에서는 독일인으로 오인되었을 정도로 한국에는 알려진 바가 없었다.[34]

「나들이」의 저본이 된 것은 1923년에 간행된 일본서 『현대불란서이십팔인집現代仏蘭西二十八人集』 수록 단편 중 하나인 「외출의 날外出の日」이었다.[35] 저본과 역본 관계의 확증은 다음 두 가지에 근거한다. 첫째, 현재까지의 조사에 따르면 이 판본이 동시대에 나온 뤼시앙 데카브 작 「외출의 날」의 유일무이한 일역본이다. 둘째, 문장의 비교 결과 상당한

---

32 谷口武 譯, 『現代仏蘭西二十八人集』, 新潮社, 1923, 100면.

33 송면, 『프랑스문학사』, 일지사, 2002, 296면.

34 "이 작품은 지금까지 독일 작품으로 알려져 있으나, 어떤 근거에서 독일 작품으로 규정되어 왔는지 확인할 수 없다. 작가인 루수안 대카부 역시 독일작가 여부를 확인할 수 없었으며, 작품의 무대는 프랑스의 파리로 되어 있으며, 주인공 이름 또한 '프로란치누'로 독일작품으로 규정할 수 있는 근거를 찾아볼 수 없다."(조진기, 「현진건의 번역소설 연구-초기 습작과정과 관련하여」, 『인문논총』 12, 경남대 인문과학연구소, 1999, 43면) 위와 같이 그 사실을 지적한 조진기도 독일 작품이 아닐 수도 있다는 선에서 의견을 개진할 뿐 프랑스 작가 뤼시앙 데카브를 확정하지는 못하였다.

35 谷口武 譯, 『現代仏蘭西二十八人集』, 新潮社, 1923. 번역자 다니구치 다케시(谷口武)는 여러 외국문학 서적을 번역한 이력을 갖고 있는 교육가이다.

유사점을 발견할 수 있다. 현진건이 번역한 「나들이」의 첫 구절을 저본의 같은 대목과 비교해 보자.

　棄てられて，　そのうへ母となる日も近づいたので—彼女の生ひ立た田舍町での或る時の公開舞踏會が産んだ惡運の結果—フロランタンは，さうした多くの女たちと同じやうに，彼女の沒落の生ける證跡をかくさうとして，パリイへ來たのだつた．彼女は産科院に受容せられた．そこを立ち去るときには，彼女は固い覺悟を定めて出た．[36]

　"속아서, 금일금일 '어머니'가 될 몸으로—그것은 故鄕 舞踏場에서 어든 致命的結果이었다. —프로란치누는 다른 만혼 女子와 가티 墮落의 산 證據를 감추랴고 巴里에 올라와서 어느 産科病院에 들어갓섯다. 그리고, 여긔를 나올 째는 어쩐 단단한 決心을 품고 잇섯다.[37]

　현진건의 기본적인 번역 태도는 의역意譯이었지만, '公開舞踏會'를 '舞踏場'으로, '産科院'을 '産科病院'으로, '證跡'을 '證據'로 옮기는 등 어휘 선택 면의 연결고리는 뚜렷하며, 통사구조의 배열이나 하이픈(—)의 삽입 지점 등도 일치하고 있다. 인용한 첫 대목 외에도 '노부부', '노신사' '에이프런' '증명서' '서기' 등 현진건이 한자나 가타가나 표현을 그대로 옮겨온 예들은 많다.
　그런데 만약 『현대불란서이십팔인집』에 수록된 텍스트가 「나들이」

36　谷口武 譯, 「外出の日」, 『現代仏蘭西二十八人集』, 新潮社, 1923, 101면.
37　루슈안 대카부, 현진건 역, 「나들이」, 『동명』 2(14), 1923.4, 7면.

의 저본이라면 처음에는 뤼시앙 데카브뿐 아니라 나머지 27명 역시 현진건의 선택지로 올라와 있었다는 의미가 된다. 이 작품집에 수록된 나머지 프랑스 작가들도 조선의 문인들에게는 생경했을 것이 분명하다.[38] 그렇기에 「나들이」는 무명인이나 다름없는 이들의 단편 28편 가운데서 특별하게 선택된 단 한 편이기도 했다. 이는 『동명』의 번역 기획에 참여한 다른 이들이 투르게네프, 모파상, 도데, 체홉 등과 같이 대개 세계문학의 거장 계보에 입점해있던 작가의 소설을 내세운 것과 뚜렷한 대조를 이룬다.

「나들이」의 내용은 다음과 같다. 고향 무도회장에서의 하룻밤 인연으로 임신을 하게 된 프로란치누는,[39] 사실을 숨길 요량으로 파리에 상경하여 아이를 출산한다. 이대로 고향으로 돌아갈 수도, 변변한 직장을 구할 수도 없었던 그녀는 딸을 육아원에 맡긴 채 극악한 조건의 노동시장을 전전하게 된다. 육아원에 맡겨진 딸아이는 오직 석 달에 한 번, 그것도 중개인의 입을 통해 생사 여부만 확인할 수 있을 뿐이다. 일정 금

---

38 『現代仏蘭西二十八人集』에 수록된 28편의 제목과 그 저자는 다음과 같다. 1. 最後の訪問(トリスタン・ベルナァル), 2. 理髮師の奇蹟(アンドレェ・ビラボオ), 3. 昔かたぎのお人よし(ルネ・ビゼ), 4. 環境の力(フレデリック・ブウテ), 5. 軍隊の時間(フィスシェ兄弟), 6. ヂタネット(コレット), 7. 遺産(ルウシイ・ドラウーマドルウ), 8. 外出の日(リウシャン・デカヴェ), 9. 土耳古帽(アンリ・チュヴェルノア), 10. 砲塔(クロオド・ファルレエル), 11. かくし(レオン・フラビエ), 12. はじめての短かい上衣(ユウゲット・ガルニエ), 13. たはむれ(ヂイ), 14. 腕時計(アベル・ヘルマン), 15. イサックレキッキイ(シャルルーアンリイ・イルシュ), 16. 逃亡者(エドモン・ヤルウ), 17. 集金人(モオリス・ルヹエ), 18. ブウドービビ『六本筋の陸軍少佐』(アルフレ・マアシャル), 19. 慈善家(ピエール・マク・オルラン), 20. 彼女が死んだ時に(ビネーワルメ), 21. ブウムとズアーブ兵(マルゲリット兄弟), 22. 十三號(ピエール・ミル), 23. わが兄ギイ(マルセル・プレヴォオ), 24. 噂(ミシェル・プロワン), 25. 闘手(ジイ・アッシュ・ロスニ(兄)), 26. 母(ロベエル・シェッフェ), 27. 歸來(マルセエル・チナイル), 28. 寡婦フォアネイ(ピエール・ヴェゼ)

39 일본어 저본의 발음으로는 '프로란탄(フロランタン)'이다.

액의 돈을 모아야 아이를 찾을 수 있건만, 병약한 관계로 그날은 요원하기만 하다. 하지만 어느 날 프로란치누는 인자한데다가 높은 급료까지 제공하는 노부부의 집에 가정부로 들어가게 되고 금세 아이를 찾을 수 있는 돈까지 모으게 된다. 이윽고 맞은 아이 면회의 날, 주인의 허락을 얻어 외출을 다녀온 프로란치누는 묵묵히 저녁준비를 할 뿐이다. 노부부는 평소와는 다른 프로란치누의 음식을 두고, '국솥 위에서 눈물을 흘렸는지 국이 짜다', '오늘' 저녁 요리는 모두 눈물 맛이 난다'는 등의 대화를 주고받는다.

표면적으로 볼 때 프로란치누는 김첨지와는 성별도 다르고 직업적 특성도 차이가 있다. 조진기는 일찍이 체홉의 단편 「우수憂愁」를 「운수 좋은 날」의 원천으로 제시한 바 있는데, 직업이 마부인 「우수」의 주인공은 확실히 인력거꾼 김첨지를 쉽게 연상시킨다. 그러나 조진기의 주장과는 달리 「우수」는 주인공의 직업적 설정 및 가족의 죽음이라는 가시적 유사성 외에는 「운수 좋은 날」과 접목시킬 수 있는 부분이 크지 않다.[40] 반면

---

[40] 조진기 역시 다음과 같이 「우수」와 「운수 좋은 날」의 관련성이 「키스」와 「까막잡기」의 그것과는 크게 다르다는 것을 서술해두었다. "「운수 좋은 날」은 원천이라 할 「우수」에서 매우 많은 변화를 보여주고 있음도 부인할 수 없다. 그것은 우선 「우수」가 매우 짧은 작품인데 비하여 「운수 좋은 날」은 상당히 긴 편이며, 전자가 매우 객관적으로 사건을 제시하고 있는데 비하여 후자는 교차전개의 반어적 구조에 의하여 전개될 뿐만 아니라 그 밑바닥에 일제하 노동자계층의 삶의 양식을 보여주고 있다는 점에서 체홉의 작품에서 벗어나고 있는 것이다." 조진기, 앞의 글(1999), 66면. 기실 이 정도 차이라면 두 소설의 관계를 '원천'이라는 개념으로 포섭하기는 무리가 있다. 그가 유사성으로 제기한 것은 ① 인물의 설정 외에도, ② 주요 사건과 ③ 작품의 분위기가 있다. ①은 전술한 바대로 표면적 유사성이 인정된다. 그러나 ②에 해당하는 '아내의 죽음'(「운수 좋은 날」)과 '아들의 죽음'(「우수」) 역시 죽음 그 자체가 반어적 구조의 정점으로 들어가는 경우(「운수 좋은 날」)와 애초에 그 죽음이 이미 일어난 채 사건이 전개되는(「우수」) 경우로 구분되므로 유사성을 지적하기에 무리가 있다. ③의 경우는 죽음이나 사회구조의 암울함을 다루는 작품의 일반적 특징이므로 결정적 근거로 작용하기는 어렵다.

〈표 7〉「나들이」와 「운수 좋은 날」의 서사 비교

구분	「나들이」	「운수 좋은 날」
생사의 기로에 선 가족을 등진 채하는 주인공	석 달에 한 번 생사만 확인할 수 있는 기관에 아기를 맡겨둔 채 일터를 전전하는 주인공	병이 위독한 아내를 뒤로 하고 인력거를 끌어 나가는 주인공
어느 날 갑자기 찾아온 행운	오랜 고생 끝에 좋은 주인집에 들어가 높은 급료로 일할 수 있는 기회를 잡음	간만에 기이하게 운이 좋은 날을 맞아 많은 손님을 태움
가족을 만나러 감	아기를 찾을 수 있는 돈을 모아 기관을 방문함	아내가 먹고 싶다던 설렁탕을 사서 집으로 돌아감
가족의 죽음으로 무위로 돌아간 행운	외출에서 돌아온 주인공은 넋이 나간 채 눈물 섞인 저녁 요리를 함	아내는 이미 죽어있고 아이는 빈 젖을 빨고 있음

「나들이」와 「운수 좋은 날」은 실질적인 사건의 전개가 거의 일치한다. 주요 내용을 〈표 7〉과 같이 분할해서 비교해 보았다.

주인공은 가족이 언제 죽을지 알 수 없는 상황에서 그들과 분리된 노동의 공간으로 투입된다. 주인공의 최우선 순위는 가족을 먹여 살리기 위한 경제적 문제의 해결, 즉 돈을 버는 것이다. 계속 좋지 않은 상황이 이어졌으나 갑자기 운이 트여 금세 돈을 모으게 된다. 그러나 바로 그 순간은 곧 극도의 상실에 빠지는 순간으로 대체된다. 정작 '수단'이 마련되자 '목적'이었던 가족이 죽음을 맞기 때문이다. 일련의 과정은 우리가 잘 아는 김첨지뿐 아니라 프로란치누에게도 똑같이 일어났다. 아울러, 두 작품은 서사뿐만 아니라 내포된 정서나 인물이 겪는 내면의 갈등 자체도 유사하다. 일부를 인용하여 비교해 보자.

「나들이」

그는 꼭 석 달 만에 한 번씩 그 살창 가까이 들어서자 언제든지 심장이 극렬하게 고동하였다. 증서를 보이었다. 그리고 아무 감각 없는 서기의 얼굴을 더

듣어서 안타깝고 염려스럽고 기가 막히는 말씨를 찾아내려 하였다.

"살아 있다."

그는 인제 그 위에 아무 것도 더 물으려 들지 않았다. 그리고 무어라 말할 수 없는 감사에 채운 가슴으로 그 곳을 나왔다. 그것이 그의 주인으로부터 얻는 유일의 외출의 고뇌이고 또 환희이었다.[41]

「운수 좋은 날」

한 걸음 두 걸음 집이 가까워올수록 그의 마음은 괴상하게 누그러졌다. 그런데 이 누그러짐은 안심에서 오는 게 아니요, 자기를 덮친 무서운 불행이 박두한 것을 두려워하는 마음에서 오는 것이다.

그는 불행이 닥치기 전 시간을 얼마쯤이라도 늘리려고 버르적거렸다. 기적에 가까운 벌이를 하였다는 기쁨을 할 수 있으면 오래 지니고 싶었다.[42]

석 달에 한 번 겨우 아이의 생사만 확인할 수 있는 잔인한 순간 앞에서 망설이는 프로란치누는 아내의 죽음을 예감하고 집으로 돌아가는 것을 저어하는 김첨지와 겹쳐 보인다. 두 캐릭터가 복합적으로 느끼는 공포와 환희가 교차하는 감정 또한 마찬가지다.

서사와 정서 외에도 저자는 다음과 같은 세 가지를 이유로 「나들이」를 「운수 좋은 날」의 원천이라고 판단한다. 첫째, 주제 의식이다. 두 소설은 모두 극빈한 노동자의 비극적 현실을 다룬다. 단순히 이렇게만 서술하면 흔한 주제의 우연적 중첩으로 여겨질 수도 있다. 그러나 번역소

---

41 루쉬안 대카부, 현진건 역, 「나들이」, 『동명』 2(14), 1923.4, 8면.
42 빙허, 「운수 좋은 날」, 『개벽』 48, 1924.6, 144면.

설을 포함한 현진건의 모든 단편을 망라해도 하층민 노동자를 정면에 내세워 노동과 화폐의 교환을 다룬 작품은 「나들이」와 「운수 좋은 날」이 전부이다. 둘째, 시점의 사용 방식이다. 작가 겸 번역가로서의 현진건에게 「나들이」는 3인칭 시점으로 하층민을 서술한 첫 번째 경험이었다.[43] 얼마 있지 않아 그는 창작에서도 3인칭으로 하층민 형상화를 시도하게 된다. 바로 「운수 좋은 날」이었다. 그리고 같은 시도는 이후 「불」, 「정조와 약가」 등에서 이어진다. 셋째, 아이러니 기법을 통한 비극의 극대화 방식이다. 아이러니로 대변되는 현진건의 기교는 늘 탁월했을 것처럼 여겨지지만, 이는 사실 「운수 좋은 날」이라는 현대인의 정전 감각이 만든 착시현상에 가깝다. 진정한 의미에서 작품 한 편 전체를 관통하며 제대로 된 극적 반전을 일구어낸 성과는 「운수 좋은 날」 이전까지 존재하지 않았다.

특히 세 번째 이유와 관련해서는 보다 구체적 설명을 붙일 필요가 있다. 현진건 소설에서 아이러니 기법은 분명 「운수 좋은 날」 이전에도 존재했다. 다만 성격이 달랐다. 가령 1922년 11월에 발표한 「피아노」에서 허세 가득한 부인의 형편없는 피아노 솜씨를 칭찬하는 것은 큰 범주에서야 아이러니라 할 수 있지만 작품 내에서는 지엽적인 요소에 불과하다. 더 주목해야 할 것은 「할머니의 죽음」이다. 이 소설은 「운수 좋은 날」과 마찬가지로 '삶과 죽음이 빚어내는 아이러니'를 형상화하고

---

43 엄밀히 따지자면 첫 번째 번역소설 「행복」(1920.8)이 최초로 3인칭 시점을 사용한 예라 할 수 있지만, 이 번역소설을 발표할 무렵은 아직 현진건에게 작가적 정체성이 부재하던 시기였다. 현진건은 「행복」으로부터 석 달 이후 「희생화」를 내어놓는다. 「가을의 하룻밤」(1922.7) 역시 하층민 캐릭터를 다룬 번역소설이었지만 1인칭이었고 다른 『지새는 안개』, 「피아노」 등의 다른 3인칭 소설들은 하층민을 형상화하지 않았다.

있으면서 발표순으로도 앞서 있다. 물론 「할머니의 죽음」의 경우 결말의 반전에서 기인하는 비극성이 부재한 관계로 결국 「나들이」나 「운수 좋은 날」과는 다른 층위에 놓여있지만, 그럼에도 현진건이 아이러니 기법에 대한 감각을 획득한 후 그것을 자기 작품에 풀어낸 기원을 꼽는다면 그것은 「운수 좋은 날」이 아닌 「할머니의 죽음」이 될 것이다.

그런데 〈표 6〉에서 확인할 수 있듯, 「할머니의 죽음」은 「나들이」의 번역 직후 현진건이 발표한 첫 번째 창작물이었다. 이렇게 보자면, 「나들이」의 번역 체험은 비단 「운수 좋은 날」에만 흔적을 남긴 것이 아니다. 이는 조연현, 윤병로 등을 위시한 기존 연구가 현진건 단편의 내적·형식적 도약 혹은 변신의 기점으로 제시한 「할머니의 죽음」[44]이, 애초에 어떻게 탄생할 수 있었는지에 대한 새로운 설명 방식이기도 하다. 이후 현진건은 「나들이」에서 획득한 단편 양식에 대한 기술적 이해를 바탕으로 더욱 적극적으로 인간과 삶의 양면성을 이야기하게 된다.

이상의 논의에서 「운수 좋은 날」의 특징으로 지적되어온 여러 요소들이 상당부분 「나들이」를 원점으로 하고 있음이 드러났다. 무엇보다, "행운은 더 큰 비극성을 준비하기 위하여 마련된 장치에 불과"[45]했다는 설명으로 대변되는 「운수 좋은 날」의 반어적 구성을 상기하면 그 신빙성은 충분하다. 미루어 볼 때 「까막잡기」의 부기에서 현진건이 말한 "공부 겸해 써본 것"이라는 표현은 「운수 좋은 날」에도 어느 정도 어울릴 법했다. 「운수 좋은 날」은 돌연 탄생한 걸작이 아니라 모델이 존재

---

44 조연현, 『한국현대문학사』, 인간사, 1961(1956), 401면; 윤병로, 「빙허 현진건론」, 『현대문학』 15, 1956, 193면.
45 현길언, 앞의 책, 123면.

하는 학습 결과물에 가까웠다. 이렇듯 「운수 좋은 날」은 「나들이」의 연장선상에 서 있었다.

3. 은폐된 연속성과 「운수 좋은 날」의 고유성

그런데 설령 동일선상에 있던 작품이라 해도, 작품의 개성이라는 측면에서 볼 때 점과 점의 거리는 결코 가깝지 않았다. 이러한 경우 그 연속성 자체가 은폐될 수 있다. 이는 기존의 현진건 및 「운수 좋은 날」 연구들이 「나들이」를 문제 삼은 바 없던 사정과도 맞물려 있다. 말하자면 '거리두기', 혹은 '차별화'의 문제다. 이 지점을 분석하는 작업은 해당 시점에 현진건이 가졌던 문제의식을 선명하게 해줄 수 있다. 엄연히 「운수 좋은 날」은 「나들이」와 다른 작품이었고, 그것은 결국 현진건의 노력이 낳은 결과였다. 「까막잡기」와는 달리 「운수 좋은 날」에는 '작자 부기'가 달리지 않았다. 이는 「운수 좋은 날」이 확보한 고유성을 작가가 긍정했다는 의미이기도 하다.

현진건은 「운수 좋은 날」에서 「나들이」의 '모든 것'을 수용한 것은 아니었다. 그는 이미 한 차례 「나들이」의 '모든 것'을 옮긴 바 있었다. 바로 번역이었다. 다독가多讀家가 아닌 이상 접하기 힘든 외국 소설의 공식 역자로서 이름 석 자를 올린 것이다. 그러므로 「운수 좋은 날」은 충분히 달라야 했다. 그의 의식적인 차별화 노력은 여러 군데에서 확인되지만 여기서는 핵심적이라 할 수 있는 두 가지를 제시하고자 한다.

하나는 엄마와 아기, 남편과 아내라는 관계 설정과 그것을 풀어가는 방식이 다르다는 점이다. '언제 죽을지 모르는 아기'를 위해 고투를 펼치는 '약한 엄마'라는 설정과, '죽어가고 있는 병약한 아내'를 생각하는 '무심하고 독한 남편'이라는 설정은 명백히 다른 해석의 여지를 남긴다. 「나들이」에는 엄마와 아기 사이에 별도의 설정을 넣지 않았다. 아기의 존재는 주인공이 혹독한 노동을 감내하는 명분으로서만 기능한다. 하지만 「운수 좋은 날」에서는 아내의 존재도 중요하다. 김첨지라는 캐릭터가 입체성을 획득하는 것은 병든 아내에게 강퍅하게 굴던 면모가 그의 전부는 아니라는 사실이 후반에 묘사되기 때문이다. 끝의 '설렁탕'이 소설의 여운을 지속시키는 이유도 같은 맥락이다. 전반부의 캐릭터 및 관계의 설정은, 아내의 소원이던 설렁탕을 사왔음에도 결국 주검 앞에서 무너지는 마지막 장면에 이르러 극적인 낙차를 발생시킨다. 이는 「나들이」에는 없는 또 하나의 아이러니적 효과라 할 수 있다.[46] 이 차별화의 시도는 시간을 건너 1960년대 이후 비평사적 재평가와 만나 결국 「운수 좋은 날」이 한국 근대소설의 기교적 대표성을 획득하는 데까지 이르게 된다.[47]

다른 하나는 「나들이」가 생략의 묘를 최대한 살린 압축적 전개를 택

---

46 이재선은 이를 "언술의 표리관계가 일으키는 반어"로 설명한 바 있다. 거의 욕설로 일관되는 아내에 대한 김첨지의 말들은 노동자 신분을 부감하는 기능 외에도 "겉으로는 미워하지만 속으로는 사랑하고" 있는 언술의 표리적 대립을 의도했다는 것이다. 그로 인해 이 소설은 "상황의 아이러니" 외에 또 하나의 아이러니를 장착한 결과가 되었다. 이재선, 「교차 전개의 반어적 구조―「운수 좋은 날」의 구조」, 신동욱 편, 『현진건의 소설과 그 시대인식』, 새문사, 1981, 118면.

47 손성준, 「한국 근대문학사와 「운수 좋은 날」 정전화의 아이러니」, 『한국현대문학연구』 50, 한국현대문학회, 2016 참조.

한 반면 「운수 좋은 날」은 모든 과정과 내막을 펼쳐 보이는 방식을 따른다는 점이다. 이를테면 둘 다 아이러니 기법을 통해 충격을 제공하는 결말을 그려내지만, 전자는 타인의 입을 통해 아이의 죽음을 유추하게 한 반면, 후자는 김첨지가 '직접' 그 죽음과 대면한다. 다음은 두 소설의 마지막 대목이다.

「나들이」

이윽고 방문할 날이 왔다. 그가 늘 말하는 '그 애 보러' 갈 날이 왔다. 주인 마님은 선선히 나들이의 요구를 허락하였다. 그만큼 프로란치누도 즐거이 저녁밥 짓게 되어서 꼭 돌아오겠다고 약속하였다. 그는 그 약속을 어김없이 지키었다. 다섯 시에는 벌써 솥 위에 몸을 구부리고 있었다. 그러나 식탁에서 부인이 웬 셈인지 알 수 없다는 듯이 얼굴을 찡그리고 있었다.

(…중략…)

"국이 어처구니없이 짜군. —필연 국솥 위에서 운 게야."

신사는 농담같이 이런 말을 하였다.

부인도 찬성하였다. 그리고 희롱 삼아 하는 말이,

"그 말씀을 하니 말이지, 오늘 저녁 요리는 모두 그 모양이었어요. 이게나 저게나 모두 눈물 맛이 있었어요.["48]

「운수 좋은 날」

방안에 들어서며 설렁탕을 한구석에 놓을 사이도 없이 주정꾼은 목청을 있

---

48 루슈안 대카부, 현진건 역, 「나들이」, 『동명』 2(14), 1923.4, 8면.

는 대로 다 내어 호통을 쳤다.

"이 오라질년, 주야장천(晝夜長川) 누워만 있으면 제일이야! 남편이 와도 일어나지를 못해."

라는 소리와 함께 발길로 누운 이의 다리를 몹시 찼다. 그러나 발길에 채이는 건 사람의 살이 아니고 나무등걸과 같은 느낌이 있었다. 이때에 빽빽 소리가 응아 소리로 변하였다. 개똥이가 물었던 젖을 빼어놓고 운다.

(…중략…)

"이 눈깔! 이 눈깔! 왜 나를 바루 보지 못하고 천정만 바라보느냐, 응"

하는 말끝엔 목이 메이었다. 그러자 산 사람의 눈에서 떨어진 닭똥 같은 눈물이 죽은 이의 빳빳한 얼굴을 어룽어룽 적시었다. 문득 김첨지는 미친 듯이 제 얼굴을 죽은 이의 얼굴에 한데 비벼대며 중얼거렸다.

"설렁탕을 사다 놓았는데 왜 먹지를 못하니, 왜 먹지를 못하니……괴상하게도 오늘은 운수가 좋더니만……"[49]

두 마지막 장면은 음식을 끌어들인다는 공통점은 있으나 전혀 다른 화법을 구사한다. 「나들이」는 정적이고 압축적인데 반해, 「운수 좋은 날」은 동적이고 세부적인 서술방식을 따른다. 이는 당연히 두 소설이 전혀 다른 느낌을 자아내는 결정적 이유로 작용한다. 이 같은 차이를 만든 의도는 무엇이었을까? 압축의 묘미는 단편 양식의 본질 중 하나이기도 하지만, 1920년대 전반기의 조선 독자에게는 이미 낯선 문예소설을 보다 어렵게 만드는 요소이기도 했다. 또한 상상하도록 유도하는

---

49 빙허, 「운수 좋은 날」, 『개벽』 48, 1924.6, 149~150면.

「나들이」의 방식보다는 「운수 좋은 날」처럼 참상 자체를 펼쳐 보이는 방식이 조선의 당대 현실을 고발하는 데 보다 효율적이었다.

현진건이 「운수 좋은 날」을 통해 시도한 두 가지 차별화 지점은 일정한 지향점을 갖고 있다. 바로 '조선적인 것', 혹은 '조선에 적합한 방식'의 창출이다. 미혼모와 아기의 문제를 남편과 아내의 문제로 변환하는 선택은 결국 후자가 '조선의 독자'에게 보다 큰 울림을 줄 수 있다는 판단에서 나왔을 것이다. 우리가 「운수 좋은 날」을 오래 기억하는 이유 중 하나도 김첨지와 아내의 관계가 한국의 전통적 가정에서 널리 접할 수 있는, 즉 독자가 쉽게 이입 가능한 것이었기 때문이다. 전술한 바와 같이, 아이러니의 효과 역시 이 구도 속에서 극대화될 수 있었다. 이 지점은 보통 「운수 좋은 날」의 '조선적 감수성'으로 회자된다. 「운수 좋은 날」의 또 다른 미덕, 곧 하층민 현실의 사실적 재현 역시 '조선적 배경'이라는 재료로부터 빚어낸 것이다. 이러한 특징들은 「나들이」와의 거리를 확보하는 현진건의 의식적 노력 속에서 심화되어 나타났다.

외래적 원천을 대타항으로 삼는 이러한 차별화는 결국 '조선'이라는 요소를 강력하게 활성화시키는 방향으로 가동되었다. 현진건이 「운수 좋은 날」 직후에 발표한 「불」은 다시금 그 방향성을 계승한 작품으로서, 더욱 확연하게 '조선적'인 색채를 보여주었다. 그리고 얼마 후인 1926년, 그가 펴낸 단편모음집의 제목은 『조선의 얼굴』이었다. 현진건의 기교는 번역 주체로서의 실천 속에서 정초된 것이었지만, 작가의 정체성이 강화되어 갈수록 조선을 향한 탐사가 전경화될 수밖에 없었다. 이는 훗날 그가 역사소설에 천착하게 된 사정과도 무관하지 않을 것이다.

제3장

염상섭의 문체

1. 1920년대의 문체 선회 현상

한국 근대소설 연구에서 문체의 변천에 주목한 논의는 꽤나 풍부한 편이다. 소설의 '문체文體'는 일반적으로 작가 개인의 개성이자 스타일을 이루는 문장의 특성(어휘 선택, 문장 길이, 수사법 등)이나, 가시적으로 구현되는 문장의 제 요소(한자어 비중, 통사구조, 품사 및 시제 활용) 자체를 의미한다. 이 중 근대소설의 형성과정과 관련해서는 후자의 논의가 활발했고, 그중에서도 순국문체와 국한문체라는 이중어문체제와 소설어의 관련 양상은 핵심 화두였다. 대체로 합의를 얻었던 구도는 다음과 같은 것이다. 일단 1900년대의 경우 대개 '신소설'과 '역사전기소설'로 분류되는 텍스트 군이 각기 순국문체와 국한문체라는 구별된 문체적 토대를 가지고 있었다. 1910년대로 넘어가며 전성기를 맞는 신소설과는 달리, 소설어로서 부적합했던 국한문체는 역사전기소설의 종언과 함께 도태되어 갔다. 신소설과 더불어 번안소설들을 통해 확고하게 자리매김해가는 1910년대 순국문체 소설의 주류성은, 최초의 근대 장편으로 공인된 이광수의 『무정』에 이르러 정점을 이룬다. 이 문체적 구도의 계승자는 김동인이다. 1920년대의 김동인은 전대까지 이광수가 성취한 소설 문장에 더욱 토착화된 구어적 요소를 추가한 인물로서 평가되어 왔다.[1] 이렇게 정리하고 보면 언문일치 지향의 순국문체라는 종착점을 지닌, 일련의 근대소설 문체사가 그려진다.

　하지만 문체의 변화 양상은 이러한 단선적 구도로 설명하기 어렵다. 1910년대만 하더라도 유학생들의 단편을 중심으로 한 국한문체 소설이 국문체 소설의 대립항으로 존재하고 있었다.[2] 무엇보다 이러한 구도는 1920년대의 양상을 시야에 넣는 순간 문제점을 노정한다. 특이한 예외를 적용할 필요도 없이, 현재 '정전' 격으로 인정받는 소설의 다수가 위 구도 속에는 포섭되지 않는 것이다. 좀더 구체적으로 말하자면, 『무정』에 이르러 결론이 난 듯해 보이는 '근대소설 = 순국문체'라는 도식은 1920년대로의 진입과 함께 출현한 김동인, 염상섭, 현진건, 나도향 등의 초기 소설에서 보기 좋게 깨어진다. 작가 개인의 편차는 있지만 한글을 전용하는 경우는 찾아볼 수 없으며, 일부는 가히 '한자어의 향연'이라 할 만한 경우도 발견된다. 물론 그들의 국한문체는 한자

1　잘 알려졌듯이 이는 김동인이 「조선근대소설고」(1929)를 통해 스스로에게 내린 평가에서 비롯되었다. 김동인, 「조선근대소설고」, 『김동인 전집』 16, 조선일보사, 1988 참조.
2　양문규, 「1910년대 구어전통의 위축과 국한문체 단편소설」, 『한국 근대소설의 구어전통과 문체 형성』, 소명출판, 2013, 111~120면 참조.

비중이나 어휘 선택, 그리고 통사구조 등의 차원에서 근본적으로 1900년대의 그것과는 궤를 달리하지만,[3] 이 시기에 이르러 한글전용으로 가던 소설 문체의 규범화가 와해된 것은 명백하다.

임형택은 당시 어문질서에서 다시금 국한문체가 강화된 현상의 주된 요인으로 "사회주의가 사고와 실천의 논리로 도입된 점"을 꼽는다. 사회주의를 통해 "식민지 현실을 설명하는 언어"를 학습하여 계몽주의 담론을 극복하고 논설의 시대를 열었다는 것이다.[4] 지식인들이 식민지의 객관 현실을 갈파하는 논리적 글쓰기를 위해 익숙한 한자를 동원하는 것은 필수불가결했을 것이다. 보다 소설에 국한하여 논하자면, 당대의 문체 역전 현상은 일본에서 서구 근대문학과 문예사조를 접한 유학파 진영의 출현과 연관되어 있기도 하다. 이른바 '동인지'와 함께 등단한 그들은 기왕의 조선 문단과 친화할 생각이 없었다. 이광수 소설에 대한 염상섭의 평가는 이와 관련하여 시사하는 바가 있다.

염상섭은 이광수에게 부여되어 있던 조선 문단의 총아 혹은 신문학의 선구자적 지위를 인정하지 않는 '무관심적 입장'을 표명했다. 그는 1919년에 발표한 「상아탑 형께—「정사ㄱㅌ의 작作」과 「이상적 결혼」을 보고」(『삼광』, 1919.12)에서 1918년 봄까지 이광수의 이름도 몰랐다는 사실을 밝히고서, "여하간 그같이 숭배와 찬양을 받고, 또 유치한 신흥하려는 문단일망정 잡지 부스러기나 보는 형제의 입으로, '대천재・대문호'라는 칭호까지 받들어드리는 그이의 작품이 어떠한가 하는 큰 기

---

3   임형택은 이를 "근대적 국한문체"라고 칭했다. 임형택, 「소설에서 근대어문의 실현 경로」, 『흔들리는 언어들』, 성균관대 출판부, 2008, 236면.
4   위의 글, 234~235면.

대와 호기심을 가지고, 묵은 잡지를 얻어다 놓고 두어 가지쯤 읽어보았소이다. 그러나 나는 만족한 감흥을 얻음보다도 실망함이 오히려 많았소이다"[5]라고 덧붙인다. 몇 년 후에 쓴 「문단의 금년, 올해의 소설계」(『개벽』, 1923.12)에서의 이광수 평가도 비슷하다.[6]

그는 그동안 이광수 소설에 대해 별다른 관심을 기울이지 않았다는 점을 의도적으로 환기하고 있다. 게다가 어쩌다 읽게 된 것은 실망만을 안겼는데, 그 이유는 애초에 '문예' 작품이라 보기 어렵다는 것이다. 조선의 문청들은 자신들이 문예라고 생각하는 새로운 작품을 쓰고자 했고 이를 통해 조선 문단을 재편하고자 했다. 결국 관건은 '문체'가 아닌 '내용'이었다. 하지만 자신의 의지를 관철할 '내용'을 담아내기 위해서는 그에 적합한 '문체'가 절실했다. 일본어를 경유한 서구 근대문학을 학습한 당시의 그들에게, 순국문체는 애초에 근대소설의 에크리튀르 écriture와는 간극이 컸다.

그런데 저자가 보다 주목하는 것은 그 이후다. 조선 문단에서 새로운 주류를 형성하기 시작했던 세대들 또한 1924년을 전후로 약속이나 한 듯 순국문체 소설을 집중 생산하게 되는 것이다. 이로 인해 전술한

---

5 한기형·이혜령 편, 『염상섭 문장 전집』 I, 소명출판, 2013, 54면. 이하 염상섭 글의 인용에서 앞의 『염상섭 문장 전집』의 현대어 표기를 그대로 가져올 경우 '『문장 전집』 I, 00면'과 같이 약식으로 표기한다.

6 "이광수 씨에 대하여는 별로 아는 것이 적다. 『무정』이나 『개척자』로 문명(文名)을 얻었다는 말과, 『동아일보』에 『선도자』를 연재할 때에 '그건 강담이지 소설은 아니라'라고 재미없는 소리를 하는 것을 들었고, 또 씨의 유창한 문장을 보았을 뿐이다. 소위 예술적 천분이 얼마나 있는지 나는 모른다. 기회 있으면 상기한 장편을 보겠다는 생각은 지금도 가지고 있다. 그러나 이번에 본 「거룩한 죽음」은 나에게 호감을 주었다는 것보다는 실망에 가까운 느낌을 받게 한 것을 슬퍼한다. 일언(一言)으로 폐(蔽)하면 문예의 작품이라는 것보다는 종교서의 일절(一節)이라거나 전도문(傳道文) 같다." 『문장 전집』 I, 287면.

1920년대 한국소설에서 나타나는 문체의 선회 현상은 또다시 뒤집어지게 된다.[7] 처음의 문체 역전이야 신진 문인들이 가졌던 문제의식으로 설명한다 해도, 이러한 문체의 '재역전 현상'은 어떻게 설명해야 할 것인가?[8]

설명할 방법이 아예 없는 것은 아니다. 해당 시점에 이르러 그들 또한 '대중' 또는 '독자'를 본격적으로 의식하기 시작했다는 것이다. 1920년대는 여성 및 아동이 근대 미디어의 새로운 독자층으로서 적극적으로 포섭된 시기다. 개벽사는 1923년 3월에 『어린이』를, 동년 9월에 『신여성』을 창간하여 여성과 아동을 겨냥한 전문화된 독자 맞춤 전략을 펼쳤고, 『동아일보』의 경우 1924년에서 1925년 사이 학예면에 여성과 아동, 문예 지면이 뿌리를 내리게 된다.[9] 이러한 정황을 고려하면 1924년경 본격화되는 소설의 한글전용 흐름은 1900년대 계몽 담론의 1920년대 버전이라는 측면에서 이해할 수 있다. 1900년대에도 『가정잡지』처럼 여성을 대상으로 한 잡지는 순국문체였고, 소년층을 염두에 둔 『소년』의 문체

7　이 현상을 먼저 화두로 올린 것은 임형택이다. "그렇다면 논설과 나란히 국한문체로 출발했던 근대소설이 한글전용으로 선회한 것은 언제이며, 거기에는 또 어떤 계기가 있었을까? 이 의문점은 실증적인 조사를 요하는 사안이다. 저자 자신이 실사한 바로 1924년이 획기적인 전환점이었으며, 1925년에서 1926년으로 가면 소설의 문체는 국문체가 이미 주류적으로 바뀌었다는 답을 얻었다. (…중략…) 일반적 글쓰기의 여러 형식들은 물론이고 문학적 글쓰기도 대체로 이 근대적 국한문체였다. 소설 역시 근대적 국한문체로 함께 출발을 하였다가 이내 한글전용으로 선회한 것이다." 임형택, 앞의 글, 235~236면.

8　임형택 역시 이 문제를 규명하는 것이 쉽지 않다는 것을 고백한 바 있다. "하필 1924년의 시점에서 유독 소설 장르에서 한글전용으로 선회하는 현상이 일어난 이면에 어떤 기제가 작동을 하였는지, 의문점에 대한 해답을 나는 아직 발견하지 못했다." 위의 글, 236~237면.

9　이혜령, 「1920년대 『동아일보』 학예면의 형성과정과 문학의 위치」, 『대동문화연구』 52, 성균관대 대동문화연구원, 2005, 109~110면.

도 이전과는 확연히 차별화된 면모를 보였다. 『라란부인전』, 『애국부인전』 등 여성의 독물로 기획된 것이 대개 한글전용을 따랐음은 물론, 신소설을 포함하여 '소설'이라는 기표 자체가 대중성 획득을 위한 전제조건으로 기능하며 국문표기를 전제로 하고 있었다. 이상의 기획은 역설적으로 한문소양의 남성 지식인들에 의해 이루어졌다.[10] 이 구도는 1920년대에도 되풀이된다. 이혜령은 "여성과 아동을 위한 계몽의 실천은 사실상 그들을 대표하고자 하는 미디어적 주체가 수행하는 두 존재에 대한 지식의 생성과정"이었다고 지적하며, "여성과 아동에 대한, 이들을 위한 지식의 창출과 정체성 구성의 주도권이" 당사자에게 존재하지 않았던 1920년대 상황을 서술했다.[11] 이때 주도권을 지닌 '미디어적 주체'에게 있어 순국문은 전략적 언어였다. 결국 소설을 국문의 영토로 삼는다는 의식 속에는 이렇듯 적극적으로 대중을 포섭하고자 했던 미디어의 방향성과, 그에 대한 작가의 동조가 깔려있다. 물론 작가에게 있어 독자의 비중은 미디어 전략과는 별도로 강화되어갔을 여지도 있다. 그렇다면 전자의 경우 그 의식의 근저에는 '생계의 문제'[12]가, 후자의 경우에는 '문학관' 자체의 변화가 놓이게 되겠지만, 이 둘은 경계는 어차피 희미할 것이다.

하지만 이러한 대답은 여전히 충분치 못하다. 우선, 어째서 미디어들은 이른바 문화정치로 빗장이 풀린 직후부터 그러한 독자 전략을 가동시키지 않았는가? 다시 말해, 이상의 구도만으로는 『동아일보』, 『조선일

---

10 이 책 제1부 제1장을 참조.
11 위의 글, 110면.
12 식민지 작가들의 현실이 열악했다는 것은 주지의 사실이며, 1920년대는 문학 텍스트를 시장 가치로 환산하는 문제의식들이 문인들의 회고나 작품 속에서 본격적으로 등장하던 시기이기도 하다. 이를테면 현진건의 「빈처」(1921), 조명희의 「땅 속으로」(1925) 등을 들 수 있다.

보』, 『개벽』 등이 초창기에 창작이나 번역을 망론하고 높은 한자어 비중의 국한문체 소설을 지속적으로 게재한 현상을 제대로 설명해내지 못한다. 여기에 '시행착오론'을 내세우는 것은 근대 인쇄매체의 본질이라 할 독자 획득의 욕망을 경시하는 것이 된다. 더구나 신소설과 번안소설, 그리고 『무정』에 이르기까지 순국문소설과 깊은 친연성을 맺고 있던 『매일신보』의 사례가 생생하던 당시였다. 다음으로, 집필 초기의 신진 문인들이 과연 그때에는 독자의 눈에 무심했느냐라는 반론도 가능하다. 이를테면 현진건의 경우 『개벽』에 첫 창작소설 「희생화」(1920.11)를 발표한 직후의 설렘, 그리고 황석우의 혹평으로 인한 분노와 좌절을 회고한 바 있는데,[13] 이러한 반응은 외부 시선에 대한 민감함 없이는 나타날 수 없는 것들이다. 그러나 「희생화」는 어려운 한자어를 수반한 국한문체였다.[14] 다른 한편, 문체 선회 현상을 '독자론'으로써만 답할 경우의 가장 큰 문제는 결국 의문이 원점으로 회귀한다는 것이다. 만약 문체의 순국문 주류성이 독자 중시에서 비롯된다고 할 때, 과도기를 종식시킨 실질적 계기는 무엇인가? 즉, 왜 하필 1924년쯤에 이르러 독자에 대한 인식이 동시다발적으로 강해지는가의 문제다.

혹시 질문의 방식이 그릇된 것은 아닐까? 문체 변화의 진상에 접근할 때 특정 '시기'나 '계기'에 집중하는 것은 과연 유의미한가? 오히려

---

13 현진건, 「처녀작 발표 당시의 감상―「희생화(犧牲花)」」, 『조선문단』, 1925.3.

14 물론 「희생화」에서의 현진건 문제는 염상섭 등과 비교해 보면 상대적으로 한자어 비중이 크지 않다. 그러나 당시의 현진건 또한 상용어로 보기 힘든 한자어까지 동원했다는 것은 명백한 사실이다. 「희생화」의 마지막 대목을 예로 들어둔다. "玉肌도 타버리고 紅顔도 타버리고 錦心도 타버리고 繡腸도 타버린다! 방안에 켯던 燭불 홀연이 꺼지거늘 웬일인가 삷혀보니 초가 벌서 다 탔더라! 兩頰이 젓던 눈물 갑작이 마르거늘 무슨 緣由 못젯더니 숨이 벌서 끈첫더라!"

신新문체의 정착이란 부차적으로 가시화된 현상이 아니었을까? 문체 변화의 핵심은 결국 과정에 있기 때문이다. 문체는 필요에 따라 즉각 교환 가능한 상품이 아니다. 새로운 문체란 그 자체가 실험과 실험의 연속을 통해 정련되어 나타나는 것이다. 그렇다면 1924년이 새로운 출발선으로 보이는 것은 일종의 착시일 수 있다. 문체 전환기에 나타나는 일련의 징후들은 분명 과도적 형태로 존재할 것이다.

이상의 문제의식 속에서 본 장은 염상섭의 문체 변화에 주목한다. 익히 알려져 있듯, 염상섭의 초기 소설 문장은 당대의 신진 중에서도 극단적이라 할 만큼 한자어 비중이 높았다. 하지만 그랬던 그조차 문체의 재역전 현상에 동참하게 된다. 따라서 체감되는 염상섭 문체의 변폭은 더 크게 다가온다. 염상섭의 문체 변화에 초점을 맞춘 연구들은 공통적으로 이 지점을 의식할 수밖에 없었다.[15] 그러나 해당 연구들의 시선이 닿지 않은 부분이 있다. 바로 번역의 문제다. 이하에서는 염상섭의 사례를 중심으로 1920년대 소설의 문체 선회 현상에 작가들의 번역 체험이 핵심 변수로 놓여있었다는 것을 밝히고자 한다.[16]

---

15 해당 논의를 검토하기 위해 저자가 참조한 연구들은 다음과 같다. 정한모, 「염상섭의 문체와 어휘구성의 특성 - 형성과정에서의 그의 가능성을 중심으로」, 『문학사상』 6, 문학사상사, 1973; 서정록, 「염상섭의 문체연구」, 『동대논총』 8(1), 동덕여대, 1978; 김정자, 「1920년대 소설의 문체」, 『한국 근대소설의 문체론적 연구』, 삼지원, 1985; 강인숙, 「염상섭편」, 『한국 근대소설의 정착과정 연구』, 박이정, 1999 등.

16 번역과 번안이 근대소설의 문체형성과 직결된 문제임은 정선태, 박진영 등에 의해 예전부터 지적된 바 있다(정선태, 「번역과 근대 소설 문체의 발견 - 잡지 『少年』을 중심으로」, 『대동문화연구』 48, 성균관대 대동문화연구원, 2004; 박진영, 「한국의 번역 및 번안 소설과 근대 소설어의 성립 - 근대 소설의 양식과 매체 그리고 언어」, 『대동문화연구』 59, 성균관대 대동문화연구원, 2007). 해당 연구들은 번역을 문제 삼는다는 전제 자체는 이 글과 일치하지만 방법론적으로는 상이한 연구들이라 할 수 있고, 무엇보다 1920년대는 연구 대상으로 하지 않았다.

2. 번역과 한자어의 타자화

염상섭은 평론으로 먼저 이름을 알렸고, 1921년 「표본실의 청개구리」로 등단한 이후 식민지시기의 대표적인 소설가로 성장했다. 그런데 1920년대 전반기의 그는 고급 번역가이기도 했다. 현재까지 제출된 방대한 분량의 염상섭 연구 가운데 그의 번역 활동을 조명한 사례는 소수에 불과하며, 그 연구들도 염상섭의 번역 체험을 작가로서 발돋움 과정과 접맥시키는 방식은 아니었다.[17] 현재까지 알려진 염상섭의 번역소설 여섯 편 중 다섯 편은 공교롭게도 그의 글쓰기가 자리를 잡아가던 1922년에서 1924년 사이에 발표되었다. 하지만 이러한 문제성에도 불구하고 이들 번역소설은 저본 확정조차 이뤄지지 않고 있다가 근자에 와서야 약간의 진전이 보이는 정도다. 저자는 최근 수행한 염상섭 연구를 통해, 번역 대본을 확정하고 그의 번역이 저본에 충실하다는 것과 조선어 선택 및 절제된 한자어 사용 등에서 별도의 노력이 나타난다는 점을 다룬 바 있다.[18] 여기서는 이 문제를 염상섭 초기 소설과의 상관관

---

17 김경수, 「염상섭 소설과 번역」, 『어문연구』 35(2), 한국어문교육연구회, 2007; 송하춘, 「염상섭의 초기 창작방법론─『남방의 처녀』와 『이심』의 고찰」, 『현대문학연구』 36, 한국현대소설학회, 2007; 오혜진, 「"캄포차 로맨쓰"를 통해 본 제국의 욕망과 횡보의 문화적 기획」, 『근대서지』 3, 근대서지학회, 2011; 정선태, 「시인의 번역과 소설가의 번역─김억과 염상섭의 「밀회」 번역을 중심으로」, 『외국문학연구』 53, 한국외대 외국문학연구소, 2014 등.

18 손성준, 「텍스트의 시차와 공간적 재맥락화─염상섭의 러시아 소설 번역이 의미하는 것들」, 한기형·이혜령 편, 『저수하의 시간, 염상섭을 읽다』, 소명출판, 2014. 하지만 당시의 초점은 번역을 통한 메시지 발화에 있었기 때문에 번역 태도와 관련해서는 기본적인 언급만을 해두었을 뿐이다.

계로 확대시켜 고찰해 보고자 한다.

먼저 염상섭이 진정성을 갖고 번역에 임하게 된 배경을 이해할 필요가 있다. 이는 그의 첫 번째 번역소설 「사일간四日間」이 실린 『개벽』의 「세계걸작명편 개벽 2주년 기념호 부록」이라는 지면을 통해 유추 가능하다. 염상섭의 「사일간」은 유명 문인들이 각자의 애독 작품을 직접 번역하는 이 기획의 일부였다. 염상섭 외에도 김억, 현철, 현진건, 방정환, 김형원, 변영로 등 총 7인이 참여한 이 기획에는 시, 소설, 희곡에 걸쳐 10여 편의 작품이 소개되었다. 기획 취지문에 따르면, 『개벽』은 "명역"이 가능한 "일류"들을 안배하여 작품 선정은 각자에게 일임하되, 번역 수준에 있어서는 "대단한 등명대燈明臺"가 될 만한 것을 요청했다. 거기에 본 기획에서 준비한 번역의 수준이 "가장 자신 있는 명역이라고 자천自薦"한다고 공언할 정도였으니, 참여자들에게 이 작업은 자존심과도 직결된 문제라 할 수 있었다. "번역을 한다고 날뛰는" 저류들을 부끄럽게 할 만한 수준은 물론이고, 함께 역재譯載하는 문인들 간의 암묵적 경쟁도 예상되는 상황이었다.

「밀회密會」가 실린 『동명』의 지면 역시 주어진 조건은 대동소이했다. 「밀회」는 1923년 4월 1일자 『동명』(제2권 14호)의 '문예文藝'라는 항목 아래 배치된 여러 작품 중 하나였다. 『동명』에서 이같이 집중적으로 번역문학을 소개한 전례는 없었다. 총 9명이 각 한 편씩의 소설을 담당했으며, 해당 호의 총면수인 16면(표지, 광고 제외) 중 13면을 본 기획이 채울 정도였다.[19] 당시 『동명』의 기자였던 염상섭과 현진건을 비롯하여

---

19 이 기획의 번역자 및 작품 전반에 대해서는 이 책의 제2부 2장 참조.

변영로까지는 전년도 『개벽』 특집에 이어 다시 이름을 올렸다. 매체의 특성상 최남선과 교분이 있는 문인들이 가세하여 진용상의 지명도는 오히려 전년도 이상이라 할 수 있었다. 여러모로 『개벽』의 기획을 참조한 듯한 본 기획 역시, 번역에 참여하는 문인으로서는 부담을 가질 수밖에 없는 자리였다. 요컨대 「사일간」과 「밀회」의 번역이 놓여있던 이상의 사정은 염상섭의 문체에 여러 가지 변화를 야기하기에 충분했다. 염상섭은 저본에 충실하면서도 그것을 제대로 된 조선어로 구사하는 데 노력을 경주했을 것이다.

이제 실질적인 문체의 비교로 들어가 보자. 이른바 '염상섭 초기 3부작'인 「표본실의 청개구리」, 「암야」, 「제야」는 1921년에서 1922년에 걸쳐 발표된 것들이다. 이들의 경우, 한자어가 높은 비중을 차지하고 있으며, 문어체투 자체도 사실상 염상섭이 평론에서 구사하던 것과 거의 변별되지 않았다.[20] 그런데 동시기에 나온 「사일간」의 경우는 한자 노출의 비중이 현격히 떨어진다. 다음은 ① 등단작 「표본실의 청개구리」(1921.8~10)와 ② 세 번째 단편인 「제야」(1922.2~6), 그리고 ③ 「제야」 직후에 나온 「사일간」(1922.7)의 문장들을 연속하여 배치한 것이다.

①

　　東西親睦會 會長,―世界平和論者,―奇異한 運命의 殉難者,―夢現의 世界에서 想像과 幻影의 甘酒에 醉한 聖神의 寵臣,―五慾六垢, 七難八苦에서 解脫하고, 浮世의 諸緣을 저버린 佛陀의 聖徒와, 嘲笑에 더럽은 입술로, 우리는 作別

20　이는 이미 여러 논자들에 의해 언급된 사실이다. 이를테면 정한모, 앞의 글, 271면; 강인숙, 앞의 글, 264면 등.

의 人事를 바꾸고 울타리 밧그로 나왓다.

울타리 밋까지 나왓던 나는, 다시 돌쳐서서 彼에게로 향하얏다.[21]

②

果然 6年間의 東京生活은 家庭에서 經驗한 것과도 또 다른 華麗한 舞臺이엇습니다. 나의 압헤 모여드는 形形色色의 靑年의 한 떼는, 寶玉商陳列箱압헤 선 婦人보다도, 나에게는 더 燦爛하고 滿足히 보엿습니다. 그들 中에는 音樂家도 잇섯습니다. 詩人도 잇섯습니다. 畵家도 잇섯습니다. 小說家도 잇섯습니다. 法律學生, 醫學生, 獨立運動者, 社會運動者, 敎會의 職員, 神學生... 等, 各方面에. 아즉까지 안혼 生닭알이지만 그래도 朝鮮社會에서는, 제가끔 족음 或은, 知名의 士라는 總中이엇습니다. 美男子도 잇거니와 醜男子도 잇고 紳士나 學者然하는 者도 잇거니와 粗暴한 學生틔를 벗지 못한 者도 잇섯습니다. 神經過敏한 怜悧한 者도 잇고 鈍物도 잇습니다. 豊饒한 집 子弟도 잇고 貧窮한 書生도 잇습니다. 그러나 어떠한 男子던지, 各其 特色이 업는 것이 업섯습니다. 多少라도 好奇心을 주지 안는 男子가 업섯습니다.[22]

③

애 이것 별일이다. 암만해도 업드러저 잇는 모양인데, 눈을 가리는 것이라구는, 단지 손바닥만한 지면뿐. 족으만 풀이 몃 닙사귀하고, 그중 한 닙사귀를 딸하서, 걱구루 기여 나려오는 개미하고, 작년에 남은 말은 풀의 기념인듯한 쓰레기 한줌 쯤 되는 것, ─이것이 그때의ㅅ 眼中의 小天地이엇다. 그것을 외

21 염상섭, 「표본실의 청개구리(2)」, 『개벽』 15, 1921.9, 150면.
22 염상섭, 「제야(2)」, 『개벽』 21, 1922.3, 46면.

쪽 눈으로 보기 때문에, — 한편 눈은 무엇인지 단단한 나무가지 가튼 것에 눌니우고, 게다가 또 머리가 언치랴고 하는 고로 여간 거북하지 안타. 몸을 좀 움즉어리랴도, 이상도하게 조금이나 꼼짝할 수 잇서야지. 그대로 잠간 지냇다. 굿드래미가 우는 소리하고 벌(蜂)이 붕붕하는 소리 외에는 아모 것도 들니지 안는다. 조금 잇다가 한바탕 고민을 하고 나서 몸 알에에 깔니엇든 오른 손을 겨오 빼여가지고, 두 팔쭉지로 몸을 밧치면서 니러나랴 하야섯지만, 다른 것은 고사하고, 송굿으로 비비는 것가티, 압흔 病이 무릅에서 가슴과 머리로, 꾀뚜르는 것처럼 치미러 올라서, 나는 다시 걱구러젓다. 또 우밤중 가티 前後不覺이다.[23]

①과 ②에서 나타나는 비교적 일관된 한자어 사용 방식과, ②와 시간 차가 거의 없는 ③에서 나타나는 그것에는 현격한 차이가 있다. 「사일간」의 문체가 염상섭 본인에게 얼마나 이질적이었는지를 알 수 있는 대목이다. 물론 전체의 일부를 취사선택한 것들이라 또 다른 부분들을 비교한다면 차이의 정도는 달라질 수 있지만, 전반적 양상은 비슷하다.

그렇다면 염상섭 소설이 한글전용으로 자리잡은 기점은 언제였을까? 〈표 8〉은 1921년부터 25년까지 염상섭이 발표한 창작과 번역을 함께 나열한 것이다. 정리한 바대로 염상섭 소설의 순국문체 사용은 「해바라기」(『동아일보』 1923.7.18~8.26)부터라 할 수 있다. 순국문체로 분류한 소설들 역시 한자가 등장하기는 한다. 하지만 괄호로 병기될 뿐이며, 그마저도 소수에 불과하다. 중편에 해당하는 「해바라기」에는 총 33회의 한자

---

23 염상섭, 「사일간」, 『개벽』 25, 1922.7, 부록 4면.

연도	제목	문체	매체	발표 시기
1921	표본실의 청개구리	국한문체	『개벽』	1921.8~10(1921.5 작)
1922	암야	국한문체	『개벽』	1922.1(1919.10.26 작)
	제야	국한문체	『개벽』	1922.2~6
	① 사일간(가르신)	국한문체	『개벽』	1922.7
	묘지(미완)	국한문체	『신생활』	1922.7~9
	E선생	국한문체	『동명』	1922.9.17~12.10
1923	죽음과 그 그림자	국한문체	『동명』	1923.1.14
	② 밀회(투르게네프)	국한문체	『동명』	1923.4.1
	③ 디오게네스의 유혹 (빌헬름 슈미트본)	국한문체	『개벽』	1923.7
	해바라기(신혼기)	순국문체	『동아일보』	1923.7.18~8.26
1924	너희들은 무엇을 얻었느냐	순국문체	『동아일보』	1923.8.27~1924.2.5
	잊을 수 없는 사람들(미완)	순국문체	『폐허이후』	1924.2
	금반지	▼국한문체	『개벽』	1924.2(1924.1.15 작)
	만세전(「墓地」의 재연재)	▼국한문체	『시대일보』	1924.4.6~6.7(1923.9 작)
	④ 남방의 처녀(원작자 미상)	순국문체	『단행본』	1924.5.1(1923겨울 역)
	⑤ 쾌한 지도령(알렉상드르 뒤마)	순국문체	『시대일보』	1924.9.10~1925.1.3
1925	전화	순국문체	『조선문단』	1925.2 (1924.12 작)
	난 어머니	순국문체		1925.2 (단편집『해방의 아들』(1949) 수록)
	검사국대합실	순국문체	『개벽』	1925.7(5.27 작)
	고독	순국문체	『조선문단』	1925.7(6.15 작)
	윤전기	순국문체	『조선문단』	1925.10(9.18 작)

어 병기가 확인되고, 장편인『너희들은 무엇을 얻었느냐』는 「해바라기」
보다 약간 높은 비율로 등장하는 수준에 그친다. 「잊을 수 없는 사람들」
의 경우 한자어의 등장은 한 차례도 없다.

　「해바라기」의 문장은 분명 새롭다. 그러나 갑자기 탄생한 것은 아니다. 염상섭은 「해바라기」를 빚어내기 직전 연달아 두 번의 번역을 체험했다. 투르게네프 원작의 「밀회」와 빌헬름 슈미트본 원작의 「디오게네스의 유혹」이 그 대상이다. 「해바라기」의 발표시기에 보다 근접해있는 후자의 일부를 통해 그 성격을 살펴보자.

에톤. 인젠 개도 너 갓혼 놈은 무서워는 안 한다.
('띄오게네쓰' 꼼짝도 안이하고 섯다.)
카도모쓰. 야, 새빨간 빗이 옷에 내비치네. 목아지로 기어올라가서, 저거 봐 귀ㅅ밋까지 갓네. 저거 봐. 살쩍까지 갓네.
띄오게네쓰. 잠간 가만 잇거라. 아즉 웃기에는 좀 이르다.
이아슨. 뭐라구. 무얼 우물쭈물하니.
띄오게네쓰. 업시녀김을 밧는 것은 내가 안이라 너희들이다.
教師. 우리들이 업시녁임을 밧는다구. 웨 그런가 말을 해.
띄오게네쓰. 저 계집애가 나를 사루잡은 게 안이다.
에톤. 글세, 너를 안이구, 누굴를 사루잡엇단 말이야. 우리들이나 사루잡은 듯 십흐냐.
카도모쓰. 그러치 안으면 네가 저 계집이나 사루잡은 듯 십흐냐.
띄오게네쓰. 그래. 저 계집을 사루잡은 것은 내다. 精神을 차리고 잘 보아라. 얘 이리 온.
('이노' 두 팔을 나리고 가만히 섯다.)
이아슨. 꾀두 네가 하는 소리를 잘두 들을라.
띄오게네쓰. 자, 좀 기대려보렴. 좀 잇스면 올 테니.[24]

표면상 국한문체이지만 한자어는 제한적으로 등장하고, 노출된 한자 자체도 평이한 수준이다.[25] 사실상 한자를 괄호 속에 넣지만 않았을 뿐 순국문체의 느낌에 가깝다. 무엇보다 「디오게네스의 유혹」은 대부분의 내용이 대화인 '희곡의 번역'이었다. 「사일간」은 독백이나 회상이 주가 되고 「밀회」의 경우 대화가 없는 것은 아니나 정경 묘사와 '나'의 독백 비중이 크다. 이로 미루어, 염상섭은 세 번째 번역인 「디오게네스의 유혹」에 이르러 구어식 발화가 소설에 적용되는 형태를 다양하게 훈련할 수 있었을 것이다. 직후에 나온 「해바라기」가 한자를 거의 배제한 평이한 문장과 많은 분량의 대화를 선보일 수 있었던 것은 단순한 우연이 아니다. 염상섭이 『동아일보』의 소설 활용 전략에 대응하는 가운데 문체적 변화를 일구어냈다는 설명도 타당하지만,[26] 그것만이 강조된다면 그 결과에 도달하기까지 있었던 작가 개인의 체험이 은폐될 수 있다. 매체는 문체 변화를 추동하는 직접적 계기였다기보다 이미 정련되고 있던 실험적 글쓰기를 본격적으로 펼쳐 낼 수 있는 장場을 마련하는 역할을 했다. 이광수의 「선도자」가 순국문체로 연재되던 『동아일보』 1면의 소설란을 염상섭이 「해바라기」로써 계승할 수 있었던 배후에는, 일련의 번역을 통한 문체적 자극과 거기서 비롯된 실험들이 먼저 존재했다.

한편, 「해바라기」 이후에도 두 차례의 국한문체 소설이 등장하는 것이 이채롭다(▼표기). 바로 「금반지」와 「만세전」이다. 「금반지」의 경우,

---

24 빌헬름 슈미트본, 염상섭 역, 「『띄오게네쓰』의 誘惑」, 『개벽』, 1923.7, 53면.

25 물론 인용문 이외의 내용에서 더 다양한 한자들을 발견할 수 있다. 하지만 역시 '通', '先生', '時間', '森林' 등 상용어에서 벗어나지 않는 수준이며, 한 번 등장한 것이 재등장하는 패턴을 보이기도 한다.

26 이희정・김상모, 「염상섭 초기 소설의 변화 과정 고찰―매체와의 상관성을 중심으로」, 『한민족문화연구』 38, 한민족문화학회, 2011.

「해바라기」 직전의 창작인 「죽음과 그 그림자」만큼 한자의 존재감이 크지는 않지만 '괄호 병기'가 아니라 직접 노출의 형태를 띠고 있고, 단편이면서도 한자어 노출 횟수는 중편 「해바라기」의 33회를 훨씬 뛰어넘는다(150여 회). 이는 당연히 「금반지」 이전에 「해바라기」, 『너희들은 무엇을 얻었느냐』, 「잊을 수 없는 사람들」 등에서 보여준 흐름에 역행하는 것이다. 여기서 우리는 개인의 소설어조차 일정한 흐름에 따라 정착된 것이 아니라 여러 변수의 작용 속에서 착종錯綜된 것임을 확인할 수 있다. 「금반지」의 경우, 변수는 『개벽』이라는 매체였을 것이다. 『개벽』이 소설의 한자를 괄호처리하기 시작한 것은 1924년 6월 호(제48호)부터였다.[27] 따라서 1924년 2월에 게재된 「금반지」는 애초에 한자어를 노출해도 좋은 상황이었는데, 이로 말미암아 염상섭 본연의 문체와 그가 생각하는 소설 문체 사이의 긴장이 경감되었을 가능성이 크다.

하지만 1925년이 되면 한자어는 다시 한번 눈에 띄게 격감한다. 「전화」 9회, 「검사국대합실」 8회, 「난 어머니」 5회, 「고독」 2회, 「윤전기」 9회 등이 경우 모두 10회 이하의 괄호 병기만이 확인될 뿐이다. 강조해야 할 것은 「금반지」와 그 이후에 나온 위의 작품들 사이에도 번역이 놓여있었다는 사실이다. 이때 나온 『남방의 처녀』나 『쾌한 지도령』은 모두 철저히 한글전용이 관철된 케이스였으며 한자어는 괄호 병기로 극소수가 확인될 뿐이다. 특히 거의 넉 달간 연재한 『쾌한 지도령』의 번역은 순국문체 소설 쓰기를 더 깊이 체화하는 계기가 되었을 것이다. 아울러 『쾌한 지도령』 직전에 같은 『시대일보』에 발표한 염상섭 소설

---

27 그 이후로도 괄호 없이 한자어가 노출된 소설이 종종 등장하지만, 흐름상 한자가 병기된 순국문이 주를 이룬다. 이에 대해서는 임형택, 앞의 글, 235~236면 참조.

이 높은 한자어 노출 빈도를 가진 「만세전」이었다는 사실을 환기해둔다. 비록 「만세전」의 실제 탈고일은 다시 여러 달 이전으로 소급되지만, 발표는 『쾌한 지도령』과 불과 석 달 정도의 간격으로 이루어졌다. 이는 단일 매체 속에서도 독자층의 이원화를 염두에 둔 문체의 선택적 구현이 가능했다는 뜻이다. 염상섭에게 있어서 『쾌한 지도령』은, 「만세전」과는 다른 새로운 독자층의 획득을 의미했다. 연재 매체가 동일했으니 그에 대한 체감은 더욱 뚜렷했을 것이다. 순국문체 소설 쓰기에 적응해가는 과정은 독자와 콘텐츠에 대한 감각을 보다 유연하게 만드는 과정이기도 했던 것이다.

3. 3인칭 표현의 재정립

번역에서 촉발된 문체 변화는 단순히 한자어 노출 빈도의 축소로만 국한되지 않는다. 염상섭은 번역 과정에서 끊임없이 스스로가 구사하던 조선어 활용의 임계점을 깨닫고 그 경계를 조정해나갔을 것이다. 이는 이제 막 소설가로서의 행보를 시작한 염상섭에게 중차대한 의미가 아닐 수 없었다. 1922년을 기점으로 염상섭의 소설 쓰기 방식 자체가 근본적으로 변한다는 사실은 기존 연구에서도 지적된 바다. 이 지점을 가장 힘주어 말한 연구자는 김윤식이다. 특히 김윤식은 초기 3부작과 「만세전」 사이에 발생한 문체 변화를 지적하며, 3인칭 대명사의 변화

문제를 집중적으로 살폈다.[28] 그는 염상섭의 소설에서 일본어식 3인칭 표현인 '彼' / '彼女'가 1922년 9월 「E선생」에서부터 '그' / '그 여자'로 바뀐 것을 두고, "이 변화는 매우 중요한 소설사적 의의"[29]라고 단언하는데, 그 이유로 일본 근대소설의 '내면적 고백체'라는 제도적 장치로부터의 탈피를 제시한다.[30]

　초기 3부작의 성격을 살피건대, 김윤식이 지적한 의의에 대해서는 저자 역시 공감한다.[31] 그런데 '彼'에서 '그'로의 변화가 소설에서 처음 나타나는 것은 김윤식의 주장처럼 「E선생」(1922.9)이 아니라, 그 직전에 발표한 「사일간四日間」(1922.7)에서였다.[32] 다음을 살펴보자.

①

　Fsewolod Mihailovitch Garsin (1855~1888)은 露西亞 文豪의 1인이니, 처음에 鑛業學校에 修業하고, 1877년에 군대에 入하야, 土耳其에 出戰하얏슬제, 彼의 제일걸작인 이 「四日間」의 제재를 得한 바이라 하며, 其後 1880년에 일시 發狂하야 加療한 결과, 2년만에 快復된 후, 鐵道會議의 書記가 되엿든 事도 잇고, 一女醫와 결혼하야, 다시 문학생활을 계속하얏스나, 1888년

28　김윤식, 『염상섭 연구』, 서울대 출판부, 1987, 218~241면.
29　위의 책, 164면.
30　위의 책, 224~225면.
31　다만 '彼 / 彼女'는 작가 염상섭의 출발이 일본 고백체 소설의 자장 속에 있었다는 증좌일 뿐 아니라, 작가 이전의 염상섭이 사용해온 표현이기도 했다. 예컨대 염상섭 소설에서 '彼女'가 처음 사용되는 것은 「除夜」(1922.2~6)에서지만, 평문의 경우 「樗樹下에서」(『폐허』, 1921.1.20)를 통해 먼저 등장한 바 있다.
32　비교적 최근의 연구 역시 「E선생」을 '彼/彼女'가 배제되는 기점으로 파악하고 있다.(안영희, 『한일 근대소설의 문체 성립─다야마 가타이 · 이와노 호메이 · 김동인』, 소명출판, 2011, 115면) 하지만 이는 염상섭의 창작에 한정할 때만 사실에 부합한다.

에 狂症이 재발하야 자살하얏다 한다. (譯者)

②

퍽 오래잔 모양이기에 눈을 깨여 보니까, 벌서 밤. 그러나 저러나 아모 것도 변한 일은 업고, 상처는 압흐며 이웃것은 예의 커—다마한 五體가 길게 누어서 쥐죽은 듯하다. 암만해도 이자가 마음에 걸린다. 그는 그러나, 날지라도 애처럽은 것 사랑하는 것 다— 떼버리고 산넘고 물넘어 300里를, 이런 勃加里亞 三界에 와서, 줄이고 얼고 더위에 고생하는— 이것이 어째 꿈이 안일가?

③

"그들의 눈으로 보아도, 나는 愛國家는 아닌가."

①은 염상섭이 「사일간」을 번역하며 모두에 달아둔 원저자 가르신 sevolod Garshi(1855~1888)의 소개 글이고, ②와 ③은 「사일간」의 내용 중 일부이다. 「사일간」 번역 이전까지의 염상섭에게는 '彼'를 번역의 대상으로 삼는다는 인식 자체가 부재했다. 심지어 ①이 증명하듯 「사일간」 번역 당시까지도 자신의 문장에는 '彼'가 등장하고 있다. 이는 '彼'가 사라진 「사일간」의 번역이 염상섭에게 특별한 전환점이었음을 역설한다. 다만 ②의 경우, 오해하기 쉽지만 3인칭 남성을 지칭하는 대명사로서의 번역어가 아니다. 염상섭이 사용한 저본은 후타바테이 시메이葉亭四(1864~1909)의 러시아 번역소설 선집 『片戀—外六編』(春陽堂, 1916)인데, ②의 "그는 그러나, 날지라도 애처럽은 것 사랑하는 것 다— 떼버리고 산넘고 물넘어 300里를, 이런 勃加里亞 三界에 와서"를 저본에서

찾아보면 "どうも此男の事が氣になる. 遮莫おれにしたところで, 憐しい もの可愛ものを残らず振棄て, 山越え川月え三百里を此樣なバルがリヤ三 界へ來て"라 되어 있다.[33] 즉, 여기서의 "그는 그러나"는 "遮莫"(さもあら ばあれ) 곧 '그건 어떻더라도', '그렇다 하더라도'의 의미이다.[34]

온전한 의미의 3인칭 번역어 '그(들)'는 ③에서 확인된다. ③에 해당 하는 "그들의 눈으로 보아도, 나는 愛國家는 아닌가"[35]는 저본의 "あい らの眼で觀てもおれは卽ち愛國家ではないか"[36]를 옮긴 것이다. 여기서도 예상과 다른 지점은 있다. 번역어 '그들'의 출현이 '彼等'이 아닌 'あい ら'를 대상으로 먼저 나타났다는 것이다. 이 문제는 또 다른 측면에서 중요하다. 사실 '번역한다'라는 의식을 갖고 있는 이상, '彼等'에서 '그 들'로의 전환은 자연스러운 귀결일 수도 있다. 그러나 '彼等'으로부터 의 전환이 아닐 경우, 거기에 '彼等'의 사용에 익숙한 사람의 번역이라 면 문제는 달라진다. 이 경우 가장 자연스러운 번역은 'あいら'를 '彼等' 으로 바꾸는 것이 되기 때문이다. 그러나 염상섭은 '그들'을 선택했다. '彼等'이 자신의 언어로 충분히 흡수되어 있었음에도 불구하고, 번역 속에서 그것을 밀어내는 순간이 온 것이다. 엄밀히 말해 'あいら'를 '彼 等'으로 옮기는 것은 일본어 표현을 또 다른 일본어 표현으로 대체하는 것에 불과한데, 이 단순 사실조차 일본어와 조선어의 경계를 수시로 넘 나들던 주체에게는 객관화되기 어려우며, 설령 그 차이를 인지했다 하

---

33 二葉亭四迷 譯, 「四日間」, 『片戀—外六編』, 春陽堂, 1916, 431면.
34 「사일간」에서 "그는"의 비슷한 용례는 또 있다. 염상섭이 "그는 그러커니와"(12면)라 고 쓴 있는 대목은 "それにつけても"(二葉亭四迷 譯, 앞의 책, 434면)의 번역이었다. 즉, 이 역시 3인칭 대명사 '그는'은 아니다.
35 想涉 譯, 「四日間」, 앞의 책, 12면.
36 二葉亭四迷 譯, 앞의 책, 432면.

더라도 굳이 자신의 문체를 변경할 필요성은 느끼지 못했을지 모른다. 하지만 조선 독자에게 번역의 규범을 제시하고 조선의 '저급' 번역가를 설복시켜야 한다는 사명이 부가된 「사일간」의 번역 체험은, 염상섭에게 기존의 자기 언어와 거리를 두는 실질적 계기를 제공했다. 기계적, 기술적 언어 전환의 차원을 탈피하는 순간, 번역은 자기 언어의 새로운 영역을 개척하는 행위가 된다. 한편, '彼' 계열 대명사를 '그' 계열로 번역하는 양상도 「사일간」 내에서 발견할 수 있다. 다음은 「사일간」의 후반부 중 일부로서, 후타바테이 시메이의 저본과 그에 대한 염상섭의 번역을 함께 제시한 것이다.

嗚呼彼の騎兵がツイ側を通る時, 何故おれは聲を立て, 呼ばなかつたらう？よし彼が敵であつたにしろ, まだ其方が勝てあつたものを, なんの高が一二時間責さいなまれるまでの事だ[37]

아— 그 기병이 곳 엽흐로 지나갈 때에, 왜 소리를 처서 부르지 안핫든구? 설령 그들이 적이엿슬지라도, 오히려 불럿든 편이 낫섯는데, 뭘 기껏해야, 1, 2시간 단련밧게 더 밧지 안홀 것을[38]

이상과 같이 '彼'가 와야할 자리에 '그'가 사용되기 시작한 후, 염상섭의 글 자체에서 '彼'는 사라져갔다. 앞서 제시한 「사일간」 내의 소개글과 본문의 편차, 그리고 동시기에 나온 문학과 비문학류 번역문 사이

---

37 二葉亭四迷 譯, 앞의 책, 439면.
38 想涉 譯, 「四日間」, 앞의 책, 15면.

의 편차[39] 등 한동안은 '彼'와 '그'가 공존했지만, 곧 '그'로의 수렴이 이루어졌다. 「E선생」에서의 '그'는 그 결과로 출현한 창작에서의 변화다.[40] 염상섭은 이러한 과정을 거쳐 '소설 쓰기'의 영역을 자신의 본래 문장과는 구별된 것으로 재구축해 나갔다.

나아가 번역에서 먼저 구현된 '彼→그'의 수렴 양상은 비문학류 문장에까지 확장된다. 문학류로서는 「사일간」을 첫 번역이라 꼽을 수 있지만, 부분 번역과 비문학류까지 포괄한다면 그 이전에도 번역은 이루어지고 있었다.[41] 그중 1920년 4월 『동아일보』에 연재한 「조선인朝鮮人을 상想함」[42]은 그의 대표적인 비문학류 번역이다. 이 글은 야나기 무네요시가 『요미우리신문讀賣新聞』에 게재한 「朝鮮人を想ふ」을 조선어로 옮긴 것으로서, 첫머리의 번역은 다음과 같다. "窟院(경주 石佛寺 석굴암)의 佛像을 본 것은, 지금도 잊을 수 없는 행복스러운 순간적 추억이다. 오직 그 晨光으로 비춰보는 彼女(觀音의 조각)의 橫顔은, 실로 지금도 나의 호흡을 빼앗는다."[43] 여기서 염상섭은 일본어 '彼女'를 그대로 사용할 뿐 아니라, '晨光' 같은 난이도 높은 한자나 '橫顔' 같은 조어를 사용했다. '彼女' 외에도 "彼等(移住者)은 어떠한 美를 捕得하였는가", "彼의 말

---

39 이를테면 전술한 「사일간」의 번역과 「지상선을 위하여」 중에 삽입된 막스 슈티르너 문장의 번역도 이 시기에 나타난다.

40 "E先生이 X學校에서 敎鞭을 들게 된 것은, 그가 日本서 貴國한지 半年 지난뒤의 일이었다. 그리고 그가 그학교에서 선생노릇을 한것도, 겨우 반년밧게 아니되엇섯다." 「E선생」, 『동명』 2, 1922.9.10, 15면.

41 「朝鮮人을 想함」, 『동아일보』 1920.4.12~4.18(야나기 무네요시); 「조선 벗에게 정하는 서」, 『동아일보』, 1920.4.19~20(야나기 무네요시의 논설); 「樗樹下에서」, 『폐허』, 1921.1.20(도스토옙스키); 「至上善을 위하여」, 『신생활』 7, 1922.7(막스 슈티르너); 「至上善을 위하여」, 『신생활』 7, 1922.7(「인형의 집」) 등이 그것이다.

42 柳宗悅, 霽生 譯, 「조선인을 想함」(전6회), 『동아일보』, 1920.4.12~4.18.

43 『문장 전집』 I, 84면.

을 들은즉"와 같이, 이 글에서 염상섭은 '彼'를 '彼' 그대로 옮겼다.

보다 이후에 발표된 부분 번역에서도 같은 양상을 확인할 수 있다. 「사일간」과 발표시기가 중첩되는 1922년 7월의 글 「지상선至上善을 위하여」[44]에는 염상섭이 프로이센의 청년 헤겔학파 철학자 요한 카스파르 슈미트Johann Caspar Schmidt(1806~1856), 즉 막스 슈티르너Max Stirner를 인용하는 대목이 들어있다. 당연히 이 역시 번역이다. 한 단락에 불과한 해당 인용문에는 '彼'가 17차례나 등장한다.[45]

그러나 염상섭의 비문학류 글에서 '彼'는 「신석현新潟縣 사건에 감鑑하여 이출노동자에 대한 응급책」(이하 「신석현 사건」)[46]을 마지막으로 자취를 감춘다. 이 기사까지만 해도 "彼等 당국자", "원래 彼等에게는", "혹은 彼는 彼요, 我는 我니, 彼等의 운동에 장애가 되고 위협이 된다 할지라도, 彼我間 경쟁자로서" 등 '彼等'을 비롯하여 '彼'를 활용한 여러 표현이 등장하고 있다. 중요한 것은 이 기사의 발표 시기다. 『동명』에 게재된 이 기사는 1922년 9월에 나왔으며 기사 말미에 밝혀둔 바에 따르면 실제 집필은 "8월 17일"에 끝났다. 다시 말해 「신석현 사건」은 「사일간」의 번역 발표 직후에 씌어진 글이다. 이미 확인했듯 7월에 나온 「사일간」에서도 염상섭 자신의 문장에는 '彼'가 등장했는데, 「신석현 사건」은 그것이 8월까지도 명맥을 유지했다는 것을 보여준다. 1922년 8월은 '彼女'가 마지막으로 등장하는 글의 발표시기이기도 했다. 해당 글은 「여자 단발문제와 그에 관련하여—여자계女子界에 여與함」이었다. 이 글에서

---

44 廉尙燮, 「地上善을 위하여」, 『신생활』, 1922.7.
45 『문장 전집』 I, 217면.
46 想涉, 「新潟縣 사건에 鑑하여 이출노동자에 대한 응급책」(전2회), 『동명』 1~2, 1922.9.3 ~9.10.

우리는 여전히 사용되는 '彼'도 관찰할 수 있지만, 더욱 두드러지는 것은 단연 13차례나 출현하는 '彼女'다. 하지만 1922년 9월에 나온 「E선생」[47] 이후 염상섭은 비문학류에도 '彼' 계열을 쓰지 않았으며, 그 양상은 10월에 발표된 평론 「민중극단의 공연을 보고」[48]에서부터 확인된다.

종합하자면, 번역의 경우 1922년 7월(「사일간」)부터, 소설의 경우 1922년 9월(E선생)부터, 일반 글의 경우 1922년 10월(「민중극단의 공연을 보고」)부터 '彼' 계열 대명사가 사라졌다. 염상섭은 '彼'와 '그'의 짧은 공존기를 거친 후 '彼'를 영구적으로 배제하게 된다. 이를 실천하는 염상섭의 태도는 매우 명확했다. 그 결과, 다음의 두 가지 변화가 추가로 나타나게 된다. 하나는 1924년에 간행된 초기 3부작 모음집 『견우화』에서 확인된다. 여기서 염상섭은 『개벽』 연재 당시 「표본실의 청개구리」, 「암야」, 「제야」에서 사용했던 '彼' 계열을 '그' 계열로 수정하는 부분 개작을 감행했다. 또 하나는 『시대일보』에 연재된 「만세전」에서 나타난다. 『신생활』 폐간과 함께 중단된 「묘지」를 재연재한 이 소설은 「묘지」에서 사용된 '彼' 계열의 흔적을 완전히 지운 상태였다.

이상과 같이 염상섭의 문장에서 '彼' 계열 대명사의 소거는 순차적으로 '문학류 번역' → '문학류 창작' → '비문학류 집필'로 확대되어 나타났다. '비문학류 집필'이라는 단계는 이제 기교를 배제한 글쓰기 속에서도 '그'가 선택되기 시작했음을 의미한다. 또한 이후 염상섭은 '비문학류 번역'에서도 '彼'를 사용하지 않았다.[49] 이는 문체 정착의 결과로

---

47 「E선생」은 1922년 9월 10일부터 12월 10일까지 『동명』에 연재되었는데, 시간상 「新潟縣 사건」 직후에 나온 글이었으며 발표매체도 「新潟縣 사건」과 같은 『동명』이었다.
48 想, 「민중극단의 공연을 보고」, 『동명』 6, 1922.10.8.
49 예컨대 염상섭이 제2차 도일기(渡日期)에 발표한 「프롤레타리아문학에 대한 P씨의 言」

서 나타나는 최종 단계의 번외 편이라 할 수 있을 것이다. 이 모든 변화
는 번역소설 「사일간」이 발표된 1922년 7월 이후의 연쇄작용으로 이
루어진 것이었다.

「사일간」이 그 이전까지의 비문학류 번역과 다를 수밖에 없었던 이
유는 무엇일까? 이는 텍스트의 내적·외적 요인이 복합적으로 작용한
결과다. 내적 요인은 '지知'의 영역이 중심이 있는 논설의 번역과 '정情'
의 영역이 우세한 문학의 번역 그 자체의 차이라 할 수 있겠고, 외적 요
인은 앞에서 논의한바 고급 번역을 강력히 천명한『개벽』의 기획 의도
였을 것이다.『개벽』의 번역 취지는 조선 문단의 귀감을 위해 번역문장
의 수준을 제고하는 것이었고, 염상섭은 그 대응과정에서 자신의 기존
문체를 고집할 수 없었다. 이렇듯 소설의 번역은 창작에 활용할 새로운
언어를 예비하는 수련장이 되어주었다.

4. 근대소설의 에크리튀르 조형

「만세전」은 1924년 4월 6일부터 동년 6월 1일까지『시대일보』에 연
재되었다. 연재 직후인 8월에 간행된 고려공사 판「만세전」서문에 따

___

(『조선문단』, 1926.5.)에는 보리스 필리냐크(Boris Pilnyak, 1894~1945) 의 프롤레
타리아문학 이론의 일부가 번역되어 있다. 이 글 역시 모두의 소개글과 핵심 격인 번역
문이 구분되어 있어「사일간」을 연상시키는데, '彼'가 잔존했던「사일간」의 소개글과
는 달리 여기서는 번역문뿐만 아니라 소개글에서도 '그들'이 반복 등장하고 있다.

르면, 이 작품의 실제 탈고 시점은 1923년 9월이다. 당시라면 이미 「해바라기」의 연재가 끝난 상태였고 『너희들은 무엇을 얻었느냐』가 연재 초기에 들어가 있었다. 여기에는 의아한 대목이 있다. 「해바라기」와 『너희들은 무엇을 얻었느냐』는 모두 순국문체를 바탕으로 했건만, 오히려 그 다음 작 「만세전」에는 한자어 노출이 상당하기 때문이다. 염상섭 개인의 글쓰기가 선회한 셈이다. 한편 집필 시점으로 미루어 볼 때, 「만세전」 직후의 염상섭 소설은 『폐허이후』에 발표한 단편 「잊을 수 없는 사람들」(미완, 1924.2)이다. 이 소설에서는 처음부터 끝까지 단 하나의 한자도 찾아볼 수 없다. 괄호 속 병기조차 등장하지 않는다. 결국 유독 「만세전」의 문체가 돌출적인 셈이다. 그러나 「만세전」이 국문 위주의 소설 쓰기를 전면화하기 전인 「묘지」의 개작인 점을 감안하면 의문은 해소된다. 염상섭은 「묘지」 연재분과 중첩되는 「만세전」의 전반부에 대해서는 「묘지」의 문장을 그대로 쓰되 일부만 손질하고 첨삭하는 차원에서 재연재를 진행했다. 즉, 「만세전」의 경우 애초에 1922년 7월의 문체를 계승한 작품이었던 것이다. 후반부 연재분에 대해서도 한자어가 다수 노출되는 것은 단일작품으로서 문체적 통일을 기하기 위해서였을 것이다.

따라서 이때의 한자 노출은 시각적이고 표면적인 문제일 뿐이었다. 더구나 문어체 탈피, 한자어 축소 등 노출된 한자 역시 전과 같지는 않았다. 1922년 7월과 1923년 9월 사이, 이미 염상섭에게는 근본적인 소설어 개혁이 진행된 상태였다. 전술한 「E선생」에서의 3인칭 대명사 변화, 「해바라기」의 한자어 노출 지양 등이 그 결과로서 나타나고 있었다. 때문에 한자어 노출의 유사성을 제외하고 본다면 「묘지」와 「만세전」의 문장에는 다양한 차이들이 포착될 수밖에 없다. 특히 염상섭이 종전에 사용한 자신의 문어식 구투를 조선어 실정에 맞추어 풀어내고 한자 표기 자체를 경감시킨 것은, 일종의 자기 언어의 '번역'이라 하겠다.

「묘지」와 「만세전」의 차이를 논하며 '彼'가 '그'로 바뀐 것에 주목하고 큰 의의를 부여한 연구자는 이미 언급한 김윤식이다. 하지만 「묘지」에서 「만세전」으로의 변화를 에크리튀르 변천의 차원에서 보다 본격적으로 개진한 연구는 박현수에 의해 나왔다. 그의 분석에서 문체와 관련된 것으로는 인명 표기의 변화, 문어체 문장의 수정, 한자 표기의 한글화, 시제의 변화 등이 있다. 특히 과거형 문장이 주가 되었던 「묘지」의 시제가 「만세전」으로 넘어오며 상당수 현재형으로 바뀌었고, 추가된 후반부에도 현재시제가 빈출하게 되는데, 그는 이를 롤랑 바르트가 근대소설의 에크리튀르로 본 '3인칭대명사'와 '과거시제'의 연동 문제로 해석하였다. 이때 '3인칭'은 근대소설의 원근법적 체계와 직결되어 있다. 서술적 자아(투시점)가 사라지고 체험적 자아가 초점화자(소실점)의 역할을 할 때 근대소설의 원근법적 체계가 구축되는데, 이것이 잘 구현되는 것이 3인칭 서술이라는 것이다. 또한 3인칭 서술에서 '과거시제'는 단순한 과거가 아니라 스토리가 계량·선택·배치되는 '서사적 과거'를 의미한다. 이상이 '3인칭 서술'과 '과거시제'가 근대소설 에크리튀르의 전형적 기제인 이유다.[50] 그렇다면 「만세전」의 '1인칭' 서술과 '현재시제' 사용은 어떤 의미를 획득하는가. 다름 아니라 1인칭 서술에서는 과거시제가 아닌 현재시제가 서술적 자아를 사라지게 만드는 효

50　박현수, 「「묘지」에서 「만세전」으로의 개작과 그 의미-「만세전」 판본 연구」, 『상허학보』 19, 상허학회, 2007, 398~399면.

<표 9> 염상섭의 번역·창작과 그 서술방식(1922~1923)

연도	제목	서술방식	매체	시기
1922	四日間(가르신)	1인칭	『개벽』	1922.7
	墓地(미완)	1인칭	『신생활』	1922.7~9
	E선생	3인칭	『동명』	1922.9.17~12.10
1923	죽음과 그 그림자	1인칭	『동명』	1923.1.14
	密會(투르게네프)	1인칭	『동명』	1923.4.1
	씌오게네쓰의 誘惑 (빌헬름 슈미트본)	3인칭(희곡)	『개벽』	1923.7
	해바라기(신혼기)	3인칭	『동아일보』	1923.7.18~8.26
	너희들은 무엇을 어덧느냐	3인칭	『동아일보』	1923.8.27~1924.2.5
	萬歲前(「묘지」의 재연재)	1인칭	『시대일보』	1923.9 작 (1924.4.6~6.1 연재)

과를 창출하여 근대소설의 원근법적 체계를 작동시킨다.[51] 때문에 박현수는 이러한 서술방식에 대한 고려야말로 「묘지」에서 「만세전」으로 가는 "개작의 주된 초점" 혹은 "개작의 논리"였다고 단언한다. 그런데 이러한 분석에는 "무엇이 「묘지」에서 「만세전」으로의 개작을 추동했는가"[52]라는 의문이 필연적으로 부가될 수밖에 없다. 박현수는 이 질문을 끝으로 논의를 맺으며 그 단서가 될 만한 것이 1922년과 1924년 사이에 있었던 염상섭의 행보와 직결되어 있을 것이라 유추하였다.

저자는 그 '개작 추동'의 주요 동인으로서 1923년의 번역 체험에 주

---

51 "그런데 1인칭 서술에서 시제는 이와는 다른 성격을 지닌다. 1인칭 서술에서 과거시제는 과거를 의미하는데, 그것 역시 서술적 자아와 체험적 자아와의 관계 때문이다. 곧 과거에 있었던 일에 대한 서술을 담당하는 서술적 자아가 체험적 자아와 동일한 공간에 위치함에 따라 과거시제는 체험적 자아의 과거를 가리키게 되는 것이다. 여기에서 「만세전」의 전반부와는 달리 후반부에서 현재시제가 빈번하게 등장했음을 환기할 필요가 있다. 이러한 현재시제는 체험적 자아 '나'가 이미 서술적 자아 '나'를 의식하지 않게 되었음을 의미하는 것이다." 박현수, 앞의 글, 400~401면.

52 박현수, 앞의 글, 404면.

목한다. 〈표 9〉는 「묘지」부터 「만세전」 사이에 위치한 염상섭 소설의 목록이다. 「만세전」의 경우 작가가 밝힌 집필 시기를 기준으로 1923년에 배치해 보았다.

「묘지」는 첫 번째 번역소설 「사일간」과 같은 시기에 발표되었고, 「만세전」은 두 번째와 세 번째 번역인 「밀회」와 「디오게네스의 유혹」 이후 나왔다. 「만세전」의 새로운 변화, 즉 서술방식과 시제의 전략적 결합은 1923년의 두 번째 번역소설인 「밀회」의 번역 가운데 획득된 바크다. 앞서 살펴본 바와 같이, 「밀회」는 일본의 번역문학계 뿐 아니라 메이지 문단 전체에 지대한 영향을 미친 작품이다. 그러한 영향력을 가질 수 있었던 결정적 이유는 바로 후타바테이 시메이가 번역을 통해 구현한 문체적 쇄신에 있었다.[53] 염상섭이 시메이의 번역본을 중역하면서 스스로의 문체를 점검할 수 있었던 것 역시 단순한 우연일 리는 없다.

「밀회」 또한 1인칭 서술을 따른다. 이 작품의 1인칭 화자이자 사냥꾼인 '나'는 한 쌍의 하층민 남녀의 밀회를 엿보고 대화도 엿듣는다. 시선에 들어오는 상황들에 대한 묘사와 남녀의 대화 사이에 틈입하는 관찰자 '나'의 독백이 「밀회」의 전체를 구성한다. 물론 「만세전」의 경우는 주인공 시점이지만, 주인공(이인화)이 기본적으로 관찰자적 태도를 견지한다는 점에서 「밀회」의 서술방식과 닮아 있다. 요컨대 관찰자냐 주인공이냐를 떠나 두 소설은 '체험적 자아 = 초점화자'라는 점에서 상통하고 있다. 주목하고 싶은 것은 「밀회」에서 구현된 '체험적 자아'와 '서술적 자아'의 간극, 그리고 시제의 활용 방식이다. 만약 염상섭이

---

53 이 책의 제1부 2장 참조.

번역을 통해 해당 요소들을 체험할 수 있었다면, 이미 살펴 본 「만세전」의 변화들은 「만세전」이 아니라 그보다 앞선 「밀회」의 번역 속에서 선취한 결과가 되기 때문이다.

우선, 「밀회」가 1인칭 서술 속에서 서술적 자아의 존재를 지우고 체험적 자아를 초점화자로 내세운 작품이었다는 것은 두말할 나위 없는 사실이다. 이 소설의 시작은 다음과 같다. "가을철 九月스므날께쯤되어서 어느날 나는 어떤벗나무숲가운데에 안젓섯다."[54] 서술적 자아의 존재가 감지되는 이러한 서술은 "萬歲가 니러나든前해ㅅ겨울이엇다"라는 「만세전」의 첫 문장을 연상케 한다. 두 소설 모두 도입부에는 서술적 자아가 노출되어 있다. 그러나 「밀회」의 독자는 어느새 서술적 자아의 존재는 망각한 채 체험적 자아의 입장이 되어 함께 밀회를 훔쳐보고 있다. 이러한 '현장감'은 「밀회」의 최대 강점이다. 그리고 이것을 가능케 한 결정적 요인이 바로 「밀회」의 현재시제 활용이다. 일부분을 예로 들어보자.

　이러케 크게 뜬 눈을 무슨 소리가 난대로 향한채, 暫間 귀를 기울이고 무엇을 엿듣다가 한숨을 쉬인 뒤에 종용히 이리로 바로 向하면서 아까보다도 더 한層 꿉으리고 천천히 꼿을 고르기 始作하얏다. 눈가가 밝애지고 입술은 매우 피로한 듯이 켕기더니, 다부륵한 눈썹미테서 또다시 눈물이 똑똑 떨어저서 해ㅅ빗에 반쩍인다. 이러기를 한참하면서 계집애는 가끔가끔 손으로 얼굴을 쓰다듬을뿐이요 몸도 까딱하지 안코 무엇을 엿들으랴고 귀를 기울이고 안

54　투루게에네프, 廉尙涉 譯, 「密會」, 『동명』 2(14), 1923.4, 12면.

젓다. 다만 귀를 기울일 뿐이다 ……. 그리자 별안간 또다시 바삭바삭하는 소리가 난다. ― 계집애는 부르르 떨엇다. 그 소리는 꼬치긴새뢰, 점점 놉하지고 갓가와지더니, 那終에는 마음껏 빨리닥아오는 발자최 소리가 난다.[55]

(…전략…) 눈에 띄우는 풍물은 아닌게 아니라 爽快하나 無味하게 哀殘하야서 어쩐지 갓가와 온 겨을의 凄凉한 모양이 보이는 것 것다. 小心한 까마귀가 몸이 묵업은 듯이 날애를 치며 猛烈히 바람을 거슬려 머리우로 놉게 날아가면서 고개를 꼬아 自己의 몸을 보고 그대로 急히 떠올라 소리를 짜서 울며 森林 저 便에 숨어버리니까, 여러 머리의 비듥이떼가 기운차게 庫間잇는 쪽에서 날아오더니 나무땍이가 비꼬인것처럼 날아올라 해둥해둥 들로나려안는다. ― 分明히 가을이다. 누군지 벗어진 山 저 便을 지나가는가보아 빈 車ㅅ소리가 놉다라케 떠올른다. (…후략…)[56]

첫 번째 인용문에는 과거시제와 현재시제가 복합적으로 배치되어 있고, 두 번째 인용문의 경우 현재시제만으로 구성되어 있다. 이 둘은 공통적으로 「밀회」의 현재시제 활용이 전면적이었음을 드러낸다. 둘 중 보다 주목하고 싶은 것은 과거와 현재시제가 교차하고 있는 첫 번째 인용문이다. 저본의 해당 부분과 대비해 보면 과거시제와 현제시제가 정확하게 옮겨졌음을 알 수 있다.[57] 즉, 염상섭은 시제의 번역에 철저했다. 이러한 정치한 번역 속에서 염상섭은 1인칭 서술의 현재시제 활용

---

55 위의 글, 12면.
56 위의 글, 14면.
57 二葉亭四迷 譯, 앞의 책, 398~399면, 413면.

가능성을 보다 적극적으로 타진할 수 있었을 것이다. 염상섭의 첫 번째 1인칭 소설이었던 「표본실의 청개구리」의 경우, 과거시제와 현재시제의 비율은 97% 대 3%였다.[58] 이 압도적 차이를 감안한다면 이듬해 나온 「묘지」가 과거시제 위주였던 것도 쉽게 수긍할 만하다. 「만세전」 이전의 창작 중 가장 근과거의 1인칭 서술이었던 단편 「죽음과 그 그림자」만 해도, 대사나 독백으로 처리된 부분을 제외하면 과거시제가 대세를 이룬다. 이상은 「죽음과 그 그림자」(1923.1) → 「밀회」(1923.4) → 「만세전」(1923.9)으로 이어지는 1인칭 서술의 계보에서 현재시제 활용의 전환점이 「밀회」에 있다고 판단할 수 있는 근거가 될 것이다.

5. 주체의 갱신

기존의 연구들은 번역 체험을 시야에 넣지 않았기에, 초기 염상섭 소설들 사이에 존재하는 급격한 문체변화의 원인을 온전히 해명할 수 없었다. 앞서 저자는 작가 염상섭의 초기 창작과 맞물려 수행된 번역 활동의 특수성을 분석하여, 그의 소설 창작과 글쓰기 변화의 배경에 바로 번역이 놓여있었음을 확인했다. 물론 염상섭의 글쓰기 변화가 번역이라는 단일 요인에 의해 추동되었다고는 볼 수 없다. 하지만 연구의 결

---

58 이희정, 「『창조』 소재 김동인 소설의 근대적 글쓰기 연구」, 『국제어문』 47, 국제어문학회, 2009, 255면.

과, 번역 체험과 번역 텍스트의 위상을 재고해야만 한다는 점은 명확해졌으리라 생각한다.

이러한 시각이 주효한 이유는, 번역이라는 체험 자체가 특별하기 때문이다. 그동안 염상섭 소설의 형성과정과 성격 변화를 설명하는 방식은 크게 작가의 전기적 배경 및 행적을 끌어들이는 것과, 사상 및 독서의 영향을 통해 접근하는 것으로 구분되어 왔다. 그런데 번역 체험은 이 두 가지의 특성을 모두 포괄한다. 번역은 번역자의 글쓰기에 변화를 야기하는 일종의 사건이며, 동시에 독서 체험의 심화이다. 번역 과정은 대상 텍스트의 구조나 캐릭터의 특징, 작가의 서술 방식, 나아가 어휘 하나하나를 각인하는 과정으로 구성된다. 필요에 의해 의미를 간취하는 것이 독서라면, 번역은 텍스트 전체를 의무적으로 대면하고 고민하는 프로세스를 거친다. 이는 곧 독자라면 가볍게 넘길 수도 있었을 원작자의 문제의식을, 번역자의 경우에는 그 말초적 수준까지 추적하게 됨을 의미한다. 번역 이후 번역 대상에 대한 인식은 바뀌거나 깊어지기 마련이며, 그 변화는 기본적으로 독서 과정에서는 놓쳤던 숨겨진 가치를 발견하는 방향으로 작용한다. 게다가 그 발견들은 번역자 본인의 활동 영역에서 다기하게 변주될 수 있다. 결국 번역을 통해 가장 많이 변하는 사람은 번역하는 주체 자신인 것이다.

벤야민은 "낯선 [원작의] 언어 마력에 걸려 꼼짝 못하고 있는 순수언어를 번역자 자신의 언어를 통해 해방시키고 또 작품 속에 갇혀 있는 언어를 그 작품의 재창작을 통해 해방시키는 것이 번역가의 과제"라고 보았으며, "이 순수언어를 위해 번역자는 자신의 언어의 낡은 장벽을 무너뜨린다"고 했다. 그리고 그것을 실천한 번역가의 예를 들며 "루터, 포스,

횔덜린, 게오르게는 독일어의 경계를 확장했다"고 평가했다.[59] 여기에는 번역 체험이 결국 자신의 언어를 바꾼다는 벤야민의 깨달음이 깃들어 있다. 그의 글 「번역가의 과제」(1923) 자체도 보들레르의『악의 꽃』중 「파리풍경」을 번역하는 가운데 서문으로 작성된, 다시 말해 번역 체험 속에서 묘출된 것이었다. 벤야민이 지적한 언어적 체험이나 경계 확장의 이면에는 번역가의 치열한 분투가 놓여 있다. 이 글에서 다룬 모든 논의를 종합해 볼 때, 염상섭에게 번역은 '고투의 시간'이었다. 번역은 역자로 하여금 저본이라는 외적 준거를 통해 자기 언어와의 거리를 강제한다. 그렇게 자기 언어에서 조선어 소설로서의 불순물을 발견한 염상섭은, 과감히 그것들과 결별했다. 이 과정이 쉬웠을 리 만무하다. 그러나 이 시간을 거치며 그는 조선어의 재발견으로 나아갈 수 있었다.

다만 염상섭의 사례에는 벤야민의 사유 범주에 있는 번역가의 입장과 근본적으로 다른 지점이 있다. 염상섭의 번역은 일본어를 경유한 중역의 방식이었기 때문이다. 어떤 국가의 작품을 택했는가와는 상관 없이, 언제나 그가 씨름한 대상은 일본어였다. 주지하듯 두 언어는 통사 구조와 한자 개념어 다수가 중첩되어 표면적으로는 수월한 번역 작업을 보장해주는 듯하다. 그러나 잊지 말아야 할 것은 염상섭이 그 수월한 번역의 전제가 되는 '한자어', 특히 일본식 한자어로부터 꾸준히 이탈해나갔다는 사실이다. 평생 한문 소양을 기르며 성장한 지식인이 한자어라는 익숙한 도구와 결별하는 과정은 결코 수월할 수 없다. 일본어와 조선어의 경계에서 살아온, 아니 독해나 쓰기의 체험에 있어서는 오

---

59 발터 벤야민, 최성만 역, 「번역가의 과제」, 『언어 일반과 인간의 언어에 대하여 / 번역가의 과제 외』, 길, 2008, 139면.

히려 전자의 짙은 그늘 아래 있었던 염상섭이기에, 그것을 조선적인 것으로 대체하기 위해서라도 별도의 노력이 경주되어야 했을 것이다. 물론 한자에 있어서 일본식 혹은 한국식이라는 구분 자체가 국민국가의 틀을 전제하는 시각이기도 하다.[60] 하지만 근대에 이르기까지 동아시아 각 지역의 언어 세계를 관주해 온 한자어 문맥의 견지에서 볼 경우, 염상섭의 고투 과정은 오히려 더 심각하게 다가온다. 어려서부터 한문을 익히고 일본 유학을 통해 새로운 한문의 세계까지 진출했다는 것은, 그의 글쓰기가 한자에 근간한 어문체계의 역사적 무게나 공간적 변이를 두루 겪으며 나름의 특색을 갖추게 된 것을 의미하기 때문이다. 그가 복합적인 한문 소양을 바탕으로 견고한 자기 문체를 구축하고 있었던 것은 초기 평문이나 소설의 에크리튀르에서 충분히 확인되는 바다. 따라서 이상의 문체 변화는 염상섭 스스로가 정주하고 있던 세계를 해체하는 지난한 과정이었을 것이다.

식민지 조선 안에서 염상섭의 사례는 특별하다고 말할 수 없다. 다시 본 장 모두의 문제로 돌아와서, 이른바 동인지 세대로 등장한 신진 문인들의 국한문체 소설은 어째서 1924년경 순국문으로 선회하는가? 이 시기, 즉 1920년부터 1924, 5년 사이는 해당 작가들이 집중적으로 번역가를 겸하던 시기와 겹친다. 『청춘』 그룹 같은 예외적 존재를 제외하면 한국 근대문학사에서 세계문학을 의식적으로 수용하기 위한 번역이 본격화된 것은 1920년대 진입 이후였다. 이때의 번역 주체들 상당수는 일본 유학파인데다가, 설령 유학의 경험이 없다 해도 이미 구비하고 있

60　齊藤希史, 『漢文脈の近代－清末＝明治の文学圏』, 名古屋大学出版会, 2005, 2면.

던 일본어 능력에 기대어 활발히 세계문학을 중역重譯했다는 공통점을 지닌다.

또 하나의 공통점은 1925년쯤을 기하여 그들이 번역의 일선에서 물러난다는 것이다. 이와 관련, 김병철은 "상기 역자들의 활동이 1925년을 상한선으로 하고서 그 후 1929년까지 단행본에 관한 한 전연 활동을 하고 있지 않다는 것은 이상한 일이다. 우리말 역서가 팔리지 않는다는 것이 제일 큰 이유이겠지만, 대학에서 외국문학을 전공한 많은 신예한 역자진이 1925년 이후 출현하였으므로 그 신진세력에 의하여 일역의 중역밖에 모르는 그들이 심리적으로 자연 후퇴하지 않을 수 없는 입장에 몰리게 되었다는 것도 하나의 이유이리라"[61]고 말한다. 이러한 설명 방식도 일리가 있지만, 전문 역자진의 출현과 무관하게 기존의 번역 담당자들이 번역 주체로서의 정체성과 멀어진 점도 지적해야 한다. 작가로서의 입지가 견고해짐에 따라 점차 번역을 통해 발화하던 것까지 자신의 창작 속으로 수렴하려는 태도를 갖게 된 것이다.

이는 그 시점을 전후하여 번역 체험을 통한 '수양'이 일단락되었다는 판단이 반영된 결과로 볼 수 있다. 그들은 대개 자신들이 모델로 삼던 세계문학의 사숙 단계를 통과한 상태였고, 거의 동시에 문단의 기성 권력으로 자리매김하기 시작했다. 번역을 통해 한자어와 일본식 표현을 타자화하며 자기 언어의 지경도 충분히 넓힐 수 있었다. 창작소설의 규준을 확립하고 나름의 소설어를 갖추게 된 그들 중 다수가 1925년 3월부터 개시된 『조선문단』의 소설합평회를 통해 한자어 남용 소설들을

---

61 김병철, 『한국 근대 번역문학사 연구』, 을유문화사, 1975, 691면.

비판하는 것은 자연스러운 전개였다. 이렇듯 1920년대 중반에 이르러 정착된 근대소설의 한글전용은 당대의 문인들이 작가이자 번역가라는 복합적 정체성에서 전자가 강화되는 가운데 나타난 현상이었다.

제4장

조명희의 사상

1. 소설이라는 새로운 영역

포석 조명희는 주로 소설 「낙동강」의 작가로 기억된다. 하지만 사실 그에게 '소설'이라는 문학 장르는 가장 늦게 시도된 것이었다. 그는 도쿄 유학 당시(1919~1923)부터 극예술협회를 조직하고 희곡을 발표했을 뿐 아니라, 근대시 창작에 있어서도 선구자에 해당한다.[1] 조명희의 소설은 1925년 2월이 되어서야 처음 등장했다. 『개벽』에 발표한 「땅속으로」(『개벽』 56~57)가 그것이다. 그리고 이후 조명희의 행보는 뚜렷

---

1 희곡 〈김영일의 사〉가 단행본으로 나온 것은 1923년 2월, 시집 『봄 잔듸밧 위에』는 1924년에 나왔지만, 실제 집필은 발간 시점보다 수년을 거슬러 올라가야 한다. 순회공연을 목적으로 『김영일의 사』가 쓰인 시점은 1920년이었고 『봄 잔듸밧 위에』에는 일본 유학시절에 쓴 작품들 또한 포함되어 있었기 때문이다.

하게 소설로 기울어진다.[2]

현재까지 전해지는 그의 창작 소설은 총 12편으로서, 모두 단편이다.[3] 「땅 속으로」를 제외한 11편은 모두 1926년부터 1928년 사이에 집중되어 나왔다. 이 시기는 그가 동참한 카프KAPF의 초창기와 중첩되는 만큼, 그의 소설 창작은 프롤레타리아 문예운동으로서의 실천이었다고 볼 수 있다. 그것은 소설 내용이 증언하는 것이기도 하다. 그런데 이는 그의 소설이 지닌 지향점을 설명해 주는 배경일 뿐이다. 시각을 달리 하면 다음과 같은 질문이 보다 발본적일 수 있다. 그의 소설은 어떤 과정을 거쳐 탄생했는가? 다시 말해, 그의 창작방법은 무엇이었는가?

조명희는 짧은 기간 집중적으로 소설을 쓰면서도 다양한 실험을 멈추지 않았다. 「땅속으로」는 체험에 근거한 1인칭 서술이며, 「R군에게」의 경우 같은 1인칭이지만 여러 통의 편지를 통해 서사를 구축하는 형식을 시도했다. 세 번째 작품으로 추정되는 「마음을 갈아먹는 사람」은 궁핍한 하층민의 삶을 3인칭으로 서술한 반면, 「한 여름밤」에서는 다양한 부랑자들의 군상을 1인칭 관찰자의 시선으로 한 데 엮는 시도가 확인된다. 이 외에, 장편소설에 더욱 적합한 서사적 구성을 보여주는 「낙동강」이나 연애소설의 요소를 내장한 「이쁜이와 용이」도 분명 돌출적이다. 이와 같이 조명희 소설의 외관은 변신을 거듭했다. 그런가 하

---

2 두 번째 소설인 「R군에게」(『개벽』 66)를 발표한 것은 1년쯤이 지나서였는데, 그때까지만 해도 몇 편의 시를 발표하기도 했지만 「R군에게」 다음부터 소련 망명 전까지 조명희의 창작 활동에서 확인되는 것은 소설 일색이다. 망명 후에는 다시 서사시, 동요, 동화극 등 다양한 장르의 작품을 남겼다.

3 망명 이후 장편소설 두 편(『붉은 깃발 아래에서』, 『만주 빨치산』)이 더 집필된 것으로 알려져 있으나 원고는 유실된 상태. 이명재, 「포석 조명희론」, 조명희, 이명재 편, 『낙동강(외)』, 범우, 2004, 512~513면.

면 각 소설의 내용 역시 세부적으로는 차별화된 지점을 확보하고 있다. 이를테면 하층민의 궁핍한 삶을 조망한다는 점에서 「마음을 갈아먹는 사람」, 「새 거지」, 「농촌사람들」, 「춘선이」 등은 같은 범주에 묶일 수 있겠지만, 「마음을 갈아먹는 사람」은 매춘으로 내몰리는 상황을, 「새 거지」는 거지가 될 수밖에 없는 가족을, 「농촌사람들」에서는 성격 파탄과 자살로 치닫는 인물을, 「춘선이」는 자식을 팔아야 할지 고민하는 부모의 참담함과 생존을 위한 실향의 문제 등을 그려낸다. 이러한 조명희 소설의 다채로움은 어디에서 기인한 것일까? 여기에는 혹시 조명희의 독자적 문제의식과 필력만으로는 설명할 수 없는 지점이 존재하는 것이 아닐까? 소설을 통해 발화한다는 조건 속에서 그가 붙들 수 있는 최선의 창작 방법은 무엇이었을까?

이상의 견지에서 본 장에서는 조명희 소설 창작의 유력한 동인으로서 참조 소설의 존재를 상정해 보고자 한다. 한국 근대문학사를 돌아보며 임화는 "이러한 형태의 문학(새로운 소설과 신시-인용자)이 일본의 영향과 또 일본을 통하여 수입된 서구문학의 직접적인 모방에서 나온 것은 부정할 수 없는 사실이었다"[4]라고 말한 바 있다. 임화처럼 "직접적인 모방"이라 규정하는 데는 거부감이 들 수도 있다. 그러나 서구문학의 수용이 한국의 근대문학을 추동했다는 사실 자체를 부인하긴 어렵다. 조금은 급작스럽게 소설에 매진하게 된 조명희가, 몇몇의 주요한 모델로부터 실마리를 풀어나갔으리라고 추정하는 배경이다.

그런데 임화의 위 문장에는 다음과 같은 단서도 붙어 있었다. "외래한

---

4   임화, 「조선 민족문학 건설의 기본과제에 관한 일반보고」, 임규찬 편, 『임화문학예술전집』 2-문학사, 소명출판, 2009, 495~496면.

서구문학을 대하자 그것이 자기 계급의 이상理想하는 문학적 형태임을 직각直覺한 것이다."[5] 임화는 수동적 이식문학론만을 이야기하지 않았다. 서구문학 속에서 시대적 과제를 해소할 수 있는 신문학의 활로를 모색할 수 있었기 때문에 서구문학의 적극적 전범화가 가능했다는 것이다. 그렇기에 의식 있는 작가라면, 서구문학의 사숙 과정을 거친다 하더라도 자기 목적을 관철하기 위해 모델을 변용하는 것이 당연했다. 조명희의 경우, 그 목적은 사회주의 사상과 불가분의 관계에 있었다.

2. 투르게네프와 고리키

조명희가 적극적으로 참조한 소설은 무엇이었을까? 조명희의 회고는 이에 대한 단서를 제공한다. 우선 그는 「느껴본 일 몇 가지」(『개벽』 70, 1926.6)라는 수필에서 자신에게 큰 울림을 준 소설들의 독서 경험을 구체적으로 언급한 바 있다. 이 글의 전반부는 소싯적에 읽었던 소설 『장백전』의 충격, 신문연재소설 『희무정噫無情』의 긴 여운 등을 소개한다. 두 소설은 각각 1900년대에 유통되고 있던 구소설과 1910년대에 나온 번안소설로서, 조명희의 창작시기와는 시간적으로 동떨어져 있다. 그에게 보다 근본적인 영향을 미쳤을 참조군은 이 수필의 말미에

---

5   위의 글, 496면.

등장하는 도쿄 유학 시절의 체험에서 찾아야 할 것이다.

　남의 작품으로는 '도스또예프스키'의『죄와 벌』을 읽을 때에 '라스콜리코
프'가 '소니야' 앞에 구부리고 엎드리며 "나는 전 세계 인류 고통 앞에 무릎
꿇습니다"하는 데 이르러 가슴이 후끈하도록 감격하여 보았고, '투르게니에
프' 작품 가운데『봄물결』이라든지『그 전날 밤』을 읽고 난 뒤에 가슴이 좋지
못하였고 (…후략…)[6]

　여기서 언급되는 작가는 도스토옙스키[Fyodor Mikhaylovich Dostoevskii](1821
~1881)와 투르게네프 두 명이다. 이 두 작가는 한국 근대소설의 성장기
에 지대한 영향을 미쳤다는 점에서 일치한다. 그러나 각각이 작용한 측
면은 다르다. 가령 도스토옙스키의『죄의 벌』은 "정통적인 한국 근대소
설의 원형"[7]이라 말할 수 있을 정도로 식민지시기 문인들에게 특별했다.
그러나 단적으로 말해 조선 문인들의 창작에 보다 직접적인 영향을 미친
것은 투르게네프 소설이었다. 어째서일까? 도스토옙스키는 인간에 대한
근원적 탐구에 강점이 있지만, 투르게네프는 보다 피부로 다가오는 '현
실감'을 지녔기 때문이다.[8] 투르게네프는 소설 속에 당대의 현실, 곧 19

6　조명희, 「느껴본 일 몇 가지」(『개벽』70, 1926.6), 조명희, 이명재 편, 앞의 책, 399면.
　　이하 조명희 텍스트의 인용은 이 자료집을 따르며, 첫 인용 시에만 발표매체의 서지사
　　항을 괄호 안에 표기하고 두 번째 인용부터는 제목과 위 자료집의 면수만 표기한다.
7　이보영,『동양과 서양』, 신아출판사, 1998, 194면.
8　레브 펌피안스키는 도스토옙스키의 소설과 투르게네프 소설이 다른 점을 다음과 같이
　　설명한다. "도스토옙스키의 어떤 단 하나의 소설, 또는 톨스토이의 어떤 단 하나의 소설
　　도 그것이 출판되었을 때 바로 사회적 사건이 되지 않는다는 것은 주목할 만한 일이다.
　　『죄와 벌』,『전쟁과 평화』,『안나 카레리나』,『카라마조프의 형제들』같은 매우 위대한
　　작품들은 상당한 시간이 지난 뒤에야 서서히 이해되거나 받아들여졌다. 심지어 이들

세기 제정 러시아에 직격탄을 날리는 메시지를 적절하게 삽입하던 작가였고, 이는 식민지 현실 속에 있던 조선의 작가들이 쉽게 공명할 수 있었던 요소였다. 도스토옙스키의 영향이 "대번에 눈에 띄지 않는 잠복상태의 그것"[9]이었던 반면, 투르게네프 소설은 즉시 참조 가능한 형태로 다가올 수 있었다.

이 외에도 식민지 조선의 작가에게 있어서 투르게네프의 호소력은 몇 가지를 더 들 수 있다. 예컨대 투르게네프의 특장인 아름다운 문장과 탁월한 묘사가 있다. 이는 습작기의 문인들에게는 강력히 요청되는 미덕이었다. 동시에 당대 문인들이 도스토옙스키에게서는 크게 기대하지 않는 미덕이기도 했다. 나도향이 주요섭의 「살인」을 평하며 "이것은 사상으로서 도스토옙스키의 작품을 연상케 하지만, 심각한 데 있어서 거기에 따를 수가 없고, 도스토옙스키가 기교에 있어서 그리 감복하지 못하는 것과 마찬가지로 너무 박약합니다"[10]라고 한 말은 그것을 잘 대변한다. 또한 투르게네프의 소설 중 상당수는 애틋한 연애담을 포함하고 있다. 이것이 자유연애 담론이 풍미하던 당시에 지녔을 의미 또한 무시할 수 없을 것이다.

작품의 의의 같은 점도 '당대' 사회는 바로 파악하지 못했다. 반면 투르게네프의 문학적 운명이, 그의 소설들 각자의 의의와 필요성 또는 흥미점이 문학 잡지에 발표되는 첫날부터 친구들과 적들 모두에게 명료했다는 것은 다름아닌 그 사실로 인하여 놀라운 바가 있다." Lev Pampyansky, "Turgenev's Novels and the Novel On the Eve", David A. Lowe ed., *Critical Essays on Ivan Turgenev*, Boston : G. K. Hall and Co. 1989, p.127; 이보영, 앞의 책, 239~240면에서 재인용.

9 이와 관련 이보영은 "가령 도스토옙스키의 『죄와 벌』은 식민지작가의 위기의식에 강렬한 호소력을 가지고 체험되었지만 그 진정한 성격 가령 실존주의적 성격이 바로 이해될 수는 없었다. 『죄와 벌』이 그처럼 많이 읽혀졌음에도 불구하고 그 실질적 영향이 매우 적었다는 사실이 그 점을 입증한다"라고 하였다. 위의 책, 240면.

10 나도향, 「조선문단 합평회(제5회)-6월 창작소설 총평」, 『조선문단』, 1925.7, 147면.

투르게네프가 조선문단에 미쳤을 영향을 어림잡아 볼 수 있는 지표로 번역의 양적 측면을 들 수 있다. 1920년대의 번역 횟수에서 투르게네프에 비견될 수 있는 존재는 톨스토이 정도뿐이다. 현철, 김억, 염상섭, 현진건, 최승일, 조춘광, 이태준 등 개성과 세계관이 상이한 여러 문인들이 투르게네프를 번역했고 그의 영향을 흡수했다. 이들 번역자의 목록에는 조명희도 포함되어 있다. 그는 1924년 8월 4일부터 10월 26일까지 총 76회에 걸쳐 『조선일보』에 『그 전날 밤』을 번역 연재했다. 「땅 속으로」의 발표는 그 몇 달 후인 1925년 2월이었다. 조명희에게 있어서 소설 텍스트 '쓰기'의 체험은 『그 전날 밤』이 「땅 속으로」를 앞선 셈이다. 또한 조명희는 이미 연재했던 『그 전날 밤』을 수정·보완하여 1925년 7월 15일 박문서관의 단행본으로 내는데, 그 직후부터 그의 소설 창작이 가속화되는 정황도 심상치 않다. 결정적으로 『그 전날 밤』의 서사구조는 조명희의 대표작 「낙동강」(『조선지광』 69, 1927.7)과 대단히 흡사하기도 하다. 후술하겠지만 사상성과 서정성을 겸비한 「낙동강」의 특징도 『그 전날 밤』과 닮아 있다. 이상은 조명희 소설을 논함에 있어 투르게네프에 더욱 주목해야 하는 결정적 이유다.

보다 강조하고 싶은 것은, 조명희가 투르게네프로부터 얻은 영감이 단순히 『그 전날 밤』에 그쳤을 리 없다는 것이다. 앞서의 인용문만 해도 『그 전날 밤』과 함께 또 다른 투르게네프 소설인 『봄물결』이 언급되어 있다. 조명희가 말한 『봄물결』은 그가 김우진 등과 조직한 극예술협회의 구성원이던 최승일에 의해 번역된다. 또 한 명의 극예술협회 창립 동인 조춘광 역시 『박행한 처녀』라는 투르게네프 원작 소설을 번역하였다. 요컨대 조명희를 포함한 동일 단체 출신의 인물들이 『그 전날 밤』(1925), 『봄물결』(1926), 『박행한 처녀』(1926) 등의 투르게네프 소설을 연쇄적으로 역간한 것이다. 아울러 모두 박문서관을 통해 나온 것으로 볼 때, 이들의 번역은 모종의 의도를 지닌 연대와 실천으로도 볼수 있다. 그것을 구체적으로 규명하는 것은 독립된 연구가 필요한 문제지만, 상기 사실만으로도 극예술협회 시기부터 그들이 투르게네프에관한 폭넓은 독서를 수행해왔다는 것은 충분히 확인된다. 이러한 점들로 미루어, 조명희에게 있어서 투르게네프라는 모델은 회고를 통해 언급된 것보다 더욱 깊은 곳에 자리잡고 있었을 것이다.

조명희 소설의 또 하나의 원천은 막심 고리키Maxim Gorky(1868~1936)다. 관련 회고는 1927년 3월 『조선지광』에 발표한 수필, 「생활 기록의단편-문예에 뜻을 두던 때부터」에 나타난다. 이 수필은 시기별로 자신의 문학관 형성에 영향을 준 여러 작가와 작품을 소개한다는 점에서앞서 논의한 「느껴본 일 몇 가지」(『개벽』 70, 1926.6)를 연상시킨다. 차이점은 대상이 되는 작가와 작품들이 좀더 확대되며 시간의 흐름에 따른 자신의 사상적 변모 과정에도 초점을 맞춘다는 것이다. 이 글은 시기별로 챕터를 구분하고 있는데 그 순서에 따라 조명희에게 영향을 준작품들을 정리해 보면 마지막 챕터인 '조선에 돌아온 뒤에'의 끝에 위치하는 모델이 바로 고리키임을 알 수 있다.[11] 일부를 인용한다.

---

11 「생활 기록의 단편-문예에 뜻을 두던 때부터」에서 언급되는 작품과 작가는 다음과 같다. 「신구소설 탐독」 구소설-홍도화, 치악산, 귀의성, 추월색, 구운몽 / 중국소설-옥루몽, 삼국지 / 번역소설-희무정(레미제라블) / 조선사람 창작-무정, 개척자 / 잡지-태서문예신보, 창조, 삼광, 문예구락부 「동경으로 간 뒤에」-하이네, 괴테, 타고르, 럿셀, 사회운동, 데카당니즘, 종교적 신비주의 「조선에 돌아온 뒤에」-타고르, 고리키.

"시, 예술이 무엇이야, 육신보다 강하더던 영혼이 어찌 이 모양인가?"

(…중략…)

이것이 모두 얼마마한 고소거리의 공상이냐, 이때껏 쌓아 올려왔던 관념의 성(城)이란 것이 무너지기 시작하였다.

'타골' 류의 신낭만주의냐, 그렇지 않으면 '고리끼' 류의 신사실주의냐?

"현실주의다. 현실에 부딪치자. 뚫고 나가자" 하였다.

이때껏 나는 생활 현실이 사상을 낳는지를 모르고 사상이 생활을 낳는 줄만 알았다. 이것만 보아도 자기의 생활 사실이 훌륭하게 새사상 경지로 나가게 하는 것이 아닌가. 그러면 여기서 현실을 해부하고 비판하여 체험과 지식 위에다가 사상의 기초를 세워야 할 것이 아닌가. 그러나 내게는 아직까지도 과거 생활에서 달려나온 회의의 꼬리가 자꾸 자꾸 미혹(迷惑)을 일으키게 한다.

(…중략…)

그리고 나서 나는 또 자신을 욕하였다. '이 쁘띠 부르주아' 하고. 그리고까지 덮어 놓고 '현실주의 현실주의' 하는 것이 막연한 일인 것 같다.

한걸음 더 나아가서 "현실을 해부하고 비판하여 체험과 지식 위에 사상의 기초를 쌓자".[12]

위 인용문은 조명희가 조선으로 돌아온 이후 시 중심에서 소설 중심의 활동으로 전환한 배후에, 타고르에서 고리키라는 전범의 전환이 존재했다는 사실을 보여준다. 한때 조명희에게 타고르의 영향력은 상당했다.[13] 이는 그의 회고뿐만 아니라 시집 『봄 잔듸밧 위에』에서 형상화

---

12 조명희, 「생활 기록의 단편-문예에 뜻을 두던 때부터」(『조선지광』, 1927.3), 411~412면.

된 자연현상이 『기탄자리』의 자장 속에 있었던 점에서도 드러난다.[14] 하지만 최종적으로 조명희의 시선이 향한 곳은 바로 고리키였다.

일본에서 귀국한 조명희는 극심한 가난 속에서 '신낭만주의'의 한계를 맛보게 된다. 제아무리 절대적 고독의 경지를 갈망한다 하더라도 배고픔 앞에서는 무너지더라는 것이다. '관념의 성'이 무너지는 순간, 조명희는 싸워야 할 대상이 내면이 아니라 현실 세계에 있다는 것을 깨달았다고 고백한다. "현실을 해부하고 비판"해야 한다는 표현이 반복 등장하는 것은 이 때문이다. 조명희는 고리키의 소설을 통해 시보다 소설의 언어가 이를 실천하는 데 보다 주효하다는 것을 확인할 수 있었다.[15] 고리키 소설이 '현실에 부딪쳐 뚫고 나간 자의 기록'이 될 수 있었던 것은 고리키의 생애가 갖는 특수성에서 기인한 바가 크다. 이 점은 투르게네프에게서는 찾기 힘들다. 투르게네프 소설에서 하층민 묘사가 가장 탁월하다고 할 수 있는 『사냥꾼의 수기』 속 단편들은, 영주이자 사냥을 즐

---

13 위 글에서 조명희는 "절대 고독의 세계로 들어가자. 그 광대한 고독의 세계에서 무릎 꿇고 눈 감고 앉아 명상하자. 가슴 속에서 물밀려 나오는 고독의 한숨소리를 들으며 기도하자. 그 기도의 노래들을 읊자. 그러면 나도 '타골'의 경지로 들어갈 수 있다. '타골'의 시 「기탄잘리」를 한 해 겨울을 두고 애송하였다. '타골'의 심경을 잘 이해하기는 자기만한 사람이 없으리라는 자부심까지 가지었었다."(「생활기록의 단편」, 411면)라며, 자신에게 끼친 타고르의 영향을 상술하기도 했다.

14 오윤호, 「조명희 시집 『봄잔듸밧위에』 연구-폴 베를렌의 「가을의 노래」 수용과 글로컬 텍스트를 중심으로」, 『우리말글』 59, 우리말글학회, 2013, 9~10면. 한편, 최근의 한 연구는 「낙동강」의 낭만성 역시 타고르의 영향이 한 축을 이룬다는 주장을 펼치기도 했다. 이화진, 「조명희의 「낙동강」과 그 사상적 지반-낭만성의 기원」, 『국제어문』 57, 국제어문학회, 2013, 265~266면.

15 한편 조명희는 "이때껏 나는 생활 현실이 사상을 낳는지를 모르고 사상이 생활을 낳는 줄만 알았다"고 고백하는데, 그 사실을 깨닫는 것 자체도 배고픔이라는 체험이 가교 역할을 한 데서 비롯되었다. 그러므로 그는 "이것만 보아도 자기의 생활 사실이 훌륭하게 새사상 경지로 나가게 하는 것이 아닌가"(412면)라고 확신할 수 있었다. 그리고 그는 이러한 깨달음의 삶을 먼저 체현한 인물로서 고리키를 제시하는 것이다.

겼던 작가적 체험이 관찰자의 시선으로 녹아들어갔기에 핍진하게 빚어질 수 있었다. 그런데 고리키는 그 자신이 하층민이었다. 니나 구르핀켈은 고리키의 하층민 묘사가 완전히 새로운 경지에 있었다는 것을 설득력 있게 제시한다.[16]

이상의 문맥을 감안할 때 현실을 해부하고 비판하고자 한 조명희의 문학적 실천에서 고리키의 흔적이 확인되는 것은 자연스럽다. 고리키의 여러 작품에 내재된 체험의 힘은 궁핍한 식민지 약자들의 현실을 묘사하는 데에도 유용했다. 현실 해부 및 체험과 관련한 조명희의 문제의식은 여타의 카프 문인들에게서도 관찰되는 것이다. 사회주의 리얼리즘 논의가 활성화되기 이전부터 그들이 고리키의 영향을 폭넓게 받은 것은 어쩌면 당연한 귀결이었을지 모른다.[17]

---

16 "고리키는 민중 그 자체였다. 러시아의 심장부에서 태어나 온갖 종류의 수공업을 몸소 체험해 그것에 친숙한 그는 모든 민중적인 표현과 사투리 표현을 알고 있었다. 그는 도리어 개악된 '현학적인' 단어들과 뒤섞인 도시 하층민의 말에 이르기까지 모든 은어를 알고 있었다. 그런 단어들은 놀랄 만한, 예기치 않은 의미를 지니고 있었고, 상궤를 벗어난 단어 배합이 그림같이 아름다웠다. 고리키에게는 민중어의 가능성에 대한 지식이 실제로 무한정하다." 니나 구르핀켈, 홍성광 역, 『고리키』, 한길사, 1998, 19~20면.
17 1920~1930년대 한국 문인들의 고리키 수용과 그 성격에 대해서는 이강은, 「막심 고리끼 문학의 수용양상 연구」, 『러시아소비에트문학』 3, 한국러시아문학회, 1992 참조.

3. 서사의 중첩과 사상의 변주

1) 「땅 속으로」—공멸共滅의 암시

앞서 우리는 타고르를 쫓던 시기에서 고리키라는 모델로 전환한 조명희의 문제의식을 확인했다. 「땅 속으로」는 그의 문예관이 바뀐 직후에 나온 성과였다. 그런 만큼 이 소설에서는 자기 체험에 대한 천착이 여실히 나타난다. 그것은 조명희의 경험담으로 추정되는 여러 플롯과 작중화자의 문제의식 속에서 확인 가능하다. 특히 「땅 속으로」의 '나'가 인도주의 · 이상주의를 배격하고 생활주의 · 현실주의로의 전향을 선언하는 대목[18]은 조명희 자신의 전환기를 회고한 「생활 기록의 단편—문예에 뜻을 두던 때부터」의 고백과 사실상 일치하고 있다. 「생활 기록의 단편」은 1927년 3월에 발표되었으므로 활자화된 시기로는 「땅 속으로」가 앞선다. 이 사실은 두 가지를 의미한다. 하나는 그가 소설에 뜻을 두

---

[18] "길에 널린 것이 모두 다 먹을 것으로만 보인다. 돌덩이고 나무 조각 같은 것이 무슨 떡 조각이나 면보 조각으로 보인다. (…중략…) 이때껏 현자(賢者)를 배우려 하고 군자를 강작(强作)하려던 무반성하고도 천박한 인도주의자—이상주의자가 그만 자만심이 쑥 들어가 버리고 말았다. (…중략…) 이때서야 비로소 외적 생활(外的生活)의 무서운 압박으로 인하여 내적 생활(內的生活)을 돌아 볼 여지가 없는 온 세계 무산군(無産群)의 고통을 알 수 있다. / 이때부터 내 사상 생활의 전환의 동기가 생기었다. 이때껏 '식(食), 색(色), 명예(名譽)만 아는 개, 도야지 같은 이 세상 속중(俗衆)들이야 어찌 되거나 말거나 나 혼자만 어서 가자, 영혼 향상의 길로'라고 부르짖지던 나는 내 자신 속에서 개를 발견하고 도야지를 발견한 뒤에는 '위로 말고 아래로 파들어 가자. 개, 도야지의 고통 속으로! 온 세계 무산 대중의 고통 속으로! 특히 백의인(白衣人)의 고통 속으로! 지하 몇 천 층 암굴 속으로!'라고 부르짖었다." 조명희, 「땅 속으로」(『개벽』 56~57, 1925.2~3), 46~47면.

게 되던 때의 사정을 밝힌 「생활 기록의 단편」에 진정성이 있다는 것이고, 다른 하나는 「땅 속으로」가 바로 현실 해부 및 비판(고리키로의 모델 조정)이라는 문제의식이 낳은 직접적 산물이라는 것이다. 이러한 실제 회고와 소설 속 발화의 일치는 「땅 속으로」의 화소들이 작가적 체험에 근간하였으리라는 추정을 확신으로 전환시켜 준다.

조명희는 「땅 속으로」를 통해 현실의 해부라는 소기의 목적을 일정 부분 달성할 수 있었다. 염상섭과 현진건이 「땅 속으로」를 평하며 "작가 자신의 생활의 일면",[19] "사실 그것으로 보아서는 절절한 느낌"[20] 등, 체험에서 나온 소설의 힘을 긍정한 것이 이를 방증한다. 그런데 문인 화자의 궁핍한 일상이 펼쳐지던 「땅 속으로」는 후반부에 이르러 급격한 서사적 전환을 이룬다. 바로 강도짓에 대한 상상과 그 시도가 일어나는 것인데, 결국 소설 마지막에 가서 강도짓 부분은 꿈으로 밝혀진다.

이와 관련, 「땅 속으로」에 대한 염상섭의 지적은 숙고해볼 필요가 있다. 그는 이 소설의 리얼리즘적 측면에 대한 긍정적 평가 이후에 다음과 같이 말했다.

---

19 "아마 이것이 그 사람의 처녀작이지? 나는 이때까지 그 사람의 사상 여하를 몰랐다가 이것(「땅 속으로」)을 보고 대강 짐작했어요. 그런데 대체로 봐서 그리 실패가 없는 작(作)인 줄 믿습니다. 내용에 힘이 있어요. 소위 프로계급의 생활의 일면을 어느 정도까지 유력하게 그렸습디다. 나 보기에는 작자 자신의 생활의 일면 같아요." 상섭, 「조선문단 합평회(제2회)―3월 창작소설 총평」, 『조선문단』, 1925.4, 73면.

20 "그 시골집에 가서 보기 싫은 마누라에게 대한 심리라거나, 집을 뛰어나오다가 우물을 보고 마누라가 빠지던 것을 생각하는 데며 다시 들어가서 담요를 덮어주던 데, 묘사 그것으로는 절박한 느낌이 없으나, 사실 그것으로 보아서는 절절한 느낌이 일어나요. 이것이 소위 내용적 가치겠지요." 빙허, 「조선문단 합평회(제2회)―3월 창작소설 총평」, 『조선문단』, 1925.4, 74면.

①

그런데 첫머리를 너무 상징적으로 끈 것이 덜 좋아요. 그리고 중간에 굶은 어린애가 안집에서 밥 먹는 것을 우두커니 보는 것이며, 돈 꾸러 가는 데라거나, 갔다 돌아오는 데며, 와서 처자의 파리한 꼴을 보는 데라거나, 심리묘사가 잘 됐다고 할 수 있는데 틈틈이 과장이 심해서 도리어 힘이 빠져 보입니다. ② 끝에 '강도다! 강도다!' 하는 거기에 작자의 사회관, 인생관이 명확하게 나타났다면 좋았겠는데 그것이 불분명하고, 거기서 보면 강도질이 오히려 마땅하다 할 것 같은데 거기에 대한 인생관이라거나 사상이 통일이 못 됐어요. ③ 그리고 꿈 이야기는 처음부터 꿈이다 하는 짐작을 가지고 읽었는데 꿈으로서는 너무도 현실에 가깝습디다. 그것이 꿈이거든 더 상징적, 암시적으로 기교를 매우 힘썼다면 성공이 있었겠는데 그렇지 못해서 좀 실패입니다. 그러나 처녀작이라는 의미에서 장래 좋은 작(作)이 나올 줄로 믿습니다.[21]

염상섭의 비판은 크게 세 가지다. ①은 주로 묘사의 강약 조절에 대한 아쉬움인데, 이는 염상섭의 말마따나 첫 작품임을 감안할 때는 지엽적 부분이므로 비판의 핵심은 ②와 ③에 있다. ②는 "프로계급의 생활 일면"을 그린 작가치고는 '강도' 모티브를 제대로 살리지 못하여 사회관/인생관이 통일되어 있지 않다는 느낌이 든다는 것이고, ③은 '꿈'을 꿈답게 처리하는 기교가 필요하다는 지적이다. 물론 염상섭의 주관적 입장이 반영되어 있으므로 이것을 소설의 수준을 가늠하는 척도로 삼을 수는 없다. 그런데 ②와 ③은 모두 「땅 속으로」의 후반부를 문제

---

21 상섭, 「조선문단 합평회(제2회)―3월 창작소설 총평」, 『조선문단』 7, 1925.4, 73면. 번호는 인용자.

삼는다는 공통점이 있다. 2회 연재분에 과장이 심하다는 양건식의 지적이나,[22] 1회로만 끊는 것이 좋았을 것이라는 방인근의 지적[23]에는 평자들이 해당 부분에서 느낀 이질감이 놓여있다.

저자는 강도짓의 상상과 꿈 속 실행 장면이 출현하는 「땅 속으로」 2회의 돌출성이, 자신의 체험에 기초한 전반부의 서사전략에서 벗어나 다른 소설로부터 모티브를 가져오며 나타난 현상이라고 생각한다. 「땅 속에서」의 경우 주제 면에서 고리키의 지향을 공유하고 있었을 뿐 아니라, 고리키 소설의 서사적 요소를 활용하기도 하였다. 고리키는 「에밀리얀 필랴이」, 「첼카쉬」, 「아르히프 할아버지와 렌카」, 「마부」, 「나의 동행자」, 「2인조 도둑」 등 많은 소설에서 가난한 이들이 범죄로 내몰리는 상황을 제시한 바 있다. 이들 작품은 때로는 가난으로 인한 인격적 파탄과 그 결과로서의 범죄를, 때로는 범죄자들의 인간적 면모를 조명하며 도둑, 강도, 사기, 살인의 과정을 실제로 묘사한다.

그중에서도 「땅 속으로」의 해당 부분과 친연성이 두드러지는 것은 고리키가 1895년에 발표한 단편 「마부」다.[24] 빈궁한 가장, 재산을 노린 강도짓과 그 과정에서의 살인, 그리고 꿈으로 밝혀지는 결말. 「마부」를

22　백화, 「조선문단 합평회(제2회) - 3월 창작소설 총평」, 『조선문단』 7, 1925.4, 73면.
23　춘해, 「조선문단 합평회(제2회) - 3월 창작소설 총평」, 『조선문단』 7, 1925.4, 74면.
24　이 작품의 줄거리는 다음과 같다. 가난한 가장 파벨 니콜라예비치는 한 마부의 전언으로 막대한 재산을 가지고 있는 노파의 존재를 알게 된다. 마부는 노파를 죽이면 그녀의 재산을 쉽게 손에 넣을 수 있을 것이라고 충동질한다. 결국 파벨은 그 노파의 집을 찾아가 살인을 저지른 후 재산을 훔치게 된다. 8년이 지나고, 거부가 된 파벨은 도시에서 존경받는 인사로 거듭나 있다. 하지만 그에게는 감정이나 내적 규범이 존재하지 않는다. 자신의 과거에 대해 아무 것도 모르는 시민들 앞에서 파벨은 자신의 죄를 폭로하고 싶은 욕구에 휩싸이고, 시장 당선 연설 와중에 모든 것을 밝힌다. 갑자기 나타난 마부는 그의 선택을 칭찬하며, 십자가의 길을 가라고 권고한다. 직후 파벨은 꿈에서 깨어난다.

구성하는 이상의 요소들은 「땅 속으로」의 후반부를 연상시키기에 충분하다. 세부적으로 볼 때도 범행의 과정을 미리 계획하거나 범행 현장의 진입 이후 목표물을 탐색해가는 과정 등이 유사성을 띠고 있다. 게다가 「마부」의 파벨이 준비한 흉기는 '다리미'였는데 공교롭게도 「땅 속으로」의 주인공 역시 처음에는 '인두'를 사용하려 했다(곧 식칼로 변경).

하지만 비슷한 서사적 틀 속에 있기에, 그 속의 차이들은 더욱 의미심장하게 다가온다. 그것이야말로 조명희가 의도적으로 부여한 것이기 때문이다. 우선, 꿈 속에서 일어나는 강도짓의 전개 및 결말에 있어서 차이가 크다. 파벨은 강도짓을 단행하는 가운데 노파와 또 다른 여인까지 살해하고 돈을 챙겨 달아난다. 그리고 아무도 그의 잔인한 범행 사실을 모른채 8년의 시간이 지난다. 파벨은 훔친 돈으로 커다란 부를 축적했고 사회적 명성까지 얻었지만, 내적 규범이나 인간으로서의 감정 등이 사라진 상태다. 사람들을 당황스럽게 만들고 싶은 욕구를 느낀 파벨은 시장에 당선된 날 연설 도중에 자기 죄를 직접 폭로하고 사람들은 당황해 한다. 그때 애초 범죄를 독려했던 마부의 환영이 나타나, 파벨이 종교적 구원에 이르는 올바른 길을 선택했음을 축하한다. 파벨의 꿈은 이 지점에서 끝난다.

「땅 속으로」에서의 꿈은 어떠한가? '나'는 식칼을 가지고 돈 많은 이웃집 영감의 집에 잠입한다. 파벨과는 달리 '나'는 영감을 죽이지는 않은채 협박하여 돈을 가지고 달아난다. 그러나 이미 날은 밝았고 순사들이 쫓아오기 시작한다. 살인은 이 과정에서 발생한다. '나'는 '나'를 잡으러 달려온 순사를 칼로 찔러 거꾸러뜨리게 된다. 수없이 많은 순서들에 의해 제압당한 순간, '나'는 꿈에서 깨어난다.

이렇듯 경과와 결말이 다른 꿈은 곧 꿈에 깬 직후 각 주인공들의 상이한 반응을 낳는다. 먼저 「마부」의 경우다. 파벨이 꿈에서 깨어났을 때 옆에는 아내 율랴가 있었다.

"율랴! 내가 어땠는지 알아?"

"너무 많이 잤지요."

"어? 그래…… 맞아. 꿈이지, 아주 멋진. 근데 말이야……."

"잠 좀 자야겠어요."

"그러지 말고 내 말 좀 들어봐……. 얼마나 환상적인데! 그 마부가 말이지, 그 마부! 왜 하필이면 마부지?"

(…중략…)

자기 자리로 돌아와 베개에 머리를 대자마자 그는 자신을 감싸는 달콤한 꿈을 예감했다.

"꿈이야, 재미있는……. 그리고 도덕적인. 율랴 들어봐……. 아니면 다 잊어버려."[25]

「마부」의 꿈은 '멋진', '환상적인', '달콤한', '도덕적인' 등의 단어로 묘사된다. 그도 그럴 것이, 끝내 꿈 속에서 그는 범죄 이후의 물질적 풍요와 인격적 파탄을 고루 맛보았고, 끝내 '회개'까지 체험하기 때문이다. 요컨대 꿈은 파벨에게 현실의 소중함을 깨닫게 해주었다. 그러나 「땅 속으로」의 꿈은 다르다.

---

25 고리키, 이수경 역, 「마부」, 『마부』, 작가정신, 2014, 39~40면.

"아이고!"

소리를 질렀다. 눈을 번쩍 떴다. 온 몸에 땀이 줄— 흐른다.

등불은 그저 방안을 비치고 있다. 그들은 그저 웃목에 쓰러져 있다. 미지의 운명을 짊어지고 고이 누워 자는 그들, 그들을 에워싼 어두운 밤은 자모(慈母)같이 또는 악마같이 애무(愛撫)하는 듯, 예시(睨視)하는 듯.

고약한 꿈이다. 밤은 길기도 하다.[26]

작중 '나'의 강도 꿈은 한 마디로 고약했다. '나'는 꿈에서조차 어떤 달콤함이나 깨달음을 경험치 못하고 잡히고 만다. 이는 조명희가 그 꿈을 현실의 연장선상에 배치했기 때문이다. 「마부」의 경우, 잔인한 범죄를 거리낌 없이 저지르는 파벨의 태도나 환영이라고 밖에는 볼 수 없는 마부의 존재 등에서 이미 고리키는 현실과의 거리를 확보하고 있다. 반면 조명희는 염상섭이 「땅 속으로」의 비평에서 지적한대로 꿈을 꿈답게 묘사하지 않았다. 하지만 이는 다분히 의도된 것이었고, 또한 그렇게 구현되어야만 했다. 원래 「마부」는 교훈을 주기 위해 꿈을 활용하는 디킨스의 「크리스마스 캐롤」 같은 느낌을 갖고 있었다. 즉, 「마부」의 꿈은 꿈답게 암시되는 편이 자연스러웠다.[27] 하지만 인생의 의미나 도덕적 가치의 중요성을 논하는 것은 조명희의 의도가 아니었다. 「땅 속으로」는 철저히 현실을 파고든다. 이때 꿈은 그 처절한 현실의 악화일

---

26 「땅 속으로」, 67면.
27 이는 사실 「첼카쉬」나 「코노발로프」처럼 현실의 비참함 속에서 울림을 주는 전형적인 고리키 소설들과는 다르다. 초기 고리키 소설에는 설화적·비현실적 요소를 활용한 교훈적 발화도 자주 나타나는데, 「마카르 추드라」, 「환영」, 「매의 노래」, 「이제르길 노파」, 「종」 등이 그러하다. 「마부」 또한 그러한 범주에 속한다.

로에서 필연적으로 일어날 사건을 앞당겨 보여주는 역할을 담당한다. 「땅 속으로」에는 주인공인 '나'를 중심으로 '① 인도주의 → ② 배고픔 → ③ 현실주의 → ④ 배고픔 → ⑤ 폭력적 이기주의(강도짓)'로 전개되는 각성(혹은 악화)의 단계들이 나타난다. 주인공이 '땅 속으로'의 의미를 천명한 것은 ③에서다.[28] 전술했듯 「생활 기록의 단편」에서의 최종적인 문예관 확립 과정과 부합하는 것도 ③까지의 내용이다. 그러나 소설은 ③에서 끝나지 않고 ④와 ⑤로 이어진다. 합평회의 여러 평자들은 어째서 이 소설의 제목이 '땅 속으로'이며, 또한 2회 연재분이 필요한지를 납득하지 못했다. 그러나 조명희가 소설의 완성도를 떨어트리면서까지 ④와 ⑤를 넣은 것은 거기에 그의 독자적인 메시지가 있기 때문이다. 극한의 상황이 이대로 심화될 경우, 밑바닥으로의 천착이나 현실의 해부 및 비판이라는 지향 또한 부정되어버리고 결국 공멸만이 남을 것이라는 것. 꿈은 이것을 현시한 것이다. 이상의 맥락에서 '내'가 일본 순사를 죽인 것은 상징적 의미를 띤다. 제국 일본을 겨냥한 아래로부터의 봉기가 머지않았다는 경고가 되기 때문이다. 달콤한 「마부」의 꿈과는 달리 「땅 속으로」의 꿈은 고약할 수밖에 없었고, 꿈처럼 보여서도 안 되었다.

---

28 이 소설의 제목인 '땅 속으로'를 가장 명징하게 환기시키는 "위로 말고 아래로 파들어 가자. 개, 도야지의 고통 속으로! 온 세계 무산 대중의 고통 속으로! 특히 백의인(白衣人)의 고통 속으로! 지하 몇 천 층 암굴 속으로!"(47면)라는 대목은 여기서 등장한다.

2) 「R군에게」 – '진실'의 의미

조명희는 두 번째 소설 「R군에게」에서 「땅 속으로」와는 전혀 다른 형식적 실험을 감행한다. 바로 서간체의 시도다. 이 소설은 첫 작품으로부터는 정확하게 1년의 이후인 1926년 2월에 발표되었는데, 이 시간차는 그의 망명전 소설 창작기(1925~1928)에서 가장 긴 공백에 해당한다. 「땅 속으로」의 발표 이후, 조명희는 차기작을 놓고 여러 가지 고민을 했을 것이다. 가장 최근의 체험과 문제의식들은 이미 등단작에서 상당부분 소진한 상태였다. 게다가 새로운 소재가 있다 해도 동일한 형식을 취하는 것은 소설적 정체성에 대한 문제제기를 각오해야 하는 일이기도 했다.[29] 스스로도 변화가 필요하다고 느꼈을 그 시점에서 조명희는 전작과 같은 1인칭을 사용하되 그것을 '편지'라는 전혀 다른 틀속에서 풀어냈다. 「R군에게」는 그 결과로 나왔다.

조선 문예계 전체로 보자면 서간체 소설 자체가 새로운 것은 아니었다. 아니, 문단의 규모를 감안한다면, 유행했다고 할 수 있을지도 모른다.[30] 멀리는 이광수의 「어린 벗에게」(『청춘』1917.11)부터 염상섭의 「제

---

29 「땅 속으로」만 해도 이미 합평회 때 "내 생각 같아서는 그것을 그대로 한 논문이나 감상으로 보면 어떨는지. 소설로 보면 소설이라 할 수 없습니다"와 같은 월탄 박종화의 평이 있었기 때문이다. 조명희는 현실의 해부로 본 부분들이 박종화에게는 소설에 어울리지 않는 것으로 여겨졌다. 박종화의 평과 관련, 인용문 다음 부분은 다음과 같다. "대체 2회(「땅 속으로」)를 보면, 백의인(白衣人)이니, 조선사람이니 한 것은 신문지 1면 논설이나 읽는 것 같아요. 그리고 읽은 뒤에 묵직한 감상이 난다고 하는 이가 있으나, 그것은 논(論)이나 감상문 같은 것을 보더라도 묵직한 감상은 생길 것입니다." 「조선문단 합평회(제2회)-3월 창작소설 총평」, 앞의 책, 363면.

30 박헌호는 1920년대 서간체 소설의 유행 원인을, 내면의 표출이 하나의 '권력'으로서 기능했던 당시 소설사의 흐름과 연관 지어 논의한 바 있다. "서간체 형식은 화자의 내면이 중심을 이룬다. 또한 고백의 직접성과 소통의 은밀함이라는 편지의 사회적 존재양태

야」(『개벽』1922.2~6), 나도향의 「별을 안거든 우지나 말걸(이하 「별을」)」
(『백조』1922.5), 「17원 50전」(『개벽』1923.1) 등이 꾸준히 발표되어 왔고,
가깝게는 최서해의 「탈출기」(『조선문단』1925.3)도 있었다. 현진건의 『지
새는 안개』에서 나타나듯, 연속되는 편지를 통한 서사의 전개는 장편
의 일부로 활용되기도 했다.[31] 하지만 조명희의 「R군에게」는 앞서 나열
한 소설들과는 구별되는 지점이 존재한다. 일단 표면적으로 볼 때, 「R
군에게」는 총 4통의 편지가 시차를 두고 연속되는 형태다. 이는 전체
분량과는 별개로 긴 호흡의 편지 한 통이 전부인 「제야」, 「탈출기」와는
다른 부분이다. 『지새는 안개』의 경우는 복수의 편지들이 연속되긴 하
나, 주인공 '나'의 사연이 아닌 주변 인물 '윤치국'의 사연이 '나'에게
전달되는 것이기에 성격 자체가 다르다. 복수의 편지라는 공통점을 찾
을 수 있는 것은 「어린 벗에게」(4통)와 「별을」(12통), 「17원 50전」(7통)
등이다. 그러나 이들 소설은 편지의 발신자와 수신자의 관계 설정이 전
혀 다르다. 이는 곧 소설의 내용과 흐름에 차이를 부여하는 중요한 요
소다. 「R군에게」는 사회운동 과정에서 수감된 '내'가 감옥 안에서 부치
는 편지로, 수신자는 동지 'R군'이다. 하지만 「어린 벗에게」의 수신자
는 '또 한 명의 연인'일 가능성이 크고,[32] 「별을」은 누나를, 「17원 50

에 의거해, 서사의 진실성을 보다 용이하게 확보할 수 있다. 이들 형식에 의존하여 주체
는 적극적으로 자신을 변호하며 세상과의 격차를 드러낼 수 있다. 이때 전제되는 것은
그러한 인식에 도달해 있는 화자의 우월성이다." 박헌호, 「한국 근대소설과 내면의 서
사」, 『식민지 근대성과 소설의 양식』, 소명출판, 2004, 134면.

31 단행본 『지새는 안개』에서 제9장은 연속되는 11통의 편지를 통해 윤치국이라는 캐릭
터를 형상화하고 있다. 현진건, 『지새는 안개』, 박문서관, 1925, 177~181면.
32 최근에 나온 「어린 벗에게」의 수신자론과 관련해서는 강현국, 「욕망과 환상―「어린 벗
에게」론」, 『비평문학』 42, 한국비평문학회, 2011 참조.

전」의 경우는 C선생님이라는 인물을 수신자로 설정하고 있다. 이외에도 위에서 언급한 서간체 소설 중 수신인이 동지인 경우는 존재하지 않는다.[33]

조명희가 「R군에게」를 쓰며 주로 참조한 것은 투르게네프의 『파우스트』로 보인다. 혹은 투르게네프의 『파우스트』를 읽은 것이 「R군에게」에 착안하게 된 계기였을지도 모른다.[34] 『파우스트』는 투르게네프가 1856년에 발표한 중편소설로서, 「R군에게」와의 공통점은 다음과 같다. 첫째, 복수의 서간으로 구성된 소설이다. 둘째, 수신자는 자신의 사정을 잘 이해하는 동료다(따라서 두 소설 모두 답장에 대한 언급이 나온다). 셋째, 결국 파국으로 가는 불륜의 문제를 다룬다. 넷째, 마지막 편지를 통해 서사적 반전을 꾀한다.[35] 다섯째, 화자는 일련의 사건을 통해 교훈을 얻고 인생의 태도를 바꾸며, 그 가치를 편지 수신인과 공유한다. 이처럼 두 작품은 외적·내적 일치성을 두루 포함한다. 그러나 「R군에게」와 투르게네프의 『파우스트』를 동일시할 수는 없다. 조명희의 차별화 전략 또한 뚜렷하기 때문이다.

---

33 전 남편에게 쓰는 고백록인 「제야」는 말할 것도 없으며, 「탈출기」의 수신자 '박군' 역시 엄밀하게 보자면 주인공 '나(김군)'의 사회적 실천을 만류하는 인물로, 즉 '김군'에게 있어서는 동지라기보다는 일종의 계몽의 대상이다.

34 「R군에게」가 나오기 직전, 조명희에게 투르게네프의 존재감은 커져 있었다. 『그 전날 밤』의 단행본화 작업을 진행한 것이 「R군에게」 발표 몇 달 전(1924.7)이었기 때문이다. 실제 번역 연재는 그보다 한 해 이전으로 거슬러 올라가지만, 단행본화 과정 자체에서도 수정 작업이 있었다. 게다가 자신의 이름으로 된 첫 번째 번역 소설이 간행된 점을 감안하면, 거기서 재점화된 투르게네프에 대한 관심이 『파우스트』로 이어졌을 가능성도 있다.

35 두 작품 모두 결론이 드러나는 마지막 편지(파우스트 : 9번째 편지 / R군에게 : 4번째 편지)에 방점이 있으며, 그러한 결론을 준비하는 차원에서 그 앞의 편지(8번째 / 3번째)는 특별한 사건의 진전 없이 짧게 마무리된다는 공통점이 있다.

우선, 『파우스트』와 「R군에게」 모두 불륜의 문제가 핵심이지만, 전자는 1인칭 화자가 가해자고 후자는 피해자다. 『파우스트』의 '나'는 이미 결혼하여 세 아이의 어머니기도 한 여인에게 사랑을 느끼고 결국 그녀 또한 '나'를 사랑하게 된다. 하지만 양심의 가책에 시달리는 여인은 죽은 어머니의 환영까지 보는 등 괴로워하다가 죽음에 이르고, '나' 역시 모든 것을 후회하는 것이 이 소설의 결말이다. 반면 「R군에게」의 경우, '나의 아내'가 핵심에 놓인다. 그녀는 '내'가 도쿄에서 감옥살이를 하는 동안 다른 남자의 아이를 출산했을 뿐 아니라, 조선에 온 이후 다시 징역에 처하자 끝내 '나'를 버리고 그 남자에게로 간다. 곧 「R군에게」는 아내에게 버림받은 남편의 기록이다. 이렇게 정리해놓고 보면, 사실상 『파우스트』와 「R군에게」는 모든 구도가 중첩된다. ① '남편' / ② '아내' / ③ '아내의 남자'가 공통적으로 등장하고, 심지어 '아내의 남자'가 '남편'을 알기 전부터 '아내'를 사랑한 과거가 있었다는 설정도 동일하다. 다만 『파우스트』가 ③ = '나'라면 「R군에게」는 ① = '나'가 된다. 조명희가 궁극적으로 말하고자 하는 바는 그가 부여한 이 차이에 있을 가능성이 크다.

그렇다면 이는 어떠한 메시지의 차별화로 이어지는가? 투르게네프가 『파우스트』를 통해 말하고자 했던 것은 결국 인간의 양심 문제다. 『파우스트』의 마지막 편지 말미에는 다음과 같은 내용이 등장한다.

"이제 마무리해야겠네…… 하고 싶은 말은 백 분의 일도 못했지만 나로서는 이것만으로도 충분해. 마음속에 떠올랐던 모든 상념도 다시금 바다 깊숙이 가라앉을 거야…… 펜을 놓으며 한마디만 하겠네. 최근 몇 년 간의 경험에서 난 확신 하나를 얻었어. **인생은 힘겨운 노동이라는 것. 금욕, 끊임없는 금욕, 이것이 바로 인생의 숨겨진 의미요, 인생의 수수께끼를 푸는 열쇠라네.** 좋아하는 사상이나 욕망이 제아무리 숭고하다 해도 그것들을 실행에 옮기는 것은 중요하지 않아. 중요한 것은 바로 의무를 이행하는 것이며 이것만이 인간의 유일한 관심사가 되어야 해. 자기 몸에 의무의 사슬을, 의무라는 쇠사슬을 묶지 않고는 인생행로의 종착역까지 무사히 도달할 수 없을 테니까."[36]

화자는 '금욕', 즉 욕망의 제어야말로 인생의 의미요, 열쇠라고 거듭 강조한다. 불륜의 당사자이자 결과적으로 사랑하는 여자를 죽게 한 이의 최종적 깨달음은 이것이었다. 그렇다면 「R군에게」에서의 깨달음은 무엇일까?

다 갔네 그려……. 나는 지금 지나간 날의 모든 일을 눈앞에 다시 한번 펼쳐 놓고 우두커니 들여다보고 있네. 마음 속이 휑하게 빈 것 같아. 아무 것도 거리끼는 것이라고는 없네. 다만 뭉숭한 신생(新生)의 힘을 잡고 있을 뿐일세. **그것은 어디까지든지 진실, 자기를 속이지 않고 진실하게 살아가자는 것 외에는 더 위대한 것이 없을 줄 알고 또는 그것을 어디까지든지 실행하여 나갈 자신이 있는 까닭일세.** 내가 만일에 5년 동안이란 것을 마치고 세상 밖에를 나갈 것 같으면 전보다 더 굳센 힘으로 나갈 듯싶네. 짧은 시일에 내가 이만큼 더 자라 나간 것을 자네도 기뻐할 줄 아네. 마지막으로 간 그 여자가 잘 되기 원하며 붓을 놓네.

---

36 투르게네프, 김영란 역, 「파우스트」, 『파우스트』, 작가정신, 2012, 153~154면.

여기서 화자가 남긴 마지막 키워드는 '진실'이다. 욕망의 제어(파우스트)와 자신을 속이지 않는 것(R군에게). 같은 불륜이라는 소재에서도 투사점을 어디에 두느냐에 따라 그 결착은 이렇게나 다르다. 그런데 이는 결국 '양심'의 문제로 환원 가능하다. 「R군에게」의 '자신을 속이지 않는 것' 자체도 '욕망의 분출'이 아니라 알고 있는 진실을 실천에 옮기는 것, 다시 말해 '자신에 대한 정직'이기 때문이다. 요컨대 두 소설은 '내 양심은 내가 아는 도덕적 가치 앞에서 떳떳한가(파우스트)'와 '내 양심은 내가 아는 사상적 가치 앞에서 떳떳한가(R군에게)'의 문제로 나눌 수 있다.

「R군에게」에서 가장 말하고 싶었던 것은 사상적 가치를 위한 희생과 헌신의 촉구이다. 이 대목에서 「R군에게」에 영향을 주었을 것이라 추정되는 또 하나의 작품을 거론할 필요가 있다. 바로 톨스토이의 『산송장』이다. 이는 톨스토이가 말년에 남긴 희곡으로서, 조명희가 직접 번역하여 단행본으로 나오기도 했다.[37] 『산송장』 또한 기본적으로는 불륜의 문제를 다룬다. 자유로운 영혼을 지닌 폐챠, 그를 사랑하는 전형적인 현모양처인 리자, 그리고 어려서부터 리자를 사랑하며 그녀의 곁을 지켜온 카레닌이 각각 ①, ②, ③에 해당하는 역할이다. 하지만 이 작품의 독특함은 리자와 카레닌의 불륜 구도를 만든 인물이 바로 남편 폐챠라는 것이다. 『산송장』은 ① '남편' / ② '아내' / ③ '아내의 남자' 중 ①을 중심으로 사건이 전개된다는 점에서 「R군에게」와 닮아 있다. 서사가 전개되어가며 ②가 ③에게서 진정한 사랑을 느끼게 된다는 점도 마찬가지다. 차이가 있다면 후자의 ②는 자신의 욕망을 위해 ①을 배신하

---

37 조명희의 『산송장』 번역과 관련한 상세한 분석은 이 책의 제3부 제2장 참조.

고 ③에게 떠나간다는 것이다.[38] 하지만 마지막에 가서 내적 변화를 맞는 「R군에게」의 '나'는 결국 『산송장』의 폐쟈의 면모를 갖게 된다. 예를 들어 「R군에게」에서 아내는 부정적으로 묘사되어 있지만, '나'는 그러한 아내를 끝까지 이해하고 포용하는 모습을 보인다. 진실한 삶을 "더이상 위대한 것" 없는 지고의 가치로 삼게 된 것이나 "그 여자가 잘 되기 원하"는 태도 등은 폐쟈가 원래부터 구하던 모습이었다.[39]

하지만 『산송장』의 교훈 그대로를 「R군에게」로 끌어들이는 것은 조명희의 의도가 아니었다. 비록 두 작품 모두 아내에 대한 초연한 태도와 진실한 삶에의 지향을 보여주지만, 두 주인공이 목표로 하는 바는 전혀 다르다. 실상 『산송장』의 폐쟈는 거짓 없는 삶을 위해 집을 나왔으나 결국 또 다른 거짓(자살 위장)이 그를 극단적 선택으로 내모는 형국에 처한다. 그 극단적 선택이란 내가 죽음으로써 남을 살리는 길이다. '산송장'이 아니라 '진짜 송장'이 되는 것, 그것이 그의 삶에서 '진실'이

---

38 한편 『산송장』과의 관련을 염두에 두고 볼 때, 「R군에게」에 등장하는 아내가 남긴 마지막 편지는 시사하는 바가 있다. "나는 H에게로 다시 갑니다. 당신의 일은 죽어서도 잊을 수 없고, 당신의 은혜는 죽음으로 갚을 수가 없지마는, 나는 또한 H도 저버릴 수 없으므로 하는 수 없이 그리로 가게 되니 나는 한 죽은 년으로 아시고 잊어주세요."(87면) 자신을 죽은 사람으로 알아주기 원했던 것이야말로 『산송장』의 주인공 폐쟈의 염원이었다. 다만 「R군에게」의 아내는 폐쟈와는 달리 그 의도가 자신을 위한 것에 한정되어 있다. 조명희는 이러한 인생의 역설적 바램을 차용하되, 다른 입장에 있는 인물과 상황에 대입한 것이다.

39 "아마 첫사랑의 미련이란 대단한가 봐. H에게로 가는 것이 내게 있는 것보다 그 여자에게 대해서는 더 나을는지 모르겠다. 말하자면 그 역시 시원스러이 갔네." 이러한 자세 또한 철저히 리자를 위해 희생하는 폐쟈를 닮았다. 한편, 이러한 면모를 볼 때 이 소설의 초점을 감옥에 갇힌 사회주의자 남성과 수절을 요구당하는 여성의 구도로 보는 것은 오독이 될 것이다. 1930년대에 사회주의 운동이 비합법적 영역으로 봉쇄당하는 가운데, 사회주의 남성이 여성의 자유연애나 사적 영역을 금기시 하는 담론을 생산했던 문제에 대해서는 장영은, 「아지트 키퍼와 하우스 키퍼─여성 사회주의자의 연애와 입지」, 『대동문화연구』 64, 대동문화연구원, 2008 참조.

회복되는 순간이었다. 「R군에게」에서의 '진실'도 "자기를 속이지 않"
는 것이다. 그런데 그것은 폐쟈의 자기희생과는 달리 운동성을 지니고
외부로 뻗어나간다. 「R군에게」의 화자는 "진실하게 살아가자"고 한다.
문맥을 고려할 때 이것은 자신의 욕망에 충실하자는 것이 아니라, '진
실을 추구하며 살아가자'는 의미로 보아야 한다. 「R군에게」의 '내'가
출옥 후의 더욱 굳센 실천을 다짐하는 것은 그 때문이다. 화자가 "지하
의 혁명단체에 참가"[40]한 것 등으로 거듭 감옥에 갇힌 사정, 그리고 동
지에 대한 언급들이 계속 등장하는 것에서 유추할 수 있듯, 여기서 말
하는 진실이란 자명하다. 바로 유물론적 세계관, 계급혁명의 당위성 등
을 포괄하는 사회주의 사상이 그것이다. 이 대목에서 조명희가 필시 읽
었을 고리키의 대표작『어머니』를 떠올릴 수 있다.[41]

> "전 금서들을 읽기 시작했어요. 그것들은 노동자들의 삶에 대해 얘기하고
> 있다고 해서 금지된 책들이예요……. 그것들은 조심조심 몰래 인쇄된 것이어

---

40 「R군에게」, 79면. 이하 돋움체 강조 표기는 최초 발표당시에는 복자처리되었다가, 망
　명 이후 작가에 의해 복원된 부분이다. 이명재 편, 범우비평판한국문학 판본에 반영되
　어 있는 것을 재적용했다.

41 조명희가『어머니』를 직접 거론한 기록은 확인되지 않는다. 그러나 고리키를 고유명사
　처럼 활용한 그의 회고는, 고리키의 대표작이기도 한『어머니』에 대한 독서 경험 없이
　이루어지기 힘들다. 식민지 문인들의 고리키 수용에 있어서『어머니』는 거의 필수적인
　작품이었다고 보아도 무방하다. 예를 들어 조명희와 친분이 두터웠던 카프 계열 작가
　한설야는 이 작품의 일부를 인용하며 "이 얼마나 음울한 광경이냐? 그러나 이것은『어
　머니』의 정경 그대로이고 뿐만 아니라 모든 당시의 수많은 빠벨의 어머니의 상응이며
　또는 러시아의 현실이었다. 이러한 가운데서 싹트는 힘! 그것은 아들 빠벨의 힘이오 또
　그와 같은 수많은 아들의 힘이다. 동시에 그 아들 중의 한 사람인 고리끼의 힘이오 또
　고리끼의 힘이 아니면 이러한 예술적 재현은 기대할 수 없을 것이니 일리치로 하여금
　"가장 시의적(時宜的)인 작품"이라고 부르짖게 한 것은 결코 우연한 일이 아니다"라고
　극찬한 바 있다. 한설야, 「막심 고리끼의 예술에 대하여」,(『조선일보』, 1936.7.25~
　8.5); 한설야 외, 김송본 편, 『고리끼와 조선문학』, 좋은책, 1990, 100면.

서 만약에 제가 갖고 있다는 게 발각되면 전 감옥에 가게 돼요. **제가 진실을 알고 싶어한다는 이유로 감옥에 간단말입니다.** 이해하시겠어요?"

그녀는 갑자기 숨이 꽉꽉 막혀 왔다. 두 눈을 크게 뜨고 아들을 들여다보니 그가 왠지 낯설게만 보였다. 목소리마저 한결 낮고 우렁차서 꼭 딴 사람의 목소리 같았다. 그는 손가락으로 솜털같이 가느다란 콧수염을 잡아당기며 부자연스럽게 구석 어딘가를 흘끗 쳐다봤다. 그녀는 아들에 대한 두려움과 측은한 마음이 들었다.

"왜 그런 짓을 하는 거냐, 빠샤?"

그녀가 말했다.

그는 고개를 들어 그녀를 들여다보며 크지 않은 목소리로 조용조용 대답했다.

"진실을 알고 싶어섭니다."[42] (강조 — 인용자)

이는 파벨이 사회주의자로 변모해가는 과정 속에서 어머니와 나누는 대사다. 제정 말기의 러시아든 식민지 조선이든, 사회주의자들에게 그 '진실'이란 늘상 '감옥'과 벗하는 것이었다. 조선의 현실을 생각하면, 「R군에게」의 '나'는 출감 후에도 여전히 큰 희생을 각오하며 살 수밖에 없다. 그러나 그것은 페쟈처럼 한 여자를 위한 희생이 아니라 계급해방이라는 대의를 위한 희생이다. 또한 그 진실은 페쟈처럼 자신이 죽어야만 획득되는 것이 아니라, 오히려 "전보다 더 굳센 힘으로 나갈" 수 있도록 자신을 추동하는 힘이기도 하다. 페쟈는 아내를 위해 모든 것을 버렸다. 하지만 「R군에게」의 화자는 아내보다 더 큰 인생의 가치를 발

---

42 막심 고리끼, 최윤락 역, 『어머니』, 열린책들, 2007, 29면.

견했다. 둘 다 자신을 속이지 않는 길을 갔지만, 그 내용은 천양지차다. 희생과 헌신의 대상이 다르기 때문이다.

3) 「한 여름 밤」－내몰린 이들의 연대

조명희의 이후 작품들을 일견하면, 「R군에게」, 「저기압」 같이 지식인 화자를 내세운 1인칭 소설도 있지만, 「마음을 갈아먹는 사람」, 「농촌사람들」, 「새 거지」 등과 같이 하층민의 궁핍을 다룬 3인칭 소설이 주를 이룬다는 것을 알 수 있다. 그런데 1927년 5월 『조선지광』을 통해 나온 「한 여름밤」에서는 새로운 시도가 나타난다. 하층민을 다루는 소설이면서도 1인칭 서술방식을 사용한 것이다. 「한 여름밤」에서 조명희는 실직당한 공장 노동자를 1인칭 화자로 설정하고, 그 인물이 자기보다 극악한 삶을 사는 부랑자들 틈으로 들어가게 하는 구도를 만들었다. 결과적으로 「한 여름밤」은 하층민의 삶을 사실적으로 묘사하는 동시에 사회 문제에 어둡지 않은 화자를 통해 사회구조를 비판하는 발화들을 신랄하게 개진할 수 있었다.[43]

---

43 이를테면 다음과 같은 서술이 가능해진 것이다.
　"여기에 모이는 무리들은 참 가관이다. 적어도 조선 근대에서 최근까지 시대 시대의 역사 기록을 산 표본으로 이곳에 진열하여 놓은 듯 싶다. ─ 케케묵은 소리만 탕탕하는 봉건유물(封建遺物)인 늙은이들, 이것들이 지금은 죽게 되었을망정 한 삼사십 년 전에는 승지니 참판이니 하며 높이 걸터앉아서 민중을 호령하며 **억압하던 자들**, 그 다음에는 또 중늙은이들 ─ 옛날에는 궁속(宮屬) 시정아치, 벼슬살이, 무관퇴물, 개화군, 지금은 무직업자 ─ 자본주 **지주들, 놈들은 일본 제국주의 세력이 물밀듯** 이 땅에 침입하여 들어올 무렵에 샘물같은 웅덩이에 꼬리치는 올챙이 떼 같은 무리, 지금은 지난 밤 비바람에 벌레 먹은 대추같이 몰락당한 무리들. / 또 그다음에는 밖으로 들어오는 **일제의 자본주의**

전술했듯 「한 여름밤」에는 여러 유형의 하층민들이 한꺼번에 등장한
다. 이전까지 조명희의 3인칭 하층민 소설은 특정 주인공의 비극에 집
중해왔다. 「마음을 갈아먹는 사람」은 삼득이와 가난으로 매춘에 내몰
린 그의 아내 이야기가, 「농촌사람들」은 모든 것을 잃은 원보가 자살에
이르는 과정이, 「새 거지」에서는 자살이냐 거지로서의 연명이냐의 기
로에 선 모자母子의 사연이 중심에 있었다. 그러나 「한 여름밤」은 어느
특정한 주인공을 내세우지 않는다. 이 소설은 해고당한 공장 노동자인
1인칭 화자가 무너져 가는 빈집에 모여든 부랑자들과 하룻밤을 보내는
내용이다. 새파란 일본인 상사에게 뺨맞으며 일하는 늙은 수직꾼, 기계
로 인해 불구가 된 사내 거지, 극심한 매독으로 죽어가는 전前 매음녀
거지와 그 아들의 사연이 차례차례 이 소설을 채운다. 즉, 「한 여름밤」
은 각종 부랑자의 종합'사연'세트다.

　고리키의 작품 중에서도 이와 흡사한 설정을 가진 것이 있다. 바로
1902년에 나온 그의 대표적 희곡 「밑바닥에서」다. 조명희는 일본 유학시
절부터 극예술협회의 중추적 인물이었고, 그 자신 『김영일의 사』(1923)
라는 희곡을 단행본으로 내기도 했다. 첫 번째 번역서가 『산송장』(1924)
이었던 것도 희곡에 대한 그의 관심이 지속되고 있었음을 보여준다. 생각
건대 조명희는 당시 조선의 문인 중 희곡에 관한한 가장 해박한 인물 중

세력이 팽창함에 따라 그 밑에서 ○○○○ ○○○다가 그나마 ○○○○ ○○○○나서
헤매는 실업자의 무리들. 더 한층 떨어져서 그 다음에는 이 **앞잡이 끄나풀** 밑에서 ○○○
○○○○○인제는 **그나마 밀려 나와서** 거리에 내어던진 폐물 같은 병신 거지들. 그들은
모두 온전히 생활권외로 **추방된** 무리들이다. / 그들은 이곳으로 모여들었다. 다 쓰러져
가는 이 공해에는 집세 내라는 사람은 없었던 까닭이다. 내가 밤에 와서 자 본 일은 이때
것 없었으니 밤일은 모르겠으나 낮에는 특히 용서를 하여 그러한지 아직까지 수직(守
直)꾼의 내몰려는 큰 소리는 나지 않았던 까닭이다.”「한 여름밤」,(『조선지광』 67,
1927.5), 142~143면.

하나였을 것이다. 그런 그가 이미 일본에서 수차례 번역된 바 있으며[44] 최고의 문제작 중 하나로 손꼽히던 고리키의 「밑바닥에서」를 접하지 않았을 리 없다.[45]

「밑바닥에서」의 배경은 햇빛도 들지 않는 더러운 여인숙이다. 이곳에서 함께 사는 밑바닥 인생들은 몰락한 귀족, 사기꾼, 도둑, 알콜중독자, 살인 전과자, 창녀, 죽음을 앞둔 병자 등 다양하다. 이들은 서로 증오하고 갈등하며 때로는 보듬어주기도 한다. 그 과정에서 각 개인의 사연은 자연스럽게 전달되는데, 막이 거듭될수록 이들의 비극은 고조되어간다. 이렇듯 여러 주인공의 존재(역으로 말해 뚜렷한 중심인물의 부재)나 서사의 바탕이 되는 "생활권외로 추방된 무리들"의 궁핍한 삶 등은 「한 여름밤」의 주요 설정과 크게 닮아있다. 이 외에, 세부적인 설정에서도 「밑바닥에서」와 「한 여름밤」의 공통점들은 어렵지 않게 발견된다.[46]

---

44 マクシム・ゴーリキー, 昇曙夢 譯, 『どん底―脚本』, 聚精堂, 1910; マクシム・ゴオリキイ, 松本苦味 譯, 『どん底』(パンテオン叢書 第3編), 金桜堂, 1914; ゴーリキー, 大泉黒石 譯, 『どん底』, 東亜堂, 1921; ゴーリキイ, 昇曙夢 譯, 「どん底(戯曲)」, 『露西亜現代文豪傑作集』 第4編(ゴーリキイ傑作集), 大倉書店, 1921; ゴーリキイ, 昇曙夢 譯, 「どん底」, 『近代劇大系 第15巻』, 近代劇大系刊行会, 1924 등. 한편 일본 국회도서관에서 편찬한 『明治・大正・昭和 飜譯文學目錄』을 토대로 1912년부터 1929년까지 일본에서의 고리키 작품 번역 횟수를 추산한 결과, 102회에 달했다.(이 수치는 같은 작품이라도 출판사나 간행 연도가 다르면 중복하여 포함시킨 것이며, 신문이나 잡지 게재본은 제외함) 日本國立國會圖書館 編, 『明治・大正・昭和 飜譯文學目錄』, 風聞書房, 1989, 142~151면 참조.

45 또 하나, 조명희가 고리키의 문예관을 쫓기로 결심하기까지의 내용을 기록한 「생활기록의 단편―문예에 뜻을 두던 때부터」는 「한 여름밤」을 발표하기 직전에 쓴 글이었다. 이는 당시의 조명희에게 고리키의 존재가 어떤 형태로 각인되어 있었는지를 잘 보여준다.

46 예컨대, 「밑바닥에서」에는 '남작'이라는 신분 명으로 등장하는 하층민 캐릭터가 있다. 자신의 이전 영화를 자랑스럽게 늘어놓는 인물이다. 이는 앞의 「한 여름밤」 인용에서 "한 삼사십 년 전에는 승지니 참판이니 하며 높이 걸터앉아서 민중을 호령하며 억압하던 자들"이 지금은 부랑자의 한 무리가 되었다는 설명과도 연동된다. 한편 「밑바닥에서」에는 그 여인숙 사람들의 사정을 나름대로 이해하고 그들 중 일부로 녹아들어 있는 경관이 등장하는데, 이 또한 「한 여름밤」의 수직꾼과 중첩되는 부분이 있다.

무엇보다 이 두 작품에는 공통적으로 각 인물의 문제를 수렴하고 그들의 연결고리 역할을 하는 독특한 캐릭터가 존재한다. 「밑바닥에서」에서는 루카라는 노인이 그 역할을 맡는다. 그는 원래 여인숙의 인물이 아니라 극의 전개 와중에 돌연 틈입한다. 그러나 그의 출현으로 인해 소통의 여지가 없어 보이던 하숙집 인물의 관계에 활기가 감돌게 되고, 누군가는 삶에 대한 의욕을 얻기도 한다. 루카는 각자의 사정에 공감해주며 지혜의 말을 건넨다. 하지만 루카가 변하게 만든 것은 아무 것도 없다. 그는 올 때와 마찬가지로 극의 후반 갑자기 사라지고, 사람들은 이전보다 더 깊은 절망으로 치닫는다. 그가 제시했던 인생의 긍정적 측면은 결국 현실에서는 거짓이었다는 것이 드러난다. 루카의 말을 '위로해주는 거짓말'로 보는 것은 「밑바닥에서」에 대한 상식적, 전통적 이해에 해당한다.[47]

「한 여름밤」에서 루카에 해당하는 인물은 바로 1인칭 화자인 '나'다. '그들'의 입장에서 보자면 '나' 역시 외부에서 들어온 낯선 인물이다. 그리고 '나' 또한 루카처럼 인물들의 사연을 끄집어내고 그들의 사정에 공감한다. 하룻밤의 인연 이후 다시 '나'와 그들이 영영 분리되는 것도 비슷한 흐름이다. 그런데, 두 작품의 중요한 차이 역시 여기에 있다. 루카의 위로는 거짓된 것이었지만 「한 여름밤」의 '나'는 다르다. 그는 진

---

47 이와 관련하여 다음의 설명을 참조. "막심 고리키가 자기 자신의 삶의 밑바닥 체험을 바탕으로 러시아 사회의 혁명적 필요성을 강조하고 있으며, 루카의 거짓된 위로는 밑바닥 사람들을 그 밑바닥에서 끌어내주지 못하기 때문에, 사람들에게 가치없는 삶의 진실을 깨닫고 인간 자신의 힘으로 그것을 극복하기 위해 봉기할 것을 촉구하고 있다는 취지의 작품 이해는 모스크바 극장의 초연 이후 소비에트에 이르기까지 유구한 전통이다." 이강은, 「막심 고리끼의 「밑바닥에서」의 작품 이념 연구-루까와 싸쩐, 배우의 죽음을 중심으로」, 『러시아 소비에트 문학』 8(1), 한국러시아문학회, 1997, 45면.

실한 공감을 하며, 나아가 이러한 개인의 비극을 불러온 원인 또한 날카롭게 진단한다. 다음은 '내'가 모자 거지의 사연을 들은 직후의 반응이다.

> "아하— 흉한……아하……."
> 나는 거진 무의식적으로 소리를 꽥 질렀다. 말끝은 목이 메이고 말았다. 그리고 흐릿한 불빛에 싸인 서울의 시가를 부릅뜬 눈으로 한 번 내려다 보았다.
> '아 몹쓸 서울아! 너는 ○○○ ○○○○○○○○내어던지고 한단 말이냐'하며 나는 또한 속으로 부르짖었다. '과연 이 서울은 왜놈들의 손아귀에서 시달리고 시달리면서 살다가 못살게 된 조선사람을 아무 데나 내어 뱉어 버리는 것이 아니고 무엇이냐? 그대들의 이렇게 참혹한 생활형편은 일본제국주의의 부르주아 놈들에게 착취와 억압을 당하기 때문에 이렇게 된 것이다.'
> 시골로 내려쫓은 처자가 눈에 번뜻 뜨일 때,
> "아하 그것들도 까딱하면 저 모자 거지같이 될 것이 아니냐? 나는 이 팔다리 병신 거지같이……."
> 아니다 이 팔다리 병신 거지가 곧 나요. 나의 처자가 곧 저 모자 거지인 듯싶다. 나는 다시 한번 부르르 떨었다. 그 어린아이 거지를 다시 쳐다볼 때 내 가슴 속은 견딜 수 없을 만큼 몹시 걸린 생각이 났다.
> "에이 저주로운 세상."
> 하고 나는 모지락스럽게 말을 박아 부쳤다.[48]

---

48 「한 여름밤」, 149~150면.

'나'는 모자의 사연 앞에서 목이 메일 정도로 감정을 이입하고 있으며, 그들의 모습에서 실직 이후 고향에 보내놓은 자신의 처자를 떠올리기까지 한다. 이제 조명희가 왜 이 소설의 서술방식을 1인칭으로 했는가에 대한 보다 중요한 이유가 확인된다. 1인칭은 밑바닥 인생들의 사연 속으로 들어가 그들이 곧 미래의 내 모습이라는 깨달음의 과정을 풀어내는 데 가장 적합했다. 본래 「밑바닥에서」를 통해 고리키는 동정과 위로만으로 타개할 수 없는 하층민의 현실을 적나라하게 폭로했다. 그러나 그로 인해 관객들이 연극의 참혹함을 자신의 처지와 즉각적으로 동일시하지는 않는다. 연극에서는 작중 화자가 아닌 관객 자체가 관찰자가 되지만, 그 관객은 기본적으로 서사 외 존재이기 때문이다. 그러나 「한 여름밤」은 독자에게 그들의 사정이 바로 '너'의 사정이라는 사실을 설득해나간다. 소설의 '나'가 적시하듯, 이 소설의 결론은 '왜놈'과 조선사람, 부르주아와 프롤레타리아의 착취 구조 속에 '너' 역시 포획되어 있다는 것이다. 그 깨달음은 작중 화자인 '나'의 공감으로부터 비롯된다. 「땅 속으로」가 루카를 제거한 이후의 몰락을 통해 거짓 위로와 동정이 아닌 진실에의 직면을 호소한다면, 「한 여름밤」은 직면해야 할 문제의 근원을 구체적으로 설명하는 동시에 헐벗은 자들이 연대해야 할 필요성을 강조한 것이라 할 수 있다.

4) 「낙동강」―사회주의와 여성 혁명가

조명희의 대표작 「낙동강」(『조선지광』69, 1927.7)은 「한 여름밤」(『조선지광』67, 1927.5) 직후에 씌어졌다. 저자 부기상에 기록된 탈고일인 1927년 5월 14일은 「한 여름밤」의 탈고일인 4월 19일로부터 한 달이 채 지나지 않은 시점이니 거의 연속적 집필인 셈이다. 그럼에도 불구하고 두 소설의 공통점을 찾는 것은 쉽지 않다. 전작인 「한 여름밤」에서 경성을 배경으로 한 도시 부랑자들이 처한 잔혹한 현실 문제와 그것을 깨달아가는 '나'를 다룬 조명희는, 「낙동강」에서는 그러한 현실 문제와 실제로 맞서 투쟁하는 전위적 사회주의자를 주인공으로 내세운다. 비단 소설의 메시지뿐 아니라 서술방식이나 구조, 정서, 인물의 활용 등에 있어서도 두 소설의 간극은 크다. 저자는 이 급격한 낙차가 참조항의 성격 변화에서 기인하는 바 크다고 생각한다. 참조 대상이 된 것은 투르게네프의 장편소설 『그 전날 밤』이었다. 이 소설의 원제는 *Накануне*로서, 출판은 1860년도에 이루어졌다.

『그 전날 밤』은 장편소설인 만큼 다양한 인물들과 에피소드가 등장한다. 하지만 두 남녀 주인공을 중심으로 한 핵심 내용을 정리해 보면 다음과 같다. 순수하고 당찬 의지의 러시아 처녀 옐레나는 불가리아에서 온 유학생 인사로프를 알게 된다. 당시 불가리아는 터키의 압제 하에서 신음하고 있는 식민지 상태였다. 비극적인 가정사를 갖고 있는 인사로프는 그의 개인적 원한보다 조국의 독립을 더 간절히 열망하는 강직한 애국청년이다. 러시아 유학의 목표 자체도 조국 불가리아를 위한 사업에 맞추어져 있었다. 둘은 운명적으로 사랑의 감정을 느끼게 되지만, 인사로프는 이국의 여자를 사랑하는 것을 사치스러운 감정으로 배격하고 멀리 떠날 것을 결심한다. 이때 옐레나가 먼저 용기 있게 사랑을 고백하고 인사로프의 향후 계획에 함께 투신할 것을 맹세한다. 서로를 향한 절실한 마음을 확인한 두 사람은 불가리아의 독립투쟁을 위해 함께 떠나기로 하지만, 엘레나의 여권을 준비하던 과정에서 인사로프가 중병을 얻고 만다. 이러한 상황에서도 엘레나는 강하게 반대하던 아버지에게 당당히 맞서고, 인사로프와 함께 독립전쟁이 시작된 불가리아로 함께 출발한다. 하지만 여정 가운데 다시 병세가 악화된 인사로프는 경유지인 베니스에서 끝내 사망하고 만다. 남겨진 엘레나는 모든 운명을 받아들이며 사랑했던 이의 조국, 불가리아의 해방을 위해 목숨을 바치기로 결단한다.

『그 전날 밤』이 「낙동강」의 참조 대상이었다는 것은 여러 연구자들에 의해서도 논의된 바 있었다. 예를 들어, 조명희의 번역 활동을 조명한 박진영과 김미연은 공통적으로 「낙동강」과 『그 전날 밤』의 유사성, 그리고 영향 관계를 자명한 것으로 전제한다.[49] 그중 박진영의 경우는 「낙동강」의 주요 서사라 할 수 있는 남성과 여성 주인공이 걸어가는 혁명운동가로서의 길, 그리고 종래의 프로 소설에 없던 「낙동강」의 서정성과 낭만성의 배후로 『그 전날 밤』의 영향을 지적하고 있다. 조희경은 보다 집중적으로 두 소설의 연관성을 분석한 바 있다. 조희경이 지적한 『그 전날 밤』과 「낙동강」의 공통점은 노래의 활용, 물의 이미지, 여성 캐릭터의 부모, 남녀 주인공의 관계 등이다.[50] 이상의 논자들이 지적한

---

49 "사실적이면서도 서정적이고 낭만적인 힘으로 뒷받침된 「낙동강」이 지금 우리 시대에도 잘 읽히는 까닭을 돌아봄 직합니다. 그 뒤에는 필시 투르게네프의 대표작 『그 전날 밤』이 숨어 있을 터입니다." 박진영, 「번역가 열전 4─혁명을 꿈꾼 팥죽 장수 번역가 조명희」, 2012.6.28(http://bookgram.pe.kr/120160165398?Redirect=Log&from=postView), 최종 검색일 : 2014.6.5); "투르게네프 작품 번역 이력이 「낙동강」 창작에 영향을 끼쳤다는 점을 고려하면" 김미연, 「해제─조명희의 『산송장』 번역」, 『민족문학사연구』 52, 민족문학사학회, 2013, 408면.

부분 외에도, 『그 전날 밤』을 「낙동강」의 유력한 참조 모델로 상정할 경우, 어째서 '지식인 주인공 = 1인칭 서술방식'으로 일관해온 조명희가 「낙동강」만큼은 3인칭을 적용했는지, 또한 장편에 적합한 서사를 「낙동강」이 무리하게 담아냈다는 비판이 존재했던 원인에 대해서도 보다 진전된 이해를 얻을 수 있을 것이다.[51]

하지만 여러 공통점에도 불구하고 조명희가 『그 전날 밤』을 그대로 답습하지 않은 것 또한 명백하다. 오히려 동일한 설정 내부에 있는 변별 지점이야말로 「낙동강」의 개성을 결정짓는 핵심 요소라 할 수 있다. 저자가 지적하고자 하는 것은 크게 세 가지이다.

첫째, 서사적 구성은 비슷할지 모르나 성격이 본질적으로 다르다. 『그 전날 밤』은 실상 연애소설적 정체성이 강하다. 소설 분량의 대부분은 주인공 인사로프와 옐레나가 서로 사랑을 확인하는 과정과 그 완성을 위한 노력에 할애되어 있다. 조국 해방을 꿈꾸는 혁명가로서의 주인공 캐릭터는 말 그대로 설정일 뿐, 실질적인 투쟁 자체는 거의 묘사되지 않는다. 인사로프가 본격적인 혁명운동을 위해 고국에 들어가는 도중에 죽음을 맞이하는 것이 이 소설의 종국이다.

반면 「낙동강」은 한 지역에서 사회주의 운동을 이끄는 박성운의 인생 역정 자체가 서사의 중심이다. 그가 어떻게 사회주의자가 되었고, 어떤 목표와 전략으로 운동을 펼쳐나가는지가 소설 전반을 장식한다.

---

50 Heekyoung Cho, *Translation's Forgotten History : Russian Literature, Japanese Mediation and the Formation of Modern Korean Literature*, Cambridge : Harvard University Asia Center, 2016, pp.165~174. 아울러 여기서 조희경은 두 소설의 '차이점'에 대해서도 통찰력 있는 분석을 보여준다. 예를 들어 남성 캐릭터의 활동 양상, 여성 캐릭터의 계급적 배경, 결말 부분에 대한 작가의 태도, 양식의 변화 등이 그것이다.

51 예를 들어 신춘호, 「조명희소설론」, 정덕준 편, 『조명희』, 새미, 1999, 200면.

단편의 특성상 압축적으로 제시되는 부분도 있지만 구체적인 투쟁 사례도 아우르고 있기에 허술하다는 느낌은 크지 않다. 박성운의 삶이 얼마나 치열했는가를 방증하는 장례식의 스펙터클에 설득력이 부여되는 것도 그 때문이다. 그런가 하면, 박성운과 로사가 어떻게 연인 관계가 되었는지를 설명하는 부분은 다음이 전부다. "로사가 동맹원이 된 뒤에는 자연히 성운과도 상종이 잦아졌다. 그럴수록에 두 사람의 사이는 점점 가까워지며 필경에는 남다른 정이 가슴 속 깊이 들어 배게까지 되었다."[52] 이는 『그 전날 밤』과 「낙동강」의 이질성을 단적으로 보여준다.

둘째, 여성 혁명가 캐릭터 자체는 중첩된다 해도, 그들이 변화되는 계기 및 실천 동인에는 현격한 차이가 있다. 사실 주체적인 여성 캐릭터의 형상화는 두 작품의 가장 명징한 공통점에 해당한다. '로사'라는 특별한 캐릭터는 주로 부정적 역할에 머물던 다른 조명희 소설의 여성들과 대척점에 있다.[53] 소설에서도 언급되듯 로사의 모델은 '로자 룩셈부르크'이지만 소설 캐릭터로서의 전범은 『그 전날 밤』의 여주인공 엘레나를 떠올리는 것이 온당할 것이다. 『그 전날 밤』의 엘레나는 후반부로 갈수록 인사로프 이상의 강인한 면모들을 보여주는데, 이는 로사 역시 마찬가지다. 두 인물이 연인이기도 한 남자 주인공으로부터 영향을

---

52 조명희, 「낙동강」, 『조선지광』 69, 1927.7, 27면. 이하 이 소설의 면수는 본문 괄호로 표기.

53 사회주의 소설로서 「낙동강」이 갖는 진정한 성취는 박성운이 아니라 로사의 형상화에 있다는 천정환의 주장은 참고할 필요가 있다. 그는 「낙동강」이 사회주의 소설 중에서도 "반봉건과 탈식민지자본주의의 과제가 어떻게 착종·융합되어 있는가"를 더 날카롭게 보여주는 이유를 "혼란한 상황에 처해있는 비존재들과 '로사'가 되려는 여성을 다뤘기 때문"으로 보았다. 천정환, 「근대적 대중지성의 형성과 사회주의(1)-초기 형평운동과 「낙동강」에 나타난 근대 주체」, 『상허학보』 22, 상허학회, 2008, 166~167면.

받고 그의 유지를 이어나간다는 기본 설정 외에도, 투사적 주체성이 확립되는 과정에서 아버지가 가장 큰 장애물로 등장하고 그것을 극복해내는 등의 세부적 일치도 있다.

그러나 둘에게 있어서 '사랑'과 '사회투쟁'의 두 요소가 차지하는 의미는 다르다. 옐레나의 변화 과정은 그의 연인 인사로프의 영향에서 시작되고 완성된다. 즉 옐레나를 움직이는 것은 결국 사랑이다. 홀로 남은 뒤에도 옐레나가 운동가로서의 삶을 지속하는 이유는 그것이 인사로프의 투쟁이었기 때문이다. 그녀는 사랑을 얻기 위해 투쟁했고, 그 사랑으로 인해 남은 생을 헌신하며 살아가려 한다.

하지만 로사는 이미 확고히 선 자신의 사상에 근거하여 행동한다. 말하자면 옐레나가 아버지와 대립하는 이유는 인사로프와의 사랑을 쟁취하기 위해서지만, 로사는 보장된 사회적 지위를 내던지고 계급운동에 투신하기 위해서이다. 다음을 대비해 보자.

> "결혼했다! 그 가난뱅이 몬테네그로 녀석하고! 지체 높은 귀족 니콜라이 스타호프의 딸이 부랑인에게, 가난뱅이 지식인에게 시집을 갔다니! 부모의 축복도 없이! 그래 내가 그냥 내버려 둘 성싶으냐? 불평을 안할 성싶어? 내 널…… 너를…… 그냥…… 널 수도원에 집어넣어버리겠어. 그리고 그 녀석은 죄수들과 같이 강제 노동을 보내야겠군!"
>
> (…중략…) "아버지 좋으실 대로 절 처분해 주세요. 하지만 절 뻔뻔스럽다느니 위선자라느니 하고 비난하지는 말아 주셔야 해요. 전 원치 않았던 거예요…… 아버지를 조금이라도 미리 괴롭혀 드리고 싶지는 않았어요. 하지만 어차피 며칠 새에 여길 떠나기로 되어 있어서요."

(…중략…) 그러면 어머니는 아무 말 없이 눈물이 글썽한 눈으로 딸을 오래오래 지켜보는 것이었다. 이 무언의 질책은 그 무엇보다도 깊이 엘레나의 가슴을 찔렀다.

(…중략…) "어떡하면 좋아요? 내 잘못은 아니에요. 그이를 사랑하는 걸요. 달리 어떻게 할 수가 없어요. 운명을 탓해 주세요. 아버지가 싫어하는 사람, 어머니한테서 날 떼어 데려갈 사람을 만나게 한 것도 운명이잖아요."[54]

"이년의 가시내야! 늬 백정놈의 딸로 벼슬까지 했으면 무던하지. 그보다 무엇이 더 나은 것이 있더노?……."

(…중략…) "아배는 몇 백 년이나 몇 천 년이나 조상 때부터 그 몹쓸 놈들에게 온갖 학대를 다 받았으며, 그래도 그 몹쓸 놈들의 썩어자빠진 생각을 그저 그대로 가지고 있구만. 내사 그까짓 더러운 벼슬이고 무엇이고 싫소구마…… 인자 참 사람 노릇을 좀 할란다."

(…중략…) "야, 늬 생각해 보아라. 우리가 그 노릇을 해가며 늬 공부시키느라고 얼마나 애를 먹었노. 늬 부모를 생각키로 그럴 수가 있능가?…… 자식이라고 딸자식 형제에서 늬만 공부를 시킨 것도 다 늬 덕을 보자꼬 한 노릇이 아니가?"

"그러면 어매 아배는 날 사람노릇 시킬락고 공부시킨 것이 아니라, 돼지 키워서 이(利)보듯기 날 무슨 덕 볼락고 키워 논 물건으로 알았는게요?"(28~29면)

---

54 투르게네프, 전희직 역, 「전날밤」, 『첫사랑·전날밤』, 1993, 391~392·396~397면.

그렇다면 로사의 각성은 어디서 온 것인가? 「낙동강」은 로사의 근본적 변화가 성운으로부터 시작되었다는 그 어떤 근거도 제시하지 않는다. 물론 그녀에게도 성운의 존재는 컸다. 하지만 성운과의 감정이 싹튼 것은 그녀 스스로 '여성 동맹원'이 된 이후의 일이었다. 성운의 감화로 로사의 사상은 더욱 투철해질 수 있었지만, 기본적으로 성운의 존재는 원래의 각오를 굳세게 이행하는 버팀목의 역할을 할 뿐이다. 로사에게 '사랑의 힘'과 '사상의 힘'은 인과 관계가 아니라 병렬 관계에 있다. "이같이, 로사는 사랑의 힘, 사상의 힘으로 급격히 변화하여 가는 사람이 되었다."(30면)

셋째, 두 소설은 남녀 주인공이 투신하는 운동의 성격 자체가 다르다. 『그 전날 밤』이 그리는 것은 민족해방운동이다. 그러나 「낙동강」의 운동은 사회주의자로서의 실천, 곧 계급해방을 위한 투쟁이었다. 「낙동강」은 이 두 가지 노선을 모두 언급하되 명확한 경계선을 긋는다. 다음은 성운이 사회주의자가 된 경위다.

그 뒤에 그는 남북만주, 노령, 북경, 상해 등지로 돌아다니며, 시종이 일관하게 독립운동에 노력하였다. 그러는 동안에 다섯 해의 세월은 갔다. 모든 운동이 다 침체하고 쇠퇴하여 갈 판이다. 그는 다시 발길을 돌려 고국으로 향하게 되었다. 그가 조선으로 들어올 무렵에, 그의 사상상에는 큰 전환이 생겼다. 그것은 다른 것이 아니라 이때껏 열렬하던 민족주의자가 변하여 사회주의자가 되었다는 말이다.(23면)

성운은 해외에서 독립운동을 펼치다가 민족주의자에서 사회주의자로 전향한 인물로 설정되어 있다. 전자로서 투쟁하던 시기, 그의 초점은 조국의 독립운동이었다. 그러나 사회주의자가 된 이후 그는 조선의 농민 속으로 들어가 브나로드 운동을 펼치는 한편, "선전, 조직, 투쟁"의 세 가지를 기치로 하여 소작 조합을 만들고 대지주나 동양척식주식회사의 횡포에 맞서는 등 계급투쟁을 이끌게 된다. 인사로프와 성운의 차이가 여기에 있다. 터키의 압제하에 있던 불가리아인 인사로프는 해외(즉 러시아)에서 민족주의 계열의 독립운동을 펼친 인물이다. 즉, 인사로프는 사회주의자로의 전향 이전 단계의 박성운과 동일한 위치에 있다. 조명희는 여기서 한 발 더 나아간다. 인사로프는 민족주의자인 채로 조국에 들어가 독립전쟁을 수행하려다 최후를 맞았다. 그러나 박성운이라는 캐릭터에는 '인사로프가 사회주의자로 변모한다면? 그리고 그 이후 귀국하여 활발한 계급투쟁을 펼친다면?'이라는 상상력이 가미되어 있다. 따라서 운동의 방향성과 전략은 모두 달라질 수밖에 없었다. 사회주의 혁명 노선에서는 제국으로부터의 해방이 지상명제가 아니기 때문이다.

로사의 실천적 모델인 '로자 룩셈부르크'가 의미를 획득하는 지점도 여기다. 로자 룩셈부르크는 러시아의 식민지였던 폴란드 출신이었지만, 폴란드의 독립에 초점을 맞춘 사회주의자들과는 오히려 반목한 인물이다. 철저한 국제주의자였던 로자는 자국 이기주의와 전쟁의 시발점이 되는 민족주의를 경계하고 진정한 아래로부터의 혁명을 꿈꿨다. 이는 로자 룩셈부르크라는 이름이 알려지기 전부터 지니고 있던 신념이었다. "다른 당파들에게 그들, 특히 로자는 폴란드 민중의 현실에는 눈감은 광신도로 보였다. 그들은 로자가 폴란드의 운명에는 무관심하다고 비난을 퍼부었다. (…중략…) 그녀는 민족의 중요성을 가늠하지 못했다. 아니 거부했다. 민족이라는 관념에서 파생되는 민족주의와 쇼비니즘이 초래할 수 있는 폭력과 광기를 두려워했기 때문이다. (…중략…) 그래서 로자는 국제주의자가 되었고, 계속해서 국제주의자로 남을 터였다.[55] 이와 관련하여, 성운의 죽음 이후에 그려지는 로사의 행보는 시사하는 바가 크다. 「낙동강」은 다음과 같이 끝난다.

이 해의 첫눈이 푸뜩푸뜩 날리는 어느 날 늦은 아침, 구포역에서 차가 떠나서 북으로 움직이어 나갈 때이다. 그 차가 들녘을 다 지나갈 때까지, 객차 안 동창으로 하염없이 바깥을 내어다보고 앉은 여성이 하나 있었다, 그는 로사다. 아마 그는 돌아간 애인의 밟던 길을 자기도 한 번 밟아보려는 뜻인가 보다. 그러나 필경에는 그도 멀지 않아서 다시 잊지 못할 이 땅으로 돌아올 날이 있겠지.(31면)

로사는 북행을 단행한다. 만약 엘레나였다면 떠나지 않고 성운의 사업을 이어서 해나갔을 것이다.[56] 그러나 로사는 달랐다. 비록 애초부터

---

55 막스 갈로, 임헌 역, 『로자 룩셈부르크 평전』, 푸른숲, 2000, 99면. 추가로 다음을 참조. "로자는 마르크스의 제자가 되기를 원했다. 그것은 무조건 숭배하는 방식이 아니라, 비판적이며 창조적인 방식으로 계승하는 것이었다. 그런 행동의 중심에는 항상 폴란드 노동자들을 폴란드 독립을 위한 전투에 끌어들여서는 안 된다는 신념이 자리잡고 있었다. 로자는 독일인, 러시아인이 함께 하는 사회주의를 위한 투쟁만이 해방적이고 진보적인 것이라고 믿었다. 그러므로 민족주의자가 된다는 것은 퇴행적이고 반동적인 것이었다." 막스 갈로, 앞의 책, 117면.
56 엘레나는 인사로프의 죽음 이후 부모에게 편지로 자신의 이후 계획을 알린다. 그의 조국에서의 봉기에 간호원으로 동참하여 그가 평생 하려 했던 일을 하겠다는 내용이다. 일부를 인용한다. "제겐 이미 드미트리의 조국 외에 다른 조국은 있을 수 없습니다. 그곳에선 봉기하여 전쟁할 채비를 하고 있답니다. 전 간호원이 되어 전상자들을 간호하렵니

성운의 지론이 "죽어도 이 땅 사람들과 같이 죽어야 할 책임감과 애착"(26면)을 갖고 이 땅에서 투쟁하는 것이었음에도 불구하고 말이다. 그렇다면 로사의 북행은 무슨 이유 때문일까? 인용문의 "애인의 밟던 길을 자기도 한 번 밟아보려는 뜻"이 말하는 의미가 단순히 성운을 기념하기 위한 순례는 아닐 것이다. 성운은 북방에서 사회주의가 되었고 그후 식민지 조선으로 들어와 운동을 조직하고 이끌었다. 따라서 "애인의 밟던 길"은 곧 사회주의자로서의 탄생과 실천의 길을 의미한다. 결국 성운의 사후 그려지는 로사의 북행은 남자의 운동을 계승하는 차원이 아닌 남자와 동등한 사회주의 운동가로서의 독립적 주체가 된다는 의미를 내포하고 있다. 나아가 그것은 로자 룩셈부르크의 길이었던 사회주의자의 국제적 연대를 천명하는 것과도 맥이 상통한다. 옐레나는 간호원이 되려 했으나, 로사는 폭발탄이 되려했다.

이 지점에서 「R군에게」에 이어 다시 한번 고리키의 『어머니』를 언급할 필요가 생긴다. 지금까지 이 글은 투르게네프의 『그 전날 밤』을 「낙동강」의 참조항 혹은 극복의 대상으로 전제하고서 논의를 펼쳤지만, 연인 관계가 아닌 '사회주의자'라는 키워드를 대입할 때 더 적실한 비교항은 『어머니』이기 때문이다. 사회주의운동의 지도자(아들)와 그의 부재 속에서 진정한 혁명가로 거듭나는 여성(어머니)이라는 구도는 애써 강조하지 않아도 성운과 로사를 떠올리게 한다. 또한 헌병대에 의해

다. 제 앞에 어떠한 일이 닥쳐올는지 모르겠지만, 드미트리가 죽었다 하더라도 전 그의 추억 속에 살며, 그가 평생 하려 했던 일을 하겠습니다." 투르게네프, 전희직 역, 「전날 밤」, 『첫사랑・전날밤』, 1993, 422면. 한편, 간호사가 되어 남편의 조국에서 일어나는 독립전쟁을 돕겠다는 옐레나와, "나는 폭발탄이 되겠나이다"(「낙동강」, 31면)라고 거듭 되뇌이는 로사의 각오 역시 흥미로운 대조를 이룬다.

짓밟히는 『어머니』의 주인공 닐로브나의 마지막 모습은 우파 의용대의 폭력으로 생을 마감한 로자 룩셈부르크의 최후를 상기시킨다. 물론 로자 룩셈부르크의 죽음 이전에 소설 『어머니』가 있었기에, 닐로브나는 로자 룩셈부르크를 염두에 둔 캐릭터가 아니었다. 하지만 1927년의 조명희는 그들의 최후가 닮아있다는 사실을 정확하게 인지하고 있었을 것이다.

4. 투쟁으로서의 문학과 그 이면

투르게네프와 고리키는 명백히 다른 성향의 문인이다. 그러나 조명희에게 그 둘은 소설을 써야했던 상황에서 가장 먼저 떠올릴 만한 이름이기도 했다. 조명희는 그가 읽고 번역했던 투르게네프의 작품을 자신의 창작 속에서 활용했지만 핵심적 발화를 되풀이 하지는 않았다. 고리키에 대한 독서로부터 촉발된 창작에서도 조명희는 끝내 자신이 하고자 하는 이야기를 보다 예각화하는 데 집중했다. 그 속에는 식민지 현실의 비참함과 그 원인의 해부, 그리고 대안으로서의 사회주의와 하층민 연대 등의 문제의식이 있었다. 그는 자신에게 익숙했던 서사를 가져오되 거기 새로운 사상을 주입하고자 했다.

다른 한편, 조명희가 아무리 차별화된 지점들을 확보했다 하더라도 그의 소설 속에 기입된 작품의 흔적들은 남는다. 기존 연구에서 자주 물음표가 수반되었던 프로문학으로서의 조명희 작품이 지닌 비非전형적 요소, 즉 서정성이나 낭만성 등은 거기에서 기인하는 바 클 것이다. 그런데 이러한 의문 자체도 우문일 수 있다. 왜냐하면 조명희 자신이 누차 이야기했던 자기 문학관 형성기의 주요 작품들은 애초부터 프로문학이 아니었기 때문이다. 조명희 소설은 메시지를 통해 프로문학으로서의 정체성을 분명히 보여준다. 하지만 조명희가 창작 과정에서 참조한 프로문학 외부의 다양한 재료들 또한 조명희 소설의 정체성 일부를 구성했다. 조명희의 소설에 프로문학답지 않은 요소가 있다면, 그 이유는 조명희가 프로작가이기 이전에 한 명의 문학청년이었기 때문일 것이다.

조명희에게서 확인되는 이러한 창작방법론은 당연히도 그의 전유물일 리 없다. 1920년대에 봇물처럼 쏟아지기 시작한 소설들 중 많은 경우는 저마다의 참조 대상이 따로 존재했다. 중요한 것은 그중 상당수가 작가 본인에 의해 이미 드러나 있다는 사실이다. 특히 그들이 번역하여 남긴 텍스트들은 그들의 인장印章이 찍혀 있는 문제의식의 총체나 다름없다. 이를 어떻게 활용할지는 전적으로 연구자들의 손에 달려 있다.

제5장
염상섭·현진건의 통속

1. 예기치 못한 번역

문인 개개인에게 있어서 '번역'이란 '창작'의 원천이 되는 체험이기도 했지만, 때로는 전혀 다른 의미이기도 했다. 바로 '독서'의 단계가 생략된, 텍스트 선택에 있어서 주체성이 결여된 번역이 존재했기 때문이다. 예를 들자면 조명희 소설 「땅 속으로」의 1인칭 주인공이 보여주듯 생계유지를 위해 '번역이라도' 해야 하는 상황에 내몰린 경우나, 현진건 소설『지새는 안개』의 창섭이 보여주듯 직업적 상황 때문에 번역 업무가 강제적으로 떨어지는 사례 등을 떠올릴 수 있다. 이 경우 해당 번역자는 텍스트의 선택 단계에서부터 배제될 수도 있었다. 김유정은 문자 그대로 '살기 위해' 번역을 택하곤 했다. "또 다시 탐정소설을 번역하여 보고 싶다. 그 외에는 다른 길이 없는 것이다. 허니 네가 보던 중 아주 대중화되고 흥미 있는 걸로 한둬 권 보내주기 바란다. 그러면 내 오십일 이내로 번역해서 너의 손으로 가게 하여 주마. 하거든 네가 극력 주선하여 돈으로 바꿔서 보내다오."[1] 짧은 생애가 사그라져가고 있던 순간, 김유정은 번역으로 돈을 벌어 몸을 회복하는 것 외에는 "다른 길이 없"을 만큼 절박했고, 이때 텍스트의 선정은 양도될 수 있는 절차에 불과했다.

그러나, 그 또한 번역이었다. 자신이 선택하지 않은 텍스트, 혹은 자신이 경원시하던 텍스트를 어쩔 수 없이 번역한다는 것은 작가에게 무엇을 의미했을까? 독서에서 자발적 번역으로 나아가는 순차적 전개가 아닌, 번역을 하면서 독서가 이루어지는 상황, 혹은 번역해야 했기에 마지못해 독서를 하는 상황은 과연 그 주체의 내면과 작가로서의 도정에 어떠한 영향을 미쳤을까? 본 장은 이상의 문제의식에 착안하여 염상섭과 현진건을 비교항으로 삼고 그들의 통속소설 번역에 주목하고자 한다. 이 두 명은 문학적 소양이나 지향점, 삶의 궤적 등에 있어서 많은 중첩을 보이면서도 확연히 다른 개성을 지닌 문인으로 평가받고 있다. 이들을 한 데 엮어 비교하는 방식은 그들의 문학관이나 작품이 번역 체험과 관계 맺는 특수한 지점들을 보다 객관화하는 데 일조할 것이다.

1　김유정, 「필승前」, 『원본 김유정 전집』, 강, 1997, 474면.

2. 염상섭의 번역과 통속소설의 재인식

이른바 초기 3부작 이후 염상섭은 1922년 7월에 자신의 첫 번역소설 「사일간四日間」(『개벽』)과 「만세전萬歲前」의 모태인 「묘지墓地」 첫 회 (『신생활』)를 동시에 게재한다. 1923년에는 번역 편수가 두 편으로 늘어난다. 이 해에 그는 투르게네프의 「밀회」와, 독일희곡 〈디오게네스의 유혹〉을 선보였다.[2] 잡지 게재만을 기준으로 삼는다면 창작보다 오히려 더 많은 편수였다.

1924년에도 염상섭은 두 편의 작품을 번역한다. 그런데 이 두 편의 번역 텍스트는 그때까지의 번역 대상과는 크게 달랐다. 하나는 평문관 平文館을 통해 단행본으로 나온 『남방의 처녀』였고, 다른 하나는 『시대일보』에 장기 연재된 『쾌한 지도령』이었다. 이들은 염상섭의 이전 번역에는 없던 통속성에 기초한 콘텐츠이자, 양식적으로도 장편소설들이었다. 원작 정보도 생략한 채 나온 염상섭의 네 번째 번역작 『남방의 처녀』는 당시 유행하던 활극 영화나 정탐소설, 연애소설 등에서 흔히 볼 수 있는 내용으로 점철되어 있었다.[3] 이미 문예 작가로 알려져 있던 염상섭은 이러한 소설에 이름을 내 거는 것에 부담도 느꼈다. 그 심정은 일종의 거리두기로 시작하는 『남방의 처녀』의 역자 서문에 어느 정도 드러나 있다. "활동사진을 별로 즐겨하지 않는 나는 활동사진과 인연이

---

2 이 책의 제2부 3장 참조.
3 『남방의 처녀』에 대한 분석은 오혜진, 「"캄포차 로맨쓰"를 통해 본 제국의 욕망과 횡보의 문화적 기획」, 『근대서지』 3, 근대서지학회, 2011 참조.

깊은 탐정소설이나 연애소설, 혹은 가정소설과도 자연히 인연이 멀었었습니다."[4]

하지만 염상섭은 곧이어 번역 과정에서 얻은 깨달음을 고백한다. "그러나 이 캄포차왕국의 공주로 가진 영화와 행복을 누릴 만한 귀여운 몸으로서 이국풍정을 그리어 동서로 표량하는 외국의 일 신사의 불같은 사랑에 온 영혼이 도취하여, 꽃아침 달밤에, 혹은 만나고 혹은 떠나며 혹은 웃고 혹은 눈물짓는 애틋하고도 장쾌한 이야기를 읽고서는 비로소 통속적 연애대중소설이나 탐정소설이라고 결코 멸시할 것이 아니라고 생각하게 되었습니다."

이렇게 "멸시할 것"으로 대변되던 염상섭의 통속소설관은 번역의 체험을 통해 균열을 일으키게 된다. 이어서 그는 다음과 같이 쓰고 있다.

이것은 물론 고급의 문예소설도 아니요, 또 문예에 대한 정성으로 역술한 것은 아니외다. 오히려 문예의 존엄이라는 것을 생각할 제 조금이라도 문예

4 　염상섭, 「역자의 말」(『남방의 처녀』, 평문관, 1924), 한기형·이혜령 편, 『염상섭 문장 전집』I, 소명출판, 2013. 325면. 이하 염상섭 글의 인용에서 앞의 『염상섭 문장 전집』의 현대어 표기를 그대로 가져올 경우 '『문장 전집』I, 00면'과 같이 약식으로 표기한다.

에 뜻을 두고 이 방면에 수양을 쌓으려는 지금의 나로서는 부끄러운 생각이 없지도 않음을 깨달았습니다. 그러나 '자미있었다', '유쾌하였다'는 이유와, 물리치기 어려운 부탁은, 자기의 붓끝이 이러한 데에 적당할지 스스로 헤아리지 않고 감히 이를 시험하여보게 된 것이외다. 계해(癸亥) 첫겨울 역자[5]

주목할 부분은 이 짧은 내용 속에서 엿보이는 문예소설과 통속소설에 대한 인식의 유동이다. 염상섭은 이 책을 "문예에 대한 정성으로 역술한 것은 아니"었지만, 문예와 통속을 더 이상 '좋은 것'과 '나쁜 것'의 이분법으로 규정하지도 않는다. 즉, 여기에는 염상섭의 기존 문예관와 번역 이후의 새로운 관점이 혼재되어 있다. "고급의 문예소설", "문예의 존엄" 등의 표현이 전제하듯 고급과 저급이라는 위계는 있을망정, '저급'에서도 "'자미있었다', '유쾌하였다'"는 차별화된 가치가 인정된다. 통속물이 '재미'와 '유쾌'를 추구한다는 것을 그 전까지의 염상섭이 몰랐을 리 없다. 그러나 단지 추상적으로 여기고 있던 '재미'와 '유쾌'가 번역의 체험 속에서 생생한 가치를 획득하게 된 것이다. 위 서문은 염상섭 스스로 날카롭게 구획하던 문예소설과 통속소설을, 이제는 다른 관점에서 바라보게 된 경위를 설명해준다.

물론 상업적 목적과 결부될 수밖에 없는 위 진술을 어디까지 신뢰할 수 있느냐의 문제는 남는다.[6] 하지만 염상섭은 멸시하거나 최소한 심드렁한 태도를 견지하던 부류 중 하나를 읽어내야 했고, 해당 텍스트의

---

5 위의 글, 325면.
6 위 인용문에 따르자면 이 소설을 번역한 직접적 계기는 "물리치기 어려운 부탁" 때문이었다. 애초에 염상섭이 택한 텍스트가 아니었을 가능성이 큰 셈이다.

서사 및 묘사의 특질과 그것을 구현하기 위한 적절한 어휘를 고민해야 했다. 이는 기호나 가치관과 상관없는 번역자의 의무였다. 그런데 그것이 결국 소설에서의 '재미'와 '유쾌'라는 덕목의 독자적 가치를 긍정하는 계기를 제공했다. 『남방의 처녀』 이전까지 염상섭의 글에서 확인되는 '통속'의 용례는 "단테나 괴테나 혹은 위고, 톨스토이와 같은 대작가더러 저급低級의 비근卑近한 통속물을 지으라는 요구는 무리가 아닐까"[7]나 "우선 『사랑의 싹』부터 말하면, 이것은 일견一見하여 일본의 통속신파물을 축소번역한 것을 알 수 있다"[8]와 같이 습관화된 부정 화법 속에서 나타났다. 그러나 『남방의 처녀』부터는 '통속'의 개념을 사용함에 있어 나름의 논리와 서술의 맥락을 고려하는 국면의 전환이 확인된다.

한편 염상섭의 『남방의 처녀』 번역은 인용문의 마지막 문장에서 직접 밝히고 있듯 "자기의 붓끝"으로 쓴 통속소설에 대한 첫 "시험"이기도 했다. 그 사실을 있는 그대로 시인하는 염상섭의 태도는 중요하다. 이는 저급한 대상에 예외적으로, 또한 불가항력적으로 손 대었을 뿐이라는 변명과는 거리가 멀었다. 오히려 그는 "감히"라는 표현을 써가며 자신이 잘 모르던 글쓰기의 시도를 염려한다. 이는 염상섭의 작가적 권위를 유달리 강조한 신문광고의 논조와는 판이한 모습이기도 했다. 신문광고는 가장 먼저 "염상섭 씨 역작譯作"이라고 붙인 후 선전문에서도 처음부터 "조선소설계의 권위인 역자의 대역작!"이라는 등 무척이나 염상섭의 이름에 기대는 모양새다. 역서의 기본적 가치는 원저자의 권

---

7 제월(霽月), 「여(余)의 평자적(評者的) 가치를 논함에 답함」, 『동아일보』, 1920.5.3
   1.~6.2, 『문장 전집』 I, 124~125면.
8 상(想), 「민중극단의 공연을 보고」, 『동명』, 1922.10.8, 『문장 전집』 I, 264면.

위에서 오는 것이 상식인데, 여기서는 원저자의 정체에 대해서는 일언반구도 없이 오직 역자의 권위만을 환기한다. 동시에, "남방사랑의 진적면眞赤面!! 처녀정랑의 교섭!! 읽으라 사랑에 취키 위하여! 남방정취에 취키 위하여!!"라는 큰 활자에서 감지되듯, 선전문구 역시 대부분 낭만적 사랑 이야기에 방점을 찍고 있다.[9] 그렇다면 염상섭의 '권위' 운운한 홍보 전략은 번지수를 잘못 찾은 것이기도 했다.[10] 당시까지를 기준으로 한 염상섭의 작품 중에는 연애담 자체가 부재했기 때문이다.

그러한 의미에서, 이 선전문구가 독자들에게 제대로 된 호소력을 발휘했을지는 미지수다. 하지만 『남방의 처녀』가 번역자인 염상섭 본인의 사유에 전환점을 제시한 것은 지금까지 논의한 대로이다. 봐야할 이유도 없던 통속소설 한 편이 어떠한 이유로든 번역의 대상이 되어버렸고, 이는 통속성 자체에 대한 인식 전환의 시발점으로 작용했다. 혹여 시작은 경제적 이해관계가 얽힌 형식적 동조이거나 자기 이름을 내 건 소설에 대한 포장이었을지 모른다. 그렇지만 이미 '문인 염상섭'이라는 주체의 변화는 시작된 것이었다. 통속소설에 대한 적극적 의미 부여는 장차 염상섭 문학관의 한 축을 이루게 될 터였다. 당연히도 이 번역의 체험만이 유일한 변수는 아니겠지만, 결과적으로 염상섭의 소설 창작

---

9 작은 활자 부분은 다음과 같다. "불갓흔 사랑에, 온 靈魂이 醉하야. 꽃아참 달밤에, 或은 맛나고 或은 떠나며 或은 눈물짓는 애틋하고도 장쾌한 이약이! 南邦의 處女와 西邦의 情郎, 두 사람 사이에, 애끓는 사랑과 그 周圍에서 일어나는 왼갓 不祥事! 그 사이에 목숨을 내놋코, 사랑의 실마리를 매저주고저 하는 義友의 壯擧와 明敏한 偵探과 兇惡한 惡人 等으로 結局은 사랑의 勝利된 것!" 『동아일보』, 1924.4.12, 3면.

10 4월 17일 광고부터 염상섭의 권위를 내세우는 문구가 빠지는 것은 전략의 착오를 감지한 출판사의 조정 결과였을지 모른다. 한편 번역을 표현하는 용어도 '역작'에서 '역술'로 바뀐다.

과 문학론은 그 즈음부터 새로운 단계에 진입한다.

3. 현진건의 번역과 통속소설 인식의 고착

현진건은 염상섭과는 달리, 창작보다 번역으로 이름을 먼저 알린 케이스다. 뿐만 아니라 첫 번역소설 「행복」이 나온 1920년부터 1922년까지의 3년간을 보면 현진건의 활동은 '창작'보다 '번역'에 기울어져 있었다.

그의 초기 번역대상 역시 염상섭과 마찬가지로 통속성보다는 예술성에, 장편보다는 단편에 초점 맞추어져 있었다. 1922년 『조선일보』에 처음으로 장편소설을 역재하지만 투르게네프라는 문호의 작을 택했다는 점에서 기존 작업의 연장선상에 있었다.[11] 그러한 흐름은 이어지는 『조선일보』 연재소설 『백발』(1921.5.14~10.?)을 기해 전환점을 맞이한다. 『백발』은 삼각관계와 치정살인 및 복수를 다루는 전형적인 통속물로서, 분량 또한 중편보다 약간 긴 정도인 『부운浮雲』과 달리 본격적인 장편이었다.

현진건이 『백발』에서 사용한 역자명은 '청황생靑黃生'으로서, 이 소설에서 처음이자 마지막으로 등장했다.[12] 이 필명의 사용 이유는 현진건

---

11 해당 작품은 『부운(浮雲)』(1921.1.24~4.30)이며, 투르게네프 원작의 제목은 『루딘』이다.

자신이 통속물의 생산 주체로 노출되는 것을 꺼려했기 때문이다. 흥미롭게도 현진건이『백발』을 시작하던 시점의『조선일보』지면에는 이미 현진건의 첫 창작 장편소설이 연재되고 있었다. 바로『효무』(1921.5.1~5.30)였다. 이 소설이 28회를 끝으로 중단되었기 때문에 결국『백발』과 공존했던 시기는 보름 남짓이었지만, 그가『조선일보』에 창작 장편과 번역 장편을 동시에 게재했고 결국 지면에서 보다 오래 존속한 것이 '빙허'로 발표한 창작이 아니라 '청황생'으로 실은 번역 쪽이었다는 사실은 특기할 만하다. 그는 동년 11월 자신의 세 번째 단편소설인「술 권하는 사회」를 발표하기까지『백발』의 번역 외에는 여타의 작품을 쓰지 않았다. 이 4개월에서 5개월에 이르는 시간 동안 현진건은 자신이 추구하던 문학과는 전혀 다른 부류의 텍스트를 '자신의 붓끝'으로 옮기는 작업에 임했던 것이다.

『백발』의 역자 서문은 앞서 살펴 본 염상섭의『남방의 처녀』와는 전혀 다른 느낌이다. 염상섭이 통속소설의 가치를 긍정하는 방식이었다면, 현진건은 엄연히 소설인『백발』을 꾸며낸 이야기가 아닌 '사실'로 둔갑시킨다.

독자제씨에게. 이 소설은 이태리소설이올시다. 아니 소설이 아니라 사실기담(事實奇談)이올시다. 세계 의학계를 진동한 죽었다가 살아난 사람이 지은 자서전이올시다. 이 소설 가운데 일어나는 어느 일이 기이하고 자미스럽지

---

12 현진건이 청황생이었다는 것은 그의 경험담인「같잖은 소설로 문제」(『별건곤』 18, 1929.1)을 통해 확정되며, 이에 대해서는 최성윤의 연구에서 먼저 지적된 바 있다. 최성윤,「『조선일보』초창기 번역·번안소설과 현진건」,『어문논집』 65, 민족어문학회, 2012, 472면.

않은 것이 없으며 그러면서도 그것이 꾸민 것이 아니고 지은 것이 아니라 낱낱이 참된 말이올시다. 그리고 정 많고 한 많은 남쪽 구라파 사람의 손에 된 것이라 그 창자를 에는 듯 애처로운 생각에는 사람으로 하여금 한 줄의 눈물을 아낄 수가 없게 하고 그 꽃답고 향기로운 구절에는 보는 사람으로 하여금 마음이 저리고 눈이 어리게 만듭니다. 다만 이것을 우리말로 옮기는 필자의 재주 없음을 한할 뿐입니다.[13]

'이태리소설', '사실기담', '자서전' 등의 오락가락 하는 설명과 '세계 의학계'를 소환하는 난데없는 설정은 대체 어디서 온 것일까? 현진건의 『백발』 번역을 다룬 연구는 현재까지 두 편이 제출되어 있는데, 공통적으로 위 소개글에 대해서는 "텍스트의 내용과는 완전히 동떨어진 수사"라거나,[14] "작품의 배경을 보고 번역자가 넘겨짚은 것"[15]이라는 등의 판단을 내리고 있다. 그러나 이는 사실 현진건의 오해라기보다 그 자체가 『백발』의 저본이 된 구로이와 루이코岩淚(1862~1920)의 번역소설 『백발귀白髮鬼』(1893)에 삽입된 구로이와의 전략적 소개에 기반한 것이었다. 구로이와 루이코의 역자 서문은 비교적 장문의 글인데, 『조선일보』의 서문과 중첩되는 부분을 중심으로 소개하자면 다음과 같다.

그렇더라도 이들은 모두 이전의 일로서, 최근의 사례는 없다. 만약 있다면 그 전말을 알고 싶다고 생각하여, 그것을 의사 모 씨에게 문의한바, 소생의 예

---

13 청황생, 「'백발' 서문」, 『조선일보』 1921.5.14, 4면.
14 최성윤, 앞의 글, 471면.
15 황정현, 「현진건 상편번역소설 「백발」 연구」, 『한국학연구』 42, 한국학연구소, 2012, 318면.

는 수시로 존재하여, 그 가장 가까운 것은 1884년(메이지 17년) 이탈리아에서 악질이 유행했을 때, 그것에 전염되어 사망한 한 사람이 무덤에서 살아 돌아온 예가 있다고 전해진다. 그 살아 돌아온 이가 누구냐고 묻는다면 나폴리의 귀족, 백작 로마나이 하뷰 씨라고 답할 것이다. 이 사람이 진실로 부활하여 지금도 여전히 생존하고 있다면 필시 무언가 이 사람이 그 후에 자서전으로 쓴 문장이 있는 것이 당연하여, (…중략…) 다만 이와 같은 서양 의사신지(醫事新誌)에 잡보로서 기록된 것이라고 전해진다. (…중략…) 그 전편의 기사는 실로 인정의 극치를 기록한 것이다. 그것을 가공한 소설에 비한다면 눈을 현란케 하는 파란은 없다 해도, 소설가 누구라도 묘사하고 싶어도 쓸 수 없는 것이다. (…중략…) 내가 영미소설도, 프랑스소설도, 러시아소설도, 독일소설도 꽤나 읽어봤지만, 이 책과 같이 끝까지 읽은 후에 무정한 감정을 견딜 수 없는 것은 없었고, 이탈리아인은 한 많고 눈물 많은데다가 집념이 강하다고 들었지만, 한 많은 사람으로서도 처음 이러한 일을 겪은 것이 당연하다. (…중략…) 단지 졸렬한 역문으로 원서의 재미를 말살하는 것이 내가 깊이 우려하는 바이지만, 사실을 보도하는 잡보라고 봐준다면 가공으로 만든 이야기보다는 오히려 신문지의 본성에 가깝다고 말할 수 있지 않을까.[16]

두 인용문의 내적 유사성은 명료하다. 이탈리아 실존 인물의 자서전, 죽었다가 살아난 사람의 이야기, 의학계에 알려진 사실 등 주요 정보가 겹쳐질 뿐 아니라, 소설이 아니면서도 소설보다 놀랍다거나 한 많은 이

---

16 저자가 확인한 구로이와의 글은 1934년에 春陽堂에서 나온 『白髪鬼』(日本小説文庫 349)의 「譯者の前置」이다. 이는 구로이와 루이코가 남긴 과거 판본에 수록되어 있던 것을 전재(全載)한 것이다.

탈리아인 등 수사적 표현 역시 일치한다. 심지어 역자의 능력 부족에 대한 우려도 반복되고 있다. 청황생, 즉 현진건의 역자 서문은 결국 구로이와의 것을 압축·각색한 것이었다.

이를 미루어 볼 때, 피치 못하게 통속적 연재소설을 역재해야 한다면 차라리 전형적인 통속물과는 차별화된 것을 선택하고픈 욕망이 현진건에게 자리잡고 있었을 가능성이 크다. 적어도 일본의 『백발귀』는 이 기록이 '소설'이 아니라는 지점을 강조하고 있었고, 현진건은 큰 틀에서 그 구도를 이어받았다. 물론 그것 자체도 구로이와 루이코의 연출이었다. 구로이와 본인은 영국의 대중소설가 마리 코렐리의 *Vendetta!; or, The Story of One Forgotten*(1886)을 저본으로 삼았으면서도,[17] 위의 인용문처럼 이탈리아에서 발생한 실제 사건인 듯 겹겹의 가짜 근거들을 구축해두었다. 현진건의 경우도 그러한 선전 방식의 허구성을 알고 있었다. 이하에서 다루겠지만 훗날 『백발』을 언급하는 회고에서 그것을 명확히 소설로 취급하기 때문이다. 비록 청황생의 서문이 구로이와의 것과는 달리 소설과 비소설 노선 사이에서 혼선을 보이긴 하나,[18] 전체적 문맥에서는 비소설로 간주되길 원했다는 것이 드러난다.

통속소설로서의 정체성을 밝히지 않는 전략은 몇 년 후 『백발』의 단행본 버전으로 간행되는 『악마와 가티』(박문서관, 1924.1)의 광고들에서도 확인된다. 일단 1924년 1월 3일 자 『동아일보』의 「신간소개」에는 "惡魔와 가치(小說) 玄鎭健 譯"이라며 괄호로 이 책이 '소설'이라는 것을

---

17 황정현, 앞의 글, 321면.
18 일단 "이태리소설"이라고 규정하고, 다시 그것을 부정한 뒤 "사실기담", "자서전"이라 했다가 곧이어 다시 "이 소설 가운데"라며 명백히 주어에 '소설'을 올린다. 그 다음은 또 한 번 "꾸민 것", "지은 것"이 아니라 한다.

명시해 두었을 뿐 아니라, 한 줄 소개 내용에서도 "이 小說은, 男便이 死後에 무덤 속에서 蘇生하야 가지고…"라며 재차 '소설'임을 전제한다. 이어지는 소개 내용에서는 '소설'이라는 것을 말하면서도 '양성문제'라는 사회적 이슈와 연동돼 있음을 강조한다.[19] 요약하자면 「신간소개」에서의 소개는 소설임을 밝히되 그 통속성을 부각하지 않는 방식이었다. 1924년 1월에서 2월 사이 『동아일보』 1면 혹은 3면에 실린 『악마와 가티』 광고는 그 반대다. 여기서(이미지 자료)의 선전문구는 "變形된 戀愛의 極致를 보랴거든 / 妖艶한 女性의 眞相을 알랴거든, 이 冊일 넑어보시오"로서, 「신간소개」보다 통속성의 강조를 주조로 한다. 그런데 여기에는 '책'이라고만 되어 있을 뿐, 그 어디에도 '소설'이라는 언급이 없다. 정리하자면, '소설'을 드러낼 때는 사회적 효용을, '통속'을 드러낼 때는 사실적 가치를 강조한다. 결국 '통속'과 '소설'의 결합, 즉 '통속소설'로서의 정체성이 거듭하여 은폐되는 것이다.

신문연재소설의 통속성에 대해서는 이미 당대의 조선 문단 내에서도

---

19 "(…전략…) 믿고 믿던 아내가 하룻밤 사이에 不貞한 行動을 한 것을 보고 報讎的 畸形的으로 戀愛의 悲劇을 일으키게 된 것이라 한다. 兩性問題가 시끄러운 이때에 한 번 볼만하겠다"「신간소개」, 『동아일보』, 1924.1.3, 3면.

비판의 목소리가 대두되던 상황이었다. 주요한은 1920년 『창조』 7월 호에서 "번역을 하되 모모 신문지상에 게재되는 것 같은 속류의 갈채를 박하는 저급한 것은 말고 이를 감상하는 이의 수효가 십에 못 차더라도 진정한 의미의 예술적 작품을 소개함이 가하다 합니다"[20]라고 호소한 바 있다. 『백발』을 연재하던 1921년경의 현진건 역시 통속적 신문연재소설이 조선의 순문예 운동에 끼칠 해악을 잘 알았다. 그럼에도 신문사 내의 위치로 추측되는 모종의 이유로 번역이 불가피했을 그는, '빙허' 대신 '청황생'이라는 일회성 필명을 내세우게 된다. 결국 현진건은 두 가지를 숨긴 셈이다. 하나는 『백발』이 지닌 통속소설로서의 정체성이었고, 또 하나는 번역자 자신이었다.

현재까지의 논의에서 드러나는 현진건의 방식은 염상섭의 『남방의 처녀』 번역 때와는 대조적이다. 하지만 그들이 애초부터 동일한 조건 속에 놓여 있던 것은 아니었다. 『남방의 처녀』는 평문관이라는 출판사를 통해 단행본으로 직행한 사례이고, 『백발』은 신문연재소설로 출발했다. 게다가 전자는 번역자 염상섭이 이미 문단에서 자리잡은 1924년에 출판된 반면, 후자는 현진건이 여전히 신인에 불과하던 1921년에 나왔다. 1920년대 초는 순문예 운동의 당위성이 강력하게 주창되던 시기다. 이제부터 이름을 알려야 할 현진건으로서는 정체를 드러낸 채 통속소설을 장기연재하는 것이 부담스러울 수밖에 없었을 터이다.

한편, 개인으로서의 현진건도 『백발』로부터 유의미한 가치를 발견하지 못했을 가능성이 크다. 설령 이 소설을 억지로 번역하게 되었다

---

20 주요한, 「장강어구에서」, 『창조』 7, 1920.7, 55면.

하더라도, 번역 작업을 위한 심도 있는 독해 과정에서 모종의 영감을 얻을 여지조차 무시할 수는 없다. 그러나 허술한 차용에 그치는 역자 서문은 현진건이 그 영감에 대한 우연한 발견조차 실패했거나 일부로라도 무시하고자 했다는 것을 방증한다. 여기에 현진건 자신만의 소회는 없었다. 그는 그저 『조선일보』 연재 당시뿐 아니라, 단행본 『악마와 가티』로 개제되어 나올 때에도 구로이와 루이코의 '비소설' 전략을 그대로 가져다가 사용했을 따름이다.[21] 그는 낯선 필명만큼이나 심정적으로도 『백발』과의 거리를 유지했다고 할 수 있다.

현진건의 태도를 보다 결정적으로 보여주는 것은 많은 시간이 지난 이후인 1929년의 한 회고다. 제목마저 '같잖은 소설로 문제'인 이 회고에서 현진건은 『백발』을 다음과 같이 폄하한다.

나는 지금으로부터 약 8, 9년 전에 어떤 신문사에 있을 때에 저자의 이름도 잘 모르고 내용도 그리 변변치 못한 어떤 서양 소설을 하나 번역하여 「白髮」이란 題로 발표한 일이 있었는데 그 뒤에 동명사에 있을 때에 나에게 고맙게 하는 친구 한 분이 모 서점에 그것을 소개하여 일금 三百圓也의 원고료를 받고 팔게 하였었다. 그 서점에서는 그것을 「惡魔와 가티」로 개제하여 출판하였는데 그것으로 이익을 보았는지 손해를 보았는지 그는 알 수 없으나 제1회 출판을 하고는 아모 소식도 없더니 요 얼마 전에 그 서점에서는 나에게 하등의 말

---

21 소설을 실제 있었던 사건으로 포장하여 무게감을 더하는 것은 구로이와 루이코가 종종 사용하던 방식이었다. 예를 들어 구로이와는 포르튀네 뒤 보아고베 원작 『철가면』을 번역할 때도 이것이 "正史実歷"이라는 것을 부제로 천명했다. 이에 대해 긴 설명을 붙이는 방식도 『白髮鬼』와 비슷하다. 『白髮鬼』의 또 다른 판본에는 제목 위에 "情仇新傳"이라 선전되어 있다.

도 없이 다른 서점으로 판권을 전매하고 그 서점에서는 다시 제목을 고쳐서 「再活」이라 하고 출판하여 신문상으로 또는 삐라도 염치 좋게 憑虛 玄鎭健 著 라 하고 굉장하게 선전을 하였었다. 나도 처음에는 어쩐 까닭인지 영문도 알지 못하여 깜짝 놀래고 친구들도 나더러 소설을 새로 출판하였으니 책을 한 권 주어야 하느니 술을 한 턱 내야 하느니 하고 졸랐었다. 급기야 알고 보니 케케묵은 예전 그것을 다시 개제 출판하여 가지고 사람을 곤란케 하였다. 내가 소설을 더러 써 보았지마는 정작 힘들여 쓰고 내용도 관계치 않은 것은 원고료도 몇 푼 받지 못하고 또 아모 문제도 없었지마는 이 「白髮」은 내용도 별것이 없는 꼴같잖은 소설로서 원고료도 여러 작품 중에 제일 많이 받고 이리저리 팔려가기도 잘하고 제목의 변경도 잘하는 까닭에 나에게 성가심도 많이 주어 그야말로 「白髮」이 원수의 백발이야 하는 소리를 발하게 되었었다.[22]

『백발』에 대한 현진건의 태도가 무척이나 경시조인 점과 그것이 다른 필명의 사용 이유였다는 것은 이미 기존 연구에서도 거론된 바 있다.[23] 하지만 필명을 달리하면서까지 애써 감췄던 번역 사실을 왜 하필 1929년의 시점에 와서 공개하였는지에 대해서는 더 곱씹어봐야 한다. 일단 1924년에 나온 첫 단행본 버전인 『악마와 가티』는, '빙허 현진건 역술譯述'로 광고까지 하며 현진건을 노출시켰다. 그러나 이에 대한 그의 문제제기는 나타나지 않는다.[24] 정작 위 인용문에서 현진건이 가장

---

22 현진건, 「같잖은 소설로 문제」, 『별건곤』 18, 1929.1, 117면.
23 최성윤, 황정현의 앞의 글 참조.
24 현진건은 경제적 보상도 충분했다는 것을 밝혀두었다. 당시 받은 원고료(300원)가 "여러 작품 중에 제일 많이 받"은 것이었던 데에는 그 사이 창작 단편집(『타락자』)도 간행하고 유력 종합지 『개벽』을 위시한 여러 매체에 꾸준히 글을 발표하며 올라간 그의 이름값도 일조했을 것이다. 한편, 『악마와 가티』의 광고문에는 원저자의 이름 '로마나니트

못마땅해 한 지점은, 바로 동의 없이 타출판사로 넘어가 또 한 차례 개재된 단행본『재활』(광한서림, 1928)이 나온 데 있다. 이는 단순히 새로운 계약 과정에서 추가 원고료를 받지 못했기 때문만은 아니다. 결정적인 이유는『재활』에는 현진건 자신의 이름이 '역자'가 아니라 '저자'로 올라갔기 때문으로 보인다. 저자로 오해받았던 일화를 구체적으로 풀어놓은 것도 그가 가장 문제 삼는 대목이 거기에 있다는 증거이다. 바꿔 말하자면, 현진건이「같잖은 소설로 문제」를 쓴 핵심적인 의도 중 하나는 '최근 시중에 나와 내 이름으로 널리 유통되고 있는『재활』은 사실 나와 상관없는 작품'이라는 점을 공식화하는 데 있었다.『재활』의 간행이 1928년의 어느 시점이고「같잖은 소설로 문제」는 1929년 1월의 글이었으니, 그리 늦지 않게 자신의 입장을 표명한 셈이었다. 물론, 그 소설 자체의 가치에 대해서 자신의 기준과 멀찍이 분리시키는 것도 잊지 않았다. 폄하의 수사는 이러한 맥락에서 이해되어야 한다.

하포'가 풀네임으로 등장하는데, 이는 구로이와 루이코가『백발귀』의 내용이 소설적 허구임을 감추고자 강조한 실존 인물의 이름인 동시에 소설 주인공의 이름이기도 하다. 이 설정을 그대로 광고에 반영했다는 것은 소설의 내용과 일본어판 당시의 홍보 전략에 대한 이해가 있던 현진건 본인이『악마와 기타』의 광고를 위해 따로 정보를 제공했다는 사실을 시사한다.

4. 통속소설 번역과 장편소설 창작의 상관성

염상섭과 현진건은 『남방의 처녀』와 『백발』 이후에도 또 다른 통속소설을 번역하게 된다. 염상섭의 『쾌한 지도령』과 현진건의 『첫날밤』이 그것이다. 공교롭게도 이 두 편의 번역소설은 엇비슷한 시기에 『시대일보』의 연재를 통해 세상에 알려진다. 〈표 10〉은 창간부터 1925년까지 『시대일보』에 번역된 연재소설들을 정리한 것이다.

염상섭과 현진건은 둘 다 『시대일보』의 전신인 『동명』 때부터 함께 활동해왔으며, 『시대일보』로 넘어갈 때 염상섭은 사회부장을, 현진건은 학예부 기자를 담당한 바 있었다. 그러나 늘 경영난에 시달리던 『시대일보』의 명운은 길지 않았고 둘의 행보도 엇갈리게 된다. 아무튼 한창 『시대일보』의 중심에 있던 그들이, 특정 시기의 신문연재소설을 책임지게 된 것은 자연스러운 일이다.

사실 『시대일보』 시절의 염상섭과 현진건은 위 번역소설의 연재보다 이른 시기인 1924년 4월, 거의 동시에 창작소설을 연재하기도 했다. 현진건은 단편소설 「발籤」(1924.4.2~4.5), 염상섭은 「만세전」(1924.4.6~6.7)이었다. 날짜로 유추할 수 있듯 「만세전」의 연재는 「발籤」의 연재지면을 그대로 이어받았다. 해당 지면은 당시 『시대일보』 3면에 마련된 '문예'란이었다. 현진건은 단편 분량에 그쳤고, 염상섭은 미완작이었던 「묘지」를 재연재한 것이지만 '문예'란이라는 명칭이 암시하듯 둘 다 일반적 신문소설의 문법과는 다른 시도를 보여주었다. 의외인 것은 그들이 선택한 그 이후의 번역소설이다. 『쾌한 지도령』과 『첫날밤』 모두 강한 통속

<표 10> 『시대일보』 소재 번역소설(1924~1925)

제목	연재시기	역자	원작
협웅록(俠雄錄)	1924.3.31~1924.9.9	白華(양건식)	모리스 르블랑, 『기암성』
쾌한 지도령 (快漢 智道令)	1924.9.10~1925.1.3	橫步(염상섭)	알렉상드르 뒤마, 『삼총사』
첫날밤	1925.5.12~1925.6.30	눌메(현진건)	원작 미상 (번역저본 : 구로이와 루이코, 『ひと夜の情』)
염복(艶福)	1925.7.4~1925.12.25	想華(이상화)	모파상, 『벨 아미(Bel Ami)』

성을 내포하고 있기 때문이다. 전자는 현대에서는 고전으로 취급받는 뒤마의 『삼총사』를 원작으로 하지만 성격상 음모, 사랑, 모험 등을 골자로 한 활극이고,[25] 후자는 원작자조차 불분명한 소설로서 불륜과 살인 등 자극적 내용을 담고 있었다.

특히 염상섭의 경우 「만세전」의 연재 종료 이후 불과 3개월 만에 동지인 『시대일보』에 『쾌한 지도령』을 역재한 것이었는데,[26] 두 작품은 동일인에 의한 것이었다고 하기에는 너무도 달랐다. 그러나 이는 염상섭이 『남방의 처녀』의 서문에서 보여준 문예소설과 통속소설의 가치를 개별적으로 인정하는 태도가 현실에서 구현된 것이라 할 수 있다. 이제 그의 문학에 있어서 「만세전」과 『쾌한 지도령』은, 이질적이었을지는 모르나 상충

---

25 물론 『삼총사』 자체를 단순한 통속물로 단정 지을 수는 없다. 그러나 뒤마가 많은 이들에게 "쉽게 읽히고 흥미를 유발하"하는 "익살꾼" 정도의 작가로 취급되어온 것도 사실이다.(이규현, 「세기를 넘는 역사 모험의 걸작」, 알렉상드르 뒤마, 이규현 역, 『삼총사』, 민음사, 2002, 357면) 『삼총사』 직전까지 뒤마의 행보는 '범죄 통속극'의 집필에 집중되어 있었으며, 『삼총사』 역시 "처음에는 사교계 소설, 애정 소설, 환상 소설, 범죄 소설 사이에서 선택을 망설"이다가 나온 작품이었다고 한다. 『삼총사』의 엄청난 성공 이후 뒤마는 역사소설에 집중하게 된다. 이규현, 앞의 글, 342면.
26 김병철은 염상섭의 저본이 福永渙 譯編, 『三銃士』, 目黑分店刊, 1918일 것이라 지적한 바 있다. 김병철, 『한국 근대 번역문학사 연구』, 을유문화사, 1975, 631~632면.

되지 않는 것이었다. 그는 「만세전」에서는 '염상섭廉想涉'을, 『쾌한 지도령』에서는 '횡보橫步'를 사용하여 자신을 드러내었다. 1924년 9월 10일 『쾌한 지도령』 첫 회 연재분에 등장한 '횡보'는 염상섭 본인이 의식적으로 사용한 '횡보'의 최초 용례다.[27] '횡보'가 이후 염상섭의 아호로서 각인된 것은 주지의 사실로서, 말하자면 그는 『쾌한 지도령』을 자신을 대표할 아호의 기점으로 삼았던 것이다. 동시에 『쾌한 지도령』의 출현은, 곧장 단행본으로 간행된 첫 통속소설 번역과는 달리 신문연재로의 영역 확장을 의미하기도 했다. 『남방의 처녀』에 이어 다시 한번 모험 활극을 선택한 것은 『남방의 처녀』의 서문에서 시인한 통속물에 대한 가치관 변화가 공허한 수사가 아니었다는 것을 방증한다. 나아가, 문자 그대로 '무명'작을 번역했던 『남방의 처녀』 때와는 달리, 이번에는 알렉상드르 뒤마라는 낭만주의 통속소설의 대가를 끌어들였다. 통속소설을 선택할 때 격의 차이를 의식했던 것이다. 이상의 변화들은, 염상섭의 통속소설 이해가 심화되고 있다는 증거가 되기에 충분하다.

　반면 현진건의 선택은 기존의 방식, 곧 과거의 『백발』 번역을 답습했다. 『시대일보』에 선보인 『첫날밤』은 내용 면에서 『백발』과 큰 차이가 없는 전형적인 통속소설이었으며,[28] 저본은 또다시 구로이와 루이코의

27　비교적 이른 시기에 등장하는 '횡보'의 다른 용례로는 橫步, 「菊花와 櫻花」, 『조선문단』, 1926.5; 橫步, 「잡지와 기고」, 『조선문단』, 1926.6 등이 있다. 아호 '횡보'의 작명 경위와 이에 대한 염상섭의 태도 등에 대해서는 이경돈, 「횡보(橫步)의 문리(文理) － 염상섭과 산(散)혼(混)공(共)통(通)의 상상」, 한기형 · 이혜령 편, 『저수하의 시간, 염상섭을 읽다』, 소명출판, 2014, 295면 참조.

28　기본적으로 둘 다 사랑과 배신을 다룬다. 『백발』이 자신을 배반한 친구와 아내에 대한 복수극이라면 『첫날밤』 역시 죽은 줄 알았던 아내의 배신과 음모 등이 사건의 중심에 있다.

번역소설에서 취했다.[29] 결정적으로 『첫날밤』 역시 『백발』 연재 당시
와 마찬가지로 일회성 필명을 동원하였다. 이번에는 '눌메'였다. 『첫날
밤』의 역자 '눌메'가 현진건이라는 사실은 연재 후 박문서관을 통해 나
온 단행본 『첫날밤』의 판권지를 통해 겨우 확인될 뿐이다.[30] 이처럼 그
는 엇비슷한 내용의 구로이와 루이코 소설, 역자의 익명성 등 첫 번째
통속소설 번역 때와 같은 패턴을 취했다. 이는 현진건이 통속소설에 대
한 자신의 입장을 변경할 필요성을 여전히 느끼지 못했다는 뜻이다.
1924년의 그에게도 여전히 문예물과 통속물의 배타적 이분법은 견고
했다. 그의 통속소설 인식은 고착되어 있었다.

그렇다면, 염상섭과 현진건의 통속소설 번역에서 드러나는 이러한 인식
및 태도의 차이가 그들의 창작에 미친 영향은 무엇일까? 먼저 염상섭은
소설의 통속성을 기존의 문예주의 노선에 결합시킴으로써, 당대의 대표적
인 장편작가로서 거듭나게 된다. 그의 붓은 종횡무진했고, 특히 『조선일
보』의 연재지면을 독식해나갔다. 『남방의 처녀』의 서문이 작성된 번역의
탈고일은 "계해년癸亥年 첫 겨울", 곧 1923년 11월쯤이다. 때문에 번역

---

29 『첫날밤』의 저본은 『ひと夜の情』(扶桑堂, 1915)이었다. 이에 대해서는 손성준, 「투르
게네프의 식민지적 변용―『사냥꾼의 수기』와 현진건 후기 단편소설을 중심으로」, 『민
족문학사연구』 54, 민족문학사학회, 2014, 333면에서 먼저 밝힌 바 있다. 한편 '첫날
밤'은 『시대일보』 연재 시작 즈음에 현진건이 인상 깊게 생각했던 김낭운(金浪雲)의
단편소설의 제목이기도 했다. 현진건은 1925년 6월 호 『조선문단』의 소설합평회에서
동년 5월에 나온 이 작품을 평하며 "그래! '첫날밤'이란 말이 묘하게 된 말이야! 아마
일본말에도 '첫날밤'이라고 혼인날 밤을 가리킨 말이 없지?"(현진건, 105면)라며 강한
호기심을 표출한 바 있다. 'ひと夜の情'가 '첫날밤'으로 번역된 배후의 사정일 것이다.
'눌메'라는 한글 필명도 한글 제목인 '첫날밤'과 조응한다고 볼 수 있다.
30 여기에는 '저작자 현진건'이라고 표기되어 있다. 표지에도 현진건이라는 이름이 씌어
있을 가능성은 있지만, 저자가 확인한 『첫날밤』 서강대 소장본의 경우 표지가 훼손되어
있었다. 다른 판본은 현재까지 발견하지 못했다.

작업의 기점은 다시 앞당겨져야 할 것인데, 이 기간은 그의 첫 장편소설 『너희들은 무엇을 얻었느냐』(『동아일보』, 1923.8.27~1924.2.5)의 연재시기와 맞아떨어진다.[31] 이후로도 염상섭은 거의 매년 장편소설을 발표하였다. 『진주는 주엇으나』(1925~1926), 『사랑과 죄』(1927~1928), 『이심』(1928~1929), 『광분』(1929~1930), 『삼대』(1931)로 이어지는 그의 장편 이력은 독보적인 것이었다. 『삼대』가 연재되고 있던 시점에 "『조선일보』의 소설은 혼자 맡아 놓았다는 듯이 톡톡히 긴 놈을 매일 발표하는 씨의 정력에 경의를 표치 아니할 수 없다"[32]라는 평가가 등장하기도 했다. 염상섭의 장편소설은 그 이후로도 『불연속선』(1936)을 끝으로 절필시기를 맞기까지 거의 중단 없이 이어진다. 이 사이에 발표된 그의 장편은 도합 13편에 달한다.

『남방의 처녀』는 전술한 장편의 여정에서 출발선이 되는 『너희들은 무엇을 얻었느냐』의 바로 옆에 놓여 있었지만, 시기적으로 볼 때는 『너희들은 무엇을 얻었느냐』가 『남방의 처녀』보다 먼저 기획되었을 것이다. 다시 말해, 염상섭 소설에서 『너희들은 무엇을 얻었느냐』의 위치는 초기작들과 그 후의 「해바라기」, 「만세전」(집필 시점 기준) 등에 연접해 있었다. 창작 방법 면에서도 『너희들은 무엇을 얻었느냐』는 직전의 「해바라기」에 이어 다시 한번 실제 인물을 모델로 했다.[33] 즉, 그때까지는

---

31 물론 집필시기로는 1923년 9월에 탈고했다는 기록이 있는 「만세전」이 첫 장편이겠으나, 「만세전」은 한 차례 중단된 것을 재연재한 경우이며, 첫 기획에서는 신문연재소설도 아니었다. 분량 역시 본격적인 장편으로 보기에는 부족한 면이 있다.

32 啞然子, 「文士記者側面觀」, 『동광』 26, 1931.10, 66면.

33 "그러나 모델을 쓴 것이 아주 없지는 않았다. 그중에도 잠깐 말썽거리가 된 것이 두 가지가 있었다. 하나는 「해바라기」요, 또 하나는 그 다음에 역시 『동아일보』에 쓴 『너희들은 무엇을 얻었느냐』던가 하는 것이었다." 염상섭(廉想涉), 「자미 없는 이야기로만」, (『별건

염상섭 장편소설의 고유한 색채는 제대로 확립되지 않았다. 그래서인지 염상섭은 『너희들은 무엇을 얻었느냐』의 연재를 완료한 시점인 1925년 3월에, "삼십이 넘거든, 그리고 자기의 생활을 정리하고 한정閑靜한 속에서 내적 생활의 안돈安頓을 얻게 되면, 되나 안 되나 장편 한 개만 써보리라는 결심은 그때(등단작 집필 시점-인용자)나 지금이나 가지고 있는 터이지만"[34]이라며, 마치 아직 장편을 써본 적이 없는 사람처럼 말한 바 있다. 여기서의 결심이란 장차 '제대로 된 한 편의 장편'에 집중하고픈 소망에 다름 아니었다. 하지만 그것은 이루어지지 않았다. 전문 작가로서의 삶을 꿈꿨으나 신문사 일을 겸하는 가운데 "생활을 정리"할 수도, "한정한 속"으로 들어갈 수도 없었고, 그의 새 장편소설은 예상했던 "삼십이 넘"기도 전에 나오게 되었다. 그것이 『진주는 주엇으나』(『동아일보』, 1925.10.17~1926.1.17)였다. 이후의 전개는, 전술했듯 "되나 안 되나 장편 한 개만"의 삶과는 정반대로 흘러갔다.

염상섭 본인의 증언에 따르면 그의 신문연재 장편들은 생각보다 쉽게 쓰어졌을 가능성이 크다. 그는 "가장 필흥筆興이 났을 때에 하룻밤에 대개 몇 매枚나" 쓰냐는 질문에 "쓰질 때에는 막무가내지마는 흥이 나면은 일야一夜에 신문소설 10회를 씁니다. 막 써내는 식으로 소위 일사천리적一瀉千里的이니까. 그리 자랑거리는 안 되는 일이지만 차라리 누구에게 쫓겨나가듯이 휙휙 써 내갈기는 편이 도리어 잘 쓰여지는 경우가 있습니다"[35]라고 답했다. 그것이 가능했던 동력 중 하나는 다른 소설들

곤』, 1929.1), 『문장 전집』 II, 24~25면.

34 염상섭, 「처녀작 회고담을 다시 쓸 때까지」(『조선문단』, 1925.3), 『문장 전집』 I, 349면.

35 염상섭·양주동, 「염상섭(廉想涉) 씨와 일문일답기(一問一答記)」, 『문예공론』, 1929.5. 한편, 1936년의 염상섭은 보다 규칙적으로 꾸준히 써나가는 유형이었다.

의 아이디어나 서사구조를 적극 수용하거나 변주하는 데 있었을 것이다. 이와 관련된 개별 논의는 지속적으로 제출되어 왔다. 예를 들자면, 『진주는 주엇으나』를 셰익스피어 작 『햄릿』의 패러디로 보는 관점이 있었고,[36] 『사랑과 죄』에 투르게네프의 『그 전날 밤』 및 전술한 『쾌한 지도령』의 여러 요소들이 활용되었다는 것,[37] 차기 장편 『이심』의 경우에도 『남방의 처녀』와의 큰 유사성을 발견할 수 있다는 것[38] 등이다. 이러한 논의들에서 나타나듯, 염상섭은 『햄릿』이나 『그 전날 밤』 같이 당대에 널리 알려진 고급 문예뿐만 아니라, 통속물인 『남방의 처녀』나 『쾌한 지도령』까지도 넘나들며 자신의 창작세계를 살찌웠다. 『너희들은 무엇을 얻었느냐』의 작중인물들이 오스카 와일드의 단편이나 헨릭 입센의 『인형의 집』 등을 화두삼던 모습과 대비할 때 레퍼런스의 차이는 뚜렷하다.

이러한 창작 지평의 변화가 통속소설 번역 체험에서 기인한다는 것은 그가 창작을 위해 활용한 텍스트, 즉 『남방의 처녀』나 『쾌한 지도령』 자체가 입증하는 바다. 하지만 그 소설들의 구체적 흔적보다 더욱

『삼천리』에서 위와 비슷한 질문을 받았을 때, 염상섭은 "조반(朝飯) 전에 매일 1회분씩 씁니다"라고 답한 바 있다. 염상섭, 「『불연속선』 작자로서」(『삼천리』, 1936.11), 『문장 전집』 II, 570면.

36 김명훈, 「염상섭 초기소설의 창작기법 연구—『진주는 주엇스나』와 『햄릿』 비교를 중심으로」, 『한국현대문학연구』 39, 한국현대문학회, 2013.

37 김경수, 「염상섭 소설과 번역」, 『어문연구』 35(2), 한국어문교육연구회, 2007.

38 송하춘, 「염상섭의 초기 창작방법론—『남방의 처녀』와 『이심』의 고찰」, 『현대문학연구』 36, 한국현대소설학회, 2007. 아울러 김명훈, 김경수, 송하춘 등은 단순히 유사성을 간취하는 데 그치지 않고 염상섭만의 차별화 지점들 역시 드러내고 있음을 지적해 둔다. 다른 소설의 요소를 활용한 것 이상으로 오리지널리티를 확보하려는 염상섭의 노력은 엄중히 이루어졌다고 볼 수 있다. 기실 「문예(文藝) 만비키(萬引)」(『동아일보』, 1927.5.9~5.10)를 비롯한 몇몇 글에서의 태도가 대변하듯, 염상섭은 문단의 '표절 사냥꾼'의 역할도 겸하고 있었다.

중요한 것은, 창작 속에서 통속성과 예술성의 조화를 이루려는 염상섭의 의식적 노력에 있을 것이다.[39] 그는 통속성과 공존하는 길을 택하여 자신만의 창작 스타일을 갖추어나갔다. 이는 『남방의 처녀』 이후부터 지속된 고민과 시행착오의 과정 속에서 일궈낸 것이었다.

이때 그가 가장 크게 의식했던 것은 조선의 독자들이었다. 1929년 1월의 한 글에서, 그는 여전히 자신의 소설을 '문예소설'로 분류하며, 자기 소설을 제대로 이해하지 못하는 독자들의 수준을 아쉬워한다.

그 외에는 별로 뚜렷한 모델을 사용한 일이 없으니까 성화를 받는 일이 없으나, 간혹 독자에게서 시비(是非)를 받는 때가 적지 않다. 그러나 제일 불쾌한 것은 신문연재소설에 작자로서는 제일 힘을 써서 두세 번이나 고쳐 쓴 구절 같은 것을 독자가 지리하다고 하는 것이다. 독자는 문예소설을 활동사진이나 보듯이 생각하는 모양이니까 하는 수 없지마는, 며칠 동안 애를 써서 쓴 것을 발표되는 동안에는 자기가 생각하여도 유쾌하고 '요사이의 내 소설은

---

39 염상섭소설의 통속성을 애써 외면하려 했던 것은 후대의 연구자들이었다. 이 문제는 염상섭 연구의 주요 화두 중 하나였다. 그중에서도 '『삼대』삼부작론'이 대변하듯, 염상섭 소설을 다시 '본격(예술)'과 '통속'으로 분리하여 전자에만 가치를 부여하던 관점이 반복적으로 제기된 적이 있다. 하지만 이러한 기존의 관점은 최근 극복되고 있다. 예컨대 이경돈은 각기 다른 방식으로 염상섭의 특정 소설을 통속소설로 분류한 기존 연구들에 대해 "통속소설의 판단이나 삼부작의 해당 작품을 논하기에 앞서 통속소설로부터 염상섭의 작품을 분리시켜야 한다는 강박을 먼저 질문해야 할 것이다"(이경돈, 앞의 책, 316면)라고 반박했다. 한기형의 경우 염상섭의 통속성 자체를 식민지인의 서사전략으로 고안된 염상섭 문학의 특질로 이해하며, 『사랑과 죄』, 『삼대』 등의 통속성을 새롭게 조명하였다.(한기형, 「노블과 식민지 - 염상섭 소설의 통속과 반통속」, 한기형·이혜령 편, 『저수하의 시간, 염상섭을 읽다』, 소명출판, 2014) 이상과 같은 연구의 진전들은, 통속성 자체를 염상섭 소설의 본질로 간주해야 할 필요성을 역설하고 있다. 염상섭의 통속이 필요에 의해 의도된 것이었다면 앞으로 한층 적극적으로 해명되어야 할 이유는 자명하다.

잘 되어가거니' 하는 일종의 자만이나 자특(自特)을 가지고 있을 때에 노상에서 잠깐 만나는 친구가 "요새 자네 소설은 왜 그리 잔소리가 많은가? 요새 쓰는 몇 회는 뚝 끊어버리는 게 어떤가?" 하는 필요 이상의 권고를 들을 때는 사실 자기가 잘못 쓴 탓도 없지 않겠지마는 일반의 독서력의 저급한 것을 타매치 않을 수 없는 때가 많다.[40]

위 인용문은 「해바라기」와 『너희들은 무엇을 얻었느냐』와 관련된 에피소드를 회고한 직후에 등장하며, 발화의 시점은 『이심』이 연재되던 1928년 말경이 될 것이다. 이미 『사랑과 죄』나 『이심』을 창작하며 『쾌한 지도령』 및 『남방의 처녀』 등의 통속적 요소를 활용한 그였음에도, 여전히 염상섭은 자신의 소설을 조선 일반의 독서력으로는 어려운 것으로 파악하며, 그러한 현실을 안타까워한다. 이어지는 위 글의 마지막 문장에서는 '독자의 미래'에 대한 기대를 감추지 않았다. "그러나 다시 생각하면, 시간은 모든 것을 해결할지니, 가까운 장래에는 반드시 독자가 작가를 편달하고 작자로 하여금 분투역작奮勵力作케 할 시기가 올 것을 믿는 바이다." 하지만 조선의 신문연재소설 작가로서는 정점에 올라 있던 시기인 1934년, 염상섭은 다음과 같이 말했다.

종래 통속소설이라는 것은 본격적 예술적 소설의 대칭으로서 저급의 것이라는 의미이었으므로 금일 대중소설과는 구별될 것이라 생각한다. 그러나 통속소설일지라도 소위 본격적 소설이 아닌 것이 아니다. 다만 예술미의 고하

---

40 염상섭, 「자미 없는 이야기로만」(『별건곤』, 1929.1), 『문장 전집』 II, 26면.

(高下)로 논지(論之)할 것이니, 가령 본지(本誌) 소재의 소설로 말하면『천아성(天鵞聲)』,『금척(金尺)의 꿈』같은 것은 역사소설이라 하여도 대중소설에 가까운 것이라 하겠고,『새 생명』은 통속소설이라 하겠다. 통속소설 이상의 예술소설은 지금 정도의 신문연재소설로 부적(不適)한 것은 물론이다. 하여간에 조선의 대중소설도 일본내지의 그것과 같은 경로와 체재로 금후 저널리즘의 발달과 한가지 유행할 시대가 돌아왔다. 그것은 일본내지의 그것의 모방이든지 아니든지, 저널리즘의 발전이 그 기운(機運)을 촉성(促成)하는 것이든지 아니든지, 또는 작가들이 이지고잉의 방편으로거나, 당장 고잉의 진상(進上)이 급해서 그러든지 아니 그러든지 간에 대중이 환영하면야 신문잡지도 경쟁적으로 대중작가와 그 작품의 출현을 바라고 붙들어 모셔갈 것이니 장래 상당한 발전이 있을 것을 짐작할 수 있다. 그러나 여기서 문제는 문단적 혹은 조선문학의 전도를 위하여 환영할 것이냐 아니할 것이냐는 것일 것이다. 이 점에 대하여 혹은 비관적으로 말하는 사람도 있을지 모르나 나는 차라리 환영하려 한다. 중견작가가 이지고잉의 방편으로 그리로 달아난다든지, 또 목첩(目睫)에 절박한 생활난으로 하여 본의가 아니면서도 대중물에 붓을 대는 경우에 그 한 점만으로는 그 작가와 문운(文運)을 위하여 아까운 것도 사실이겠지마는 첫째에 대중독물이 없다면 대중의 오락이나 요구를 무엇으로 채우랴. 우리는 물론 깊이의 문학을 바라며 대중이 문학에 관심을 갖고 대중의 생활이 문학과 긴밀한 관련을 가져서 그 내적 생활의 공소가 확충하여 가기를 바라는 바이지만, 그렇다고 돈육(豚肉)을 먹겠다는 데 정육(精肉) 요리로 공궤(供饋)할 수는 없는 일이다. 고답적 예술을 요구치도 않거니와 주어야 소용이 없을 바에야 문학에 대한 점진적 향상을 위하여 위선 대중소설로부터 통속소설에, 통속소설에서 예술소설에 ……. 이러한 순서를 밟아나가

야 할 것이 아닌가 생각하는 것이다.[41]

1934년에 이르러 염상섭은 아예 신문과 예술소설의 양립 가능성 자체를 부정하며, 진정한 독자 계도의 소임을 통속소설에 부여한다. 위 언술에서 통속소설과 예술소설은 따로 구분되어 있긴 하지만 그 경계는 희미하다. 둘을 가르는 기준이라 할 수 있는 것도 주관적일 수밖에 없는 "예술미의 고하高下"일 뿐이다. "예술미"의 함유량이 일정 부분 이상이라면 그것은 예술소설이라는 것이다.[42] "통속소설 이상의 예술소설은 지금 정도의 신문연재소설로 부적不適한 것은 물론이다"라고 단언할 때에도 마찬가지 기준이 적용되었다. "예술소설" 앞에 붙은 단서, "통속소설 이상의"라는 것은 예술미를 양적 비중으로 파악했다는 의미다. 같은 글의 앞에서 이미 염상섭은 대중소설과 통속소설의 차이를 논하며 "통속소설은 예술미藝術味의 다과多寡를 가지고 고답적 작품과의 비교 문제"라고 규정한 바 있었다.[43] 예술미의 비교 우위의 문제가 있을 뿐 통속소설 역시 예술미와 불가분의 관계에 있기에 "통속소설일지라도 소위 본격적 소설이 아닌 것이 아니다"라고 했던 것이다. 이처럼, 염상섭에게 있어서 통속소설과 본격소설(예술소설)을 생래적, 본원적으로

---

41 염상섭, 「통속·대중·탐정」(『매일신보』, 1934.8.17~8.21), 『문장 전집』 II, 397~398면.
42 염상섭의 예술미 개념으로는 그의 소설 강좌의 설명을 참조할 수 있다. "이와 같이 번연히 거짓말은 거짓말인데, 실감을 전하는 데에 글의 묘미(妙味)와 조화(造化)가 붙었습니다마는, 이것이 곧 예술미(藝術美)입니다. 그러기 때문에 예술은 거짓말인데 참말입니다. 거짓말에서 나온 참말입니다." 염상섭, 「공상과 과장─『소설의 본질』 소고(小考)」(『매일신보』, 1935.5.7~5.10), 『문장 전집』 II, 503면.
43 염상섭, 「통속·대중·탐정」(『매일신보』, 1934.8.17~8.21), 『문장 전집』 II, 394면.

가르는 구분 방식이란 없는 셈이었다. 나아가, 위의 논의는 일종의 자기 고백적 성격을 지니고 있었다. 인용문의 마지막 부분에서 염상섭은, 현하 조선의 현실에서 작가의 궁극적 사명은 소설의 독자들을 대중소설, 통속소설, 예술소설의 단계로 고양시키는 데 있기에 그것을 위해 독자층의 요구를 충족시키는 것을 경시할 수 없다고 한다. 예술소설이 "지금 정도의 신문연재소설로 부적不適"하다는 것은 결국 염상섭이 신문연재소설의 최대치로 통속소설을 설정했다는 의미다. 또 이는 한편으로, 자신이 지금껏 써 온 신문연재소설을 통속소설로 규정하는 것과 다르지 않다. 그것은 '나는 예술소설을 쓰고 싶고 쓸 수 있지만, 지금 조선에 필요한 것은 그것이 아니기에 통속소설을 쓰겠다'라는 일종의 선언이기도 했다. 1929년 1월, 염상섭은 독자들이 자신의 '문예(예술) 소설'을 이해하지 못하는 것을 아쉬워하며 독자들의 변화를 기대했다. 1934년 11월, 여전히 독자들은 변하지 않았다. 다만, 염상섭이 자신의 소설에서 예술미를 덜어내고 독자들에게 다가가고 있었다. 그는 독자를 사로잡으면서도 독자의 개안을 유도할 통속과 예술의 최적 조합을 찾으려 했다.

1936년 11월 『삼천리』에서 장편작가들을 대상으로 한 설문조사 중, "신문소설을 써내려가실 때 '예술성'과 '통속성' 우꼬는 '순수문학'과 '대중문학'의 조화에 대하여 어떠한 고심을 하여가십니까"라는 질문이 있었다. 이에 대해, 당시 『불연속선』을 연재하고 있던 염상섭은 "'순수', '대중'의 조화가 어려운 것은 물론이요, 잘만 되면 신문소설의 극치일 것 같습니다. 고심은 하나, 효과에 대하여는 자기로는 알 수가 없습니다"[44]라고 대답했다. 이는 해방 이후까지 그의 과제로 남게 된다.

염상섭의 통속소설 인식이 결국 위와 같은 장편소설 창작의 근저에 있었다면, 현진건의 인식은 정반대의 전개를 예고하는 것이었다. 현진건에게 있어 창작은 산통에 비견되었다. "낳을 때의 고통이란! 그야말로 뼈가 깎이는 일이다. 살이 내리는 일이다. 펜을 들고 원고지를 대하기가 무시무시할 지경이다. 한 자를 쓰고 한 줄을 긁적거려 놓으면 벌써 상상할 때의 유쾌와 희열은 가뭇없이 사라지고 뜻대로 그려지지 않는 나의 무딘 붓끝으로 말미암아 지긋지긋한 번민과 고뇌가 뒷덜미를 짚어 버린다. '피를 뽑는 듯한 느낌'이란 것은 이를 두고 이름인가. 한껏 긴장된 머리와 신경은 말 한마디가 비위에 거슬려도 더럭더럭 부화가 나서 견딜 수가 없다. 몇 번이나 쓰던 것을 찢어 버리고 나의 천품이 너무나 보잘 것 없고 하잘 것 없는 것을 한탄한지 모르리라."[45] 분명 쉽게 쓰는 유형과는 간극이 컸던 현진건은 1926년 11월, "생각하면 소설을 써 본 지도 퍽 오래다. 일 년이 되었는가. 이번은 꼭 하나 긁적거려 볼까 하였더니 그 또한 비꾸러지고 말았다"[46]라고 쓰고 있다. 염상섭의 경우를 생각해 보면 이러한 글쓰기의 어려움은 상상하기 어렵다. 나중에 염상섭 역시 글쓰기를 출산에 비유한 바 있으나, 그것은 '출산 과정'에 대해서가 아니라 '출산 이후'에 대한 걱정이었다.[47]

---

44 염상섭, 「『불연속선』 작자로서」(『삼천리』, 1936.11), 『문장 전집』 II, 569~570면. '장편작가회의'라는 제목의 해당 설문은 총 8명의 작가를 대상으로 한 4개항의 질문으로 구성되어 있다.

45 현진건, 「설 때의 유쾌와 낳을 때의 고통」(『조선문단』, 1925.5), 이강언 외편, 『현진건 문학 전집』 6, 국학자료원, 2004, 48면. 이하 본 전집을 인용할 때는 『문학 전집』과 인용 면수만 표기한다.

46 현진건, 「소설 될뻔댁」(『문예시대』, 1926.11), 『문학 전집』 6, 154면.

47 "작가는 언제나 새로운 작품에 붓을 들 제, 처녀와 같은 겁과 산모의 진통과 같은 고민이 있다고들 합니다마는, 저자는 근년에 신문소설에 붓을 놓았더니만치 과연 이 소설이

현진건이 특히 어려워했던 것은 장편으로 보인다. 일단 그가 남긴 장편소설 자체가 희소하다는 점을 환기할 필요가 있다. 1930년대 후반부터의 역사소설을 제외하고 완성을 본 경우는 『지새는 안개』(박문서관, 1925.1)와 『적도』(『동아일보』, 1933.12.20~1934.6.17)가 전부다. 이 두 편의 힘겨웠던 탄생 경위도 언급할 필요가 있다. 초기 장편소설 『지새는 안개』의 경우, 독자들이 그 결말을 보기까지 4년 이상의 시간을 기다려야 했다. 1921년 5월, 『조선일보』에서 『효무曉霧』라는 제목으로 나왔던 이 소설은 한 달 만에 '작자의 사정'으로 미완인 채 종결되었고, 이후 1923년 『개벽』에서 『지새는 안개』로 이름을 바꾼 뒤 다시 연재하였으나 '상편'을 우선 마치는 형태로 또 중단된 바 있었다. 1925년 1월에 나온 단행본은 두 차례의 연재 중단 이후 또 다른 가필분을 합쳐 겨우 빛을 본 결과물이었다. 그 과정에서 현진건은 이미 집필한 부분에 많은 수정을 가하였고,[48] 「유린」이라는 자신의 다른 미완 작품을 첨입하는 방법도 동원한다. 결과적으로 『지새는 안개』의 이야기 구조는 안정감을 확보하기 어려웠으며, 서사와 묘사의 불균형에 대해서도 아쉬움을 남기고 만다.[49]

소기한바 성공이나 효과를 얻을까 한층 더 겁도 나고 애도 쓰입니다. 작가에 대한 작품은 임부가 아이를 낳는 것 같아 낳아놓고 보아야 아들인지 딸인지, 잘생겼는지 못생겼는지를 비로소 아는 거와 같습니다. 그러므로 내 작품이 어떠하리라는 예상을 이야기함은 잘못하면 자화자찬에 흐를 것이므로 여기서는 다만 병신자식이나 아니 낳도록 되십사고 빌면서 오래간만에 벼루의 묵은 먼지를 털고 무디어진 붓을 들고자 합니다." 염상섭(廉尙燮), 「작자의 말」(『매일신보』, 1936.5.2), 『문장 전집』 II, 567면.

48 판본의 비교 분석은 안서현, 「현진건 『지새는 안개』의 개작 과정 고찰—새 자료 『조선일보』 연재 「曉霧」 판본과 기존 판본의 비교를 중심으로」, 『한국현대문학연구』 33, 한국현대문학회, 2011을 참조.

49 이를 먼저 지적한 이는 염상섭이다.(염상섭, 「문단의 금년, 올해의 소설계」(『개벽』, 1923.12), 『문장 전집』 I, 288~289면) 관련된 보다 상세한 분석으로는 박헌호, 「현진

두 번째 장편소설 『적도』가 나온 것은 『지새는 안개』 이후 약 9년이 경과된 후였다. 실상 1920년대 후반으로 갈수록 현진건의 창작 활동은 크게 위축된다. 앞서 「같잖은 소설로 문제」를 통해 살펴보았듯이, 현진 건은 『백발』을 개제한 『재활』의 출판사가 자신의 이름을 무단도용한 것에 대해 불쾌해 했다. 이 같은 예민한 반응은 『재활』과 거의 흡사한 과정을 거쳐 간행된 또 한 편의 번역소설 『첫날밤』의 사례가 먼저 있었 음을 감안하면 다소 의외라 할 수 있다.[50] 하지만 이는 1924년의 『악마 와 가티』의 간행부터 1929년의 「같잖은 소설로 문제」를 발표하기까지 그의 활동을 살펴보면 일정 부분 이해된다. 이 시기의 전반부는 작가 현진건에게 전성기라 할만 했다. 첫 장편소설 『지새는 안개』(1925)와 두 번째 단편집 『조선의 얼골』(1926)이 간행되었고, 그의 대표작으로 회자되는 여러 단편들도 이때 집중적으로 나왔다. 『첫날밤』의 신문연 재 및 단행본 역시 같은 시기에 등장했지만, 한창 활약 중인 작가 현진 건의 '전향'을 운운할 근거는 될 수 없었다. 그러나 1927년부터는 상황 이 변한다.

1927년의 작품으로는 미완으로 그친 연재소설 「해뜨는 지평선」이 유일했고, 1928년도에는 단 한 편의 창작도 발표하지 못했다. 번역소 설 『재활』은, 말하자면 1928년도에 현진건의 이름을 달고 나온 유일한 작품이었다. 설상가상으로 번역이 아닌 창작인 양 출판되었기에 『재

건의 『지새는 안개』 연구」, 『현대문학이론연구』 18, 현대문학이론학회, 2002를 참조.
50 현진건은 1925년 5월에서 6월 사이 『시대일보』에 『첫날밤』을 연재한 뒤, 그 소설을 단행본으로 발표했다. 통속적 요소가 강했고, 연재 당시에는 또 다른 낯선 필명 '눌메' 를 사용했으며, 단행본으로 가면서 역자가 아닌 '저작자 현진건'으로 바뀌는 등 여러 모로 『백발』에서 『재활』로 이어지는 흐름과 일치한다. 자신이 번역했던 신문연재소설 이 단행본으로 넘어가며 창작물로 둔갑한 사례는 『재활』이 처음이 아니었던 것이다.

연도	제목	매체	발표 시기
1927	해뜨는 지평선(미완)	『조선문단』 18~20	1927.1~3
1928	再活(마리 코렐리, 영국, 『악마와 가티』의 개제 단행본, '현진건 저'로 간행)	광한서림	
1929	여류음악가(9인 작가 연작소설의 한 회 담당)	『동아일보』	1929.5.24~6.9
	신문지와 철창	『문예공론』 3	1929.7
	황원행(5인 작가 연작소설의 76~100회 담당)	『동아일보』	1929.6.8~10.21
	정조와 약가	『신소설』 1	1929.12
1930	웃는 포사(미완)	『신소설』 / 『해방』	1930.9 / 1930.12
1931	서투른 도적	『삼천리』 20	1931.10
	연애의 청산(독자공동제작소설의 첫회 담당)	『신동아』	1931.11
1932	祖國(스테판 제롬스키, 폴란드)	『신동아』 2(3)~7	1932.3~7
1933~1934	적도	『동아일보』	1933.12.20~1934.6.17
1935~1938	······	······	······
1938~1939	무영탑	『동아일보』	1938.7.20~1939.2.7

활』이 아예 그 즈음의 현진건을 대변하는 모양새가 되어버렸다. 더구나 단행본 『첫날밤』과는 달리, 『재활』의 경우 『백발』 및 『악마와 가티』와는 시간적 격차도 크고 제목도 완전히 달라져 오해의 가능성을 높였다. 이렇게 볼 때 『재활』에 대한 현진건의 예민한 반응은, 창작세계가 폐색되어 가던 현실 속에서 나온 방어기제로 이해할 수도 있다.

　이후로도 상황은 나아지지 않았다. 1929년의 네 편 중 두 편은 부분적으로 참여한 연작소설이었고 참여의 모양새 역시 피동적이었다. 단편집 『조선의 얼굴』 이후 3년 만에 처음으로 단편소설 발표를 재개하여 두 편을 쓴 것이 고무적이긴 하나, 차기 단편 「서투른 도적」이 나온 것은 다시 2년가량이 경과한 뒤였다. 그것을 마지막으로 현진건은 한때 자신이 가장 탁월하게 해내던 단편 양식의 창작을 멈춘다. 1930년도에 「웃는 포사」를 통해 역사소설에서 새로운 돌파구를 찾아보기도하지만 그 역시 미완의 운명을 벗어날 수 없었다. 1931년에는 「서투른 도적」말고는 「연애의 청산」이라는 연작소설의 첫 회를 써낸 데 그쳤다.[51] 1932년에도 다시 한번 창작의 공백기를 보내지만, 자신의 이름을 내 건 번역소설 한 편이 나온 것이 소득이라면 소득이었다. 1933년 12월부터 『동아일보』에 연재된 『적도』조차 1927년에 연재했다가 중단된 「해뜨는 지평선」을 근간으로 재출발한 것이었으며, 서사의 전개 중과거의 단편 「새빨간 웃음」의 흔적도 들어가게 된다. 여전히 새로운 창작의 동력은 충분치 못한 상황이었다.

『적도』를 마친 후, 다음 작 『무영탑』(1938)까지 걸린 시간은 정확히 4년이었다. 그런데 그 기간 동안 현진건이 의도적으로 절필한 것은 아니었다. 1936년 1월의 한 글에서 현진건은 새해에 "하고 싶은 일"로 "맘과 시간의 여유가 있으면 장편소설을 한 개 써 보았으면 합니다"[52] 라고 밝혀둔 바 있다. 쓰고 싶었으나 쓰지 못했던 것이다.

---

51 당시 문인기자를 두루 평가한 『동명』의 한 기사에는, 현진건에 대해 "본래가 과작(寡作)이든 씨엿으나 한번 동아일보사의 사회부장의 의자에다가 몸을 던진 뒤로는 도모지 작품을 하나도 구경할 수가 없으니 「그까짓 소설 써선 무엇하노. 기자로 일생을 밥이나 먹다가 죽었으면 그만이지」하는 심산인지 알 수 없거니와 여하간 갑갑한 일이외다"(啞然子, 「文士記者側面觀」, 『동광』 26, 1931.10, 65면)라는 비야냥이 등장하기도 했다. 이것이 사실과 다르더라도 신문사에서의 일은 작가 현진건을 이해하는 핵심적 요소가 될 것이다. 신문기자 및 편집인으로서의 현진건과 그것이 그의 문학과 연동되는 지점에 주목한 최근의 연구로, 박정희, 「한국 근대소설과 '記者-作家'—현진건을 중심으로」, 『민족문학사연구』 49, 민족문학사학회, 2012. 참조.

52 현진건, 「신년 신계획」(『학등』, 1936.1), 『문학 전집』 6, 297면.

다만 대중 취향의 연작소설에 반복적으로 참여한 점, 복잡한 남녀관계와 배신, 불륜, 강간, 살인 등의 자극적 소재를 끌어들이는 『적도』의 통속성 등을 볼 때, 이미 1920년대 말부터의 현진건은 또 다른 노선을 걷고 있었다. 장편소설을 쓰고 싶다는 새해 소망, 그리고 지체되긴 했지만 그 소망을 결국 『무영탑』으로 실현시킨 데에서도 엿보이듯 현진건은 기존의 자기 이미지와는 다른 작가로 거듭나고자 했다. 이는 현진건이 왜 이렇게 창작, 특히 장편소설의 창작에 많은 부침을 겪어야 했는가에 대해 일정한 해답을 제공한다. 결국 현진건은 길고 긴 과도기를 거치고 있었던 셈이다.

여러 시행착오에도 불구하고 계속된 그의 변신은 자기 자신에 대한 반성을 수반하고 있었다. 이와 관련, 1939년 11월의 「침묵의 거장 현진건 씨의 문학 종횡담」은 좋은 참고가 된다. 제목 '침묵의 거장'은, 현진건이 너무나 오래 창작의 붓을 멈춘 까닭에 붙은 수식이다. 이 글에서 그의 변화된 소설 인식과 자기반성이 드러나는 부분은 다음과 같다.

【문】 최근의 작품들을 읽고 나셔서 얻으신 감상을 들려주셨으면 좋겠습니다. 선생님이 활약하시던 시대와 현저히 다른 점이라든지……

【답】 문장이라든가 소설 맨드는 기술은 가히 괄목할 만큼 진보되었더군요. 그러나 구상의 비약이 드뭅니다. 소설이란 물론 발부리부터 보아야 합니다마는 유연히 남산을 보는 맛도 있어야 합니다. 동경 문단의 말기적 현상인 신변잡기 같은 것에 안주하시려는 경향이 보이지 않습니까? 좀더 '스케일'이 큰, 공상의 초인적 발전이 기다려집니다.

【문】 그렇지요. 그런 요소가 너무 적으니까요. 그런 점에서 낭만주의라는 것을 재고할 필요도 있을 것 같습니다. 이 의미에서 요새 신인들을 어떻게 생각하십니까?

【답】 역시 '스케일'이 커지기를 원합니다. 먼저 풍부한 사조(辭藻)와 현란을 구상을 가졌으면 합니다. 간결이니, 경묘(輕妙)니, 고담(枯淡)이니 하는 것은 그 다음에 오는 것입니다. 좀스러운 손끝 소기(小技)에만 골몰하지 마시고 장풍(長風)을 멍에하여 만리랑(萬里浪)을 깨칠 기백을 기르시기를 바랍니다. 문(文)은 인(人)이란 말이 있습니다마는 그것은 완성된 글을 남이 평할 때 하는 말인 줄 압니다. 문(文)은 실상인즉 기(氣)입니다. 기 없는 글은 아무리 주옥같다 해도 곧 사회(死灰)입니다. 이런 의미에서 신인께 모파상이나 체홉을 본뜨기 전에 뒤마나 위고를 배우시도록 원합니다. 이것은 동시에 내 자신에 대한 뒤늦은 기원이기도 합니다.[53]

이 인터뷰의 시작에서 기자는 현진건을 "조선의 신문학 초창기에 있어서 가장 냉철한 '리얼리즘'의 수법으로 일찍이 일가를 이룬 작가"로 소개한다. 그러나 위 인용문의 문답은 주로 '낭만주의'를 둘러싸고 이루어진다. 이 인터뷰의 진행 자체에 과거와 다른 현진건의 소설관이 내재되어 있는 셈이다. 여기서 현진건은 거시적 구상, 스케일의 확대, 기백 등을 내세우며 일관되게 기술보다 이야기의 힘이 우선되어야 함을 강조한다. 이러한 논의는 물론 장편을 전제로 할 때 가능한 것이다. 요

---

53 현진건, 「침묵의 巨匠, 현진건 씨의 문학종횡담」(『문장』 10, 1939.11), 『문학 전집』 6, 118면.

컨대 한때 사실주의와 단편의 대표주자가, 지금에 와선 낭만주의와 장편의 중요성을 역설하는 것이다.

사실상 현진건은 과거의 자신을 부정하고 있었다. "이것은 동시에 내 자신에 대한 뒤늦은 기원"이라는 마지막 문장뿐 아니라 모든 내용이 그러하다. 그가 기교에 치중하지 말라고 하며 그것을 "좀스러운 손끝 소기"로 표현한 대목은 어떠한가. 한때 "조선의 모파상"으로 불렸으며 체홉의 소설을 본 딴 단편을 발표한 사실을 직접 밝히기도 했던 그가,[54] 신인에게 주는 충고로 모파상과 체홉을 가까이하지 말라고 할 뿐 아니라, 장편 위주의 작가이자 19세기 프랑스 낭만주의를 선도한 위고와 뒤마를 모범으로 제시하는 것은 또 어떠한가. 그중 뒤마는 지금도 여전히 통속작가 논쟁이 이어지고 있는 인물이다. 공교롭게도 1925년 현진건이 『시대일보』에 『첫날밤』을 연재하던 시절, 『첫날밤』을 중심으로 동 지면의 앞 시기에는 염상섭이 번역한 뒤마 원작 『삼총사』가 있었고, 동 지면의 후로는 이상화가 번역한 모파상 원작 『벨 아미』가 있었다(〈표 10〉 참조). 자신의 회한과 함께 풀어낸 현진건의 충고가 『시대일보』 시기의 기억을 의식한 채 나왔을 리는 없지만, 그가 다시 1925년으로 돌아간다면 아마 염상섭의 선택에 박수를 보냈을지도 모르겠다.

이상은 그의 기존 문학관에 비추어 볼 때 상상하기 어려울 정도의 변화이다. 자기 과거에 대한 부정인 만큼, 그의 생애에서 가장 진솔한 순간 중 하나이기도 했을 것이다. 등단 초기이자 『조선일보』 입사 때부터 현진건은 번역가 겸 작가였고, '번역가'로서도 여러 필명들을 갖고 있

---

54 "이것은 「체호프」의 키스에 힌트를 얻은 것인데, 공부 겸해 써본 것을 버리기 아까워서 여기 발표하였을 뿐" 빙허(憑虛), 「까막잡기」, 『개벽』 43, 1924.1, 211면.

었다. 현진건이 처음부터 이러한 분열된 정체성을 유지했던 것은, 중언이 되거니와 그가 이제 막 등단한 신인이었던 점이 컸으리라 생각한다. 「처녀작 발표 당시의 감상」(1925.3)은 현진건이 가졌던 문청시절의 설렘, 자신을 향한 평가에 일희일비하던 모습을 그대로 증언해준다. 이런 그가, 「희생화」로 좌절하고 「빈처」로 기사회생한 바로 그 시점에 『백발』의 번역자로 자신을 알리기란 결코 쉽지 않았다. 나아가, 이러한 번역 체험, 다시 말해 필명으로 자신을 숨긴 채 수행한 통속소설 번역은 통속소설에 대한 거부감을 보다 강력하게 각인시켰을 것이다. 최성윤은 『백발』의 전과 후에 연재된 장편소설 『발전』(『조선일보』 1920.12.2~1921.4.2), 『처녀의 자랑』(『조선일보』 1921.12.6~?)의 번역자 '격공생擊空生'과 '포영생泡影生' 역시 현진건일 가능성을 제기했다.[55] 이 작품들까지 포함한다면 현진건이 통속적 신문소설 연재에 쏟아부은 시간은 실로 막대하다. 자신이 꿈꿔왔던 문학세계를 이제 막 펼쳐보려던 그때, 그 이상과는 상극인 작품들을 번역하느라 장시간을 골몰했다면 해당 부류에 대한 환멸은 깊어만 갔을 것이다.

---

55 최성윤, 「『조선일보』 초창기 번역·번안소설과 현진건」, 『어문논집』 65, 민족어문학회, 2012 참조.

5. 미완의 문학적 도정

본 장에서는 염상섭과 현진건의 통속소설 번역에 주목하여 그들의 창작세계 형성과 소설관의 유동을 새롭게 해석해 보고자 하였다. 두 인물은 활동 초기부터 통속소설의 번역을 병행했는데, 그들이 보여준 엇갈리는 행보는 결국 통속소설에 대한 그들의 인식 및 번역 태도와 결코 무관하지 않았다. 염상섭은 번역을 통해 통속소설에 대한 적극적 평가에 이르게 되는 반면, 현진건은 거리두기로 일관하였다.

현진건 역시 본능적으로는 일찍부터 문학을 통속과 예술로 구획하는 엘리트주의의 폐해를 체감하고 있었을지 모른다. 그 역시 염상섭과 마찬가지로 자신이 번역한 통속소설의 특정 요소를 창작에서 활용했다는 것이 그 근거다. 저자는 문단의 극찬을 받기도 한 그의 「할머니의 죽음」(1923.9)과 「해뜨는 지평선」(1927)(따라서 『적도』에도)에, 각각 『백발』과 『첫날밤』의 특정 플롯이 변용되는 양상을 확인할 수 있었다. 전자의 경우 가족의 죽음을 오히려 기다리고 있는 아이러니한 상황, 후자의 경우 신혼 첫날밤의 범죄라는 설정 자체가 그러하다. 통속이라는 꼬리표가 붙었다고 해도 효용이 없는 것은 아니었다. 그럼에도 불구하고 공개적으로 드러내는 현진건의 잣대는 확고하여, 긴 시간 동안 통속성과 친화하려 하지 않았다. 이를테면 1925년의 현진건은 자신의 이름을 '고급' 문예의 영역으로 보존하고 싶어 했던 것만큼이나 다른 이들에 대해서도 엄정한 기준을 적용했다. 현진건은 나도향의 「벙어리 삼룡」과 「물레방아」를 두고 "흥미 중심으로 기울어지는 싹이 보이는 듯싶다"[56]라고 비판했고, 장

적우의 「표박」에 대해서는, "나는 요사이 흔히 신문지상에 나타나는 소위 '로맨스'를 문득 생각하였다. 그렇다. 이 작품은 소설이라느니보담 재미있는 '로맨스'에 매우 가깝다. 이만큼 세련된 문장과 유창한 필치로 이에 그치고 만 것을 작자를 위하여 애닯아한다"[57]고 하였다. 일찍부터 각인된 통속성에 대한 거부감은 결국 그 활용 가능성의 '배제'로 이어졌다. 이는 곧 창작의 동력 하나를 스스로 봉인하는 것이었다.

빗장이 풀리기 시작한 것은 1929년의 연작소설들부터로 볼 수 있으며, 나름의 확신 가운데 문학관을 재정립하여 문단의 후배들과 공유한 것은 다시 10년이 더 지나서였다. 당시의 현진건은 역사소설에 주력하고 있었다. 현진건의 새로운 실험은 식민지의 검열에 의해 강제로 중단되기도 했지만, 무엇보다 그의 길지 않은 생애로 인해 충분히 진전되지 못했다. 어쩌면 알렉상드르 뒤마에게서 영감을 받았을 역사소설 개척의 길이 무사히 이어졌다면, 그의 마지막 포부대로 웅대한 기상, 커다란 스케일의 이야기가 그가 지녔던 섬세한 필치와 절묘하게 결합된 작품들이 꾸준히 세상과 만났을지도 모른다.

주지하듯 염상섭은 해방 이후에도 상당 기간 작가로 활약했다. 그러나 식민지 현실에서 벗어났다고 해서 염상섭 스스로 신문연재소설 자체의 속성을 바꿀 수는 없는 일이었다. 1954년 염상섭은 『한국일보』에 『미망인』(1954.6.16~12.6)을 연재하기 직전, 다음과 같은 글을 올렸다.

소설은 첫째 자미 있어야 할 것이기는 하다. 그러나 일반 독자는 너무나 홍

---

56 빙허, 「신추문단소설평」(『조선문단』 1925.10), 『문학 전집』 6, 55면.
57 위의 글, 58면.

미만을 추구한다. 더욱이 신문인·잡지인까지 하나에서 열까지 흥미·인기만을 노리는 것은 독자에 영합하려는 판매정책을 주안으로 하는 것뿐이지 진정히 문학에 이해가 있고 문학과 독자층의 수준을 높인다는 본래의 사명의 일단에는 등한한 때문인가 한다.

이 소설은 제목부터 독자의 흥미를 끌 수 있으리라고 장 사장 자신이 붙여준 것이거니와, 나 역(亦) 제목을 고르기에 고심하던 말이라 아무 이의는 없었으나 선전전단에는 '가정연애소설'이라고 주(注)까지 내었기에 천속한 감이 없지 않아서 싫다한즉 그래야 인기를 끌 것이라 한다. 그만큼 문학에 대한 이해가 있는 신문인이면서 역시 인기를 더 염두에 두는 것이다. 결국 독자와 신문사에 타협하고 말았지마는, 과연 얼마나 자미 있는 소설을 쓰게 될지? 그러나 흥미에 편한 소설, 독자의 비위부터 맞추려는 작품만 쓴다면 문학은 체면을 잃고 타락할 것이다.[58]

결과적으로 염상섭은 독자의 흥미를 끌기 위한 신문사의 요구를 수용한다. 한때 그는 신문소설의 최대치를 통속소설로 잡고 전략적으로 "대중소설로부터 통속소설에, 통속소설에서 예술소설에"를 겨냥해야 할 것을 주장했지만, 그로부터 정확하게 20년이 지난 후에도 예술소설의 시대는 오지 않았다. 상황이 이러하다면, 과연 염상섭의 길이 주효했던 것일까에 대해서도 반문해 볼 일이다. 식민지시기의 창작을 회고하는 말년의 염상섭에게는 자주 아쉬움이 잇따랐다. "겨우 3분의 1이 문학적 노력이었을 것인데, 그나마 먹기를 위한 잣단 돈푼에 팔려 쓴

---

58 염상섭(廉想涉), 「소설과 현실―『미망인』을 쓰면서」(『한국일보』, 1954.6.14), 『문장전집』 III, 277면.

것이었다 하겠다. 문학하였다고 작가생활이라고 큰소리를 칠 건더기가 없다."[59]

그는 갈 수 있는 길을 갔을 뿐, 결코 최선의 길을 갔다고 자평하지 않았다. 다만 『미망인』 관련 인용문의 마지막 한 마디가 대변하듯, 염상섭은 의도적으로 통속에 영합하는 것을 늘 경계했다. 그는 독자를 강하게 의식한 작품에서도, 통속 우선이 아닌 예술과 통속을 최적으로 조합시키려는 노력을 그치지 않았다. 이러한 문맥에서 『미망인』보다 반년 정도 전에 나온 그의 마지막 번역소설은 상징적이다. 1953년 12월 염상섭은 알퐁스 도데의 『사포Sappho』(1884)를 『그리운 사랑』으로 역간하게 되는데, 「해제」에서 그는 이 작품이 예술과 통속의 이상적 조합이라는 점을 강조한 바 있다.

도데의 근대 프랑스문학에 있어서의 지위라든지, 또는 그의 대표작의 하나인 『사포』의 문학적 가치로 보든지, 이것을 대중문학이라 하기에는, 너무나 예술적 조건을 갖추고 있어 아까운 생각도 들지마는, 그러나 소위 대중적이라는 말이 흥미 중심이라는 뜻과 통한다면, 이 작품처럼 진정히 대중에게 문학적 흥미를 주면서 문학을 맛보고 터득하게 하는 외국소설은 드물 것이라고 믿는다.[60]

『그리운 사랑』의 출판사 문성당文星堂이 내세운 기획명은 '세계대중

---

59 염상섭(廉想涉), 「나의 소설과 문학관」, (『백민』, 1948.10), 『문장 전집』 III, 105면.
60 염상섭(廉尙涉), 「해제」(알퐁스 도데, 염상섭 역, 『그리운 사랑』, 문성당, 1953), 『문장 전집』 III, 247면.

문학선집'이었다. 이 번역은 30여 년 전 어쩔 수 없이 떠맡게 된『남방의 처녀』때와는 달리, 처음부터 '대중문학'을 지향하면서도 염상섭 자신의 독서 체험에 기대어 그 대상을 호출해낸 결과였다.

염상섭과 현진건의 길 중에서 우열을 논하는 것은 이 글의 의도가 아니다. 염상섭과 현진건은 서로 다른 성향의 사람이면서도 언제나 서로를 의식할 수밖에 없던 사회적, 문단적 관계망 속에 있었다. 어쩌면 그들은 늘 자신과 달랐던 상대방을 통해 자신의 결핍을 확인하고 있었을지 모른다. 현진건이 기교에 치중했던 과거를 잘못이라 고백하고, 염상섭이 푼돈에 팔려 글을 썼다고 자책한 것도 우연이 아닐 수 있다. 그러나 인생의 끝자락에서 두 작가가 남긴 이러한 자기 문학세계에 대한 회한은 본질적으로 동일한 것이었다. 그들은 공통적으로 자신의 문학을 마음껏 펼쳐보일 수 있는 여건과 시간을 허락받지 못했다. 오랜 시간 작품 활동을 하지 않고 있던 현진건은 그 이유를 물어온 기자에게 "침묵한 이유는 나 자신에게 있겠지요. 그 사이에 한 가지 깨달은 것은 결국 작가는 작가로서의 생활만을 가져야 한다는 점입니다. 아모 속스런 속박이 없어야 그야말로 사색도 할 수 있고, 책 읽을 겨를도 생기고, 그러면 자연히 쓰고 싶은 맘이 생길 것 아닙니까?"[61]라고 답했다. 이는 앞서 살펴 본 20대의 염상섭이 "삼십이 넘거든, 그리고 자기의 생활을 정리하고 한정閑靜한 속에서 내적 생활의 안돈安頓을 얻게 되면, 되나 안되나 장편 한 개만 써보리라"던, 종국에는 성취하지 못한 소망을 환기시킨다.

---

61 현진건, 「침묵의 甘吐, 현진건 씨의 문학종횡담」,(『문장』 10, 1939.11), 『문학 전집』 6, 304면.

한국 근대문학 연구에서 다뤄진 많은 작가들은 창작의 주체만이 아니라 번역의 주체이기도 했다. 그러나 후자에 대한 연구자들의 관심은 비교적 최근에 와서야 일어났다. 유의할 것은 그 관심이 단지 새로운 사실의 발굴에만 매몰되어선 안 된다는 점이다. 번역 연구가 번역의 영역에만 한정된다면, 작가론의 근본적 변화에 기여할 부분은 미약할 수밖에 없다. 번역과 창작의 역학은 각 주체의 형성과 맞물려 있기에 저마다의 개별성을 띠고 있다. 우리에게 익숙했던 작가들의 문체 변화, 소설 기법의 창신, 주제의식의 비약 등을 논함에 있어서도 번역은 많은 것들을 설명해줄 수 있다. 그들의 번역은 그 자체로 '그들의 텍스트'였기 때문이다.

제3부

제도와의 길항 속에서

제1장

동아시아적 현상으로서의 러시아소설

―――――――

1. 번역문학의 통계적 고찰

1) 일본―1868~1939

　동아시아 근대 번역문학사를 멀리서 조망한다면 어떠한 현상을 발견할 수 있을까? 한국·중국·일본의 본질적 차이는 무엇이며, 그 분절들은 어떠한 조건이나 계기 속에서 나타난 것일까? 본 장은 통계 작업을 통해 이러한 질문들에 신빙성 있는 답변을 시도해 보고자 한다. 저자는 동아시아 번역장의 구도를 염두에 두고 개별 번역 공간들을 고찰하게 될 것이다. 동아시아적 현상으로 간주할 수 있는 공통점을 확인하고, 아울러 수렴될 수 없는 차이점과 그 원인을 궁구해 보는 것이 이 작업의 의도이다.

한·중·일에는 공통적으로 근대기 번역문학의 목록이 관련 연구자들에 의해 보고된 바 있다. 각주에서도 구체적 서지를 밝히겠지만, 여기서 제시하는 그래프, 도표, 숫자들은 상당 부분 그러한 선행 연구를 재가공하여 산출한 것들이다. 이들 목록은 각기 다른 기준과 속성을 갖고 있고, 그 완성도 면에서도 편차가 존재한다. 그렇기에 출처가 다른 데이터와 데이터를 비교의 대상으로 삼거나, 각 수치를 한데 엮어 새로운 결과물을 만드는 작업은 기대할 수 없다. 그러나 개별 데이터와 그것을 통해 도식화한 단일 결과물은 최소한의 내적 체계를 갖추고 있다. 결론적으로 작성된 통계치가 당대의 전체상을 정밀하게 반영하기는 어렵더라도, 각 번역장의 기본적인 흐름과 몇 가지 국면을 파악하는 일은 가능하다는 것이 저자의 판단이다.

먼저 이른 시기에 서양문학에 접속한 일본의 경우를 살펴본다. 저자가 활용한 기본 자료는 일본국립국회도서관에서 편찬한『메이지·다이쇼·쇼와 번역문학목록明治·大正 昭和翻訳文学目録』이다.[1] 다만 이 자료집의 주안점은 「범례」에서 밝히고 있듯 다이쇼 및 쇼와시기의 정리에 있다. 메이지 번역문학의 경우, 다이쇼·쇼와보다 오히려 나중에 배치되어 있으며 정리 방식 또한 달라 상대적으로 빈약하다는 인상을 준다.[2] 물론 이 자료의 메이지시기 정리 자체도 당시로서는 방대한 자료의 집대성이지만,[3] 이상의 이유로 메이지시기에 대해서는 가와토 미치아키川

---

1   1959년도에 초판이 간행되었으며, 저자가 확인한 것은 1989년에 나온 제4쇄다.
2   작가별 사전체제로 되어 있는 다이쇼·쇼와시기의 구성과는 달리 메이지시기는 발표 시간순을 적용하였다.
3   齊藤昌三,『現代日本文學大年表』, 改造社, 昭和6; 木村毅·齊藤昌三 共編,『西洋文學翻譯

〈표 12〉 문학 번역의 연도별 추이―일본(1868~1912)[4]

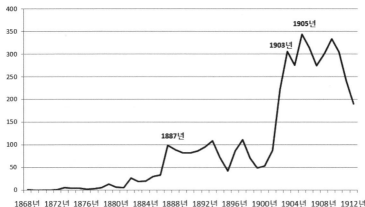

戸道昭 등이 편찬한『메이지기 번역문학 총합연표明治期翻訳文学綜合年表』[5]
에 기초하기로 한다.

〈표 12〉는 메이지 일본의 번역에 대한 일반적 이해와는 다른 결과를
보여준다. 대담집『번역과 일본의 근대』에서 마루야마 마사오와 가토
슈이치가 잘 보여준 바와 같이, 메이지시기의 일본은 범정부 차원에서
서구 지식의 전방위적 번역 사업을 진행했을 뿐 아니라 지식인들 역시

年表』, 岩波書店, 昭和8; 山宮允,『明治大正詩書綜覽』, 啓成社, 昭和9; 柳田泉,『明治初期
の飜譯文學』, 春秋社, 昭和10; 柳田泉,『政治小說硏究』3冊, 春秋社, 昭和10~14; 蛯原八
郞,『明治文學雜記』, 學而書院, 昭和10; 村上浜吉,『明治文學書目』, 村上文庫, 昭和12; 岡
野他家夫,『明治文學硏究文獻綜覽』, 富山房, 昭和19; 吉田精一,『現代日本文學年表』, 筑摩
書房, 昭和33.

4　이 차트는 왕훙의 연구에 나와 있는 것을 그대로 인용한 것이다. 王虹,「データから見る
清末民初と明治の翻訳文学」,『多元文化』7, 2007, 152면.

5　『明治期翻訳文学綜合年表』은 전50권으로 구성된『明治期翻訳文学全集』의 기획 속에서
각 작가별 번역연표를 종합하고 거기에 추가조사의 성과가 더해진 결과물이다. 주로
2차 자료에 기댄『明治·大正·昭和 飜譯文學目錄』의 '메이지 편'보다는 더 본격적인
기획과 조사를 바탕으로 한 셈이다. 2001년도에 간행되었다. 川戸道昭 外編,『明治期翻
訳文学綜合年表』, 大空社, 2001, 3면.

번역의 중요성을 역설하고 직접 실천에 옮기며 근대를 진작시켰다. 하지만 〈표 12〉는 문학 번역의 경우는 다른 양상이었음을 알려준다. 메이지 20년대에 다다르기까지는 서구문학을 소개하는 움직임이 두드러지지 않기 때문이다. 이 시기의 번역문학 등장 횟수는 매년 한 자리 숫자를 벗어나지 못하는데, 이 수치들이 단행본뿐 아니라 신문·잡지에 게재된 번역문학 자료까지 망라한 결과임을 감안하면 상황은 더욱 초라해 보인다. 이는 메이지 초기를 '대번역시대'라 규정한 바 있는 야마오카 요이치山岡洋一의 조사와도 맞아떨어지는 대목이다. 야마오카는 일본 전국도서관 소장 자료 데이터베이스를 종합·분석하여 메이지 15년까지 약 1,500종 이상의 번역서가 간행되었음을 지적했다.[6] 그의 분석에 의하면, 많은 비중을 차지하고 있는 것은 의학, 공업기술, 농업기술, 법률 등의 분야이며, 기타로는 초중등 교과서 및 입문서가 주류를 이루는 반면, 소설은 의외일 정도로 적어,『80일간의 세계일주』,『로빈슨 크루소』,『이솝이야기』,『천로역정』 등의 10여 종만이 확인될 뿐이다. '대번역의 시대'이기에 더 의외의 결과인 것이다.

그러나 상황은 변한다. 〈표 12〉에 따르면, 문학 번역은 메이지 20년대 진입 이후인 1887년경부터 본 궤도에 오르고, 메이지 30년대 중반인 1903년부터는 절정기에 진입한다(이를 각각 1차, 2차 중흥기라고 해두자). 진정한 의미에서 번역문학의 시대가 펼쳐진 것이다.[7] 이러한 전개

6　山岡洋一,「翻訳についての断章－15年に数千点:明治初期の大翻訳時代」,『翻訳通信』ネット版,　2004年3月号(http://www.honyaku-tsushin.net/ron/bn/maiji.html : 최종검색일 2018.10.30)

7　여기서는 주로 메이지 30년대 이후의 현상에 주목하지만, 메이지 중기까지의 번역문학사를 고찰한 신쿠마 기요시(新熊清)는 메이지 11년까지를 번역의 개화기, 17년까지를 융성기, 18년에서 22년까지를 번역의 전환기 및 성숙기로 구분한 바 있다. 新熊清,『翻

양상의 이면에는 필연적으로 문학의 가치가 재편되는 몇 가지의 계기 들이 존재한다. 메이지 초기의 문학 번역이 미진한 이유는 문학에 대한 사회적 평가가 높지 않아서이다. 이 상황을 최초로 역전시킨 계기는 '정치소설'의 번역 속에서 이루어진다. 번역의 1차 중흥기는 메이지 20 년대라 하겠지만, 도표로 알 수 있듯 메이지 15년 정도부터 메이지 20 년대로의 진입 시점까지 먼저 '작은 중흥기'가 있었다. 이 시기가 바로 자유민권운동의 성행과 함께 도래한 정치소설 번역과 창작의 전성기 다. "소설을 쓰지 않는 정치가는 정치가가 아니라고까지 생각되었다"[8] 라는 증언은 메이지 10년대 중후반의 정치소설의 활황과 문학의 지위 상승을 단적으로 대변한다. 당시 번역된 것들이 뒤마의 프랑스 혁명 관 련 소설, 위고의 전기소설, 정치가 디즈레일리의 소설, 월터 스콧의 정 치소설 등이다. 스즈키 사다미鈴木貞美는 "이 '정치소설'에 의해 소설을 여자와 어린이를 위한 것이라고 보는 관념은 어느 정도 불식시켰다고 할 수 있다"[9]고 말하기도 했다.

하지만 1887년을 즈음하여 일본의 문학 패러다임은 다시 한 차례의 전환을 맞이한다. 그 진원지는 바로 쓰보우치 쇼요의 근대소설 이론인 『소설신수』와 후타바타이 시메이의 번역소설 「밀회」다. 주지하듯 전자 는 오랜 시간 일본의 문학사가들에 의해 성전聖典처럼 받들어져 온 텍스 트고, 후자는 일본의 번역문학을 논할 때 가장 획시기적 번역 성과로 평가되는 작품이다.[10] 사실주의 소설의 규범을 세우고자 한 『소설신

訳文学のあゆみ—イソップからシェイクスピアまで』, 世界思想社, 2008 참조.
8　우치다 로안, 「내가 문학자가 된 경로」; 스즈키 사다미, 김채수 역, 『일본의 문학 개념』, 보고사, 2001, 278면에서 재인용.
9　위의 책, 280면.

수』와, 문체적 혁신을 통해 외국문학의 가치를 발굴하고 메이지 문단의 형성에도 영향을 미친 「밀회」. 『소설신수』가 이론적 측면에서 획을 그었다면, 「밀회」의 번역은 단편소설 하나가 미칠 수 있는 문학적 영향력의 최대치를 보여준 사건이었다. 이 둘은 진정한 의미에서 서구 근대소설을 전범으로 한 소설의 시대를 열어젖힌 계기가 되었다. 따라서 이들의 출현과 그 직후 나타나는 그래프의 급격한 상승은 일정한 인과관계를 형성하고 있다고 보아도 좋을 것이다.

하지만 설령 『소설신수』나 「밀회」가 일본문학의 담론지형에 변화를 야기했다고 해도, 번역 추이의 급격한 상승은 출판환경의 변화나 미디어의 발달, 독자층의 성향을 결정짓는 교육의 문제, 대량 번역으로 이어질 수 있는 외국어 능력의 축적 등 다양한 요인이 함께 검토되어야 할 문제다. 이는 물론 여기에서 본격적으로 다루기는 힘든 주제이지만, 1차 중흥기와 연동된 출판환경 변화와 관련해서는 1880년대 후반부터 민우사民友社와 박문관博文館 등의 근대적 출판사들이 등장하고 『국민지우』, 『일본인』 등의 출현과 함께 '잡지의 시대'가 열린 것, 1890년대 후반부터 『태양』, 『소년세계』, 『문예구락부』 등 박문관의 3대 잡지가 황금시대를 구가하며 일본의 출판량 자체가 수직상승한 것 등을 지적할 수 있을 것이다.[11] 하지만 수치상으로 확연하게 나타나는 이 시기의 변화는 그 내용을 통해서도 살펴보아야 한다.

1901년(메이지 34)을 경계로 1차 중흥기와 2차 중흥기가 나뉜다고 할

---

10 이 책의 제1부 3장을 참조.

11 아사오카 구니오(浅岡邦雄)에 의하면, 1899년(메이지 32)년 기준 이들 3대 잡지의 연간 발행부수의 총량은 4,450,000부에 이른다. 浅岡邦雄, 「明治期博文館の主要雑誌発行部数」, 国文学研究資料館 編, 『明治の出版文化』, 臨川書店, 2002, 161~172면 참조.

〈표 13〉 번역 대상의 국가별 추이-일본(1887~1912)[12]

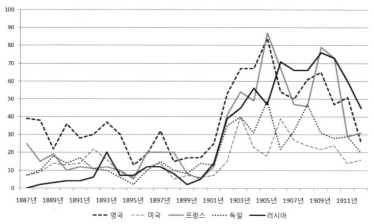

때, 그 전후의 흐름에서 가장 큰 변화는 바로 번역이 집중되는 대상이다.
〈표 13〉에서 나타나는바, 1890년대까지는 영국문학의 비중이 거의 압
도적이었다. 물론 2차 중흥기에도 영국문학은 비교적 활발히 번역되지
만, 그 이전처럼 '가장 많이' 번역되는 대상은 아니다. 1900년대 이후의
고조기를 이끄는 것은 단연 프랑스・러시아문학의 번역이다. 기억해야
할 것은, 프랑스문학의 경우 1차 중흥기에도 일정한 지분을 확보하고
있던 반면, 1893년(메이지 26)도의 예외를 제외하면 거의 존재감이 없다
시피 하던 러시아문학이 2차 중흥기에 대단한 약진을 보여준다는 사실
이다. 러시아문학의 번역 횟수는 1906년(메이지 39)에 국가별 순위에서
1위를 기록한 이후 거의 수위에서 내려오지 않았다(3건 차이로 2위를 기록
한 1909년만이 예외). 그 사이 문학의 모델에 대한 또 한 번의 인식 전환이
있었던 것이다.

---

12 川戸道昭 外編,『明治期翻訳文学総合年表』(大空社, 2001)에 근거하여 각 수치를 도출한

집중적으로 번역된 작가의 추이를 살펴보면, 그 실체에 보다 근접할수 있다. 1차 중흥기인 1887년부터 1900년까지의 흐름에서 가장 각광받던 서구 작가는 셰익스피어, 디킨즈(영국), 호손(미국), 위고, 베른, 뒤마(프랑스), 괴테, 실러, 그림(독일), 톨스토이, 투르게네프(러시아) 등으로 압축된다. 그런데 2차 중흥기로 가면, 전술한 작가들이 아예 배제되는 것은 아니지만 조명의 강도는 포우, 마크 트웨인(미국), 모파상, 졸라, 도데(프랑스), 체홉, 고리키, 안드레예프(러시아) 등에게로 넘어간다.[13]

좀더 구체적으로 살펴보자. 프랑스문학이 2차 중흥기에서 더욱 두각을 나타낼 수 있었던 데는 모파상의 공로가 절대적이다. 모파상 소설은 메이지시기 전체를 통틀어 보아도 가장 각광받은 번역 대상 중 하나였는데, 특이하게도 그 첫 번역은 다른 주요 대상보다 한참 늦은 편인 1897년(메이지 30)이 되어서야 등장한다. 하지만 모파상은 얼마 지나지 않아 확연히 독주 체제를 굳힌다. 예를 들어 1901년도에 번역된 프랑스문학 12편 중 8편이 모파상의 소설이었다.[14] 반면, 러시아문학의 경우 프랑스와는 또 다른 양상을 보인다. 2차 중흥기에 이르러 체홉, 고리키, 안드레예프 등이 큰 주목을 받지만, 1차 중흥기의 톨스토이, 투

후 구현한 것이다. 이 자료집은 신문, 잡지, 단행본으로 간행된 모든 번역문학을 조사 대상으로 하고 있다. 다만, 편 수 환산에 있어서, 연재물의 경우는 첫 연재 시점을 기준으로 하여 한 편으로 카운트되었음을 밝혀둔다. 참고로『明治期飜訳文学綜合年表』상에는 주로 폴란드, 이탈리아, 스페인 등에 해당하는 '기타' 항목과, 한 국가에 속하지 않는 '합집' 항목이 따로 있으나 해당 자료는 본 그래프에 반영하지 않았다.

13 전술한 2차 중흥기의 작가 명단에 영국인이 부재한 것은, 위 작가 명단 자체를 소설가로 한정했기 때문이다. 2차 중흥기에도 영국문학의 번역은 상당한 수준으로 이루어지지만, 소설보다는 시에 집중되어 있다. 즉, 메이지 후반 영국소설의 영향력은 미미했던 셈이다. 꾸준히 등장하는 작가로는 코난 도일 정도가 눈에 띈다.

14 川戸道昭 外編,『明治期飜訳文学綜合年表』, 大空社, 2001, 146~147면.

르게네프 역시 그 영향력이 전혀 희석되지 않고, 오히려 2차 중흥기 때 더 본격적으로 번역되기 때문이다. 사실상 러시아에 한정해 보자면 사상가적 입지를 굳히고 있던 톨스토이나 「밀회」의 원저자 투르게네프에게만 예외적으로 관심이 모아졌던 정도일 뿐, 양적으로는 중흥기라 할 만한 시기 자체가 없던 참이었다. 이에 2차 중흥기 진입 이후 기존에 알려져 있던 톨스토이나 투르게네프에 대한 본격적인 번역과 함께 체홉, 고리키, 안드레예프 등 다양한 러시아문학가들에 대한 발굴이 병행되었던 것이다. 이미 1888년에 선구적 번역가 후타바테이 시메이가 러시아소설의 묘미를 널리 알렸음에도 불구하고 그 전성기가 뒤늦게 온 원인에 대해서는 러시아어라는 진입 장벽 자체에 대한 고려도 필요하다. 메이지 20년대 초입에 「밀회」를 읽고 자란 문학도들이 메이지 30년대의 일본 문단을 호령하고 있었고, 그 사이 러시아어를 전문적으로 익힌 2세대 번역가들의 등장까지 더해져 러시아소설의 번역 러쉬가 이루어진 것으로 추정할 수 있다.

번역 대상에서 새롭게 떠오른 작가들은 다수가 사실주의 계열의 작가다. 일본문학사의 흐름이 서양 문예사조의 전개와 일치되어야 할 필연성은 없다. 다만, 메이지 30년대의 창작 문학들이 자연주의에 경도되었던 것과 그 원류가 되는 서구문학의 번역이 득세했던 것 사이에도 인과성은 존재할 것이다. 보다 주목하고 싶은 것은 소설 양식의 거시적 전환이다. 단적으로 말해, 1차와 2차 중흥기 사이에는 장편에서 단편으로의 주류성 전이가 확인된다. 2차 중흥기의 주요 작가들, 즉 포우, 마크 트웨인, 모파상, 도데, 체홉, 고리키 등은 모두 단편소설에서 강점을 보여주는 인물들이다. 게다가 여전히 많이 번역되고 있던 톨스토이나 투

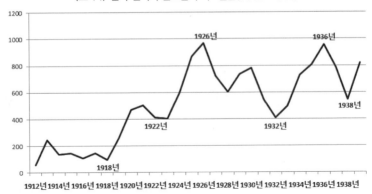

〈표 14〉 문학 번역의 연도별 추이－일본(1912~1939)[15]

르게네프 역시 여러 종류의 단편들을 생산한 바 있다. 그렇다면 2차 중흥기의 편수 급증 자체가 출판 매체의 양적 증가나 출판시장의 제반 여건 확충에 의한 절대량 상승만이 아니라, 단편 위주의 번역이 활성화되며 나타난, 다시 말해 문자 그대로의 '편수 증가'가 반영된 복합적 결과일 수 있다. 메이지 30년대(1897~1906)의 창작 문단에서 일어난 장편에서 단편으로의 중심 이동도 이와 연관 지어 생각해볼 수 있다.[16] 그러한 양식적 흐름은 다이쇼시기(1913~1926)로도 계승된다. 우스이 요시미는 다이쇼문학사가 단편소설의 전성기였음을 지적한 바 있다.[17]

---

15 日本國立國會圖書館 編, 『明治・大正・昭和 飜譯文學目錄』, 風間書房, 1989의 다이쇼 및 쇼와 20년까지의 항목 14,349건을 분류하여 그래프로 구현하였다. 이 자료목록은 신문・잡지까지 포함시킨 앞서의 메이지 통계와는 달리 단행본 서적만을 대상으로 한다. 단편소설집의 경우, 소설집 내의 복수의 작품이 각기 하나의 항목으로 배치되어 있다는 점도 특징적이다.(시집이나 기타 산문의 경우는 분할하지 않았다.) 또한 같은 단행본이 다른 출판사나 여러 연도에 걸쳐 재간행 된 케이스도 포함되어 있다. 이러한 점들로 인해 통계 수치가 곧 작품 수를 의미하는 것은 아니라는 점을 유의해야 한다.

16 紅野謙介, 「德田秋声における「テクストの外部」－明治30年代・長篇小説から短篇小説へ」, 『日本近代文学』 53, 日本近代文学会, 1995 참조.

17 우스이 요시미, 고재석・김환기 역, 『다이쇼문학사』, 동국대 출판부, 2001, 248면.

그렇다면 일본에서 메이지시기 이후인 1912년부터의 번역문학은 어떠한 양상을 보일까? 1912년부터 1939년까지(다이쇼 1년~쇼와 20년)의 양적 통계는 〈표 14〉와 같이 나타난다.

1926년까지의 번역량은 뚜렷한 상승세이다. 정점인 1926년의 경우 한 해 번역문학 단행본으로만 1000여 편의 작품 수에 육박하는, 진정한 대량 번역출판기였던 것이다. 물론 이 시기는 문학서의 번역만이 아닌 전반적인 일본 출판계의 활황기로, 그 배경으로는 인구 및 서점의 격증, 지금도 존속하는 대형 출판사들의 탄생과 이들이 주도한 문예물의 대량 생산체제 구축 등을 들 수 있다.[18] 이러한 출판업의 확대는 제1차 세계대전 이후 경제공황이 확산되기 직전의 호경기 속에서 가능했을 것이다. 이 가운데 이질적으로 보이는 1922~1923년의 정체기는 굵직한 정치적 사건과 재해 등의 여파를 상정할 수 있다. 1921년 11월 수상 하라 다카시의 피살 및 내각 총사직, 12월 워싱턴회의 개최, 1922년 6월 다카하시 내각 총사직, 1923년 9월 간토대지진 등이 있었고, 같은 시기에 일본공산당을 비롯한 각종 사회주의 및 노동자 단체의 결성과 파업 등이 잇따랐다.

1927년 이후, 즉 쇼와시기로 진입한 이후부터는 더 이상의 양적 확대가 없다. 오히려 1932년을 최저점으로 하는 지속적인 감소세가 확인된다. 1930년대에 새로운 상승세가 나타나며 1936년에는 1926년의 정점 수준을 회복하기도 하지만, 곧 꺾여버리고 마는 것을 알 수 있다. 정리를 해보자면, 1920년대 이후로 문학번역서는 연 400종 이하로는

18 小田光雄, 『出版社と書店はいかにして消えていくか―近代出版流通システムの終焉』, 論創社, 2008, 128~130면.

내려가지 않는 일정 수준 이상의 출판량을 보이면서도 1927년 이후는 비교적 큰 상승·하강의 편폭이 반복적으로 형성되고 있다. 번역문학 출판량의 변곡점이 1926년으로 나타는 이유는 무엇일까?

첫째, 호황을 누리던 출판사업의 양적 확대가 더 이상 용이하지 않게 된 것을 들 수 있다. 1927년에 이르면 일본에서의 경제공황은 본격화되어, 은행 파산이 속출하고 모든 주식이 폭락하게 된다.[19] 둘째, 1925년 4월의 치안유지법 공포 이후 나타난 출판검열과 사상적 탄압의 강화 역시 하나의 이유로 작용했을 것이다. 프로문학이 문단의 핵심으로 기능하던 다이쇼 후기의 작가들은 제도적 탄압이라는 거대한 장벽과 치열하게 씨름할 수밖에 없었다. 번역문학의 활성화는 텍스트를 선택하는 번역 주체의 적극적 목적의식이 필수불가결한데, 이 같은 폐색된 상황에서는 선택 행위가 자유로울 수 없고, 현실투쟁의 필요로 인하여 번역에 투입될 총역량 자체도 반감되기 마련이다. 셋째, 번역의 토대를 형성하는 세계문학 범주의 임계적 상황을 들 수 있다. 일본에서 세계문학전집이 다시 한번 새롭게 기획·정리·간행되는 시기가 바로 1927년이다. 전집의 간행은 세계문학이라는 추상적 개념을 대변할 수 있는 '정전'들의 장악 속에서 이루어진다. 바꿔 말해 세계문학전집이라는 기획은 번역을 통한 낯선 문학의 소개와는 본질적으로 거리가 있는 작업이라 할 수 있다.

---

19 우스이 요시미, 고재석·김환기 역, 앞의 책, 268면.

2) 중국-1893~1939

중국에 대한 조사 중 1920년대 초까지의 정리는 타루모토 테루오樽本照雄의 선행 연구를 참조할 수 있다. 그는 청말민초 시기에 해당하는 1902년에서 1919년을 중심으로 하고 그 전과 후의 일부까지 포함하여 창작 및 번역소설의 총목록을 수집하였다. 타루모토에 따르면 당시에 발표된 소설은 도합 19,156종에 이르는데, 이 중 창작소설은 13,810종, 번역소설은 5,346종이다.[20] 모든 매체를 망라한 데다가 중복되는 작품이 포함되어 있다고는 해도 이 같은 번역량은 분명 인상적이다.

〈표 15〉는 메이지시기 일본뿐 아니라 중국의 경우도 두 차례의 번역 중흥기가 나타났음을 보여준다. 하나는 1902년경부터 시작하여 1907년을 정점으로 하고, 다른 하나는 1911년경부터 시작하여 1915년을 정점으로 하는 상승세다. 전자가 만청시기의 흐름에 속한다면, 후자는 민국초기부터 5·4시기 소설사의 흐름과 연동되어 있다.

중국의 1차 중흥기에 번역된 소설들은 주로 정치소설, 모험소설, 탐정소설 등 특정한 목적을 내장한 부류였다. 물론 19세기 서양의 주요 정전급 소설들도 이때 등장하기 시작했지만, 대체적으로 볼 때 번역의 당위성은 정치소설에 있었고, 실질적인 번역량은 탐정소설이 압도했다. 아잉阿英은 만청시기 탐정소설의 번역량이 전체 번역소설의 50%를 상회하는 것으로 파악한다.[21] 또 다른 통계에 따르면, 1896년부터 1916년까지를 대상으로 할 때 가장 많이 번역된 작가 1위는 32종의 소

---

20 樽本照雄 編,『新編增補 清末民初小説目録』, 齊魯書社, 2002,「本書的使用方法」 2면.
21 阿英, 전인초 역,『중국근대소설사』, 정음사, 1987, 321~322면.

〈표 15〉 소설 번역의 연도별 추이-중국(1893~1921)[22]

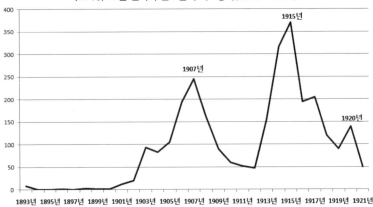

설이 번역된 코난 도일이고, 2위는 25종이 번역된 영국의 통속소설가 해거드다.[23] 이 시기 탐정소설의 인기는 단순히 대중 취향의 통속성으로만 설명될 문제는 아니다. 천핑위안은 탐정소설이 당시 중국인들에게 서양 그 자체를 표상하는 고유한 영역으로 간주되었다는 사실에 주목한 바 있다.[24] 즉, 탐정소설이야말로 서양소설의 정수라는 인식이 서구의 정신을 적극 탐색하던 당대인들에게 번역의 동기를 제공했다는

---

22 다음 차트는 타루모토 테루오의 자료를 정리한 왕훙의 차트(王虹, 「データから見る清末民初と明治の翻訳文学」, 『多元文化』 7, 名古屋大学国際言語文化研究科, 2007, 159면)를 그대로 가져온 것이다. 왕훙은 타루모토 테루오, 「淸末民初小說のふたこぶラクダ」, 『淸末小說論集』, 法律文化社, 1992을 참조하였다. 이 연구는 타루모토 본인이 수행한 서지조사의 결과물인 『淸末民初小說目録』(1988)을 토대로 한 연구물이다. 이 목록집 역시 꾸준히 보완되고 있는데, 우선 1997년에 『新編 淸末民初小說目録』이 나왔으며, 여기서 다시 3,100편의 항목이 추가된 『新編增補 淸末民初小說目録』이 2002년도에 나왔다. 1988년판이나 1997년판을 확인하지는 못했지만, 2002년판에 증보된 3,100편 중 번역소설의 추가분은 372편에 불과한 점을 감안하면(樽本照雄 編, 앞의 책, 2면), 1988년판과 2002년판에서 각각 확인되는 번역의 추이 자체도 대동소이하리라 추정할 수 있다.
23 赵利民, 「域外小说翻译与中国近代小说观念的变革」, 『理论学刊』, 1999 第1期(http://59.67.71.237:8080/wx/teacherintro/elseteacher2_5_1.htm).
24 천핑위엔, 이종민 역, 『중국소설의 근대적 전환』, 산지니, 2013, 68~69면.

것이다.

그러나 실질적인 근대문학 번역에 선편을 쥐었던 인물로는 소설의 효용을 역설한 언론인 량치차오, 방대한 분량의 서양소설을 소개한 만청시기 최대의 번역가 린수林紓 등을 꼽을 수 있다. 일찍이 문학이 지닌 사회성을 간파한 량치차오는 소설의 번역·창작의 필요성을 강력히 개진했을 뿐 아니라 직접 「경국미담」, 「가인기우」 등의 정치소설이나 『십오소호걸』 같은 모험소설을 번역하기도 했다. 린수는 1차와 2차 중흥기에 모두 관여한 인물이다. 알렉상드르 뒤마 피스 원작의 『춘희(역서명: 『巴黎茶花女遺事』(1899))로 출발한 그의 번역소설은 생을 마감한 1924년까지 지속되어, 무려 181편(미간행 18편)에 이르렀다.[25] 린수는 뒤마, 위고, 디포, 디킨스, 톨스토이 등을 소개한 1세대 번역가로서 자리매김하고 있으며, 독자의 관심이 집중되던 코난 도일의 탐정소설 역시 그의 번역 대상이었다. 한편, 린수 외에도 1, 2차 중흥기를 아우르는 번역소설의 생산 주체가 있으니 바로 상무인서관商務印書館이다. 상무인서관은 1901년에서 1916년 사이 241종의 소설을 역간했으며, 총 322종의 번역문학총서인 '설부총서'를 내기도 한 명실상부 중국 최대의 번역 출판사이자 대형 번역그룹이었다.[26]

린수나 상무인서관의 존재가 적시하듯, 중국의 경우 1차 중흥기의 주역들이 2차 중흥기에도 연이어 활약한 측면이 있다. 하지만 1907년 이후 기세가 꺾였다가 1915년까지 다시금 치솟는 일련의 흐름은 그들의 힘만

---

25 김소정, 「번역을 통해 본 근대중국—林紓의 서양소설 번역을 중심으로」, 『중국어문학』 52, 영남중국어문학회, 2008, 269면.

26 김소정, 「번역하는 중국—근대 번역그룹의 탄생과 외국문학의 중국적 변용(1903~1937)」, 『중국어문학』 60, 영남중국어문학회, 2012, 374면.

으로 형성된 것이 아니었다. 이 사이, 또 다른 번역 주체들의 출현이 있었으며 소설 모델의 조정이 있었던 것이다. 1차 중흥기가 하락세에 접어든 직후에 나온『역외소설집』(1909)은 2차 중흥기의 성격을 예견하는 일종의 신호탄이었다. 이 번역소설집은 일본에서 유학 중이던 루쉰과 저우쮀런 형제가 공동 역간한 것으로, 서양 각국의 단편소설 16편을 대상으로 하였다. 유통된 분량을 감안하면『역외소설집』이 당시 소설 번역의 흐름에 직접적 반향을 불러일으켰다고 보긴 힘들다. 당대 독자들이 느꼈을 단편 양식의 생경함, 직역의 방식과 어려운 고문 번역체도 '흥행 실패'의 요소로 지적되곤 한다.[27] 하지만 이를 역으로 생각해 보면 그러한 외피만이『역외소설집』의 걸림돌이었을 뿐이다.『역외소설집』에 대한 보다 심도 깊은 논의를 펼친 장위화張麗華의 경우, "『역외소설집』의 문체는 단지 백화로 번역되기만 하면 현대 단편소설, 심지어 보편적으로 모든 '신문학'에 적용되는 통용 문장어가 된다"[28]고 말한다. 요컨대『역외소설집』의 시도는 수년 후에 본격적으로 일어날 신문학의 번역을 선취한 것에 가깝다. 이 단편소설 번역집이 중국에서 문학의 관념 자체를 바꾼 기념비적 성과로 거론되며,[29]「광인일기」에 이르는 루쉰의 도정 중 가장 첫머리에 위치하는 것도 무리가 아니다.[30] 그리고 이는 1921년에 21편을 추가한 증보판이 나올 수 있었던 배경이기도 하다.

『역외소설집』의 혁신은 먼저 살펴 본 일본 번역문학의 신경향(2차 중흥기)과 무관하지 않다. 단편소설의 번역 기획이었고, 번역 대상의 무게

---

27 阿英, 전인초 역, 『중국근대소설사』, 정음사, 1987, 323면.
28 张丽华, 『现代中国短篇小说的兴起』, 北京大学出版社, 2011, 147면.
29 赵利民, 앞의 글 참조.
30 张丽华, 앞의 책, 149~150면.

중심이 러시아소설에 있었기 때문이다. 루쉰 형제가 선별한 작품에는 체홉, 모파상 등 당대 일본 문단이 주목한 핵심 작가뿐 아니라, 폴란드, 핀란드, 보스니아 등 유럽 '변방'의 것까지 들어가는데, 이 역시 일본의 앞선 번역 경험 없이는 불가능했다. 그럼에도 불구하고 보다 강조되어야 할 것은 당연히 번역자, 곧 '선택하는 자'의 시선이다. 루쉰은 『역외소설집』의 서언 격에 해당하는 「약례」에서, "문예가 성정을 바꿀 수 있으며, 사회를 개조할 수 있다고 여겼"기에, "자연스럽게 외국신문학을 소개하는 일을 생각하게 되었다"[31]고 그 발간 취지를 밝혔다. 이는 널리 알려져 있는 '루쉰의 문학가로서의 전향'과 직결된 문학의 용처다. 정신을 치료하는 문학을 추구한 루쉰에게, 번역 대상은 당연히 신중하게 엄선되어야 했다. 메이지 후반기의 일본 출판계는 루쉰에게 폭넓은 선택지를 제공했고 그 속에서 루쉰 형제는 번역 공간을 향한 그들의 발화와 공명하는 작품을 취합해낼 수 있었다.

『역외소설집』의 이러한 번역 기조는, 2차 중흥기(1913년부터 1921년경까지)를 관통하게 된다. 특히 2차 중흥기와 연관해서는 중국의 정치적 변동을 고려하지 않을 수 없다. 공교롭게도 신해혁명(1911)과 중화민국의 수립(1912) 등의 혁명기는 1차 중흥기와 2차 중흥기 사이의 최저점에 해당한다. 격변기로 인한 출판계 자체의 위축도 있었겠지만 당시의 번역 주체들 대개가 진보적 성향의 지식인과 유학생들이었던 만큼(이런 면에서 린수는 예외적이었다), 혁명의 진전 속에서 번역은 유보될 가능성이 컸다. 2차 중흥기의 기점이 1913년, 즉 중화민국의 운명이 위안스카이

---

31 魯迅, 「掠例」, 『域外小説集』, 神田印刷所, 1909; 陈玉刚, 조성환 역, 『중국번역문학사』, 중문출판사, 2005, 277면에서 재인용.

의 반혁명 노선 속에서 표류하기 시작하는 때와 맞물려 있는 것은 이와
관련하여 시사하는 바가 있다. 여기서 의문을 가질 법 한 것은, 1919년
의 5·4시기를 전후하여 정점을 구가해야 할 듯한 번역의 추이가 오히
려 1915년 이후 지속적인 하강세를 보인다는 사실이다. 이는 다음과
같은 중국번역문학사에 대한 일반적 인식과는 다소 어긋난다.

> 5·4운동은 문학혁명을 가동시켰고 동시에 외국문학을 번역, 소개, 연구하
> 는 활동을 촉진시켰다. 5·4운동 이전에 전문적인 문학사단과 순문예적인
> 간행물이 없었고 외국문학을 번역 소개하는 대오도 없었다. 그때 『신청년』,
> 『신조』 등은 모두 종합 간행물이었는데, 그때만 해도 진독수, 유반농, 호적 등
> 의 몇 사람만이 외국문학 작품을 번역 소개하였다. 전문적인 문학 단체 순문
> 예적인 간행물 및 외국문학을 번역 소개하는 대오는 5·4 이후에 출현한 것
> 이다. (…중략…) 5·4 이후 외국문학의 번역 소개는 전에 없었던 번영국면
> 이 출현했다고 말할 수 있다. 이러한 국면이 출현한 까닭은 5·4 이후 신문학
> 운동의 발흥과 밀접한 관계가 있기 때문이다.[32]

천위강陳玉剛의 발언이 5·4운동 이전의 번역 성과를 과소평가한 측
면은 있지만, 5·4시기의 번역이 하나의 분기점이 된 것은 사실이다.
그렇다면 5·4운동 전후 시기의 그래프 하강은 무엇 때문일까? 일단은
새로운 역자진이 신문학을 중심으로 한 번역에 집중했다 하더라도 대
규모 출판의 위축이 전체적인 수치 하락을 가져왔다는 설명이 가능하

---

32 陈玉刚, 앞의 책, 152면.

다. 1920년대 중반부터 군벌 탄압에 의한 근대적 번역출판사업의 일시적 퇴조는 실제로 존재했다.[33] 또한 달리 생각하면, 1914년이나 1915년보다는 적을지 몰라도 1916년, 1917년의 수치 또한 1차 중흥기의 정점에 비견될 정도로 높은 것은 분명하다. 5 · 4운동 직후인 1920년도에는 지식인들의 역량이 다시 번역 쪽에 몰려 추세가 반등하기도 했다. 즉, 5 · 4시기의 번역이 활발했다는 설명은 여전히 유효하다. 다만 이 시기는 '번역'만이 아니라 '창작'문학사의 르네상스이기도 하다. 대부분의 중국문학사는 5 · 4시기를 진정한 신문학의 탄생기로 서술하는 데 큰 이의를 달지 않는다. 이때의 신문학 작가들은 대개 번역을 병행하고 있었다. 결국 이 수치 감소를 설명하려면 번역 주체들의 역량이 창작으로 분산된 사정도 시야에 넣어야 한다.[34]

중요한 것은 5 · 4시기에 폭발한 창작의 역량이 그 직전까지 비축된 번역문학을 토대로 했다는 것이다. 이러한 맥락에서 2차 중흥기의 정점인 1915년의 상징적 의미를 찾을 수 있다. 1915년은 천두슈陳獨秀를 비롯, 중국 신문화운동의 주역들이 대거 참여하여 만든 잡지 『신청년』의 창간년도이다. '국민사상의 개혁'이라는 『신청년』의 기치는 전술한 루쉰의 번역 목적과 일치하는 것이며, 이러한 기조 속에서 신문학운동을 펼친 『신청년』이 서구문학의 번역과 소개에 매진한 것은 당연

---

33 김소정, 「번역하는 중국─근대 번역그룹의 탄생과 외국문학의 중국적 변용(1903~1937)」, 『중국어문학』 60, 영남중국어문학회, 2012, 390면.

34 그럼에도 불구하고 번역의 성과는 활발하게 지속되었으며, 이는 3차 중흥기의 한 배경이 된다. 예컨대 20, 30년대의 영향력 있는 문학 총서 3종의 번역문학 비중은 평균 50%를 상회했다. 張中良, 『五四時期的翻譯文學』, 秀威資訊科技, 2005, 13~14면; 황선미, 「번역가로서의 천두슈(陳獨秀)와 여성해방─『신청년(新青年)』을 중심으로」, 『동아시아 문화연구』 48, 한양대 동아시아문화연구소, 2010, 281면에서 재인용.

했다.[35] 『신청년』의 창간호가 나온 1915년 9월부터 1922년 7월까지 (공산당의 기관지가 되며 성격이 전변하기 이전의 발행 기간인)를 대상으로 할 때 총 593편의 문학 작품이 게재되었는데, 그중 187편, 즉 31.5%가 번역 작품이었다.[36] 번역에 동참한 이들은 전술한 『역외소설집』의 루쉰, 저우쭤런을 비롯, 천두슈, 후스, 류반농 등 57명에 달한다. 이들 대부분은 번역과 창작을 병행한 인물들이다. 번역을 통한 그들의 신문학 운동은 직후의 창조사, 문학연구회, 미명사 등으로 계승되어갔다.[37]

1920년대 이후의 번역 추이를 살펴보자. 1930년대까지의 번역문학을 일관된 체계 속에서 검토할 수 있는 자료로 덩지티엔邓集田의 『중국현대문학출판평태中国现代文学出版平台』가 있다. 이를 통해 추산한 연도별 번역 추이는 〈표 16〉과 같다.

일본의 번역문학 출판량이 1926년에 정점을 찍는다면, 중국의 경우는 그보다 3년 후인 1929년이 같은 의미를 지닌다. 그리고 이어지는 1930년대 중국의 번역문학서 출판량은 1929년의 수준에서 크게 떨어지지 않는다. 단지 1932년과 1938년이 예외적인 저점이라 할 수 있는데, 이는 일본과의 전쟁에서 비롯된 출판업계 자체의 위축이 결정적 작용을 했으리라 판단된다. 1931년의 만주사변과 1937년의 중일전쟁이 그것이다. 이미 살펴본 일본 번역문학 출판 추이에서도 1932년과 1938년이

---

35 판옌후이(藩艷慧)는 『신청년』의 각 호별 키워드를 정리하여, 어떤 사조나 사상에 대한 새로운 담론은 우선 번역으로 소개된 이후에 등장한다는 것을 확인했다(藩艷慧, 「『新靑年』飜譯與現代中國知識分子的身分認同」, 華中師範大學博士學位論文, 2006, 130~131면; 김하나, 중국 근대 번역의 두 가지 방향—『신청년』과 린수의 소설 번역을 중심으로」, 『번역학연구』 15(1), 한국번역학회, 2014, 100면에서 재인용)

36 황선미, 앞의 글, 276면 〈도표 1〉 참조.

37 위의 글, 280~281면.

〈표 16〉 문학 번역의 연도별 추이-중국(1920~1939)[38]

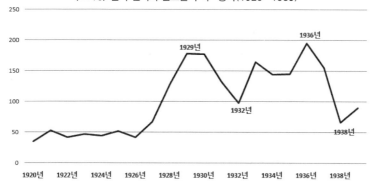

최저점을 기록하고 있다. 규모의 차이는 있을지언정 1930년대 일·중 출판의 양적 흐름은 기본적으로 같은 모양새이다.

그렇다면, 같은 시기 번역문학의 국가별 비중은 어떠한 변동을 보일까? 이 문제는 한국의 분석과 연동하여 후술하기로 한다.

3) 한국-1906~1939

한국의 번역 추이는 김병철 외 여러 선행 연구들의 서지 조사를 종합하여 분석했으며, 신문·잡지·단행본으로 나온 모든 출판물을 대상으로 하였다. 그 결과물이 바로 〈표 17〉이다. '문학 번역'이라는 표제를

---

38 邓集田, 『中国现代文学出版平台(1902~1949)—晚清民国时期文学出版情况统计与分析』, 上海文艺出版社, 2012, 552~589면의 번역서 목록을 참조하여 구성하였다. 소설이 중심이 되지만 시, 희곡, 산문 등을 포괄한 단행본이 망라되어 있다. 신문, 잡지 게재물이 제외된 것은 먼저 다룬 일본 다이쇼·쇼와시기 통계자료와 같다. 다만, 단편소설집의 경우 편수 단위가 아닌 한 권으로만 제시되어 있으며, 동일 서적의 연도별, 출판사별 이종 판본은 거의 목록으로 반영되지 않았다는 점에서 차이가 있다.

붙였지만 구체적으로는 소설, 희곡, 동화의 3종을 합산한 결과물이다. 여기서 시 번역을 제외시킨 이유는, 잡지 한 개호에도 많은 편수를 역재(譯載)할 수 있는 장르적 특성상 별도의 기준이 적용될 필요가 있다고 보았기 때문이다.

〈표 17〉의 양적 추이를 다시 소설, 희곡, 동화 별로 분리하여 구현한 것이 〈표 18〉이다.[39] 조사 시기의 기점을 1906년으로 잡은 이유는, 그 이전의 소설 번역 자체가 희소하기 때문이다.[40] 그러나 그래프에서 확인되듯, 1910년대 이후 한국에서는 1913년을 정점으로 하는 번역의 1차 중흥기와 1923년을 정점으로 하는 2차 중흥기가 나타난다. 1차 중흥기의 한국적 특징은 다양한 경향들의 혼류 양상이라 할 수 있다. 1910년대의 번역 전체로 보자면, 무단통치기의 폐색된 출판 환경에도 불구하고 상당히 다채로운 시도가 있었다. 일본소설 번안의 전성기도, 중국의『금고기관』을 저본으로 한 여러 편의 소설과『수호지』,『서유기』,『홍루몽』

---

39 본 조사를 위해 참고한 연구들은 다음과 같다. 김병철,『서양문학번역논저연표』, 을유문화사, 1978; 박진영,『번역과 번안의 시대』, 소명출판, 2011; 박진영, 「중국문학 및 일본문학 번역의 역사성과 상상력의 접변」,『동방학지』164, 연세대 국학연구원, 2013; 김종수, 「일제 식민지 문학서적의 근대적 위상-박문서관의 활동을 중심으로」, 『우리어문연구』41, 우리어문학회, 2011; 강현조, 「한국 근대초기 번역·번안소설의 중국·일본문학 수용 양상 연구-1908년 및 1912~1913년의 단행본 출판 작품을 중심으로」,『현대문학의 연구』46, 한국문학연구학회, 2012; 강현조, 「한국 근대소설 형성 동인으로서의 번역·번안-근대초기 번역·번안소설의 전개 양상을 중심으로」, 『한국근대문학연구』26, 한국근대문학회, 2012; 김영민, 「근대 매체의 탄생과 잡보 및 소설의 등장」,『문학제도 및 민족어의 형성과 한국 근대문학』, 소명출판, 2012; 최성윤, 「『조선일보』초창기 번역·번안소설과 현진건」,『어문논집』65, 민족어문학회, 2012; 유석환, 「근대 문학시장의 형성과 신문·잡지의 역할」, 성균관대 박사논문, 2013 등.
40『유옥역전』(1895),『텬로역뎡』(1895),「이솝이익기」(1896),『경국미담』(1904)이 현재 파악되는 대부분이다. 이상의 예외들을 제외하면 진정한 의미에서 소설류의 번역이 '출현했다'고 할 수 있는 것은 1906년부터인데, 그 마저도 1910년대로 가기 전까지는 미미하다.

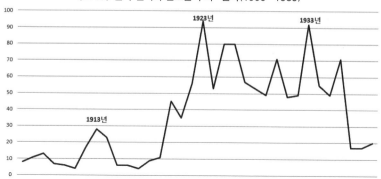

〈표 17〉 문학 번역의 연도별 추이-한국(1906~1939)[41]

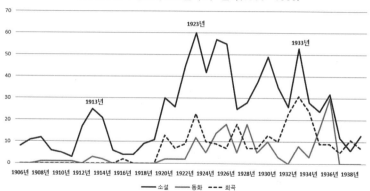

〈표 18〉 번역 장르의 연도별 추이-한국(1906~1939)

—— 소설　—— 동화　--- 희곡

등의 고소설이 번역된 것도 1910년대였다. 서구문학에 대한 소개도 적지 않았다. 우선 최남선이 주도한 잡지『소년』,『청춘』의 소개와 신문관 간행 번역소설 시리즈가 있었고, 동양서원에서도 김교제 등에 의한 번안

41　소설 항목과 관련, 현대인의 기준에서는 '소설'로 보기 어려운 서사물이라도 당대의 매체나 단행본의 표제에 '소설'이라고 명시된 경우에는 포함시켰다. 전기물의 경우 이 경우에 해당되는 것과 되지 않는 것으로 나뉘는데, 전술한 기준에 따라 후자의 경우(예로『이태리건국삼걸전』,『화성돈전』,『피득대제전』등)는 조사 대상에서 제외시켰다. 이는 소설의 역사상을 당대의 인식에 의거하여 반영하기 위함이다.

소설 단행본들이 나왔다. 전자가 비교적 주류의 서구문학에 관심을 기울였다면 후자는 대중 취향의 서양소설을 주로 번안했다. 유학생들에 의해 일본에서 간행된 잡지 『학지광』, 『삼광』, 『기독청년』 등과 한국 최초로 번역전문 문예지를 표명한 『태서문예신보』를 통해서도 주요 서구문학의 첫 번역들이 속속히 등장했다. 일본인이 운영한 조선어 잡지 『신문계』의 경우 이솝이야기를 중심으로 한 동화의 번역을 꾸준히 선보이기도 했다. 한편 일본 가정소설 번안의 진원지였던 『매일신보』의 경우도, 실상은 다양한 스펙트럼의 소설 번역을 망라했던 매체다.[42] 어차피 단일 매체가 연속하여 번역한 외국 작가와 작품들이라 해도 그 속에서 문예사조의 계통에 따른 체계적인 소개가 이루어질 확률은 현저히 낮았다. 여기에는 장기적인 독자층 확보 전략을 가동할 수 없었던 출판자본의 한계가 큰 요인으로 작용했겠지만, 거시적으로 보자면 한국 자체가 '중역重譯의 공간'이었던 이유도 있다. 불가피하게 택해야만 했던 중역은 이공간의 역사적 텍스트를 시간의 불연속성 속에서 조우하는 방식이었다. 이 때문에 이미 1908년도에 쥘 베른이나 디포의 번역이 출현했음에도 한쪽에서는 일본 정치소설의 번역이 현재진행형이었고, 1918년도에 와서도 모파상의 번역이 『홍루몽』과 공존했던 것이다.

이렇듯 어느 하나의 경향으로 특정지우기 힘든 1910년대까지의 번역은, 1920년대의 시작과 함께 전기轉機를 맞는다. 우선 번역량이 치솟아 2차 중흥기를 형성하게 되는데, 그것은 1923년의 정점 이후로도 상당한 수준을 유지한다. 여기에는 물론 식민지 당국의 미디어 허용 정책

---

42 박진영, 『번역과 번안의 시대』, 소명출판, 2011, 제4장 참조.

이 큰 영향을 미쳤다. 그렇다면 내적 흐름은 어떠했을까? 김병철은 1910년대와 대비되는 1920년대 번역문학의 양상을 개괄하며, "그 격증된 수는 실로 전시대에 비해 놀라운 수라고 하지 않을 수 없다. 그 수뿐만 아니라 그 질에 있어서도 모두가 순수문학으로 일변되어 있으며, 또 소설·시·평론·수필·동화 따위로 그 장르의 구색도 다양하리만큼 갖추어졌다"[43]고 서술한 바 있다. 요컨대 '문예물 번역이 격증했다'는 의미다. 소설로 말하자면 확대된 번역의 역량은 대부분 노블novel과 숏 스토리short story가 대변하는 서양소설에 집중되었다. 이는 사실 번역문학에 관심 있는 연구자에게는 의심 없이 받아들여지는 명제에 가깝다.[44] 일본문학과 중국문학의 경우, 번역의 영역에서는 거의 배제된 것으로 보일 만큼 비중이 줄어든 것도 사실이다. 아울러 이러한 현상 자체가 학술적 탐구 대상이 되어왔다는 것도 일러둔다.[45] 중국의 일본소설 번역의 경우, 한국과 전혀 다른 양상으로 전개되어 1920~1930년대에 오히려 집중적으로 소개된 바 있다.[46] 여기서 다 담아내지는 못하지만 한국·중국의 일본문학 수용사를 비교 고찰하는 것은 그 자체로 대단히 의미 있는 연구가 될 것이다.

---

43 김병철, 『한국 근대 번역문학사 연구』, 을유문화사, 1975, 414면.
44 하지만 이러한 설명 내에는 객관적 사실에 부합하는 측면과 보다 비판적으로 재검토되어야 할 측면이 양가적으로 존재한다. 1920년대의 번역을 재검토하여 당대 창작문단과의 양상을 논구한 것으로는 손성준, 「한국 근대소설사의 전개와 번역」, 민족문학사연구소 편, 『문학사를 다시 생각한다』, 소명출판, 2018 참조.
45 한기형, 「중역되는 사상, 직역되는 문학-『개벽』의 번역관에 나타난 식민지 검열과 이중출판시장의 간극」, 『아세아연구』 54, 고려대 아세아문제연구소, 2011; 박진영, 「중국문학 및 일본문학 번역의 역사성과 상상력의 접변」, 『동방학지』, 164, 연세대 국학연구원, 2013 등.
46 중국의 일본문학 번역에 대해서는, 王向远, 『二十世纪中国的日本翻译文学史』, 北京师范大学出版社, 2001 참조.

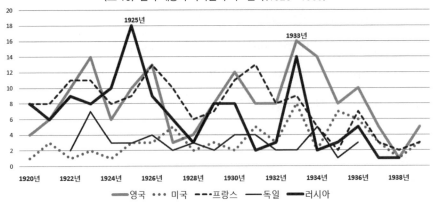

〈표 19〉 번역 대상의 국가별 추이-한국(1920~1939)[47]

영국 ••• 미국 ---프랑스 ── 독일 ── 러시아

　서양소설 번역을 중심으로 활황을 맞이한 것이 2차 중흥기의 한 특징이라고 할 때, 그 세부 양상은 어떠했을까? 일단은 역시 러시아소설의 약진을 들 수 있다. 김병철은 1920년대 러시아소설의 분석과 관련, "여기까지의 고찰에서 우리를 놀라게 하는 것은 1920년대에 우리나라에 소개된 해외문학 중, 소설에 관한 한 러시아문학이 영·미·불·독의 어느 나라의 문학보다도 많이 소개되어 있다는 사실이다"[48]라고 덧붙였다. 그러나 이러한 판단의 근거는 『한국 근대 번역문학사 연구』가 나온 1975년까지의 조사에 한정되어 있다. 이후 그는 추가 조사를 통해 800여 항목의 '보유편補遺編'을 보태어 『서양문학번역논저연표』(1978)를 간행했다. 여기서는 『서양문학번역논저연표』를 기본으로 하되, 기타 연구들을 통해 추가로 참조하여 〈표 19〉와 같은 결과를 얻었다.

47　원래는 일부 자료를 통하여 일본문학과 중국문학 번역의 케이스들에 대해서도 데이터를 구성했으나, 논의의 성격상 본 표에서는 제외하였다. 또한 '기타'나 '미상'으로 분류되는 것들 역시 생략하였다.

48　김병철, 『한국 근대 번역문학사 연구』, 을유문화사, 1975, 442면.

김병철의 판단처럼 러시아소설이 독보적이지는 않았다. 1920년대에서 러시아소설이 "가장 많이 소개"되었다고 할 만한 연도는 1925년이 유일하다. 1920년대 전체에서 러시아소설은 물론 큰 비중을 차지하고 있으나 엄밀히 말해 프랑스소설이 근소한 우위를 점한다. 그런데 가장 집중적으로 번역된 작가들을 조사하면 새로운 사실을 알 수 있다. 소설로 한정할 때 1920년대의 최다 피번역 작가는 톨스토이(21회), 투르게네프(17회), 모파상(15회), 체홉(14회), 고리키(10회)로 순위가 매겨진다. 상위 5명 가운데 모파상을 제외한 4명이 러시아 작가인 것이다. 프랑스의 경우 다수의 작가로 번역의 시선이 분산된 반면(모파상, 뒤마, 위고, 발자크, 에밀 졸라, 모리스 르블랑, 아나톨 프랑스 등), 러시아의 경우는 특정 인물들에게 집중되는 양상을 띤다. 말하자면 1920년대 한국에서 프랑스소설은 '넓은' 영향력을, 러시아소설은 몇몇 문호를 중심으로 '깊은' 영향력을 행사했다고 하겠다.

흥미로운 것은 1930년대의 양상이다. 〈표 19〉에서도 나타나지만 1933년의 예외를 제외하면 러시아소설의 비중이 뚜렷하게 감소하기 때문이다. 1920년대 번역문학계를 함께 견인했던 프랑스소설의 비중이 거의 유지되는 것과는 분명한 대조를 이룬다. 이하에서 보다 상세히 논의해 보고자 한다.

2. 러시아소설의 중심성

잘 알려져 있듯이 한국은 서양소설 번역의 대부분을 일본어 저본에 기대고 있었다.[49] 이러한 상황은 물론 1910년의 국권피탈 이후, 중국어와 일본어로 양분되던 중역의 이중 경로에서 일본어 쪽이 대세를 점하며 나타났다. 1910년대의 번안 대상 중 일본 가정소설의 비중이 높은 것도 이와 무관하지 않을 것이다. 1920년대 한국에서 프랑스와 러시아소설이 번역의 중심이 된다는 점 역시 메이지 30년대 이후 일본 문단의 흐름과 중첩된다. 가장 많이 번역되어 읽힌 작가층도 마찬가지다. 일본 유학생 출신들이 주도했던 1920년대의 중역은, 대부분이 그들의 유학 시절인 1910년대 일본에서 받은 서구문학의 영향을 바탕으로 이루어졌다. 그러나 중역은 시간의 불연속성을 전제로 이루어진다. 텍스트의 선택권은 어차피 번역하는 자에게 있었고, 이는 문예물 번역에 있어서도 마찬가지였다.

그런데 한국의 경우 일본과 비견되는 또 하나의 특수한 조건이 제도적으로 작동하고 있었다. 바로 검열이다. 식민지 조선이라는 번역 공간은 식민지에 특화된 검열체제와 공존했다. 식민지인들이 조선에 근대문학의 장을 일구어가던 과정에서 직·간접적으로 일본 문단을 의식하는 것은 숙명에 가까웠을 것이다. 문제는 하고 싶었던 문학과 할 수 있었던

---

49 물론 이에 해당되지 않는 번역의 경로, 예컨대 서양의 여러 소설을 한글로 번역한 선교사 게일, 셜록 홈즈 소설의 원문을 직접 가져온 김동성, 중국어 역본을 통해 서양소설을 중역한 김교제 등도 중요한 탐구의 대상이며, 실제로 이상현, 박진영, 강현조 등에 의해 관련 연구가 진행되어 왔다.

〈표 20〉 번역 대상의 국가별 추이-중국(1920~1939)[50]

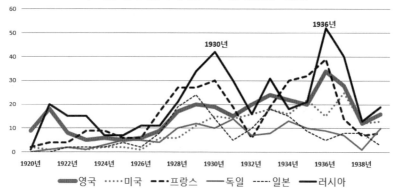

━━영국 ┈┈┈미국 ━ ━ ━프랑스 ━━━독일 ┈┈┈일본 ━━러시아

문학의 간극이 그들의 대타항보다 컸다는 데 있다. 동아시아 근대 번역
문학사의 내적 분절은 일차적으로 이러한 제도적 편차에서 파생된다.

이와 관련, 러시아소설에 대한 동아시아 3국의 번역 추이는 유의미
한 해석의 지점들을 제공한다. 앞에서 살펴보았듯이 한국에서 러시아
소설의 번역량은 1920년대 중반 이후 내리막을 걷고, 1930년대에는
거의 번역의 흔적을 찾기 힘든 연도까지 등장한다. 반면 중국의 경우는
오히려 이때가 러시아소설의 전성기가 열리는 기점이었다. 〈표 20〉은
덩지티엔이 정리한 목록을 참조하여 1920~1930년대 번역문학의 양
적 추이를 국가별로 구현한 결과이다.

1920년대 전반은 러시아문학이 두드러졌다면, 후반은 프랑스문학

---

50 〈표 20〉의 특이점은 일본문학의 번역을 반영했다는 점이다. 그것도 만주사변 직전까지
    는 오히려 영국문학보다도 많은 주목을 받았을 정도로 비중이 크다. 또한 덩지티엔은
    다루지 않았지만 중국에서는 1930년대부터 한국문학의 번역도 적지 않게 출현했다.
    (김학철, 「20세기 한국문학 中譯史 연구-이데올로기와 문학번역의 관계를 중심으로」,
    서울대 박사논문, 2009 참조) 동아시아의 번역문학사를 통합적으로 다루자면 이러한
    '동아시아의 내부 번역 문제'에도 주의를 기울여야 마땅하나, 일단 여기서는 서구문학
    에 집중하기로 한다.

〈표 21〉『역외소설집』의 구성[51]

구분		제목	저자(국적)	역자
1책	1	침묵(默)	안드레예프(러시아)	루쉰
	2	조소(譏)	안드레예프(러시아)	루쉰
	3	해후(邂逅)	가르신(러시아)	저우쭤런
	4	꼽추(戚施)	체홉(러시아)	저우쭤런
	5	새외(塞外)	체홉(러시아)	저우쭤런
	6	안락왕자(安乐王子)	월터(영국)	저우쭤런
	7	악인양가(乐人杨柯)	헨릭 시엔키에비치(폴란드)	저우쭤런
2책	8	선구(先驱)	유아니 아호(핀란드)	저우쭤런
	9	침묵(默)	앨런 포(미국)	저우쭤런
	10	사일간(四日)	가르신(러시아)	루쉰
	11	달밤(月夜)	모파상(프랑스)	저우쭤런
	12	불진(不辰)	밀라 므라조비치(보스니아)	저우쭤런
	13	마호메트 영감(摩诃末翁)	밀라 므라조비치(보스니아)	저우쭤런
	14	천사(天使)	헨릭 시엔키에비치(폴란드)	저우쭤런
	15	전등 받침대(灯台守)	헨릭 시엔키에비치(폴란드)	저우쭤런
	16	돈 일문(一文钱)	스텝니아크(러시아)	저우쭤런

과 러시아문학이 함께 번역문학계를 견인했고, 1930년대는 러시아문학의 압도적 우위가 확인된다. 게다가 위 도표의 범위에는 나타나지 않지만 중국의 번역문학사에서의 러시아문학 비중은 1940년대에 다시 격증한다. 1946년부터 1949년까지의 4년간 확인되는 러시아문학 번역서는 총 315종으로서, 이는 1935년 이전의 40년간 나온 러시아문학 번역서의 총량보다 많은 수치다.[52]

---

51 查明建·谢天振,『中国20世纪外国文学翻译史』(上卷), 湖北教育出版社, 2007, 424면을 참조하여 재구성하였다.
52 邓集田,『中国现代文学出版平台(1902~1949)－晚清民国时期文学出版情况统计与分析』, 上海文艺出版社, 2012, 273면.

호수	년월	원저자	번역자	제목	국적
1권1호	1915.09	투르게네프	陳嘏	春潮	러시아
1권2호	1915.10	투르게네프	陳嘏	春潮	러시아
1권3호	1915.11	투르게네프	陳嘏	春潮	러시아
1권4호	1915.12	투르게네프	陳嘏	春潮	러시아
1권5호	1916.01	투르게네프	陳嘏	初戀	러시아
1권6호	1916.02	투르게네프	陳嘏	初戀	러시아
2권1호	1916.09	니콜라이 텔레소프	胡適	短篇名著 決鬪	러시아
2권1호	1916.09	투르게네프	陳嘏	初戀	러시아
2권2호	1916.10	투르게네프	陳嘏	初戀	러시아
2권3호	1916.11	알폰소 실바	劉半儂	歐洲花園	포르투갈
2권5호	1917.01	J.E. Muddock	劉半儂	磁狗(The China Dog)	영국
2권6호	1917.02	에드몽 공쿠르 형제	陳嘏	長篇名著 基爾米里	프랑스
3권1호	1917.03	기 드 모파상	胡適	二漁夫	프랑스
3권2호	1917.04	기 드 모파상	胡適	短篇名著 梅呂哀	프랑스
3권5호	1917.07	에드몽 공쿠르 형제	陳嘏	長篇名著 基爾米里	프랑스
4권3호	1918.03	표도르 솔로구프	周作人	童子Lin之奇蹟	러시아
4권4호	1918.04	쿠프린	周作人	皇帝之公園	러시아
4권6호	1918.06	입센 특집호			
5권3호	1918.09	역시(譯詩) 특집호			
5권4호	1918.10	헨리크 시엔키에비치			
5권5호	1918.11	톨스토이	周作人	空大鼓	러시아
5권6호	1918.12	에마 나카시(江馬修)	周作人	小小的一個人	일본
6권1호	1919.01	안데르센	周作人	賣火柴的女兒	덴마크
6권1호	1919.01	솔로구프	周作人	鐵圈	러시아
6권2호	1919.02	안톤 체홉	周作人	可愛的人	러시아
6권3호	1919.03	기 드 모파상	張黃	白璞田太太	프랑스

---

53 〈표 21〉에서 누락된 제2권 제4호, 제3권 제3~4호, 제3권 제6호~제4권 제2호, 제4권
제5호, 제5권 제1~2호, 제6권 제4~6호에는 번역소설이 게재되지 않았다.

사실 중국에서 러시아문학은 『역외소설집』(1909)이나 『신청년』(1915 창간) 초창기부터 이미 두각을 드러냈다. 『역외소설집』은 16편 중 7편이 러시아소설로 채워져 있었고, 그중 루쉰이 직접 번역한 3편은 모두 러시아소설이었다. 잡지 『신청년』의 1910년대 번역문학의 경우, 러시아소설 비중은 17편 중 8편으로서 전체의 절반에 가깝다. 여기에는 단편뿐 아니라 총 8회에 걸쳐 역재된 투르게네프의 중편 『봄물결』과 『첫사랑』이 포함되어 있었으니, 실제 비중은 훨씬 큰 편이다. 이는 『역외소설집』의 러시아소설 비중보다 앞선 수치로서, 추후 중국의 외국문학 번역에서 러시아문학의 비중이 날로 상승할 것을 예표했다.

1930년대 이후로 가면 중국에서의 러시아문학 번역은 거의 범접할 수 없는 상승세를 구가하게 된다. 문학번역 서적만을 통계로 잡았을 때, 1902년부터 1949년까지 러시아문학의 비중은 전체 4,720종 중 1,030종으로 대상 국가 중 1위이며 약 22%의 비중을 나타낸다. 국적 미상을 제외한다면 그 비중은 25.8%까지 상승한다. 강조해 둘 것은, 러시아문학의 단행본 번역은 1920년대로 진입하기 전까지 거의 수치로 잡히지 않았다는 것이다. 즉 거의가 1920년대 이후에 집중된 수치만으로 그 이전까지 정탐물의 유행 등으로 압도적이었던 영국문학의 비중을 역전시킨 셈이다.[54]

1960년대에 나온 방대한 근대문학 자료집 『만청문학총초晚淸文學叢鈔』(9권 18책)의 구성도 상징적이다. 이 텍스트의 정전화 시도에는 번역문학을 모아 놓은 『역외문학번문권』이 포함되는데, 특별히 러시아문학

---

54   邓集田, 앞의 책, 246~247 · 272~273면.

〈표 23〉 1920~1930년대 번역소설의 국가별 현황(한국, 10년 단위)[55]

	영국		미국		프랑스		독일		러시아		기타		미상		계
년대	78	19.9%	24	6.1%	91	23.3%	27	6.9%	85	21.7%	30	7.7%	56	14.3%	391
년대	87	31.4%	40	14.4%	63	22.7%	21	7.6%	39	14.1%	13	4.7%	14	5.1%	277

번역에 대해서는 『아라사문학번문권』이라는 단독 공간을 배치해두었다.[56] 이러한 시도가 나올 수 있었던 것은 물론 중국에서의 압도적인 러시아문학 비중 때문이다. 중국의 이러한 러시아문학 중심성, 특히 1930년대 이후의 상황은 러시아문학을 모델로 한 사회주의 리얼리즘의 대두 및 마르크스주의 문예이론의 득세가 그 직접적 배경이 되겠지만, 이 역시나 5 · 4시기까지 축적되어 온 19세기 러시아문학의 소개와 위상 제고가 동력이 되었을 것임은 자명하다.

그런데 이런 중국의 러시아문학 수용 양상과는 달리, 같은 시기 한국의 경우 정반대의 흐름이 펼쳐진다. 〈표 23〉에서 확인할 수 있듯, 한국의 근대 번역소설사에서 1920~1930년대의 비중은 영국, 프랑스, 러시아 순으로 나타난다. 1920년대만 해도 영국소설의 비중은 3위에 그쳤지만 2위와의 격차가 크지 않았고, 1930년대로 가면 기존의 1, 2위였던 프랑스와 러시아소설을 많은 차이로 밀어내기 때문에 결과적으로는 영국소설의 비중이 프랑스를 근소하게 앞선다. 1920~1930년대에

---

55 본 조사는 '소설'로 분류되는 것들만을 대상으로 하였다. 신문, 잡지, 단행본으로 나온 것들을 포괄한 수치다. 다만, 단행본으로 간행된 경우 단편 모음집이라도 '1'로 처리했다. '기타' 항목에는 이탈리아, 폴란드, 덴마크, 페르시아, 일본, 중국 소설 등이 포함되어 있다. 다양한 국적의 소설을 엮은 '합집'의 경우 역시 '기타'에 포함시켰다.
56 김소정, 「당대 중국의 문학정전 형성 과정―3종의 번역문학 앤솔로지를 중심으로」, 『중국어문논총』 59, 중국어문연구회, 2013, 243~244면.

모두 2위를 기록하는 프랑스소설이 다음에 위치하며, 러시아소설은 30년대에 급격히 존재감을 잃어 프랑스소설보다 큰 편차로 통합 3위에 머물고 만다.

어찌된 영문일까? 1930년대의 러시아문학 번역과 관련하여 김병철은 다음과 정리한 바 있다.

1920년대에 있어서는 영문학 다음으로 우리나라에 많이 소개되었던 러시아文學이 1930년대로 내려와서는 숫자상 프랑스文學보다도 뒤떨어지는 斜陽길을 걸어 第3位로 轉落했다는 현상을 드러내고 있다. 또 1920년대에 그렇게도 왕성하였던 러시아文學(小說)의 單行本 出刊도 30년대에는 자취를 감추어 보이지 않는다.

우선 上記 一覽表에 의해서 1930년대에 가장 많이 譯刊된 러시아作家를 정리해 보면, 톨스토이가 그중 제일 많은 8편, 안톱 체홉이 6편, 고리키가 3편으로 나타난다. 이 일람표에 의하여 톨스토이는 10년대, 20년대, 30년대를 통하여 우리나라에서 가장 많이 읽혀진 러시아作家라는 것이 實證的으로 드러났고, 체홉의 단편소설은 10년대보다는 20년대, 30년대를 통하여 많이 읽혀졌다는 것을 알 수 있다. 고리키의 경우는 겨우 3편으로, 20년대의 8편에 비해 減少一路에 있음을 알 수 있겠고, 도스토옙스키가 1편으로 나타나 겨우 餘命을 유지하고 있다. 그러나 20년대, 30년대를 걸쳐 위대한 문호인 도스토옙스키의 작품이 우리나라에서 이처럼 읽혀지지 않았다는 것은 이상한 현상이다. 또 1920년대에 있어서는 그렇게도 인기가 대단하였던 투르게네프의 작품이 30년대의 10년간에 단 1편의 작품도 번역되지 않았다는 것 역시 이상한 일이다.[57]

이미 40년 이상이 경과한 연구인 만큼 언급된 번역 횟수에는 다소간의 보완이 필요하지만, 현상 자체에 대한 김병철의 관찰은 대부분 적절하다. 그러나 그는 러시아문학이 통계적으로 격감한 원인을 진단하지는 않았다. 일정한 분석이 이루어진 것은 후대 연구자들에 의해서이다. 문학 내적 요인으로는 일제의 탄압에서 비교적 자유로운 대중적 취향의 문학 추구를, 문학 외적 요인으로는 내선일체·민족말살 정책 등이 거론되었다.[58] 여기서 문학 외적인 요인을 보다 구체적으로 들여다볼 필요가 있다. 일찍이 1920년대에 여러 편의 러시아소설을 번역한 바 있는 염상섭은 유학시절 게재한 한 글에서 조선인 유학생을 사갈시 하는 일본 당국을 비판하며 "취미상으로도 러시아문학을 연구하는 것은 즉시 위험사상을 가진 것으로 보고 미행한다"[59]고 언급한 바 있다. 러시아문학이 검열의 대상과 동급이었다는 사실은, 검열이 정교화되거나 그 폭력성이 전면화되는 순간 러시아문학이 언제든지 자취를 감출 수 있었다는 것을 의미했다. 염상섭의 말 중 "위험사상"이라함은 곧 사회주의를 일컫는다. 러시아문학이 곧 사회주의와 친연성을 보인다는 등식이 성립되어 있는 이상 식민지 조선에서 사회주의의 '불온성'이 고조될수록 러시아문학의 번역은 요원해질 터였다.

이러한 측면에서 주목해볼 대상이 투르게네프와 고리키다. 김병철은 그저 "이상한 일"이라고만 할 뿐 "왜"에 대해서는 질문을 던지지 않았지

---

57 김병철, 『한국 근대 번역문학사 연구』, 을유문화사, 1975, 631~632면.

58 엄순천, 「한국문학 속의 러시아문학−한국 근대문학으로의 러시아문학 수용 현황 및 양상」, 『인문학연구』 35(1), 충남대 인문과학연구소, 2008, 99~100면.

59 廉尙涉, 「朝野の諸公に訴ふ」, 『デモクラシイ』, 1919.4. 현대어 역은 김경수, 「1차 留學時期 廉想涉 文學 硏究」, 『어문연구』 38(2), 한국어문교육연구회, 2010, 308면에서 재인용.

만, 일단 투르게네프의 번역이 사라진 이유로는 두 가지를 상정해볼 수 있다. 하나는 그의 주요 작품 대부분이 1920년대에 이미 번역되어 있었다는 것이다. 중편 이상의 분량으로 한정해도 「첫사랑」, 『루딘』, 「불행한 여인」, 『봄물결』, 『아버지와 아들』, 『그 전날 밤』 등의 작품이 1920년대 초중반에 집중적으로 쏟아져 나왔다. 물론 문제적인 작품은 여러 차례 번역되는 경우도 있었지만 그러한 재번역은 이례적인 경우였다. 조선어로 된 서적을 선호하는 독자층이라 할지라도 최소한 1920년대 중반 이후라면 그의 소설에 대한 갈증은 크지 않았다고 보아도 무방하다. 다른 하나는 투르게네프의 작품에 내재된 첨예한 현실 인식과 정치적 저항에 대한 문제의식이 1930년대의 역자에게 부담스러운 요소였으리라는 점이다. 단적인 예로, 비교적 폭넓은 번역적 시도가 가능했던 1920년대라 할지라도 약소국의 독립에 정당성을 부여하는 『그 전날 밤』의 서사를 제대로 번역하기란 지난한 일이었다.[60] 그 외에도 투르게네프의 작품 세계에는 지주의 횡포 및 제도의 폭력성이 고발되거나(『사냥꾼의 수기』), 사회주의자 주인공이 전면에 등장(『아버지와 아들』)하기도 했다. 이들은 공통적으로 1930년대에 재번역될 가능성을 약화시키는 요소였다.

고리키의 경우, 식민지시기 통계를 종합해 보면 번역된 횟수로도 톨스토이, 투르게네프, 체홉 등에 크게 뒤지지 않는데다가 한국 문인들이 남긴 관련 비평문의 절대량도 가히 최고 수준이었다.[61] 무엇보다도, 식민지 조선에서 고리키란 바로 현재적 의미에서 러시아문학의 얼굴과 다름없었다. 특히 20년대 후반부터는 카프KAPF의 비중과 역할이 지대

---

60 이 책의 제3부 4장을 참조.
61 한설야 외, 김송본 편, 『고리끼와 조선문학』, 도서출판 좋은책, 1990을 참조.

했던바, 그들 대부분의 사숙 대상이 바로 고리키였다.

물론 러시아문학에 경도된 이들이 모두 사회주의자일 리는 없었다. 이념적 성향을 떠나 많은 식민지 문인들이 고리키를 비롯하여 러시아 문학에 대단히 우호적이었고 이들 중 상당수는 번역자를 자임했다. 이는 러시아문학 자체가 식민지 현실에 대한 저항의 거점으로 인식되는 경향이 있었기 때문일 것이다.

이러한 문맥에서 1925년을 정점으로 하는 러시아소설 번역의 하강세는 치안유지법 발효(1925)와 연결되어 있을 가능성이 높다. 이후 러시아소설의 최저점은 1928년, 1931년, 1934년으로 나타나는데, 각각이 제4차 공산당사건 및 치안유지법 개정으로 인한 사상단속 강화(1928), 카프 제1차 검거(1931), 카프 제2차 검거(1934)와 중첩되는 것 역시 우연만은 아닐 것이다. 사법처분으로 귀결되는 탄압의 현실 속에서 러시아소설의 번역 의지는 위축될 수밖에 없었다. 결과적으로 고리키처럼 현대 러시아문학이 낳은 상징적 존재라 해도 1930년대 이후에는 극히 일부만이 한국어로 옮겨지게 된다.[62] 그렇기에 1930년대 비평의 영역에서 고리키가 자주 호출되었던 이유는 어쩌면 번역의 욕망과 번역 불가능한 현실 사이의 괴리를 해소하고자 했던 의식적 노력이었을지 모른다.[63]

---

62 위의 책에 따르면 1930년대부터 해방 전까지 번역된 고리키의 작품 수는 총 4편이다. (위의 책, 325면) 그나마도 그중 한 편은 과거 발표작의 재수록이고(「意中之人」), 또 한 편은 경개역(「첼까슈」)이었다.
63 한국에서 고리키를 다룬 논문 및 평론의 경우, 1920년대에는 21편이었으나, 1930년대부터 해방 전까지는 69편으로 상승한다. 위의 책, 329~324면.

3. 번역 공간과 제도

　식민지 조선에서 번역 주체의 열망은 합법의 영역에서 충분하게 구현될 수 없었다. 제국 내부에서도 러시아문학을 불온한 것으로 규정하는 것은 마찬가지였을 터이나, 검열의 잣대는 식민지에 보다 엄중했다. 이는 곧 한국과 일본 사이의 러시아소설 번역량 및 번역 비중의 차이로 나타났다. 일본 '내지'의 경우 1920년대는 물론 1930년대에도 전체 번역문학에서 러시아문학의 비중이 상당부분 유지되었다. 이를테면 이미 언급했던 다이쇼·쇼와 번역문학에 특화된 자료집『메이지·다이쇼·쇼와 번역문학목록』의 색인에는 서양 작가들의 영문명과 더불어 러시아작가들만을 위한 러시아어 색인이 따로 마련되어 있을 정도다.

　제국의 언어로 된 번역서가 러시아문학에 목말라 하던 식민지인들에게 탈출구가 된 것은 아이러니하다. 이는 오래 전부터 작동해온 중역 메커니즘이 명맥을 유지했기 때문이다. 그러나 제국은 점차 출판제도에 개입하여 그 여지조차 회수함으로써 조선어 번역의 전망을 암울하게 만들었다. 물론 이는 비단 러시아문학에 국한될 문제가 아니다. 한국의 경우 1920년대보다 인쇄매체의 종수나 규모가 증가하는 1930년대에 오히려 번역문학의 양적 감소 혹은 정체가 가시화되는데, 그 이면에는 검열의 강화라는 배경이 놓여 있었다. '번역'할 수 있는 것과 '출판'할 수 있는 것은 다른 문제였다. 번역 자체가 처분의 빌미가 된다면, 합법 출판물이 되기 위해 위험을 무릅쓰는 것보다 아예 번역을 포기하는 편이 쉬웠다. 검열의 강도가 높아질수록 출판될 법한 텍스트만을 번역하는 기류는 강해질 수밖에 없었다. 이는 식민지 번역장을 왜곡시키는 중차대한 요소였다.

　이상으로 1930년대까지의 번역 추이에서 확인된 러시아소설의 특수한 위치에 주목하여, 동아시아 각국의 번역장이 지닌 상이한 조건과 그로 인해 촉발된 번역문학사의 엇갈림을 살펴보았다. 문학사 기술은 수집 가능한 사례를 정리하고 거기에 의미를 부여하는 것을 기본으로 한다. 연구자의 주관이 개입되는 부분은 의미를 부여하는 대목이다. 복잡다단한 근대사 속에서 발생한 동아시아 3국의 사상연쇄나 중역의 문제는 근년의 연구에서 활발히 다뤄지고 있다. 이러한 연구가 증명하고 있는 사실 중 하나는, 조건의 복수성에 근거하여 해석의 다변화를 꾀할 수 있다는 것이다. 연구자의 문학사적 의미 부여에 동아시아라는 틀을 대입해 보는 것 역시 같은 맥락이다. 가령 일국사적 관점의 번역문학사라면, 1920년대 한국의 러시아소설 유행에 대하여 식민지 조선의 사회적 억압과 19세기 러시아 농노제의 폭력성을 동일 지평에 놓고서 번역의 동기를 가늠했을 것이다. 하지만 일본과 중국을 끌어들이게 되면 논점은 더욱 풍부해진다. 러시아소설의 대유행은 한국과는 전혀 다른 국제정치적 환경에 놓여 있던 동시기 중국과 일본에서도 기본적으로 동일했다. 즉 한국이 식민지였으므로 러시아소설이 유행했다는 가설은 진상에 부합하지 않는다. 보다 생산적인 문제제기는 여기서부터 다시 시작될 수 있다. 본 장에서는 그 유행의 양상이 공간마다 다르게 전개되는 현상을 이데올로기 내지 검열이라는 변수에 착안하여 고찰해 보았다.

　물론 이러한 원경遠景만으로는 검열과 번역 주체 사이의 구체적 상호작용은 잘 드러나지 않는다. 그러나 본 장에서 다룬 모든 데이터들은 예외 없이 주어진 제도적 조건 속에서 존재했다. 특히 문인 개개인이 필연적으로 맞닥뜨릴 수밖에 없었던 검열의 체험은 번역과 창작의 양면에서 끊임없이 문학사의 새로운 순간들을 쌓아올리고 있었다. 다음 장에서는 그 근경近景의 하나를 다루게 될 것이다.

제2장

검열, 그 이후의 번역

1. 쓰라린 검열의 기억

조명희는 한국에서 초기 근대희곡의 창작 부문에서 일익을 담당했다. 그중에서도 두드러진 업적은 희곡『김영일의 사死』를 세상에 선보인 것이다.『김영일의 사』는 일본 유학 시절 친우親友이자 극예술협회의 동료 김우진의 권유로 집필된 후 1921년 여름의 동우회 순회연극단의 주요 레파토리로서 유명세를 타게 된다.[1] 조선 곳곳의 무대에 오른

---

1 이 일의 배경 및 진행에 관해서는 작가 본인의 회고가 있다. 포석,「발표된 습작작품」,
『동아일보』, 1928.6.13, 3면을 참조. 극의 내용은 다음과 같다. 일본에 유학온 김영일
은 건강까지 헤쳐 가며 일용직으로 연명하는 중이다. 어느 날 그는 우연히 거액이 담긴
지갑을 습득한 후 욕망과 양심 사이에서 갈등하다가 결국 주인 전석원에게 찾아주지만,
그 직후 어머니가 위독하다는 금전을 받고서 좌절한다.(1막) 김영일은 서둘러 귀국 여
비를 마련하기 위해 자신의 도움을 받은 전석원을 찾아 간다. 그러나 안하무인으로 나

『김영일의 사』는 매회 공연의 하이라이트를 장식했으며, 경이로운 관객 동원과 함께 전국적 반향을 일으켰다.[2] 1923년 2월에는 각본집 또한 발행되었다.[3] 초기 근대극 가운데서는 각본이 현전하는 드문 사례인 만큼, 기왕의 연구 또한 적지는 않다. 하지만 대개 "이 작품을 계기로 신파조의 형식을 탈각한 연극 운동이 전국적으로 퍼지게 되었다"[4]와 같이 역사적 가치를 고평할 뿐, 극의 형식과 메시지, 캐릭터의 대사나 성격, 서사 전개 등 작품의 내적 측면에 대해서는 비판적 목소리가 많았다. 환언하면 극 자체의 수준은 높지 않았다는 것이다.[5] 하지만 그간의 선행 연구 중 조명희가 단행본의 서두에 남긴 다음 한 마디에 온전히 천착한 경우는 없었다.

오는 전석원과 다투게 되고 김영일의 친구 박대연은 전석원과 주먹다짐을 하기에 이른다. 그런데 신고로 나타난 순사들이 우연히 박대연의 주머니에서 나온 불온선전물을 발견하게 되고, 김영일은 박대연과 함께 구류에 처해진다.(2막) 구류 동안 지병이 악화된 김영일은 석방된 후 친구들의 애도 속에서 유언을 남기고 죽음을 맞는다.(3막)

2　첫 공연의 부산과 마지막 공연의 함흥 등, 총 25개 지역에서의 공연이 예정되어 있었다. 『동아일보』, 1921.7.3, 1면 광고. 관객 규모로는 한 차례 공연에 천 명 이상이 모였다는 보도가 수차례 확인된다. 이를테면 진주에서는 천이백여 명, 평양에서 천여 명이 모였다. 「음악회는 불허」, 『동아일보』, 1921.7.19, 3면; 「평양의 동우연극―관중은 천여 명, 근래에 대성황」, 『동아일보』, 1921.8.7, 3면.

3　趙明熙, 『戲曲 金英―의 死』, 東洋書院, 1923.2.

4　양승국, 『한국 현대희곡론』, 연극과인간, 2001, 83면.

5　예컨대 "구성면에서 보면 첫 작품 〈金英―의 死〉는 전혀 희곡으로서의 골격을 갖추지 못했는데"(유민영, 『한국 현대희곡사』, 새미, 1997, 145면)와 같은 언급을 참조, 보다 자세한 사항은 김재석, 「형성기 한국 근대극에서 〈김영일의 사〉의 위치」, 『한국연극학』 50, 한국연극학회, 2013, 40~41면의 정리를 참조할 수 있다. 김재석의 경우 입장을 달리하여 『김영일의 사』에 근대적 주체로서의 자각이 충분히 드러나며 극의 사실성 역시 높은 수준이라 본 바 있다. 이에 따라 근대극, 특히 사회극의 한국적 기원으로서 인정될 수 있다는 것이 그의 설명이다. 이미순 역시 최근 '근대적 자아'의 문제에 초점을 맞추어 〈김영일의 사〉를 분석하였다. 이미순, 「〈김영일의 사〉의 자아 의식」, 『어문연구』 82, 어문연구학회, 2014. 두 선행 연구는 〈김영일의 사〉의 의의를 그 내부에서부터 적극적으로 탐사한 사례이다.

檢閱의際에科目의重要한部分은全部削除를當하다십히되얏슴으로엇더한 곳은그대로두고엇더한곳(多大處)은하난수업시힘업난말로간신히校訂하야 再次檢閱을치루게됨[6]

각본집 간행을 이끌어낸 계기는 물론 순회공연의 뜨거운 반향이었을 터이다. 하지만 많은 관객을 동원했던 것은 1921년의 여름이었고, 실제 간행은 1923년 2월에 되어서야 이루어졌다. 이미 완성된 각본인 『김영일의 사』가 1년 반이 지나서야 빛을 본 이유 중 하나는 "재차 검열"을 치르며 시간이 지체된 데 있었다. 위의 짧은 내용에서 조명희는 일종의 하소연을 하고 있다. 연극을 이미 관람한 이들에게는 실제 연극 내용과 책으로 나온 각본 간의 간극이 검열에서 비롯되었음을 알리고, 책으로 처음 접하게 된 이들에게도 결코 이것이 전부가 아니라는 사실을 밝히는 것, 이것이 그의 의도였다.

조명희의 말대로 "중요한 부분은 전부 삭제"되었을 뿐 아니라 "다대처多大處"를 "힘없는 말"로 대체해야 하는 수준이었다면 원래의 형상은 얼마나 남게 되는 것일까? 종래의 연구는 이미 검열된 『김영일의 사』를 기준으로 논의를 펼쳐왔다. 한계를 지적할 때나 고평할 때도 '합법' 출판물로 나온 『김영일의 사』만이 유일한 기준이었다. 조명희가 끝내 말하지 못한 무언가를 밝히기 위한 노력은 지금껏 제대로 이루어진 바 없다. 물론 그 근본적인 이유는 검열로 인해 훼손되거나 검열을 의식하여 저자 스스로 '때려 던져버린'[7] 텍스트를 복구한다는 것 자체가 비현실적

---

6   조명희, 「讀者에게」, 『金英一의 死』, 동양서원, 1923, 1~2면. 이하 인용문의 어휘 및 띄어쓰기는 인용자가 현대어 표기법으로 윤문하도록 한다.

이라는 데 있다. 당초 검열관의 손에 들어간 '원본'이 남아 있는 극소수의 사례를 제외한다면,[8] 검열 전후의 낙차를 정확히 가늠하는 일이란 시도조차 요원하며 자기 검열의 경우는 더욱 그러하다.

그렇다고 쉽게 포기할 것만도 아니다. 일단 이러한 작업 자체가 중요하기 때문이다. 작가를 이해하는 데는 검열된 결과물보다 그 이면의 경위가 더 긴요할 수 있다. 또한 우리는 작가의 검열 이후, 즉 '제도적 폭력을 고스란히 체험한 작가가 어떠한 선택과 변화를 보였는가'라는 질문을 던져볼 필요가 있다. 『김영일의 사』는 넓은 의미의 '자기서사 Self-narrative'였다. 많은 선행 연구들은 이 가난한 도쿄 유학생의 이야기 속에 조명희 본인의 자전적 요소가 많으며, 주인공의 복합적인 사상과 성향이 작가의 체험적 산물이라는 데에 동의한다.[9] 만약 제도적 폭력에 의해 비틀린 대상이 다름 아닌 '자기서사'였다면 억압의 경험 또한 보다 깊게 각인되었을 것이다. 그에 대한 반작용을 추적하는 일은 어쩌면 연구자의 마땅한 의무일지 모른다. 저자의 기본적인 문제의식은 여기에서 출발한다.

한편 이 작업은 아예 실현 불가능한 일도 아니다. 당대의 문인에게 검열이란 주어진 일상이었고 그 속에서 돌파구를 모색하는 것 역시 마찬가지였다. 식민지기의 문인들은 끊임없이 검열체제를 교란하고 우회하고자 노력했으며, 그 흔적은 근래 검열 연구의 활성화 속에서 꾸준히

---

7 1924년 4월에 조명희가 쓴 『봄 잔듸밧 위에』의 서문 중에서 검열과 관련하여 조명희가 사용한 표현이다. 조명희, 『봄 잔듸밧 위에』, 춘추각, 1924, 11면.

8 예를 들어 1932년에 간행하려다 검열로 무산된 심훈의 시집 『그날이 오면』의 경우, 최초 원고가 경무국 도서과에 의한 검열의 흔적을 간직한 채 아직 전해지고 있다.

9 예로 "…… 운명하면서 한 말 속에는 조명희의 인도주의, 동포애, 독립과 이상국가 건설 등의 잡다한 사상이 들어 있다." 유민영, 앞의 책, 143면.

포착되어 왔다.[10] 특히나 조명희의 경우, 그의 검열 교란 능력을 신뢰할 만한 근거들이 따로 있다. 그중 카프 활동시기를 중심으로 한 한설야의 회고 「정열의 시인 조명희」는 주목할 가치가 있다. 주지하듯 카프는 조선의 문인들 사이에서는 체제의 감시에 가장 많이 노출되어 있던 진영이다. 한설야에 따르면 조명희는 그 속에서도 동료들을 지도할 정도의 '검열 대응 전문가'였다. 특히 "놈들에게 결손을 보고 말 수는 없었다. 나도 조명희 동무도 또 다른 동무들도 놈들이 먹으면 또 쓰고, 먹으면 또 쓰고 하였다"[11]라는 대목에서 알 수 있듯 조명희는 검열로 인해 한번 실패할 경우 그 다음 단계에서 실패를 만회하는 전략을 구사하곤 했다. 『김영일의 사』는 "글백정놈들"에게 중요한 부분을 "먹힌" 형국이었다. 그렇다면 그 다음 단계에 주목함으로써 조명희가 남긴 흔적을 발견할 수 있지 않을까? 이는 김영일 이야기의 '누락・결손 부분'을 『김영일의 사』가 아닌 텍스트 안에서 탐색하는 일이 된다. 조명희의 행보를 보면 『김영일의 사』의 다음 해에 또 한 권의 각본집을 낸 것을 알 수 있다. 바로 톨스토이의 희곡을 원작으로 한 『산송장』(평문사, 1924)이다. 조명희가 남긴 두 권의 번역서 중 첫 번째인 『산송장』은, 지금까지 학계에서 거의 주목의 대상이 되지 못했다. 몇 해 전 『산송장』의 원문 공개와 함께 나온 '해제'[12]만이 유일한 관련 논고인 상황이다. 이 해제는 여러 측면에서 성실하게 작성되었음에도 번역저본이 된 텍스트를 밝히지 못

---

10 대표적으로 한만수, 『허용된 불온—식민지시기 검열과 한국문학』, 소명출판, 2015, 제 4부 「검열우회로서의 1930년대 텍스트」 참조.
11 한설야, 「정열의 시인 조명희」, 황동민 편, 『조명희 선집』, 소련과학원 동방도서출판사, 1959, 542~544면.
12 김미연, 「해제—조명희의 『산송장』 번역」, 『민족문학사연구』 52, 민족문학사연구소, 2013 참조.

해 주요 논의가 가설에 머물렀고, 따라서 조명희의『산송장』번역이 지닌 문제의식을 포착하는 데도 한계가 있었다.

본 장에서는『김영일의 사』의 창작 및 출판, 그리고『산송장』번역 사이의 상관관계를 '반反검열'의 견지에서 고찰해 보고자 한다. 이는『김영일의 사』의 감춰진 의도를 찾는 일인 동시에 실증적 차원의『산송장』번역 연구이며, 나아가 식민지 문인들의 번역이 지닌 또 다른 의미를 고구하기 위한 작업이기도 하다.

2.『김영일의 사』의 삼중 검열 — 허가 · 공연 · 출판

『김영일의 사』는 1921년의 동우회 순회연극단 전체 레파토리 중에서도 전략 콘텐츠였다. 이는 6월 28일부터 연극단의 해산 소식을 실은 8월 19일까지 총 40회 이상의 관련 기사를 보도한『동아일보』를 통해 어렵지 않게 확인된다. 공연 관련 정보와 관객 호응 등은 물론, 지역별 이동과 환영식, 기부금 소식, 돌발 상황 등에 대한 크고 작은 관련 기사가 하루가 멀다 하고 지면에 실렸다. 이러한 집중 보도는 일단『동아일보』가 순회연극단을 후원하던 입장인 점도 작용했겠지만, 뜨거운 현장 반응이 지속되었기에 가능한 일이기도 했다. 그 반응의 중심에『김영일의 사』가 있었다. 가령『동아일보』8월 2일 자 기사「최후의 심각한 인상」에는 "『김영일의 죽음』은 무엇을 의미, 모든 관객의 큰 감격과 박수갈채"라는 부제가 붙어 있었고, 8월 13일 자 기사 「진남포鎭南浦의 동우극同友劇」에서도 "가장 느낌을 많이 준 연극『김영일의 사』"라는 부제가 함께 했다. 기사들은 유독『김영일의 사』에 주목했다. 그중 하나를 인용해 보자.

> 다음『김영일의 죽음』은 동경에 가서 공부하는 고학생의 생활을 공개하여 크게 환영을 받고, 제2장의 빈부학생 충돌은 현금 사회를 통하여 공명되는 기분이므로 그 순간은 배우나 관객이나 같은 기분에 부지중에 손에서 울려 나오는 박수 소리는 갈채를 의미하는 것보다 큰 사상의 일치되는 것을 의미하였다. 그중에 종래에 돌아다니던 연극단보다 행동이 일치하고 각본을 규칙적으로 전하는 것이 큰 성공이었다.[13]

1910년대의 신파극이라 해서 공연장을 가득 메운 관객들의 열렬한 호응이 없었던 건 아니다. 하지만『김영일의 사』의 경우, 단순히 비극에 대한 동정처럼 감정을 건드리는 수준이 아니었다는 것을 알 수 있다. 특히 관객의 반응이 단순한 갈채가 아닌 '사상의 일치'를 의미했다는 기자의 전언은 예사롭지 않다.『김영일의 사』에 쏟아진 폭발적 반응은 그저 한 '타지에서 힘겹게 살아가던 고학생의 슬픈 죽음'이라는 서사만으로는 설명되지 않는 지점이 있었다.

'사상의 일치'라는 표현을 통해 접근하자면, 그것은 결국『김영일의 사』가 적어도 관람을 위해 모인 조선인들을 하나로 만드는 모종의 메시지를 담지하고 있었다는 의미이며, 극에서는 전석원으로 대표된 '타

---

13 「大好評의 同友劇」,『동아일보』, 1921.7.30, 3면.

자'와의 '사상 충돌'을 전제하고 있었다는 의미이기도 하다. 우선 『김영일의 사』가 종국에 무엇을 말하고자 했는지는 차치하더라도, 여기서의 '타자'란 불쌍하고 선량한 고학생과 대척점에 있는 식민지 조선의 '적자嫡子들'일 가능성이 다분하며, 그들과 대립각을 세운다는 의미는 검열 주체의 눈에 '불온'하게 비춰질 소지가 컸다.

공연의 준비 주체 역시 그것을 잘 알고 있었다. 1921년 5월 27일 자 『매일신보』의 한 기사는 순회공연 개시를 한 달 이상 남겨둔 시점에서 동우회가 『김영일의 사』의 공연 허가를 위해 노력했던 정황이 나타난다.

> 지난 이십삼일에 조선유학생단 되는 동우회원(同友會員) 조도전대학생 김기원(金基源), 고통식(高通植) 이하 몇 사람이 경시청 석정 특별고등과장(石井 特別高等課長)에게 「김영일의 죽음[金英一의 死]」이라는 각본 전 삼 막, 전부 조선말로 쓴 것을 제출하여 검열을 청하였는데 이것은 동우회(同友會)가 조선 내를 순회하면서 흥행하겠다 하여 조선총독부에도 경시청을 통하여 양해를 얻어달라고 하였으므로 경시청에서는 조선 내에서 흥행함에 대하여는 하등의 권한이 없으나 그러나 하여간 한번 교섭하기를 약속하였다는데 이에 대하여 석정 특별고등과장의 말을 들은즉 아직 그 각본을 전부 열람하지는 못하였으나 지금까지 본 바로는 하등의 취체할 불온한 점이 없으나 그러나 내지와 조선과는 소관이 다른 고로 동일하게 볼 수가 없으니 될 수 있는 대로는 조선에 대한 말은 하지 않겠노라고 말하더라. (동경특전)[14]

14 「新脚本인「金英一의 死」」, 『매일신보』, 1921.5.27, 3면.

동우회원들이 염두에 둔 것은 일단 조선으로 건너가기 전, 일본 내지의 제도권 권력을 경유하여 조선에서의 공연을 승인받는 것이었다. 이는 '불온함'을 인지하는 감각의 차이를 노린 포석일지도 모른다. 훨씬 엄중한 '불온 콘텐츠'를 다뤄오던 도쿄 경시청의 특별고등과장에게, 신분이 확실한 조선 유학생의 각본 하나는 "하등의 취체할 불온한 점이" 없어 보일 수도 있었다. 그 기준을 역으로 활용한 허가 교섭이 이루어진다면 각본검열이나 현장검열 등에서 불상사가 일어날 확률은 확실히 낮아질 터였다. 물론 이러한 전략적 계산은 없었을 수도 있다. 유학생에 의한 순회공연 자체가 전무하다시피 했던 당시로서는 구체적으로 어떠한 절차가 필요한지조차 알기 어려웠을 것이기 때문이다. 그런데 특별한 기준이 없는 것은 식민지 당국도 마찬가지였다. 당시까지 연극 공연과 관련된 검열 규정이 시행된 바 없기 때문이다.[15] 확실한 점은, 공연 이전부터 동우회가 『김영일의 사』의 검열 통과를 위해 고심했다는 것이다. 이는 곧 창작 단계에서부터 높은 수준의 자기 검열이 가해졌을 것임을 의미한다. 말하자면 '정말 하고 싶은 이야기'는 '어차피 하

---

15 우선 순회공연 이듬해에 나온 다음 기사를 참조할 수 있다. "조선에는 종래부터 연극(演劇) 기타 일반 흥행물(興行物)을 취체하는 규정이 없고 다만 이전에 불완전하게 이사청(理事廳) 시대에 제정한 것을 적용할 수밖에 없으므로 실지에 불편이 적지 아니하던바 경기도 보안과(京畿道 保安課)에서는 이에 대한 취체 규정을 연구하는 중이며(…후략…)" 「興行物과 電車의 取締規則」, 『동아일보』, 1922.1.21, 3면. 이로부터 다시 1년 이상이 경과한 이후로도 제도 마련은 준비 중이었다. 1923년 6월부터 시행될 '흥행장(興行場)과 및 흥행 취체규칙(興行 取締規則)' 개정안과 관련하여 경기도 보안과장 등 본은 다음과 같이 말한 바 있다. "이번의 동 규칙 중 개정됨은 이왕에는 각본(脚本)을 검열하는 규정이 없던 것을 새로이 각본검열규정(脚本檢閱規定)을 설정함과 또 이왕 흥행시간이 아홉 시간이던 것을 일곱 시간으로 단축한 것이라. 그 이유로 말하면 현행 규칙에는 활동사진에 대하여는 '필름'과 설명서(說明書)를 검열하였으나 연극의 각본에 대하여는 하등 검열의 수속이 없었으니 이것을 통일하기 위하여 검열규정을 만든 것이며 (…후략…)" 「각본검열도 실시」, 『매일신보』, 1923.4.18, 3면.

지 못한다'는 것이 어느 정도 전제되어 있었을 것이다. 그러므로 차선책이라도 감행할 수 있도록 만드는 것이 중요했다. 도쿄 경시청을 방문한 것도 그 일환이었을 터, "내지와 조선과는 소관이 다른 고로 동일하게 볼 수가 없으니 될 수 있는 대로는 조선에 대한 말은 하지 않겠노라"라는 단서가 붙긴 했으나 '교섭의 약속'까지는 얻어냈다는 사실을 『매일신보』는 기록하고 있다.

순회연극단이 교섭 대상으로 의사를 타진한 레파토리가 오직 『김영일의 사』한 편이었다는 점은 이 작품의 전략 콘텐츠였다는 사실을 재차 확인해준다.[16] 결과적으로 『김영일의 사』는 '사상의 일치'까지 거론될 정도로 화제의 중심에 있었으니, 기실 그들의 사전 노력이 결실을 맺은 셈이다. 그렇다고 그 과정이 쉬웠을 리는 만무하다. 순회공연 당시 한 기사는 "당지에서 흥행할 때에는 당국의 감시가 극히 엄중하여 각본 원문 외에는 일언반구를 자유로 하지 못하게 하였으므로 다소간 원기를 잃게 된 것은 일반이 매우 유감으로 여긴 바라 하더라"[17]라며, 실제 공연장에서도 검열이 이루어졌음을 알리고 있다.[18] 그럼에도 불구하고 이 공연용 각본의 경우 출판용보다는 사정이 좋았을 것이다. 조명희가 1923년의 단행본에 붙인 고백, 즉 재차 출판 검열을 받으며 많은 내용이 수정 혹은 삭제되었다는 말을 감안하건대, 공연용 각본에 지금

---

16 순회공연의 다른 극 레파토리로는 김우진이 번역한 던세니(Dunsany,L.) 원작 〈찬란한 문(The Glittering Gate)〉과 홍영후의 〈최후의 악수〉가 있었으며, 그 외 홍영후의 연주와 윤심덕의 독창 등도 순서에 포함되어 있었다.

17 「同友會 演劇의 第一幕」, 『동아일보』, 1921.7.12, 3면.

18 사전 승인이 난 각본 이외의 대사는 원천적으로 통제되어 있었다. 대사가 아니라 음악일지라도 사전 승인이 없는 것은 허가되지 않았다. 「음악회는 불허」, 『동아일보』, 1921.7.19, 3면.

은 알 수 없는 내용과 대사들이 있었던 것은 확실하다. 일본 경시청을 통한 교섭 전략이 주효했든, 공연 검열 자체의 불안정성이 유리하게 작용했든 1921년의 순회공연용 각본은 분명 1923년의 출판본보다는 '불온성'이 더 살아있었을 것이다.

출판용 검열을 통과하는 것은 완전히 새로운 문제였다. 첫째, 책을 발행하는 데에 필요한 사전 원고검열은 공연허가를 위한 각본 검열보다 통상 까다로울 수밖에 없었다. 전자는 식민지 조선인에 특화된 출판법을 적용,[19] 규격화된 행정처분 절차가 이루어졌지만, 후자는 공연의 허가 자체에 초점이 있었기 때문이다. 『김영일의 사』 역시 원고 검열이 텍스트의 생사를 결정짓는 상황이었다. 둘째, 『김영일의 사』 자체가 이미 조선인들 사이에 상당한 반향을 일으켰을 뿐 아니라, 후술하겠지만 순회공연 당시에 현장검열로 인해 중지명령을 받기도 했던 문제작이었다. 따라서 검열 기관이 공식 출판을 예의주시하고 있었거나 보다 민감하게 나올 가능성을 무시할 수 없었다. 셋째, 1923년의 시점에 검열체제는 빠르게 경험을 축적하며 안정화되고 있었다.[20] 1920년을 기점으로 출판물, 곧 검열의 대상이 폭발적으로 쏟아져 나옴에 따라 검열체제

---

19 출판법과 신문지법이 조선인에게 적용되었던 것이라면 재조일본인의 경우, 출판규칙과 신문지규칙의 적용을 받았다. 식민지시기 검열의 법제적 성격과 존재방식, 통계적 고찰에 대해서는 박헌호·손성준, 「한국 근대문학 검열연구의 통계적 접근을 위한 시론─『조선출판경찰월보』와 식민지 조선의 구텐베르크 은하계」, 『외국문학연구』 38, 한국외대 외국문학연구소, 2010 참조.

20 식민지 조선의 검열업무 체계화는 1926년 4월 검열 전담기구인 경무국 도서과의 출범으로 일단락된 것으로 간주된다. 정근식, 「일제하 검열기구와 검열관의 변동」, 『대동문화연구』 51, 성균관대 대동문화연구원, 2005, 15면; 정근식, 「식민지검열과 '검열표준'─일본 및 대만과의 비교를 통하여」, 정근식·한기형 외편, 『검열의 제국─문화의 통제와 재생산』, 푸른역사, 2016, 99면.

역시 일련의 시행착오 속에서 정비되어갔다. 1923년의 단행본『김영일의 사』가 검열망에서 빠져나갈 여지는 1921년 당시보다 훨씬 축소되어 있었을 것이다.

이상으로 미루어,『김영일의 사』는 최소한 세 가지 버전의 각본을 상정할 수 있다. ① 당초 그려내고 싶었던 내용이 정상적으로 담겨 있는 각본 ② 공연 전 사전검열을 통과하기 위해 자기 검열을 수행한 각본 ③ 출판 검열을 통과하여 동양서원을 통해 책으로 나온 각본이 그것이다. 이 중 우리는 ③만을 온전히 확인할 수 있을 뿐이다. 하지만 몇 가지 근거와 추론을 통해 ②의 내용과 ①의 의지를 부분적으로 간취하는 것은 여전히 가능하다.

그렇다면 공연용 각본(②)이나 출판본(③)에서 담아내지 못한 대목은 무엇일까? 일단 명확하게 드러난 사실 하나에 주목해 보자. 다음은 실제 순회공연이 한창이던 8월 7일 자『동아일보』에서 보도한 평양에서의 공연 중지 사건 관련 기사이다.

제삼막을 하는 중에 허일(許一) 씨의 말이 너무 과격하다 하여 경관의 중지를 당하매 만장 관객은 박수로써 단원을 위로하였다. 동 십이시경에 폐장한 후에 단장과 노동공제회 평양지회 대표로 리희철 변호사와『동아일보』평양지국 기자가 수행하여 즉시 평양경찰서로 갔었는데 경찰서에서는 "십년 전에는 자유가 있었는지 모르거니와 지금은 자유가 없다" 하는 말 가운데에 "십년" 두 글자에 뜻이 있다고 어디까지 주장하여 이튿날 본인에게 변명서를 쓰게 하고 곧 돌려보내었더라.

"十年"二字로 中止命令 실로 유감천만(동일 기사의 소제목—인용자)

그러면 그 "십년"이라는 두 글자에 대하여 무슨 뜻으로 말하였느냐, 그와 같은 훌륭한 이론을 말하는 사람들이 결단코 무의식으로 말할 이유가 없는 것이라. 좌우간 이에 대하여 변명서를 기록하여 오라는 명령을 받아가지고 수행하였던 네 사람이 깊은 밤 고요한 평양시가의 적막을 깨트리고 여관에 돌아와 각각 해산하였는데 허일 씨는 오일 아침에 변명서를 작성하여가지고 청구한 결과 당국에서는 경찰부와 협의하고 오후 이시에 회답하기로 결정하였었는데 동 이시에 이르자 당국에서는 돌연히 강경한 태도로 중지명령을 하였으므로 단원 일동은 할 일 없이 돌아왔을 뿐 아니라 간절히 희망하던 평양시민은 실로 섭섭한 기색과 유감됨이 많은 모양이더라.(평양)[21]

위는 평양 공연에서 "십년 전에는 자유가 있었는지 모르거니와 지금은 자유가 없다"라는 대사가 문제시 되어 공연 취소까지 이르게 된 상황이다. 경찰이 "십년"이라는 두 글자를 문제 삼은 것으로 볼 때 그들은 이것이 일본의 조선 통치 기간을 암시한 것으로 간주했을 것이다. 결국 뒤따르는 "자유" 운운한 발언이 식민지체제 비판의 의도였다는 것이다. 하지만 평양 공연 당시에만 문제가 된 점과 대사를 한 배우 허일許一이 경위서를 작성한 점 등은, 해당 부분이 당초 ②에는 없던 배우 개인의 즉흥적 대사일 가능성에 무게를 실어준다.[22] 만약 단지 대본대로 대사

21 「평양의 동우연극—관중은 천여 명, 근래에 대성황」, 『동아일보』, 1921.08.07, 3면.
22 다만 사전허가를 심사하는 검열기구와 공연 현장을 관할하는 지역 경찰 사이의 의사소통이 제대로 이루어지지 않아 검열을 통과한 각본 그대로 대사를 했음에도 현장에서는 문제가 되기도 했다. 이승희, 「식민지시대 연극의 검열과 통속의 정치」, 검열연구회, 『식민지 검열, 제도·텍스트·실천』, 소명출판, 2011, 509면.

를 한 것이라면 당국의 사전 허가나 다른 지역에서의 정상 공연을 명분 삼아 연극단이 신속하게 대처하면 될 일이었다.

그런데 이 상황은, 비록 허일이 추가했을지라도 처음부터 조명희가 『김영일의 사』를 통해 구현하고 싶었던 의도(①)의 반영일 가능성이 크다. 순회연극단에는 원작자 조명희도 멤버로 포함되어 공연에 함께 나서고 있었다.[23] 그는 원작자로서 준비 과정 내내 함께 하며 연출진 및 배우진과 소통해나갔을 것이며, 애초에 『김영일의 사』 자체가 순회공연을 위한 전략적 기획물이었기에 그 소통은 일방적일 수도 없었다. 미루어 볼 때, 무대 위에서 구현할 수 있느냐의 여부는 차치하더라도 연극단원들은 초기의 구상과 내재된 의미에 대한 충분한 이해를 갖고 있었다. 결국 박대연 역을 맡았던 허일 또한 ①의 연장선에서 "십년" 운운한 대사를 추가했으리라고 보는 것이 타당하다. 게다가 공연이 이미 한 달가량 성공을 거듭하던 시점이었다. 검열의 시선이 느슨해졌으리라 판단될 무렵 ②에 없던 ①의 형상이 고개를 내밀었을 공산이 크다. 그러나 사전 대본의 수준 이상을 넘본 이 시도는 평양 경찰에 의해 간과되었고, 조선총독부는 다음 공연을 중지할 정도로 해당 사안을 엄중하게 취급했다. 이를 방치하는 것은 자신들의 통치를 비판하는 발언이 전국 각처로 퍼져나가는 것을 묵과하는 것과 진배없었을 것이다.

---

23 「대환영의 동우극」, 『동아일보』, 1921.7.18, 3면.

3. 『김영일의 사』와 「파사婆娑」의 반검열 코드

조명희가 『김영일의 사』를 통해 가장 하고 싶었던 이야기에 대해 재고해볼 필요가 있다. 출판된 각본집에는 특이한 대목 하나가 발견된다. 이 극에는 주인공 김영일 외에, 오해송이라는 또 한 명의 긍정적 인물이 등장한다. 그는 제2막과 제3막에 나오는데, 처음에는 부정적 인물인 전석원 무리 내부에서 유일하게 바른 말을 하는 캐릭터로 나오다가 김영일이 죽음을 목전에 둔 제3막에서는 아예 김영일 무리로 편입되어 적극적으로 김영일을 돕는다. 조명희는 김영일뿐만 아니라 이 오해송이라는 캐릭터를 통해서도 자신의 입장을 전달하고자 했다. 이를테면, 전석원과 토론하며 오해송이 "사람이 명예욕이 있음이 나쁜 것이 아니야. 러셀의 말과 같이 소유욕과 창조욕을 다 가진 것이 인간의 욕망이 아니겠나"[24]라고 말한 부분은, 『김영일의 사』의 전체 서문으로서 조명희 본인이 쓴 문장 일부와 정확하게 일치한다.[25] 서문에서 작가 본인이 한 말을 작중 오해송을 통해 되풀이한다는 뜻은, 다름 아닌 오해송의 입을 주목하라는 시그널일 수 있다. 다음은 각각 제2막에 등장하는 오해송의 대사와 제3막에 있는 김영일의 유언 일부이다.

전석원 : 그런데다가 돈 없이 공부하러 들어온 것은 그만 두고라도 공부할

---

24 조명희, 『金英一의 死』, 동양서원, 1923, 20면.
25 "예술창작의 동기는 솟아나오는 창조적 동기에 있어야만 할 것이다. 창작의 욕망이 단일한 창조욕뿐 아니라 소유욕도 섞이었을 줄 안다. (…후략…)" 조명희, 「讀者에게」, 『金英一의 死』, 동양서원, 1923, 1면.

자격이 없는 사람도 함부로 들어오니 참 딱해.

오해송 : 이 사람, 그렇게 말 말게. 그도 사람일세. 그도 산 생명일세. 노력
이 없겠나? 사람의 잘 나고 못 난 것을 말할 게 아닐세. 다 **같이 동
일한 운명에 학대를 받지 않나? 사람은 다 불쌍하니 ─. 사람이 사람을
사랑하지 무엇이 사람을 사랑하겠나?**[26]

김영일 : (…전략…) 그리고 각기 '나'라는 참된 마음을 믿게. 위대 진실한
'나'라는 것 즉 신(神)을 믿으란 말이야 ─. 세상이야 학대하든 말
든 '나'라는 것을 존중히 여기게. **그리고 사람을 사랑하게. 사람이란
다 사람이니. 다 같은 운명에 학대를 받지 않나? 사람은 다 불쌍하니 ─.**
(…후략…)[27]

강조한 부분을 보면 알 수 있듯, 오해송과 김영일은 약간의 순서만
달리할 뿐 거의 같은 문장을 구사한다. 조명희는 인물만 바꾸어 극의
중반과 마지막에 한 차례씩 동일한 메시지를 삽입했던 것이다. 최종적
으로 출판된 『김영일의 사』의 경우, 검열을 통과하기 위해 각 대사와
표현들을 누차 검토했을 것이 분명한 이상, 해당 대목이 무의식중에 반
복되었을 가능성은 희박하다. 결론적으로 작중 가장 긍정적인 인물 두
명이 기다렸다는 듯이 반복하는 이 말이야말로 『김영일의 사』를 통해
작가가 가장 강조하고 싶었던 지점일 것이다.

이 대목이 말하고자 하는 바는 무엇일까? '모든 사람을 사랑하라'고

---

26 위의 책, 25면.
27 위의 책, 51면.

말하고는 있지만 이를 단순히 기독교적 박애론으로 보는 것은 섣부르다.[28] 중요한 것은 차별 없이 사랑해야 할 이유, 곧 그들이 '동일한(같은) 운명에 학대를 받고 있기 때문'이라는 지점에 있다. 작가가 반복해서 말하는 이 '학대의 동일성'은 '가해자 일본'과 '피해자 조선'의 구도를 날카롭게 상기시킨다. 요컨대 식민지 체제의 폭력성을 고발하는 것이다. 이는 전술한 허일의 추가 대사, 즉 "십년 전에는 자유가 있었는지 모르거니와 지금은 자유가 없다"라는 말이 노린 효과와도 일치한다.

기존 연구는 유약하고 수동적으로 보이는 김영일의 면모 자체를 한계로 규정하기도 했다. 주인공의 태도는 "관념적이고 낭만적인 현실인식"으로 여겨졌고 한편으로는 "조명희가 겪고 있던 사상적 방황과 갈등을 표출"[29]한 결과로 독해되는 경우도 있었다. "이 작품은, 주인공 김영일의 현실 인식이 분명하지 않으며 행동 방향이 애매하게 표현되어 구체적 현실감을 주지 못하는 등 근대 희곡으로서는 일정한 한계를 지니고 있다"[30]와 같은 평도 비슷한 문맥이다. 제1막에서는 어머니의 위독 소식을 듣고 그리스도를 저주했으며 제2막에서는 가진 자의 횡포를 대변하는 전석원과 대립했던 그가, 제3막에 이르자 돌연 그리스도에게도 용서를 구하고 전석원에게도 과했다고 자책하는 모습을 보이니, 그

---

28 강조 대목에 앞서 김영일이 "'나'라는 참된 마음을 믿게. 위대 진실한 '나'라는 것 즉 신(神)을 믿으란 말이야—"라고 말하는 대목은 일견 기독교인의 고백인 양 싶지만, 실은 철저히 '나'를 부정하고 '신(그리스도)'을 통해 구원에 이른다는 일반적 기독교 교리와는 배치된다. 보다 섬세한 논의가 필요하겠지만, 오히려 작중 김영일을 기독교인으로 설정한 것 자체가 식민지 비판의 맥락이 노출되는 것을 교란하기 위한 위장이 아닐지 의심해 볼 수도 있다.

29 정호순, 「조명희 희곡 연구」, 『한국연극학』 10, 한국연극학회, 1998, 43면.

30 양승국, 『한국 현대희곡론』, 연극과인간, 2001, 83면.

러한 지적도 납득되는 측면이 있다.

그러나 거시적으로 보면 제1막과 제2막에서와는 다른 제3막에서의 김영일 역시 서사적 개연성의 산물이다. 『김영일의 사』에는 김영일의 삶을 가혹하게 몰아붙이는 '악' 내지는 '적'에 대한 주인공의 인식 변화가 기저에 흐르고 있다. 제1막 1장에서 김영일의 적은 내면에 있다. 그는 전석원의 돈을 몰래 취하고 싶어 했지만 결국 그것을 극복해낸다. 그러나 제1막 2장으로 가면 어머니의 위중이라는 현실 앞에서 절망하고 만다. 이때의 적은 불가항력적 운명 혹은 가족의 비극을 방치한 그리스도였다. 제2막의 적은 전석원이다. 그는 같은 조선인이면서도 주변 고학생들의 고통이나 궁핍을 조롱하는 속물적 부유층이다. 하지만 3막에 이르러 적에 대한 김영일의 인식 변화는 식민지 통치 권력으로 전환된다. 김영일은 그가 처한 가장 큰 문제이자, 이 세상을 어둠으로 몰아넣고 있는 진정한 가해자가 바로 제도권 권력이라는 사실을 깨닫는다. 신앙의 부질없음 내지 운명의 배신에 치를 떨며 내뱉은 그리스도를 향한 저주도, 곤경에 처한 은인에게 손 내밀지 않았던 (유흥에 탕진할 돈은 있으면서도) 전석원을 향한 증오도, 더 큰 악의 근원 앞에서는 부질없음을 안 것이다. 기실 그를 포함한 가족들이 만성적인 가난과 질병에 시달리게 된 이유는 식민지 자체의 허약한 경제적 상황과 무관치 않으니 그리스도를 욕할 수 없는 것이었고, 전석원 같은 부르주아의 출현 이면에도 식민지 당국이 만든 구조적 착취와 양극화 현상이 존재했다. 그것이야말로 '동일한 운명의 학대'가 지시하는 바일 것이다. 마지막 순간 2막까지의 저주와 증오를 뉘우치는 것은, 김영일 스스로가 그동안 표면적 현상에 대해서만 분노해왔다는 것을 깨달았기 때문이다. 따라서 연구자들이 비판해온 주인공의 마지막 반응은, 적어도 식민지 통치 권력 비판이라는 최종 심급을 드러낸다는 측면에서 합당한 귀결이었다. 그러나 검열을 의식한 '과정'의 누락이 그 귀결을 갑작스러운 갈등 해소로 비춰지게 만든 것이 문제였다. 이와 관련해서는 다시 상세히 후술하기로 한다.

문제의 추가 대사("십년")를 상기해 보자. 해당 보도는 "제삼막을 하는 중에 허일許─ 씨의 말이 너무 과격하다 하여"라고 시작된다. 허일이 맡은 김영일의 친구 박대연 역은 흑도회에서 활동하는 행동파로 설정되어 있다. 순사의 출동을 야기한 주먹다짐도 박대연으로부터 비롯되었고, 검거되어 구류로 이어진 원인도 그의 주머니에서 나온 선전 삐라 때문이었다. 그런데 정작 문제의 대사가 나온 제3막은 주인공 김영일이 구치소에서 나온 뒤 병세가 악화되어 사망에 이르는 내용이 전부다. 비록 박대연이 제3막의 주요 등장인물이긴 해도, 극의 흐름상 "십년 전에는 자유가 있었는지 모르거니와 지금은 자유가 없다"라는 대사가 자연스레 추가될 수 있는 부분은 찾기가 쉽지 않다. 제3막에서 박대연의 대사는 김영일의 사정을 안타까워하고 그를 간호하는 한편 치료비의 마련을 고민하며, 사태를 이렇게 만든 자신을 자책하는데 대부분이 할애되어 있다. 다만 "십년 전"을 화두로 삼는 대사가 3막에서 어울릴 법한 유일한 부분이 있다. 바로 박대연의 3막 첫 대사이다.

세상에 이러한 일도 있을까!? 이 세상이 이러고 온전할까? 어, 몹쓸 세상! ─ 대관절 내가 잘못하였지. 너무 부주의한 까닭이야. 아, 영일을 저 모양 만든 것은 나다, 나─.[31]

일견 '세상에 대한 원망'과 '자신에 대한 질책'으로 보이지만, 후자인 '자신'의 경우는 사실 "부주의"였을 따름이다. 문제의 근원은 애초부터 '부주의'의 반대인 '조심' 없이는 자유로울 수 없는 시대의 폭력 그 자체다. 극중의 '부주의'란 결국 박대연이 '불온'한 선전물을 지니고 다녔다는 이유 하나다. 그런데 그것이 사상운동 유인물이든, 반정부운동 삐라든 특정한 문서를 휴대했다는 것만으로 구타당하고 끌려가서 다시 강제 조사를 받아야 할 이유는 적어도 "십년" 전에는 없었다. 따라서 평양 공연 당시 "십년 전에는 자유가 있었는지 모르거니와 지금은 자유가 없다"라는 문제의 대사는 위에 인용한 박대연의 대사 가운데 결합되어 있었을 가능성이 가장 크다.

실상은 박대연의 잘못이 아니지만 박대연은 자책할 수밖에 없었다. 조명희의 붓끝이 박대연의 자책이라는 외피를 뚫고 '진범眞犯'인 통치 권력과 그들이 구축한 제도를 겨냥할 경우 텍스트 자체가 살아남을 수 없었기 때문이다. 중요한 것은 조명희가 우회적으로나마 진범을 겨냥하는 또 다른 흔적을 남겨두었다는 사실이다. 박대연의 자책은 3막 후반부 김영일의 죽음 직전에 한 번 더 등장한다.

> 박대연 : 여봐! 나를 때리게. 내가 죽일 놈일세. 내가 자네를 이렇게 만들었네. 나를 때리어. (여러 사람은 환자를 붙들어 앉힌다. 환자는 비틀거리며 쓰러진다)
>
> 김영일 : (고개를 흔들며) 아니 아니. 자네의 잘못이 아니야. 저 세상, 저 운

---

31 조명희, 『金英一의 死』, 동양서원, 1923, 38면.

명— (우렁찬 목소리) 아이고! (통곡) 아.[32]

김영일은 박대연의 품에서 발견된 불온선전물로 인해 수감되어 있는 동안 지병이 악화되며 죽음에 이른다. 박대연이 김영일의 절명 직전 다시 한번 자책하는 이유다. 하지만 김영일의 반응은 박대연의 잘못이 아니라는 위로에 그치지 않고, "저 세상, 저 운명"을 진범으로 지목하는 데 이른다. "저 세상, 저 운명"은 '일본이 지배하고 있는 세상'이자 '그들의 통치 하에서 신음하고 있는 모든 조선인들의 운명'을 우회적으로 표현한 것에 다름 아니다. 이는 앞서 살펴본 "운명에 학대"당하는 모든 인간을 불쌍히 여기라는 저자가 반복 강조하는 대목과도 중첩된다.

이와 같은 노력에도 불구하고 우회적 표현만으로는 한계가 명징했다. "학대"의 주범이자 악의 근원을 '운명'이라는 추상적 어휘로 암시하는 것 정도가 『김영일의 사』의 임계점이었다. 반면 각본의 출판 준비 과정에서 맛본 검열의 폭력은 엄연한 현실이었다. 이에 조명희는 『김영일의 사』의 결핍을 메울 대안代案을 준비하게 된다.

그 첫 번째는 『개벽』에 연재한 창작 희곡 「파사婆娑」(1923.11~12)였다. 「파사」를 염두에 둔 조명희의 검열 우회 전략은 '고대 중국의 비화'라는 시공간의 차별화였다. 그러나 두 작품을 관류하는 기본적인 선악관과 인간애는 상통하고 있다. 그것은 일정한 패턴으로 나타난다. 두 작품 모두 긍정적 인물은 세상과 운명의 악함은 내세우되 인간에 대해서는 연민과 신뢰를 보낸다. 그러나 부정적 인물은 모든 인간을 이기적 존

---

32 위의 책, 48~49면.

재로 못 박고 선과 악의 구분 자체를 부정한다. 가령 『김영일의 사』의 긍정적 인물 오해송은 "아하— 설마 이 세상에 참된 사람이 하나라도 없을 수가 있나?"[33]라거나 "어찌 하였던지 인간이란 것은 약한 것일세. 불쌍한 것일세. 아하, 사나운 박해 밑에 가련한 희생!"[34]과 같이 말한다. 반면 부정적 인물 전석원은 이러한 오해송의 태도에 대해 "소위 무슨 주의자라는 것이 모두 매명적賣名的이 아니면 일종의 향락적으로하는 것이 아니겠나? 참된 놈이라고는 세상의 어디 있단 말인가?"[35]라거나 "그런 참된 사람을 구하려면 하늘 꼭대기 위에 가서 구하게. 없네, 없어. 나도 처음에는 무던히도 속았지. 인간이란 것을 인제 알았어"[36]라며 냉소한다. 이는 「파사」 내의 대립 구도 속에서도 일관성 있게 나타나는 특징이다.

> 비간 : 다 같은 하느님의 아들인 사람으로 서로서로 사랑함이 마땅한 일이
> 며 특히 귀중한 사명을 가지신 임금께서는 더 한층 인간을 사랑하사
> 봄바람 같은 사랑과 바다 같은 은택으로 널리 민중을 구제하시고 다
> 시려야만 할 터이온데 임금께서는 한 개 여색에게 마음을 뺏기사 불
> 쌍한 민중으로 하여금 도탄에 들게 하시며 더구나 무고한 인간을 함
> 부로 살육하시니, 이 세상을 장차 어찌하실 작정이십니까? (…중
> 략…)
> 주 : (고조의 감정을 억지로 누르며 냉소적으로) 이애, 그것 참 좋다. 우리
> 의논 좀 하여 보자. 그래, 인간이 신의 아들이라고? 인간이 악마의 아

---

33 위의 책, 21면.
34 위의 책, 23면.
35 위의 책, 20면.
36 위의 책, 21면.

들인 줄은 모르니? 너는. 또 무엇? 사랑? 소위 사랑이란 것이 증오와 같은 줄을 모르니? 이 외통쟁이 사람아! (…중략…)

비간 : 임금께서는 그 불쌍한 민중을 사랑하소서. 건져주소서.

주 : (높은 소리로) 이애, 내 한마디 말만 더 하고 말것다. 그리고 나서 너같이 못생긴 물건은 네 자신을 불쌍히 여겨 차라리 이 세상으로부터 없애 주어야 하겠다. 너는 말 들어라! 사람의 생사가 일반이요, 선악이 일반임을 모르느냐 이 바보야! 인생? 인생? 인생은 가죽 주머니에 붉은 피 담은 것이 인생이야 (…중략…) 여기에 서서 볼 때, 인간의 가장 착한 체하는 것이 도리어 악한 일이 되는 것이오. 가장 악한 일을 하는 것이 도리어 착한 일이 되지 않느냐? 내가 이 세상 인간을 고통의 구덩이로 부터 건져주려는 구세주다. 구세주![37]

「파사」는 악의 권좌에 앉은 주왕紂王과 달기妲己가 벌이는 피의 향연을 소재로 삼고 있다. 다시 말해 『김영일의 사』에서는 불가능했던, 권력을 지닌 '악의 근원'을 적나라하게 구현할 수 있는 최적의 무대였다. 그리고 그 의도는 끝내 관철되었다. 총 세 개의 막[38]으로 구성된 「파사」에서 제1막과 제2막의 내용 대부분이 악의 근원과 희생자 간의 대립 속에서 전개되기 때문이다. 제1막은 '달기'와 달기에 의해 비참한 죽음을 맞는 '린과 구희'의 이야기고, 제2막은 '주왕'과 민중과 인간의 편에 선 신하 '비간'의 대화로 채워져 있다. 제1막의 달기와 제2막의 주왕은

---

37 명희, 「戱曲 婆娑」, 『개벽』 42, 1923.12, 150~151면.

38 원문은 '제1편 / 제2편 / 제3편'으로 표기되어 있다. 제1편은 『개벽』 제41호에, 제2편과 제3편은 제42호에 게재되었다.

반인륜적 범죄를 자행하는 입장이면서도 각종 궤변으로 자신들을 정당화한다. 그들의 비틀린 욕망과 자기 변론이 지면의 상당 비중을 차지하고 있는바, 독자는 빈곤한 논리를 통해 권력자가 만든 질서의 부당함을 학습할 수 있었다. 이는 『김영일의 사』에서는 전혀 시도되지 못한 것들이다. 더욱이 조명희는 여기서 한발 더 나아가, 아예 「파사」의 결말을 민중봉기와 '혁명'으로 매듭 짓는다.[39] 권력을 쥔 악의 축이 확실하게 심판받는 구도를 그려낸 것이다.

이렇듯 「파사」는 아무리 시공간을 달리 했다 하더라도 검열 통과를 자신하기 쉽지 않은 내용을 담고 있었다. 하지만 『개벽』을 발표 매체로 택한 것은 『김영일의 사』 때보다 이점으로 작용했을 것이다. 『개벽』은 잡지이면서도 출판법이 아닌 신문지법의 적용을 받아 정론과 시사를 다룰 수 있었고 사전 원고검열로부터도 자유로운 소수의 잡지 중 하나였다.[40] 「파사」는 조명희가 본인의 글을 『개벽』에 발표한 첫 사례로 확인된다. 비록 거침없는 표현으로 인해 두 번째 연재분에는 많은 복자가 새겨질 수밖에 없었지만,[41] 적어도 「파사」의 '합법'적 지면화는 『개벽』

---

39 극의 마지막 대목인 "일로부터 자유롭고 따뜻한 옛나라로 돌아가자!"(명희, 「戱曲 婆娑」, 『개벽』 42, 1923.12, 162면) 같은 대사는 일견 조선의 국권 회복을 연상시키기까지 한다. 참고로 소련과학원 동방도서출판사를 통해 나온 『조명희 선집』(황동민 편, 1959)에서 해당 대목은 "일로부터 자유롭고 따뜻한 나래를 펴자!"(439면)로 바뀌었다.

40 물론 사전검열의 압박에서 상대적으로 자유로웠을 뿐, 납본의 검열 결과에 따라 이미 제책한 결과물을 고치거나 압수당하는 형태였으므로 경제적 타격을 크게 입는 경우도 비일비재했다. 『개벽』의 검열 시스템에 대해서는, 이종호, 「1920년대 식민지 검열 시스템의 출판물 통제 방식-『개벽』 납본을 중심으로」, 검열연구회, 『식민지 검열, 제도·텍스트·실천』, 소명출판, 2011 참조.

41 원문을 보면 검열로 인한 텍스트 훼손은 후반부가 실린 1923년 12월 호에 집중되어 있다. '×' 모양의 길고 짧은 연속 복자는 20군데가량 포진되어 있으며, 아예 텍스트상에 '(以下削)', '(中削)'이라 기입되어 있는 대목도 6군데에 이른다.

내에서 실현될 수 있었다.

조명희는 여기서 멈추지 않았다. 「파사」를 통해 『김영일의 사』에서 못다 한 악한 권력과 그에 대한 단죄까지 묘사할 수는 있었지만, 그것이 지닌 한계 또한 명료했다. 일단 중국 고대의 야사野史를 도구로 삼았기에 식민지 조선의 통치 권력, 즉 현실 정치를 향해 날을 세우는 일과는 동떨어져 보일 수 있었다. 주지육림酒池肉林이라는 소재 역시 지나치게 자극적이어서 독자 일반이 식민지인으로서 감내하고 있던 일상적 고난을 연상시키기 쉽지 않았다. 정리하자면, 「파사」는 비록 악의 형상화나 권력자를 단죄하는 그림 자체는 보장해주었으나, 이야기의 비현실성과 비동시대성은 독자가 이 극을 식민지 현실의 우의寓意로 해석하는 것을 방해했다. 강력한 직설화법이 가능한 경우 소재에서 괴리가 발생하고 소재적 현실감을 장착할 경우 강력한 발화란 애초에 봉쇄되기 마련이었으니, 일종의 딜레마나 다름없는 상황이었다. 하지만 조명희는 얼마 지나지 않아 새로운 돌파구를 마련하게 된다. 바로 톨스토이의 유작 『산송장』의 번역이었다.

4. 대리전代理戰으로서의 『산송장』 번역

원작 『산송장』(원제 : Живой труп)은 1900년경에 집필되었으나 발표되지 않고 있다가 톨스토이의 사후 공개된 희곡이다.[42] 극의 주인공 페쟈는 아내 리자의 진정한 행복을 위해 집을 나와 집시와 함께 살고 있다. 폐쟈의 소망은 평생 리자를 사랑해온 카레닌과 리자가 맺어지고 자신은 술과 노래를 벗 삼아 자유롭게 살아가는 것이다. 결국 폐쟈는 아내가 재혼할 수 있도록 자살을 위장, 산송장으로 살아가게 된다. 하지만 시간이 흐른 후 폐쟈의 비밀은 발각되게 되고 폐쟈가 살아 있다는 것을 모른 채 결혼한 리자와 카레닌 역시 중혼죄로 형벌을 피할 수 없는 상황에 이른다. 예심이 있던 날, 현행법 하에서는 리자의 구제가 불가능하다는 것을 안 폐쟈는 권총 자살로 삶을 마감한다. 이상이 『산송장』의 대략적 내용이다. 유명한 톨스토이언이었던 로맹 롤랑은 『산송장』에 대해 "이 작품에는 어리석고 못된 사회 제도에 의해서 압도당한 약하고 선량한 사람들이 등장한다. 주인공 폐쟈는 그 선량한 마음과 방탕 생활 속에 숨겨진 깊은 도덕적 감정 때문에 몸을 망친 사나이다. 그는 저속한 세상과 비열한 자신에 대해 참을 수 없이 괴로워하지만 거기에 저항할 힘을 지니지 못했다"[43]라고 그 핵심을 짚은 바 있다.

조명희의 『산송장』 번역은 톨스토이 원작에 대한 한국 최초의 번역인데다가, 식민지시기 내내 누군가에 의한 다른 번역이 시도된 바도 없었기에 당연히 그 독자적 가치를 지닌다.[44] 다만 여기서는 본 장의 논점에 따라 『김영일의 사』의 연장선상에 있는 『산송장』의 의미에 천착해 보고자 한다. 사실 군이 두 작품을 비교하지 않더라도 『김영일의 사』에서 톨스토이의 사상적·문학적 색채를 감지하는 것은 어렵지 않다. 이

---

42 원작 『산송장』의 창작 배경은 이동현, 「신에 대한 반역─산송장」, 『大똘스또이全集』 8, 신구문화사, 1974 참조.

43 로맹 롤랑, 김경아 편역, 『톨스토이 평전』, 거송미디어, 2005, 234면.

44 이하윤은 1928년 시점에 조명희가 번역한 『산송장』이 널리 읽혔다는 것을 언급한 바 있다. 이하윤, 「"톨스토이" 탄생 백년(一)」, 『동아일보』, 1928.9.2, 3면.

를테면 김재석은『김영일의 사』에 대한 최근 연구에서 김영일의 마지막 유언 부분을 톨스토이의 '타애설他愛說'과 관련지은 바 있다.[45] 해당 글에 조명희의『산송장』번역에 대한 언급이 없는 것으로 볼 때 당시 김재석은 조명희의 톨스토이 번역 건을 알지 못했을 것이므로, 이는 선입견 없이 보아도『김영일의 사』에 드리워진 톨스토이의 그림자가 짙다는 방증이다.[46] 한편,『김영일의 사』의 탄생에 영감을 준 톨스토이의 다른 작품도 발견할 수 있다. 바로 중편「이반 일리치의 죽음」이다. 제목의 유사성부터 예사롭지 않으며,[47] 공통적으로 법과 제도의 억압적 측면을 그려낸다는 점, 인간의 가식을 공격하되 죽음에 가까워지며 최종적으로는 보다 높은 차원의 깨달음으로 나아간다는 점 등이 그러하

[45] "일제의 규율을 거부하는 근대 주체로서 김영일의 배경에는 전통적인 유학의 극기복례(克己復禮)적 사고와 러시아의 문호 톨스토이(Tolstoy)의 사상이 함께 놓여있다. 진실한 마음으로 사회생활을 해나가려는 김영일의 태도는 "도덕적 자아성찰을 통한 이상적 사회의 구현"이라는 전형적인 극기복례에 해당한다. 유학의 극기복례적인 사고가 "타애설(他愛說)"(『서북학회월보』20)로 대표되는 식민지조선의 일반적 톨스토이 수용과 관련되면서 "偉大眞實한「나」라난것卽神"을 믿는 김영일이라는 인물이 탄생된 것이다. 죽기 전의 김영일이 전석원에게 "그럿케난폭하게할것이"(50면) 없었다며, 다갓혼 운명에 학대를 밧"고 있는 "사람은 다 불상하"(51면)다는 사실을 잊지말아달라고 하는 데에서도 거듭 확인이 된다." 김재석, 앞의 글, 47면.

[46] 윤리적 측면에서 강화된 톨스토이의 영향과 그것이 연극계로 유입된 배경은 1910년대 중후반에 일본을 강타한『부활』의 존재를 빼놓고 논하기 어렵다. 당시『부활』의 대대적 유행은 원작인 소설의 형태가 아니라 1914년 신극 단체 예술좌(藝術座)의 수장이었던 시마무라 호게츠가 희곡으로 각색하여 무대에 올린 이후 촉발되어, 이후 4년간 일본에서만 444회의 공연이 이루어졌다고 한다.(김려춘, 이항재 외역,『톨스토이와 동양』, 인디북, 2004, 45면) 윤리적 에토스가 강한『부활』의 집중적인 공연과 당대 일본 연극계의 톨스토이 인식은 연동될 수밖에 없었고, 그 영향이 다시 유학시절 연극 방면에 열정을 보였던 조명희에게 전이되는 것은 자연스러운 일이었다.

[47] '死'와 '죽음'은 사실상 차이라 볼 수도 없다. 순회공연 당시 여러 신문 기사들도『김영일의 사』를『김영일의 죽음』으로 보도한 바 있다. 한편 우연일 수도 있으나 주인공의 이름이 부분적으로 겹치는 점도 흥미롭다. 김영'일'과 '일'리치의 작명이 의도된 것이라면, 이는 톨스토이에 대한 조명희의 오마주인 셈이다.

<표 24> 『김영일의 사』와 『산송장』의 주인공 비교

구분	『김영일의 사』	『산송장』
주인공의 내면과 문제의식	가난하지만 도덕적 삶을 지향하는 인물. 그러나 시련 앞에서 큰 분노를 표출하기도 함. 동일한 운명에 학대받는 모든 인간을 사랑해야 한다고 믿음.	아내를 위해 자신의 삶 전부를 희생하려 하는 이타적 인물. 그러나 사회의 법과 제도에 대해서는 강한 반감을 지님
검거되는 주인공과 그 경위	부정적 인물(전석원)과의 다툼 과정에서 순사와 형사가 출동함. 공교롭게 친구가 소지하고 있던 불온문서가 발견되어 구치소에 수감됨.	부정적 인물(아르제미예프)의 협박에 주인공이 맞서는 과정에서 순사가 출동함. 결국 죽음을 위장하고 살았던 비밀이 발각되어 수감됨
제도적 억압이 촉매가 된 주인공의 죽음	억울하게 들어간 구치소에서 폐병이 악화되어 출소 직후 죽음에 이름.	예심판사와의 대립 이후 법적 해결 가능성이 보이지 않자 권총으로 자살.

다. 구체적 장면에 깃든 영향도 확인된다. 예컨대 『김영일의 사』에서 병이 위중한 김영일을 위해 친구가 어렵게 청해온 의사는 「이반 일리치의 죽음」에 나오는 고명한 왕진 의사와 매우 흡사한 태도를 보인다. 죽음이 임박한 주인공을 두고 병은 위중하지만 괜찮을 거라며 거짓 희망을 안겨주는 것이다. 그 외에, 상황은 다르지만 신을 향해 분노를 표출하는 화소가 공통적으로 나타나기도 한다.

하지만 『김영일의 사』에서 나타나는 톨스토이발 영향의 진원眞原은 무엇보다 『산송장』이었을 것이다. 『김영일의 사』와 『산송장』의 주요 설정 및 서사구조에는 여러 공통점이 나타난다. 주인공을 중심으로 정리 해보면 <표 24>와 같다. 비록 주인공의 출신 배경, 죽음의 방식 등 세부적인 요소들은 차이를 보이고 있지만 주인공의 성격과 문제의식, 죽음에 이르는 과정 등 근본적인 요소가 서로 닮아있다는 것은 부인하기 어렵다.

조명희 스스로가 굳이 창작의 원천을 노출시키면서까지 『산송장』의 번역을 선보인 이유는 무엇일까? 결론부터 말하자면 이는 검열된『김영일의 사』가 담아내지 못한 나머지 메시지를『산송장』을 통해 드러내기 위해서라 할 수 있다. '번역'을 통해 '창작'의 결핍을 보완하는 전략인 것이다.

우선 조명희가 번역한『산송장』이『김영일의 사』의 대체재代替財 역할을 했다는 근거를 밝힐 필요가 있겠다. 결정적인 것은『산송장』의 번역을 위해 조명희가 선택한 저본이 고바야시 아이유林愛(1881~1945)의 일역본日譯本『生きた死骸』이라는 사실이다.[48] 이 텍스트가 1924년에 나온 한국어『산송장』의 저본이라는 것은 비교적 간단하고 명확하게 입증된다. 조명희의 번역본에서 확인되는 거의 모든 특징들이 고바야시 아이유의 텍스트로부터 유래하기 때문이다. 이를테면 고바야시 아이유 판본의 가장 큰 특징은 번역자의 자의적 편역編譯이었다. 그는 총 6막 12장으로 구성된 원작을 5막 8장으로 줄이되, 생략한 장들에 대해서는 간략한 줄거리 소개로 대체하는 방식을 택했다. 조명희는 이러한 일역본의 특이한 구성을 그대로 가져왔으며 고바야시가 첨가한 줄거리 소개까지 본인의『산송장』에 번역하여 실었다.[49]

---

48 고바야시 아이유는 도쿄제국대학에서 영문학을 전공한 번역가, 작사가, 교육가이다. 특히 일본의 오페라 정착 부문에 활약한 인물로 알려져 있다.『生きた死骸』의 번역은 1914년 11월 26일 제국극장의 공연에 맞추어 준비되었다. 해당 시기를 즈음하여 고바야시는 제국극장에 공연될 여러 오페라와 희곡을 번역하고 있었다. 한편, 고바야시 아이유의 판본은 1925년 生方書店의『세계명저총서』제3편으로 다시 출간된다.(トルストイ, 小林愛雄 譯,『生きた死骸』, 生方書店, 1925) 저자가 확인한 것은 1925년 판본으로서, 이 판본 역시 표지에는 "판권과 흥행권 제국극장 소유"라고 명기되어 있다. 출판시기상, 조명희가 본 판본은 그 이전에 발매된 각본집이겠으나 현재는 확인할 수 없다.『산송장』이 1914년 11월 26일 제국극장에서 공연된 사실과 각본의 번역자가 고바야시 아이유라는 사실은 東宝株式会社演劇部監修,『帝劇ワンダーランド―帝国劇場開場100周年記念読本』, 東宝演劇部, 2011의「年表」참조.

이는 조명희의 진정한 번역 의도가 '세계문학의 걸작' 『산송장』의 온전한 소개와는 거리가 있었다는 사실을 증명한다. '톨스토이'의 '걸작' 자체가 최우선의 가치였다면 이미 완역에 가깝게 역간되어 있던 여러 일본어 판본 중 하나를 택하면 그만이었다.[50] 비록 중역重譯이라도 원작의 재현이 목적인 이상 최대한 원문주의를 따르는 매개물을 구해야 했을진대, 이 기준에서는 고바야시 역본이야말로 결격 사유가 확실했다. 핵심은 분량이다. 12개의 장이 8개로 줄었으니 1/3이 사라진 셈이었다. 이를 뒤집어서 생각해 보면, 특정 조건에서는 바로 그 이유로 인해 고바야시의 일역본이 최적의 번역 대상일 수도 있었다. 바로 원작의 정확한 재현이 아닌 '번역의 모양새' 자체가 목적일 경우다. 이 경우 고바야시의 역본은 번역의 부담은 줄이고 남은 내용에 대한 독자의 집중도는 높일 수 있는 효율적인 선택지였다.

이 모양새, 즉 '대문호 톨스토이가 남긴 세계문학의 걸작'을 조선에 소

---

49 예를 들어, 제1막의 마지막 대목에는 집필자의 다음과 같은 설명이 첨가되어 있다. "この次にリザの室に醫師が來て子供の病氣がよくなる場と、 アフレモフの室にフェヂァが居るとサシアが尋ねて來て姉の處へ歸つて吳れといふが, フェヂァはリザがカレニンを愛するからその二人を幸福の神にして, 自分は退いて自由の身になる場とがある, この短かい二場が第二幕をなしてゐるが, ここには省略して原作の第三幕を直ちに第二幕として出した."(고바야시 아이유, 45면); "이 다음에 리자의 집에서 醫師가 와서 아이의 병을 보는 신(마당)과 아프레모프의 집에 페챠가 있을 때 사샤가 찾아와서 自己 兄의 곳으로 가자고 조르나 페쟈는 리자가 카레닌을 사랑하므로 그 두 사람의 幸福을 爲해서 자기는 물러와 自由의 몸이 되겠다고 아니 가는 마당이 있음. 이 짧은 二場이 第二幕이 되던 것이다. 이곳은 그것을 省略하고 原作의 第三幕을 第二幕으로 하였음."(조명희, 29면)

50 前田天籟 譯, 『生ける屍』, 敬文館, 1913; 佐久間政一 譯, 『生ける屍』, 南山堂書店, 1915; トルストイ, 宇野喜代之介 譯, 「生ける屍」, 『トルストイ全集第12卷』, 春秋社, 1919; トルストイ, 米川正夫 譯, 「生ける屍」, 『近代劇大系 露西亞篇』 第13卷, 近代劇大系刊行會, 1923. 이상 일본 국회도서관 소장 목록 참조. 더불어, 영역본의 중역(重譯)에 의지했던 고바야시 아이유도 마에다 덴효(前田天籟)의 번역본은 추가로 참조했다고 『生きた死骸』의 서문에서 밝히고 있다. 마에다의 『生ける屍』(1913)는 일본 최초의 『산송장』 번역으로 추정된다.

개한다는 취지로 '보이는 것'이야말로 조명희의 노림수였을 것이다. 이는 곧 성공적 검열 우회에 일조할 터였다. 다음의 역자 서문은 이상의 맥락에서 해석되어야 한다.

톨스토이 백(伯)은 러시아뿐 아니라 세계적으로 위대한 작가임은 누구나 다 알 것이다. 그의 작 중 『전쟁과 평화』, 『안나 카레니나』, 『어둠의 힘』, 『부활』 등의 대작은 그의 생전에 발표된 것이지마는 이 『산송장』은 백(伯)의 사후 유고로 세상에 드러난 걸작이다.

단 두 문장으로 구성된 조명희의 서문은 사실 그가 직접 쓴 것이 아니라 고바야시 아이유의 「서언」 도입부를 부분적으로 손본 것에 불과하다. 톨스토이가 세계적 문호라는 언급과 『산송장』이 작가의 유고라는 정보는 물론, 대표작들의 나열 순서까지 일치한다.[51] 하지만 조명희가 참조한 고바야시 아이유의 서문은 원문 기준 3면의 분량으로서, 인용문의 정보 외에도 톨스토이의 창작 배경과 미발표 이유, 작품 공개 이후의 무대 초연, 문장의 스타일, 주제의식, 역자 본인이 영문판을 중역한 사실과 추가로 참고한 또 다른 일본어 역본의 서지까지 언급되어 있었다. 뿐만 아니라 고바야시는 「서언」(1~3면)에 이어 별도로 「이 극

---

51 "톨스토이 백작이 러시아뿐만이 아니라 전세계를 통해 근대에서 가장 위대한 작가 중 일인이라는 것은 말할 필요도 없다. 백작의 작품은 모두 80편가량의 다수를 상회하고 있지만, 그중에서도 『전쟁과 평화』, 『안나 카레리나』, 『어둠의 힘』, 『부활』 등은 생전에 이미 세상에 알려졌으나, 이 『산송장』은 백작의 사후 유고로서 발견되어, 톨스토이에게 아직 이와 같은 걸작이 있었다고 세계는 모두 경이의 시선으로 바라보고, 그리하여 갑자기 각국어로 번역되어 구미 도처의 무대에서 상연되게 되었다." トルストイ, 小林愛雄 譯, 『生きた死骸』, 生方書店, 1925, 1면.

의 줄거리」(4~7면)와 「이 극에 나오는 유랑인(집시)에 대하여」(8~10면)라는 지면을 배치하여 본 내용에 앞서 다양한 해설을 제공하였다. 그러나 조명희가 택한 사전정보는 위의 두 문장이 전부였다. 원작에 대한 독자의 이해를 돕는 것 자체가 목적이 아니었던 까닭이다. 게다가 최초의 독자는 검열관이 될 터였다. 이를 감안한다면, 어떤 식으로든 빌미를 줄지 모르는 작품 성격 및 배경에 관한 사항들은 배제하고 '세계적 문호 톨스토이의 유고'라는 단순명료한 번역의 명분만을 제시하는 편이 훨씬 안전했다.

그렇다면 『김영일의 사』에서 멈춰야 했던, 하지만 『산송장』을 통해 더 나아갈 수 있었던 지점은 무엇일까? 이를 파악하려면 두 희곡의 비대칭성에 주목해야 한다. 즉, 두 희곡의 차이점을 밝혀 『산송장』의 어떤 지점이 『김영일의 사』를 보완하고 있는지를 분석하는 것이다.

앞서 막의 전개에 따라 김영일이 세상의 '악'을 인식하는 단계가 변해갔고, 최종적으로는 '세상을 어둠으로 몰아넣고 있는 진정한 가해자가 바로 제도권 권력'임을 깨달았다고 진단한 바 있다. 문제는 주인공이 근본적 '악'에 대해 깨닫는 과정이 상세히 그려지지 않은 데 있다.[52] 사실 그것은 그려내지 '못한 것'으로 보아야 한다. 제2막은 김영일 파와 전석원 파의 싸움 현장에 순사와 형사들이 난입하고, 박대연의 주머니 속에서 나온 '불온선전물'이 빌미가 되어 김영일 파가 진압·체포되며 끝난다. 그리고 제3막은 갑자기 구류에서 풀려난 직후부터 시작된

---

52 물론 조명희 역시 주어진 조건 속에서는 작은 노력들을 보여준다. 현하 조선을 "어둠의 나라에서, 알 수 없는 나라에서"(15면), "언제나 새나라?"(51면) 등으로 표현하며 '악의 근원'을 간접적으로 지적한 것이 한 예다. 하지만 이것만으로 식민지 통치 자체를 비판한다는 의도를 관철할 수는 없었다.

다. 논리적 전개라면, 제2막과 제3막 사이, 다시 말해 체포 후부터 구류로 이어지는 취조나 심사, 그리고 석방까지의 과정이 있어야 한다. 즉, 이 부분의 의도적 생략을 강하게 의심해볼 수 있다.

만약 여기에 식민지 통치 권력의 악한 속성을 김영일이 절감하는 플롯이 삽입되었다면 극 전체의 완성도와 설득력은 배가되었을 것이다. 최초의 구상에서나 존재했을 법한 짜임새를 그려보건대, 제3막 자체를 두 개의 장으로 구분하여 현재의 판본은 2장에 배치하고, 1장에서는 불온선전물과 그 배후에 대한 조사 과정, 김영일이 구류 중 병세가 악화되는 과정 등을 보여줄 필요가 있었다. 이 경우 '그들'이 내세우는 구류 명분의 일천함과 폭력성을 있는 그대로 전시할 수 있기 때문이다. 역으로, 지금의 『김영일의 사』에서 느껴지는 가장 큰 '부재'는 권력을 지닌 '악의 근원'과 예속된 '희생양' 사이의 상호 작용이다. 이를 통해 진정한 악의 소재所在가 김영일의 체험 속에서 정립되는 과정을 보여줄 때, 그간 잘못된 대상을 증오한 것을 뉘우치고 '운명'에 학대당하는 모든 사람들을 사랑하라는 유언도 확실한 개연성을 얻게 된다. 하지만 그와 같은 장면과 대사는 공연에서도, 각본집에서도 아예 구현될 수 없는 것이었다.

『산송장』의 경우, 그에 해당하는 대목이 이미 존재했다. 다시 말해 『산송장』의 주인공은 김영일의 이야기에는 '누락'되어 있던 '구류'의 판단이 걸려 있는 예비조사 과정을 거친다. 심지어 그 모든 과정이 바로 극의 클라이맥스에 배치되어 있었다. '악의 근원'과 '희생양'이 충돌하는 장면이 상세하게 연출된 것이다. 『산송장』에서 전자는 예심판사로 대변되는 법적 권력이고, 후자는 리자와 카레닌, 그리고 주인공 폐쟈이다. 후자 셋은 순서대로 예심판사의 취조에 응하는데, 역시 하이라이트는 폐쟈에게 있다. 조명희의 번역 가운데서 그 일부를 인용해 본다.

리쟈 : 그것은 지금 사는 남편이 보낸 것이니까 나는 자세히 알 수 없어요. 그러나 그것은 폐쟈에게 보낸 것이 아니여요. 우리들은 그 사람이 살아 있는 줄은 꿈에도 생각 못 하였어요. 그것은 거짓 없는 자기의 사실입니다.

예심판사 : 잘 알겠습니다. 다만 한마디 알아 짐작하실 일은 ① 우리는 법률의 노예이니까. 그렇다고 사람이 의당히 할 일을 방해하는 것은 아니니까요. 본관은 당신의 사정을 잘 이해하고 동정합니다. 당신은 살던 재산을 다 써서 없애고 당신을 속이어 불행케 만든 사람과 같이 살던 터이외다, 그려.[53]

빅토르 카레닌 : 네. (서서) 무슨 일로 부르셨나요?

예심판사 : 본관이 당신에게 심문할 일이 있어서요.

빅토르 카레닌 : 무슨 자격으로?

예심판사 : (미소를 띠며) ② 본관은 예심판사의 자격으로, 당신은 피고의 자격으로.

빅토르 카레닌 : 무슨 까닭으로? 무슨 범죄로?

예심판사 : 기혼 여자와 결혼한 까닭으로. 그런데 지금 심문할 차례이니 앉으시오.[54]

예심판사 : 어째 대답을 아니 한단 말이오? 이러이러한 심문에 피고는 대답

---

53 톨스토이, 조명희 역, 『산송장』, 평문관, 1924, 69~70면.
54 위의 책, 71면.

이 없다고 청취서에 쓰오. 그리고 보면 ③ 당신뿐만 아니라 저 두 사람에게도 역시 불이익하게 되오. 어떻겠소?

폐쟈 : (잠깐 침묵한 뒤에) 여보, 판사 군, 당신은 이런 일을 부끄러운 일이라고 생각지 않소, 그려. 무슨 까닭으로 남의 생활의 내용까지 간섭하려고 한단 말이오. ④ 그대는 권력 가진 것을 자랑으로 알고 마음대로 휘두르지마는 그대보다 몇 천 배나 훌륭한 사람들을 육체상뿐만 아니라 정신상까지 괴롭게 구는구려.

예심판사 : 아무쪼록 더 좀…….

폐쟈 : 아무쪼록 어떻고 그래, 그런 말이 나온단 말이오? 그래, 내가 다 말할 터이니 다 받아 써 보구려. (서기보고) 첫째에 청취서를 받아쓰는 자부터 의미의 일관한 사상이 없으면 안 될 것이다. (큰 목소리로) 여기에 세 사람이 있는데 나와 저 두 사람의 남녀하고 피차 사이에 난처한 관계가 있단 말이야. 즉 말하면— ⑤ 선과 악의 쟁투란 말이야. 그런 것은 그대들 같은 사람에게는 꿈에도 생각지 못한 도덕상의 싸움이란 말이야. (…중략…) 나같이 쓸데없는 사람이 이 세상에서 그림자를 감추고 지나가는 것이 그 위에 더없는 행복으로 알았소. 그러던 가운데 불의에 어떤 악한이 나타나서 나를 저희와 같이 못된 일을 하자고 하기에 내가 거절하였더니 필경에는 그놈들이 그대들에게 와서 이런 일을 알려 준 것이지. 정의를 붙들고 도덕을 보호하는 자에게로. 그럴 것 같으면 그대들은 ⑥ 성한 자에게 억지로 약을 주어 생병이 생기도록 치료하는 것같이 몹쓸 일을 하여 가며 매월 이십일께는 부스러기 돈푼을 주니까 그자들은 돈푼 먹는 재미로…….

예심 판사 : ⑦ 본관은 당신을 여기서 붙잡아 내겠소.

폐쟈 : 나는 아무것도 몰라. 나는 산송장이니까. 그대들의 마음대로 무엇이

든지……. 나는 지금보다 몸이 더 천하여질 수는 없으니까. 하고 싶은 대로 해. 붙잡아 내고 싶거든 붙잡아 내.

빅토르 카레닌 : 우리는 인제 가도 관계치 않겠지요?

예심 판사 : 잠깐만 기다리십시오. 청취서에 도장 찍으시고.

페쟈 : 그따위 보기 싫은 짓만 아니할 것 같으면 그대도 역시 인간이니까 가히 더불어 이야기할 만하겠지마는…….

예심 판사 : ⑧이 사람을 붙잡아 내……. 본관은 이 사람을 구류함.[55]

예심판사는 일견 합리적이고 이성적인 태도를 취하는 듯하나, 인간 위에 군림하려 하는 제도의 폭력적 속성을 그대로 담지하고 있다(①, ②, ③, ⑦, ⑧). 이는 「이반 일리치의 죽음」이나 『부활』을 통해서도 표현된 바 있는 톨스토이 본연의 입장이기도 하다.[56] 인간이 처한 상황을 헤아리지 못하고 단일한 법적 틀로만 속박하려는 예심판사의 태도에 페쟈는 분노를 표출한다. 선을 위한 희생, 도덕적 가치를 추구하는 이는 엄연히 존재하나(④) 도리어 법이 진정으로 보호되어야 할 그들을 고통으로 내몰고 있다는 것이다(⑤). 이렇게 볼 때 『김영일의 사』와 「파사」를 관통하던 선악관과 인간애의 원류는 이미 『산송장』에서 나타나고 있었다.

---

55 위의 책, 77~80면.

56 예를 들어 「이반 일리치의 죽음」의 경우 주인공이 예심판사 직책을 맡기도 했다. 톨스토이의 서술 태도를 참조해 보자. "그러나 예심판사가 된 지금은 아무리 중요한 사람이건 또는 부러울 게 없이 사는 사람이건 모두 자신의 손 안에 있고, 종이 한 장에 제목을 달고 정해진 말 몇 마디만 쓰면 중요한 인물이건 남부러울 게 없는 인물이건 간에 피고인 또는 증인 자격으로 소환해 자신이 마음먹기에 따라서는 앉히지 않고 세운 채로 묻는 말에 답변하게 할 수 있다는 걸 알고 있었다." 레프 톨스토이, 고일 역, 『이반 일리치의 죽음』, 작가정신, 2011, 31면.

전술한 로맹 롤랑의 말과 같이『산송장』이 "어리석고 못된 사회 제도에 의해서 압도당한 약하고 선량한 사람들"에 대한 비극일진대, 이는 곧『김영일의 사』에 대한 설명으로도 손색이 없다. 마찬가지로 폐쟈의 마지막 항변은 본인이 처한 상황에 대한 것일 뿐만 아니라 김영일을 위해서도 유효했다.[57] 아니, 그것이 필요했다.『김영일의 사』의 경우 '항변'이나 '반항' 자체가 무형화無形化되어 있었기 때문이다. 단행본『산송장』의 광고문은 주인공 폐쟈를 반항의 상징처럼 묘사해 두었다. "(… 전략…) 이 작품의 주인공 폐쟈는 이 세인世人 모든 불의에 대하여 반항한 예랑비분睨眼非憤의 위장부偉丈夫이다. 그는 사회에 반항하며, 가정에 반항하며, 자기 자신에 대하여도 반항하였다. 그는 자기마음 가운데 선악쟁투로 인하야, 사랑하는 아내를 그 애인에게 양여讓與하고 명예도 재산도 다 던져버리고, 다만 애인 집시녀와 시베리아 벌판에 표랑하다가, 마침내 비통한 최후를 마친 것이다."[58] 이러한 소개는 로맹 롤랑의 소개, 즉 "약하고 선량한" 폐쟈와 극명한 대조를 보인다. 심지어 조명희는 폐쟈의 입을 빌려 폐자를 보다 반항적으로 만들기도 했다. 인용문에서 ⑥에 위치한 "성한 자에게 억지로 약을 주어 생병이 생기도록 치료하는 것같이 몹쓸 일을 하여 가며"는 저본에는 없는, 조명희가 직접 추가한 대목이다. 전체를 비교해 보아도 이 정도 분량이 자의적으로 추가된 다

---

57 이는 역으로 보아도 마찬가지다. 이미 살펴본 김영일의 연민 — "다 동일한 운명에 학대를 받지 않나? 사람은 다 불쌍하니" — 또한 폐쟈와 같이 법과 사회 제도의 사각지대로 내몰린 이들을 향하고 있다.

58 『동아일보』, 1924.3.4, 2면 광고. 또한『산송장』은 '사상각본'이라는 수식어와 함께 홍보되기도 했다.『동아일보』, 1924.4.17, 1면. 그것 역시『김영일의 사』부터의 일관된 방향성이었다. 앞서 언급했듯『동아일보』의 한 기사는『김영일의 사』를 관람한 이들이 "사상의 일치"를 맛보았다고 전한다.

른 사례는 없으니 그만큼 중요한 의미를 담고 있다고 보아야 한다. 이는 곧 김영일을 죽음으로 몰고 간 장본인은 식민지 체제와 그들의 제도라는 것을 비토하려 했던 조명희의 오래된 목소리에 다름 아니다. 문명화와 근대화를 명분으로 "성한" 조선에 의사 노릇을 하고 있는 그들이 결국 "생병"만 발생시키는 "몹쓸 일"을 하고 있다는 것이다. 폐쟈가 역설하는 반항의 언설들, 이것이야말로 조명희가 김영일을 통해 구현하려다 회수하고 말았던 전작의 핵심 발화에 해당할 것이다. 조명희, 곧 김영일의 생략된 문제제기이자 '악'을 향한 부르짖음은 이렇듯 폐쟈를 통한 대리전代理戰의 형태로 치러질 수 있었다.

5. 식민지 작가와 텍스트의 비극

사실 『김영일의 사』의 서사에는 이미 대리전이 포함되어 있었다. 조명희는 김영일이 폐쟈처럼 순사나 판사를 대상으로 목소리를 높이는 장면을 검열이 용인할 리 없다는 것을 알고, 조선인 유학생 내부의 대립 구도를 내세웠다. 식민지 권력의 대리인 전석원과 그의 추종자 진영이 유달리 계속 일본어를 구사하는 것은 의도적 설정으로 볼 수밖에 없다. 순회공연 당시의 관객 반응, 즉 전석원을 향해 쏟아진 분노와 김영일의 죽음에 대한 애통은 관객 역시 대리전의 본래 의도에 충분히 몰입하고 있었음을 입증한다.[59] 그럼에도 『김영일의 사』의 출판검열 이후 조명희는 또 다른 대리전을 준비했다. 이는 '가로막힌' 본연의 의도를 계승할 세계문학의 번역을 통해 수행되었다. 곧 『산송장』이었다.

「파사」의 연재는 1923년 12월까지였고 『산송장』은 1924년 3월에 출간되었으니, '우군友軍'의 발표는 거의 동시다발적이었다. 게다가 애초 「파사」의 연재부터가 『김영일의 사』의 출판(1923.2)으로부터 그리 멀지 않은 시점이었다. 하지만 『김영일의 사』의 출판, 「파사」의 연재, 그리고 『산송장』의 출간까지 1년 여 사이에 전개된 조명희의 희곡 작업들을 일련의 과정으로 본 연구는 아직 없었다. 일차적으로는 1924년에 출간된 『산송장』이라는 번역서 자체가 제대로 알려지지 않았기 때문일 것이다.[60] 하지만 조명희의 번역서 원문이 널리 공유된 이후로도 그와 같은 시도가 부재한 데에는 '창작'과 '번역'의 복합적 관계를 적극적으로 고구하지 않는 관성적 태도도 작용했을 것이다. 저자는 조명희의 사례를 통해 작가들이 주도한 당대의 세계문학 번역이 창작과 강하게 연동되어 있을 가능성을 제기하였다. 번역과 창작의 연계성을 논구한 선행 연구들은 대개 선先번역과 후後창작의 접점에 주목해왔다. 하지만 본 연구의 결과는 그 역逆 또한 많은 의미를 담고 있음을 시사한다. 그리고 이 경우, 창작과 번역 간의 교량에는 반검열의 흐름이 위치하고 있을 공산이 크다. 덧붙여두고 싶은 것은, 번역과 창작의 선후 관계 자체는 본질이 아닐 수도 있다는 점이다. 왜냐하면 이 두 가지 실천은 모

---

59 "부자학생 전석원과 격투가 일어나는 데에 이르러서는 그놈 전석원을 죽여라 죽여라 하는 부르짖음이 극장이 떠나가도록 사방에 들렸다. 그리고 제삼막 김영일의 죽는 곳에 가서는 탄식하는 사람, 우는 사람. 극장은 전혀 일종의 초상집을 이룬 듯하였다." 「대환영의 동우극」, 『동아일보』, 1921.07.18, 3면.

60 김미연, 「해제-조명희의 『산송장』 번역」, 『민족문학사연구』 52, 민족문학사학회, 2013, 407면.

두 조명희라는 주체의 합목적적 문제의식에서 비롯되었기 때문이다.

훗날 한설야가 증언하듯 조명희는 활동 내내 식민지 검열과 불화했으며 다기한 검열우회 전술을 구사했다. 그 시작은 『김영일의 사』였다. 이는 조명희가 처음 제대로 맞닥트린 피검열자로서의 체험이었으나 그는 그 처음조차 허투루 흘려보내지 않았다. '훼손'된 『김영일의 사』를 '번역'된 『산송장』을 통해 보완할 수 있었던 것은 창작 단계에서부터 조명희가 톨스토이와 『산송장』의 영향을 받은 데서 기인한다. 창작의 의지가 온전히 관철되지 못하자 창작의 전범典範 자체를 통해 이야기하고자 한 것이다. 『김영일의 사』의 대사 가운데 이미 출현하고 있던 "산송장"[61]이라는 표현, 그리고 『산송장』의 번역 과정에서 저본을 따르지 않고 쓴 "십년"[62]이라는 대목도 단지 우연으로 치부하기는 어렵다.

본 장이 주목한 조명희의 사례는 제도적 폭력에 순응하지 않았던 한 작가의 의지와 실천을 증언하고 있지만, 제도적 폭력의 작용 방식 자체를 들여다보는 일도 잊지 말아야 한다. 작가 조명희에게는 검열의 존재야말로 '운명의 학대'였다. '작품의 완성도'보다 '살아남기 위한 작품'을 더 고민할 수밖에 없게 만들었기 때문이다. 그리고 그 가시적·비가시적 상혼으로 가득한 결과물은 망각될 수밖에 없는 원형과의 간극을

---

61 조명희, 『金英—의 死』, 동양서원, 1923, 7면.

62 조명희는 리자가 어머니와 재회한 제4막의 대사를 "십 년 동안이나 만나 보지 못한 것 같아!"(『산송장』, 62면)라고 번역했으나 저본에서 해당 대목은 원래 "십 년"이 아닌 "백 년"(『生きた死骸』, 79면)이었다. 이 대목은 조명희의 『산송장』을 저본의 문장 및 표현과 비교할 때 확인되는 극소수의 '오역'이다. 저자는 이 '오역'이 사실 의도된 '조작'일 수 있다고 보았다. 앞서 다룬 바와 같이 평양에서의 〈김영일의 사〉 공연 중단 때 빌미가 된 것이 바로 "십 년"이라는 두 글자였다. 즉 『김영일의 사』를 통해 수행한 저항과 충돌의 '기억'을 전작과 연동된 『산송장』에 새겨 넣는다는 의미를 점쳐본 것이다.

유지한 채 자괴감의 근거로 남게 될 터였다.[63] 김영일의 죽음은 결국 식민지 작가들의 죽음이었고, 또한 '자기서사'로 시작하였으나 '자기 검열'로 귀결되었던 텍스트의 비극이었다.

---

63 조명희 본인은 끝내 『김영일의 사』를 부끄럽게 기억했다. 다만 '참으로' 그랬다면 이미 여러 해가 경과한 시점에 굳이 그 작품의 기억을 모두와 공유하려 하지는 않았을 터이다. 포석, 「발표된 습작작품」, 『동아일보』, 1928.6.13, 3면.

제3장
식민지 정전正典의 탄생

1. 중역 경로의 확정

식민지를 특수한 공간으로 전제한 채 불균등한 잣대를 적용하는 것은 식민지 연구에 있어서 경계해야 할 태도이다. 하지만 이보다 더 경계해야 하는 것은 식민지의 특수성을 규명하는 노력 자체를 중단하는 데 있을 것이다. 제국과 식민지는 다른 공간이었다. 한국 근대문학사의 전개에서 문인·텍스트·언어 등의 기본적 요소들이 그 특질을 형성한 이면에는 식민지라는 조건이 놓여있었다. 때문에 식민지라는 소여가 당대의 문학장文學場에 어떠한 성격을 노정했는가를 묻는 것은 여전히 필요하다. 다만 이를 규명하는 데 있어 보다 설득력 있는 방법론이 요청될 뿐이다.

식민지였기에 달랐던 무언가를 탐구하는 방법 중 하나로서, 연쇄적으로 번역된 텍스트의 재맥락화 양상을 분석해볼 수 있다. 식민지 조선의 번역장은 기본적으로 중역의 방식으로 구성되었으며 좌표상 동아시아의 끝단에 위치했다. 중역의 단계들은 곧 비교 가능한 복수의 공간을 전제한다. 그러므로 텍스트라는 상수를 번역 공간이라는 변수에 대입하여, 텍스트의 여정을 순차적으로 살펴보는 것은 얼마든지 가능하다. 요컨대 각 공간이 동일한 콘텐츠에 대해 어떻게 반응했는지를 비교해보는 방식이다.

이러한 성격의 연구에서 문학 텍스트는 그리 적합하지 않을 수 있다. 근대의 문인들은 대부분 원작의 오리지널리티를 중시하는 감각을 장착하고 있었다. 이를테면 빅토르 위고의 작품은 위고의 것이었기에, 톨스토이의 작품은 톨스토이의 것이기에 중요했다. 그러나 중역의 공간에서 원문주의 혹은 완역주의란 설령 추구했다 하더라도 구현되기 힘든 가치였다. 이는 비단 한국적 상황에만 국한되지 않는다. 영미문학을 벗어난 세계문학의 번역에 관한 한, 제국 일본 역시 상당한 시기까지 중역의 공간이었기 때문이다. 다만 본 장의 논점 강화에 보다 효과적인 분석 대상은 한정되어 있을 것이다. 일단 번역자에게 자의적 개입의 여지를 보다 풍부하게 제공하는 장편이 좋고, 식민지 조선의 대타항이 될 제국 일본까지도 중역의 공간으로 만들 수 있는 비非영미권 문학이 유리하다. 그리고 각 번역장의 당대적 반향을 쉽게 관찰할 수 있을 만한 서사적 특성과 영향력 있는 작품이라야 한다.

이반 투르게네프의 장편소설『그 전날 밤』은 이상의 모든 요구를 넉넉히 충족시킨다. 이 소설은 독립투사와 그를 사랑하여 함께 동지가 되는 러시아의 여인을 주인공으로 내세운다.[1] 이러한『그 전날 밤』의 서사는 발표 당시 러시아의 정치적 지형도를 감안하여 구축된 것이었지만, 반세기 이상이 경과한 후에는 식민지 조선의 지식인들이 자발적으로 공명하는 결과를 낳게 된다. 터키의 지배하에 있던 불가리아의 상황은 조선의 현실을 직접 유비하고 있었고, 남주인공 인사로프의 이상과 실천, 여주인공 옐레나의 적극적 사랑과 희생 등 캐릭터의 미덕 자체도 조선 청년들의 피를 끓게 만들었다. 이 같은 성격으로 인해『그 전날 밤』은 조선인 독자 모두와 공유할 필요가 있는 텍스트의 지위를 점하게 된다.

하지만 그러한 반향을 일으키는 것이 원저자 투르게네프의 의도는 아니었다. 그렇다면 식민지 조선의 수용 방식이 어떠한 특성을 지니는지, 그 맥락을 보다 면밀하게 파악할 필요가 있다. 일단 이 소설의 순차적 이동 과정에서 부여되는 새로운 의미들을 재구성하기 위해 번역의 계보를 되짚어보자.

식민지 조선에서 투르게네프의『그 전날 밤』에 대한 완역을 시도한 것은 1924년 8월에서 10월 사이 조명희가『조선일보』에 연재한 번역본이 최초였다. 그는 이듬해 7월 수정 및 보완을 거쳐 단행본 버전『그 전날 밤』(박문서관, 1925)을 역간하기도 했다.[2] 이때 그가 사용했던 저본은 소마 교후馬御(1883~1950)의『その前夜』(內外出版協會, 1908)(이하 소노젠야)였다. 이는 김병철의 판본 대조를 통해 오래 전에 밝혀져 있던 사실이다.[3] 그렇다면 소마가 저본으로 삼은 것은 무엇이었을까?『소노젠

---

1 이 소설에 대한 기본적인 소개는 이 책의 제2부 4장을 참조.
2 이 두 가지 판본에 대한 상세한 분석은 이 책의 다음 장인 제3부 4장을 참조.

야』에는 관련 정보에 대한 어떠한 언급도 없다. 이는 소마의 작업에서 예외적 경우에 해당하는데, 아마 이 소설이 그의 첫 번째 번역이었기 때문일 것이다.[4] 소마는 1908년 이 소설을 시작으로 투르게네프의 장편소설 총 6편 중 4편을 번역하여 단행본으로 선보인다. 다른 3종의 경우에는 빠짐없이 역자서문이나 일러두기를 통해 저본의 정보를 소개했다. "원어를 통하지는 않고 역자는 부득이 가넷과 랄스톤 2명의 손에서 나온 2종의 영역을 중역했다",[5] "본서의 번역은 주로 가넷 여사의 영역과, 레크람 문고인 빌헬름 랑게 씨의 독일어 번역에 의거한 것인데",[6] "본서의 번역은 주로 콘스탄스 가넷의 영역에 의한 아스타판의 영역을 참조했다".[7] 3종의 번역서에 붙인 소마의 말에서 공통적으로 관찰되는 인물은 하나, '가넷'이며 『처녀지』의 서문으로 알 수 있는 풀네임은 콘스탄스 가넷Constance Garnett(1861~1946)이다. 러시아어 원문을 직접 번역할 수 없었던 소마는 영어나 독일어를 경유한 중역을 시도할 수밖에 없었는데, 앞서의 언급들에서 특히 가넷의 영역본을 우선적으로 참조했다는 것을 알 수 있다.

하지만 『소노젠야』의 경우 소마가 직접 가넷을 언급한 적은 없으므로 여전히 나름의 확인이 필요하다. 저자가 확인한 것은 1895년도에 간행된 콘스탄스 가넷의 영역본 *ON THE EVE*[8]다. 가넷본을 포함한 복

---

3   김병철, 『한국 근대 번역문학사 연구』, 을유문화사, 1975, 628면.
4   또한 이 소설은 출판사인 內外出版協会의 기획 시리즈 『근대걸작집』 제1편으로 나온 것이기도 했다.
5   ツルゲネフ, 相馬御風 譯, 「例言」, 『貴族の家』, 新潮社, 1910.
6   ツルゲネフ, 相馬御風 譯, 「例言」, 『父と子』, 新潮社, 1909.
7   ツルゲーネフ, 相馬御風 譯, 「はしがき」, 『処女地』, 博文館, 1914, 12면.
8   Ivan Turgenev, Constance Garnett trans., *ON THE EVE*, London : William

수의 영역본과 소마본의 특정 구간 내용을 교차 비교하며 어휘, 어감 등의 일치성에서 우위를 점하는 것을 추려내는 방식도 있겠지만, 번역 과정에서 가넷이 남긴 특이한 선택 하나가 소마본에도 이어지고 있어 두 텍스트의 연결고리는 쉽게 확인된다. 『그 전날 밤』의 마지막 부분에 는 작품에서 중요한 의미를 가지고 있는 옐레나의 편지가 등장한다. 이 편지에 대해 다른 영역본의 경우는 발신자의 이니셜로 '옐레나'의 'E' 를 사용한 반면,[9] 가넷은 'R'을 사용했다. 러시아어 원문에서도 이니셜 은 'E'였기에(러시아어로 '옐레나'의 표기는 'Елена'이다)[10] 가넷이 'R'을 사 용한 이유에 대해서는 의문이 남는다. 가넷의 단순 실수이거나 인쇄 과 정에서의 문제일 수도 있다. 아무튼 소마 교후 역시 가넷의 선택(혹은 실 수)을 그대로 받아들여 'R'을 사용했다. 이는 나중에 조명희의 역본에

Heinemann, 1895.

9 예컨대, Ivan Turgenev, Isabel A. Hapgood trans., *ON THE EVE*, Newtork : Charles Scribner's Son, 1903, p.273.

10 러시아어 판본은 다음을 참조. http://az.lib.ru/t/turgenew_i_s/text_0030.shtml (최종 검색일 : 2018.10.13).

서도 동일하게 관찰된다.

결국 퍼즐의 나머지 한 조각은 '가넷'의 1895년 영역본으로 판명되었다. 콘스탄스 가넷은 영국의 러시아문학 전문 번역가로서, 19세기의 주요 러시아문학들의 상당수를 처음 영국에 소개한 인물로 알려져 있다. 번역의 수준도 뛰어나 여러 유명 문인들의 고평을 받았고 수십 년간 꾸준히 활동하며 투르게네프 외에도 톨스토이, 도스토옙스키, 체홉 등의 작품 다수를 번역 소개했다.[11] 러시아문학을 중역하던 소마 교후에게 가넷의 작업은 필수적으로 참조해야할 대상이었다.

2. 『그 전날 밤』의 탈정치화와 재정치화

러시아에서 식민지 조선에 이르는 『그 전날 밤』의 횡단 과정에서 무슨 일이 일어났을까? 이 문제는 물론 원저자 투르게네프로부터 풀어가야 한다. 서사와 캐릭터를 감안해 보면 이 소설은 분명 당대의 맥락에서 해석해야만 할 정치성을 내장하고 있을 터인데, 과연 그것은 무엇이었을까? 한 가지 분명한 사실은, 적어도 투르게네프는 애초부터 이 작품과 혁명적 가치의 동거를 의도하지 않았다는 점이다. 레너드 샤피로 Leonard Schapiro는 인사로프를 통해 미래의 러시아 혁명가를 상상하는 시

---

11 콘스탄스 가넷이 번역한 러시아문학 서적은 수십 권에 달한다. 목록은 다음을 참조 http://www.ibiblio.org/eldritch/ac/jr/biblo.htm(최종 검색일 : 2018.10.13).

도를 단호하게 배격한다.

이 소설의 제목에 대한 즉각적인 반응은 러시아가 이제 러시아만의 인사로 프들, 즉 혁명가들을 갖기 직전의 시점에, '그 전야'에 이르러 있다는 것이었 지만, 1871년의 편지에서 그가 지적했듯이 투르게네프가 의도한 바는 그것 이 아니었다. 이 소설의 제목은 사실 그것이 출간된 날짜 때문에 선택되었다. 1860년은 농노 해방의 바로 전 해였다. 러시아에서 새로운 세계가 시작되고 있었고, 인사로프나 옐레나와 같은 인물들은 "후에 일어날 일의 선구자들"로 등장한다. 불가리아인을 주인공으로 선택한 것은 카라타예프의 원래 원고에 따른 것이었다. 물론 투르게네프는 카라타예프의 원고 속 인사로프의 원래 모델인 카트라노프를 비롯한 몇 명의 젊은 불가리아 민족주의자들을 알고 있 었다. 그러므로 인사로프를 미래 러시아 혁명가의 선구자로 이해하는 것은 매우 잘못된 것이다. 러시아 혁명가들에 대한 투르게네프의 태도는 아주 명 백하다. 그는 그들의 용기와 헌신은 존경했지만, 계급과 계급을 대립시키려 는 그들의 목적은 완전히 잘못된 것이라고 보았다. 인사로프는 옐레나에게 이렇게 말한다. "불가리아의 마지막 농민, 마지막 거지, 그리고 나 — 우리는 오직 하나를 소망하자. 우리 모두는 하나의 목표를 갖고 있어. 상상해봐. 힘과 결단력이 우리에게 무엇을 줄지." 농노 해방을 이루어내려는 투르게네프의 활동이 보여주듯이, 당시 그의 목적은 국가 전체의 이익을 위한 투쟁에서 러 시아 사회 모든 분야의 협력을 이끌어내는 것이었다.[12]

---

12 레니드 샤피로, 최동규 역, 『투르게네프―아름다운 서정을 노래한 작가』, 책세상, 2002, 234면.

인용문에 따르면 『그 전날 밤』이라는 제목에 농노해방의 실현을 응시하는 저자의 태도가 담겨있는 것은 사실이다. 여러 논자나 문학사전류에서 '그 전날 밤'이라는 제목의 의미를 임박한 러시아 농노해방의 '전날 밤'으로 소개하는 이유는 이 때문이다. 투르네게프는 지주 출신이면서도 농노해방의 당위성을 언제나 굳세게 옹호하던 입장에 서 있었다. 기념비적 저작이 된 『사냥꾼의 수기』도 그러한 그의 입장에서 빚어진 활동 초기의 산물이었다. 게다가 1850년대에 이르면 거시적 차원의 농노해방 자체는 기정사실화되어 있었던 만큼, 『그 전날 밤』이라는 제목 역시 농노해방 직전의 러시아인을 조명한다는 의미를 충분히 함축할 수 있었다. 실제 러시아의 농노해방령은 이 소설이 발표된 직후인 1861년에 공포된다.

강조되어야 할 것은 '농노해방' 자체가 혁명성의 산물과는 거리가 멀다는 점이다. 1850년대 러시아의 전제군주정은 한계에 봉착해 있었고, 여론과 지식인들은 급진적 혁명을 주장하는 파와 왕실의 존속을 전제로 점진적 개혁을 주장하는 파로 나뉘어 대립 중이었다. 이때 온건파가 혁명세력을 침묵시키기 위해 꺼내든 카드가 농노해방의 약속이었다. 비록 혁명파는 그 약속 자체도 신뢰하지 못하고 왕실의 편에 선 이들의 태도를 힐난했지만, 적어도 온건파의 입장에서 농노해방이 유용한 카드였던 것은 사실이다. 단순한 이분법적 구도로 환원되지 않는 측면이 존재하나 당시 투르게네프가 온건적 개혁파에 가까웠다는 점은 기왕의 투르게네프 연구에서 대체로 인정되는 부분이다.[13]

---

13 레너드 샤피로는 그가 쓴 투르게네프 평전의 서문에서 기왕의 투르게네프 이해방식을 "지금까지 알려져 있던 투르게네프에 관한 인상들, 즉 유약하고, 겸손하고, 인간적이고,

아울러,『그 전날 밤』집필 직후 투르게네프는 교류가 있던 급진파들과도 완전히 결별을 선언하게 된다. 꾸준히 급진파와 반목하여온 투르게네프가 결정적으로 마음을 굳힌 계기는 다름 아닌『그 전날 밤』에 대한 급진주의자 도브롤류보프의 비평이었다. 도브롤류보프는 "위대한 활동의 시기가 다가오고 있고, 우리나라에도 우리가 옐레나에게서 발견하는 이해와 요구가 이미 나타나고 있다. 우리에겐 인사로프 같은 사람이 필요하지만, 러시아의 인사로프가 필요하다"[14]고 주장했다. 이에 대한 투르게네프의 반응은 원작자 고유의 의도를 가장 확연하게 드러내준다.

　　자유주의자들 전체에 대한, 그리고 특별히 투르게네프에 대한 도브롤류보프의 공격은, 새로 발표된『그 전날 밤』에 대한 그의 논문「그러나 진정한 그 날은 올 것인가?」로 절정에 이르렀다. (…중략…) '잉여 인간'은 불가리아인이 아닌 러시아의 '새로운 인간'으로 대체되어야 하며, 그들은 인사로프와는 달리, 불가리아인들이 외국 점령자들에 저항해 투쟁했던 식으로 내부의 적에 대항해 끝까지 투쟁해나가야 한다. '새로운 인간'이 필요한 이유는, "대개 교

정치적으로 중립적이었음에도 시련을 당했고, 급진주의자들에게 비판적이었지만 그들의 정직함과 용기를 존경했다는 등"으로 압축한 뒤 자신 역시 이 입장에 이의가 없음을 서술한 바 있다.(위의 책, 9면) 샤피로의 글 중 다음 부분도 참조할 수 있다. "그(투르게네프-인용자)의 일관된 주장(『그 전야』에도 되풀이되어 있다)은 그가 1855년 10월에 악사코프에게 보낸 한 편지에서 처음으로 주장했던 것처럼 유혈 사태를 피해야 한다는 것이었으며, "자신의 나라를 사랑하는 모든 분별 있는 이들"의 연합을 통해 진보를 이루어내자는 것이었다". 1860년대 초에 투르게네프는 여전히 단호하게 혁명을 반대했다(위의 책, 240면).

14　도브롤류보프,「그러나 진정한 그 날은 올 것인가?」,『동시대인』, 1860.3; 이항재,『소설의 정치학-뚜르게네프 소설 연구』, 문원출판, 1999, 105면에서 재인용.

육받은 사회 계층 출신인 러시아의 주요 인사들이, 자신들이 뒤집어엎어야 할 바로 그 대상들과 혈연 관계로 묶여 있기"때문이다. (…중략…) 투르게네프가 충격을 받은 것은, 작가가 의도한 바와는 너무 다르게 도브롤류보프가 이 소설에 정치적 암시를 부여했기 때문이었다. (…중략…) 소스라치게 놀란 투르게네프는 네크라소프(잡지 『동시대인』의 당시 편집자)에게 이 논문을 싣지 말라고 간곡하게 말했다. 1860년 2월 19일자 편지에서 그는 이렇게 썼다. "친애하는 네크라소프, 이 논문을 싣지 말 것을 진심으로 권고하네(편지 원문에 밑줄이 쳐져 있다)……. 아주 불쾌한 글이네. 부당하고 모가 나 있네. 이것이 실리면 나는 어디로 숨어야 할지 모르겠네. 제발 나의 청을 들어주게. 부탁하네."[15]

도브롤류보프의 비평에 대해 투르게네프가 경악했던 이유는, 도브롤류보프가 '러시아의 인사로프'를 기대한다는 식으로 '인사로프'에게 계급혁명가의 정체성을 덧씌우며 결국 소설가의 의도를 왜곡했기 때문이다. "그(투르게네프―인용자)가 그린 인사로프는 계급투쟁에 참가한 것이 아니라 민족해방투쟁에 참가한 사람이고, 터키의 압제로부터 해방을 열망하는 불가리아 민중의 대표자로 등장하고 있다. (…중략…) 백보를 양보해도 투르게네프에게 있어 러시아의 인사로프는 온건하고 점진적인 활동가는 될 수 있겠지만 혁명가는 결코 아닌 것"[16]이라는 설명은 참조할 만하다. 이 소설을 체제 전복의 필요성을 주창하는 것으로 보는 것은 투르게네프 입장에서는 지독한 오독이었다.

---

15 레너드 샤피로, 최동규 역, 244면.
16 이항재, 『소설의 정치학―뚜르게네프 소설 연구』, 문원출판, 1999, 106면.

그렇다면 발표 후 35년이 지난 시점의 영국에서는『그 전날 밤』이 어떻게 수용되었을까? 앞서 언급한 1895년 판 *ON THE EVE*에는 콘스탄스 가넷의 남편이자 작가 및 비평가로 왕성하게 활동했던 에드워드 가넷Edward Garnett(1868~1937)의 서문이 실려 있다. 'Introduction'이라 되어 있지만 서문보다는 정식 평론에 가까운 이 장문의 글은 고급적 식견을 지닌 영국인이『그 전날 밤』을 어떻게 바라보았는가를 구체적으로 전해준다. 에드워드의 글은 다음과 같이 시작된다.

> 1859년 처음 발간된 이 절묘한 소설은 많은 위대한 예술작품들과 마찬가지로 얼핏 보기에는 기법의 단순성과 조화 아래 감추어져 있는 깊은 의미를 지니고 있다. 영국 독자에게 *On the Eve*는 젊은 여성의 영혼을 섬세하게 분석하고 조용한 한 러시아 가족을 매력적으로 그린 그림이지만, 러시아인들에게 그것은 1850년대 러시아 운명의 심층적인 예리한 진단이기도 하다.[17]

에드워드 가넷은 이 작품의 의미를 영국 독자와 러시아 독자로 이원화하여 바라본다. 그중 영국 독자에게는 "젊은 여성의 영혼을 섬세하게 분석하고 조용한 한 러시아 가족을 매력적으로 그린 그림"이라는 것이 일반적 인상이라 지적한다. 이는 러시아에서 '그 전날 밤'이라는 제목의 의미만 두고도 각각의 정치적 의견들이 충돌했던 풍경과는 사뭇 다르다. 물론 에드워드는 이 작품이 러시아에서는 다른 의미를 갖고 있다는 사실도 인지하고 있었고, 또 서문의 후반부에서 나름의 시각으로 그

---

17 Edwad Garnett, "Introduction", Ivan Turgenev, Constance Garnett trans., *op. cit.*, p.v.

의미를 진단하기도 한다. 그러나 그 의미조차 시공간적으로 유리되어 있을("1850년대 러시아 운명의 심층적인 예리한 진단") 따름이다.

나아가, 에드워드 가넷이 『그 전날 밤』을 고평하는 이유의 상당 부분은 투르게네프의 탁월한 캐릭터 구축 능력 등 소설 기법에 관한 것들이었다. 이를테면 "옐레나가 쓰는 일기(챕터16)는 그 자체로 젊은 여성의 마음을 대가다운 솜씨로 드러낸다. 다른 어떤 소설가도 그렇게 하지 못했다", "문학적 시각의 어려운 기술, 대조적 성격들의 효과적인 분류, 그리고 상이한 개인들 영향의 교차에 투르게네프 우월성의 비밀이 있다"[18] 같은 것들이다. 영국 작가들과 비교함으로써 영국 독자에게 투르게네프의 위치를 호소력 있게 설명하는 것도 잊지 않는다.[19] 문제의 인물 인사로프를 이해하는 방식 또한 그 연장선상에 있다.

인사로프는 목조 인물이다. 그는 매우 교묘히 만들어지고, 그 배후의 중심 사상이 매우 강하여 그의 목재 접합부들은 자연스럽게 움직이고, 관객은 속고 있다는 것을 본능적으로 느낄 뿐 확신하지는 못한다. 그가 구체화하는 사상, 애국심으로 불타는 영혼을 가진 남성의 사상이 훌륭하게 제시되고 있지만, 하나의 사상 심지어 위대한 사상도 개성적인 인간이 되지는 않는다. 그리

---

18 *Ibid.*, p.vi.
19 "독창적인 기교의 한 예로서 슈빈의 성격을 들면, 우리는 여기서의 투르게네프와 같이 전형적인 예술가 정신을 보다 가벼운 측면들에서 섬세함과 사실성으로 분석한 적이 있는 어떤 예도 유럽 소설 범위 내에서는 기억할 수가 없다. 호손(Hawthorne) 등이 그것을 다룬 적은 있지만 슈빈과 비교하면 그런 색채가 그들의 예술가 인물들로부터 퇴색하는 것으로 보인다. 그럼에도 투르게네프의 인물은 말하자면 로데릭 허드슨(Roderick Hudson)의 감탄할 만한 인물과 비교할 때 예술가의 스케치일 뿐이다." *Ibid.*, pp.vii~viii.

고 실제로 인사로프는 사람이 아니다. 그는 자동기계(automaton)이다. 슈빈의 발언과 인사로프의 발언을 비교하면 인사로프 속에는 자발성이, 필연성이 없다. 그는 임시로 시계가 가도록 태엽이 감긴 애국심이 강한 시계이고, 실제로 그는 매우 유용하다. 예상치 못한 것이 발생하고 기계가 멈추는 때인 임종에 이르러서야 우리는 감동을 느낀다. 그는 살아서보다 죽을 때에 더욱 인상적으로 보인다— 이는 투르게네프가 그에게 있다고 생각한 힘에 대한 다소 불리한 증거이다. 투르게네프의 이 예술적 실패는, 그가 분명히 인식은 했겠지만, 옐레나의 고상한 이상주의적인 유형의 젊은 여성들은 행동력 있고 의지력이 매우 강한 어떤 경직된 유형들의 남성들에 특히 감동받는다는 사실에 의해 흥미롭게도 완화되는데, 어떤 목표를 향해 곧바로 나아가는 이런 남성들의 능력이 결코 상응하는 지력을 함축하고 있지는 않다.[20]

에드워드 가넷이 볼 때 인사로프는 몰개성으로 인해 생동감을 얻지 못한 평면적 캐릭터이다. 인사로프의 형상화에 대한 이러한 과감한 비판은 도브롤류보프가 인사로프를 자신의 정치적 견해로 전유하는 방식과는 대척점에 있다. 에드워드는 인사로프에 대한 정치적 해석을 유보하고, 캐릭터 자체를 내재적 관점 속에서 평가한다. 이는 소설 평론가로서 취할 수 있는 일반적 접근이기도 했다.

하지만 이 소설에 응축된 정치적 의미를 진단할 때는 그토록 거부했던 도브롤류보프의 해석 방식과 상통하는 모양새가 된다. 에드워드는 이 소설에 감춰진 의미가 '러시아의 인사로프', '러시아의 혁명가'를 염

---

20 *Ibid.*, pp.ix~x.

원하도록 만드는 데 있다는 것에 의심을 품지 않았다.[21] 실상 투르게네프는 "구체제 몰락을 재촉"하기는커녕, 단호히 혁명을 반대했던 인물이었지만 에드워드는 오히려 투르게네프에게 러시아의 정치적 운명을 예감한 예언자의 위상을 부여한다. 19세기의 끝자락에서, 이미 죽은 투르게네프는 영국의 한 비평가를 통해 신화적 존재로 변모하고 있었다. 원래 본인의 의도와는 상관없는 방식으로 말이다. "투르게네프의 천재성은 예술에서뿐만 아니라 정치에서도 동일한 힘이 있었다. 그것은 올바르게 보는 힘이었다. 그는 그 자신의 이전과 이후의 그 누구보다도 명쾌한 눈으로 자신의 조국을 있는 그대로 보았다. 만일 톨스토이가 러시아 힘의 보다 순수한 토착적인 표현이라면, 투르게네프는 광범위한 코스모폴리탄 문화적 도구를 가지고서 작업하는 러시아적 포부의 화신이다. 그의 동포들에 대한 비평가로서 투르게네프의 눈을 피한 것은 아무것도 없었고, 정치가로서 그는 그의 생애에 실제로 발생한 거의 모든 것을 예견했으며, 무엇보다도 예술에 대한 사랑에 추동되는 완벽한 예술가로서의 그의 소설들은 불후의 역사적 서술들이다."[22] 에드워드 가넷은 투르게네프가 예술뿐 아니라 정치에서도 천재였다고 규정하였다. 과연 그의 이러한 투르게네프 인식은 합당한 것인가? 누군가에게는 결코 아니었다. 가령 바쿠닌에게 있어서, 정치가로서의 투르게네프는 그저 '바보'였을 뿐이다.[23]

---

21 "외국인, 즉 불가리아인으로 되어 있는 인사로프의 아이러니는 조국의 약점에 대한 투르게네프의 불신을 나타낸다. 이 소설의 숨은 의미는 문 안팎의 적에 대항하기 위해 힘을 합하라는 새로운 남성들에 대한 외침이고, 니콜라스 1세(Nicolas I)의 구체제 몰락을 재촉할 뿐만 아니라 게으름, 약점과 무관심을 극복하라는 그들에 대한 호소이다. 그것은 남성들에 대한 호소이다." *Ibid.*, pp.xi~xii.

22 *Ibid.*, pp.x~xi.

이와 같이, 『그 전날 밤』은 동아시아로 건너오기 이전부터 다중의 해석이 뒤따른 작품이며, 그것은 투르게네프라는 인물 자체도 마찬가지였다. 물론 그의 입장에서 보자면 도브롤류보프나 에드워드 가넷 등이 가한 정치적 의미 부여는 오독이었다. 그러나 문학의 정전화는 특정 시공간에 한정되지 않고 역사적 의미와의 결합이 용이할수록 가속화되는 경향이 있다. 『그 전날 밤』을 소개하며 소설의 내재적 관점에서부터 비평을 시작한 에드워드 가넷조차 서문의 말미에서는 자신의 시대와 영국의 정치적 기류를 이 텍스트와 연관 지어 설명하기도 했다.[24] 이처럼 『그 전날 밤』은 수용자로 하여금 자기 공간의 정치적 지형도를 투영하고자 하는 욕망을 추동하던 작품이었다.

---

23 레너드 샤피로, 최동규 역, 앞의 책, 263면.

24 "투르게네프의 소설들 각각은, 유감스럽게도 우리들 사이에 지금까지 좀처럼 사라지지 않고 있는, 현재의 러시아 소설 발흥에 이르기까지 모스크바 사람에 대한 시대에 뒤떨어진 비평을 드러내고 있는 반론을 담고 있다고 말할 수 있다. 그러나 그 모든 소설들 중에서 『그 전날 밤』은 아마도 영국이 배울 수 있는 가장 유익한 정치적 교훈을 담고 있을 것이다. 유럽이 언제나 그래 왔지만 매우 확실히는 영국도 공포를 퍼뜨리는 저 비판가들, 즉 슬라브족의 탐욕·배신·음모를 보고 끊임없이 짖어대기 위한 경비견들(watchdogs)이 너무 많았다. 슬라브족이 긴 팔을 내뻗어 졸린 듯한 눈을 열 때마다 시끄럽게 짖어대는 좋은 의미에서의 이 동물들을 정치적 영역에 가지고 있는 것은 유용하지만, 한 국가의 포부를 해석하고 그 내적 힘·목표·필연성을 평가하도록 우리에게 가르칠 수 있는 사람을 찾기란 얼마나 힘든지 모른다. 투르게네프는 그런 단서들을 우리에게 제공해 준다. 최근의 일부 정치적 사건들이 충직한 경비견 족속에 부과한 약간 강제된 것이기는 하지만 정중한 침묵 속에서는, 러시아의 발전과 관련하여 영국의 이익이 무엇이든 간에, 대항할 우리의 힘을 측정하기에 앞서 우리가 러시아의 목표들의 힘을 이해하는 것이 보다 낫다고 말할 수 있을 것이다." Ivan Turgenev, Constance Garnett trans., *op. cit.*, pp.xv~xvi.

3. 선택적 번역과 강조되는 연애서사

1888년 후타바테이 시메이가 공전의 반향을 일으킨 후, 투르게네프는 톨스토이와 더불어 가장 활발히 번역되는 러시아작가로 자리매김한다. 하지만 역시 감각적 문체로 각인된 「밀회」의 인상이 커서인지 메이지 30년 대까지의 투르게네프 번역은 주로 『사냥꾼의 수기獵人日記』를 구성하는 여러 단편들이 대종을 이루고, 시 번역에 관심 있는 이들이 『산문시散文詩』를 종종 호출하는 정도였다. 이때 소마 교후는 투르게네프의 장편들에 주목했다. 문학과 독서를 좋아했던 그는 와세다대학 문학부에 합격하여 상경한 직후, 전통 시가詩歌의 혁신을 지향하던 신시사新詩社에 입사하며 문학도로서의 첫 발을 내딛는다.[25] 1906년 와세다대학 문학부를 졸업하고 『와세다문학早稻田文學』의 편집에 참여하고 있던 그는, 1907년 『문고文庫』 9월 호에 「사랑과 사랑恋と恋」이라는 제목으로 『그 전날 밤』의 첫 회 연재를 시작했고, 동년 11월 호에 「두 친구二人の友」, 1908년 1월 호에 「엘레냐의 일기エレナの日記」, 동년 『하가키문학ハガキ文学』 3월 호에 마지막회인 「베니스의 봄ヴェニスの春」를 게재한 후, 4월에 내외출판협회內外出版協會를 통해 책으로 출판했다.[26] 이후 그의 번역 대상은 또 다른 투르게네프의 장편들인 『아버지와 아들』(新潮社, 1909.3), 『귀족의 둥지』(新潮社, 1910.10), 『처녀지』(博文館, 1914) 등으로 이어졌다.

소마 교후는 러시아문학의 '중역 세대'다. 동시대에 후타바테이 시메

---

25 中村武羅夫, 『現代文士二十八人』, 日高有倫堂, 1909, 220면.

26 川戸道昭 外, 앞의 책, 257~275면 참조.

이나 노보리 쇼무昇曙夢(1878~1958) 같은 극소수의 인물들이 러시아 원문을 직접 번역하기도 했지만, 일본의 러시아문학 직역은 1920년대 이후에나 본격화될 수 있었다. 1917년에 나온 파벨 비르코프 원작『톨스토이전ﾄﾙｽﾄｲ傳』이후 소마의 번역서는 더 이상 확인되지 않는다. 1950년까지 생존했던 그는 남은 생애 동안 자유시의 창작, 그리고 창가·동요·교가 등의 작사에 주력했다. 번역가로서의 그는 잊혀졌고, 그가 남긴 번역서들 역시 같은 운명을 걸었다. 다이쇼 및 쇼와시기에 간행된 수많은 투르게네프 번역서들 가운데 소마 교후의 이름은 현재 찾아보기 어렵다.[27] 그러나 소마 같은 존재가 일본의 독자들이 보다 일찍 러시아문학을 향유하도록 이끈 것은 틀림없다.

소마의『그 전날 밤』번역은 어떠한 특징을 갖고 있을까? 그의 번역부터는 콘스탄스 가넷과 다른 양상이 펼쳐진다. 번역자가 텍스트에 직접 개입한 것이다. 가넷의 영역 역시 투르게네프의 원문과 대조할 필요가 있지만, 투르게네프의 소설 기교나 보조 캐릭터에 등에 대한 미시적 의미 부여, 그리고 소설의 감추어진 의미까지 캐내고 있는 에드워드 가넷의 서문을 참조하면, 번역 자체가 원문을 충실히 재현하는 것에 방점이 있었다고 볼 수 있다. 소마 교후도 투르게네프의 작품세계에 심취했던 인물이며, 1910년대까지로 보자면 투르게네프 전문 번역가라 불려도 무방할 정도였다. 그럼에도 그의『소노젠야』(1908)는 콘스탄스 가넷이 번역한 *ON THE EVE* 중 적지 않은 분량을 생략한 상태로 나왔다.

---

27 이 자료집의 다이쇼·쇼와 '투르게네프' 관련 항목에는 약 300여 종의 단행본 리스트가 망라되어 있다. 日本國立國會圖書館 編,『明治·大正·昭和 飜譯文學目錄』, 風間書房, 1989, 281~288면.

그렇다면 가넷본과 소마본의 차이는 왜 발생했을까? 우선 일역본에서 생략된 부분들을 살펴보고 그로부터 소마가 『그 전날 밤』을 어떠한 시선으로 바라보았는지를 규명하기로 한다.

세부적으로 살펴보자면 소마의 번역에는 저본과 비견되는 소소한 변화들이 많다. 이를테면 열거되는 어휘 중 하나가 빠지거나 두 사람의 대화에서 일부를 생략하는 것 등이다. 하지만 이러한 문제들을 일일이 지적하는 것은 그리 생산적이지 않다. 일단 저자는 소설 흐름의 변화를 야기할 만한 수준의 대량 삭제에 주목하였다. 소마의 그러한 개입이 확인되는 것은 총 35개의 챕터 중 세 군데에서다.[28]

① 챕터9의 마지막 부분이 누락되어 있다. 영역본 기준 약 1페이지의 분량이다.[29] 챕터9는 두 명의 주인공을 제외하면 가장 많은 지분을 갖고 있는 예술가 슈빈이 중심이 된다. 생략 내용도 틀에 얽매이지 않고 구세대에 대한 반항심을 직접 표출하는 슈빈의 성격을 잘 보여주는 대목이다.

② 챕터20은 통째로 삭제된다.[30] 챕터20 역시 슈빈이 중심에 있다는 점에서 ①과 동일하다. 내용은 슈빈과 또 다른 남성 캐릭터 베르세네프가 슈빈이 만든 조각품들을 화두 삼아 대화를 나누는 것이다. 역시 슈빈의 익살스러움이나 예술가적 안목 등이 생생히 묘사되는 가운데, 인사로프에 대한 슈빈의 복합적 감정과 베르세네프의 진중한 성격도 잘

---

28 35개의 챕터 구성은 러시아 원문과 가넷의 영역본이 동일하다.

29 Ivan Turgenev, Constance Garnett trans., *op. cit.*, pp.73~74.

30 이로 인해 결국 가넷본과 소마본은 챕터20 이후부터 챕터 숫자와 대응하는 내용이 하나씩 밀리게 된다. 즉, 소마본의 챕터20이 가넷본의 21이 되는 식이다. 하지만 총 챕터 수는 둘 다 35로 동일했는데, 이는 소마가 마지막 챕터35를 둘로 쪼갰기 때문이다.

녹아들어 있다.[31]

①과 ②의 공통점은, 보조 캐릭터가 길게 발화하거나 비중 있게 다뤄지는 대목이라는 것이다. 다시 말해 소마 교후는 주변 인물의 지면을 줄여 독자가 주인공 옐레나와 인사로프의 스토리에 보다 집중하도록 유도하였다. 그러나 이 개입은 정작 소마의 번역본을 『그 전날 밤』 고유의 미덕으로부터 멀어지게 만드는 결과를 초래했다. 위 개입들이 공통적으로 의식한 대상은 바로 슈빈이다. 소마는 중심인물도 아닌 슈빈이 지나치게 자주 등장하며 발언하는 것에 대해 의아해 했거나, 적어도 독자들의 입장에서는 불필요하다고 판단한 것이다. 하지만 톨스토이나 에드워드 가넷 등이 상찬해마지 않았듯 사실 캐릭터로서의 슈빈은 『그 전날 밤』의 가장 빛나는 부분이다.[32] 슈빈은 소설 속에서 인사로프 이상의 양적 비중을 지니며(인사로프가 중후반을 이끌어간다면, 슈빈은 초중반을 지배하며 거의 모든 관계들의 연결고리 역할을 수행한다) 구세대와 반목하는 '러시아인 신세대 남성'을 대변한다. 작가는 슈빈을 통해 옐레나와 인사로프의 중심 스토리를 벗어난 많은 현실 문제를 소설 속에 담아낼 수 있었다. 요컨대 이 캐릭터의 비중 삭감은, 투르게네프의 문제의식 역시 제대로 전달하지 못하리라는 것을 의미했다.

---

31 챕터1 역시 슈빈과 베르세네프의 대화만으로 구성된 바 있었다. 하지만 소마는 챕터1은 충실히 옮긴 반면, 챕터20은 아예 흔적도 남기지 않고 넘어가버렸다. (영역본 약 5페이지 분량) 같은 기준이라면 챕터1도 생략될 가능성이 높았겠지만, 정식 단행본을 간행하면서 첫 대목부터 번역자의 주관적 개입을 적나라하게 드러내는 것은 현명한 선택이 아니었을 것이다.

32 슈빈 캐릭터에 대한 톨스토이의 감탄은 구스야마 마사오의 언급을 참조. ツルゲエニェフ原作, 楠山正雄 脚色, 「脚本『その前夜』のはじめに」, 『その前夜』, 新潮社, 1915, 2면. 에드워드 가넷의 평은 Ivan Turgenev, Constance Garnett trans., *op. cit.*, pp.vii~viii 참조.

③ 인사로프가 죽음을 목전에 둔 챕터34에서 다시 한번 대량의 삭제가 확인된다. 경유지 베니스에서 와병 중이던 인사로프는 의외의 인물 루포야로프의 방문을 받는다. 러시아에서 일면식이 있었을 뿐인 이 러시아 남성은 죽어가는 인사로프와 그 옆에서 애가 닳을 수밖에 없던 엘레나를 두고서, 아무 실속 없는 자기 이야기를 구구절절 풀어놓는다. 해당 이야기의 분량만 해도 영역본 기준 약 3페이지에 달한다.[33] 번역자 소마는 핵심서사의 흐름과 관련이 없는 이 대목을 삭제하고 루포야로프의 등장과 퇴장만을 간략이 언급해두었다.[34] 그런데 이 인물의 퇴장 직후에 인사로프가 남긴 말이 의미심장하다.

> "이게……" 그는 슬픔에 잠겨 엘레나를 보며 말했다. "……바로 당신 나라의 젊은 세대야! 잘난 체하고 허영에 가득하지. 그런데 속으로는 공허한 떠버리에 불과해."[35]

여기에는 러시아의 신세대를 비판하는 투르게네프의 목소리가 매우 직접적으로 반영되어 있다. 이국 청년의 입을 통해 자국의 새로운 시대는 실천하는 이들이 주도해야 할 것을 역설한 것이다. 소마 역시 루포야로프의 퇴장 이후는 정상적으로 번역했기에 위 인용 대목 또한 일역되어 있다. 그러나 전술했듯 직전 3페이지의 공백으로 인해, 인사로프의 탄식이 갖는 무게에는 차이가 발생할 수밖에 없다. 같은 챕터에서

---

33 *Ibid.*, pp.275~277.

34 ツルゲネフ, 相馬御風 譯, 『その前夜』, 内外出版協會, 1908, 379면.

35 Ivan Turgenev, Constance Garnett trans., *op. cit.*, p.277.

인사로프는 곧 죽음을 맞이한다. 다시 말해 위의 발언은 인사로프가 '제정신'으로 남긴 거의 마지막 말이었다. 소마는 이러한 중요한 순간에, 왜 하필 투르게네프가 '떠버리' 하나를 등장시켜 그토록 많은 분량의 허망한 이야기들을 풀어놓았는지에 대해 충분히 고민하지 않은 듯하다. 투르게네프는 러시아의 새로운 세대가 실천가가 되길 원했고, 이를 위해 반면교사가 될 유형을 보여줄 필요가 있었다. 이러한 맥락에서 루포야로프는 잠깐의 등장에도 실감나는 캐릭터여야 했고, 투르게네프는 지면을 아낌없이 투자했다. 하지만 옐레나와 인사로프 중심의 서사에 방점을 둔 소마의 입장에서는 이 캐릭터가 거추장스러울 수 있었다. 하지만 소마는 '불청객의 목소리'를 제거함으로써 원작자가 러시아 내부를 겨냥할 때의 예기銳氣를 크게 상실했다.

소마가 의도적으로 보조 캐릭터의 비중을 줄이고 러시아의 새로운 세대를 염두에 둔 메시지를 약화시킨 이유는 무엇일까? 이는 명백히 번역자의 월권행위일 수 있다. 예술의 영역을 번역자의 판단대로 '훼손'한 것이기 때문이다. 환언하면 소마의 번역 사례는 당시까지만 해도 소설을 예술로 간주하는 인식이 확고하게는 자리 잡지 못했음을 시사한다. 동시에 동아시아에서 서구 근대문학에의 접속이 가장 빨랐던 일본조차 '완역完譯'의 의의가 최우선적 가치는 아니었다는 증거이기도 하다. 물론 소마 개인의 성향이 더 크게 작용했을 수도 있다. 소마의 자서전적 고백에 따르면, 그가 문학에 매료된 가장 큰 이유는 예술적 감화보다는 재미에 있었다.[36] 『그 전날 밤』을 읽게 된 것도, 최초 번역자

---

36 中村武羅夫, 앞의 책, 220면.

가 된 것도 이 소설의 서사 자체에 빠져든 측면이 크게 작용했을 것이다. 그가 생략한 ①, ②, ③은 예외 없이 '가장 지루한' 부분들이다. 때문에 그의 개입으로 인해 독자의 시선은 보다 인사로프와 옐레나가 빚어내는 애틋한 이야기에 집중될 수 있었다. 말하자면, 소마는 원작 고유의 가치보다는 독자적 취향을 우선순위에 두었다. 사랑이야기 그 자체에만 집중한다면 투르게네프의 소설을 총망라한다 해도 『그 전날 밤』만큼 '아름답고 극적인' 경우는 찾기 어렵다.

이상의 맥락이 극대화된 것이 바로 예술좌藝術座에서 만든 『그 전날 밤』의 무대 공연이었다. 1913년에 시마무라 호게츠島村抱月의 주도로 발족한 예술좌는 1914년 봄부터 톨스토이의 『부활』을 무대에 올리며 일본에서의 신극 운동을 시작했다.[37] 예술좌가 올린 『그 전날 밤』은 1915년 4월 26일부터 30일에 걸쳐 제국극장에서 총 35회 공연되었다. 각본은 소마 교후와 와세다대학의 동문이던 구스야마 마사오楠山正雄가 맡았다.[38] 각색의 결과, 보조 인물들은 더욱 주변화되었고 인사로프와 옐레나의 비극적 연애담은 더욱 강화된다. 인사로프에게 할당된 몇몇 대사들을 볼 때, 원작보다 혁명운동가로서의 그의 위상을 강화시켜 놓았다는 점이 이채롭지만, 이러한 지점들도 그만큼 '모든 것을 각오한 사랑'에 더 큰 울림을 주기 위한 설정으로 기능할 뿐이다. 신조사新潮社를 통해 출판된 각본의 광고문은 "침통농염沈痛凄艶하기 이를 데 없는 사랑과 검劍의 이야기", "옐레나의 용감하고 슬픈 사랑" 등의 내용으로 채

---

37 相沢直樹, 「失われた明日のドラマ―島村抱月の芸術座による『その前夜』劇上演(1915)の研究」, 『山形大学人文学部研究年報』 4, 山形大学人文学部, 2007, 33면.

38 ツルゲエニェフ原作, 楠山正雄 脚色, 『脚本 その前夜』, 新潮社, 1915.

워져 있었다.[39] "전체적으로 보면, 달콤하고 부드러운 사랑의 노래를 듣고 있는 것 같은, 아름다운 꿈을 꾸고 있는 것 같은 생각"[40]이라는『만조보萬朝報』의 연극평도 같은 정서를 담고 있다.

소마의 소설로부터 7년 이후 공연된 각본을 살펴본 이유는 예술좌의『그 전날 밤』기획 자체가 소마 교후의 제안에서 출발했기 때문이다. 각색의 담당자는 구스야마 마사오였지만, 그 이전의 발의자는 소마였다. 예술좌의 핵심 인물 중 하나였던 나카무라 기치조中村吉藏는 "소마 교후 군이 투르게네프의『그 전날 밤』각색을 제안하여, 구스야마 군이 이윽고 그것을 작성해 가져왔다"[41]고 기록하고 있다. 예술좌의 성원들은『와세다문학』의 인적 네트워크와 연동돼 있었는데, 소마도 그중 하나였다. 기획에 참여한 성원이자 문단의 주요 인사, 게다가『그 전날 밤』에 관한한 권위자이기도 했던 소마가 공연의 실제 준비 과정에 개입했을 가능성도 충분하다. 이렇듯 일본이라는 공간 속에서 극화된『그 전날 밤』은 원작의 문제의식을 상당 부분 탈각한 채 유통되었고, 그 중심에는 소마 교후가 있었다.

---

39 相沢直樹, 앞의 글, 40면.

40 위의 글, 39~40면.

41 中村吉藏,「藝術座の記錄」,『早稻田文学』, 1919.4; 附錄, 40~41면, 相沢直樹, 앞의 글, 38면에서 재인용.

4. 식민지 조선 문단과 『그 전날 밤』의 정전화

식민지 조선의 『그 전날 밤』 수용은 일본과는 다른 양상으로 전개되었다. 앞서 역로譯路의 최종 단계에 조명희를 위치시켰지만 이는 소설에 국한했을 때 이야기다. 개인으로서의 조명희는 『그 전날 밤』에 깊은 감화를 받은 당대의 숱한 인물 중 한 명에 불과했다. 유학, 혹은 귀국 직후 『그 전날 밤』으로부터 강렬한 인상을 받은 일군의 조선인들은 다양한 채널을 통해 이 작품을 언급했다. 그 결과, 1920년대 한국에서 『그 전날 밤』은 복수複數의 번역 판본들(잡지, 신문, 단행본)과 연극공연, 문인들의 회고, 창작소설의 모티브, 작중인물의 발화를 통한 간접적 언급 등으로 다양한 흔적들을 남기게 된다. 이는 비장한 연애담만으로는 일어나기 힘든 반향이었다.

『그 전날 밤』이 한국에 처음 소개된 것은 소설이 아니라 「각본脚本 격야隔夜」(『개벽』 1~9, 1920.6~1921.3)라는 제목의 공연용 희곡이었다. 번역자는 당시 개벽사의 학예부장 현철로서, 저본으로 삼은 것은 앞서 언급한 구스야마 마사오의 각본이다.[42] 그런데 사실 『개벽』에 연재된 「격야」 이전에도 한국인에 의한 『그 전날 밤』의 각본화는 시도된 바 있었다. 『학지광』 제4호(1915.2)는 1914년 12월 26일 저녁에 개최된 도쿄 유학생 학우회의 망년회에서 〈온더이브On the eve〉가 공연된 사실을 전

---

42 현철은 「격야」의 서문에서 "각본 隔夜는 露西亞의 3대 소설가의 一인 이완 · 톨게녭의 가장 대표작인 6대 소설 중의 一을 大正 4년도에 藝術座의 흥행각본으로 당시 연극학교 선생 楠山正雄씨가 각색한 것"(현철(玄哲) 역보(譯補), 「각본(脚本) 격야(隔夜)(1)」, 『개벽』 창간호, 1920.6, 150면)이라며, 저본의 존재를 직접 밝혀두었다.

하고 있다. 각본은 김억이 3막으로 각색한 것이었으며, 공연을 본 이들은 "동정의 눈물"을 흘렸다고 한다.[43] 특기할 만한 것은 망년회에서의 공연 시점이 도쿄 예술좌가 기획한 연극용 『그 전날 밤』보다 4개월이 빨랐다는 점이다. 콘텐츠의 수용 시점이 대개 일본에 뒤쳐졌던 상황에 비추어보면 대단히 낯선 풍경이다. 물론 번역 자체가 앞선 것이 아니라 기존 작품의 '각색' 차원이었기에 가능했던 일이지만, 이는 명백히 당대 유학생들이 콘텐츠로서의 『그 전날 밤』을 각별하게 취급했다는 증좌이다. 구성과 규모, 무대 장치, 배우의 숙련도 등 여러 면에서 예술좌가 제국극장帝國劇場을 대관하여 공연한 것에 비할 바는 아니었겠지만, 도쿄 유학생들이 망년회라는 특별한 시간을 위해 자발적으로 준비했다는 것은 그 자체로 전혀 다른 의미망을 형성하고 있다.[44]

다시 현철이 『개벽』에 번역 연재한 「각본 격야」로 시선을 돌려보자. 그가 1회 연재분에 달아둔 서문의 전반부는 다음과 같다.

각본 隔夜는 露西亞의 3대 소설가의 一인 이완·툴게넵(1813년~1883년)[45]의 가장 대표작인 6대 소설 중의 一을 大正 4년도에 藝術座의 흥행각본으로 당시 연극학교 선생 楠山正雄씨가 각색한 것이다. 이것을 각색한 원작소설은 1859년의 출판한 英譯 — ON THE EVE — 요[46] 日本서는 소설로 역시

---

43 소성(小星), 「학우회(學友會) 망년회(忘年會) 스켓취」, 『학지광』 4, 1915.2, 54면.
44 러시아·일본·한국에서 수행된 『그 전날 밤』의 극화 양상은 그 자체로 흥미로운 비교 연구의 주제이기도 하다. 상세한 논의는 손성준·한지형, 『투르게네프, 동아시아를 횡단하다-『그 전날 밤』의 극화와 번역』, 점필재, 2017 참조.
45 원문에는 "1818년~1883년"으로 오기되어 있다.
46 역시 현철의 착오로 보인다. 1859년은 투르게네프가 『그 전날 밤』을 발표한 해이지 영역본 *On the Eve*가 간행된 시기는 아니다. 현철의 저본인 구스야마 마사오의 각색 극본에 붙어있

연극학교 선생인 相馬御風씨의 日文 번역의 『其の前夜』가 이엇다. 楠山 선생도 역시 이 각본을 『脚本 其の前夜』라 한 것을 余는 그 의미를 取하야 『脚本 隔夜』라는 명칭을 주엇다. 독자—此 意를 양해하기 바라며. 余는 篇中의 內意를 상세히 기록지 안이한다. 다만 독자 諸씨가 精讀 喫味하면 可解할 것임으로—. (…중략…) 세계 대표적 희곡이 만흔 중에 특히 이 각본을 선택하야 착수한 것은 가장 여러 가지가 우리에게 공명되는 점도 잇고 또는 만흔 서양 중에도 가장 지리적 관계가 갓가운 露西亞의 금일의 상태가 마음에 떠나지 안이하는 까닭이다. 이 각본에 나오는 모든 인물이 오늘날 露西亞를 설명하는 것 가튼 마음이 키인다. 여주인공 에레나가 1850년대의 露西亞의 활동적 신혁명의 타입의 선구자임과 그 부친의 완고한 사상, 청년의 조각가, 철학가, 애국자 모든 성격이 우리로 하야곰 十看百讀의 가치가 잇슬 줄 생각한다.[47]

인용문에는 「격야」의 저본이 소마 교후가 제안하고 구스야마 마사오가 각색한 예술좌의 공연용 각본(원래는 『その前夜』이지만 현철은 '『其の前夜』'라 소개)이라는 것이 밝혀져 있다. 앞서 소개했듯 이 공연에 대한 당시 일본의 평가가 비극적 사랑 쪽에 방점이 있었다면, 현철은 그 분위기를 익히 알만한 인물이었다. 서문의 후반부에 언급되듯, 현철은 예술좌가 설립한 부속 연극학교의 학생이었고 심지어 이 작품을 무대에 올리는 작업에도 동참한 바 있었다.[48] 그럼에도 이 작품을 통해 현철이 캐어내

는 서문에는 다음과 같이 소개되어 있다. "원작소설은 1859년도 출판되었으며, 각색자가 사용한 영어 번역본의 제목은 "ON THE EVE"다." ツルゲニェフ原作, 楠山正雄 脚色, 「脚本 『その前夜』のはじめに」, 『その前夜』, 新潮社, 1915, 1면. 여기서의 "원작소설"과 "영어 번역본"은 당연히 각기 다른 텍스트다.

47 현철 역보, 「각본 격야(1)」, 『개벽』 창간호, 1920.6, 150~151면.
48 "余가 今番에 각본 번역에 착수한 것은 실로 엇더한 校友會의 囑托을 바다 후일 이를 무

는 의미, 즉 그가 이 작품을 번역하게 된 이유는 "여러 가지가 우리에게 공명되는" 것이 첫째요, "러시아의 금일의 상태가 마음에 떠나지 아니하는" 것이 둘째다. 이를 조합하면 우리의 사정과 러시아의 금일 상태를 어떠한 방식으로든 결합하여 사고하고 싶다는 의미다. 특히 1920년을 기준으로 '금일' 즉 이미 소비에트 정부가 들어선 러시아, 즉 러시아 혁명을 환기한다는 점에서 이는 문제적이었다.[49] 그런가 하면, "편중篇中의 내의內意를 상세히 기록하지 아니"한다는 언급이나, 캐릭터 설명에서 인사로프를 생략하다시피 하는 것에서 감지되듯 현철은 서문에서 말을 아끼고 있다. 그 '내의內意'와 '인사로프'의 존재가 조선의 상황으로 들어올 때 강력한 '불온성'이 표출된다는 것을 알기에 감시자의 시선으로부터 한 발 물러선 것으로 보인다. 그러나 '러시아의 금일'을 환기한 것만으로도 현철의 소개는 도전적인 구석이 있었다. 식민지 조선의 민간지에서 러시아를 다루는 것은 위험했기 때문이다.[50] 이러한 점들로 미루어, 현철이 「격야」를 번역한 궁극적 목적이 인사로프와 옐레

대에 올리라하는 경영이 잇슴으로 無端興行을 금한 것이라. 이 각본의 원 각색자 楠山 선생은 余가 藝術座 부속 연극학교 재학 당시에 친히 수업한 선생일 뿐 안이라 其 당시에 교장 島村抱月, 中村吉藏, 相馬御風, 楠山正雄, 秋田雨雀 諸 선생에게 특히 이국인인 余는 그 저작에 번역할 수 잇다는 허락이 잇는 연고이라. (…중략…) 이 각본은 余가 연극학교를 필업하고 藝術座에 연구생으로 재학할 당시에 東京帝國劇場에 상연한 것임으로 내부적 관계가 만핫고 또 다소의 무대상 조력도 한일이 이섯슬 뿐 안이라 露西亞 문학통 昇曙夢씨의 원작자에 대한 강연도 친히 들엇는 고로 금일 이 각본을 번역함에 당하야 다소의 자신이 잇다. 이 각본의 譯載를 특히 허락하여 주는 開闢 잡지 編輯 同人 諸씨의 호의를 특히 사례하고 自此로 호를 隨하야 順次 게재코자 하노라." 玄哲, 앞의 글, 150~151면.

49 한기형, 「『개벽』의 종교적 이상주의와 근대문학의 사상화」, 『상허학보』 17, 상허학회, 2006, 57면.

50 1922년 11월에 있었던 『신천지』 필화사건의 원인이 러시아혁명 특집 기사였고, 『개벽』만 해도 1924년 4월의 제46호에서 러시아 및 세계혁명 관련 기사 6개가 삭제된 바 있다. 이 외에도 사례는 무수히 많다.

나의 아름답고 슬픈 사랑 이야기에 있었다고 보이지는 않는다.

「격야」 이후, 현철이 선보인 차기 번역희곡은 『햄릿』이었다.[51] 현철의 말마따나 "세계 대표적 희곡"에 가장 잘 들어맞는 작품으로 넘어간 것이다. 즉, 『개벽』이라는 지면을 채울 재량권이 생기자마자 현철은 1순위로 「격야」를 2순위로 『햄릿』을 선택했었던 것인데, 이는 서양문학사나 예술계에서 두 작품이 지니는 위상차를 감안하면 가히 상상하기 어렵다. 신연극운동에 사명감을 갖고 있던 현철조차, '바로 그' 『햄릿』보다 「격야」의 소개를 우선시했다는 것은 시사하는 바가 크다. 이는 조선이 식민지였기에 가능했던 『그 전날 밤』의 위상변화를 잘 대변해주는 사례다.

한편 『개벽』에서 「격야」는 연재가 끝난 이후 현진건에 의해 다시 간접적으로 출현했다. 바로 현진건의 첫 장편소설 『지새는 안개』(『개벽』, 1923.2~10) 내부에서였다. 현진건은 이 소설의 4회 연재분(『개벽』 45, 1923.5)에서 상당히 다채로운 방식으로 『그 전날 밤』의 서사와 캐릭터를 차용하는데, 그중 주인공 창섭이 아예 『그 전날 밤』의 줄거리를 요약하고 상념에 잠기는 대목이 있다.

『에레나는 불가튼 사랑을 위하야 모든 것을 버리엇습니다. 故國도 버리고 父母도 버리고 남편을 딸하갓습니다. 래일가티 勃牙利의 흙을 밟게 되자 오늘 저녁가티 인사롭은 肺病으로 말미암아 祖國의 恢復되는 것을 보지 못하고 에레나의 애세 看護한 보람도 업시 저 세상 사람이 되고 말앗습니다』

---

51 쉑스피아 원작(原作), 현철 역술(譯述), 「하믈레트」, 『개벽』 11~30, 1921.4~1922.12.

창섭은 스스로 興奮되어 눈물이 그렁그렁하면서 부르짓는 소리로 이러케 끗을 매젓다. 숨소리를 죽이고 손가락 하나 꼼짝도 안흐며, 왼몸을 귀로 삼아 듯고 잇든 세 處女의 눈에도 눈물이 고이엇다. 昌燮은 눈물이 어른어른하는 晶愛의 눈을 바라볼 제 웬일인지 그를 부여잡고 목을 노코 실컷 울엇스면, 하는 衝動을 늣기엇다.

(…중략…) 그날 저녁밥은 웬일인지 달지 안핫다. 두어 술을 끄적끄적하고는. 渴症 든 사람 모양으로 숭늉만 두 대접을 켜고 알에 방에 나려온, 그는 슬어지는 듯이 책상을 의지하고 주저 안젓다. 그의 눈 압헤는 『隔夜』의 일판이 얼신덜신 지나간다. 그런데 이상하게도 그 모든 것이 露西亞小說에 잇는 일이 아니고 마치, 自己가 친히 격근 것 가타얏다. 그러타! 인사롭은 꼭 저이엇다. 에레나는 누구가 될고? (…후략…)[52]

『그 전날 밤』은 부인할 수 없는 연애소설의 속성을 지니고 있었다. 하지만 식민지 조선의 독자에게 그것은 단지 연애소설에 머물 수 없었다. 인물들은 이 소설에 대해 이야기 나누는 것만으로 감정의 격한 동요를 느끼고, 남자 주인공은 자신을 인사로프와 동일시한다. 도브롤류보프도, 에드워드 가넷도, 소마 교후나 구스야마 마사오도 이러한 방식으로 『그 전날 밤』에 침잠하는 것은 근본적으로 불가능하다. 식민지인이 아닌 그들은 인사로프를 해석할 수는 있어도 인사로프가 될 수는 없기 때문이다. 위 대목에서 창섭은 식민지의 독자가 『그 전날 밤』을 수용하는 전형적 태도를 대변하거나 올바른 식민지적 독법을 가르치는

---

52 빙허(憑虛), 「지새는 안개(4)」, 『개벽』 35, 1923.5, 126~127면.

매개가 된다. 현진건은 『지새는 안개』를 통해 『그 전날 밤』의 줄거리를 소개하고, 읽었을 때의 감동 또한 미리 전달하고 있다. 소설 속에 다른 소설이 언급되는 경우는 드물지 않을 것이다. 그러나 『지새는 안개』에서의 『그 전날 밤』은 소설이 소설을 선전하는 경우에 가깝다.

이 외에도 1920년대 조선 문단에서는 『그 전날 밤』의 여러 편영片影들이 나타난다. 언급했던 조명희나 현철의 번역 외에, 경개역梗槪譯이긴 하나 이태준 역시 『그 전날 밤』의 소개를 시도한 바 있다.[53] 나도향의 「별을 안거든 울지나 말지」, 염상섭의 『사랑과 죄』, 이태준의 『사상의 월야』 등은 현진건과는 다른 각자의 방식으로 작중 인물을 통해 『그 전날 밤』을 소환한다.[54] 함대훈의 경우 「묘비」라는 단편과 『폭풍전야』, 『북풍의 정열』이라는 두 편의 장편에서 『그 전날 밤』을 직접 거론한 바 있다.[55]

소설 이외의 텍스트도 살펴볼 필요가 있다. 현철은 한 극단이 만든 창작극 하나를 관람한 후 그것이 「격야」의 표절이라고 지적하였다.[56] 이는 문자 텍스트 이외의 영역에서 『그 전날 밤』이 재생산되던 양상 중 하나다. 홍사용은 『백조』 동인 시대를 회상하며 "'톨스토이'의 人道主義도 늙은 영감의 군수작이요, '투르게네프'의 「그 前날 밤」도 너무나

---

53 투르게네프 원작, 이태준 번안(飜案), 「그 전날 밤」 2(5), 『학생』 1929.8.
54 투르게네프의 『그 전날 밤』과 염상섭의 『사랑과 죄』 사이의 설정 및 캐릭터의 상동성에 대해서는 김경수, 「염상섭 소설과 번역」, 『어문연구』 35(2), 한국어문교육연구회, 2007 참조.
55 함대훈 소설 『폭풍전야』, 『북풍의 정열』의 관련 양상에 대해서는 강용훈, 「해방전후 함대훈 소설에 나타난 '러시아' 표상 연구」, 『비교문화연구』 44, 경희대 비교문화연구소, 2016 참조.
56 현철, 「예술협회극단의 제1회 시연(試演)을 보고」, 『개벽』 11, 1921.11 참조.

달착지근하여 못쓰겠다"[57]고 하며 '새 시대'의 새로운 경향을 강조하던 1920년대의 일을 서술한 바 있다. 톨스토이에 대해서는 그의 전체상을 대변하던 '인도주의'를 이야기하면서 투르게네프에 대해서는 단호히 『그 전날 밤』이라고 지목한 이유는, 『그 전날 밤』 자체가 굳건한 지위에 있었다는 반증이다. 또한 이처럼 『그 전날 밤』을 부정적 문맥에 끌어들인 홍사용조차 이 회고문에서 "「그 前날 밤」의 엘레나가 콘도라 강에서나 애조리어 우는 듯이 자기의 광대뼈 뷔어진 큰 얼굴을 이양성스럽게 쓰다듬다가"와 같이 『그 전날 밤』을 자신의 직유 화법 속에서 활용했다는 사실을 덧붙여둔다.[58] 임화는 「위대한 낭만적 정신」에서 캐릭터 형상화의 성공적 사례 중 하나로 『그 전날 밤』의 '엘레나'를 꼽은 바 있다. 임화가 엘레나와 함께 견본으로 제시한 캐릭터들이 햄릿, 돈키호테, 카추샤, 카르멘 등이었는데, 사실 현대인의 감각으로는 엘레나가 이들 사이에 끼어 있는 것이 적절치 않아 보인다.[59] 그러나 당대인의 감각은 달랐다. 김기진, 박영희, 김억, 임화는 상상 속에서 엘레나를 그리워하거나 이상형으로 고백한 경험을 갖고 있었다.[60]

---

57 홍사용, 「젊은 문학도(文學徒)의 그리든 꿈―백조시대(白潮時代)에 남긴 여화(餘話)」, 『조광』, 1936.9, 142면. 자료의 소재는 정주아, 「『백조』의 러시아문학 수용 양상 고찰」, 『현대소설연구』 41, 한국현대소설학회, 2009, 337면을 통해 확인하였다.

58 홍사용, 앞의 글, 136면.

59 "햄릿, 돈키호테, 오블로모프 등등으로 셰익스피어, 세르반테스, 곤차로프는 영원하며 독자들은 그곳에서 세계적인 남자의 형상을 본다면, 카추샤, 카르멘, 엘레나 등으로써 톨스토이, 메리메, 투르게네프는 불사의 것이며 우리는 그곳에서 세계적인 여자의 형상을 보는 것이다." 임화, 「위대한 낭만적 정신―이로써 자기를 관철하라!」(『동아일보』, 1936.1.1~1.4), 신두원 편, 『임화문학예술전집』 3―문학의 논리, 소명출판, 2009, 36면.

60 김기진, 「Promeneade Sentimental」, 『개벽』 37, 1927.3, 100면; 박영희, 「투르게-넵흐와 나와(二)―녯날 양식(糧食)」, 『조선일보』, 1933.8.24, 3면; 김억, 「내가 조와하는 소설 중의 여성―에레나와 항거리아 여자」, 『삼천리』 3(12), 1931.12, 42면; 임화, 「투르게네프가 만든 영원한 엘레나」, 『조광』 4, 1936.2 등.

현 시점에서 『그 전날 밤』은 세계 고전의 반열에 올라 있다고 보기 어려울 뿐 아니라 투르게네프의 대표작과도 거리가 있다. 그러나 식민지 조선에서의 『그 전날 밤』은 전혀 다른 위상을 갖고 있었다. 그 권위는 시공간의 재맥락화를 통해 형성되었다. 현철, 현진건, 나도향, 염상섭, 이태준, 함대훈, 홍사용, 임화, 김기진, 박영희, 김억 등이 자신의 문장 속에 직접 『그 전날 밤』을 끌어들이는 이유는 자명하다. 이 소설이 자신에게 특별할 뿐 아니라 조선인 대다수에게도 특별하리라는 것을 그들이 알고 있었기 때문이다. 『그 전날 밤』은 외국소설이었음에도 식민지인의 입장을 대변하고 식민지인이 직접 권위를 부여한 '식민지 정전正典'으로 다시 태어났다.

이렇듯 『그 전날 밤』은 식민지 조선에서 특별한 위상을 갖고 있었다. 그러나 저자는 아직 그 정전화의 프로세스에 크게 기여한 핵심 텍스트에 대해서는 제대로 다루지 않았다. 별도의 논의가 필요하기 때문이다. 조명희가 번역한 『그 전날 밤』이 바로 그것이다.

제4장
복수의 판본과 검열의 사각^{死角}

---

1. 검열의 체험과『조선일보』연재『그 전날 밤』

현재까지 알려진바,『그 전날 밤』은 조명희가 남긴 유일한 번역소설이기도 하다. 조명희의『그 전날 밤』이 처음 번역 소개된 것은 1924년 8월『조선일보』에서다. 이미 살펴보았듯이 저본은 소마 교후相馬御風의 일역본인『その前夜』(內外出版協會, 1908)였다. 도요대학東洋大學 인도철학윤리학과 중퇴로 끝난 그의 유학기간은 1919년부터 1923년 사이였다. 이때는 이미『그 전날 밤』의 다른 일역본들도 유통되고 있던 시기였지만, 조명희는 '일역(자)의 권위'가 일정 부분 담보된 소마 교후의 것을 택했다. 이러한 선택 심리는 김억이나 염상섭 등이 투르게네프의「밀회」를 번역할 때 새로운 판본들이 있었음에도 후타바테이 시메이의 오

래 전 판본에 기댄 데서도 나타난다.

극예술협회의 활동이 대변하듯 애초 조명희가 조선의 문예운동과 관련하여 집중한 것은 연극 쪽의 활동이었고, 이는 귀국 이후로도 한동안 이어졌다.[1] 1924년 3월에 역간한『산송장』의 번역 이전부터 조명희가 창작 희곡들을 발표해왔다는 사실을 상기해 보면, 그의 공연 관람 및 관련 독서의 경험이 상당히 축적되어 있었음을 알 수 있다.[2] 이렇듯 연극에 지대한 관심을 갖고 있던 조명희였기에, 유학 당시 이미 일본에 정식 출판되어 있었던 각본용『그 전날 밤』을 접했을 가능성도 충분하다. 가설이지만 현철의「격야」가 먼저 세상에 나오지 않았더라면『산송장』간행 후 조명희의 차기 번역 대상은『그 전날 밤』의 각본 버전이었을지도 모른다. 하지만 결국 조명희는 소설『그 전날 밤』을 선택했다. 그의 소설 창작도『그 전날 밤』의 번역 직후에 본격화되었으니, 관점을 바꿔보면 시나 연극 중심의 활동을 해오던 조명희를 소설의 세계로 이끈 계기가『그 전날 밤』일 수도 있다. 즉『그 전날 밤』의 번역 체험은 소설가 조명희의 탄생을 예비한 사건이었다. 이 책의 제2부 4장에서 다룬바, 그의 대표작이 된「낙동강」(『조선지광』69, 1927.7)에 새겨

---

1 이기영의 회고에 따르면, 조명희는 1919년의 도일 직전에 이미 희곡을 집필했을 뿐 아니라, 그 창작 희곡에서 직접 주인공을 맡아 고향에서 순회공연을 했다고 한다. 이기영은 이를 "현대 조선 문학사에서 무대에 상연된 첫 희곡"으로 평가했다. 이기영,「포석 조명희에 대하여」, 황동민 편,『조명희 선집』, 소련과학원 동방도서출판사, 1959, 526면.

2 『산송장』은 1917년과 1918년에 걸쳐 예술좌에서 집중적으로 공연했던 프로그램이었다.『그 전날 밤』의 각색 각본도 원래 예술좌의 레파토리로 계발되었다. 비록 예술좌의〈그 전날 밤〉공연은 조명희의 유학 전인 1915년도에 집중적으로 이루어졌지만, 광고나 비평 등을 통해 언론에 많이 노출되어 있었고, 구스야마가 각색한 각본도 신조사(新潮社)를 통해 출판되고 있었다. 한편 조명희는 극예술협회 동인들과 활동했다. 그의 동료들 중에는 그보다 먼저 일본에 와 파악한 연극계의 동향을 잘 알고 있던 이들도 있었다.

져 있는『그 전날 밤』의 흔적을 상기해 보아도 좋을 것이다.

그러나 한국에서의『그 전날 밤』번역은 식민지에 특화된 출판물 검열을 통과해야 했다. 물론 현철이 먼저 번역한「격야」, 즉 각본 버전의『그 전날 밤』이 원고 압수나 대량의 삭제 처분 없이『개벽』에 연재된 전례가 있었다. 하지만 당시『개벽』의 편집진도「격야」가 검열당국과 충돌할 수 있다는 것을 지속적으로 염려했다. 예컨대『개벽』제3호에의 편집후기에는, "불만족한 그중에서라도「吾人의 新紀元」,「新時代와 新人物」,「忠達公 金玉均」, 각본「隔夜」등 멧가지 문제는 現下 우리의 입장으로서는 한번 볼 필요가 잇다 자신하오니 走馬看山에 돌녀 보내지 마옵기 바라나이다. 그런대 한가지 걱정되옵는 곳은 당국자에게는 언제던지 迷가 만사온바 저의딴으로는 힘을 다한다 하오나 不美와 不足이 언제던지 잇슬것이오니"라는 언급이 있으며,『개벽』제4호의「편집여담」에는 "이번 제4호에는 부족한 가운대도 부족한 생각이 만습니다. 그러나 제5호부터는 일층 노력을 다하여 능력 자라는 대로 힘잇는 대로 盡心竭力의 結晶物을 諸君의 眼前에 전개코자합니다. 그 엇더한 것인가? 논문과 학술은 물론, 단편소설은 예술, 장편소설은 통속, 時體는 현대, 哀話는 其淚, 玄堂獨吠는 脚本概要, 脚本隔夜는 사상충돌, 餘外片談은 金粉玉屑이라. 待하오. 相待하오. 括目하고"라는 기록이 남아 있다. 이는 콘텐츠의 성격상 당연한 일이었다. 여기에, 시차로 인한 검열장檢閱場의 공기 변화는 또 하나의 변수였다. 조명희의『조선일보』연재시기인 1924년 8월 현재, 일명 '문화정치기'의 검열체제는 이미 5년차에 접어들고 있었다. 그 몇 년 사이 민간신문들은 정간을 거듭했으며 여러 매체들의 필화사건이 터져 나왔다. 검열망은 보다 정교해지고 표현의

임계는 그에 반비례했다. 조명희 역시『그 전날 밤』번역 직전, 각본집
『김영일의 사』(동양서원, 1923)[3]·시집『봄 잔듸밧 위에』(춘추각, 1924)의
출판을 준비하는 과정에서 검열의 폭력성을 맛본 경험이 있었다. 이기
영은 이 중 조명희의 시집 검열과 관련하여, "1923년 후반기부터는 포
석抱石이라는 필명으로 100여 편의 시를 창작하였다. 그중에는『조선지
광』,『개벽』등 잡지들에 발표된 것도 있으나 많은 시들이 1924년에
이르러 출판된『봄 잔듸밧 위에』라는 그의 첫 시집에 처음 수록되었다.
뿐만 아니라 수십 편에 달하는 가장 우수한 시편들이 일제 경찰의 무참
한 검열로 말미암아 이 시집에서 제외되지 않으면 안 되었다"[4]라는 회
고를 남겼다. 여기에 당사자 조명희의 설명을 결합하면 좀더 많은 사실
을 알 수 있다. 조명희는 해당 시집에 붙인 서문에서 다음과 같이 밝혀
두었다.

여기에 실은 시가 43편인데 모아 놓았던 초고(抄稿) 가운데서 거리낄 듯싶
은 것 수십 편은 모두 때려 던지고, 여러 번 데인 신경이라 이쪽이 도리어 과
민병에 걸려, 번연히 염려 없을 곳도 구절구절 때려 던지었다.[5]

이기영의 말처럼 "무참한 검열로 말미암아" 제외된 것도 있지만, 조
명희 스스로가 검열에 넣기 이전에 이미 "거리낄 듯 싶은 것"을 제외했
고, 거기에 "과민병에 걸려" "염려 없을 곳"까지 포기했다는 것이다. 이

3　이 책의 제3부 제2장 참조.
4　이기영, 앞의 글, 527면. 이하 현대어 윤문은 인용자.
5　조명희, 「시집『봄 잔듸밧 위에』머리말」(『봄 잔듸밧 위에』, 춘추각, 1924.4), 이명재
　편, 『낙동강(외)』, 범우, 2004, 399면.

경험은 당사자인 조명희에게도 사무친 것이었는지, 자전적 소설 「땅
속으로」(『개벽』 55~56, 1925.2)에서도 생생하게 재현되었다.

유학을 중도에 포기하고 귀국한 궁핍한 지식인 '나'는 이전에 써 두
었던 시들을 책으로 간행하여 가족을 먹일 푼돈이라도 벌어볼까 궁리
한다. 그러나 원고를 넘기고 한참이 지나도 책사에서 연락이 없자, 책
사를 찾아가게 되고 거기서 "검열하러 들여보낸 그 시집이 압수를 당하
였"다는 말을 듣는다. 불온하다는 이유로 당국자가 "저작자를 취조하
여 보겠다고 까지" 했다는 설명을 들은 '나'는 이렇게 반문한다. "불온
이라니 무엇이 불온? 그렇지 아니하여도 조금이라도 걸릴 듯싶은 것은
죄다 빼었는데……."[6]

이렇듯 조명희는 누차 검열의 폭력성을 직접 경험하였음에도, 그 직
후 『그 전날 밤』이라는 '불온한' 텍스트를 번역 대상으로 낙점하였다.
이는 당연히 검열당국의 간섭 및 처분을 각오한 선택이었다.

『조선일보』 연재본의 번역 양상을 살펴보자. 『그 전날 밤』은 1924
년 8월 4일부터 10월 26일에 걸쳐 총 78회 연재되었으며, 주로 한 회
당 2단 정도의 분량으로 신문의 4면에 실렸다.[7] 아쉬운 점은 자료상태
상 모든 기간을 확인할 수는 없다는 점이다. 78회분 중 총 6회분의 경
우는 해당 일자의 신문 자체가 부재하다.[8] 조선일보사가 제공하는 『조
선일보』 디지털아카이브와 마이크로필름(국립중앙도서관 소장본)을 모두

---

6   조명희, 「땅 속으로」, 이명재 편, 『낙동강(외)』, 범우, 2004, 56면.
7   10월 3일 자부터는 연재면이 3면으로 이동하며 분량도 약간 줄어들게 된다. 마지막회
     인 78회는 5면에 실렸다.
8   누락분은 다음과 같다. 26회부터 29회까지(9월 1일~4일), 40회(9월 15일), 43회(9
     월 19일).

확인해 보았으나 누락은 동일했다. 하지만 조명희의 『그 전날 밤』에 한해서라면 연재 종료 후에 나온 단행본을 통해 누락된 연재 부분을 알 수 있다. 후술하겠지만, 이는 단행본 『그 전날 밤』과 연재본 『그 전날 밤』의 문장 및 표현이 기본적으로 일치하기 때문이다.

조명희의 번역 태도나 『조선일보』 연재본 번역의 특이점은 마지막 회에 덧붙여져 있는 다음의 짤막한 문장에 잘 압축되어 있다. 이는 역자후기라기보다는 조명희가 독자에게 남긴 사과의 말에 가깝다.

> 이 소설을 번역하여 내려오다가 끝으로 와서, 어느 사정으로 말미암아 추려서 번역하게 되었음은 미안합니다. (역자)[9]

조명희의 사과 이유는 "어느 사정"으로 인한 작품 말미의 축소 번역이다. 그 이면에 놓여 있는 의미부터 곱씹어보자. 그의 말을 그대로 신뢰한다면 "끝으로" 오기 전까지의 번역은 상당히 충실했다는 의미가 된다. 실제 저본인 소마 교후의 일역본과 대조해 보아도, 눈에 띄는 내용상의 큰 누락은 거의 없다. 자의적으로 개입했다고 할 만한 것은 조선의 독자들에게 낯설고 장황한 러시아 이름들을 간소화하거나 대명사로 대체한 것 정도다. 이를테면 소마 교후의 일역본에서 '니콜라이 아르쵸미예비치 스타호프'라고 풀네임을 제시한 것을 '니콜라이'로만 고친 뒤 뒤에 괄호로 '스타호프'라고 덧붙이거나(조명희, 23면), '니콜라이 아르쵸미예비치의 아내 안나 바실리예브나'을 그냥 '그의 아내되는

9　투르게네프, 조명희 역, 「그 전날 밤(78)」, 『조선일보』, 1924.10.26, 5면.

사람'으로 옮기기도 했다(24면). 또한 주요 캐릭터 중 하나인 '파벨 야 코블레비치 슈빈'을 지칭할 때 일역본에서는 '파벨'이라 할 때도 조명 희는 혼란을 주지 않기 위해 계속 '슈빈'(40면)이라 하고, 같은 방식으로 '안드레이 페트로비치 베르세네프'를 일역본은 '안드레이 페트로비치', 조명희는 '베르세네프'(40면, 70면)라고 옮긴다. 이 외에도, 저본에는 기술된 이름 대신 '남편되는 이와 남편의 사촌'(57면)으로 고치거나, 비중이 작은 캐릭터에 대해서는 독자의 이해를 돕기 위해 '그의 정부情 춋인'(175면)이라고 하는 등 다양한 개입이 확인된다. 번역 문체의 특징 으로는, 한자어에 익숙지 않은 독자층을 배려하기 위해 구어식 표현을 많이 사용했다는 점을 지적할 수 있다. 간혹 한자어를 사용하더라도 한 글로 옮기고 괄호 속에 병기했는데, 이것이 쉬운 문체 구사를 위한 노 력이었다는 것은 『조선일보』에 실린 같은 지면의 국한문체 기사들과 비교할 때 즉시 드러난다. 말하자면 원 텍스트에 충실하되 일반 독자의 가독성을 고민하여 쉽게 옮기는 것이 조명희의 기본적 번역태도였다.

그렇다면 조명희가 언급한 "추려서 번역"한 부분은 무엇인가? 저본 인 소마 교후의 일역본과 비교해 보면 크게는 두 군데다. 거의 연재의 종결에 임박한 75회와 마지막회인 78회이다. 원작 『그 전날 밤』은 총 35개의 챕터로 이루어져 있는데, 75회에서는 원작의 (A)챕터29에서 챕터31의 내용을 압축해 담았고, 78회에서는 (B)챕터33에서 챕터35 까지를 담았다. 챕터 하나를 번역하는 데에 평균 이틀 이상의 연재분이 필요했기에 75회와 78회에 얼마나 많은 압축과 생략이 있었는지를 가 늠할 수 있다.[10] 문제는, 원작 소설의 후반부 중에서 해당 부분이 이른 바 위기, 절정, 결말을 모두 포괄하는 핵심 대목이라는 점이다. (A)는 인사로프와의 사랑을 확인하고 운명을 함께 하기로 한 엘레나가 격심한 아버지의 반대와 맞서 싸우는 대목이고, 소설의 마지막 부분인 (B)는 불가리아로 가기 위한 여정과 주인공 인사로프의 최후, 그리고 그의 유지를 잇는 엘레나의 결단 등이 그려진다. 한편, 75회와 78회의 내용을 엄밀히 따져보면, 그 내부는 다시 발췌역과 조명희 본인의 요약으로 나뉘어져 있다. 이 '요약'은 물론 저본과 관련 없는 완전히 새로운 조명희의 문장이다. (A)와 (B)는 신문 2회 연재에서 "추려서 번역"하는 것만으로는 제대로 된 문맥을 전달하기 어려울 정도의 많은 내용을 담고 있었다. 따라서 발췌 번역한 부분들 사이에 일종의 설명이 필요했던 것이다. 가령 75회의 '요약' 부분은 다음과 같다.

니콜라이는 처음에 자기집 부리는 하인에게 에레나가 좋지 못한 데 출입한다는 말을 듣고, 그 하인을 꾸짖어 내어 쫓으며 야단을 치더니, 나중에는 사람을 시켜 에레나의 뒤를 밟아 그 말이 적확한 줄을 알고는, 안나부인과 같이 두 내외 앉은 자리에서 에레나를 불러 앉혀놓고, 심문을 하다시피 하며 야단을 친다. 에레나는 조금도 두려워하지 않고, 쾌쾌히 다 말을 하였다. 그래서 니콜라이는 펄쩍 뛰며 고소까지 하여 두 사람을 다 잡아 가두게 한다고 을러대인다.(그 시절 러시아에서는 아마 부모의 허락 없이 사통하는 청년남녀를 처벌할 수 있었던 모양이다) 그러나 에레나는 또 한 조금도 굽히지 않고, 죽어도

---

10 물론 각 챕터의 분량은 상이하다. 따라서 정확한 압축 정도를 따져보기 위해서는 산술적으로 계산해 볼 필요가 있다. 챕터29~31(75회분)과, 챕터33~35(78회분)은 원작의 전체 분량에서 20%에 육박한다. 후자의 양이 좀더 많은 편이지만, 이를 2회 연재분으로 평균 내어보면 한 회가 약 총 분량의 10%를 담당한 것이다. 나머지 76회가 회당 1.3% 정도의 분량을 연재했음을 감안하면, 이 두 회의 압축률은 어림잡아 다른 날의 8배 정도였다.

그 사나이와 같이 죽겠으니 마음대로 하라고 하며 뻣뻣히 서면서도, 좌우간 자기 집문호를 더럽혔다는 남의 말썽을 만들게 하고, 양친에게 불효한 노릇을 하였노라고해서, 잘못하였다고 사과를 하며, 몹시 마음을 괴로워한다. 더구나 병잦은 모친을 두고 멀리 간다는 생각을 할수록 그는 슬퍼하기를 마지 않는다. 머리를 싸매고 누워있는 안나부인은 처음에 그 말을 들을 때에는 기가 막히어 어찌 할 줄을 모르더니 이제는 그것도 다 하는 수 없는지라, 다만 외딸인 에레나가 멀리 타역에 더구나 전쟁이 나서 소란하다는 곳으로 간다는 일만 생각하고, 주야로 슬퍼하며 눈물에 젖어있다. 그것을 본 에레나는 애처롭기 짝이 없고, 슬프기 가이 없어, 자기 모친을 붙들고 모녀 마주 잡고 앉아 울기도 여러 번이었다. 니콜라이는 이제는 하는 수 없는지라, 그러라고 자기 딸을 고소 같은 것이라도 하여 잡아 갖히게 하는 수는 없고, 다만 어느 때든지 자기 눈앞에는 띄지 말라고 호령만 하며 내어던져두었다.[11]

중반이 넘어서까지 나름의 충실한 번역을 견지하던 번역자가, 정작 작품의 핵심에 이르러 발췌와 요약의 방식을 취하게 된 상황은 그 자체로 상식을 벗어난다.

조명희에 의하면, 이 모든 축소 번역의 이유는 중간에 발생한 "어느 사정" 때문이었다. 그 사정이란 무엇일까? 크게는 둘 중 하나가 될 것이다. 번역자 개인의 사정, 그리고 개인 외적인 사정이 그것이다. 그런데 조명희 개인의 사정으로 비정상적인 종결을 하면서 "어느 사정"이라고 덧붙이는 것은 어색하다. 예를 들어 조명희보다 먼저 『조선일

---

11 투르게네프, 조명희 역, 「그 전날 밤(75)」, 『조선일보』, 1924.10.23, 3면.

보』에 창작 장편소설 『효무曉霧』를 연재하다가 미완인 채 종결했던 현진건의 경우에는, 마지막 연재분 끄트머리에 "작자의 사정에 의하여 유감천만이지만은 여기서 붓을 멈춥니다"[12]라고 하였다. 당시 현진건은 작가적 역량의 부족으로 첫 장편의 연재가 버거웠을 것이라 추정되는데,[13] 이런 경우 자연스럽게 "작자의 사정"이라 알리게 된다. 그러나 주어진 내용을 번역하면 되던 『그 전날 밤』의 경우는 상황이 달랐다. 이미 조명희는 70회 이상 차질 없이 연재를 해오던 참이었다. 게다가 그는 『그 전날 밤』 번역 이전에 이미 시집과 창작희곡까지 2권의 단행본을 낸 상태였고, 『개벽』, 『신여성』, 『동명』, 『폐허이후』 등에도 꾸준히 기고해오던 기성 작가였다. 그런 조명희가 필명도 아닌 본명을 내 건 번역연재소설을 개인의 사정으로 호지부지 마친다는 것은 상상하기 어렵다. 무엇보다 곤궁했던 조명희에게 번역은 부인할 수 없는 유용한 경제적 수단이기도 했다. 그가 의도적으로 연재 분량을 축소할 하등의 이유가 없는 것이다. 결국 개인 외적인 사정이라고 보는 것이 합당한 추론일 것이다. 돌연 "어느 사정"이 외부에서 개입한 것이다.

고려할 수 있는 것으로는 독자의 외면으로 인한 신문사측의 조기 종결 요구가 있다. 그러나 이는 설득력이 떨어진다. 첫째, 『조선일보』는 과거 현진건이 번역한 투르게네프 원작 소설을 두 번이나 장기 연재한 적이 있었고, 모두 정상적으로 끝을 보았다. 즉 투르게네프는 이미 『조선일보』 내에서 검증된 카드였다. 둘째, 전술했듯이 『그 전날 밤』은 당

---

12 빙허, 「효무(28)」, 『조선일보』, 1921.5.30, 1면.
13 박현수, 「1920년대 전반기 『조선일보』와 현진건―당대 『조선일보』의 문학에 대한 인식을 중심으로」, 『대동문화연구』 88, 대동문화연구원, 2014, 512면.

대 지식인들 사이에서 널리 회자되던 작품이었다. 식민지인의 저항이라는 맥락에서도 그러했지만 연극계에서 표절 시비가 일어날 정도의 대중성도 갖추고 있었다. 셋째, 번역소설 자체가 끝을 향해 달려가며 가장 흥미진진한 대목으로 돌입한 상태였다. 이 역시 독자층의 외면과 연결 짓기 어려운 요인이다. 오히려 세 달째 지면을 차지하고 있던 소설을 제대로 끝맺지 않는 것이야말로 신문사가 책잡힐 소지를 제공할 수 있었다. 넷째, 신문독자층이 외면한 소설이었다면 출판사도 외면했을 가능성이 높다. 그러나 『그 전날 밤』은 석연찮은 연재종결 이후 얼마 지나지 않아 박문서관을 통해 역간된다. 『조선일보』에서는 그 사실을 '문예소식'란에 알리기도 했다.[14] 종합해 보면 "어느 사정"이 사측과 조명희 간의 문제라는 가설은 개연성을 찾기 어렵다. 그와는 다른 또 다른 외부의 힘이 작용한 것이다.

"어느 사정"으로 지칭된 외적 계기는 총독부의 검열일 가능성이 가장 높다. 이는 검열로 중단된 또 다른 연재소설의 경우와 비교해 보면 보다 명료해진다. 예컨대 심훈이 『조선일보』에 연재하다가 39회로 중단된 『동방의 애인』(1930.10.29~1930.12.10)에 대해 『조선일보』 측은 그 중단이 "어떠한 사정" 때문이라고 언급한다.[15] 여러 선행 연구들은 이 '사정'이 검열이라는 사실에 이의를 달지 않는다.[16] 방인근이 『기독신보』에 연재하다가 49회로 중단된 『혁명』(1931.9.30~1932.10.20)의

---

14 "조명희의 본지에 연재하였던 번역소설 『그 전날 밤』은 박문서관에서 출판한다고" 「문예소식」, 『조선일보』, 1924.11.24, 3면.

15 「신연재소설 명일부터 – 장편소설 불사조」, 『조선일보』, 1931.8.15, 5면.

16 예로 한기형, 「서사의 로칼리티, 소실된 동아시아 – 심훈의 중국체험과 『동방의 애인』」, 『대동문화연구』 63, 대동문화연구원, 2008, 427면.

경우, "부득이한 사정"으로 인해 연재를 중단한다고 밝혀두고 있다. 이 '부득이한 사정'이 검열로 인한 처분이었다는 것은 당시의 『출판경찰월보』 제50호(1932.10.19)를 통해 직접적으로 확인 가능하다.[17] 이처럼 "어느 사정", "어떠한 사정", "부득이한 사정" 등의 대동소이한 표현은 사실상 검열을 암시하고 있었다.

『조선일보』 연재소설이던 『그 전날 밤』은 허가제(출판법)가 아닌 신고제(신문지법)의 적용을 받아 인쇄 이후에나 검열관에게 노출되었다. 조명희는 『그 전날 밤』 연재를 70회 이상 진행하면서 일상적인 출판법에는 저촉되었을 여러 표현들을 일단 활자화하는 데까지는 밀어붙일 수 있었다. 문제는 그 이후였다. 조명희가 봉착했을 법한 상황은 세 가지 정도 중에 하나로 추측된다. 첫째, 해당 소설의 불온성을 사후에 인지한 당국자가 사측이나 조명희에게 압박을 가한 것, 둘째, 당국자가 인지하기 전 신문사에 피해가 올 것을 우려한 사측에서 조기 완결을 종용한 것, 셋째, 검열의 사후 개입이 예견되는 상황에서 조명희 스스로 신문연재를 서둘러 끝낸 것. 이중 어떤 경우라 하더라도 검열당국의 존재로 인해 비정상적인 연재 종결이 발생했다는 사실은 매한가지다.

그럼에도 불구하고 이미 상당 부분의 번역 연재분이 유통되었다는 점에서 『조선일보』 판 『그 전날 밤』이 거둔 성과는 적지 않았다. 그러나 애당초 조명희가 의도한 바는 그 정도 수준이 아니었다.

---

17 조경덕, 「방인근의 기독교 소설 연구」, 『우리어문연구』 49, 2014, 521면. 한편 비슷한 시기 "부득이한 사정"이라는 표현이 검열을 지시한 또 하나의 사례로 1932년 10월 호 『비판』을 들 수 있다. 해당호의 『비판』 편집부는 "'不得已한 事情'이란 우리가 일상 거듭해 당하지 아니하면 안 될 일이라고 하겠지만 이번 十月號만은 넘어 심했다. 아래에 열기한 무히 三 l 餘編의 貴重힌 原稿기 고만 '不得已한 事情'이란 놈 때문에 犧牲을 당하고 말았다"(「社告」, 『비판』 17, 1932.10.1, 1면)라고 성토한 바 있다.

2. 단행본 『그 전날 밤』의 반격

이후의 단행본 발간은 조명희의 입장에서는 또 하나의 도전이었다. 박문서관을 통해 나온 『그 전날 밤』의 공식 출판일은 1925년 7월 15일이다. 그런데 『조선일보』에 『그 전날 밤』 출간 홍보 기사가 실린 것은 그 한참 전인 1924년 11월 24일이었다. 발간 계획의 확정과 실제 출판 사이에 무려 8개월여의 격차가 있었던 것이다. 번역 자체가 대부분 완료되어 있었다는 것을 감안하면 이 시간 전부가 추가 작업에 소요된 것일 리는 없다. 그 대부분은 검열을 통과하는 데 걸린 시간이라 간주해야 할 것이다.

정부의 검열계를 한번 보셨습니까. 온갖 출판물을 검열하는 이를터이면 조선의 지식계급들이 지적 생산물을 요리하는 검열계의 모양을! 칼 찬 경관이 강도를 잡고 국사범을 잡겠지마는 칼 안 찬 계원이 잘못 문명을 짓밟고 진보를 유린하는 것을 아십니까. 백성을 이(利)하고 정부를 이(利)하는 선도자의 결창물이 하루 급히 세상에 나와야 할 것인데 그와 엄청나게 다른 반면을 보아줌을 아십니까. 백 혈(百頁)이나 되나마나한 단행본이 들어가서 한 달, 두 달, 심하면 사오 삭(朔) 동안을 계원의 손에서 케케묵고 있습니다. 그것이 아무 시사문제에 접촉지 않는 순예술품, 예하면 소설시가 류가 그렇다 함에는 놀라지 않을 수 없습니다.[18]

---

18 「자유종—소위 경무국 검열」, 『동아일보』, 1925.2.20, 3면.

인용문은 조명희가 단행본『그 전날 밤』의 간행을 준비하던, 정확히 말하면 검열의 통과를 기다리던 시점에 나온『동아일보』의 검열당국 비판 기사다. 만약 조명희의 '8개월' 중 대부분이 검열 통과에 걸린 시간이라면, 위 기사에서 언급된 '심한 경우'의 기준인 "사오 삭"보다 더욱 심했던 셈이다. 더불어, 조명희는 단순히 오래 기다려야 했을 뿐 아니라 단행본 준비 과정에서 검열과 강하게 부딪혔다. 이는 신문연재본과 단행본의 비교를 통해 드러난다.『조선일보』판과 박문서관 판『그 전날 밤』의 문장이 기본적으로 동일하다는 것은 이미 언급했다. 두 버전 모두 같은 어휘, 문장, 표현을 구사한다. 그러나 세 가지의 중요한 차이가 있다. 이 세 가지는 모두 조명희 개인의 검열 대응 전략 혹은 검열당국의 조치와 연관성이 깊다.

첫째, 단행본『그 전날 밤』에는 원작자 투르게네프의 정체가 드러나지 않는다.『조선일보』연재시에는 78회 모두 "투루게네푸 作 / 趙明熙 譯"이라 제대로 밝혀두었으나[19] 단행본의 표지에는 "趙明熙 著", 판권지에는 "著作者 趙明熙"라고만 되어 있다. 이는 검열을 의식한 조치로 보는 편이 타당하다. 이미 논의한『조선일보』연재 당시의 일로『그 전날 밤』은 이미 '블랙리스트'에 올라갔을 가능성이 크다. 그러나 그것은 투르게네프 원작소설『그 전날 밤』이었다. 이 때문에 연재 종결 직후 단행본 출판을 준비하는 과정에서 연결고리인 '투르게네프'를 배제한 것이 아닐까 한다.

둘째, 신문연재의 끝 부분에 발췌역과 요약의 방식으로 과도하게 축

---

19 전술한『조선일보』의 단행본 광고에서도『그 전날 밤』은 엄연히 "번역소설"로 소개되었다. 「문예소식」,『조선일보』, 1924.11.24, 3면.

소될 수밖에 없었던 ①과 ② 부분의 복원이다. 즉 단행본『그 전날 밤』은 저본인 소마 교후의 일역본을 거의 모두 옮겨 담은 형태가 되었다. 그 과정에서 당연히 조명희의 요약 설명 부분은 필요가 없어졌다. 이는 결국 조명희가 신문연재 당시 검열에 진 빚을 단행본 버전을 통해 되갚을 수 있었다는 의미다.

셋째, 신문연재 당시에는 없었던 복자覆字의 출현이다. 단행본『그 전날 밤』에서 확인되는 복자는 총 59군데다. 복자의 형태는 'x'이며 저자가 확인한 복자의 개수는 총 479개이다. 개 중에는 두 글자짜리부터 수십 음절의 연속 복자까지 존재한다. 단행본에 적용된 출판법은 원고 단계에서 사전검열을 받아야 했다. 다시 말해 피검열자의 위치에서 검열 통과에 불리한 것은 당연히 신문보다 단행본이었다. 그렇기에 ①, ②를 되살린 것은 단행본이니까 당연히 가능했던 것이 아니라, 과감한 모험에 가까웠다. 우여곡절이 있었다고는 해도 단행본이 ①, ②의 복원까지 감당하며 정식으로 간행되었다는 것은 그 모험이 나름의 결실을 거두었다는 뜻이다. 하지만 복자라는 이름의 텍스트의 훼손이 수반되며 결실의 의의도 상당 부분 상쇄되었다.

제시한 이미지를 보면 알 수 있듯, 단행본의 경우 단어 차원을 뛰어넘어 문장 전체가 복자화된 곳도 있다. 독해가 불가능한 곳이 많아 정식으로 출판된 것이 다행일 정도다. 정리해 보자면, 신문연재본의 경우 문장 자체의 훼손은 없지만 내용 차원에서는 온전한 번역이 아니었고, 단행본은 내용 면에서는 온전한 번역에 가깝지만 문장의 훼손이 컸다. 그런데 문장의 훼손 정도가 심할 경우 결국 '온전한 번역'이 명분을 잃을 수밖에 없다. 독자의 입장에서 더 읽기 불편한 것은 당연히 단행본이었다.

하지만 조명희의 목표가 만약 텍스트의 훼손 없는『그 전날 밤』번역의 완수에 있었다면, 그것은 끝내 성취되었다고 볼 수 있다. 왜냐하면, '복자'의 경우는 원문이 존재하는 이상 '복원'이 가능하기 때문이다. 이 경우 원문이 될 수 있는 것은 신문연재본이다. 애초에 단행본은 신문연재의 길이 막힌 직후에 찾은 새로운 활로였다. 그런데 이 막다른 길에 이르기 전 조명희가 이미 해 놓은 작업이 있었다. 원작의 약 80%에 해당하는 지점까지의 충실한 번역을 신문에 실어왔

단행본『그 전날 밤』에 나타나는 복자의 예(82면)

던 것이다. 전술했듯 두 버전의 문장은 기본적으로 동일했다. 결국 단행본의 복자는 신문의 연재분을 통해 확인 가능하며, 반대로 축약되었던 ①과 ②는 단행본을 통해 원형을 확인할 길이 열린다.

〈표 25〉는 단행본의 복자 59군데를 복원한 결과이다. 이중 음영을 넣은 부분은 현재 신문 자체가 남아 있지 않아 확인이 불가능한 것들이다. 그러나 최종적으로는 음영 부분 역시 대부분 복원하는 데 성공했

다.[20] 조명희의 저본인 소마 교후의 일역본에서 해당 부분을 찾아 대조해볼 수 있었기 때문이다. 즉 음영 부분의 복자 복원은 저본이 존재한다는 번역물의 특성으로 인해 가능했다. 한만수는 복자의 복원 방식을 다섯 가지로 제시한 바 있는데, 저자의 방식을 그중에서 꼽자면 네 번째인 '판본 대조에 의한 방식'에 가깝다.[21] 그러나 번역 텍스트의 '저본과 역본 간 대조'는 일반적인 판본 대조와는 차별화되는 지점이 있기에 별도의 복원 방식으로 간주할 수도 있을 것이다.

한편, 〈표 25〉에서 눈 여겨 보아야 할 것은 복자의 출현 범위이다. 이것이 조명희가 신문연재본과 단행본을 상호보완적 관계에 놓이게 했다는 앞서의 논지를 뒷받침해주기 때문이다. 만약 단행본이 되살린 ①과 ② 부분마저 복자로 뒤덮여 있었다면 상호보완적 구도는 성립될 수 없었을 것이다. 하지만 59군데에 흩어져 있는 복자는 단행본 15면에 처음 출현하며, 마지막은 179면에 있다. 신문연재로 따지면 5회에서 65회 연재분 사이에 해당한다. 다시 말해 단행본을 통해 처음 번역 소개된 ① 챕터29~31(신문 75회 연재분)과 ② 챕터33~35(신문 78회 연재분) 부분은 복자로 인해 훼손 없이 번역될 수 있었다. 이는 일종의 '나눠쓰기'로 볼 수 있다. 선행 연구에서 '나눠쓰기'란 소설의 내용 자체에서 불온한 정보를 분산시키는 것을 의미했다.[22] 하지만 『그 전날 밤』의

---

20 〈표 25〉에서 ★표시한 16번, 20번 항목은 결국 복원하지 못했다. 이는 일본어 저본을 통해 보아도 가늠이 어려운 부분이다.

21 한만수, 「식민시대 문학검열에 의한 복자의 복원에 대하여」, 『상허학보』 14, 상허학회, 2005, 368면.

22 한만수는 강경애의 「소금」을 분석하며 검열우회로서의 '나눠쓰기' 전략을 다룬 바 있다. 한만수, 「강경애 「소금」의 복자 복원과 검열우회로서의 '나눠쓰기'」, 『한국문학연구』 31, 동국대 한국문학연구소, 2006, 177~184면 참조.

〈표 25〉 단행본 『그 전날 밤』의 복자 및 복원 내용[23]

구분	신문연재	단행본 복자 위치면	복자수	복원 내용
1	5회	15면	6	조국(祖國), 자유(自由), 정의(正義)
2	6회	16면	6	나라 애국지사
3	확인불가	75면	7	본국의 자유
4		75면	8	아직 독립국가를 이루고 있던 시기에는
5		75면	4	참살(斬殺)된
6		75면	7	터키의 장교
7		76면	6	살해한 것이
8		76면	6	아내의 복수를 한다
9		76면	15	단검으로 장교에게 상처를 입혔을
10		76면	3	총살(銃殺)
11		76면	3	총살(銃殺)
12		76면	15	상당한 투르크 정부의 박해를 당(하여)
13		76면	6	위험에 빠졌던
14		76면	4	목에 커다란 흠터 자국
15		76면	11	참상(斬傷)
16		76면	5	★
17		79면	4	투르크 장교
18		79면	3	복수를
19		79면	2	복수
20		79면	2	★
21		79면	6	그 나라를 구한다!
22	30회	82면	11	얼굴빛이 별안간 변하여짐(을)
23		82면	37	얼굴에 무슨 홍조를 띄우고 말소리가 높아진다는 것 따위로는 말도 안 된다. 그는 갑자기 전신에 무슨 힘이 내치는 것 같아지며 주먹을 부르르 떨며 옴키어쥐며, 한일자로 꽉 다문 입(술에는)
24		82면	2	엄연(히)
25		82면	13	감히 범치 못할만한 결심의 빛이

구분	신문연재	단행본 복자 위치면	단행본 복자수	복원내용
26	30회	82면	11	쇠하고 튀어나올 듯한 불빛 안광이
27		82면	2	고국
28		82면	8	자기나라 사정 이야(기)
29		82면	8	터키 사람의 이야기
30		82면	7	그네의 주는 압제
31		83면	10	자기나라 사람의 참상을
32		83면	4	그들의 장래
33		83면	13	불같은 감정이 속으로부터 사무쳐 오른다.
34		83면	9	부모를 죽인 터키 장교
35		83면	8	손에 혹독한 꼴을 당(하였으리라)
36	34회	92면	6	나라를 위해서
37		92면	10	터키 사람을 쫓아내는 것
38	37회	101면	11	그러나 나라 일을 위해서는 다 일심으로 몸을 바치고 하지요
39	38회	104면	7	국민전체의 원수를 갚지 않으면
40		104면	4	국민의 자유를
41	39회	104면	7	지성으로 나라를 사랑
42		104면	7	자기나라를 위해서 자기 생명을 바칠 때에야
43		104면	5	나라를 사랑
44		105면	4	몹쓸 운명과 인간에게 짓밟히는
45		105면	11	"본래 불가리아는 얼마나 비옥하고 풍요한 나라인지 몰랐습니다. 그리하던 것이 지금 와서는 모든 것이 다 짓밟히고 절단나고 말았습니다"하고나서는 팔을 뽐내이며 얼굴은 상기가 되어 말한다. "우리나라 사람들은 자기 것이라고는 모두 빼앗기었습니다. 교회(教會)이고 법률(法律)이고 나라영이고 무엇무엇 할 것 없이 죄다 빼앗아가고 나서 그 몹쓸 놈의 터키놈들은 우리 동포를 우마같이 부려먹으며 죽이며……"
46		105면	3	제나라

구분	신문연재	단행본 복자 위치면	단행본 복자수	복원내용
47	39회	105면	8	자기 나라를 사랑
		106면	8	그 나라라는 것이 위급한 지경에
48		106면	4	촌백성일지(라도)
49		106면	6	불가리아에 생겨난 이상에는 그네의 바라는 바가 다 나와 같이 한 뜻이(아니겠어요)
		106면	4	한마음 한뜻을 먹고
50		106면	4	불가리아에 대한
51	49회	129면	6	자기 본국말만 시작할 때에는 별안간('약간'으로 번역됨)
52	58회	154면	9	모든 위난(危難)을 무릅쓰고 모든 모욕(侮辱) 궁박(窮迫)을 당(한 다 할지라도)
53	64회	176면	6	우편으로 오는 것이 주의가 되어서 일부러 전인하여 (온 것이라)
54		176면	14	동방의 일은 점점 절박
55		176면	22	더구나 러시아 군대가 자기나라 속국 땅을 점령한 것이 더 인심을 소동케 한다. 풍운은 자꾸자꾸 급하여 가며 싸움이 곧 일어나려 (함은)
56		176면	11	이르는 곳마다 타오르는 불길은 어디까지 타서 번질는지 언제나 가라앉을는지
57		176면	5	적년의 원한(과)
58		176면	9	그의 묵은 뜻을 이제나 이루어볼 때이다.
59	65회	179면	13	여자는 전장에 나갈 수가 없으니까요.

경우는 복수의 판본과 각각에 적용된 검열제도 상의 편차를 활용한 '판본 간 나눠쓰기'라는 점에서 궤를 달리 한다.

그렇다면 조명희는 어떻게 챕터31부터의 내용을 복자 없이 담아낼 수 있었을까? 달리 표현하자면, 그는 어떻게 검열의 눈을 피할 수 있었

---

23 복원 내용의 괄호는 복자 다음에 이어지는 본문을 참고삼아 제시한 것이다. 한편, 복자 수와 복원한 글자수는 일치하지 않는 경우도 많다는 것을 알 수 있다. 연속 복자가 많은

던 것일까? 이러한 질문을 던질 수밖에 없는 이유는 해당 부분이 원작의 클라이막스였던 만큼, 검열망을 통과하기 힘든 문장과 어휘들이 산재해 있었기 때문이다. 그러나 조명희는 검열이 이 대목에 개입하지 못하게 하는 데 성공했다. 저자는 이것이 가능했던 이유를 조명희가 검열의 유동성(비균질성) 혹은 불완전성을 역으로 활용했기 때문이라고 생각한다. 『그 전날 밤』에는 특정 구간에서는 복자 처리된 어휘였음에도 불구하고 또 다른 구간에서는 문제없이 노출되는 경우가 흔하게 나타난다.[24] 그렇기에 복자 처리의 관건은 어휘 그 자체보다 그 어휘가 사용되는 맥락에 있었다고 보는 편이 옳다. 〈표 25〉에서도 확인되듯 59군데의 복자는 단행본에 골고루 퍼져 있는 것이 아니라 특정 면들에 집중되어 있다. 이 특정 면들은 하나같이 원작에서 인사로프의 조국과 관련된 대화가 등장하는 '불온한' 챕터에 해당한다. 그 불온한 챕터를 벗어날 경우의 '자유'나 '본국' 등의 표현은 큰 문제가 되지 않았던 셈이다.

이상의 사실을 시야에 넣는다면, 검열 관계자뿐만 아니라 조명희 역시 복자를 만든 주체에 포함시켜야 한다는 것을 알 수 있다. 이러한 철저한 문맥상의 검열을 당시 검열계의 인력이 감당하는 것은 결코 쉽지 않았다. 만약 그들이 주도적이고도 면밀한 검열을 수행했다면, 59군데만이 아니라 훨씬 많은 복자가 출현했어야 옳다. 그러나 179면 이후로 복자가 없다는 사실 자체가 그런 정밀한 검열의 부재를 증명한다. 검열

경우, 복자수가 글자수보다 적은 경우가 다수 나타난다.

24 예를 들어, 〈표 25〉에서 나타나듯 '본국(자기나라, 모국)', '자유' 등은 반복적으로 나타나는 대표적인 복자 처리 대상이다. 그러나 조명희의 단행본 다른 부분에서는 '본국'(240 · 247 · 266면 등)과 '자유'(31 · 209 · 232면 등)가 그대로 옮겨지기도 했다. 또 다른 예로 주인공 본국의 이름인 식민지 '불가리아'나 그 반대편에 있는 제국 '터키'도 때로는 복자 처리되었지만, 노출되는 경우가 더 많다(79 · 86 · 92 · 97 · 105면 등).

담당자는 이러한 현실적 문제로 인해 저작자(피검열자)의 자체 검열에 일정 부분 기댈 수밖에 없었다. 출판물의 엄혹한 사전검열 시스템에서 검열에 넣기 전에 피검열자가 '자기 검열'을 선행하는 것은 어떤 면에서 당연하다. 예를 들어『개벽』의 여러 기사들에서 확인되는 부분삭제의 경우, 상당수의 복자는 '자체삭제'의 가능성이 크다.[25] 앞서 살펴 본 『봄 잔듸밧 위에』의 서문이나 「땅 속으로」의 작중 언급에서도 나타나듯, 조명희의 경우도 검열 이전에 "걸릴 듯싶은" 부분을 빼는 조치를 취한 바 있었다. 『그 전날 밤』에서도 조명희는 스스로 복자를 배치했다. 이때의 핵심은 "걸릴 듯싶은" 부분에 집중적으로 복자를 시각화하되, 종반에 가까워지는 챕터31부터는 온전한 형태로 제시하는 것이다. 조명희에게 있어서 복자의 의도적 배치는 검열당국에게는 충분한 검열이 이루어졌다는 가시적 명분을 주면서, 자신은 원하는 구간의 텍스트를 살릴 수 있는 전략적 포석이었다. 「땅 속으로」의 주인공이 그러했듯, "걸릴 듯싶은 것은 죄다 빼었는데"[26]도 불온성의 낙인을 떨치지 못한 채 추가적 피해를 받았을 수도 있지만, 결과적으로『그 전날 밤』에서의 노림수는 적중했다.

그러나 이것 또한 검열에 대한 조명희의 '승리'와는 거리가 멀다. 이는 사실상 번역장翻譯場으로서의 식민지 조선이 얼마나 왜곡된 공간이었는가를 극명하게 보여주는 사례일 뿐이며,『그 전날 밤』을 통해 확인한 조명희의 대처는 엄밀히 말해 주어진 조건에서의 최대치를 뽑아내기 위한 '처절한 몸부림'에 가깝다. 복자의 존재는 말할 것도 없고 기본

---

25 최수일, 「제2장 식민체제와『개벽』의 역학」, 『『개벽』 연구』, 소명출판, 2008, 59면.
26 조명희, 「땅 속으로」, 이명재 편, 『낙동강(외)』, 범우, 2004, 56면.

어휘 선택을 보더라도, 조명희의 『그 전날 밤』과 저본이 된 소마의 일역본 사이에는 엄연한 격차가 존재했다. 예컨대, 조명희는 번역 와중에 '전쟁'이라는 단어를 사용하기 꺼려했다. 물론 검열망에 걸릴 여지가 많았기 때문일 것이다. 소마가 '전쟁'이라 일역한 것을 조명희는 획 하나만 바꿔서 '전장'(일∶한 : 196 / 134, 343 / 236, 378 / 261, 381 / 263)이라 하든지, 아니면 아예 '싸움'(260 / 176(단행본에서는 복자 처리됨), 337 / 231)이라 번역한다. 이러한 어휘 차원의 자기 검열은 이미 신문연재 때부터 수행된 것이다. 이를 통해 검열관의 눈에 띄는 것을 지연시켰을지는 몰라도, 이미 그것 자체가 원문의 훼손을 전제로 한 차선책이었다. 이렇듯 조명희의 번역은 대상 텍스트 선택의 자유뿐만 아니라, 번역 어휘를 선택할 자유마저도 확보되지 않은 채 이루어졌다.

그럼에도 불구하고 조명희 개인의 차원에서 보자면 진정한 의미의 타협은 없었다. 이는 신문연재본 『그 전날 밤』의 마지막 회에서 상징적으로 나타나는 바다. 이미 논의했듯 그는 불가항력적으로 신문연재를 마무리해야 하는 상황에 내몰렸고, 수십 페이지를 단 몇 문장으로 요약해야만 했다. 그런데 그 와중에도 원작의 끝에 등장하는 옐레나의 편지는 거의 온전히 번역되어 실렸다. 이는 인사로프가 죽은 이후 옐레나의 운명이 어떻게 결정되었는지를 알려주는 중요한 대목이다. 내용 중 첫 부분은 다음과 같다.

아버님과 어머님께 이 글을 올리나이다. 저는 두 분께 영원히 이별하옴을 고합니다. 저는 다시 두 분 눈앞에 뵈일 수 없다는 말씀이야요. 인사로프는 어저께 죽었답니다. 이제 제게 대해서는 만사가 다 끝이 나고 말았나이다. 저는 방금 죽은 남편의 시체와 한 가지 자라라는 땅으로 향하여 가려 하나이다. 그 곳에 가서 장사를 지내려하옵는데, 그 뒤에 저란 사람은 어찌나 될는지 저도 모르옵나이다. 그러나 지금 제게 대해서는 남편되는 사람의 나라 외에는 제 나라라고 말할 것이 없나이다. 그 나라에서는 지금 독립전장이 이러나려고 준비하고 있는 모양이압나이다. 저는 그곳으로 가서 그곳 여자들과 같이 한 틈에 끼어서 병난 사람과 싸움에 부상하여 오는 사람들의 간호를 하여줄까 하나이다. 그러한다 하여도 제가 무엇에 맞을지는 아직 모를 일이압나이다. 비록 인사로프는 죽었을지라도, 좌우간 저는 그 죽은 사람의 뒤를 이어 그 사람의 품었던 뜻을 다만 얼마라도 제 힘 자라는 데까지는 충성을 다하려고 마음을 먹고 있삽나이다. 생각건대 앞으로 저는 오래 살지도 못할 것 같삽나이다. 그리한다 하더라도 저는 아무것도 원통한 것은 없다고 생각하압나이다.[27]

식민지 조선의 합법 출판물 중에서 '독립전쟁'을 위해 사지로 뛰어드는 소설 주인공의 결단이 삭제되지도 않고 대미를 장식하는 경우가 또 있었던가. 더 눈길을 끄는 것은, 조명희가 '독립'이라고 번역한 부분이 원래는 "反亂"[28]이었다는 데 있다. 또한 소마의 "反亂"은 가넷의 "revolution"[29]에 대한 번역이었다. 1908년의 소마가 'revolution'을 '반란'이라 번역한 것은 특별한 정치적 의도보다는 당시만 해도 '반란'이 'revolution'의 번역어로서 '혁명'과 동등한 우선순위에 올라와 있었기 때문으로 보인다.[30]

27 투르게네프, 조명희 역, 「그 전날 밤(78)」, 『조선일보』, 1924.10.26, 5면.

28 ツルゲネフ, 相馬御風 譯, 『その前夜』, 內外出版協会, 1908, 392면.

29 Ivan Turgenev, Constance Garnett trans., *ON THE EVE*, London : William Heinemann, 1895, p.286.

30 가령 1902년에 神田乃武 능이 편잔한 『新訳英和辞典』(三省堂, 1902)에서 'revolution' 항목에 가장 먼저 올라와 있는 번역어는 ①回轉, 施轉, ②回歸, ③(天)運行, 公轉, ④

다만 1924년의 한국에서 '반란'을 '독립'으로 고친 것은 다분히 의도적이다. 마지막회라는 상황이 검열체제에 대한 투지를 배가시킨 것도 이 개입을 추동했을 것이다. 조명희는 해당 대목에 '반란'보다 '독립'이 적합하다고 판단했다. 그리고 이 판단은 자연스러웠을 것이다. 조명희가 인사로프의 자리에 서 있었기 때문이다.

3. 임계점을 향한 실험

이상 조명희의 『그 전날 밤』 번역을 중심으로 그의 번역이 검열로 인해 어떠한 굴곡들을 거쳐야 했는지, 그리고 그에 따른 대응은 어떻게 전개되었는지 등을 분석하여 보았다. 이는 식민지 번역장과 검열의 관계, 그리고 그 속에서 길항하던 번역 주체를 이해하기 위한 작업이었다. 조선이라는 번역 공간은 '식민지 검열'이라는 절대적 변수와 공존했다. 문제는 식민지 조선, 그리고 '내지'의 검열에 근본적인 차이가 있었다는 것이다. 이를 증언하는 것이 바로 〈표 25〉의 복원에 사용한 '훼손되지 않은' 일본어 저본의 존재다. 즉 『그 전날 밤』은 일본어로 된 제국의 질서 속에서는 용인되었으나, 조선어로 된 식민지 공간에서는 쉽

<hr>

迴り, ⑤變革, 改革, ⑥革命, 反亂 순이다. '혁명'이 ⑥에 이르러야 등장한다는 것과 나란히 '반란'이 등장한다는 점이 이채롭다.(830면) 1910년에 간행된 山口造酒, 上野義太郎의 『英和陸海軍兵語辭典』(明誠館, 1910)의 경우 'revolution'의 번역어로서 '혁명'은 ①번 항목으로 올라오긴 했지만 여전히 '반란'과 함께 제시되어 있다.(250면)

게 허용되지 않았다.

식민지의 합법 출판물은 예외 없이 한 차례 이상의 검열을 거친 결과물이지만, 검열계에 제출한 최초의 원고와 대조해 보지 않는 이상 '걸러진 것'이 무엇인지는 알 수 없다. 문제는 '남은 것'만을 분석의 대상으로 삼을 경우, 해당 텍스트의 존재 의미를 온전히 간취하기 어렵다는 것이다.[31] 이러한 문제의식은 식민지 번역장 전체의 흐름과 성격을 구명하는 데에도 확대 적용할 수 있다. 이를테면 1920년대보다 인쇄매체의 종수나 규모가 증가하는 1930년대에 오히려 번역문학의 양적 감소 혹은 정체가 가시화되는데, 그 이면에 검열의 강도가 강화되어 간 사실을 동시에 고려해야만 한다.[32] 그런데 다음의 두 가지 경우는 제한적으로나마 '걸러진 것'의 실체, 즉 검열 전후의 차이를 파악할 수 있는 여지가 허락되어 있다. 하나는 신문에 먼저 연재되었던 것이 나중에 단행본으로 간행되는 경우이고, 다른 하나는 번역물이다. 전자는 신문지법과 출판법의 사각지대에서 잔류한 '신문연재본'이, 후자는 애초에 다른 법역法域으로 인해 훼손 없이 유통된 '번역저본'(주로 일본어로 된)이 열쇠가 된다.

전前 장에서 살펴보았듯이 1920년대 한국에서 『그 전날 밤』은 한 편의 외국소설 이상의 의미를 획득하고 있었다. 식민지인들이 식민지 출신 주인공에게 각별한 관심을 보이는 것은 당연할지도 모른다. 그러나 그 관심이 그대로 문자화되기 어려운 곳도 식민지였다. 『그 전날 밤』은 한국이 식민지 상태였기에 정전正典이 될 수 있었고, 또한 식민지인들의

---

31 이 문제의식을 창작과의 상호텍스트성 속에서 논구한 것이 이 책의 제3부 2장이다.
32 이 책의 제3부 1장 참조.

정전이었기에 훼손된 육체를 지닐 수밖에 없는 운명이었다. 다행히 조명희의『그 전날 밤』은 전술한 두 종류의 '원형'이 모두 남아 있어 검열 전후의 편차를 확인할 수 있었을 따름이다.

당시 문인들은 검열의 지분이 과도하게 컸던 식민지 출판계의 조건을 잘 파악하고 있었으며 민감하게 대처했다. 이 사실이야말로 당대의 번역과 검열의 상관관계를 계속하여 고찰해야만 할 이유다. 번역을 겸하던 문인들은 항시적 피검열 상태에 있었고 결과적으로 많은 검열 관계 흔적들을 남겨놓았다. 1920년대만 하더라도 검열표준이 정립되지 않은 상황이었음은 물론, 표준이 있다 한들 문인들이 전반적으로 지배 논리에 길들여지지 않은 상태였다. 따라서 피검열자의 기본 태도는 어떻게 하면 검열관의 시선을 교란하여 최대한의 발화를 할 수 있을지에 초점이 맞추어졌다. 이러한 상황에서 식민지 문인들은 검열의 사각死角 속에 들어갈 수 있는 최대한의 불온성을 구현하기 위해 다채로운 실험을 감행했다. 조명희가『그 전날 밤』번역 과정에서 보여준 검열 우회의 전략은 그 실험적 글쓰기의 한 사례일 뿐이다.

이때 조명희 동무는 주로 시와 또는 산문으로 그야말로 좌우 량수에 예리한 무기를 들고 우리들의 선두에서 싸웠다. 나는 항상 그에게 고무되면서 보다 더 보람 있는 일을 하기 위하여 나의 실력을 키우는 데 노력하였다. (…중략…) 단편 소설, 수필, 문학 평론을 비롯해서 사회 평론, 국제 정세 정치 경제 론평까지 썼다. 물론 이 글들의 많은 부분이 불가살이처럼 집어 삼킬줄만 아는 왜경에 의하여 잡아먹히었지만, 그러나 놈들에게 결손을 보고 말 수는 없었다. 나도 조명희 동무도 또 다른 동무들도 놈들이 먹으면 또 쓰고, 먹으면 또 쓰고

하였다. (…중략…) 더욱 일제 경찰들이 눈깔을 까뒤집고 언제나 양을 노리는 승냥이처럼 우리들의 작품을 노리고 있는 판이랴. 놈들의 눈에 걸리지 않으면서도 인민들의 요구에 대답하는 작품을 쓰기 위하여 항상 세심한 용의를 가지지 않으면 안되었다. 현실의 표면, 현상의 포말(泡沫)에 사로잡힘이 없이 깊이 본질에 파고 들면서 멀리 돌려서 쓰는 방법, 비유와 해학까지 리용해 가면서 간접적으로 알게 하는 방법, 특히 말과 글에 다채로운 색채를 주어 독자들의 흥미를 끌면서 한편으로는 글백정놈들의 눈을 현혹케 하는 방법도 생각해야 하였다. 이런 점들에 있어서 침착하고 사례 많은 조명희 동무는 우리와 자주 이야기하였다. 자칫하면 저돌적으로 냅다 밀기만 하려는 우리들에게 그는 부드럽고도 강한 문학상의 전략 전술을 항상 말해 주었던 것이다. 실상 이렇게 함으로써 우리들은 우리들의 글을 보다 많이 부르죠아 출판물들에 등장시킬 수 있었고 또 한편으로는 우리들의 출판 활동을 놈들의 문화 말살 정책과 살인적인 검열 제도 아래에서 어느 정도 살려갈 수 있었다.[33]

한설야는 검열을 피하기 위한 전략·전술들을 언급하며 이러한 지식에 있어서 조명희가 최첨단에 있었다고 회고한다. 그 근저에는 조명희의 검열 체험이 있었으며, 『그 전날 밤』도 그중 하나였다. 다만 「낙동강」을 비롯하여 조명희의 창작소설들에 새겨진 숱한 복자의 흔적들을 보건대, 그는 한설야가 예로 든 회피술들처럼 '소극적' 방식뿐 아니라 지워질지언정 표현은 수정하지 않는 우직한 글쓰기 또한 즐겨 사용한 듯하다. 창작소설의 해당 복자들은 조명희가 소련으로 망명한 이후 스

---

33 한설야, 「정열의 시인 조명희」, 황동민 편, 『조명희 선집』, 소련과학원 동방도서출판사, 1959, 542~544면.

스로 복원하여 오늘날까지 전해지고 있다.[34] 강조해두고 싶은 것은, 인용문에서 한설야가 거듭 "우리들"의 검열 대응을 말한 데서 알 수 있듯 조명희의 사례가 예외일 리 없다는 것이다. 물론 이는 한설야를 비롯한 조명희의 동지들에 국한될 사안도 아니다.

---

34 이명재 편, 『낙동강(외)』(범우, 2004)에는 기존에 복자 상태로 발표되었다가 훗날 복원된 부분들이 고딕체로 처리되어 있다.

제5장
반체제의 번역 앤솔로지

1. 최초의 서양 단편집

『태서명작단편집泰西名作短篇集』은 제목 그대로 서양泰西의 여러 단편 소설을 번역하여 엮은 책으로서, 그동안 한국 최초의 서양 단편집으로 알려져 왔다. 편집자 변영로가 남긴 「서언緖言」으로부터 이 책의 문제 적 지점을 짚어보기로 한다.

여기 편집한 단편들은 나의 선배(先輩)요, 외우(畏友)인 가인(假人), 육당 (六堂), 순성(瞬星), 상섭(想涉) 등 제군과 내 자신이 여러 대륙 작가 작품 중 에서 선발하여 번역한 것으로 잡지『동명』,『개벽』,『학지광』,『신생활』 지상 (誌上)에 게재하였던 것이나 이리저리 산일(散逸)되어버림을 애석히 생각하여 이에 그것들을 수합하여 단행본으로 출판하기로 한 것입니다.

물론 이 단편집 가운데 모은 단편들이 모두 다— 그 작자 자신네들의 대표적 작품들만이라고는 단언할 수 없으나 하여간 어느 정도까지는 그 작자네들의 면목을 엿볼 수 있을 만큼 그 작자네들의 특색을 보인 작품들이며 또 역자(譯者)들(나 외에)도 어느 정도까지 신용할 수 있다고 깊이 자신하므로 이 단편집이 다소 독자들께 영향하는 바가 있으리라 합니다.

마지막으로 이 단행본을 편집함에 대하여 많은 원고를 기껍게 내어주신 제형(諸兄)과 이 책을 맡아 출판하여주시는 조선도서회사에 계신 홍순필(洪淳泌) 씨께 아낌없는 감사를 드립니다.[1]

『태서명작단편집』은 집단적 노력의 산물이었다. "여러 대륙 작가 작품 중에서 선발하여 번역"한 번역자 자체가 여럿이었다는 것이다. 일반적으로 번역은 단일 주체의 의지가 관건이다. 예컨대 김억金億의 『오뇌懊惱의 무도舞蹈』(광익서관, 1921)나 권보상權輔相의 『노국문호露國文豪 체홉 단편집』(조선도서주식회사, 1924)처럼, 동시기의 번역서들은 그 형태가 앤솔로지라 하더라도 개인에 의해 역간되는 것이 기본이었다. 그러나 『태서명작단편집』은 시작부터 다른 길을 갔다.

그런데 '복수의 번역자'의 면면이 이목을 끈다. 홍명희洪命熹, 최남선崔南善, 진학문秦學文, 염상섭廉想涉, 그리고 「서언」을 쓴 수주樹州 변영로卞榮魯는 현 시점에서 보면 한국 근대문학의 개척자 진영에 근사하다. 현

---

1 「緒言」, 『태서명작단편집(泰西名作短篇集)』, 조선도서주식회사, 1924. 한자의 괄호 처리 및 현대어 윤문 등은 인용자에 의한 것이다. 이하 본서를 인용하는 경우, 인용문 끝에 괄호로 면수만 표기한다.

시점이 아니라 당시를 기준으로 보아도 그들은 이미 잘 알려진 문인이었다. 1920년대의 특성상 작가가 자기 이름을 걸고 번역하는 것은 단순한 소개의 차원을 넘어 조선 문학계에 신문학의 모델을 제시하는 행위였으며, 또한 창작을 통해서는 전하기 힘든 메시지를 발화하는 정치적 전략이기도 했다. 이는 당연히 『태서명작단편집』에 실린 작품 하나하나에 조선 문단을 향한 저들의 문제의식이 반영되어 있으리라는 것을 의미한다. 따라서 『태서명작단편집』에 대한 연구는 단순히 번역서 한 권의 고찰에 그치는 것일 수 없다.

『태서명작단편집』은 문학의 검열과 반反검열의 역학을 조망하는 측면에서도 대단히 문제적이다. 이 앤솔로지는 출판검열을 통과하는 과정에서 수록 예정작 한 편이 통째로 삭제되는 처분을 받게 된다. 「서언」의 다음 면은 커다란 활자로 된 아래의 문장으로 채워져 있었다.

육당(六堂)의 「마지막 과정(課程)」은 검열(檢閱) 받을 때 전부삭제(全部削除)를 당(當)하였습니다. 편자(編者)

삭제된 소설은 알퐁스 도데의 잘 알려진 단편 「마지막 수업」을 최남선이 번역한 「마지막 과정課程」이었다. 적게는 두 편에서 많게는 여섯 편까지를 번역하여 실은 다른 번역자들과는 달리 최남선은 그 한 편만을 실을 예정이었던 만큼, 이 검열 조치로 인해 『태서명작단편집』의 필진은 5명에서 4명으로 바뀌게 된다. 「서언」에는 '육당'이 포함되어 있었으니 이 검열 결과는 「서언」을 작성한 이후 통보된 것으로 볼 수 있다.

하지만 구태여 단행본의 한 페이지를 할애하면서까지 검열의 세부 내용을 밝힌 이유는 무엇일까. 물론 일차적으로는『태서명작단편집』에 수록하려다가 무산된 작품의 정체를 적시하거나 문명 높은 최남선이 함께할 예정이었음을 알리는 차원이었을지도 모른다. 그러나 해당 페이지를 삽입함으로써 얻는 더욱 중요한 이점이 두 가지가 있었다. 하나는 '태서'의 '명작'을 출판하는 것조차 가로 막는 검열제도의 폭력을 고발하는 것이었다. 다른 하나로서, 이 정보의 공개는 오히려 독자로 하여금 '삭제되어 사라진'「마지막 수업」이라는 소설을 찾아 읽고 싶은 욕구를 추동하고,[2]『태서명작단편집』자체에 대한 독자의 기대감을 고조하는 데도 기여할 수 있었다. 전자는 검열에 대한 저항의 의지를, 후자는 검열의 존재를 역으로 활용하는 전략적 태도를 읽어낼 수 있다. 상황이 이러하다면, 실제『태서명작단편집』에 수록된 개별 작품의 선별 원리나 메시지 등도 '반검열'의 견지에서 살펴볼 필요가 있다. 아니, 오히려 그러한 시각을 적용할 때에야『태서명작단편집』의 진정한 의미에 근접할 수 있으며, 나아가 당대 작가들의 번역이 갖는 함의 역시 선명해질 수 있을 것이다.

이상과 같이『태서명작단편집』은 뚜렷한 학술적 의미들을 내포하고 있으나 일부 연구자에 의해 간헐적으로만 언급되었을 뿐, 본격적인 연구가 진행된 바는 없다. 본 장에서는『태서명작단편집』을 통해 조선 문단을 향한 문제의식이 투영된 문학적 실천으로서의 번역과, 식민지 검열에 대한 앤솔로지 형태의 대응 방식을 고찰해 보고자 한다.

---

2 이 책은 원 발표 매체인『동명』이 종간된 이후에 나왔지만, 마지막 호가 공지하듯『동명』자체를 "전부합편(全部合編)"하여 4월 50전에 판매하는 기획이 이어진 바 있었다. 「「東明」全部合編(特價發賣)」,『동명』40, 1923.6, 5면.

2. 『태서명작단편집』의 성립

『태서명작단편집』의 모태는 기획자 변영로가 「서언」에서 언급한 잡지 "『동명』, 『개벽』, 『학지광』, 『신생활』"에 역재譯載된 기 발표작이었다. 잡지의 배열순서에 주목해 보자. 매체의 역사를 감안한다면 응당 『학지광』(1914.4~1930.4), 『개벽』(1920.6~1926.8), 『신생활』(1922.3~1923.1), 『동명』(1922.9~1923.6) 순이 되어야 할 것이고, 매체의 당대적 위상을 고려할 때는 『개벽』을 앞세우는 것이 맞다. 하지만 변영로의 기준은 달랐다.

〈표 26〉은 『태서명작단편집』의 기본 정보와 각 소설의 첫 발표 지면을 조사한 결과이다. 미루어보건대, 변영로가 제시한 『동명』, 『개벽』, 『학지광』, 『신생활』 순은 『태서명작단편집』에서 차지하는 편수와 면수, 즉 전반적인 양적 비중에 근거하고 있는 듯하다.[3] 특히 맨 앞자리를 차지하는 『동명』은 『태서명작단편집』의 중추였고, 4종의 잡지 가운데 번역자 5명이 모두 적극 관여한 유일한 잡지이기도 했다. 최남선은 발행인, 진학문은 편집주간이었으며, 염상섭 역시 진학문의 제안을 받아 『동명』의 기자로 합류한 뒤 후신인 『시대일보』에까지 동참한 바 있었다.[4] 홍명희의 경우, 『동명』의 간행 초기에는 신규식申圭植의 죽음을 애

---

3 만약 작품 편수만이 기준이라면, 3편의 『개벽』보다 4편의 『학지광』이 더 앞서야 한다. 한편 상기 면수 통계에서 『개벽』이 『동명』을 앞지르는 이유는, 원래 포함될 예정이던 『동명』 제31호(1923. 4)에 발표된 「마지막 과정」이 나중에 삭제되기 때문이다. 최초 「마지막 과정」은 같은 호에 함께 실렸던 「월야」와 비슷한 분량으로 편집되어 있었다. 「월야」는 단행본 기준 12면 정도였으니, 「마지막 과정」이 누락되지 않았다면 비슷한 분량이 『태서명작단편집』에 추가되었을 것이다. 「마지막 과정」을 제외한 매체별 분량은 『동명』 58면, 『개벽』 67면, 『학지광』 48면, 『신생활』 14면이다. 이를 고려하면 결국 「서언」 작성 당시의 면수는 『동명』이 『개벽』을 근소하게 앞서게 된다.

구분	제목	저자(국적)	역자	면수	발표 매체	발표 시기
1	산책녁	체홉 (러시아)	홍명희	6	미상	미상
2	사진첩(寫眞帖)	체홉 (러시아)	진학문	5	『학지광』 10	1916. 9
3	내조자(內助者)	체홉 (러시아)	변영로	14	『동명』 31	1923. 4
4	모나코 죄수	모파상 (프랑스)	홍명희	5	『동명』 5	1922. 10
5	월야(月夜)	모파상 (프랑스)	진학문	12	『동명』 31	1923. 4
6	사막(沙漠) 안에 정열 (情熱)	발자크 (프랑스)	변영로	29	『개벽』 26~27	1922. 8~9
7	옥수수	니노쉬빌리 (그루지야)	홍명희	5	『동명』 3	1922. 9
8	사일간(四日間)	가르신 (러시아)	염상섭	27	『개벽』 25	1922. 7
9	랑(狼)	자이체프 (러시아)	진학문	12	『학지광』 8	1916. 2
10	기화(奇火)	코로렌코 (러시아)	진학문	2	『학지광』 3	1914. 12
11	밀회(密會)	투르게네프 (러시아)	염상섭	18	『동명』 31	1923. 4
12	젓 한 방울	미상	홍명희	4	『동명』 4	1922. 9.
13	외국인(外國人)	안드레예프 (러시아)	진학문	29	『학지광』 6	1915. 7
14	의중지인(意中之人)	고리키 (러시아)	진학문	14	『신생활』 7	1922. 7
15	결혼행진곡 (結婚行進曲)	라겔뢰프 (스웨덴)	변영로	11	『개벽』 25	1922. 7

---

4 염상섭(廉想涉), 「최육당(崔六堂) 인상」(『조선문단』, 1925.3), 한기형·이혜령 편, 『염상섭 문장 전집』 I, 소명출판, 2013, 351면. 이하 염상섭 글의 인용에서 앞의 『염상섭 문장 전집』의 현대어 표기를 그대로 가져올 경우 '『문장 전집』 I, 00면'과 같이 약식으로 표기한다.

도하는 글 「육당께」[5]를 비롯, '여든셋'[6]이라는 필명으로 단편소설 세 편을 연달아 역재하였고, 후기에는 본명으로도 번역소설을 실었다. 그가 훗날 『시대일보』의 사장에 취임하게 되는 것도 특기할 만하다. 변영로는 공식적으로는 『동명』의 인사가 아니었지만, 문예이론, 창작시, 번역소설 등 다양한 글을 『동명』에 남겼다.[7]

'기획'의 연속성도 『동명』에 주목해야 할 이유다. 『태서명작단편집』이 나오기 약 10개월 전인 1923년 4월, 『동명』 제2권 14호에는 총 9명이 한 편씩 소설을 번역하여 싣는 특집이 있었다.[8] 다수가 참여하는 번역의 기획이면서 특히 단편소설에 방점을 찍었다는 점,[9] 더구나 그 9편 중 4편을 『태서단편명작집』에 재수록했다는 점은 이 기획의 시원始原이 해당 특집일 가능성을 뒷받침하는 정황들이다.

하지만 『태서명작단편집』을 손쉽게 『동명』과 등치시킬 수는 없다. 예컨대 『동명』의 주요 필진이라고 해서 모두가 『태서명작단편집』의 공동 역자로 이름을 올린 것은 아니다. 양건식과 현진건이 여기에 해당한다. 양건식은 『동명』의 간행기간 내내 가장 꾸준히 문학 작품을 연재하

---

5   假人, 「뉵당쎄」, 『동명』 5, 1922.10.1, 11면.
6   김준현은 이 필명을 홍명희가 청주형무지소에 있을 때의 수인번호로 추정하였다. 김준현, 「'번역 계보' 조사의 난점과 의의」, 『프랑스어문교육』 39, 한국프랑스어문교육학회, 2012, 282면. '여든셋'으로 발표한 세 편이 『태서명작단편집』에 실린 「옥수수」, 「젓 한 방울」, 「모나코 죄수」이다.
7   최근 1920년대 초반의 『조선일보』 문예란을 분석한 한 연구는 당시 문예란의 핵심 저자가 변영로였음을 확인하고 알려지지 않았던 그의 글들을 발굴한 바 있다. 박현수, 「1920년대 초기 『조선일보』 「문예란」 연구─발굴과 위상의 구명」, 『민족문학사연구』 57, 민족문학사학회, 2015 참조. 한편 비슷한 시기에 변영로는 『신민공론』의 편집을 맡고 있었을 뿐 아니라, 『동명』 외에도 『개벽』, 『신생활』 등에 꾸준히 글을 싣는 등 과작(寡作)으로 유명해지는 훗날의 행보와는 다른 면모를 보여준다.
8   이 기획 특집에 대해서는 이 책의 제2부 2장과 3장에서도 언급한 바 있다.
9   다만 이광수의 경우는 번역이 아닌 요약의 방식을 택했다.

였으며, 현진건 또한 『동명』의 편집동인이었다.[10] 그들은 전술한 『동명』의 번역 기획에도 동참하였지만, 그게 아니더라도 외국문학 번역에 있어서 두드러진 결과물을 이미 보유하고 있었다.[11] 기 발표작으로 번역 앤솔로지를 만든다는 기획에서 양건식과 현진건을 제외했다는 것은, 결국 『태서명작단편집』의 무게가 『동명』의 네트워크보다는 변영로 개인의 결정에 보다 치우쳐 있었다는 방증일 것이다.

변영로를 중심에 놓고 그가 "외우畏友"라고 표현한 역자진과의 교유 관계를 간략히 짚어보자. 우선 염상섭은 변영로와 마찬가지로 『폐허』의 동인이었다. 동년배이기도 했던 그들은 남궁벽의 사후 유고를 소개하며 공동으로 취지문을 작성하기도 하는 등 다각도의 교제가 있었던 것으로 보인다.[12] 나머지 세 명의 번역자인 최남선, 홍명희, 진학문은 일단 그들 상호 간의 네트워크가 긴밀했다. 이 선배 그룹에 변영로가 동료로서의 존재감을 피력한 것은 1918년 『청춘』에 등단작 「코스모스」를 게재하면서부터일 것이다. 홍명희는 『소년』 때부터 최남선의 잡지 간행에 힘을 보태고 있었고 진학문은 『청춘』의 주요 저자였다. 아울러, 홍명희, 최남선과 함께 '경성삼재京城三才'로 세평에 오르내렸던 변영만卞榮晚(1889~1954)의 동생이었던 점 역시 변영로가 그들의 교제권에 자연스레 안착한 배경 중 하나였을 것이다.

한편 변영로를 중심에 놓지 않아도 이들을 엮어주는 또 하나의 테두

10 「呼兄呼弟 六堂 崔南善 씨」, 『瞬聖 秦學文 追慕文集』, 瞬聖追慕文集發刊委員會, 1975, 83면.
11 양건식은 주로 중국문학 번역가로 논의가 집중되었으나, 서양문학을 다채롭게 소개한 작가이기도 하다. 현진건의 번역과 관련해서는 이 책의 제2부 제2장과 제5장을 참조.
12 영로(榮魯)·상섭(想涉), 「별의 아픔과 기타」, 『신생활』 8, 1922.8. 한편, 변영로와 염상섭의 여러 사적 교유가 담겨 있는 기록으로서, 변영로의 수필집 『명정(酩酊) 40년』(서울신문사, 1953)을 참조할 수 있다.

리가 있었다. 바로 1922년 12월에 발족한 '조선문인회'이다. 염상섭, 변영로, 오상순, 황석우가 주도하여 세를 넓혀나간 이 단체는 첫 번째 기관지인 『뇌내쌍스』(1923.4)와 그 후속 『폐허이후』(1924.1)를 선보였다. 『폐허이후』의 필진을 살펴보면 『태서명작단편집』의 역자들인 최남선, 홍명희, 염상섭, 변영로가 포함되어 있고, 나머지 한 명인 진학문 또한 회원이었다는 증언이 있으니,[13] 사실상 조선문인회는 이들 역자진의 공통분모였던 셈이다. 『폐허이후』의 간행에서 불과 한 달 후에 나온 것이 『태서명작단편집』이었다.

이렇듯 그들은 서로를 동지로서 인정하는 기본적 바탕 아래 실제로 여러 매체에서의 협업을 경험해왔다. 그들의 글쓰기에는 '번역' 역시 적지 않은 비중을 차지하고 있었다. 「서언」으로 돌아와 "역자譯者들(나 외에)도 어느 정도까지 신용할 수 있다고 깊이 자신"한다던 변영로의 말에 주목해 보자. 이는 당연히 그가 다년간 지켜본바, 최남선, 홍명희, 진학문, 염상섭이 지닌 번역자로서의 능력, 그리고 번역 작품을 선택하는 그들의 안목을 모두 염두에 둔 발언일 터이다.

그렇다면 『태서명작단편집』을 구성하는 작품들은 애초에 어떠한 경로로 번역된 것일까? 우선 각 수록작의 저본을 조사하여 정리한 〈표 27〉을 제시한다.

염상섭(8, 11)은 후타바테이 시메이二葉亭四迷의 일역본을 저본으로 삼았다.[14] 진학문(2, 5, 9, 10, 13, 14)의 경우, 모파상의 「월야」[15]를 제외하

---

13 박종화, 「월탄회고록」, 『한국일보』 1973.10.5; 박헌호, 「염상섭과 '조선문인회'」, 『한국문학연구』 43, 동국대 한국문학연구소, 2012, 239면에서 재인용.

14 이 책의 제1부 2장과 제2부 3장 참조.

15 「월야」는 다른 판본과의 교차 비교를 수행하여 바바 고초의 판본을 저본으로 확정할

면 일본에서도 누차 번역된 작품들이 아니어서 오히려 조건에 부합하는 저본을 수월하게 확정할 수 있었다. 예컨대 그가 번역한 「사진첩」의 경우, 텍스트의 일치는 차치하더라도(텍스트 대조 결과 역시 앞의 「월야」 사례와 같은 패턴) 세누마 카요瀬沼夏葉(1875~1915)의 『러시아문호 체홉 걸작선露国文豪 チエホフ傑作選』 판본 외에는 『태서명작단편집』 이전에 나온 일역본을 찾을 수 없다. 더 과거로 가면 세누마 카요가 스승 오자키 고요와 함께 1903년 10월 『신소설新小說』에 발표한 번역이 존재하나, 1923년의 시점에서 진학문이 본 텍스트를 저본으로 삼았을 가능성은 희박하며, 어차피 세누마 카요의 번역인 까닭에 판본의 편차가 크지 않을 것으로 보인다.[16]

문제는 홍명희(1, 4, 7, 11)의 저본들을 찾는 일이었다. 유감스럽게도 현재로서는 「산책녁」 한 편만을 발견할 수 있었다. 해당 저본은 구도와 신工藤信의 「生きた暦」이다. 일단 내용의 특성상 구도와의 일역본에서부터 알파벳 표기나 주석 등을 사용하는데, 그것이 홍명희의 역본에도 똑같이 반영되어 있고("Enrico Tomberlik", "Tenor" 3면), 고유명사의 번역을 보아도 특징이 중첩된다.[17] 「모나코 죄수」의 경우는 원작이 '대문호'

수 있었다. 진학문이 직역의 태도를 취하고 있어서, 소설 첫 문장의 비교만으로도 둘의 관계는 자명해진다. "僧マリヤンは敎法の戰士として、その名に恥ぢぬ勇者であつた"; "僧 「마리얀」은 敎法의 戰士로서, 그 이름에 부끄럽지 아니한 勇者이었다."

16 이상의 번역 판본 조사는 일차적으로 川戸道昭 外編, 『明治期飜譯文学総合年表』, 大空社, 2001와 日本國會圖書館 編, 『明治·大正·昭和 飜譯文學目錄』, 風間書房, 1989를 참조하였다. 이하 일역본의 존재 여부 판단은 기본적으로 이 목록과 연표를 근거로 삼는다.

17 예컨대 "ルウイヂー·エルネストオ·ヂイ·ルッヂエロ"(『チエホフ選集』, 102면), "루이 디·엘레스토·되·룻첼로"(『태서명작단편집』, 2면)을 보면 공통적으로 4분할 된 인명 표기 가운데 굵은 점을 사용한다. 홍명희의 다른 번역에서는 같은 경우 콤마(",") 표기가 적용된 바 있다.(『태서명작단편집』, 30·75면 등)

〈표 27〉『태서명작단편집』의 번역저본들

구분	제목 / 저자	역자	저본	
			서지	역자
1	산책녁 / 체홉	홍명희	「生きた暦」,『チエホフ選集』(露西亜現代作家叢書 第1巻), 佐藤出版部, 1920	工藤信
2	사진첩 / 체홉	진학문	「寫眞帖」,『露国文豪 チエホフ傑作選』, 獅子吼 書房, 1908	瀬沼夏葉
3	내조자 / 체홉	변영로	"The Helpmate", *The darling, and other stories*, Chatto and Windus, 1916	Constance Garnett
4	모나코 죄수 / 모파상	홍명희	미상	미상
5	월야(月夜) / 모파상	진학문	「月夜」,『モオパツサン傑作集』, 如山堂書店, 1914[18]	馬場孤蝶
6	사막 안에 정열 / 발자크	변영로	"A Passion in the Desert", *Short Stories By Balzac*, The Modern Library, 1918	Edited by T. R. Smith (역자 미상)
7	옥수수 / 니노쉬빌리	홍명희	미상	미상
8	사일간 / 가르신	염상섭	「四日間」,『片戀―外六編』, 春陽堂, 1916	二葉亭四迷
9	랑(狼) / 자이체프	진학문	「狼」,『心の扉』(海外文芸叢書; 第2編), 海外文 芸社, 1913	昇曙夢
10	기화(奇火) / 코로렌코	진학문	「奇火」,『露国名著 白夜集』, 章光閣, 1908	昇曙夢
11	밀회 / 투르게네프	염상섭	「あひびき」,『片戀―外六編』, 春陽堂, 1916	二葉亭四迷
12	첫 한 방울 / 미상	홍명희	미상	미상
13	외국인 / 안드레예프	진학문	「外國人」,『月光』(海外文芸叢書第; 3編), 海外 文芸社, 1913	中村星湖
14	의중지인 / 고리키	진학문	「意中の人」,『ゴオルキイ全集 5券』, 日本評論社 出版部, 1922	工藤信
15	결혼행진곡 / 라겔뢰프	변영로	"The Wedding March", *The Girl from the Marsh Croft*, Little, Brown and company, 1910	Velma Swanston Howard

모파상의 작품임에도 영역·일역조차 드물어 저본의 후보조차 가늠하

기 어렵고,[19] 「옥수수」의 경우 가까스로 원저자의 정보만을 입수했으며,[20] 「젓 한 방울」은 심지어 원저자가 누군지도 밝혀내지 못했다. 다만 「산책녁」의 저본인 「生きた曆」로 보건대, 염상섭과 진학문이 그러했던 것처럼 홍명희 역시 일본어를 경유한 중역重譯의 방식이 유력한 선택지에 있었으리라 짐작할 뿐이다.[21]

'일본어 저본'이 검증된 앞의 9편에서 공통적으로 나타나는 것은 소위 '대가'이거나 적어도 실력으로 검증된 일본 번역가의 텍스트가 주로 활용되었다는 사실이다. 이들 9편 중 8편을 차지하는 러시아소설 진영을 살펴보면, 후타바테이 시메이는 두말할 것 없는 개척자이고,[22] 세누

18　〈표 27〉에는 진학문의 번역으로부터 시간적으로 근과거에 있는 『モオパッサン傑作集』을 적시했으나, 바바 고초의 「月夜」는 『泰西名著集』(如山堂, 1907)에 먼저 수록된 바 있으며, 그 이전의 첫 발표 지면은 『明星』의 1903년 6월 호였던 것으로 보인다. 당시 제목은 「月の夜」였다.

19　김준현은 「모나코 죄수」의 저본을 찾는 과정에서 1922년 이전에 나온 유일한 일역본으로 추정되는 モウパッサン, 吉江孤雁 譯, 『水の上』, 中興館, 1913 내의 해당 단편을 찾아 대비한 적이 있으나, 비교 분석을 통해 저본이 아닌 것으로 결론내렸다. 김준현, 앞의 글, 291면.

20　홍명희가 '늬노수빌리'로만 제시한 「옥수수」의 원저자는 구 그루지야(현 조지아)의 작가 니노쉬빌리(Egnate Ninoshvili, 1859~1894)이다. 이 정보는 관련 연구를 준비 중이신 고려대학교 불문학과 김준현 선생님께서 제공해주셨다. 지면을 빌려 감사드린다.

21　홍명희는 『소년』의 번역에서도 일본어를 저본 삼아 작업한 바 있다. 이는 그가 직접 밝힌 바다. "두어 말삼 여러분께 말삼하여 두을 것이 있으니 첫째는 본인이 서양서책에서 번역한 것이 아니라 일본 坪內博士의 저서(『文學その折折』)에서 重譯하온 것이라난 말삼이외다. 이 다음에도 혹시 서양 것은 본인이 本誌에 내거든 여러분은 서슴지말고 重譯으로 인정하셔주시기를 바라나이다. 그러나 본인도 서양 두세 나라 말삼할 날이 잇사올 듯? 그 때는 이 말이 무효가 되오리이다." 假人, 「서적에 대하야 古人의 찬미한 말」, 『소년』 3(3), 1910.3, 65면. 하지만 1948년 시점의 발언을 보면 그러한 바람은 이루어지지 않은 듯하다. "노어(露語)는 배우다 말았지요. 내 외국어는 형편없지. 일본말이 그래도 제일 나았어. 그것은 잊어버리려도 안 잊어버려져(웃음)." 「洪命熹·薛義植 대담기」, 『신세대』 23, 1948.5; 임형택·강영주 편, 『벽초 홍명희와 『임꺽정』의 연구 자료』, 사계절, 1996, 223면.

22　홍명희 역시 일본에서 유학할 당시 번역된 후타바테이 시메이의 러시아문학은 빠짐 없이 읽었다고 회고하였다. 「조선문학의 전통과 고전」, 임형택·강영주 편, 앞의 책, 171면.

마 카요와 노보리 쇼무 역시 1900년대에 러시아어의 직접역直接譯을 선보인 극소수의 번역자였다. 상기 표에 포함된『露国文豪 チェホフ傑作選』과『露国名著 白夜集』은 각각 세누마 카요와 노보리 쇼무가 세상에 처음 선보인 번역서이기도 하다.[23] 그 외에 작가 및 번역가로 모두 명망 있었던 나카무라 세이코中村星湖(1884~1974), 아나키즘 성향의 구도와 신工藤信까지가『태서명작단편집』의 러시아소설 공급처였다. 9편 중 유일한 프랑스소설「월야」는 게이오의숙慶應義塾의 문학부 교수이자 프랑스문학을 중심으로 서양문학을 폭넓게 번역해온 바바 고초馬場孤蝶(1869~1940)의 번역에서 나왔다.[24]

저본의 세부 서지까지는 아니더라도, 변영로 역시 동료들이 일본어 저본을 활용했다는 사실을 파악하고 있었을 터이다. 일역을 거친 이중번역이 이미 일반화된 것이 당대의 흐름이었다. 이 조건에서 보자면, 일본 유학을 경험한 언어적 자질뿐 아니라 조선 문단을 선도할 만큼의 문학적 역량까지 증명해온 홍명희·최남선·진학문·염상섭이야말로 가장 신뢰할 수 있는 번역가에 다름 아니었다.

---

23 특히 세누마 카요의 해당 번역서는 당시 문단의 고평을 받았다고 전해진다. 中村喜和,「瀨沼夏葉その生涯と業績」,『一橋大学研究年報 人文科学研究』14, 1972, 52면.

24 바바 고초의 초기 번역은 1896년부터 확인된다. 예컨대『태양』9월 호에 실린 발자크 원작「あら磯」,『世界之日本』11월 호에 실린 알퐁스 도데의「あだ波」등이 그것이다. 川戸道昭 外編,『明治期翻訳文学総合年表』, 大空社, 2001, 109면. 그는 1900년대 일본에서 가장 유력한 서양문학 번역자 중 한 명이었다.

3. 변영로의 대타의식과 영역 저본

이러한 맥락에서 이채로운 것이 바로 변영로(3, 6, 15)의 저본들이다. 그는 세 편 모두 영역본英譯本을 활용한 것으로 조사되었다. 현재까지 확인된 변영로의 단편소설 번역은 총 세 편으로서, 「결혼행진곡結婚行進曲」(『개벽』 25, 1922.7), 「사막沙漠 안에 정열情熱」(『개벽』 26~27, 1922.8~9), 「내조자內助者」(『동명』 31, 1923.4, 당시 제목은 「正妻」)의 순으로 발표되었다. 이 중 『개벽』 제25호와 『동명』 제31호에 발표한 것은 앞서 언급한 각 매체의 번역문학 특집에 실린 경우로서, 염상섭의 「사일간」과 「밀회」도 각각 여기에 포함되어 있었다. 두 문인은 번역의 시기와 발표 지면까지 일치하면서도 서로 완전히 분리된 중역 계보에 위치하고 있었던 셈이다.

변영로의 첫 번역소설인 셀마 라겔뢰프Selma Lagerlöf(1858~1940)의 「결혼행진곡」에는, 다음과 같은 저본의 단서가 제시되어 있었다.

> 讀者께―
> 不幸히 原文을 읽을 語學의 素養이 업고 또 日譯(日譯의 有無도 모릅니다)도 求치 못하야 單純히 Velma Swanston Howard 氏의 英譯을 重譯하게 되엇습니다. 그리하야 人名과 地名의 發音은 할 일 업시 英語음대로 하엿사오니 그러케 아십시오. …(譯者)…[25]

---

25 『개벽』 25, 1922.7, 52면.

그가 드러낸 영역자의 정보를 활용하면, 저본이 *The Girl from the Marsh Croft*에 수록된 라겔뢰프의 단편 중 「The Wedding March」라는 것을 손쉽게 확정할 수 있다. 변영로는 "日譯의 有無도 모릅니다"라는 발언을 남겼는데, 실제 그의 번역보다 먼저 나온 해당 작품의 일역 사례는 찾을 수 없었다.[26] 이어지는 「사막 안에 정열」(발자크 작)과 「내조자」(체홉 작)의 번역저본에서 확인되듯, 변영로는 차기 번역작에서도 같은 방식으로 작품을 선정하고 번역에 임했다. 다만 이들의 경우 영문저본의 정보를 따로 밝히지 않았을 뿐이다.

저자가 발견한 「사막 안에 정열」(발자크 원작)의 저본은 The Modern Library에서 'The World's Best Books' 시리즈로 간행한 *Short Stories By Balzac*(1918) 중 「A Passion in the Desert」였다. 그 근거로써 일부를 비교해본다.

Mignonne arrived, her jaws covered with blood; she received the wonted caress of her companion, showing with much **purring** how happy it made her. Her eyes, full of languor, turned still more gently than the day before toward the Provengal, who talked to her as one would to a tame animal. (p.121)

「미년」은 到着하얏다. 그의 아가리는 피에 넉발이 되엇다. 그는 自己의 愛人인 그 兵士의 擁抱를 밧고 어찌나 깃벗든지 쉬지안코 **Purring**(고양이나 호

---

26 적어도 1955(쇼와 30)년까지의 조사 목록 가운데 셀마 라겔뢰프의 「결혼행진곡」은 확인되지 않는다.

랑이가 저희들의 깃븜을 표시하는 소리)을 하엿다. 그 女子의 눈은 倦怠(고달 품)로 채워젓다. 그는 그 푸로봉쓰사람을 낫(晝)보다도 더 慇懃하고 다정한 눈으로 치어다 보앗다. 그 푸로봉쓰사람은 잘 길들어진 動物한테 말하듯이 이약이하엿다. (66면)[27]

He knew what it was to tremble when he heard over his head the hiss of a bird's wing, so rarely did they pass, or when he saw the clouds, changing and many-colored travellers, melt one into another. He studied in the night time the effect of the moon upon the ocean of sand, where the **simoon** made waves swift of movement and rapid in their change. (p.122)

그는 그러케도 드믈게 訪問하여 오는 새들의 날개치는 소리를 듯거나 사라 저 업서지는 多色多樣의 放浪者인 구름(雲)을 볼 때에는 그의 마음은 깃븜에 못익여 떨엇다. 그는 밤에 月光이 **Simoon**(沙風)으로 말미암아 波狀으로 움 즉이는 沙海 우에 일으키는 珍奇한 現狀을 硏究하엿다. (68면)

문장 자체를 대비해 보아도 유사성을 충분히 알 수 있지만, 강조한 'purring'이나 'simoon'처럼 적합한 표현을 찾기 어려운 경우 원문과 함께 병기하는 변영로의 번역 방식이 결정적 근거를 제공하고 있다. 인 용문에서는 보이지 않지만, 또 하나의 판단 근거는 단락의 구분이다.

---

27 이하 변영로의 번역문은 그의 번역소설 3편이 모두 수록된 『태서명작단편집』(조신도 서주식회사, 1924)에서 인용한 것이다.

그의 역문은 The Modern Library 판본의 「A Passion of Disert」과 완전히 일치된 단락 구분을 보여준다. 야마노 료山野亮가 번역한 「沙漠の情熱」(『バルザック小説集』, 春陽堂, 1924)을 제3의 비교항으로 놓고 보면, 변영로의 번역에서 나타나는 상기 두 가지 특징이 우연일 수 없음을 알수 있다. 이 일역본의 경우, 영문의 병기도 없고 단락 구분 역시 판이하게 다르기 때문이다. 참고로 야마노는 "역자譯者는 텍스트로서 칼만 레비Calmann-Lévy 판의 전집(50권)을 사용하였으며, 영역英譯 수종을 참고했다. 「사막의 정열」만은 '콜렉션 넬슨'의 한 편에 의거했고, 스즈키 신타로鈴木信太郎 씨의 큰 호의로 올랜도르프ollendorff판을 참조할 수 있었다"[28]라며 처음부터 변영로와는 다른 번역 계보를 천명하고 있다.

한편, 체홉 원작 「내조자內助者」의 경우는 러시아문학의 영역英譯 방면에서 압도적인 성과를 축적한 콘스탄스 가넷의 「The Helpmate」(*The darling, and other stories, Chatto and Windus*, 1916)를 저본으로 삼은 것이다. 『태서명작단편집』의 「내조자」는 애초 변영로가 『동명』 제31호(1923.4)에 「정처正妻」라는 제목으로 역재한 것을 제목만 변경한 것이었다. 콘스탄스 가넷과 변영로의 역본 일부를 비교해 보자.

"'Little foot'!" he muttered to himself, crumpling up the telegram; "'little foot'!"

Of the time when he fell in love and proposed to her, and the seven years that he had been living with her, all that remained in his

---

28 山野亮, 「譯者の言葉」, 『バルザック小説集』, 春陽堂, 1924, 8면.

memory was her long, fragrant hair, a mass of soft lace, and her little feet, which certainly were very small, beautiful feet; and even now it seemed as though he still had from those old embraces the feeling of lace and silk upon his hands and face—and nothing more. Nothing more—that is, not counting hysterics, shrieks, reproaches, threats, and lies—**brazen**, treacherous lies. (128면)

‘작은발!’ 그는 그電報를발로 짓밟으며 혼자중얼대엇다. ‘작은발!’

그가처음으로 그女子를戀愛하얏슬쌔와 七年동안同居하는동안에 그의記憶가운대 처저 남아잇는것이라군 그女子의길고香氣로운 頭髮과 그부들어운레이쓰와 그작은발—確實히 작고거엽븐—쑌인데 지금도오히려 自己손과얼굴우에 전에서로 抱擁할쌔에 늣기든 그부들어운 레이쓰와비단이와닷는 것을 感覺하는것가튼것쑌이오 그 외에는 아모것도업다. 아모것도업다는 것은 그 히스테리와 그쌕쌕 소리지르는것과 그종알거리는것과 그을너대는것과 그거 짓말―**그구리 (銅) 소리나는** 奸惡한거짓말까지를 세우(算) 는 것이아니다. (16~17면)

작품 전체를 검토해 보면 「내조자」의 번역에서 저본의 생략이나 단란변경 등이 아예 없는 것은 아니다. 하지만 대부분 위에서 인용한 바와 같이 표현 하나하나를 그대로 옮겨내고자 고심한 흔적이 역력하기에, 저본-역본의 관계가 충분히 입증된다. 저자가 특히 주목한 것은 ‘brazen’의 번역이다. 변영로는 문맥상 ‘뻔뻔한’, ‘철면피 같은’ 정도로 옮겨야 하는 이 대목에서 ‘銅’이라는 한자까지 동원하여 "그 구리銅 소리 나는"이라는

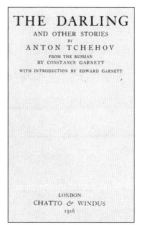

변영로가 활용한 영어 저본 3종

표현을 선택하였다. 일종의 오역인 셈이지만 이 영역본을 사용했다는 확실한 근거이기도 하다. 물론 오역된 일역본을 참조했을 가능성을 상상해볼 수도 있다. 그러나 체홉의 본 작품에 대한 일본어 판본은 비교의 대상조차 찾기 힘들다. 조사해본 결과, 이 작품의 첫 일본어 번역은 1936년 나카무라 하쿠요우中村白葉(1890~1974)가 번역한 「奥さん」으로서, 『체홉 전집チェーホフ全集』 제18권(金星堂, 1936)에 수록되어 있었다.[29] 시간적으로도 한참 뒤의 일이며, 전집의 18권에 실릴 정도로 조명받지 못한 작품이기도 했다.

이상 변영로의 저본들을 검토해본 결과, 세 편 모두 변영로의 번역이 일본보다 빨랐다는 공통점이 나타난다. 이는 단순한 우연일까? 일본 역시 서양의 비영어권 작품은 대개 영어를 경유한 중역의 방식으로 수

29　日本國會圖書館 編, 『明治・大正・昭和 飜譯文學目錄』, 風間書房, 1989, 255면.

입하고 있었기에, 영문을 활용할 수 있는 변영로가 스웨덴 작가의 작품을 먼저 소개한 것이 이상할 것까지는 없다.[30] 그러나 발자크나 체홉처럼 일본 문인들이 진지하게 사숙하고 열독했던 문호의 작품까지 변영로의 조선어 소개가 앞섰다는 것은 분명 의외이다. 현재로서는 추론에 불과하지만, 변영로가 의도적으로 일역된 바 없는 소설을 발굴하여 소개한 것은 아닐지 생각해볼 필요가 있다.

변영로는 1925년 9월 『동아일보』에 발표한 「삼중역적三重譯的 문예文藝」에서 다음과 같이 말한다.

그러니 이러한 모방문학 "번역기분의 창작!"을 전위까지는 모르되 여하간 하지 아니치는 못하는 일본 문단의 뒤를 따르고 있는 소위 우리 문단이야말로 남 알까봐 부끄러울 지경이 아닌가. 그러나 우리의 일이라고 천박하게 변호하려는 것은 아니나 우리 문단이 이렇게 삼중역적 위치(三重譯的 位置)에 서게 됨에는 거기 상당한 이유가 없는 것도 아니다. 신문학운동이 문단의식을 환기시킨 이래 날짜의 엷음에도 한 이유가 있겠고 누세기간(屢世紀間) 조선 문단을 압도적으로 지배하던 지나문학이 퇴세에 있음을 따라 그렇다고 세계 문학사조를 흡수할 만한 어학력이 충족치도 못함에 다른 이유가 있을 줄 믿는다. 여하간 현재상태로 보아서는 삼중역, 삼중모방이란 저지(低地)에 우리가 서있음은 부인하려 해도 부인할 수 없는 엄연한 사실이다. 이에 가슴 아픈 맹성(猛省)이 있거나 영원한 조잔(凋殘)이 있거나 할 뿐이다.[31]

---

30 물론 이 마저도 일본이 앞설 가능성이 훨씬 컸다. 라겔뢰프는 단순한 스웨덴 작가가 아니라 노벨문학상 수상자였기 때문이다.

31 수주(樹州), 「삼중역적 문예(三重譯的 文藝)」, 『동아일보』, 1925.9.2, 3면.

변영로가 통탄하는바, 그 칼끝은 조선의 창작문단을 겨냥하고 있었다. 조선문학의 모방 대상이 결국 서양문학의 이식에 불과한 일본문학일 뿐이니, 그 위치가 '삼중역三重譯', 내지 '삼중모방'이 아니냐는 반문이다. 위의 인용문에 앞서 그는 "우리는 어디까지든지 의타치 않는 우리 민족적 사상과 감정과 이상을 표현하는 자립적 문학의 필요를 인식하고 동시에 일본 문단이 세계문단상에 처하는 그 지위와 그 내면적 존립성의 여하를 신중히 고구하여 그의 조강糟糠을 감끽甘喫하고 있는 우리를 발견할 때 스스로 참괴육니慙愧忸怩를 금치 못할 바 있으리라"라고까지 말한다. 이렇듯 그의 기본적인 문제의식에는 일본과 조선을 구분 짓고자 하는 욕구가 내재되어 있었다.

중역의 계보에 위치하는 것이 일본어든 영어든 실상 이는 선택의 문제일 수 있다. 그러나 동아시아 번역장의 위계가 고착화되어 서구의 접촉면에는 늘 일본만이 놓여 있다면, 모방의 대상조차 일본이 정해놓은 범주를 벗어날 수 없는 것은 자명했다. 이런 맥락에서 일본을 경유하지 않은 변영로의 서양문학 소개는 단순히 영어를 경유했다는 차별화만이 아니라 그 자체로 조선의 문학적 실천이 일본의 문학장에 포섭되지 않은 형태로도 가능하다는 것을 표징하고 있었다. 변영로는 일본에도 아직 소개된 바 없던 라겔뢰프의 「결혼행진곡」과 발자크의 「사막 안에 정열」을 발표하며 각각 다음과 같은 머리말을 붙였다.

이제 譯出하는 短篇은 노벨文學賞金 受領者의 1人인 瑞典만의 浪漫派 作家
(近者에는 自然主義로 變節하엿지만) 「셀마」・「래거-로프 夫人의 作品이다.
徹頭徹尾 浪漫的의 名作이다―「아름다운 不自然」과・「暗示 만흔 不精細」

로 構成된! 自然主義의 傾向이 疫疾 가티 蔓延하는 哀悼할 우리 文壇에 이러
한 浪漫的 作品을 紹介함도 意味잇슬 줄로 밋는다. (譯者) (189면)

　英雄 拿破崙을 따라 멀리 埃及에 遠征갓든 佛蘭西 士官 한사람이 「아레비
아」 土軍에게 捕虜되엿다가 「아레비아」 土軍들이 잠든 사이를 타가지고 邊際
업는 沙漠을 橫斷하야 同僚들이 陣營을 치고 잇는 곳을 向하야 逃亡하다가 탓
든 말이 쉬지안코 내리짓찟는 拍車에 배(腹)를 찟기고 氣盡力盡하여 中道에
쓸어져 죽엇습니다. 苦難의 伴侶이요 救命의 惟一인 活佛이든 愛馬를 일흔 佛
蘭西 士官은 茫茫한 沙海에서 엇지할 줄을 모르고 棕櫚實과 若干 準備하엿든
燕麥粉으로 飢餓를 救하고 幾日間을 輾轉 苦悶하다가 뜻밧게 도모지 人間의
想像力으로는 想像도 할 수 업는 엄청난 大 「로맨쓰」가 이러낫습니다. 그것은
그 沙漠 안에 棲息하든 암호랑이(豹)의 그 佛蘭西 士官에게 대한 熱烈한 戀愛
이엿습니다. (…중략…) 이것이 此篇의 骨子인데 이러한 잇슬법 십지도 안흔
荒唐한 이야기를 어대까지든지 참다웁게 꼭 그랫스리라는 首肯을 讀者로 하
야금 엇절수 업시 하게 합니다. 그 結搆의 奇想天外적임과 그 筆致의 華壯하
고 雄勁함은 참으로 驚歎할만한 빨삭短篇 中의 白眉일 뿐만 아니라 全佛蘭西
—아니 全世界 短篇小說 中 最大 傑作 中의 하나입니다. (譯者의 말) (45면)

「결혼행진곡」의 역자 서문에서 변영로는 현 조선 문단에 유행하는
자연주의를 '역질疫疾'에 비유할 정도로 강한 부정적 입장을 표출하고
있다. 그는 조선 문단 내 자연주의 사조가 일본 문단에서 발원했다는 사
실을 잘 알고 있었다.[32] 「결혼행진곡」을 발표하며 위와 같이 발화한 시
점은 1922년 7월이었다. 「삼중역적 문예」에서 보이는 일본 모방에 대

한 혐오감은 이미 오래전부터 축적되어 있었던 것이다.

중요한 것은 위와 같은 언급과 더불어 자신이 소개하는 「결혼행진곡」이 얼마나 차별화되어 있는가를 강조한다는 사실이다. 두 번째 인용문에 이르면 작품을 소개하는 역자로서의 상찬은 최고조에 달한다. 마지막 부분에서 변영로는 「사막 안에 정열」의 위대함을 "전세계 단편소설 중 최대 걸작 중 하나"라고까지 형용하고 있다. 여기서 읽어낼 수 있는 것은 스스로 선택한 서구문학에 대한 자부심이다. 그의 번역 역시 중역이긴 했으나 독자적 노선을 구축했다는 점에서 당대의 일반적 중역과는 명백히 달랐으며, 누구보다 본인이 그것을 의식하고 있었다. 일본이 번역하지 않은 서양작품이었기에 중역의 질적 수준은 늘 최상이어야만 했을 것이다. 변영로의 지인들이 남긴 많은 회고에 따르면, 그는 정확한 번역, 올바른 표현에 매우 민감했다.[33] 여러 다른 요인이 있겠지만 근대문학사의 여명기에 등단하여 해방 이후까지 활동한 문인 중 변영로만큼 과작寡作한 경우를 찾기 어렵다는 사실 역시 이러한 문제와 무관하지 않을 것이다.

이상에서, 일본을 경유하지 않은 변영로의 서구문학 소개가 특별한

---

32 흥미롭게도 당시 조선에서 자연주의 문학의 중심에는 변영로의 친우이자 같은 『폐허』의 동인이기도 한 염상섭이 있었다.

33 김기진이 1924년 『개벽』에 게재한 글 「클라르테(光明)운동의 세계화」을 두고 "클라라테지, 왜 클라르테야? 발음을 고쳐!"라고 지적한 일화가 전해지고 있고, 1935년에는 김상용의 「르바이야트」 번역에 대해서 아예 전면적으로 문제를 제기해 신문지상의 논전으로까지 확대된 바 있다. 수주 변영로선생 묘비 건립위원회 편찬, 『수주회상기』, 대한공론사, 1969, 13면, 27면. 서항석과 이관구의 회고 속 변영로도 "글자 한 자 한 자에 집착해야 한다는 것과 문장이라는 것은 닦고 또 닦아서 써야 한다는 것을 가르쳐" 준 사람이라거나, "낱말에 대해서는 대단히 엄격"했다고 전해진다. 김영민, 『수주 변영로 평전―강남콩 꽃보다도 더 푸른 그 물결 위에』, 정음사, 1985, 7면.

의미를 갖고 있었음을 논의하였다. 『태서명작단편집』이 그의 기획과 주도로 나왔던 이유, 환언하면 그가 그만큼 과거의 번역을 다시 모으는 데 애착을 가졌던 이유 중 하나도 바로 이 지점에서 생각해볼 수 있다. 발표순으로는 세 편 중 가장 먼저였던 「결혼행진곡」이 『태서명작단편집』에서는 책의 가장 마지막 위치로 배치된 것 역시 우연이 아닐지 모른다. 이 배치로 인해 해당 작품에만 달려있던 역자의 발문跋文, 곧 「결혼행진곡」의 번역이 '일역의 중역'이 아니라 '영역의 중역'이라는 내용이 책의 끝 페이지를 장식하게 되었기 때문이다.

4. 구성적 불균형의 의미

　삭제된 「마지막 과정」을 논외로 하면 15편의 단편이 『태서명작단편집』을 구성하고 있다. 다시 정리하자면 진학문 6편, 홍명희 4편, 변영로 3편, 염상섭 2편이다.[34] 물론 이 15편의 배치에 있어 변영로가 별도의 노력을 기울인 것은 사실이지만, 『태서명작단편집』의 작품 구성은 결국 4명이 과거에 선택하여 번역했던 작품을 성실하게 수집한 것에 가까웠다. 가령 진학문은 장단편과 동서양을 가리지 않고 다양한 번역물을 남기고 있었지만 그 가운데 『태서명작단편집』의 기본 전제, 즉

34　분량으로는 진학문 75면, 변영로 54면, 염상섭 45면, 홍명희 20면 순이 된다.

'서양'의 '단편'이라는 조건에 부합하는 작품은 총 7편이었다. 이 중 6 편이『태서명작단편집』에 채집된 것이다.[35] 10여 년 전에 발표된「기화 奇火」(『학지광』3, 1914.12)까지 수록 대상으로 삼았으니, 수집의 노력은 철저한 편이었다. 홍명희의 경우도 1923년도까지의 번역 단편 5편 중 4편이 이 앤솔로지에 수록되었다.[36] 변영로 자신과 염상섭의 기 발표작 은 말할 것도 없었다. 그들이 보유한 결과물 전체가 각기 3편과 2편이 었기 때문이다.

요컨대 변영로가 편집자로서 한 일의 핵심은 이미 번역된 소설 중에 서 좋은 작품을 선별하는 것이라기보다 좋은 번역자를 확보하는 데서 사실상 끝난 셈이었다. 작업의 1단계가 인적 구성이었고, 2단계는 그들 이 남긴 번역 작품을 추적하여 모으는 것이었다. 물론 진학문과 홍명희 의 한 편씩이 누락되었다는 것은 중요한 문제다. 이를 두고 변영로가 적 극적 에디터십editorship을 발휘한 것으로 볼지, 아니면 각 번역자의 의중 이 반영된 것으로 볼지 결론내리는 것은 쉽지 않다. 이를테면 진학문의 7편 중「더러운 면포」만이『태서명작단편집』에서 누락된 이유는 그 내

---

35 나머지 한 편은 모파상 원작「더러운 麵包」로서,『청춘』(1917.6)에 역재한 바 있다. 진 학문의「더러운 면포」번역에 관해서는 김준현,「진학문(秦學文)과 모파상―1910년대 의 프랑스소설 번역에 대한 고찰」,『한국프랑스학논집』75, 한국프랑스학회, 2011이 상세하다.

36 미수록된 나머지 한 편은 독일 작가 하인리히 폰 클라이스트(Heinrich von Kleist, 1777~1811) 원작「로칼노 거지 노파」이다. 기획의 모태가 되었다고도 볼 수 있는『동 명』31호(1923.4)의 번역 특집에 수록되었던 작품이기에『태서명작단편집』에 수록될 가능성도 높았으나 결국 빠지게 되었다.「로칼노 거지 노파」의 번역 직후 홍명희는 또 한 편의 클라이스트 소설인「후작 부인」을 번역하여『폐허이후』(1924.1)에 실은 바 있다. 당시 '미완'으로 발표되었으나『폐허이후』자체도 한 개호만이 나와 '미완'으로 남게 된다. 이 때문에 시기적으로『태서명작단편집』(1924.2)의 출간 전이었지만 수록 될 여지는 없었다. 다만 1923년과 1924년의 시섬에 클라이스트를 잇달아 번역한 홍명 희의 선택은 새로이 조명될 필요가 있다.

용이 편집자의 방향성과 맞지 않았기 때문일 수도, 진학문의 편수가 많아서일 수도, 혹은 역자나 편자 모두 해당 원고의 존재를 잊은 것일 수도 있다. 또 하나의 가능성은, 진학문의 모파상 번역을 한 편만 싣기로 한 경우이다. 이미 「월야」라는 모파상의 작품이 진학문의 번역으로 앤솔로지에 포함된 상태였다. 한 번역자가 동일 작가의 작품을 복수로 번역한 사례는『태서명작단편집』에 없다. 다른 예로, 진학문에게는『태서명작단편집』에는 실리지 않았던 또 한 편의 고리키 소설이 있었다.『동아일보』에 역재된 「첼카쉬」가 그것이다.[37] 이 소설이『태서명작단편집』는 실리지 않은 이유는 일간지에 35회나 연재되었을 만큼 분량이 많은 것과, 원고 수합의 난점이 예상되는 일간지 발표작인 점 등을 꼽을 수 있을 것이다. 하지만 「더러운 면포」에서의 가설과 마찬가지로『태서명작단편집』에 이미 진학문이 번역한 고리키 소설 「의중지인意中之人」이 실려 있었기 때문일 수도 있다. 이렇듯 한 편 한 편이 실리고 실리지 않은 이유에 대해서는 여러 가설들이 제기될 수 있다. 그럼에도 한 가지 신빙성 있는 추론은, 결국 선택의 주체란 변영로였을 가능성이 높다는 것이다. "이 단편집은 미묘微妙한 문예감상력을 가진 수주 변영로 군이 상섭 염상섭, 순성 진학문, 벽초 홍명희 제군의 번역품을 수합하여 편찬한 것입니다"[38]라는『태서명작단편집』의 광고문이 그 직접적 근거이다.

번역되지 않은 두 편에 대해서는 다시 후술하기로 하고, 여기서는 우선 역자들의 과거 번역 중 대부분이라 할 만한 분량이 재수록되었다는 사실 자체에 방점을 찍고자 한다. 기존 발표작들을 앤솔로지로 옮기는

37 꼬-리끼-, 瞬星生 譯, 「제르캇슈」,『동아일보』1922.8.2~9.16.
38 「新刊『태서명작단편집』」,『동아일보』, 1924.3.11, 3면.

방식 자체도 복잡하지 않았다. 『동명』, 『개벽』, 『학지광』, 『신생활』에 최초 발표된 원고의 형태와 『태서명작단편집』으로 재편집된 판본을 비교해 보면, 일부 표기를 제외하고는 큰 차이를 발견할 수 없다.[39] 잡지 게재 당시의 역자의 말까지도 첨삭 없이 그대로 가져온 모양새이다.

이처럼, 변영로는 번역자들이 각기 다른 시기, 다른 의도로 선택한 번역의 결과물을 단일한 앤솔로지 속에 그대로 반영하기로 하였다. 그런데 이와 같은 방식은 필연적으로 다기한 불균형을 야기한다. 2면부터 29면에 이르기까지 개별 분량도 천차만별이었고 내적으로는 가벼운 희극과 처절한 비극, 상징주의와 사실주의가 수시로 교차했다. 물론 이것은 앤솔로지로서의 다양성을 두드러지게 하는 것으로 비춰질 수도 있다. 그러나 다음의 두 가지 불균형은 그리 쉽게 넘어갈 문제가 아니다.

첫째, 『태서명작단편집』은 '태서'라는 범주를 매우 협소하게 구현하는 데 그쳤다. 일단 수록된 15편의 작품 중 러시아소설이 9편으로서 2/3에 해당한다. 나머지 6편은 프랑스소설 3편, 스웨덴소설 1편, 그루지야 1편, 그리고 국적 불명이 1편이다. 영국, 미국, 이탈리아, 독일 등 서양문학사의 주류를 형성하던 국가들이 거의 포함되지 않은 채 '태서'의 세부 국적은 단 4종류만이 존재하며 그마저도 압도적으로 러시아에 편중되어 있었다. 그런데 이는 예정된 결과였을지 모른다. 4인의 역자

---

[39] 예를 들어 홍명희가 번역한 「옥수수」의 경우를 두고 첫 게재 지면인 『동명』 제3호와 『태서명작단편집』의 수록분을 비교해 보면, "옥수수 팔라 가기로"(75면 5행)가 "옥수수를 팔라 가기로"처럼 조사가 보완되거나 "이 갓가운"(76면 11행)은 "이 털로갓가운"와 같이 의미를 명료하게 하는 수정이 확인된다. "명영한"(76면 12행)을 "명령한", "일어나서"(79면 6행)를 "닐어나서"와 같이 어휘의 표기를 변경한 경우도 있었다. 또한 77면 7행처럼 독백 표기가 누락된 것이 단행본에서는 채워지기도 하였다. 한편, 잡지에는 정상적으로 서술된 "오지 아니한다"(77면 7행)가 "오지아니"까지만 옮겨진 오기도 있었다.

가 공통적으로 번역한 것은 러시아소설이 유일했다. 변영로가 러시아
문학에 대한 그들의 관심과 태도를 모를 리 없었다. 특히 홍명희나 진
학문의 경우, 러시아문학 공부를 위해 아예 러시아어를 배우는 단계까
지 나아간 바 있었다.[40]

러시아문학의 중심성은 식민지 조선의 일부에게만 국한된 현상도 아
니었다. 약간의 시간차는 있었지만 동아시아 문학장 전체가 러시아문
학을 깊이 사숙하던 시기였다.[41] '태서명작단편집'이나 '역외소설집'이
라는 표제는 분명 '서양'의 소설을 고루 소개한다는 취지를 발신하고
있었으나, 정작 콘텐츠는 러시아 '한 점'에 크게 집중되어 있었으니 겉
과 속이 다른 것은 분명했다.

다만 기획자나 기획 의도에 따라서 어떤 앤솔로지는 프랑스문학 중
심이 될 수도 있었다. 이 사례에 해당하는 것이 바바 고초馬場孤蝶가 역
간한 『태서명저집泰西名著集』(如山堂, 1907)이다. '태서'의 '명저'로 소개
된 10편 중 7편이 프랑스소설이었으며, 나머지는 러시아소설 2편과 폴
란드소설 1편이 전부였다.[42] 결국 이러한 현상을 통해 추출할 수 있는

---

40 『瞬聖 秦學文 追慕文集』, 瞬聖追慕文集發刊委員會, 1975, 247면; 임형택·강영주 편,
앞의 책, 223면.

41 이 책의 제3부 1장 참조.

42 한편, 진학문의 「월야」와 『태서명작단편집』에서 삭제된 최남선의 「마지막 과정」은 각
각 『泰西名著集』의 「月夜」와 「戰後」를 저본으로 삼은 것이었다. 이 점에서 최남선 등이
바바 고초의 단편집을 참조한 것은 분명하나, "전반적인 체재로 보아서나 수록 작품의
성격으로 보아서나 『태서 명작 단편집』은 바바 고초의 『태서명저집』을 본뜬 것이 틀림
없다."(박진영, 「알퐁스 도데와 불평등한 세계문학」, 『코기토』 78, 2015, 103면)고 단
언할 근거로는 부족하다. 검열로 제외된 것을 포함시킨다 해도 『태서명작단편집』의 16
편 중 일본의 『태서명저집』과 겹치는 소설은 상기 2편에 불과하며 이미 논한 바와 같이
전자는 러시아문학에, 후자는 프랑스문학에 경도되어 있었다. 변영로는 먼저 역자진을
택한 후 그들의 과거 번역작을 수집하는 방식을 사용했기에, 구체적 결과물은 4명의
개별 선택들이 빚어낸 우연의 산물에 가깝다. 반면 바바 고초 역시 과거의 발표작을 재

객관적인 사실은 앤솔로지 기획의 불균형 그 자체이다. 본질적으로 이 시기의 앤솔로지란 '발신자 중심의 기획'이었다. 말하자면 『태서명작단편집』의 불균형한 작품 구성은 역자들의 의지가 대단히 충실하게 구현된 결과였다. 어차피 독자의 취향은 변영로에게나 다른 역자진에게 큰 관심 사항이 아니었다. 단지 그것이 독자에게 필요하다고 여겼을 뿐이다. "이 단편집이 다소 독자들께 영향하는 바가 있으리라 합니다." 그와 동료들은 이미 각자의 기준에서 조선의 독서계에 필요하다고 판단한 서양 소설들을 선보였고, 현재는 그것을 한 데 엮여 재차 선보이고자 할 따름이었다. 러시아소설로의 편중은 이렇듯 기획의 일방향성이 낳은 필연적 결과물이었다.

둘째, 『태서명작단편집』은 '태서'의 범주뿐 아니라 '명작'의 소개에 있

수록하는 방식을 취했지만 번역과 기획이 모두 단일 주체로부터 이루어졌다는 점에서 출발선이 달랐다. 그의 프랑스소설 편향은 철저히 개인의 의지였던 셈이다. 〈표 28〉은 바바 고초가 번역한 『태서명저집』의 구성으로서, 강조 표기한 것이 『태서명작단편집』과 중첩되는 두 편이다.

〈표 28〉 『태서명저집』의 구성

구분	제목	저자(국적)	역자
1	늑대(狼)	투르게네프(러시아)	
2	마음의 통로(心の通路)	체홉(러시아)	
3	월야(月夜)	모파상(프랑스)	
4	종소리(鐘の音)	모파상(프랑스)	
5	부채(負債)	모파상(프랑스)	馬場孤蝶
6	월영(月影)	모파상(프랑스)	
7	2인의 악사(二人楽師)	알퐁스 도데(프랑스)	
8	전후(戰後)	알퐁스 도데(프랑스)	
9	다 읽은 편지(文がら)	알퐁스 도데(프랑스)	
10	등대지기(灯台守)	헨릭 시엔키에비치(폴란드)	

어서도 뚜렷한 문제를 노정하고 있었다. 주지하듯 '명작'이나 '걸작'과 같은 수식 자체에 이미 커다란 주관성이 개입되기 마련이어서, 이러한 명칭을 쓸 때에는 일정 부분 객관화된 인식에 근거하게 된다. 예컨대 안톤 체홉의 경우 대표작으로 곧잘 거론되는 단편은「관리의 죽음」(1883),「6호실」(1892),「귀여운 여인」(1896) 등이고, 모파상의 경우는「비계덩어리」(1880),「두 친구」(1882),「목걸이」(1884) 정도이다. 하지만『태서명작단편집』에 실린 체홉의 작품은「산책녁」(홍명희 역),「사진첩」(진학문 역),「내조자」(변영로 역), 모파상의 것은「모나코 죄수」(홍명희 역)와「월야」(진학문 역)였다. 그나마 인지도를 가진「월야」외에는 명작 혹은 대표작이라는 수식과 간극이 컸다. 이는 발자크의「사막 안에 정열」, 자이체프의「랑狼」, 코로렌코의「기화奇火」, 안드레예프의「외국인」, 고리키의「의중지인意中之人」등 단편집의 다른 소설들도 마찬가지여서, 이 중 원작자의 대표작으로 공인된 경우는 없었다.

　다만 염상섭이 번역한 가르신의「사일간」과 투르게네프의「밀회」는 결이 다르다. 이는 동아시아 근대 번역문학사에서 의미심장한 텍스트를 상재한 경우로서,『태서명작단편집』수록작 중 당대의 '명작' 관념으로도 결격이 없는 예외적 사례라 하겠다.「사일간」은 앞서 언급한 루쉰 형제의『역외소설집』에도 포함되었으며,「밀회」는 일본 메이지문학사의 판도를 바꿨을 정도로 특별한 의미를 지닌다. 그럼에도 이 두 작품 역시 보편성을 띤 '대표작'과는 간극이 있다. 객관적 측면에서「밀회」는『사냥꾼의 수기』에 수록된 연작 단편 중 한 편에 불과하여 장편 위주의 작가 투르게네프의 대표작은 될 수 없으며,「사일간」의 경우 가르신의 대표작인 것은 틀림없으나 염상섭이 번역할 때 별도의 해설을

덧붙여야 할 만큼 작가 자체가 생경했다.[43]

홍명희의 나머지 두 번역인 「옥수수」와 「젓 한 방울」(작자 미상)은 더더욱 문제적이다. 「옥수수」의 저자 니노쉬빌리는 누구에게나 낯선 이름이었을 것이고, 「젓 한 방울」은 첫 발표지 『동명』에서부터 저자명이 누락되어 있었다. 후자의 경우 『태서명작단편집』의 목차에도 '작자미상作者未詳'이라고만 표기된 것을 보면, 홍명희 본인조차 원작자를 모른 채 번역했을 공산이 크다. 서양의 '명작'을 소개하는 책에서 '작자미상'의 작품을 소개한다는 것은 무엇을 의미하는가. 최소한 『태서명작단편집』이 '명작'의 기준을 '이름 있는 작가의 대표적 작품'으로 상정한 것이 아니거나 '명작'이라는 수식을 그저 장식의 의미로 가져온 것임은 분명하다. 이는 결국 '발신자 중심의 기획'이라는 앞서의 논의와 연동된다. 객관화된 평가나 외부의 시선이 아닌, 철저히 발신자(역자)의 안목을 담보로 한 '명작'인 셈이다. 심지어 원작자가 누군지 몰라도 상관없을 정도였으니 적어도 역자에 대한 편집자의 믿음은 확고한 것이었다. 그런데 그것과는 별개로 변영로 역시 수록작들이 지닌 객관적 '불균형'을 잘 알고 있었다. 그러므로 "물론 이 단편집 가운데 모은 단편들이 모두 다—그 작자 자신네들의 대표적 작품들만이라고는 단언할 수 없으나"라며 일종의 타협점을 제시해둔 것이다. 하지만 이러한 사전 해명 역시 충분한 것은 아니었다. 변영로의 말처럼 '모두 다 대표작인 것

---

43 염상섭 소개 글은 다음과 같다. "까-신 作 想涉 驛 / Fsewolod Mihailovitch Garsin (1855~1888)은 露西亞 文豪의 1인이니, 처음에 鑛業學校에 修業하고, 1877년에 군대에 入하야, 土耳其에 出戰하얏슬제, 彼의 제일걸작인 이 「四日間」의 제재를 得한 바이라 하며, 其後 1880년에 일시 發狂하야 加療한 결과, 2년만에 快復된 후, 鐵道會議의 書記가 되엿든 事도 잇고, 一女醫와 결혼하야, 다시 문학생활을 계속하얏스나, 1888년에 狂症이 재발하야 자살하얏다 한다. (譯者)" 염상섭, 「四日間」, 『개벽』 25, 1922.7, 부록 4면.

은 아니다'는커녕, '모두 다 대표작이 아니다'가 진상에 가까웠기 때문이다.

5. '타자'의 긍정적 형상화

「서언」에서 변영로는 "여기 편집한 단편들은 (…중략…) 잡지『동명』,『개벽』,『학지광』,『신생활』지상誌上에 게재하였던 것이나 이리저리 산일散逸되어버림을 애석히 생각하여 이에 그것들을 수합하여 단행본으로 출판하기로 한 것"이라며 기획 의도를 드러낸 바 있다. 기왕에 발표된 작품들이 "이리저리 산일散逸되어버림을 애석히 생각"한다는 말에는 당연히도 이들 번역소설에 대한 변영로의 적극적인 가치 판단이 개입되어 있다.

그런데 그는 왜 '흩어져 없어짐散逸'을 우려했던 것일까? 어차피 인쇄 매체에 발표되어 유통된 작품이 아니던가. 두 가지 이유를 상정해볼 수 있다. 하나는 당대 조선 문단 및 독자의 현실을 볼 때 그 번역 단편들이 대중적 인기를 얻거나 유의미한 반향을 일으킬 가능성이 희박하다는 것이다. 이미 지면에 발표되었으나 번역된 단편소설 몇 편이 잊혀지는 것은 시간문제일 수 있었다. 물론 일리가 있다. 하지만 이는 모두가 알 만한 상식적이고 근본적인 문제로서, 변영로가 왜 하필 '이 시점에서' 우려했는가에 대한 의문은 여전히 남는다.

다음으로, 첫 발표 지면이 된 매체 및 검열과 관련지어 생각해볼 수 있다. 변영로가 언급한 4종의 잡지 중 일단 『동명』과 『신생활』은 『태서명작단편집』의 출간 시점에는 더 이상 존재하지 않았다. 사회주의와 아나키즘이 혼효되어 있던 『신생활』[44]의 경우 유명한 신생활사 필화사건으로 인해 1923년 1월 강제 폐간된 바 있었고, 『동명』은 일간지(『시대일보』)로의 개편을 준비하며 1923년 6월 자체 종간을 선택했으나[45] 역시 검열제도의 피해를 지속적으로 입고 있던 터여서 종간의 타이밍에 영향을 미쳤을 가능성이 있다.[46] 여전히 간행 중이던 잡지 2종 역시 상황은 크게 다르지 않았다. 『학지광』은 발간 초기부터 검열로 인한 압수와 발행금지가 속출했던 잡지이며,[47] 1923년 7월의 31호를 경계로 사회주의로의 몰입이 뚜렷해진 『개벽』은 말할 것도 없었다.[48] 요컨대 단편집의 기점이 된 잡지 4종은 합법적 영역에서는 최고 수준의 '불온함'을 장착하여 검열체제와의 갈등이 일상화되어 있었다. 이러한 맥락에서 볼 때 "이리저리 산일散逸되어버림을 애석히 생각"한다는 표현은

---

44 박헌호, 「염상섭과 '조선문인회'」, 『한국문학연구』 43, 동국대 한국문학연구소, 2012, 246면.

45 최남선, 「社告」, 『동명』 40, 1923.6, 4면.

46 『동명』 제2권 11호의 「社告」는 지난 제10호가 발매금지되어 임시호를 발행했다는 기록을 남기고 있으며(「社告」, 『東明』 28, 1923. 3.11, 18면), 「『東明』 발매금지」(『동아일보』 1923. 4.18, 3면)라는 신문기사는 『동명』 제2권 16호 발매금지 처분을 받았다고 전한다. 둘 다 이유는 "忌諱에 抵觸"되었기 때문이라 언급되어 있다. 참고로 2권 10호에 대한 임시호(통권 27호, 1923.3.4.)에는 4면에서 5면 사이에 대량의 복자(伏字)가 확인되고, 2권 16호에 대한 임시호(통권 제33호, 1923.4.22)에는 3면에 걸친 의열단 특집 기사를 비롯, 아일랜드의 문예부흥운동, 후스(胡適)의 문학혁명론 등이 실려 있었다.

47 구장률, 「『학지광』, 한국 근대지식 패러다임의 역사―새 자료 『학지광』 11, 26, 30호 해제」, 『근대서지』 2, 근대서지학회, 2010, 127~128면.

48 최수일, 『『개벽』 연구』, 소명출판, 2008, 55면. 『개벽』의 압수 통계를 보면 1920년 중엽이 기점인 6년가량의 간행기간 중 마지막 3년에 70%에 육박하는 처분 건수가 확인된다. 위의 책, 45면.

이미 사라졌거나 살얼음판 위를 걷고 있던 매체의 현실 또한 상기시킨다. 시기적 특수성을 감안하면, 『태서명작단편집』은 이미 '산일'되고 있는 매체에 수록된 과거의 번역물들을 '태서명작'의 이름으로 '재생'시킨다는 의미를 지니고 있었다.

『태서명작단편집』은 선택에 선택을 거듭한 결과물이었다. 지금까지의 논의에서 『태서명작단편집』이 일반적인 앤솔로지가 아니라는 점은 충분히 드러났다. 무엇보다 수록작 자체가 지극히 주관적으로 선별된 소설들이었다. 왜 그러한 내용의 단편을 택했던 것인가? 그 소설들은 무엇을 말하고자 했는가? 결과적으로 이 단편집은 각기 분리되어 있던 메시지들을 통합하여 발신한 형태가 되었다. 그 발화야말로 『태서명작단편집』의 진정한 존재 이유일 것이다.

그러나 본 장의 모두에 언급했듯, 「서언」의 다음 페이지를 넘기면 독자들은 최남선의 번역작 한 편이 통째로 삭제되었음을 먼저 발견하게 된다. 문제는 이 소설이 『동명』에 발표될 당시에는 장문의 역자 서문과 함께 이상 없이 실렸었다는 것이다. 이는 신문지법의 허가로 '사전검열'이 필요 없던 『동명』과 태생적으로 출판법의 적용을 받아야 하는 『태서명작단편집』의 차이에서 비롯된 바 크다.[49] 「마지막 과정」의 삭제와 관련, 변영로는 "검열檢閱 받을 때" 그렇게 되었다며 그 이유까지 노출했다. 사실 변영로로서는 검열의 결과를 미리 예측하고 있었을지 모른다. 원래 그는 『태서명작단편집』을 편집할 때, 과거 잡지에 게재되었던 번역자의 서·발문까지 모두 그대로 싣는 방식을 택했는데, 이를 고려하면

---

49 첨언하자면 『태서명작단편집』의 또 다른 기점인 『개벽』과 『신생활』도 신문지법이 적용된 잡지였다.

「마지막 과정」이『동명』(1923.4)에 역재될 당시의 서문 역시 원고검열의 대상이 되었을 것이기 때문이다.『태서명작단편집』에 수록된 모든 역자의 글 중에서도 단연 길고 '불온했던' 그 내용은 다음과 같다.

普佛戰爭에 敗屈한 뒤 一八七一年「프랑크푸르트」條約에 依하야「엘사쓰」와「로르링겐」을 獨逸에게 빼앗기게 된 것은 佛蘭西人의 暫時도 부리지 아니한 徹骨之恨이엇다. 지난번 戰爭에 勝敗가 땅을 밧고아서 아엿든 두 땅에 덤까지 언저서 밧고 四十餘 年 뭉켯든 恨을 풀게 된 것은 佛蘭西人 아닌 사람까지 깃븜을 난호려 한 일이지마는 그동안 그 恥辱을 銘念하며 그 抑鬱을 伸曳하기 爲하야 그네들의 積累하야 온 國民的 努力은 實로 尋常한 것이 아니엇다. **그中에서도 無數한 詩人들이 이것을 材料로 하야 타는 듯한 祖國愛의 情熱을 鼓舞한 것은 文學史上의 一 異彩를 지을 만하다.** 南佛蘭西「니메」의 胎生인 詩人 兼 小說家「알포쓰 · 또우데」(Alphonse Daudet 1840~1897)가 纖細한 情緖와 輕快한 筆致로써 普佛戰爭으로 하야 생긴 佛蘭西人의 恥辱的 烙印 속에서 美妙奇逸한 幾多의 境界를 맨들어내어서 **國民 悲痛의 暗淵에 매우 偉大한 慰安과 策勵를 寄與하여 붓으로 準備하는 光復의 過程에서 가장 有力한 一 役軍이 된 것**은 아무든지 잘 아는 일이다. 여기 譯出한 것은 그러한 短篇을 모은「Contes du Lundi(月曜說林)」중의 하나로 **國籍과 아울러 國語를 닐케 된 설운 하루의 애다로운 한모를 그린 것이니 作者가 들어내려 한 어느 悲痛의 가장 커다란 標本을 질머진 우리는 읽어가는 中에 아모 사람보다 더욱 深刻한 感觸이 생기지 안흘 수 업슬 것이다.** 아아 당해 보지 못하는 試鍊이 잇서보지 못한 刺戟으로써 **우리의 民族美를 激揚하야** 아는 듯 모르는 듯한 가운대 꾸밀 줄 모르는 村婦人 · 철모르는 어린애들까지를 거쳐서 類例없는 大光焰 大風響을 들어낸 것이 시방까지 얼마나 만히 싸혓건마는 어느 뉘가 能히 「또우데」인가. 어떠나 한 「月曜說林」이 꼿다운 냄새로 **우리 民族的 心靈**의 그 살 살지우는가. 傳할 만한 事實만 잇서도 될 수 업다. 그려야 하겟다. 빗내야 하겟다. 詩人이 나야 하겟다. 偉大한 哲學者・歷史家를 목마르게 求하는 것처럼 偉大한 詩人을 우리가 찻고 기다린다. 이러한 主義・저러한 傾向을 다 要求하고 골고로 期待하는 가운데서 **우리는 특별히 民族的 가려움을 시원히 긁어주고 民族的 가슴알이를 말끔히 씻어 줄 「또우데」의 부치를 맨 먼저 불러일으켜야 하겟다. 우리의 獨特한 설움과 바람의 부르지즘으로써 우리 新生의 첫닭울이를 함은 아모 것보다 밧븐 일이 아닐 수 업다.**[50]

인용문은 프랑스의 사례를 들어 식민지인의 비극을 직접적으로 언급하고 누구보다 조선에서 원작의 비통함에 크게 공명할 것이라고 논한다. 나아가, 상처받은 국민을 위로하고 희망을 준 도데와 같은 위대한 인물이 조선에도 나길 갈망하며 우리 역시 떨쳐 일어나야 한다고 역설하고 있다.[51] 검열 주체의 입장에서는 일종의 격문檄文으로도 여겨질 수 있는 반체제적 언설인 셈이다. 이 서문만으로도 '전문삭제'의 이유는 충분했다.

「마지막 과정」의 검열 흔적을 고의로 남긴 것은 그 제도에 대한 저항인 동시에 그것을 역으로 활용하는 한 수였다. 기억해야 할 것은 이 단편집이 출판 전부터 검열을 의식했다는 데 있다. 『동명』 연재 당시 「萬

---

50 또우데 原作, 崔南善 翻譯, 「萬歲(마즈막課程)」, 『동명』 31, 1923.4, 8면. 강조 및 띄어쓰기 일부는 인용자.

51 사실 알퐁스 도데나 「마지막 수업」의 역사적 맥락은 보다 복잡하지만(박진영, 앞의 글 참조), 소설의 액면만으로 판단한다면 식민지인 내지는 약자의 단합을 추동하는 면이 존재하는 것도 사실이다.

歲(마지막 課程)」였던 제목을 『태서명작단편집』에서는 '만세'를 뺀 채 「마지막 課程」으로 변경했다는 것이 단적인 증거이다. 1919년 이후 '만세'는 식민지 권력이 매우 민감하게 반응할 수밖에 없는 어휘였다.

결국 단편집의 편집 단계에서부터 검열 교란의 노력은 포함되어 있었다. 비록 「마지막 과정」이라는 희생양을 남기긴 했어도 결과는 기대 이상이었을지 모른다. 「마지막 과정」의 '전문삭제' 처분을 알리는 내용은, 역설적으로 해당 소설을 제외한 나머지가 큰 탈 없이 검열을 통과했다는 사실을 의미하기 때문이다. 최종적으로 『태서명작단편집』의 소설들은, ① 「마지막 과정」처럼 식민지 조선의 현실을 직접적으로 유비하여 검열망을 통과하지 못할 가능성이 큰 경우, ② 메시지는 '불온'하더라도 상징적 요소가 많아 검열 회피의 가능성이 큰 경우, ③ 소설의 기법이나 예술성을 중시하고, 인간 보편의 문제를 다루어 사회적 메시지가 명료하지 않은 경우 등이 모두 있었다. 〈표 29〉는 각 소설의 내용을 이상의 세 가지 분류 하에 정리한 것이다.

우선 눈여겨 볼 것은, 검열의 시선에서 '불온'과 가장 거리가 먼 ③의 부류가 앞부분에 집중적으로 배치되어 있다는 사실이다. 피검열자에게 있어서 이 부분은 응당 주의가 필요했다. 검열관의 손이 먼저 닿아 서적 전체에 대한 인상을 좌우할 수 있기 때문이다. 이에 가장 평이하고 정치적 해석의 여지가 적은 작품들이 그 자리에 선택되었다. 한편, 전체적 배치를 볼 때 『태서명작단편집』은 번역자를 경계로 구분하거나 과거 발표의 순서대로 엮은 것도 아니다. 다만 첫 5편은 체홉(3편)과 모파상(2편)으로 채워져 있었다. '태서'의 '명작'을 소개하는 '단편집'이라는 이 책의 표면적 명분을 감안하면, 잘 알려진 단편 명가들이 먼저 배치되는 편

구분	제목 / 저자 / 역자	내용	분류
1	산책녁/체홉/홍명희	희미해진 옛 기억을, 네 명의 아이들이 태어난 시점을 매개 삼아 떠올린다. 아이들은 흡사 '살아있는 달력'과 같다.	③
2	사진첩/체홉/진학문	공직에서 오랜 시간 존경받던 주인공은 소중한 추억들이 담긴 사진첩을 퇴임 선물로 받는다. 그러나 그 앨범은 곧 아이들의 낙서로 채워진다.	③
3	내조자/체홉/변영로	외도가 발각된 아내가 조용히 이혼하고자 하는 남편에게 역반하장격으로 이혼을 거부하고 돈을 요구한다.	③
4	모나코 죄수/모파상/홍명희	사형집행을 해본 적 없는 모나코는 한 사형수 처리에 전전긍긍하다가 집행을 포기하고 사실상 사형수를 방면해버린다.	②
5	월야(月夜)/모파상/진학문	여자를 쓸모없는 존재로 보고 연애를 죄악시하던 성직자가 조카딸의 연애 현장을 응징하기로 결심한 날, 달밤의 아름다움 속에서 연애가 신의 뜻임을 깨닫게 된다.	③
6	사막 안에 정열/발자크/변영로	포로로 잡혔다가 사막 한가운데로 겨우 탈출한 병사는 우연히 표범과 조우한다. 병사와 표범은 연애의 감정까지 느끼는 사이가 되지만, 결국 자신의 생명에 위협을 느낀 병사가 표범을 죽인다.	②
7	옥수수/니노쉬빌리/홍명희	가난한 노동자가 '귀인 양반'의 행차 때문에 기찻길 보수 작업에 억지로 동원된다. 피로가 누적된 노동자는 작업 후 현장에서 잠들어버리고, 이튿날 기차에 치어 목이 잘린채 발견된다.	①
8	사일간/가르신/염상섭	전쟁터에서 부상 당한 주인공은 적군의 시체 옆에서 나흘동안 홀로 방치된다. 인간의 존엄과 국가의 폭력에 대해 깨달아가는 그는 겨우 구조되지만, 부상이 악화된 다리를 절단해야 했다.	①
9	랑(狼)/자이체프/진학문	연명하기 위해 새로운 거처를 찾아 떠나는 늑대 무리는 결국 생존에 대한 불안감 속에서 서로를 죽이고, 살아 남은 늑대들 역시 눈덮인 광야에서 어디로 갈지 몰라 죽어간다.	②
10	기화(奇火)/코로렌코/진학문	배로 강을 건너던 어느 가을밤, '나'는 밝게 빛나는 이상한 불빛을 보고 목적지가 가깝다고 기뻐하지만, 오랜 시간을 가도 불빛은 여전히 앞에 있을 뿐이다.	③
11	밀회/투르게네프/염상섭	화자인 '나'는 우연히 어떤 농노 남녀의 이별 장면을 엿보게 된다. 주인을 따라 도시로 가는 남자는 그를 보낼 수밖에 없어 슬퍼하는 여자를 남겨두고 냉담하게 돌아선다.	②
12	젓 한 방울/미상/홍명희	먹지 못해 죽어가는 갓난아기를 위해 한밤중에 젖동냥을 나선 아버지는 우여곡절 끝에 젖을 얻어 돌아오지만 아기는 죽어 있었다.	①

구분	제목 / 저자 / 역자	내용	분류
13	외국인/안드레예프/진학문	자국의 현실에 염증을 느껴 외국에 나가 살기를 갈망하던 주인공은 주위의 인간군상을 통해 끝내 조국의 소중함을 깨닫게 된다.	①
14	의중지인/고리키/진학문	학생인 '나'는 이웃 여성으로부터 거듭 연애편지의 대필을 부탁받는다. 편지 대상이 상상 속 인물이라는 것을 알게된 '나'는 그 여성을 멋대로 판단했지만, 차츰 동등한 인간으로서 이해하게 된다.	②
15	결혼행진곡/라겔뢰프/변영로	결혼식 주최자는 고장의 유능한 악사가 궁색하다는 이유로 타지의 악사들과 접촉한다. 하지만 다른 악사들은 그 가난한 악사를 위해 상황을 조성하고, 결국 가난한 악사의 활약으로 결혼식은 아름답게 치뤄진다.	②

이 유리했을 것이다.[52] 요컨대 '검열의 시선을 자극하지 않는 유명 작가의 소설'이 전면부에 배치된 것은 그 자체로 의미심장하다.

같은 맥락에서 첫 번째 소설 「산책녁」(체홉, 홍명희 역)은 보다 철저한 계산 속에서 배치되었을 가능성이 크다. 「산책녁」은 단편집 전체에서 가장 따뜻하고 인간애 넘치는 내용으로서, 어떠한 갈등적 요소나 반전조차 포함하지 않아 검열과는 가장 거리가 먼 작품이었다.[53] 이 소설의 배치를 특별하게 봐야할 또 하나의 이유는 『태서명작단편집』 중 유일하게 『동명』, 『개벽』, 『학지광』, 『신생활』 어디서도 게재된 흔적을 찾을 수 없기 때문이다. 그렇다면 「산책녁」은 현재까지 미발굴된 『학지광』에 발표되었거나, 혹은 홍명희가 『태서명작단편집』만을 위해 별도로 제공한 번역 원고라는 설명이 가능하다. 4종의 잡지만을 출처로 언

---

52 이는 단편소설이라는 양식을 대변하던 두 문호에 대한 당대적 인식과 무관할 수 없다. 조선 작가들의 창작품을 평가하는 데 있어서도 체홉과 모파상은 일종의 기준이었다. 가령, 「조선문단 합평회(제1회)-2월 창작소설 총평」, 『조선문단』, 1925.3, 123면.

53 이 소설의 제목 '산책녁'에서 '책녁'은 '책력(冊曆)', 즉 '달력'처럼 날짜를 알려주는 책을 의미한다. 그러므로 '산책녁'은 '살아있는 달력' 정도로 풀어서 이해할 수 있다. 기존 연구에서 해당 제목을 언급할 때는 '산책'과 '녁'의 조합을 써서 '산책녁'으로 기재된 경우가 대부분이다. 바로잡을 필요가 있다.

급한 「서언」을 신뢰하자면 전자를 먼저 의심해 보아야 한다. 하지만 홍명희는 현재 확인되는 『학지광』의 전호를 통틀어 어떠한 기사도 남긴 바가 없다. 더구나 그의 행보로 볼 때 투고할 여건조차 되지 못한 상황이 대부분이었기에 가능성을 높게 볼 수는 없다.[54] 후자, 즉 『태서명작단편집』에 싣기 위해 이미 번역한 미발표작이나 새롭게 번역한 원고를 제공했을 가능성에 주목해 보자. 정황상 홍명희는 변영로와 더불어 『태서명작단편집』에 출간에 적극적으로 개입했을 여지가 있다. 당시 그는 조선도서주식회사의 전무였으며, 아예 그 출판사 건물을 거처로 삼기도 했다.[55] 이는 『태서명작단편집』이 어째서 조선도서주식회사에서 나왔는지에 대한 설득력 있는 답이기도 하다.[56] 홍명희의 존재가 『태서명작단편집』의 탄생 배경에 보다 직접적으로 관련되어 있었다면, 「산책녁」이라는 소설을 이 책에 싣기 위해 별도로 준비했을 개연성도 충분하다. 그렇다면 이 소설을 ③ 중에서도 가장 처음에 배치한 것은 『태서명작단편집』의 사전검열 통과를 위한 매우 적극적인 '교란'이 되는 셈이다.[57]

---

54 만약 「산책녁」이 『학지광』에 처음 발표된 것이 맞다면 희소하게나마 가능성이 있는 것은 23～25호 사이로 볼 수 있다. 현재까지 실물을 확인할 수 없는 『학지광』 중 『태서명작단편집』 간행 이전에 해당하는 것은 제1, 2, 7, 9, 16, 23, 24, 25호이며, 여기서 제16호까지는 벽초가 중국 등 타지에서 활동했던 1912년부터 1918년 7월 사이에 간행되어 사실상 투고가 어려웠다. (투고 가능성과는 별개로, 목차 확인만은 가능한 제16호의 경우 「산책녁」은 확인되지 않기에 후보에서 제외) 그런데 제23～25호의 경우도 압수 혹은 발매금지를 당했을 가능성이 크기에(구장률, 앞의 글, 127면) 「산책녁」의 출처로 삼기 어려운 것은 마찬가지다.

55 강영주, 『벽초 홍명희 연구』, 창작과비평사, 1999, 155면.

56 만약 『태서명작단편집』이 변영로 개인의 의지로만 추진된 기획이라면 평문관을 택했을 가능성이 높다. 이 출판사는 동시기에 변영로가 낸 창작시집 『조선의 마음』을 간행한 곳이다.

57 이렇게 추론한다고 해서 「산책녁」의 의미를 단순히 검열 우회의 도구 정도로만 규정할

정치적 메시지가 강한 ①로 분류되는 소설로서, 저자는 「옥수수(7)」, 「사일간(8)」, 「젖 한 방울(12)」, 「외국인(13)」을 꼽았다. 이 중 홍명희가 번역한 「옥수수」와 「젖 한 방울」은 전술한 바와 같이 원작의 정체조차 명료하지 않다. 역자든 편자든 이러한 작품을 선집에 넣고자 할 때는 그만한 자신감도 깔려 있는 법이다. '내용'만으로 존재 의의를 피력해야 하기 때문이다. 실제로 두 소설은 사회적 발화 차원에서 매우 강력한 메시지를 갖고 있다. 「옥수수」(니노쉬빌리 작)에서 발생하는 가장의 부당한 '죽음'은 헐벗고 굶주린 한 가족의 작은 희망마저 앗아간다. 철로에서 목이 잘려 죽은 채 발견되는 결말 자체도 끔찍하지만, 문제는 죽음의 원인을 제공하는 자가 '귀한 양반'이라는 데 있다. 짧은 소설 분량에서 세 차례나 반복적으로 언급되는 그 '귀한 분'의 행차가 아니었다면 애초에 철로 보수 작업을 위한 강제 동원도 없었을 터였다. 「옥수수」로부터 독자가 품게 될 분노는 엄연히 계급적 현실에 대한 자각으로 발전할 여지를 두고 있었다.

「젖 한 방울」 역시 일차적으로는 가난한 하층민 계급의 비참한 현실을 고발하는 서사로 볼 수 있다. 하지만 한 걸음 더 들어가보면, 주인공 가족은 단순히 가난한 것이 아님을 알 수 있다. 그들은 1차 세계대전 당시 터키에 의해 자행된 '기독교계 아르메니아인 학살'을 피해 타지로 도망쳐온 이들이었다.[58] 배경이 되는 사건이 이렇듯 피식민자에 대한

필요는 없다. 가령 「산책녁」의 가족애 코드는 홍명희가 1920년부터 2년 여 사이 어린 자식을 포함하여 여러 가족을 세상에서 떠나보냈던 개인사에서 접점을 찾을 수도 있다. 「젖 한 방울」과 관련해서는 김준현이 이미 이러한 해석의 가능성을 제기한 바 있다. 김준현, 「'번역 계보' 조사의 난점과 의의」, 『프랑스어문교육』 39, 한국프랑스어문교육학회, 2012, 283면.

58 "「알메늬오」사람이올시다 예수교신자올시다" 「젖 한 방울」, 『태서명작단편집』, 조선

식민자의 극단적 폭력인 만큼, 번역자의 해설이 달리지는 않았지만 식민지인의 비극을 증언하고 있다는 점에서 이 소설은 「마지막 과정」과 동궤에 있었다.

1922년 7월 『개벽』에 발표된 염상섭의 「사일간」(가르신 작)은 반전문학反戰文學이다. 동원의 주체가 국가라는 측면에서는 반체제문학이기도 하다. 식민지 권력은 1900년대 이후 꾸준히 검열표준의 체계화 작업을 시도했는데, 국가의 가치를 부정하고 병역兵役에 의구심을 표출하는 「사일간」이 저촉될 수 있는 부분은 『1926년분 신문지요람』(1927)의 검열항목 중에서 쉽게 찾을 수 있다.[59] 하지만 저자가 이 소설을 ①로 분류한 이유는 따로 있다. 이 문제는 이 책의 '종장終章'에서 재론하기로 한다.

진학문이 번역한 「외국인」(안드레예프 작)은 성장해가는 주인공의 가치관 변화를 통해 아주 직접적으로 '조국'의 소중함을 말하고 있다. "外國서 죽고십허 自由로운 나라에서!"[60]라며 늘상 고국 러시아를 등지고 싶어했던 주인공 치스키아코프는, 터키의 식민지로 신음했던 세르비아인 라이코프키치가 러시아에서의 갖은 멸시에도 조국 세르바아를 사랑하는 것에 충격을 받게 된다.[61] 주인공은 점차 변해가고 작품의 결말부

도서주식회사, 1924, 143면.

59 제4항 '기타 치안문란이 우려되는 기사'에 부속된 '예3-국가에 대한 의무를 부인하는 기사'가 해당 항목이다. 정근식, 「식민지검열과 '검열표준'-일본 및 대만과의 비교를 통하여」, 『대동문화연구』 79, 성균관대 대동문화연구원, 2012, 17면. 물론 『신문지요람』은 『태서명작단편집』 이후에 출간된 것이지만, 검열의 기본 원칙은 오래 전부터 이미 작동하고 있었다. 다만 여기서는 1926년 4월에 출범한 조선총독부 경무국 도서과에 의해 체계화된 검열표준의 사례를 참조하여 이어져 내려오던 기본 원칙이 명문화된 것을 참고해본다는 의미가 있다.

60 정근식, 앞의 글, 17면.

에서 다음과 같은 새로운 면모를 보여준다.

　　그는 萬一 붓을 들면 敵黨한 말이 生覺나리라고 生覺햇다. 그는 憤然히 佛語
字典을 따에 집어던지고 白紙 한 張을 펴고 生覺하기 始作햇다. 躊躇逡巡하야
그의 손은 한마듸를 썻다.

　　(祖國)

하고 그의 손은 움직이지 아니햇다. 얼마 아니잇다가 그는 썩 精神드려 또 썻다.

　　(祖國)

　　終末에는 그는 훨적 큰 글자로 썻다.

　　(나를 容恕하라)

　　'치스찌아코프'는 自己가 쓴 것을 드려다 보앗다. 그는 얼굴을 白紙 우에 던
지고, 祖國과 自己一身에 대하야 休息을 모르고 勞働하는 여러사람에게 對한
憐憫의 情에 북밧처 울엇다. 그는 그 몸이 오래, 아조 永久히 作別하고 가서,
저곳에서, 아지 못하는 다른 나라에서 臨終할 때에도, 그 귀에 他國말을 들으
면서 죽으리라 하는 것을 生覺하고 소름이 쭉 끼치엇다. 또 그는 祖國 업시는
살지 못할 일, 祖國이 不幸으로 잇슬 때에는 그 몸이 幸福스러울 수 업는 일을
깨다랏다. 이 새 感情은 힘센 깃븜과, 굿센 悲哀이엿섯다. 또 그 소리는, 그의
靈魂이 고생밧은 쇠사슬을 끈코, 그 靈魂을 모르는 다른 사람의 靈魂과, 無數
한 苦痛밧는 者의 靈魂에 交合식혓다. '치스키아코프'에게는 그 몸이 病으로

61　세르비아는 러시아와 터키 간의 전쟁(1878년)에서 러시아의 승리로 인해 독립하게 된
　　다. "저 者는 써비아(세르비아-인용자)의 나라 자랑을 하지만, 그 나라는 겨우 눈꿉쩍
　　이 만해. 未久에 土耳其가 집어 삼킬걸!"(「外國人」, 153면)과 같은 언급을 보면 소설의
　　시간적 배경은 세르비아의 독립 이후로 보인다. 그러나 세르비아는 여전히 어렵고 혼란
　　스러운 시기를 보내고 있었으며, 무엇보다 장기간 자신들을 압제한 터키와의 사이가
　　좋을 리 없었다.

苦痛밧은 가슴 가운데서 數千의 熱情이 鼓動하고 잇는 것갓치 生覺낫엇다. 그
는 꼬러올으는 눈물로 울며 말햇다.

(祖國아, 나를 껴안어라!)

밋層에서는 '라이코'가 또 노래하기 始作하엿다. 그 煩悶하야 속이 타올으
는 노래소리는 野蠻的이고, 自由오, 大膽이엇다. (172~174면)

「외국인」이 『학지광』에 역재된 1915년 7월은 진학문이 도쿄외국어
학교 러시아어과에 입학한 직후였다.[62] 조국 러시아의 소중함을 처음
깨닫게 된 주인공 치스치아코프도, 조국을 일관되게 사랑하는 세르비
아인 라이코프키치도, 조선인 유학생 진학문에게 깊은 인상을 주었고,
'조국을 사랑하라'로 압축되는 이 소설의 메시지가 식민지 당국의 입장
에서 매우 '불온'했으리라는 것도 자명하다. 조선총독부 경무국의 고등
경찰과장 다나카 다케오田中武雄가 1925년의 강연 내용을 출간한 『조선
사정朝鮮事情』에 의하면, '언문신문지 차압 사항'의 검열 기준 첫 번째가
바로 "조선민족독립사상을 고취선전하거나 조선민족독립운동을 선동
할 우려가 있는 기사"[63]이다. 이런 맥락에서 세르비아와 마찬가지로 터
키의 압제를 받던 불가리아 출신의 청년을 주인공으로 내세운 소설
『그 전날 밤』의 번역이 검열로 크게 훼손된 것은 당연한 귀결이었다.
기실 「외국인」도 『학지광』 연재 당시에는 대량 삭제를 당했을 가능성
이 있다.[64] 하지만 『태서명작단편집』의 「외국인」은 훼손의 흔적 없이

---

62 진학문의 생애와 관련해서는 박진영, 「망명을 꿈꾼 식민지 번역가 진학문의 초상」, 『근
    대서지』 15, 근대서지학회, 2017 참조.

63 정근식, 앞의 글, 16면.

64 「외국인」이 발표된 『학지광』 제6호(1915.7)의 경우, 어찌된 영문인지 현재 실물을 확

출판되었다. 「외국인」 한 편 속에 '조국祖國'이 14회, '모국母國'이 2회 등장하는 것은 감안하면 인상적인 결과다. 이는 이 앤솔로지의 검열 우회 방식이 실효를 보았다는 방증일 수 있다. 이미 서술했듯 검열망에 걸릴 가능성이 가장 높았던 ①군의 다른 세 작품, 「옥수수」·「젖 한 방울」·「사일간」 역시 어떠한 훼손도 없이 출판법을 통과했던 것을 다시 한번 강조해둔다.

한편, '상징'을 적극 활용한 ②군의 작품 6편 역시 식민지 권력의 입장에서는 충분히 '불온'할 법했다. 상징 속에 은폐되어 '삭제'되지 않았을 뿐이다. 「모나코 죄수」는 살인을 저지른 사형수가 벌을 받기는커녕 활개치며 살아가는 모습이 부조리로 가득한 식민지 공간을 표상하는 듯하며, 「사막 안에 정열」에서 군인이 표범을 죽이는 것은 결국 문명(제국)이 자연(식민지)을 편의에 따라 착취한 뒤 폐기하는 것으로 해석할 수 있다. 「랑狼」의 경우, 다음과 같은 진학문의 서문이 달려 있었다.

이 「狼」의 一篇은 象徵化한 小說이라. 人生이 果然 이다지 暗黑하고 殘忍하고 寂々하고 冷淡한가 하고 生覺할 때에는 禁할 수 업는 눈물이 절로 나오고 또 나는 이 暗黑과 無聊와 冷淡과 殘忍 가운데서 부비대기치면서라도 살지아니하면 아니되겟다 生覺할 때에는 더욱 한층 말할 수 업는 悲哀와 苦痛을 늣

인할 수 있는 것은 90면까지뿐이다. 그런데 『학지광』 6호의 90면은 바로 「외국인」의 분량 중 마지막 10% 정도를 남긴 지점이었다. 주인공이 각성하는 위의 인용문 역시 그 누락 부분에 전부 포함된다. 보다시피 식민지 조선인에게 잃어버린 조국의 의미를 일깨울 수 있는 해당 대목이 「외국인」 중 가장 '불온'한 것은 물론이다. 검열로 삭제된 「외국인」의 마지막 부분으로 인해 『학지광』 제6호에 낙장이 발생했다고 추정하는 것도 무리는 아니다. 현재 우리가 진학문이 번역한 「외국인」 판본을 온전히 접할 수 있는 이유는 오직 『태서명작단편집』의 존재 때문이다.

기노라. (譯者) (109면)

　　역자 스스로가 "상징화象徵化한 소설小說"이라 천명하는바, 이 소설은
인생의 보편적 어두움을 극한까지 재현해낸다. 특히 이 소설을 사냥꾼
에 의해 축출된 늑대 무리들이 헤매다가 비참하게 죽어가는 비극으로
독해할 경우, 사냥꾼은 제국 일본이고 늑대 무리는 식민지 조선으로 즉
각 대입 가능하다. 상징화되지 않았다면, 『신문지요람』에서 제시한 '불
온기사의 사례' 중 4항 1목, '조선민족의 경우를 극도로 비관하는 기
사'[65]에 가장 어울릴 법한 소설이다.

　　「밀회」는 투르게네프의 연작 단편집 『사냥꾼의 수기』 중 한 편으로
서, 애초에 『사냥꾼의 수기』 자체가 반인륜적 농노제를 겨냥한 신랄한
비판에 다름 아니었다. 이는 다시 제국과 식민지의 관계에서 일어나는
다기한 폭력을 연상시킨다. 그중 「밀회」의 이별은 지주(제국)의 사소한
결정 하나가 농노(식민지)의 삶을 뿌리째 흔들 수 있음을 잘 보여준다.

　　「의중지인」에는 〈표 29〉에서 정리한 내용 외에 감추어진 이야기가
더 있었다. 사실 문제의 이웃 여성은 식민지 폴란드인으로 설정되어 있
는데, 소설의 마지막 부분에 가면 알 수 없는 이유로 감옥에 갇혔고, 심
지어 당연히 죽었으리라는 화자의 언급이 나온다. 아마도 폴란드 독립
을 위한 지하조직 활동과 그 여성이 연관되어 있었다는 암시일 것이다.
소설은 그 여인의 최후를 덤덤하게 설명한 뒤 "그들은 무엇보다도 먼저
우리들과 비교하야 같은 뼈 같은 고기 같은 피 같은 신경神經을 가진 사

---

65 정근식, 앞의 글, 17면.

람이 아닌가"(88면)라며 '식민지인'을 옹호한다.

「결혼행진곡」을 상징적 관점에서 해석해 보면 자본가의 횡포(결혼식 주최자)에 맞서 연대를 꾀한 민중들(악사들)의 승리로 요약된다. 가난한 악사는 끝내 고용주가 청하지도 않았는데 결혼식에 나타나 연주를 주도하며 다른 악사들은 여기에 적극 동조하여 모두가 행복한 결혼식을 만들어낸다. 저자는 이 풍경을 계급투쟁의 당위성과 그 순기능을 상징하는 것으로 해석할 수 있다고 생각한다. 「결혼행진곡」의 번역자 변영로가 자신의 시작詩作과 평문을 집중적으로 발표한 『개벽』, 『동명』, 『신생활』 등은 공통적으로 사회주의 지식을 적극 소개한 매체였다.[66] 1922년 7월 『개벽』에 「결혼행진곡」을 역재한 변영로는, 얼마 후 같은 매체에 발표한 「도막생각」(29호, 1922.11)에서 '모든 국가제도, 사회제도를 부인하고 저주한다'는 파격적 발언을 한다. "개성個性의 자유自由 신장伸張을 방해妨害하는 마물魔物"인 까닭이다. 변영로는 이어서 '사회주의 역시 부정하고 싶다'고 말한다. 그런데 이번에는 '국가제도, 사회제도'에 대한 것과 다른 이유다. '인간성'이 사회주의를 구현할 만큼 준비되지 못했다는 것이다.[67]

적어도 변영로는 사회주의적 가치가 무엇인지 잘 알았고, 현실에서

---

[66] 특히 그의 대표작 「논개」는 한국문학사의 정전이 되어 오랜 시간 민족주의와 애국심의 고취에 복무해왔지만 정작 첫 발표 지면은 사회주의적 성향이 강했던 『신생활』(제3호, 1922.4.1)이었다.

[67] "나는 現存하는 國家制度, 社會制度를 勿論 否認한다. 呪咀한다. 肉迫하고 십흐다. 문어버리고 십다. ― 웨? ― 個性의 自由 伸張을 妨害하는 魔物이니까. 「公義의 制裁」라는 진흙덩이를 떡이라고 속이고 주는 殘忍한 아버지니까! / 그러면 너는 社會主義를 謳頌하느냐? 社會主義的 社會의 出現을 渴望하느냐! 하면 그 亦 아니다라고 對答하고 십흐다. ― 웨? ― 아즉 人間性이 社會主義를 完美하게 實現시키리만치 자라지 못하엿스니까." 卞榮魯, 「도막생각」, 『개벽』 29, 1922.11, 50면.

는 실현 불가능하다는 감각도 갖고 있었다. 하지만 문학에서라면 달랐다. 변영로는 「결혼행진곡」의 역자 서문에서 "아름다운 부자연不自然과 암시暗示 많은 부정세不精細"처럼 「결혼행진곡」 자체가 '암시', 즉 상징으로 구성된 것이라고 전제하고 있다. 사회주의가 '인간성의 미달'로 실현 불가능한 이상이라는 「도막생각」에서의 말도, 낭만성으로 충만한 「결혼행진곡」의 세계에서는 무화無化된다. 가난한 악사를 위해 연대하는 다른 악사들에게서 '인간성의 미달'이란 찾을 수 없기 때문이다.

이상이 저자가 변영로가 번역한 「결혼행진곡」이 이상적 계급투쟁을 상징하는 문맥 속에 놓여 있다고 보는 근거이다. 그리고 이러한 해석이 정당하다면 「결혼행진곡」은 그저 한 편의 낭만주의 문학에 그치지 않고 계급투쟁의 상징으로 구성된 '불온한' 작품이기도 할 것이다.[68] 1920년대의 변영로를 설명하는 키워드인 '상징'은 검열의 교란과 밀접한 관련이 있을 때가 많았다. 변영로는 「도막생각」을 발표한 바로 다음 호 『개벽』에 「상징적象徵的으로 살자」(1922.12)라는 글을 실은 바 있다. 이 두 편은 모두 『태서명작단편집』의 간행 직후에 나온 그의 시집 『조선의 마음』(평문관, 1924)의 부록에 다시 실리게 된다.

---

68 『신문지요람』의 3항 '사회주의 선전 또는 사회혁명을 선동할 우려가 있는 기사'의 세목에는 '예1 : 자본주의를 저주, 계급투쟁 선동 기사', '예2 : 사회혁명을 풍자하는 기사'가 있었다.

6. 목소리들의 집결

이상으로 『태서명작단편집』의 주체, 매체, 번역, 구성, 내용 등에 대해 살펴보았다. 특히 수록 단편의 메시지를 식민지 검열체제와의 상호 역학 속에서 고찰하였다.

단편 양식은 짧지만 완미하게 짜인 이야기, 다양한 형식과 실험적 시도, 그리고 그를 통한 강렬한 메시지의 생산 등을 일반적인 특징으로 한다. 단편의 이러한 특징은 식민지 조선에서 사회적 발화를 용이하게 해주었고, 결과적으로 그것은 한국 근대문학의 단편 주류성을 설명해 주는 배경이기도 하다.[69] 이러한 맥락에서 단편의 번역은 우회적일지라도 사회적 발화의 가능성을 획기적으로 확장해줄 수 있었다. 이미 창조된 것을 선택하는 번역가의 위치상, 세계문학사가 축적해놓은 단편의 총량을 발화의 매개로 삼을 수 있었기 때문이다. 모파상이나 체홉처럼 수백 편씩을 남긴 단편 전문가가 아니더라도, 일정 기간 이상 활동하며 타국에까지 이름이 전해진 구미권 작가라면 필시 여러 단편을 보유했을 터였다. 그러므로 단편 양식을 태동시킨 '서양' 전체를 대상으로 삼는 한, 그것은 번역 주체의 손에 거의 무한한 선택지가 놓여 있었음을 의미했다. 번역자의 문제의식을 성공적으로 대변할 수 있는 작품은 약간의 배경 지식과 꾸준한 탐색만 이어진다면 얼마든지 찾을 수 있었다. 무엇보다 단편의 번역이 발화의 양식으로서 유용했던 이유는, 홍명희

---

69 박헌호, 「한국 근대소설사에서 단편양식의 주류성 문제」, 『식민지 근대성과 소설의 양식』, 소명출판, 2003, 77~99면.

나 변영로처럼 단편 창작과는 거리가 먼 사람도 시도할 수 있었기 때문일 것이다.[70]

그런데 단편의 번역으로 발화의 영토가 확장되었다곤 해도, 그것은 제한적일 수밖에 없었다. 식민지 조선에서 '하고 싶은 이야기'와 '할 수 있는 이야기'의 차이는 엄중했다. 이는 곧 '번역하고 싶은 것'과 '번역할 수 있는 것' 사이의 간극이기도 했다. 『태서명작단편집』 역시 이러한 검열체제를 통과한 합법적 산물이었다. 다만 그럼에도 검열을 교란하고 상징을 활용하여 '불온성'의 최대치를 위해 분투했던 것은 분명하다. 결론적으로 이 앤솔로지의 정체성은 소위 문화정치기 이후 검열의 강도가 격화되던 시점에 나온 '불온한' 번역문학의 결산이라 볼 수 있을 것이다. 비록 「마지막 과정」은 삭제되었지만 활자화된 15편의 소설 역시 상당수가 억압된 식민지 조선에 대한 은유, 애국심과 독립정신의 고취, 계급적 현실의 고발 등 검열항목에 저촉될 만한 다양한 요소를 내재하고 있었다.

하지만 그 개별적 '불온성'이 아닌 수록작 15편으로 구성된 『태서명작단편집』 자체가 발신하는 또 하나의 의미 역시 궁구해볼 필요가 있다. 질문으로 바꾸자면 이런 것이다. 이 앤솔로지 전체를 관류하는 메시지는 무엇인가?

면밀히 살펴보면, 『태서명작단편집』의 작품 다수에 해당되는 코드

---

70 홍명희 본인은 1946년 시점에서 자신의 단편이 없다고 언급한 바 있다. 「碧初 洪命憙 선생을 둘러싼 文學談議」, 『大潮』 1, 1946.1(임형택·강영주 편, 앞의 책, 191면). 한편 최근 1911년에 홍명희가 쓴 것이 확실시되는 일본어 단편소설 「かきおき」(유서)가 발굴되어 눈길을 끈다. 하타노 세츠코, 최주한 역, 「일본잡지 『문장세계(文章世界)』에 게재된 홍명희의 일본어 단편 「유서」」, 『근대서지』 13, 근대서지학회, 2016 참조.

하나를 발견할 수 있다. 바로 낯선 타자 혹은 이방인, 즉 '나'와 원래는 분리되어 있던 '다른 존재' 사이에서 일어나는 서사가 그것이다. 이 경우 메시지는 대개 한결같다. '그들(타자)이 틀린 것이 아니다.'「옥수수」, 「젓 한 방울」, 그리고 「밀회」처럼 하층민이나 이방인의 고통을 관찰할 때, 작품은 그러한 비극이 그들에게 가혹하다는 점도 충분히 제시한다. 반대로 「결혼행진곡」은 하층민의 연대가 가져오는 성공적 결과를 통해 그들의 가치관을 긍정한다. 한편, 주인공의 편견이나 고정관념이 타인을 통해 전복되는 부류가 있다. 예컨대 「월야」에서 여성혐오적 태도를 지녔던 주인공은 최종적으로 자신이 틀렸다는 것을 깨닫는다. 마찬가지로, 「외국인」은 세르비아에서 온 이방인, 「의중지인」은 한 폴란드인 여성과의 관계 속에서 각각 타자가 아닌 주인공 자신이 태도를 변경하게 된다. 살인행위 직후의 깨달음도 여러 차례 등장한다. 「사막 안에 정열」의 '나'는 타자인 맹수를 죽이고서 엄청난 죄책감에 시달리며, 「사일간」의 주인공 역시 자신이 죽여야 했던 터키 병사가 무고한 생명이었음을 깨닫는다. 「랑狼」의 젊은 늑대들 역시 결국 그들이 죽인 늙은 늑대의 말이 옳았다는 것을 나중에야 알게 된다.

『태서명작단편집』의 상당수가 이러한 메시지, 곧 '타자와의 관계 속에서 오는 깨달음'을 제공하고 있다는 사실은 그저 우연일까. 앞서 이미 언급했듯 수록작의 선별 과정에서 왜 배제된 것인지가 명확하지 않은 작품들이 있다. 진학문의 「더러운 면포」(모파상 작)와 홍명희의 「로칼노 거지 노파」(클라이스트 작)가 그것이다. 그런데 이 두 작품은 '타자'의 테마와는 전혀 상관이 없었다. 이는 전술한 『태서명작단편집』의 일정한 색채가 의도적 안배에 의해 구성된 것임을 방증한다.

제국의 권역에서 조선인은 그 자체로 '타자'였다. 이것이 그들의 번역문학에서 폴란드, 터키, 세르비아, 불가리아, 아르메니아 등 이방인들이 끊임없이 소환되거나 늑대와 표범 같은 상징이 덧씌워지는 근본적인 이유였을 터이다. 무엇보다, 『태서명작단편집』의 일관된 메시지는 이 책이 1923년 9월 1일에 발생한 간토대지진로부터 얼마 지나지 않아 기획되었다는 점에서 더욱 문제적이다. 주지하듯 재난은 그 직후 조선인에 대한 학살로 이어졌다. '타자'였던 탓에 죽임당해야 했던 조선의 비참한 역사 직후에, 공교롭게도 『태서명작단편집』은 '타자가 틀린 것이 아니다'라는 목소리를 집결시킨 형태로 등장했던 셈이다.

　　그렇기에 『태서명작단편집』은 결국 식민지 조선에 대한 발화였다. 변영로가 『태서명작단편집』을 편찬한 1924년은 변영로라는 복합 주체에게 있어서도 가장 큰 분기점이 된 해이다. 그의 대표 저작이 된 『조선의 마음』(평문관, 1924.8)이 발간되었기 때문이다. 가장 먼 곳인 태서의 이야기들을 엮는 것과 조선의 마음을 형상화하는 기획이 동시기에 구현된 것은, 문제의식의 기저에 공통적으로 '조선'이 있었기 때문일 것이다.

번역의 동아시아, 복합 주체의 문학사

---

1. 번역과 제도의 영향이 교직할 때

이 책의 가장 큰 키워드는 역시 '번역'일 것이다. 제1부에서는 근대
소설의 상이 형성되는 과정에 번역이 어떻게 개입했는가, 번역 주체는
그것을 한국적 상황 속에서 어떻게 변주했는가에 주목하였다. 제2부에
서 다룬 나도향, 현진건, 염상섭, 조명희 등은 근대문학사 서술에서 늘
지분이 뚜렷했던 존재들이며, 장별 제목으로 제시한 '낭만', '기교', '문
체', '사상' 등은 그들에 대한 논의 중에서도 가장 익숙한 어휘들이라
해도 무방하다. 저자는 이 점을 정면으로 활용하여, 번역을 통해 창작
을 재사유하는 여러 가지 방식들을 펼쳐보이고자 했다. 제3부는 복합
주체와 번역장飜譯場의 특질을 규정했던 제도 사이의 긴장 관계를 모색

했다. 기왕의 검열 연구에서는 번역 텍스트를 적극적으로 취급하지 않았기에 번역과 창작의 경로를 모두 가동했던 복합 주체의 '불온한' 목소리 중 일부만이 간취되는 경향이 있었다.

논의를 마무리하며, 제2부와 제3부의 구도가 결합된 사례 하나를 통해 이 책의 학술적 의의를 갈음하고자 한다. 주목하고자 하는 대상은 번역 과정에서 얻은 새로운 자극과 식민지 제도의 억압이 교직하여 탄생한 텍스트, 곧 염상섭의 중편소설 「만세전萬歲前」이다.

우선 계보를 거슬러 올라가 보자. 염상섭의 문체를 다룬 이 책의 제2부 3장과, 『태서명작단편집』을 다룬 제3부 5장에서 공통적으로 언급한 소설이 있었다. 프세볼로드 미하일로비치 가르신(1855~1888)의 단편소설 「사일간四日間」(원제 : Четыре дня)이 그것이다. 「사일간」은 러시아-투르크 전쟁에 출전한 병사 이바노프가, 전투에서 부상당해 고립된 후 자신이 죽인 적군의 시체 옆에서 홀로 죽음을 기다리는 내용이다. 1인칭 시점의 관찰과 독백, 그리고 회상으로 전개되며, 시간의 경과에 따른 심리 묘사가 실감 있게 펼쳐진다. 전쟁의 소용돌이 속에서 고독하게 죽어가는 주인공은, 자신에 의해 허무하게 죽었지만 누군가에게는 소중했을 적의 죽음을 애도하고, 애인 및 어머니와 나누던 대화를 떠올리며 그리움과 비통에 잠긴다. 원작은 작가 가르신의 전쟁 체험에 기초하여 씌어졌으며, 이렇듯 전쟁의 비참함을 형상화한 반전反戰・비전非戰의 메시지를 담고 있다. 「사일간」 외에도 가르신이 쓴 전쟁소설들은 모두 "'전쟁은 악'이며 '그 악이 다시 또 악을 낳는다'라는 관념을 보여준다."[1]

---

1 강명수, 「가르신의 『붉은 꽃』과 체홉의 「6호실」에 드러난 공간과 주인공의 세계」, 『노어노문학』 12(1), 한국노어노문학회, 2000, 109면.

이 반전문학을 동아시아에서 가장 먼저 번역한 이는 후타바테이 시메이였다. 그가 이 소설을 잡지 『신소설新小說』에 역재譯載한 시기는 1904년 7월로서, 당시는 러일전쟁이 한창이었다. 그 때문인지 시메이는 발표 당시 '예심ㅉ心'이라는 필명을 썼고 이 소설을 접한 이들은 이것이 러시아소설의 번역일 것이라는 추측만 할 뿐 한동안 역자의 정체를 알 수 없었다.[2] 야마무로 신이치山室信一는 "러일전쟁의 적극적 주전론자였을 후타바테이가 왜 이 비전문학인 「四日間」을 번역한 것인지 그 의도는 추측하기 어렵"[3]다고 하면서도, 이 작품이 다야마 가타이田山花袋가 쓴 「한 병졸一兵卒」(1907)의 모티브가 되기도 했다는 점을 지적한다. 이 작품은 전쟁을 수행하는 당국의 입장에서는 충분히 불온했기에 결국 중일전쟁기에 나온 『후타바테이 시메이 전집』(1937)에서는 검열로 삭제되고 말았다.[4]

일본어로 번역된 「四日間」은 1909년 루쉰魯迅에 의해 「四日」로 거듭나 『역외소설집域外小說集』에 수록된다. 형제가 번역한 이 앤솔로지에서 루쉰이 담당한 것은 단 세 편이었는데, 그중 하나가 「四日」이었다. 루쉰은 이 소설을 '러시아 비전문학 중 걸작'으로 소개하기도 했다. 전쟁 상황 속에서 미쳐가는 한 인간의 일인칭 독백으로 구성된 이 작품이 이후 루쉰의 작품 세계에 미친 직간접적 영향은 굳이 논증하지 않아도 짐작되는 바다. 가령 한 연구는 1인칭 시점, 심리소설, 일기 형식, 내용과

2　小堀洋平, 「田山花袋「一兵卒」とガルシン「四日間」-「死」, 「戦争」, そして「自然」をめぐる考察」, 『早稲田大学大学院文学研究科紀要 第3分冊』 57, 早稲田大学大学院文学研究科, 2011, 113~114면.

3　야마무로 신이치, 정재정 역, 『러일전쟁의 세기-연쇄시점으로 보는 일본과 세계』, 소화, 2010, 274~276면.

4　위의 책, 274면.

표현, 주제적 측면 등을 들어 「광인일기」에 나타난 「사일간」의 영향을 구체적으로 분석하기도 하였다.[5]

후타바테이 시메이의 「四日間」이 염상섭에 의해 한국으로 건너온 시점은 1922년이었다. 동아시아에서 가장 늦은 번역이었지만 아이러니하게도 그 시점의 한국이야말로 이 소설의 반전 메시지가 가장 증폭될 수 있는 공간이기도 했다. 당시 조선인 대부분은 전시 상황과 다름없이 숱한 사람들이 죽어나간 본인들의 역사를 생생히 기억하고 있었다. 곧 3·1운동이다.

그런데 염상섭의 선택이 보다 문제적인 지점은 그의 번역 시점이기도 하다. 질문으로 압축하자면 이와 같다. 왜 하필 염상섭은 공식적으로 발표하는 자신의 첫 번째 번역 작품으로 「四日間」을 선택했을까? 달리 묻자면, 왜 「밀회」가 우선순위에서 밀렸을까? 그의 두 번역은 후타바테이 시메이의 번역집 『片戀―外六編』에 수록된 각각의 단편들을 저본으로 삼은 것이었다. 이 번역본을 펼친 후, 「밀회」의 저본이 될 「아히비키あひびき」를 그냥 두고 일단 「四日間」부터 선택한 염상섭의 행위는 의외라고 밖에 볼 수 없다. 이는 단순히 가르신의 문명文名이 투르게네프에 못 미친다는 차원이 아니다. 투르게네프의 「Свидание」에 대한 시메이의 번역문 자체가 특별했기 때문이다. 이 책의 제1부 3장에서 비교적 상세하게 다뤘듯이, 「아히비키」의 출현은 일본 근대문학사를 뒤흔든 사건이었다. 그것은 근대소설의 최신 규범이었고, 그 파장은 당연히 일정한 시간차를 두고 한국에까지 미쳤다.

---

5 강명화·권호종, 「魯迅의 「광인일기(狂人日記)」에 대한 가르신(Гаршин)문학의 영향」, 『세계문학비교연구』 45, 세계문학비교학회, 2013.

그러나 염상섭은 「四日間」을 먼저 선택했다. 이는 번역의 시공간이 전이되면서 적어도 그에게 만큼은 텍스트의 지위가 역전되었음을 의미한다. 세계문학을 조선의 독자에게 소개하고자 했던 1922년의 염상섭에게, 저본이 자기 공간에서 지니던 위계는 참조 사항에 불과했다. 「아히비키」의 독보적 위상은 메이지 문학사를 관통해 온 증인들에 의해 구성된 맥락일 뿐이었다. 그리고 이미 논의했듯이, 「아히비키」가 일으킨 센세이션은 투르게네프의 원작 자체보다는 이전까지는 본 적 없었던 문체와 서술 방식에서 기인했다. 따라서 염상섭이 「아히비키」의 의의를 파악하고 있었을지라도 특별 취급할 이유가 될 수는 없었다. 오히려 그 역사성에서 비켜나 있었기에 '내용 자체'를 잣대로 삼을 수 있는 조건이 구비되었다고 볼 수 있다.

1922년의 염상섭은 「四日間」의 정치성에 침잠해 있었으며, 이는 그 문학적 발현인 「묘지墓地」, 곧 「만세전」의 출현이 역설하는 바이기도 하다. 염상섭의 「사일간」은 「만세전」의 원형인 「묘지」와 동시에 발표되었다. 「만세전」에 기입되어 있는 '만세 그 자체의 시간성'(만세'前'이 아니라)에 주목한 이혜령은, 「만세전」의 '공동묘지'가 갖는 상징성을 1919년 직후 비정상적으로 급증한 시체와 연관 짓는다. 식민지 조선의 '전쟁'은 내부에서 둘로 나뉘어 벌어졌고 한쪽의 일방적인 죽음으로 귀결된 사건이었다.[6] 「만세전」에서 이인화는 제복 입은 자(경찰, 헌병)에 의해 "전율과 공포를 맛보"[7]게 되는데, 이는 「사일간」의 이바노프가 직면

---

6 "3·1운동, 그것은 둘로 나뉘어진 식민지 세계, 그 자체의 이원성과 폭력성을 환회와 공포, 죽음으로 경험한 계기였다." 이혜령, 「정사(正史)와 정사(情史) 사이－3·1운동, 후일담의 시작」, 『민족문학사연구』 40, 민족문학사학회, 2009, 271면.
7 위의 글, 271면.

한 죽음의 공포와 본질적으로 같은 것이었다.

「만세전」은 작품의 구조부터 「사일간」과 닮아 있다. 우선 이 소설은 조선 자체를 거대한 '무덤'으로 인식한다. 소설의 전개는 '무덤' 밖에 있던 주인공 이인화가 무덤으로 들어가서 갖가지 '죽음'의 냄새를 맡고, 이후 무덤을 떠나는 순서로 이루어진다. 이는 「사일간」의 주인공 이바노프가 시체가 가득한 전장, 즉 '무덤'으로 진입하고, 죽음을 기다리는 가운데 현실에 절망하며, 마지막에 구출되는 과정과 흡사하다. 내용 중 '타인이자 희생자'의 죽음(아내 / 적군)을 애도하는 것이 중요한 요소라는 것도 공통점이다. 무엇보다도 주인공들은 공히 '이미 죽어있는 것'을 관찰한다.

> 이 무시무시한 해에 내리쐬여서 한방울 물이라도 먹지안음녀 목구녕이 타는 것을 이저 버리게 할 수단도 업고, 더군다나 죽은 사람의 냄새가 썩도록 배여서, 이몸도 헐니기 시작할 듯 하고, 그 냄새의 주인도 아주 인젠 녹아버려서, 툭툭 떠러저오는 무수한 구뎅이들은 그 근처에 우글우글 꿈을꿈을 한다. 이것에게 다—파먹히고, 그 주인의 전연히 뼈하고 복장만이 되면, 그 다음은 여긔 차례, 나도 역시 이 모양이 되는구나. (「四日間」, 『개벽』 25, 15~16면)[8]

> 「共同墓地다! 구뎅이가 욱을욱을하는 共同墓地다!」라고 속으로 생각하였다.

---

8 이보다 앞서 구더기 묘사가 등장하는 또 다른 대목도 참조. "머리털은 점점 **빠져** 떨어지고, 元바탕이 검은 皮膚빗은, 프르러진데다가 黃疸빗까지 끼우고, 부은 얼굴의 가죽은 경기어서 귀ㅅ뒤가 터지고, 거긔에 구뎅이가 움질움질하며, 다리는 水腫다리처럼 부어올라서, 脚絆이 접힌 틈으로 흠을흠을한 살(肉)이, 커―다라케 삐죽히 나오고, 전신이 붓풀어 올라서, 마치 송아지갓다." 「四日間」, 『개벽』 25, 12~13면.

「이房안부터 어불업는 共同墓地다. 共同墓地에 잇스니까 共同墓地에 드러가기 실혀하는 것이다. 구뎅이가 득시글득시글 하는 무덤속이다. 모두가 구뎅이다. 너두 구뎅이, 나도 구뎅이다…」(「萬歲前」, 83면)[9]

　「만세전」의 '구더기' 묘사는 「사일간」을 번역하는 가운데 염상섭의 표현으로 안착했을 것이다. 이바노프는 곁의 시체가 심하게 썩어가는 것을 보며 자신에게도 곧 죽음이 다가올 것을 깨닫는다. 이인화 또한 조선의 절망적인 현실을 목격한 후, 그 목격 대상을 구더기 끓는 시체의 집합으로 보았다. 인용문과 다른 부분에서 그들은 다음과 같이 절규하기도 했다. "死神은 어대에 잇누? 와주렴 어서 데려가거라!"(이바노프) / "에ㅅ되어저라! 움도 싹도 업서젓버려라! 亡할 대로 亡햇버려라!"(이인화) 이바노프, 그리고 이인화의 체념과 신경질적 분노는 같은 색채를 띤다.

　한편, 가르신과 염상섭의 「사일간」은 같은 반전反戰의 층위에 있는 동시에 서로 변별되기도 한다. 염상섭의 포커스는 3·1운동의 학살을 전시상황으로 기억하게 만드는 데 있었다. 거꾸로 말하자면 3·1운동의 죽음은 본래 전시상황으로 기억될 수 없는 것이었다. 국가 대 국가의 대결이 아니었기 때문이다. 그런데 오히려 그렇기에, 3·1운동과 전시상황을 한 데 엮는 상상력은 해방이 오지 않는 이상 조선이 언제나 '잠재적 전시상황'에 처해 있다는 현실을 상기시킬 수 있었다. 결국 염상섭의 「만세전」은 「사일간」과 더불어, 식민지 자체가 죽음의 공포가 항존하는 체제임을 역설하는 것이다.[10]

9　「萬歲前」, 『염상섭 전집』 1, 민음사, 1987.
10　염상섭은 「죽음과 그 그림자」를 통해서도 죽음이라는 테마를 다룬 바 있다. 발표 시기

이상으로 「사일간」의 동아시아 수용 양상을 개략적으로 살피고, 특히 염상섭에게 있어서 「사일간」의 번역과 「만세전」(「묘지」)의 창작이 형성하고 있는 함의를 재구해 보았다. 염상섭은 「만세전」을 통해 3·1운동의 무수한 죽음들을 환기한다. 이는 물론 「묘지」와 동시에 기획된 「사일간」의 번역 의도가 애초에 어디에 있었는가에 대한 설득력 있는 해답이기도 하다.

기억해야 할 사실은, 식민지 상황 속에서 이러한 메시지는 합법출판물로 안착하기 위한 저자의 노력 속에서 간신히 구현될 수밖에 없었다는 데 있다. 식민지 당국의 시선에서 볼 때 「사일간」이나 「만세전」의 반전주의 및 체제 비판적 메시지는 지극히 불온할 수밖에 없었다. 또한 검열제도는 그 '불온성'을 한껏 표출하거나 정교하게 구축하는 시도를 차단하고 있었다. 「묘지」 연재 당시의 검열 처분, 「만세전」의 개작 과정에서 나타난 변화 등에 대한 연구들은 공통적으로 검열 우회를 위한 작가의 내적 조치들과 그럼에도 불구하고 훼손될 수밖에 없었던 텍스트의 종국을 증언해준다.[11] 가령 1922년 9월 『신생활』에 발표된 「묘

(1923년 1월)상으로 「묘지」와 「만세전」 사이에 놓여있는 이 작품 역시 서사적 틀이 「사일간」과 유사하다. 죽음의 공포에 직면한 1인칭 화자의 심리 묘사가 작품을 끌고 간다는 점, 주변에서 일어난 타인의 죽음, 친구나 가족에 대한 회상, 결국 그 위기에서 벗어나는 점 등이 그러하다. 이렇듯 염상섭이 「사일간」과 공명할 수 있었던 것은, 바로 가르신이 죽음의 문제를 다루는 방식 때문이었을 것이다. 그것을 전시 상황의 집단적 죽음의 문제로 풀어낸 것이 「만세전」이라면, 「죽음과 그 그림자」는 개인의 체험을 가미하여 또 달리 변주한 것이라 하겠다. 염상섭은 「저수하(樗樹下)에서」,(『폐허』 2, 1921.1.20)의 후반부에 "연초(煙草)에 중독됨이었던지 서기(暑氣)로 인함이었던지" 급격히 쇠약해져 죽음을 예감했던 체험 하나를 언급하는데, 그 골조가 얼마 후에 발표되는 「죽음과 그 그림자」를 연상케 한다.

11 채호석, 「염상섭 초기 소설론ㅡ「만세전」과 '무덤'」, 『한국문학이론과 비평』 10, 한국문학이론과 비평학회, 2001; 이혜령, 앞의 글; 한만수, 「「만세전」에 나타난 감시와 검열」, 『한국문학연구』 40, 동국대 한국문학연구소, 2011 등.

지」 제3회에는 아나키스트 오스기 사카에大杉榮의 실명이 등장한 바 있다.[12] 이 이름은 『시대일보』판 「만세전」까지는 노출되지만, 단행본에서는 찾아볼 수 없게 된다.[13] 이것이 의미하는 것은 염상섭이라는 복합 주체의 실천 위에 '피검열자'라는 또 다른 정체성을 맞물리게 할 때에야 비로소 「만세전」을 정당하게 평가할 수 있다는 진실이다.

2. 동아시아 근대문학사 서술의 가능성

「사일간」과 「만세전」의 사례는 이 책의 구도인 번역 주체의 연속적 실천, 그리고 검열이라는 또 하나의 축이 만드는 입체적 역학을 집약하여 보여준다. 그리고 우리는, 추가적으로 다음과 같은 이론적 시사점을 발견할 수 있다.

첫째, 번역문학은 단 한 편으로도 섣불리 예단하기 어려운 파급력을 지닐 수 있다. 「사일간」의 작가 가르신은 19세기 후반에 활동하다가 짧은 생을 마감한 인물이었다. 당대의 대표적 작가 중 일인이었으나 "위대한 작가는 아니"[14]었기에, 전공자를 제외하면 그의 이름을 마주할

---

12 "事實 그 속에는, 집에서 온 最近의 片紙몇張과 小說草稿와 몇가지 原稿외에는 아모 것도 업섯다. 애를 써서 記錄한 書籍이라야, 元來 나에게는, 大杉榮이라는 大字나 레-닌이라는 레자는 勿論이려니와 獨立이란 獨字도 업슬 것은, 나의 專攻하는 學科만보아도 알 것이엇다." 廉想涉, 「墓地」(제3회), 『신생활』 9, 1922.9, 151면.

13 이 사실은 박현수에 의해 환기되었다. 이혜령, 앞의 글, 265면.

14 D. P. 미르스키, 이항재 역, 『러시아 문학사』, 씨네스트, 2008, 422면.

경우란 거의 없다. 하지만 그가 남긴 「사일간」은 동아시아의 번역소설 사뿐 아니라 근대문학사 차원에서도 대단히 문제적인 작품으로 등극한다. 이미 전술했듯 후타바테이 시메이의 번역은 일본의 다야마 가타이, 중국의 루쉰, 한국의 염상섭에게 창작으로 연계되는 특별한 계기를 제공하였고, 그들이 남긴 작품들은 지금까지도 각 공간의 정전으로 자리매김하고 있다. 물론 그 영향은 위의 3인에게만 국한되었을 리 없다. 「사일간」은 러시아에서도 발표 당시 큰 호평을 얻은 바 있다. 그러나 가르신 본인조차도 그 소설이 장차 동아시아 문학사에 거대한 파문을 일으키리라고는 예상할 수 없었을 것이다. 혹자는 반문할 수도 있다. 말하자면 이 모든 것을 번역소설 한 편에서 시작된 변화라고 보기에는 너무 과하다거나, 번역을 지나치게 신비화한 것이 아니냐는 비판이다. 그러나 애초부터 번역은 그러한 목적성을 띠고 있었던 것이 아닌가. '내가 본 것을 같은 공간의 다른 이들과 나누고 싶다'라는 것이 번역의 기점이라면, '나도 동일한 문제의식을 나의 방식대로 풀어내고 싶다'는 것은 번역의 결착일 수 있다. 그리고 이 모든 과정 가운데 자국 문학장에 발생할 파문은 이미 번역자의 손을 떠난 일이다. 그것은 자못 거대할 수도, 예상 외로 보잘 것 없을 수도 있다. 그러나 일반적인 문학사에서는 거론하지조차 않았던 번역 텍스트 한 편 한 편을 다시금 예의주시해야 할 이유는 이것만으로 차고 넘친다.

둘째, 동일한 문학 작품일지라도 특정한 시공간 속으로 번역되는 과정에서 전혀 다른 의미를 획득할 수 있다. 문장 차원의 첨삭이나 번안적 개입이 없었음에도 불구하고, 시간과 공간을 고려한 번역자의 선택에 의해 역문의 의미망은 바뀔 수 있었다. 저본과 역본 관계에 있는 텍스트 비교 연구에서 쉽게 간과되는 것 중 하나가 바로 이 지점이다. 연구자들은 보통 저본과 역본의 차이가 거의 없는 경우 일방향적 구도로 그 영향 관계를 확정한다. 다시 말해 텍스트의 변화량과 번역자의 목적 구현을 일종의 함수 관계로 파악하는 것이다. 그러나 관건은 활자화된 것들의 편차가 아닐지도 모른다. 원전의 충실한 이전은 그 자체로 역본의 시간과 공간 속에서 전혀 다른 의미를 획득할 수 있기 때문이다. 식민지 조선에서의 「사일간」이 그랬고, 이 책에서 비중 있게 조명한 『그 전날 밤』이 그랬다. 그 의미는 번역의 시공간적 전이가 파생시키는 해석의 낙차와 번역자 고유의 문제의식이 만나는 접점을 살핌으로써 드러난다. 번역자가 기대하는 텍스트의 독법은 거기에 있을 것이다. 하지만 덧붙이자면, 반드시 번역자가 기대하는 독법을 찾는 것만이 능사는 아니다. 첫 번째 특징으로 언급한 번역문학 한 편의 잠재력 때문이다. 번역문학은 정형화된 글쓰기 형식이나 문학의 한 장르가 아니다. 그것은 '번역'이라는 언어적 실천 속에서 공간을 횡단한 '문학' 그 자체다. 이 새로운 문학은 번역자의 기존 문학장文學場을 어떠한 방식으로든 뒤흔들 가능성을 내포한다. 그 변화는 번역자가 의도한 것일 수도 있지만, 문학 그 자체의 생명력으로 말미암아 예상하지 못한 방향으로도 흔적을 남길 수 있다. 이것이 번역문학의 역동성이다.

셋째, 번역을 전후한 시기를 중심으로 번역 주체의 작가적 행보를 재조명할 수 있으며, 역으로 창작에서 구현된 메시지를 통해 그 즈음에 발표한 번역의 진의眞意 또한 궁구할 수 있다. 번역에 대한 고려 없는 창작 연구와 창작에 대한 고려 없는 번역 연구는 둘 다 하나의 그림자만으로 피사체를 정의하는 오류로부터 자유롭지 못하다. 앞서 살펴본

1920년대의 염상섭은 때로는 창작으로, 때로는 번역으로 발화했다. 거기에는 당연히 일관된 것이 있었다. 이 책에서 저자는 복합 주체의 활동을 서술함에 있어서 의도적으로 '창작과 번역'이 아닌 '번역과 창작'이라는 표현을 자주 사용했다. 하지만 그것은 번역이 그동안의 연구에서 상대적으로 주목되지 않았기 때문이지, 주체의 실천에 특정한 위계를 부여하고자 함은 아니다. 번역 체험이 염상섭이라는 작가를 만들었다는 식의 명제는 부분적으로만 참이다. 염상섭이라는 주체의 선택이 먼저 있었기 때문이다. 그런데 바로 그 이유로 인해 다시금 번역에 주목해야만 한다. 번역이 주체의 선택이라면 그에 대한 검토는 곧 주체를 제대로 알기 위한 필수 관문이 될 수도 있다. 이 말은 당연히 염상섭과 이 책에서 다룬 나도향, 현진건, 조명희, 변영로 등에 국한되는 것이 아니라 모든 복합 주체들을 향한다. 단지 1920, 30년대에 한정될 것도 아니다. 1960년대에 김수영은 "내 시의 비밀은 내 번역을 보면 안다"고 기록하였고, 21세기에 들어와 레이먼드 카버의 단편집 『대성당』을 한국어로 번역한 이는 다름 아닌 소설가 김연수였다.

이상의 세 가지 시사점이 공통적으로 향하는 대상은 다시 한번 동아시아다. 예컨대 김연수보다 먼저 레이먼드 카버를 적극 권장하고 번역한 이가 무라카미 하루키였다는 사실이 보여주듯, 아젠다로서의 복합 주체는 그 자체로 동아시아 차원에서 탐구될 때 더욱 선명한 비교의 지점들을 확보할 수 있다. 다시 말해 특정 번역문학의 잠재력과 파급력, 그리고 시공간적 재맥락화에 대한 연구는 동아시아적 구도 속에서 더 합당한 의미들을 건져 올리게 될 것이다.

그러므로 이 책의 모든 논의는 결국 지금까지와는 전혀 다른 문학사

서술을 새로운 과제로 요청한다. 바로 '동아시아 근대문학사'이다. 그 일차적 효용은 기존의 단일국가나 민족(어) 중심 문학사의 폐쇄적 한계를 비판하고 돌파하는 데 있을 것이다. 그러나 제아무리 그 대의가 당위성을 획득한다 하여도, 우리가 알고 있는 문학사란 대개 국가나 언어의 복수성을 인정하지 않는다. 따라서 동아시아 각국에서 국민국가나 자국어 관념이 배타적으로 확립된 19세기 후반 이후의 각국 문학사를 통합적으로 재구성하는 것은 비현실적인 기획에 가깝다. 동아시아라는 틀에 끼워 맞추고자 해도 각각의 성립 사정이 다른 한·중·일 문학사의 절합絶合만으로는 동아시아 문학사가 될 수 없을 뿐 아니라, 전술한 존재 이유 역시 충족시킬 수 없다.

번역문학의 의의는 바로 이 지점에서 떠오른다. 번역문학은 공간을 초월하는 편재성遍在性을 지니기 때문이다. 동아시아 문학사를 서술하기 위해서는 한·중·일의 문학사를 일련의 연속적 흐름으로 파악할 수 있는 틀이나 공통적으로 적용 가능한 외적 준거가 요구된다. 그것이 가능할 때 비교의 거점이 생기고 자국 문학사의 자명한 논리들에도 물음표를 던질 수 있다. 근대 동아시아에 있어서 공동의 번역 대상은 '서구'였다. 동아시아의 여러 문인과 단체들은 서구문학을 대타항으로 삼고 사숙, 모방, 혹은 비판, 극복하는 과정에서 그 내용과 형식을 적극적으로 포섭했다. 동아시아 문학사의 이러한 공동 경험은 새로운 문학사서술의 지반이 되어줄 것이다.

'번역을 실마리로 한' 이 문학사는 기존의 방식대로 '번역을 주제로 한' 문학사와 구분되어야 한다. 새롭게 서술될 동아시아 근대문학사는 각국의 복합 주체가 발신하는 번역문학과 창작문학을 적소適所에 배치

하는 동시에 그들 사이의 연결고리 자체도 문제 삼게 될 것이다. 이에
더하여, 제도적 편차가 발생시키는 공간의 조건과 그 속에서 고투했던
주체들의 실천까지 면밀하게 고려된 것이어야 한다.

참고문헌

1. 자료

『개벽』, 『대한매일신보』, 『대한자강회월보』, 『동광』, 『동명』, 『동아일보』, 『매일신보』, 『비판』, 『백조』, 『삼천리』, 『소년』, 『시대일보』, 『신생활』, 『제국신문』, 『조광』, 『조선문단』, 『조선일보』, 『조양보』, 『창조』, 『청춘』, 『폐허』, 『폐허이후』, 『학지광』, 『현대평론』, 『國民之友』, 『時務報』, 『新民叢報』, 『新小說』, 『新靑年』, 『淸議報』, 『太陽』 등 신문 · 잡지 자료.

고리끼, 최윤락 역, 『어머니』, 열린책들, 2007.
고리키, 이수경 역, 『마부』, 작가정신, 2014.
구니키다 돗포, 김영식 역, 『무사시노 외』, 을유문화사, 2011.
김동인, 『김동인 전집』 16, 조선일보사, 1988 참조.
김병현, 『정치쇼설 셔ㅅ건국지』, 대한황성 박문서관, 1907.
김유정, 『원본 김유정 전집』, 강, 1997.
나도향, 『청춘』, 조선도서주식회사, 1927.
나도향, 박헌호 편, 『어머니(외)』, 범우, 2004.
나빈, 『카르멘』, 박문서관, 1925.
루슈안 대카부, 현진건 역, 「나들이」, 『동명』 2-14, 1923.4.
미상, 『라란부인전』, 대한매일신보사, 1907.
박은식, 『政治小說 瑞士建國誌』, 대한매일신보사, 1907.
변영로 편, 『泰西名作短篇集』, 조선도서주식회사, 1924.
빙허, 「운수 좋은 날」, 『개벽』 48, 1924.6.
알렉산더 뒤마, 나빈 역, 『동백꽃』, 조선도서주식회사, 1927.
알렉산드르 뒤마 피스, 공세영 역, 『춘희』, 하늘정원, 2006.
알렉상드르 뒤마, 이규현 역, 『삼총사』, 민음사, 2002.
염상섭, 『염상섭 전집』 12, 민음사, 1987,
이명재 편, 『낙동강(외)』, 범우, 2004.
임화, 신두원 편, 『임화문학예술전집』 3−문학의 논리, 소명출판, 2009.
_____, 『임화문학예술전집』 4−평론 1, 소명출판, 2009.

임화, 임규찬 편, 『임화문학예술전집』 2 – 문학사, 소명출판, 2009.

장지연, 『신쇼셜 익국부인젼』, 광학서포, 1907.

조명희, 「戱曲 婆娑」, 『개벽』 41~42, 1923.11~12.

_____, 『그 전날 밤』, 박문서관, 1925.

_____, 『봄 잔듸밧 위에』, 춘추각, 1924.

_____, 『戱曲 金英一의 死』, 동양서원, 1923.

_____, 이명재 편, 『낙동강(외)』, 범우, 2004.

주종연 · 김상태 · 유남옥 편, 『나도향 전집』 상, 집문당, 1988.

톨스토이, 조명희 역, 『산송장』, 평문관, 1924.

투르게네프, 김영란 역, 『파우스트』, 작가정신, 2012.

투르게네프, 전희직 역, 『첫사랑 · 전날밤』, 1993.

투르게네프, 조명희 역, 「그 전날 밤」, 『조선일보』, 1924.8.~10.

프로스페르 메리메, 박철화 역, 『카르멘/콜롱바』, 동서문화사, 2013.

한기형 · 이혜령 편, 『염상섭 문장 전집』 I · II · III, 소명출판, 2013~4.

한설야 외, 김송본 편, 『고리끼와 조선문학』, 좋은책, 1990.

현진건, 『지새는 안개』, 박문서관, 1925.

현진건, 이강언 외편, 『현진건 문학 전집』 6, 국학자료원, 2004.

황동민 편, 『조명희 선집』, 소련과학원 동방도서출판사, 1959.

ゴオルキイ, 工藤信 譯, 『ゴオルキイ全集』 5, 日本評論社出版部, 1922.

チエホフ, 工藤信 譯, 『チエホフ選集』, 佐藤出版部, 1920.

チエホフ, 瀬沼夏葉 譯, 『露国文豪 チエホフ傑作選』, 獅子吼書房, 1908.

ツルゲエニェフ 原作, 楠山正雄 脚色, 『その前夜』, 新潮社, 1915.

ツルゲネフ, 相馬御風 譯, 『その前夜』, 内外出版協会, 1908.

_____, 『貴族の家』, 新潮社, 1910.

_____, 『父と子』, 新潮社, 1909.

_____, 『処女地』, 博文館, 1914.

デューマ, 加藤朝鳥 譯, 『椿姫』, 生方書店, 1926.

デューマ, 森田草平 · 関口存男 譯, 『椿姫』, 國民文庫刊行會, 1927.

トルストイ, 小林愛雄 譯, 『生きた死骸』, 生方書店, 1925.

モオパツサン, 馬場孤蝶 譯, 『モオパツサン傑作集』, 如山堂書店, 1914.

谷口武 譯, 『現代仏蘭西二十八人集』, 新潮社, 1923.

馬場孤蝶 譯, 『泰西名著集』, 如山堂, 1907.

山口造酒, 上野義太郎 編, 『英和陸海軍兵語辞典』, 明誠館, 1910.

山野亮, 「譯者の言葉」, 『バルザック小説集』, 春陽堂, 1924.

生田長江, 『カルメン』, 青年學藝社, 1914.

昇曙夢 譯, 『露国名著 白夜集』, 章光閣, 1908.

昇曙夢 譯, 『心の扉』, 海外文芸社, 1913.

神田乃武 外編, 『新訳英和辞典』, 三省堂, 1902.

二葉亭四迷 譯, 『片戀一外六編』, 春陽堂, 1916.

廚川白村, 一宮榮 譯, 『メリメ傑作集』, 大日本圖書, 1915.

竹越与三郎, 『格朗空』, 民友社, 1890.

中村武羅夫, 『現代文士二十八人』, 日高有倫堂, 1909.

中村星湖 譯, 『月光』, 海外文芸社, 1913.

黒岩涙香, 『白髮鬼』, 春陽堂, 1934.

Anton Chekhov, Constance Garnett trans., *The darling, and other stories*, Chatto and Windus, 1916.

Honore de Balzac, T. R. Smith ed., *Short Stories By Balzac*, The Modern Library, 1918.

Ivan Turgenev, Constance Garnett trans., *ON THE EVE*, London : William Heinemann, 1895.

Selma Lagerlöf, Velma Swanston Howard trans., *The Girl from the Marsh Croft*, Little, Brown and company, 1910.

2. 논저

D. P. 미르스키, 이항재 역, 『러시아 문학사』, 씨네스트, 2008.

가라타니 고진, 박유하 역, 『일본 근대문학의 기원』, 민음사, 2007.

가메이 히데오, 김춘미 역, 『메이지문학사』, 고려대 출판부, 2006.

강명수, 「가르쉰의 『붉은 꽃』과 체홉의 「6호실」에 드러난 공간과 주인공의 세계」, 『노어노문학』 12(1), 한국노어노문학회, 2000.

강명화·권호종, 「魯迅의 「광인일기(狂人日記)」에 대한 가르신(Гаршин)문학의 영향」, 『세계문학비교연구』 45, 세계문학비교학회, 2013.

강영주, 『벽초 홍명희 연구』, 창작과비평사, 1999.

_____, 『한국 역사소설의 재인식』, 창작과비평사, 1991.

강용훈, 「해방전후 함대훈 소설에 나타난 '러시아' 표상 연구」, 『비교문화연구』 44, 경희대 비교문화연구소, 2016.

강인숙, 「염상섭편」, 『한국 근대소설의 정착과정 연구』, 박이정, 1999.

강현국, 「욕망과 환상―「어린 벗에게」론」, 『비평문학』 42, 한국비평문학회, 2011.

강현조, 「한국 근대초기 번역·번안소설의 중국·일본문학 수용 양상 연구―1908년 및 1912~1913년의 단행본 출판 작품을 중심으로」, 『현대문학의 연구』 46, 한국문학

연구학회, 2012.

_____, 「한국 근대소설 형성 동인으로서의 번역·번안 −근대초기 번역·번안소설의 전개 양상을 중심으로」, 『한국근대문학연구』 26, 한국근대문학회, 2012.

고모리 요이치, 정선태 역, 『일본어의 근대』, 소명출판, 2003.

구장률, 「『학지광』, 한국 근대지식 패러다임의 역사−새 자료『학지광』 11, 26, 30호 해제」, 『근대서지』 2, 근대서지학회, 2010.

구장률, 『지식과 소설의 연대』, 소명출판, 2012.

권보드래, 『한국 근대소설의 기원』, 소명출판, 2000.

권영민 편, 『한국 현대문학 대사전』, 서울대 출판부, 2004.

김경수, 「염상섭 소설과 번역」, 『어문연구』 35(2), 한국어문교육연구회, 2007.

_____, 「1차 유학시기 염상섭 문학 연구」, 『어문연구』 38(2), 한국어문교육연구회, 2010.

김동식, 「한국의 근대적 문학 개념 형성과정 연구」, 서울대 박사논문, 1999.

김려춘, 이항재 외역, 『톨스토이와 동양』, 인디북, 2004.

김명훈, 「염상섭 초기소설의 창작기법 연구−『진주는 주엇스나』와『햄릿』 비교를 중심으로」, 『한국현대문학연구』 39, 한국현대문학회, 2013.

김미연, 「해제−조명희의『산송장』 번역」, 『민족문학사연구』 52, 민족문학사학회, 2013.

김병철, 『한국 근대 번역문학사 연구』, 을유문화사, 1975.

_____, 『서양문학번역논저연표』, 을유문화사, 1978.

김소정, 「번역을 통해 본 근대중국−林紓의 서양소설 번역을 중심으로」, 『중국어문학』 52, 영남중국어문학회, 2008.

_____, 「번역하는 중국−근대 번역그룹의 탄생과 외국문학의 중국적 변용(1903~1937)」, 『중국어문학』 60, 영남중국어문학회, 2012.

_____, 「당대 중국의 문학정전 형성 과정−3종의 번역문학 앤솔로지를 중심으로」, 『중국어문논총』 59, 중국어문연구회, 2013.

김영민, 『수주 변영로 평전−강남콩 꽃보다도 더 푸른 그 물결 위에』, 정음사, 1985.

_____, 『한국의 근대신문과 근대소설−대한매일신보』, 소명출판, 2006.

_____, 「근대계몽기 신문의 문체와 한글소설의 정착 과정−『만세보』를 중심으로」, 근대문학100년 연구총서 편찬위원회, 『논문으로 읽는 문학사』 1−해방전, 소명출판, 2008.

_____, 『문학제도 및 민족어의 형성과 한국 근대문학』, 소명출판, 2012.

_____, 「근대 매체의 탄생과 잡보 및 소설의 등장」, 『문학제도 및 민족어의 형성과 한국 근대문학』, 소명출판, 2012.

김윤식, 『염상섭 연구』, 서울대 출판부, 1987.

김재석, 「형성기 한국 근대극에서 〈김영일의 사〉의 위치」, 『한국연극학』 50, 한국연극학회,

2013.

김재영, 「근대계몽기 '소설' 인식의 한 양상–『대한민보』의 경우」, 문학과사상연구회, 『근대 계몽기 문학의 재인식』, 소명출판, 2007.

김정자, 「1920년대 소설의 문체」, 『한국 근대소설의 문체론적 연구』, 삼지원, 1985.

김종수, 「일제 식민지 문학서적의 근대적 위상–박문서관의 활동을 중심으로」, 『우리어문연 구』 41, 우리어문학회, 2011.

김종철, 「전기소설(傳奇小說)의 전개양상과 그 특성」, 『민족문학사연구』 28, 민족문학사학 회, 1995.

김주현, 「「디구셩미리몽」의 저자와 그 의미」, 『현대문학연구』 47, 한국현대소설학회, 2011.

김준현, 「진학문(秦學文)과 모파상–1910년대의 프랑스소설 번역에 대한 고찰」, 『한국프랑 스학논집』 75, 한국프랑스학회, 2011.

_____, 「'번역 계보' 조사의 난점과 의의」, 『프랑스어문교육』 39, 한국프랑스어문교육학회, 2012.

김진균, 「허생(許生) 실재 인물설의 전개와 「허생전(許生傳)」의 근대적 재인식」, 『대동문화 연구』 62, 성균관대 대동문화연구원, 2008.

김찬기, 『한국 근대소설의 형성과 전(傳)』, 소명출판, 2004.

김태준, 『증보 조선소설사』, 학예사, 1939.

김하나, 중국 근대 번역의 두 가지 방향–『신청년』과 린수의 소설 번역을 중심으로」, 『번역 학연구』 15(1), 한국번역학회, 2014.

김학철, 「20세기 한국문학 中譯史 연구–이데올로기와 문학번역의 관계를 중심으로」, 서울 대 박사논문, 2009.

노연숙, 「20세기 초 한국문학에서의 정치서사 연구–한·중·일에 유통된 텍스트를 중심으 로」, 서울대 박사논문, 2012.

나나 구르핀켈, 홍성광 역, 『고리키』, 한길사, 1998.

다지마 데쓰오, 「「국치전」 원본 연구–『일본정해(日本政海) 신파란(新波瀾)』, 『정해파란 (政海波瀾)』, 그리고 「국치전」 간의 비교를 중심으로」, 『현대문학의 연구』 40, 한국 문학연구학회, 2010.

레너드 샤피로, 최동규 역, 『투르게네프–아름다운 서정을 노래한 작가』, 책세상, 2002.

로맹 로랑, 김경아 편역, 『톨스토이 평전』, 거송미디어, 2005.

리디아 리우, 『언어횡단적 실천–문학, 민족문화 그리고 번역된 근대성–중국, 1900~1937』, 소명출판, 2005.

마에다 아이, 유은경·이원희 역, 『일본 근대독자의 성립』, 이룸, 2003.

막스 갈로, 임헌 역, 『로자 룩셈부르크 평전』, 푸른숲, 2000.

문한별, 「일제강점기 번역 소설의 단행본 출간과 검열 양상–『조선출판경찰월보』 수록 단행본 목록과의 비교 고찰을 중심으로」, 『비평문학』 47, 한국비평문학회, 2013.

민족문학사연구소 편, 『근대계몽기의 학술 문예사상』, 소명출판, 2000.

박상민, 「나도향 소설에 나타난 요부형 여인의 의미」, 『현대문학의 연구』 20, 한국문학연구
학회, 2003.

박정희, 「한국 근대소설과 '記者-作家' – 현진건을 중심으로」, 『민족문학사연구』 49, 민족문
학사학회, 2012.

박진영, 「일재(一齋) 조중환(趙重桓)과 번안소설의 시대」, 『민족문학사연구』 26, 민족문학
사학회, 2004.

_____, 「한국의 번역 및 번안 소설과 근대 소설어의 성립 – 근대 소설의 양식과 매체 그리고
언어」, 『대동문화연구』 59, 성균관대 대동문화연구원, 2007.

_____, 「한국에 온 톨스토이」, 『한국근대문학연구』 23, 한국근대문학회, 2011.

_____, 『번역과 번안의 시대』, 소명출판, 2011.

_____, 「중국문학 및 일본문학 번역의 역사성과 상상력의 접변」, 『동방학지』 164, 연세대
국학연구원, 2013.

_____, 「알퐁스 도데와 불평등한 세계문학」, 『코기토』 78, 부산대 인문학연구소, 2015.

_____, 「망명을 꿈꾼 식민지 번역가 진학문의 초상」, 『근대서지』 15, 근대서지학회, 2017.

박헌호, 「현진건의 『지새는 안개』 연구」, 『현대문학이론연구』 18, 현대문학이론학회, 2002.

_____, 『식민지 근대성과 소설의 양식』, 소명출판, 2004.

_____, 「'문화정치'기 신문의 위상과 반검열의 내적 논리 – 1920년대 민간지를 중심으로」,
『대동문화연구』 50, 성균관대 대동문화연구원, 2005.

_____, 「염상섭과 '조선문인회'」, 『한국문학연구』 43, 동국대 한국문학연구소, 2012.

_____, 「'낭만', 한국 근대문학사의 은폐된 주체」, 『한국학연구』 25, 인하대 한국학연구소,
2011.

박헌호·손성준, 「한국 근대문학 검열연구의 통계적 접근을 위한 시론 – 『조선출판경찰월
보』와 식민지 조선의 구텐베르크 은하계」, 『외국문학연구』 38, 한국외대 외국문학
연구소, 2010.

박현수, 「「묘지」에서 「만세전」으로의 개작과 그 의미 – 「만세전」 판본 연구」, 『상허학보』
19, 상허학회, 2007.

_____, 「1920년대 전반기 미디어에서 나도향 소설의 위치 – 『동아일보』, 『개벽』 등을 중심
으로」, 『상허학보』 42, 상허학회, 2014.

_____, 「1920년대 전반기 『조선일보』와 현진건 – 당대 『조선일보』의 문학에 대한 인식을
중심으로」, 『대동문화연구』 88, 성균관대 대동문화연구원, 2014.

박희병, 『조선 후기 전의 소설적 성향 연구』, 성균관대 출판부, 1993.

발터 벤야민, 최성만 역, 「번역가의 과제」, 『언어 일반과 인간의 언어에 대하여/번역가의 과

제 외』, 길, 2008.

서정록, 「염상섭의 문체연구」, 『동대논총』 8(1), 동덕여대, 1978.

손성준, 「영웅서사의 동아시아 수용과 重譯의 원본성-서구 텍스트의 한국적 재맥락화를 중심으로」, 성균관대 박사논문, 2012.

_____, 「번역 서사의 정치성과 탈정치성-『조양보』 연재소설, 「비스마룩구淸話」를 중심으로」, 『상허학보』 37, 상허학회, 2013.

_____, 「투르게네프의 식민지적 변용-『사냥꾼의 수기』와 현진건 후기 단편소설을 중심으로」, 『민족문학사연구』 54, 민족문학사학회, 2014.

_____, 「한국 근대문학사와 「운수 좋은 날」 정전화의 아이러니」, 『한국현대문학연구』 50, 한국현대문학회, 2016.

_____, 「한국 근대소설사의 전개와 번역」, 민족문학사연구소 편, 『문학사를 다시 생각한다』, 소명출판, 2018.

손성준・한지형, 『투르게네프, 동아시아를 횡단하다-『그 전날 밤』의 극화와 번역』, 점필재, 2017.

송면, 『프랑스문학사』, 일지사, 2002.

송하춘, 「염상섭의 초기 창작방법론-『남방의 처녀』와 『이심』의 고찰」, 『현대문학연구』 36, 한국현대소설학회, 2007.

송하춘 편, 『한국 근대소설 사전-신소설 / 번역・번안소설』, 고려대 출판부, 2015.

수주 변영로선생 묘비 건립위원회 편, 『수주회상기』, 대한공론사, 1969.

쉬리밍(徐黎明), 「중국을 매개로 한 애국계몽서사 연구-1905~1910년의 번역작품을 중심으로」, 인하대 박사논문, 2010.

스즈키 사다미, 김채수 역, 『일본의 문학 개념』, 보고사, 2001.

신춘호, 「조명희소설론」, 정덕준 편, 『조명희』, 새미, 1999.

신현순, 「『장풍운전』의 불교 사상적 성격」, 부산대 석사논문, 2000.

쑨거, 김민정 역, 『왜 동아시아인가』, 글항아리, 2018.

아영(阿英), 전인초 역, 『중국근대소설사』, 정음사, 1987.

안서현, 「현진건 「지새는 안개」의 개작 과정 고찰-새 자료 『조선일보』 연재 「曉霧」 판본과 기존 판본의 비교를 중심으로」, 『한국현대문학연구』 33, 한국현대문학회, 2011.

안영희, 『한일 근대소설의 문체 성립-다야마 가타이・이와노 호메이・김동인』, 소명출판, 2011.

야마무로 신이치, 정재정 역, 『러일전쟁의 세기-연쇄시점으로 보는 일본과 세계』, 소화, 2010.

양문규, 「1910년대 구어전통의 위축과 국한문체 단편소설」, 『한국 근대소설의 구어전통과 문체 형성』, 소명출판, 2013.

양승국, 『한국 현대희곡론』, 연극과인간, 2001.

양은정, 「『옥리혼』의 국내 번역본 비교 연구－홍루몽 관련 위주」, 『중국문학』 88, 한국중국
　　　어문학회, 2016.

_____, 「『奇獄』에 나타난 번역 동기, 목적, 방법 연구」, 『중국현대문학』 84, 한국중국현대
　　　문학학회, 2018.

엄순천, 「한국문학 속의 러시아문학－한국 근대문학으로의 러시아문학 수용 현황 및 양상」,
　　　『인문학연구』 35(1), 충남대 인문과학연구소, 2008.

엄태웅, 「『소대성전』·「용문전」의 京板本에서 完板本으로의 변모 양상－촉한정통론과 대명
　　　의리론의 강화를 중심으로」, 『우리어문연구』 41, 우리어문학회, 2011.

연세대 근대한국학연구소, 『한국 근대 서사양식의 발생 및 전개와 매체의 역할』, 소명출판,
　　　2005.

오순방, 『중국 근대의 소설 번역과 중한소설의 쌍방향 번역 연구』, 숭실대 출판부, 2008.

오윤호, 「조명희 시집 『봄잔듸밧위에』 연구－폴 베를렌의 「가을의 노래」 수용과 글로컬 텍
　　　스트를 중심으로」, 『우리말글』 59, 우리말글학회, 2013.

오혜진, 「"캄포차 로맨쓰"를 통해 본 제국의 욕망과 횡보의 문화적 기획」, 『근대서지』 3, 근
　　　대서지학회, 2011.

유민영, 『한국 현대희곡사』, 새미, 1997.

유석환, 「개벽사의 출판활동과 근대잡지」, 성균관대 석사논문, 2006.

_____, 「근대 문학시장의 형성과 신문·잡지의 역할」, 성균관대 박사논문, 2013.

윤병로, 「빙허 현진건론」, 『현대문학』 15, 현대문학연구회, 1956.

윤영실, 「근대계몽기 '역사적 서사(역사/소설)'의 사실, 허구, 진리」, 『한국현대문학연구』
　　　34, 한국현대문학회, 2011.

_____, 「동아시아 정치소설의 한 양상－『서사건국지』 번역을 중심으로」, 『상허학보』 31,
　　　상허학회, 2011.

윤하병, 「중국에 있어서 전기에서 소설에의 발전 과정」, 『중국인문과학』 14, 중국인문학회,
　　　1995.

윤홍로, 『나도향－낭만과 현실의 변증』, 건국대 출판부, 1997.

이강은, 「막심 고리끼 문학의 수용양상 연구」, 『러시아소비에트문학』 3, 한국러시아문학회,
　　　1992.

이강은, 「막심 고리끼의 「밑바닥에서」의 작품 이념 연구－루까와 싸쩐, 배우의 죽음을 중심
　　　으로」, 『러시아 소비에트 문학』 8(1), 한국러시아문학회, 1997.

이경돈, 「현진건의 「운수 좋은날」과 老舍의 「駱駝詳子」 비교 연구－근대성의 인식 태도와
　　　소설 양식의 변화를 중심으로」, 성균관대 석사논문, 1997.

_____, 「횡보(橫步)의 문리(文理)－염상섭과 산(散)혼(混)공(共)통(通)의 상상」, 한기

형·이혜령 편, 『저수하의 시간, 염상섭을 읽다』, 소명출판, 2014.

이동현, 「신에 대한 반역—산송장」, 『大똘스또이全集』 8, 신구문화사, 1974.

이미순, 「〈김영일의 사〉의 자아 의식」, 『어문연구』 82, 어문연구학회, 2014.

이보영, 『동양과 서양』, 신아출판사, 1998.

이봉범, 「1950년대 번역 장의 형성과 문학 번역—국가권력, 자본, 문학의 구조적 상관성을 중심으로」, 『대동문화연구』 79, 성균관대 대동문화연구원, 2012.

이승윤, 『근대 역사담론의 생산과 역사소설』, 소명출판, 2009.

이승희, 「사실주의극의 성립—사회주의의 번역과 검열의 역학」, 『한국극예술연구』 29, 한국극예술학회, 2009.

_____, 「식민지시대 연극의 검열과 통속의 정치」, 검열연구회, 『식민지 검열—제도·텍스트·실천』, 소명출판, 2011.

이재선, 「교차 전개의 반어적 구조—「운수 좋은 날」의 구조」, 신동욱 편, 『현진건의 소설과 그 시대인식』, 새문사, 1981.

이재춘, 「「青樓義女傳」 연구—중국소설 「杜十娘怒沈百寶箱」과의 관계를 중심으로」, 『어문학』 50, 한국어문학회, 1989.

이종호, 「1920년대 식민지 검열 시스템의 출판물 통제 방식—『개벽』 납본을 중심으로」, 검열연구회, 『식민지 검열—제도·텍스트·실천』, 소명출판, 2011.

이항재, 『소설의 정치학—뚜르게네프 소설 연구』, 문원출판, 1999.

이혜령, 「1920년대 『동아일보』 학예면의 형성과정과 문학의 위치」, 『대동문화연구』 52, 성균관대 대동문화연구원, 2005.

_____, 「정사(正史)와 정사(情史) 사이—3·1운동, 후일담의 시작」, 『민족문학사연구』 40호, 민족문학사학회, 2009.

이화진, 「조명희의 「낙동강」과 그 사상적 지반—낭만성의 기원」, 『국제어문』 57, 국제어문학회, 2013.

이희정, 「『창조』 소재 김동인 소설의 근대적 글쓰기 연구」, 『국제어문』 47, 국제어문학회, 2009.

이희정·김상모, 「염상섭 초기 소설의 변화 과정 고찰—매체와의 상관성을 중심으로」, 『한민족문화연구』 38, 한민족문화학회, 2011.

임형택, 「소설에서 근대어문의 실현 경로」, 『흔들리는 언어들』, 성균관대 출판부, 2008.

임형택·강영주 편, 『벽초 홍명희와 『임꺽정』의 연구 자료』, 사계절, 1996.

장신, 「한국강점 전후 일제의 출판통제와 '51종 20만권 분서(焚書)사건'의 진상」, 『역사와 현실』 80, 한국역사연구회, 2011.

장영은, 「이지트 키퍼와 하우스 키퍼—여성 사회주의자의 연애와 입지」, 『대동문화연구』 64, 성균관대 대동문화연구원, 2008.

전은경, 「『대한매일신보』의 '국문' 정책과 번안소설의 대중성연구－「국치전」과 「매국노」를 중심으로」, 『어문연구』 54, 어문연구학회, 2007.

_____, 「『춘희』의 번역과 식민지 조선의 '연애'－진학문의 『홍루』를 중심으로」, 『한국언어문화』 39, 한국언어문화학회, 2009.

정근식, 「일제하 검열기구와 검열관의 변동」, 『대동문화연구』 51, 성균관대 대동문화연구원, 2005.

_____, 「식민지검열과 '검열표준'－일본 및 대만과의 비교를 통하여」, 정근식·한기형 등 편, 『검열의 제국－문화의 통제와 재생산』, 푸른역사, 2016.

정선태, 「번역과 근대 소설 문체의 발견－잡지 『少年』을 중심으로」, 『대동문화연구』, 성균관대 대동문화연구원, 2004.

_____, 「시인의 번역과 소설가의 번역－김억과 염상섭의 「밀회」 번역을 중심으로」, 『외국문학연구』 53, 한국외대 외국문학연구소, 2014.

정인문, 「현진건 초기소설과 일본문학과의 관련양상」, 『국어국문학』 10, 동국대 국어국문학과, 1990.

정주아, 「『백조』의 러시아문학 수용 양상 고찰」, 『현대소설연구』 41, 한국현대소설학회, 2009.

정한모, 「염상섭의 문체와 어휘구성의 특성－형성과정에서의 그의 가능성을 중심으로」, 『문학사상』 6, 문학사상사, 1973.

정한숙, 『현대 한국문학사』, 고려대 출판부, 1982.

정호순, 「조명희 희곡 연구」, 『한국연극학』 10, 한국연극학회, 1998.

조경덕, 「방인근의 기독교 소설 연구」, 『우리어문연구』 49, 우리어문학회, 2014.

조연현, 『한국현대문학사』, 인간사, 1961(1956).

_____, 『韓國新文學考』, 문화당, 1966.

_____, 「현진건 문학의 특성과 문학사적 위치」, 신동욱 편, 『현진건의 소설과 그 시대인식』, 새문사, 1981.

조진기, 「현진건 소설의 원천탐색－번역작품과 체흡을 중심으로」, 『가라문화』 3, 경남대 가라문화연구소, 1985.

_____, 「현진건의 번역소설 연구－초기 습작과정과 관련하여」, 『인문논총』 12, 인문과학연구소, 1999.

진옥강(陳玉剛), 조성환 역, 『중국 번역문학사』, 중문출판사, 2005.

차태근, 「문학의 근대성, 매체 그리고 비평정신」, 『문예공론장의 형성과 동아시아』, 성균관대 출판부, 2008.

채호석, 「염상섭 초기 소설론－「만세전」과 '무덤'」, 『한국문학이론과 비평』 10, 한국문학이론과 비평학회, 2001.

천정환, 「근대적 대중지성의 형성과 사회주의(1) ─ 초기 형평운동과 「낙동강」에 나타난 근
　　대 주체」, 『상허학보』 22, 상허학회, 2008.

천평위엔(陳平原), 이의강 역, 『동아시아 서사학의 전통과 근대』, 성균관대 출판부, 2005.

최성윤, 「『조선일보』 초창기 번역·번안소설과 현진건」, 『어문논집』 65, 민족어문학회,
　　2012.

최수일, 『『개벽』 연구』, 소명출판, 2008.

최태원, 「일재 조중환 번안소설 연구」, 서울대 박사논문, 2010

최형욱, 「梁啓超의 傳記觀 研究」, 『중어중문학』 42, 2008.

코모리 요이치, 정선태 역, 『일본어의 근대』, 소명출판, 2003.

하타노 세츠코, 최주한 역, 「일본잡지 『문장세계(文章世界)』에 게재된 홍명희의 일본어 단편
　　「유서」」, 『근대서지』 13, 근대서지학회, 2016.

한국학중앙연구원 편, 『한국민족문화대백과』, 한국학중앙연구원, 1995.

한기형, 「1910년대 신소설에 미친 출판·유통 환경의 영향」, 『한국 근대소설사의 시각』, 소
　　명출판, 1999.

＿＿＿, 「서사의 로칼리티, 소실된 동아시아 ─ 심훈의 중국체험과 『동방의 애인』」, 『대동문
　　화연구』 63, 대동문화연구원, 2008.

＿＿＿, 「매체의 언어분할과 근대문학」, 성균관대 대동문화연구원, 『흔들리는 언어들』, 성
　　균관대 출판부, 2008.

＿＿＿, 「"법역(法域)"과 "문역(文域)" ─ 제국 내부의 표현력 차이와 출판시장」, 『민족문학
　　사연구』 44, 민족문학사연구소, 2010.

＿＿＿, 「중역되는 사상, 직역되는 문학 ─ 『개벽』의 번역관에 나타난 식민지 검열과 이중출
　　판시장의 간극」, 『아세아연구』 54, 고려대 아세아문제연구소, 2011.

＿＿＿, 「노블과 식민지 ─ 염상섭소설의 통속과 반통속」, 『대동문화연구』 82, 성균관대 대동
　　문화연구원, 2013.

＿＿＿, 『식민지 문역 ─ 검열·이중출판시장·피식민자의 문장』, 성균관대 출판부, 2019.

한기형 외, 『근대어·근대매체·근대문학』, 성균관대 대동문화연구원, 2006.

한기형·이혜령 편, 『저수하의 시간, 염상섭을 읽다』, 소명출판, 2014.

한만수, 「식민시대 문학검열에 의한 복자의 복원에 대하여」, 『상허학보』 14, 상허학회,
　　2005.

＿＿＿, 「강경애 「소금」의 복자 복원과 검열우회로서의 '나눠쓰기'」, 『한국문학연구』 31,
　　동국대 한국문학연구소, 2006.

＿＿＿, 「「만세전」에 나타난 감시와 검열」, 『한국문학연구』 40, 동국대 한국문학연구소,
　　2011.

＿＿＿, 『허용된 불온 ─ 식민지시기 검열과 한국문학』, 소명출판, 2015.

한무희, 「단재와 임공의 문학과 사상」, 『우리문학연구』 2, 우리문학회, 1977

한설야, 「정열의 시인 조명희」, 황동민 편, 『조명희 선집』, 소련과학원 동방도서출판사, 1959.

현길언, 『문학과 사랑의 이데올로기』, 태학사, 2000.

황선미, 「번역가로서의 천두슈(陳獨秀)와 여성해방―『신청년(新靑年)』을 중심으로」, 『동아시아 문화연구』 48, 한양대 동아시아문화연구소, 2010.

황정현, 「현진건 장편번역소설 「백발」 연구」, 『한국학연구』 42, 한국학연구소, 2012.

황종연, 「문학이라는 역어(譯語)―「문학이란 何오」 혹은 한국 근대문학론의 성립에 관한 고찰」, 『동악어문논집』 32, 동악어문학회, 1997.

『瞬聖 秦學文 追慕文集』, 瞬聖追慕文集發刊委員會, 1975.

東宝株式会社演劇部監修, 『帝劇ワンダーランド―帝国劇場開場100周年記念読本』, 東宝演劇部, 2011.

邓集田, 『中国现代文学出版平台(1902~1949)―晚清民国时期文学出版情况统计与分析』, 上海文艺出版社, 2012.

柳田泉, 『明治初期飜訳文學の研究』, 春秋社, 1966.

潘光哲, 『華盛頓在中國―製作「國父」』, 三民書局, 2005.

藩艶慧, 「『新靑年』飜譯與現代中國知識分子的身分認同」, 華中師範大學博士學位論文, 2006.

查明建・谢天振, 『中国20世纪外国文学翻译史』 上, 湖北教育出版社, 2007.

山岡洋一, 「翻訳についての断章―15年に数千点, 明治初期の大翻訳時代」, 『翻訳通信』 ネット版, 2004.3.

山田敬三, 「『新中國未來記』をめぐって―梁啓超における革命と変革の論理」, 狹間直樹 編, 『共同研究 梁啓超―西洋近代思想受容と明治日本』, みすず書房, 1999.

相沢直樹, 「失われた明日のドラマ―島村抱月の芸術座による『その前夜』劇上演(1915)の研究」, 『山形大学人文学部研究年報』 4, 山形大学人文学部, 2007.

小堀洋平, 「田山花袋「一兵卒」とガルシン「四日間」―「死」, 「戦争」, そして「自然」をめぐる考察」, 『早稲田大学大学院文学研究科紀要』 第3分冊 57, 早稲田大学大学院文学研究科, 2011.

小田光雄, 『出版社と書店はいかにして消えていくか―近代出版流通システムの終焉』, 論創社, 2008.

新熊清, 『翻訳文学のあゆみ―イソップからシェイクスピアまで』, 世界思想社, 2008.

王向远, 『二十世纪中国的日本翻译文学史』, 北京师范大学出版社, 2001.

王虹, 「データから見る清末民初と明治の翻訳文学」, 『多元文化』 7, 2007.

日本國立國會圖書館 編, 『明治・大正・昭和 飜譯文學目錄』, 風間書房, 1989.

张丽华, 『现代中国短篇小说的兴起』, 北京大学出版社, 2011.

張中良, 『五四時期的翻譯文學』, 秀威資訊科技, 2005.

田山花袋, 『東京の三十年』, 博文館, 1917.

田山花袋, 『長篇小説の研究』, 新詩壇社, 1925.

齊藤希史, 「近代文学観念形成期における梁啓超」, 狹間直樹 編, 『共同研究 梁啓超-西洋近代思想受容と明治日本』, みすず書房, 1999.

齊藤希史, 『漢文脈の近代－清末＝明治の文学圏』, 名古屋大学出版会, 2005.

赵利民, 「域外小说翻译与中国近代小说观念的变革」, 『理论学刊』, 1999.1.

樽本照雄 編, 『新編増補 清末民初小説目録』, 齊魯書社, 2002.

中里見敬, 「日本と中国における『椿姫』の翻訳－同時代東アジアの文脈から見た林訳小説」, 『九州中国学会報』51, 九州中国学会, 2013.

中村喜和, 「瀬沼夏葉その生涯と業績」, 『一橋大学研究年報 人文科学研究』14, 1972.

川戸道昭 外編, 『明治期翻訳文学総合年表』, 大空社, 2001.

川戸道昭, 「初期翻訳文学における思軒と二葉亭の位置」, 『続明治翻訳文学全集 《新聞雑誌編》 5 森田思軒集』 I, 大空社, 2002.

夏晓虹, 「近代传记之新变」, 『阅读梁启超』, 三联书店, 2006.

紅野謙介, 「徳田秋声における「テクストの外部」－明治30年代・長篇小説から短篇小説へ」, 『日本近代文学』53, 日本近代文学会, 1995.

Heekyoung Cho, *Translation's Forgotten History : Russian Literature, Japanese Mediation and the Formation of Modern Korean Literature*, Cambridge : Harvard University Asia Center, 2016.

표 차례

찾아보기

인명

작품명·자료명

간행사_ 동아시아 심포지아·메모리아 총서를 펴내며

'동아시아 심포지아'와 '동아시아 메모리아'는 한국연구원과 성균관대학교 비교문화연구소가 공동으로 기획하여 출간하는 총서다. 향연을 뜻하는 라틴어에서 딴 심포지아는 플라톤의 『심포지온』에서 비롯되었으며, 오늘날 학술토론회를 뜻하는 심포지엄의 어원이자 복수형이기도 하다. 메모리아는 과거의 것을 기억하고 기념하기 위해 현재의 기록으로 남겨 미래에 물려주어야 할 값진 자원을 의미한다. 한국연구원과 성균관대학교 비교문화연구소는 지금까지 축적된 한국학의 역량을 바탕으로 새로운 동아시아 인문학의 제창에 뜻을 함께하며, 참신하고 도전적인 문제의식으로 학계를 선도하고 있는 신예 연구자의 저술을 적극적으로 지원하기 위해 학술 총서 '동아시아 심포지아'와 자료 총서 '동아시아 메모리아'를 펴낸다.

한국연구원은 학술의 불모 상태나 다름없는 1950년대에 최초의 한국학 도서관이자 인문사회 연구 기관으로 출범하여 기초 학문의 토대를 닦는 데 기여해 왔다. 급속도로 달라지고 있는 학술 환경 속에서 신진 학자와 미래 세대에 대한 후원에 공을 들이고 있는 한국연구원은 한국학의 질적인 쇄신과 도약을 향한 교두보로 성장했다. 성균관대학교 비교문화연구소는 2000년대 들어 인문학 연구의 일국적 경계와 폐쇄적인 분과 체제를 극복하기 위해 분투해 왔다. 제도화된 시각과 방법론의 틀을 벗어나기 위해서는 서로 다른 영역이 끊임없이 대화하고 소통하면서 실천적인 동력을 찾아내야 한다는 것이

성균관대학교 비교문화연구소가 지닌 문제의식이자 지향점이다. 대학의 안과 밖에서 선구적인 학술 풍토를 개척해 온 두 기관이 힘을 모음으로써 새로운 학문적 지평을 여는 뜻깊은 계기가 마련되리라 믿는다.

최근 들어 한국학을 비롯한 인문학 전반에 심각한 위기의식이 엄습했지만 마땅한 타개책을 찾지 못하고 있다. 한편으로는 낡은 대학 제도가 의욕과 재량이 넘치는 후속 세대를 감당하지 못한 채 활력을 고갈시킨 데에서 비롯되었고, 또 다른 한편으로는 시대의 변화를 선도하는 학문 정신과 기틀을 모색하지 못했기 때문이라는 것이 우리의 진단이자 자기반성이다. 의자 빼앗기나 다름없는 경쟁 체제, 정부 주도의 학술 지원 사업, 계량화된 관리와 통제 시스템이 학문 생태계를 피폐화시킨 주범임이 분명하지만 무엇보다 학계가 투철한 사명감으로 대응하지 못했을 뿐 아니라 오히려 자발적으로 길들여져 온 것이 엄연한 현실이다.

지금 우리에게 절실한 과제는 새로운 학문적 상상력과 성찰을 통해 자유롭고 혁신적인 학술 모델을 창출해 내는 일이다. 이를 위해서는 다음 시대의 학문을 고민하는 젊은 연구자에게 지원을 망설이지 않아야 하며, 한국학의 내포와 외연을 과감하게 넓혀 동아시아 인문학의 네트워크 속으로 뛰어들기를 두려워하지 말아야 한다. 그 첫걸음을 '동아시아 심포지아'와 '동아시아 메모리아'가 기꺼이 떠맡고자 한다. 우리가 함께 내놓는 학문적 실험에 아낌없는 지지와 성원, 그리고 따끔한 비판과 충고를 기다린다.

한국연구원 · 성균관대학교 비교문화연구소

동아시아 총서 기획위원회